HEYNE BÜCHER

Tip des Monats

D1925178

In derselben Reihe
erschienen außerdem als Heyne-Taschenbücher:

Victoria Holt · Band 23/6
Marie Louise Fischer · Band 23/33
Johanna Lindsey · Band 23/34
Robert Ludlum · Band 23/41
Johanna Lindsey · Band 23/43
Marie Louise Fischer · Band 23/45
John Saul · Band 23/50
Eric van Lustbader · Band 23/54
Barbara Cartland · Band 23/55
Mary Westmacott · Band 23/56
Pearl S. Buck · Band 23/58
Marie Louise Fischer · Band 23/63
Daphne Du Maurier · Band 23/64
Evelyn Sanders · Band 23/66
Philippa Carr · Band 23/67
Robert Ludlum · Band 23/68
Peter Straub · Band 23/70
Jackie Collins · Band 23/71
Marc Olden · Band 23/72
Mary Westmacott · Band 23/73
Dean Koontz · Band 23/76
Johanna Lindsey · Band 23/78
Marion Zimmer-Bradley · Band 23/79
Philippa Carr · Band 23/83
Evelyn Sanders · Band 23/84
Dean Koontz · Band 23/85
Marie Louise Fischer · Band 23/88
Eric van Lustbader · Band 23/89
Robert Ludlum · Band 23/90
Johanna Lindsey · Band 23/91
Ellis Peters · Band 23/92
Karen Robards · Band 23/93
Noel Barber · Band 23/94
Utta Danella · Band 23/95
Heinz G. Konsalik · Band 23/96
Ellen Tanner Marsh · Band 23/97
Marion Zimmer-Bradley · Band 23/98
Eric van Lustbader · Band 23/99
Catherine Coulter · Band 23/100
Dean Koontz · Band 23/101
Charlotte Link · Band 23/102
Johanna Lindsey · Band 23/103
Ellis Peters · Band 23/104
Philippa Carr · Band 23/105
Robert Ludlum · Band 23/106
Marie Louise Fischer · Band 23/107
Heinz G. Konsalik · Band 23/108
Jean Plaidy · Band 23/109
Ellis Peters · Band 23/110
Utta Danella · Band 23/111

Catherine Coulter

ZWEI LEIDENSCHAFTLICHE LIEBESROMANE – UNGEKÜRZT

Magie der Liebe
Jadestern

WILHELM HEYNE VERLAG
MÜNCHEN

HEYNE TIP DES MONATS
Nr. 23/118

MAGIE DER LIEBE/Night Shadow
Copyright © 1989 by Catherine Coulter
Copyright © der deutschen Übersetzung 1991
by Wilhelm Heyne Verlag GmbH & Co. KG, München
Aus dem Amerikanischen übersetzt von Monika Koch
(Der Titel erschien bereits in der Reihe »Romane für Sie«
mit der Band-Nr. 04/58)

JADESTERN/Jade Star
Copyright © 1986 by Catherine Coulter
Copyright © der deutschen Übersetzung 1992
by Wilhelm Heyne Verlag GmbH & Co. KG, München
Aus dem Amerikanischen übersetzt von Monika Koch
(Der Titel erschien bereits in der Reihe »Romane für Sie«
mit der Band-Nr. 04/96)

Copyright © dieser Ausgabe 1995 by Wilhelm Heyne Verlag
GmbH & Co. KG, München
Printed in Germany 1995
Umschlaggestaltung: Atelier Ingrid Schütz, München
Umschlagillustration: Pino Daeni/Agentur Schlück, Garbsen
Gesamtherstellung: Elsnerdruck, Berlin

ISBN 3-453-08976-6

Magie der Liebe

Prolog

London, England
September 1814

Knight zog sich von ihr zurück und richtete sich auf. Kniend betrachtete er Daniellas Körper, der im bleichen Mondlicht weiß und sehr geheimnisvoll schimmerte. Vorsichtig streichelten seine Finger über ihre Brüste. »Du bist traumhaft schön!« sagte er.

Träge öffnete Daniella die Augen und betrachtete den Mann, dessen Geliebte sie nun schon seit fast vier Monaten war. »Ja«, murmelte sie, ohne genau zu wissen, was sie sagte. Dabei strichen ihre Hände über seine Brust, befühlten die widerborstigen, gekräuselten Haare und zeichneten die festen Muskeln seines flachen Bauchs nach, bis sie schließlich sein Glied umschlossen.

Knight stöhnte auf.

»Außerdem bist du offenbar unersättlich«, lachte er schließlich fast ein wenig gequält.

»Das kann schon sein.« Dabei streichelte sie ihn unbeirrt weiter. »Aber bei einem so potenten Liebhaber ist das ja auch kein Wunder.«

»Das ist wahr«, entgegnete Knight, bevor er mit einem einzigen, kräftigen Stoß in sie eindrang.

Daniella schnappte vor Überraschung nach Luft, doch gleichzeitig hob sich ihr Körper ihm verlangend entgegen. Als Knight ihre Hüften packte und sie noch näher an sich zog, beobachtete er, wie sie die Augen schloß. Doch als er sich kurz darauf fast völlig aus ihr zurückzog, machte sich Enttäuschung auf Daniellas Gesicht breit.

»Du Unmensch!« flüsterte sie, doch als er Sekunden später wieder in sie eindrang, schlang sie nur stöhnend die Beine um seine Flanken.

Ich bin ihr Gefangener, dachte Knight, während er sich tief in ihr bewegte. Er wußte, daß sie sich ihrem Höhepunkt näherte, denn er kannte ihre Reaktionen sehr genau – das leise Zittern ihrer Bauchmuskeln, die krampfartigen, stoßenden Bewegungen ihrer Hüften und Schenkel und das laute, fast verzweifelte Stöhnen, das aus ihrer Kehle drang. Sein Rhythmus war unregelmäßig. Anfangs waren es nur kurze, rasche Stöße, doch schließlich wurde er langsamer und drang tiefer und tiefer in sie ein – bis sie schließlich mit geballten Fäusten auf seine Schultern trommelte.

»Knight!«

»Na also!« sagte er leise und lächelte zufrieden. Dabei befand sich seine Hand zwischen ihren Körpern, und seine kundigen Finger streichelten Daniella, bis sie sich aufbäumte, ihre Augen ihn mit wildem Ausdruck blicklos ansahen und ihr der Schweiß auf die Stirn trat.

In diesem Augenblick fühlte er sich grenzenlos einsam, doch gleichzeitig auch sehr mächtig. Seit seinem neunzehnten Lebensjahr hatte er auf dem Gebiet der Liebe Erfahrungen gesammelt und wußte sehr genau, wie man Frauen befriedigte. Ihm machte man so schnell nichts vor. Erst als er spürte, daß sich Daniella völlig verausgabt hatte, ließ er seinen Gefühlen freien Lauf und genoß die Erlösung, als er sich in sie verströmte.

»Na also!« wiederholte er diesmal eigentlich mehr zu sich selbst, nachdem sich sein Herzschlag nach einiger Zeit wieder normalisiert hatte. »Das war zumindest nicht schlecht!«

Daniellas träges, zufriedenes Lächeln schien seine Worte nur noch zu unterstreichen und schenkte ihm tiefste Befriedigung. Zärtlich strich er ihr das Haar zurück und küßte sie ganz leicht, bevor er sich erhob und eine Kerze anzündete. Dann streckte er sich und machte im Kamin Feuer.

»Heute nacht ist es empfindlich kühl«, bemerkte er, während er sich in einer Schüssel wusch, die auf der Kommode bereitstand.

Daniella betrachtete seinen starken, muskulösen Körper, der vom Feuerschein und dem sanften Licht der Kerze auf dem Kaminsims beleuchtet wurde. Ein wirklich gutaussehender Mann, dachte sie, während ihre Augen über seine dunklen, fast schwarzen und ein wenig gelockten Haare glitt. Aber das Faszinierendste an ihm waren seine Augen, deren Braun von goldgelben Flecken aufgehellt wurde – die intelligenten, wachen Augen eines Fuchses! Sein Körper war schlank und fest, und seine athletischen Muskeln verrieten den geübten Sportsmann. Soviel Daniella wußte, war er früher für den Four Horse Club geritten, und im Augenblick ließ er sich von einem gewissen Gentleman namens Jackson in der Kunst des Boxens unterweisen. Nach dessen Aussagen war Viscount Castlerosse nicht nur äußerst ausdauernd, sondern auch noch überaus intelligent.

Seit vier Monaten gehörte dieser Mann nun ihr, wenigstens zeitweise. Ob er wohl einmal genug von ihr bekam? Unwillig schüttelte Daniella den Kopf, weil sie sich nicht mit derartigen, traurigen Gedanken befassen wollte. Dieser Mann war viel zu gut für jede Frau – auch für eine Dame der Gesellschaft, die sie allerdings nicht war. Wie oft hatte sie in diesen Monaten gehört, wie er lachend erklärt hatte, daß Heiraten für ihn nicht in Frage kam! In dieser Beziehung hielt er es ganz mit der Überzeugung seines Vaters, daß kluge Männer – wenn überhaupt – wenigstens erst heiraten sollten, wenn sie die Vierzig überschritten hatten, und dann bestenfalls ein gesundes, noch formbares Geschöpf von höchstens achtzehn Jahren, das einen gesunden Erben versprach. Vom richtigen Heiratsalter war Knight Winthrop, Viscount Castlerosse, allerdings noch weit entfernt, denn er war gerade erst siebenundzwanzig Jahre alt geworden und ein überzeugter Junggeselle – witzig und zynisch, aber nur selten verletzend.

Daniella beobachtete, wie er mit ruhigen, zielstrebigen Bewegungen seine langen Beine wusch. Genauso liebte er sie auch, niemals hastig, sondern immer zielstrebig und mit einer gewissen Distanz. Einmal hatte sie im Augenblick des Höhepunkts seinen etwas abwesenden Gesichtsausdruck bemerkt. Seufzend dehnte und rekelte sie sich und wußte genau, daß Knight ihr dabei zusah. Schließlich lag sie auf der Seite und stützte ihren Kopf in die Hand.

»Zieh etwas an, oder es wird dir schlecht bekommen!« drohte Knight mit rauher Stimme. Der Anblick ihrer wunderschönen Brüste, die in der Seitenlage ein wenig zusammengedrückt waren, und die weiche Linie ihrer hochragenden Hüfte erregten ihn ungemein. Ihr schwarzes, glänzendes Haar bildete einen scharfen Kontrast zu ihrer blassen, weißen Haut, und ihre mandelförmigen Augen schimmerten dunkel und leidenschaftlich – ein deutlicher Hinweis auf ihr neapolitanisches Erbe. Er warf ihr ein schaumiges Etwas von einem aprikosenfarbigen Morgenmantel zu, den er ihr vor einigen Wochen geschenkt hatte.

Mit verführerischen Bewegungen streifte sich Daniella den Mantel über. »Tee, Mylord?«

Knight nickte, und gleichzeitig knurrte sein Magen. »Gibt es auch etwas zum Essen?«

»Bist du etwa beim Hochzeitsbankett nicht satt geworden?«

Er grinste. »Ich war viel zu nervös. Das pausenlose Geschmuse der Brautleute war kaum mitanzusehen. Und dann erst die Blicke der Ladys, die mich als zukünftige Beute beäugt haben!«

Lachend verließ Daniella das Zimmer. Ihr Mädchen Marjorie war längst zu Bett gegangen, und die Haushälterin und die Köchin lebten nicht bei ihr. Knapp fünfzehn Minuten später kehrte sie mit einem Imbiß aus Brot, kaltem Huhn, Honig, Butter und einer großen Kanne indischem Tee ins Zimmer zurück. Knight war gerade in seinen Morgenmantel geschlüpft und half ihr bereitwillig, das Tablett auf das Bett zu stellen. Während sie über ihn hinweg ins Bett stieg, gab er ihr einen Klaps auf ihr Hinterteil, so daß sie kichern mußte.

Einige Zeit aßen sie schweigend, doch dann konnte Daniella ihre Neugier nicht länger bezähmen. »Erzähl mir noch ein wenig von der Hochzeit und dem Empfang! Waren deine Freunde auch eingeladen?«

Knight wußte, daß Daniella nur zu gern etwas über seine Freunde erfuhr. »Meinst du Burke Drummond und seine Frau Arielle?«

»Wenn er der Earl of Ravensworth ist, dann ja.«

»Genau. Natürlich waren sie eingeladen, denn schließlich war die Braut früher seine Schwägerin. Arielle und er machten einen äußerst glücklichen Eindruck.«

»Und das sagst ausgerechnet du, obwohl du doch der Meinung bist, daß ein Mann nicht vor dem vierzigsten Lebensjahr heiraten sollte?«

»Das weißt du noch?«

»Das habe ich doch oft genug von dir gehört!«

Knight lachte leise. »Hoffentlich werde ich dir nicht langweilig, meine Liebe! Aber du hast recht, Burke ist genauso alt wie ich, und seine Frau –« Knight machte eine kleine Pause und erinnerte sich an den Augenblick, als er Arielle in Ravensworth Abbey zum ersten Mal gesehen hatte. »Sie ist eine wunderschöne, bezaubernde Frau und außerdem sehr tapfer und loyal. Ich schätze sie sehr«, fuhr er schließlich fort, während er sich genüßlich Honig auf ein dickes Butterbrot strich.

»Soll das etwa heißen, daß du deine Meinung über das Heiraten ändern wirst, Mylord?«

»Guter Gott, nein! Für Burke ist diese Frau genau die Richtige, aber doch nicht für mich!«

»Laura hat mit dem Earl damals viel Spaß gehabt.«

Knight wirkte ein wenig verlegen. »Stimmt. Das hatte ich schon beinahe vergessen. Ja, damals war er in einem sehr üblen Zustand. Die beiden waren noch nicht verheiratet, und Burke hat sich zutiefst nach Arielle gesehnt. Laura lebt jetzt mit Lord Eaglemere zusammen, nicht wahr?«

Daniella nickte. »Aber sie mag ihn nicht besonders. Er ist ein Schwein und verlangt allerlei unnatürliche Dinge von ihr.«

»Dann soll sie ihn verlassen«, kommentierte Knight achselzuckend.

Daniella sah ihn nur wortlos an. Manchmal konnte Knight so beschränkt sein, dabei mußte er doch wissen, daß Laura finanziell auf Lord Eaglemere angewiesen war! Um das Thema zu wechseln, fragte sie: »Magst du eigentlich Kinder?«

»Ganz und gar nicht! Ich fürchte, ich muß mich wiederholen: Vater hat sich sein Leben lang absichtlich von mir ferngehalten, damit ich mich zu einem eigenen Menschen entwickle und keine seiner Unvollkommenheiten übernehme. Ich weiß nicht einmal genau, was Kinder eigentlich sind: Falls Burke und Arielle Kinder bekommen sollten, werde ich gern aus der Entfernung Onkel spielen. Doch jetzt, meine liebe Daniella, möchte ich noch eine Tasse Tee, und du sollst endlich diesen langweiligen Morgenmantel ausziehen! Das köstliche Essen und die Unterhaltung haben meinen Appetit angeregt!«

In der Nähe von Brüssel,
Belgien September 1814

Tristan Monroe Winthrop summte vor sich hin und beschleunigte seinen Schritt. Er war mit sich und seinem klugen Vorgehen überaus zufrieden, und der Gedanke an seinen Erfolg und an Lily, die zu Hause mit den Kindern auf ihn wartete, beflügelte ihn geradezu. Er war nur drei Tage weg gewesen, aber trotzdem vermißte er sie alle. Allerdings war die Sehnsucht nach den Kindern ganz anders als die, die ihn zu Lily trieb. Zu der wunderschönen Lily, die bald seine Frau werden würde! Insgeheim mußte er zugeben, daß er seine Kinder schamlos als Lockmittel benutzt hatte, aber es hatte gewirkt! Genau genommen war Lily in ihrer Lage auch kaum ein anderer Ausweg geblieben. Als kaum Zwanzigjährige hatte sie sich in der fremden Stadt um das Begräbnis ihres Vaters und um die Regelung seiner Angelegenheiten kümmern müssen, was nun wirklich nicht ganz einfach war. Ihr Vater, Baron Markham, war ein hoffnungsloser Spieler und sein Freund gewesen. Mehr als einmal hatte Tristan ihn aus Spielhöllen ausgelöst, die mit Wonne die hübsche Lily als Sicherheit für die Schulden ihres Vaters akzeptiert hätten. Eines Tages hatte Lilys Vater sich plötzlich an die Brust gegriffen und war vornüber gekippt. Verständnislos hatte Lily ihn angestarrt, während ihr die Tränen über die Wangen gelaufen waren. Zwei Tage lang hatte ihr Vater noch gelebt, doch dann war er gestorben, und außer den Kleidern im Schrank war ihr nichts geblieben.

Doch Tris war zur Stelle gewesen. Sie mochte ihn gern und ganz besonders seine Kinder, und umgekehrt verhielt es sich ebenso. Als Tristan Lily gebeten hatte, zu ihm und den Kindern zu ziehen, hatte sie natürlich zuerst abgelehnt, doch als er ihr die Stelle eines Kindermädchens angeboten hatte, hatte sie ihre Meinung geändert. Vor zwei Monaten hatte sie dann endlich eingewilligt, ihn zu heiraten. Es hatte ihn einige Mühe gekostet, sie davon zu überzeugen, daß er keine schlechten Gewohnheiten hatte und ausgesprochen intelligent und witzig war. Zum Glück hatten sich seine Kinder ebenfalls von Tag zu Tag mehr in Lilys mitfühlendes Herz eingeschmeichelt.

Lily Tremaine war so hübsch, daß es einem fast den Atem verschlug, doch offenbar war sie sich ihrer Wirkung auf Männer nicht bewußt. Ihr unglaublich honigblondes Haar war kräftig und wellig, und sie trug es meistens achtlos hochgesteckt oder zu Zöpfen geflochten, was jedoch ihrer Schönheit keinerlei Abbruch tat. Ihre blaßgrauen Augen wirkten ernst und ruhig, doch Tristan spürte sehr wohl, daß sich hinter dieser Fassade tiefe Leidenschaft versteckte. Sobald sie seine Frau war, wollte er ihr das beweisen. Wieder beschleunigte er seinen Schritt. O Gott, er begehrte sie zutiefst! Sie war zwar siebzehn Jahre jünger als er, doch da sie bereits viele Jahre für ihren Vater verantwortlich gewesen war, wirkte sie sehr erwachsen. Seinem Geschmack nach war der Altersunterschied bedeutungslos. Lily war ihm höchstens zu mager, doch diesen Mangel würde eine Schwangerschaft bestimmt in kürzester Zeit beheben.

Tapfere Lily. Er sah noch deutlich vor sich, wie sie und die Kinder ihm nachgewunken hatten. Nur zu gern hätte er ihr von seinem grandiosen Erfolg berichtet, doch er konnte es unmöglich tun, denn er hatte begriffen, daß Lily – im Gegensatz zu ihrem schlitzohrigen Vater – ein Muster an Tugend war. Unmöglich konnte er ihr offenbaren, daß er ein Dieb war – allerdings ein Meister seines Fachs und ein hervorragender Stratege. Nach seinen Berechnungen mußten Monk und Boy in der Zwischenzeit in Paris ins Gefängnis eingeliefert worden sein. Es hatte ihn eine Menge Bestechungsgelder gekostet, doch diese Ausgabe war nötig gewesen, um sich von diesen kalten, gewissenlosen Kerlen ein für allemal zu befreien. Seine Tat war ein wahres Meisterstück gewesen, und es war ihm letzten Endes gelungen, alles für sich zu behalten. Von heute an brauchte er sich um die Zukunft seiner Kinder keinerlei Sorgen mehr zu machen, denn jetzt konnte er seiner Familie alles bieten.

Als er in die schmale Pappelallee der Avenue LaRouche einbog, wo er in einem kleinen, zweistöckigen Stadthaus wohnte, erschien ihm die Umgebung, gemessen an seinem derzeitigen Vermögensstand, fast ein wenig ärmlich. Damit war jetzt Schluß. Im Alter von siebenunddreißig Jahren hatte er endlich den langersehnten Erfolg gehabt, und er hatte nicht einmal jemanden verletzen oder gar umbringen müssen! Monk und Boy zählten nicht. Er war jetzt so reich, daß er es selbst beinahe nicht begreifen konnte.

Als er ein gezischtes »Du verdammter Bastard!« hinter sich hörte, wandte er sich nur ein wenig um, und als er den Messerstich in seinem Rücken spürte, wußte er im ersten Augenblick nicht einmal, was mit ihm geschah. Ihm war nur plötzlich kalt. Als er zitternd seinen Schritt beschleunigen wollte, erkannte er Monks drohende Stimme und erstarrte. »Wir werden uns rächen, aber vorher wirst du uns verraten, wo die Klunker sind!«

Tristan traute seinen Ohren nicht. Ungläubig wandte er sich langsam um und betrachtete fassungslos die finstere Piratenfratze seines ehemaligen Kumpans. »Monk«, stammelte er nur.

»Verdammt, Tris, wo sind die Dinger? Boy, komm her! Ich glaube, wir haben ihn!«

Als Tris stolperte, entdeckte Boy den roten Fleck, der sich auf Tris' Rücken ausbreitete. »Monk, du Narr! Du hast ihn in den Rücken gestochen! Du Idiot! Habe ich dir nicht gesagt, daß du aufpassen sollst?«

»Eh! Arrêtez! Qu' est-ce qui se passe?«

Boy fluchte. Diese verdammten Wachmänner hier in Brüssel! In diesem Augenblick schrie Tristan aus vollem Hals um Hilfe. *»Aidez-moi! Aidez-moi!«*

Als fast augenblicklich ein schriller Pfiff ertönte, sahen Monk und Boy einander nur kurz an und flüchteten. Während Tristan ihnen noch nachblickte, ging er ganz langsam in die Knie. »Lily!« flüsterte er, als er auf dem Boden aufschlug. Er mußte ihr unbedingt von diesem Coup berichten und sie beruhigen. Jetzt gab es genug Geld für sie und die Kinder, wenn sie ihre altmodischen

Wertvorstellungen doch nur ein wenig ändern könnte! Gott, er mußte sie einfach noch einmal sehen! Aber er fühlte, daß es zu spät war und er ihr nicht mehr sagen konnte, wo sie suchen mußte. Das letzte, was er in seinem Leben sah, war das Gesicht eines jungen Wachmanns, der sich über ihn beugte.

Damson Farm, Yorkshire, England
Oktober 1814

Mit hochgezogenen Füßen kauerte Lily auf ihrem schmalen Bett, während Theo, Sam und Laura Beth sich um sie herum versammelt hatten. Sie befanden sich in ihrem kleinen Schlafzimmer im dritten Stock von Damson House, in dem früher die Dienstboten gelebt hatten. Seit Arnolds Angriff auf sie war nun schon einige Zeit vergangen, und ihr wütendes, empörtes Zittern hatte soweit nachgelassen, daß sie in Ruhe darüber nachdenken konnte, was aus ihr und den Kindern werden sollte. Keinesfalls konnten sie länger in diesem Haus bleiben. Tris' Schwester Gertrude tolerierte zwar die Kinder, doch sie mochte Lily nicht und hatte geradezu Spaß daran, sie wie eine Dienstmagd zu behandeln. Wenn sie noch dazu von den amourösen Aktivitäten ihres Ehemanns Arnold erfahren würde, würde Lily mit Sicherheit an die Luft gesetzt, und bestimmt würde den Kindern verwehrt werden, sich ihr anzuschließen.

Welch lächerlicher Anlaß! Nur weil Arnold sich nicht hatte beherrschen können! Anfangs hatte er Lily angefleht und angebettelt, doch nachdem sie ihn abgewiesen hatte, war er auf brutale Art und Weise zudringlich geworden. Theo, ihr neunjähriger, überaus ernster und verantwortlicher kleiner Beschützer, hatte gerade noch verhindert, daß Arnold sie an der Wand des Treppenhauses vergewaltigt hatte.

»Ich werde ihn umbringen, Lily!« erklärte Sam und reckte entschlossen sein Kinn empor.

»Halt den Mund, Sam!« wies Theo seinen sechsjährigen Bruder mit ernster Stimme zurecht. »Gar nichts wirst du tun! Ich habe ihn zwar aufgehalten, doch wir dürfen ihm nicht vertrauen, Lily! Er ist kein ehrenhafter Mann.«

Er redet wie ein Pfarrer, dachte Lily, während sie sich zu ihm hinüberbeugte und ihm über den Arm streichelte. Theo hatte sie gerettet, als Arnold Damson sie an die Wand gedrängt und befummelt hatte. Mit geballten Fäusten hatte er plötzlich hinter ihm gestanden und sich heftig geräuspert, worauf Arnold erschrocken zurückgewichen war. Schließlich konnte er sie schlecht in Gegenwart eines Jungen vergewaltigen – und erst recht nicht in Gegenwart seines Neffen.

Nacheinander betrachtete Lily die Kinder: Zuerst Theo, zu groß und zu dünn für sein Alter, mit blaßblauen Augen wie sein Vater und mindestens ebenso überragend intelligent wie er; dann Sam, ein handfestes, freiheitsliebendes und unruhiges Bürschchen, das den Augenblick genoß und nicht an morgen dachte; und schließlich die kleine Laura Beth, die gerade vier Jahre alt war und so hübsch, daß Lilys Herz sich regelmäßig zusammenkrampfte, wenn sie das schmale Gesichtchen betrachtete. Von Tristan hatte sie erfahren, daß Laura Beth ihrer Mutter ähnelte. Demnach mußte Elizabeth eine bezaubernd zarte, feine Frau gewesen sein mit seidig schimmerndem, schwarzem Haar und dunkelblauen Augen, die bei bestimmter Beleuchtung kohlschwarz erschienen.

Schließlich räusperte sich Lily und lächelte die Kinder der Reihe nach an. »Wir werden fortgehen.«

Theo seufzte. »Das wird das beste sein, denn ich kann dich schließlich nicht rund um die Uhr bewachen.«

Am liebsten hätte Lily ihn umarmt und ganz fest gedrückt. »Nein, das geht wohl nicht«, sagte sie und lächelte ein wenig unsicher.

»Er ist scheußlich!« verkündete Laura Beth, nachdem sie ihren Daumen aus dem Mund genommen hatte. »Und Tante Gertrude auch. Außerdem ist sie fett.«

»Das ist wohl wahr«, stimmte Lily ihr zu. »Doch jetzt hört mir zu: Wie ihr wißt, hat euer Vater mir vor einigen Monaten gesagt, daß ich mich an seine Schwester Gertrude wenden sollte, falls ihm etwas geschähe. Ihr wißt ebenso gut, daß es keinen anderen Ausweg gab, denn wir hatten kein Geld. Da Ugly Arnold inzwischen sein wahres Wesen offenbart hat, werden wir sein Haus verlassen. Euer Vater hat noch einen Vetter namens Knight Winthrop, Viscount Castlerosse. Soviel ich weiß, lebt er die meiste Zeit in London. Er sollte unser letzter Ausweg sein, falls Gertrude uns nicht hätte aufnehmen können.«

»Ist er häßlich?« fragte Laura Beth, bevor sie blitzschnell ihren Daumen wieder im Mund verschwinden ließ.

»Keine Ahnung. Ich denke, daß euer Vater ihn erst in zweiter Linie genannt hat, weil er noch Junggeselle ist.«

»Das gefällt mir aber nicht«, meinte Theo. »Das ist ja noch viel schlimmer als bei Ugly Arnold!«

»Arnold ist ein richtiges Ekel!« schimpfte Sam. »Ein Dreckskerl!«

Lily blinzelte erschrocken. Wo hatte der Junge nur alle diese Ausdrücke gelernt? Andererseits war seine Beschreibung aber auch äußerst zutreffend und sehr anschaulich. »Du hast völlig recht«, sagte sie leichthin und wandte sich dann an Theo. »Ich fürchte, uns bleibt keine andere Wahl, Theo. Ich habe gerade noch soviel Geld, um die Fahrkarten nach London zu kaufen. Falls dieser Vetter auch nur einen Hauch von Anstand besitzt, wird er wenigstens für euch drei sorgen.«

»Wir werden dich nicht verlassen!« erklärten Theo und Sam einstimmig, während Laura Beth entschieden nickte. »Aber vielleicht solltest du diesem Gentleman nicht sagen, daß du Papas Verlobte warst. Tante Gertrude und Ugly Arnold haben dich deshalb für eine Schwindlerin gehalten.«

»Als unsere Lehrerin kannst du dich aber auch nicht ausgeben«, meinte Sam. »Denn erstens könnte dich dieser Vetter dann entlassen, und zweitens könnte er dich ebenso belästigen.«

»Sam hat recht«, schloß Theo sehr bestimmend. »Wer könntest du nur sein?«

»Du bist meine Mama«, verkündete Laura Beth, nachdem sie ihren Finger gerade lange genug aus dem Mund genommen hatte, um diesen Satz auszusprechen.

Während Lily das Kind noch anstarrte, gerieten die beiden anderen vor Begeisterung aus dem Häuschen. »Das ist *die* Idee! Meine oder Sams Mutter kannst du nicht sein, dafür bist du zu jung. Aber wenn du dich mit dem Heiraten beeilt hättest, dann könntest du wirklich Laura Beths Mutter sein. In diesem Fall hat Papas Vetter keine Wahl. Er muß uns alle aufnehmen, und als Witwe muß er dich respektvoll behandeln!«

»Mama«, sagte Laura Beth noch einmal. Dann kletterte sie auf Lilys Schoß und schmiegte sich in ihre Arme. Zufrieden verschwand der Daumen wieder im Mund, während eine Hand die Puppe Czarina Catherine fest umklammert hielt.

1. Kapitel

London, England
Oktober 1814

Es war Donnerstag abend, und es regnete. Gegen acht Uhr saß Knight Winthrop, Viscount Castlerosse, in seinem ledernen Lieblingssessel in der Bibliothek von Winthrop House am Portland Square. Voltaires *Candide* lag aufgeschlagen auf seinem Schenkel, während er träumerisch in die Glut des Kaminfeuers starrte und langsam den Brandy in einem bauchigen Glas kreisen ließ. Der größte Teil des getäfelten Raums lag im Dunkel. Nur direkt neben Knights Arm stand ein vielarmiger Kerzenleuchter, der ausreichend Licht zum Lesen spendete. Knight fühlte sich herrlich entspannt und war mit sich und der Welt zufrieden.

Leise lächelnd erinnerte er sich an den Augenblick, als sein kastanienbrauner Berberhengst Allegory mit vielen Längen Vorsprung die Ziellinie des Four Horse Clubs in Hounslow Heath überquert hatte. Knight hatte eine große Summe auf den Sieg gewettet und eintausend Pfund auf Kosten von Sir Edward Brassby einstreichen können. Genüßlich nippte er an seinem Brandy, lehnte dann den Kopf zurück und schloß die Augen. Er war rundherum mit seinem Leben zufrieden. Er war gesund, und bisher fehlten ihm weder Haare noch Zähne. Von Zeit zu Zeit amüsierte er sich mit einer Geliebten, doch er ließ sich die Damen nicht zu nahe kommen. Nur der Kauf eines neuen Rennpferdes konnte ihm gelegentlich Herzklopfen verursachen.

»Mylord.«

Beim Klang von Ducketts leiser Stimme riskierte Knight ein Auge. Selbst bei absoluter Stille konnte man den Butler niemals kommen hören. Duckett war klein, ziemlich rundlich und fast kahl. Er war mit Knights Eigenheiten vertrauter als selbst der Kammerdiener Stromsoe und räumte seinem Herrn mit Hingabe jeden Stolperstein aus dem Weg.

»Was gibt es, Duckett? Hoffentlich nichts Unangenehmes?«

»Das kann ich nicht sagen, Mylord.«

Knight riß die Augen auf und glotzte seinen Butler an. »Wie bitte?«

»Eine junge Person und drei sehr junge Personen möchten Sie sprechen, Mylord.«

»Sagen Sie, daß ich das Land verlassen habe! Ihr? Ihm?«

»Ihr, Mylord.«

»– oder daß ich in die Nordsee gefallen bin. – Wer ist *sie* eigentlich?«

»Sie hat sich als Witwe Ihres Vetters vorgestellt.«

»*Meines Vetters?* Tris?« Fassungslos starrte Knight Duckett an. War Tristan tatsächlich tot? Sekundenlang überlegte er, wann er ihn zum letzten Mal gesehen hatte. Oh, du lieber Himmel, das war bestimmt schon fünf Jahre her! Rasch sprang Knight auf. »Bitten Sie sie herein, Duckett! Mrs. Allgood soll sich um die drei sehr jungen Personen kümmern – ich nehme an, daß es Tristans Kinder sind. Sie wird schon wissen, was sehr junge Personen um acht Uhr abends brauchen.«

»Sehr wohl, Mylord.«

Schmerzhafte Traurigkeit überkam Knight, als er sich an seine Jugend erinnerte. Tris war zehn Jahre älter gewesen, und Knight hatte ihn zutiefst verehrt. Der fröhliche, draufgängerische Tris, dem die Frauen ohne großes Zutun zu Füßen lagen!

»Mrs. Tristan Winthrop, Mylord.«

Zögernd betrat eine junge Frau die Bibliothek. Sie war vom Kopf bis zu den Stiefeln in einen praktischen, braunen Wollmantel gehüllt.

»Guten Abend«, begrüßte Knight seine Besucherin höflich.

»Guten Abend«, erwiderte Lily mit müder Stimme. »Sind Sie Lord Castlerosse?«

»Ja. Geben Sie mir den Mantel. Am Feuer ist es warm. Ein scheußlicher Abend, nicht wahr?«

»Das stimmt. Ich bin sehr erleichtert, daß ich Sie angetroffen habe.«

Knight half ihr aus dem Mantel, und Sekunden später wünschte er, daß er besser nicht an der Verpackung gerührt hätte. Einige Augenblicke lang starrte er sie nur an, doch dann riß er sich mit aller Kraft zusammen und schob ihr einen Sessel zum Kamin. Seine Besucherin war blaß und machte einen erschöpften Eindruck, doch trotz ihres biederen, strengen Haarknotens und des einfachen, etwas mitgenommen aussehenden Kleids war sie so unglaublich schön, daß schon der bloße Anblick beinahe schmerzte. Irgendwann gelang es Knight, seine Augen loszureißen. »Bitte setzen Sie sich und sagen Sie mir, was ich für Sie tun kann.«

Dankbar sank Lily in den Sessel.

Bestimmt lag es am Licht, dachte Knight, denn so schön konnte einfach keine Frau sein! Jedenfalls nicht bei Tageslicht. »Ich werde uns Tee bringen lassen. Haben Sie Hunger? Vielleicht einige Brote und etwas Kuchen?«

»Oh, ja, wunderbar! Vielen Dank!«

»Mrs. Allgood wird sich um die Kinder kümmern.«

Doch dazu hatte Mrs. Allgood keine Gelegenheit, denn Knight hatte noch nicht ganz ausgesprochen, als man schon aufgeregte Stimmen im Flur hören konnte. Sekunden später flog die Tür auf, und drei sehr junge Personen stürzten ins Zimmer.

Lily war sofort aufgesprungen. »Guter Gott!« war alles, was ihr dazu einfiel.

»Mama!« brüllte Laura Beth und klammerte sich verzweifelt an Lilys Beine, während Theo und Sam rechts und links von ihr Aufstellung nahmen.

»Geht es dir gut?« fragte Theo.

Unwillkürlich mußte Lily lächeln. »Mir geht es sehr gut. Was ist los?« Als sie eine ältere Frau im Türrahmen auftauchen sah, fuhr sie rasch fort: »Mrs. Allgood? Es tut mir leid, aber die Kinder lassen mich nicht gern allein mit Fremden – erst recht nicht mit fremden Männern.«

»Was sehr verständlich ist«, bemerkte Knight. Hielten diese sehr jungen Personen ihn denn für ein gefräßiges Biest? Dann wandte er sich an Mrs. Allgood und Duckett: »Bitte lassen Sie uns einen Augenblick lang allein.«

Lily holte tief Luft und legte dann ihre Hand leicht auf Theos Arm. »Das ist Theo, der älteste Sohn von Tristan.«

Der magere Knabe betrachtete Knight mit einem abschätzenden Blick. »Sir«, erklärte er dann knapp, »bitte verzeihen Sie unser stürmisches Eindringen, aber wir lassen unsere Mutter niemals mit Fremden allein.«

»Das verstehe ich, Theo«, erwiderte Knight. »Ich würde das auch nicht tun.«

»Und das ist Sam.«

»Sir«, sagte Sam knapp. Alle Muskeln seines kleinen, kräftigen Körpers waren angespannt und zum Kampf bereit.

»Hallo, Sam«, begrüßte ihn Knight und blickte dann auf das kleine Mädchen hinunter, das hingebungsvoll am Daumen lutschte und krampfhaft eine Puppe an sich drückte.

»Und das ist Laura Beth. Sie ist im Augenblick ein wenig durcheinander, aber wir haben ja auch eine lange Fahrt hinter uns. Außerdem hatten wir große Sorge, wie Sie reagieren würden –« Lily verstummte.

»Glauben Sie mir, ich kann es Ihnen nachfühlen«, versicherte Knight und begrüßte dann das kleine Mädchen. »Hallo, mein Kind!«

Laura Beth sah zu dem großen Mann empor. »Sehr alt sind Sie aber nicht«, stellte sie fest, während sie ihn eindringlich musterte, ohne auch nur ein einziges Mal zu zwinkern.

»Laura Beth!« fuhr Theo dazwischen. »Benimm dich!«

»Ich glaube, sie hat es als Kompliment gemeint, Theo«, bemerkte Knight, und dabei beobachtete er, wie die beiden Brüder einen Blick wechselten. Keiner von beiden sah aus wie Tris, doch als sie so nahe beieinanderstanden, entdeckte er in vielen Kleinigkeiten verblüffende Ähnlichkeiten mit seinem Vetter. »Ihr beide erinnert mich in vielen Zügen an euren Vater«, sagte er.

Laura Beth umklammerte immer noch Lilys Beine und zog dabei an ihrem Kleid, so daß es sich eng um Hüften und Schenkel schmiegte. Knight mußte schlucken, weil ihn ganz plötzlich großes Verlangen nach dieser Frau überkam – nach einer Frau mit drei Kindern! Nein, dachte er, das war ganz und gar unmöglich. Sie war viel zu jung! Er schüttelte den Kopf und lauschte dabei auf ihre weiche, süße Stimme.

»– und dann bringt ihr Laura Beth zu Bett. Seid ihr noch hungrig? Nein? Dann werde ich jetzt Mrs. Allgood rufen.«

»Wir wollen aber nicht, daß du mit ihm allein bleibst! Laura Beth hat recht. Er ist noch längst nicht so alt wie Arnold, und überlege nur, was der getan hat.«

»Er hat es versucht«, berichtigte Lily ihn und hätte ihre beiden Beschützer am liebsten erwürgt. »Jetzt reicht es aber!« Sie war völlig verzweifelt und wollte sich schon entschuldigen, als Knight ihr ins Wort fiel.

»Ich schwöre bei meiner Ehre als Gentleman und als euer Vetter, daß ich mich eurer Mutter gegenüber anständig benehmen werde. Geht jetzt mit Mrs. Allgood! Eure Mutter wird bald nachkommen.« Knight machte eine kleine Pause und lächelte Lily entschuldigend zu. »Ich würde sie ja gern gleich mit euch gehen lassen, aber bisher weiß ich ja noch nicht einmal, was eigentlich geschehen ist. Ich möchte mich gern noch mit ihr unterhalten.«

»Da habt ihr es gehört. Ich bin eurem Vetter noch einige Erklärungen schuldig. Laura Beth, bitte laß mich jetzt los! Sam und Theo, würdet ihr jetzt bitte gehen?«

»Also gut«, erklärte Theo, doch Sam fiel ihm ins Wort. »Aber wir werden auf die Uhr schauen!« Dabei hatte er seine kleinen Fäuste geballt.

Nachdem man Mrs. Allgood wieder hereingerufen hatte, war auch Laura Beth bereit, ihr zu folgen. Vertrauensvoll legte sie ihre Hand in die der älteren Frau und sah zu ihr auf. »Sam und ich hätten gern Kekse.«

»Cuthbert macht die besten Kekse der Welt«, erklärte Mrs. Allgood, während sie mit den Kindern hinausging.

»Machen Sie sich keine Sorgen, Lily! Sie weiß, wie man mit Kindern umgeht«, versicherte Knight, weil Lily so skeptisch dreinsah. »Kommen Sie, setzen Sie sich! Ich werde Duckett bitten, uns Tee und Kekse zu bringen.«

Gehorsam sank Lily wieder in ihren Sessel und seufzte erleichtert. Nachdem Knight seine Anweisungen gegeben hatte, bemerkte er, daß Lily beinahe eingeschlafen war.

»Wenn Sie zu müde sind, können wir genausogut morgen vormittag über alles sprechen«, sagte er mit leiser Stimme.

»Oh, nein, das ist sehr freundlich, aber ich möchte Ihnen doch noch erklären, weshalb wir hier sind. Sie müssen begreifen –«

»Ah, Duckett, sehr schön! Fahren Sie den Teewagen zu Mrs. Winthrop! Danke, das ist alles.«

Duckett drückte sich noch eine Weile im Zimmer herum und verließ schließlich nur zögernd die Bibliothek.

»Ich glaube, er ist von diesem Überfall nicht gerade begeistert«, bemerkte Lily, während sie ihm nachsah.

»Das hat man davon, wenn einen die Bediensteten zu gut kennen! Aber denken Sie sich nichts dabei! Nun, Mrs. Winthrop – es klingt seltsam, da ich genauso heiße! –, ich bin also Knight Winthrop.« Bei diesen Worten verbeugte er sich leicht.

Lily neigte den Kopf. »Und ich bin Lily Winthrop, die Witwe von Tristan Winthrop. Es tut mir leid, daß ausgerechnet ich Ihnen die Nachricht überbringen muß. Er ist im vergangenen Monat in Brüssel gestorben.«

»Das tut mir entsetzlich leid! Wie ist es denn geschehen? War er krank?«

Lily wandte den Kopf zur Seite, doch Knight hatte längst den kummervollen Ausdruck ihrer Augen gesehen. »Nein, er wurde auf der Straße ermordet. Wahrscheinlich von Straßenräubern, jedenfalls war das die Meinung der Polizei. Sie wurden nicht gefaßt, und kurze Zeit später haben die Kinder und ich die Stadt verlassen.«

»Und wo sind Sie so lange gewesen? Jetzt haben wir doch beinahe Ende Oktober!«

Lilys Lächeln verschwand von ihrem Gesicht, als ob man einen Wasserhahn abgedreht hätte. »Wir waren zuerst bei Tristans Schwester in Yorkshire.«

»Ach, du Himmel, die Damsons habe ich ja total vergessen! So heißen sie doch, oder nicht?«

Im Flammenschein schimmerte ihr Haar wie flüssiger Honig. Verdammt, dachte Knight und schluckte heftig, dabei mochte er doch die Farbe gar nicht. »Dann haben Sie sicher auch Ugly Arnold kennengelernt, oder?«

»Ja, er ist Gertrudes Ehemann. Die beiden scheinen sich nicht sehr gut zu verstehen. Wir sind deshalb auch vor vier Tagen abgereist.« Da Lily befürchtet hatte, daß Gertrude möglicherweise Anspruch auf die Kinder erheben könnte, hatten sie sich im Morgengrauen leise davongeschlichen.

»Das ist eine lange Reise! Sie sind bestimmt mit der Postkutsche gekommen, nicht wahr?«

»Natürlich.«

»Um Sam oder Theos Mutter zu sein, sind Sie eindeutig zu jung. Wenn ich es mir genau überlege, dann eigentlich auch für Laura Beth.«

»Laura Beth ist meine Tochter. Sie ist vier Jahre alt. Theo und Sam sind meine Stiefsöhne. Tristans erste Frau ist vor ungefähr sechs Jahren gestorben.« Das war eine weitere Lüge, denn Elizabeth war bei der Geburt von Laura Beth gestorben.

»Aber selbst als Mutter einer vierjährigen Tochter scheinen Sie mir noch viel zu jung«, brummte Knight – immer noch ungläubig – vor sich hin. Dabei sprach er eigentlich mehr zu sich selbst.

»Ich bin dreiundzwanzig«, stellte Lily fest, um damit auch seine letzten Zweifel auszuräumen.

Knight beschloß, das Thema fallenzulassen. »Bitte greifen Sie doch zu! Cuthberts Sandwiches sind wirklich nicht zu verachten. Verraten Sie mir den genauen Grund, weshalb Sie das Haus der Damsons verlassen haben?«

Im Grunde ahnte er die Antwort bereits. Man mußte Lily nur ansehen, um zu wissen, daß ein Mann in ihrer Gegenwart schnell den Kopf verlieren und alle seine Tugenden vergessen konnte. Eigentlich wußte Knight nicht einmal genau, weshalb er die Frage überhaupt gestellt hatte.

»Wir waren dort nicht besonders glücklich, denn wir waren nicht ausgesprochen willkommen. Und außerdem wegen Ugly Arnold. Tris hat immer gesagt, daß wir uns an die Damsons wenden sollten, falls ihm einmal etwas geschähe. Doch wenn es dort Schwierigkeiten gäbe, sollten wir uns an seinen Vetter, also an Sie, wenden.« Sie sah ihm gerade in die Augen. »Wir haben keinen anderen Zufluchtsort. Damit Sie mich nicht falsch verstehen, Mylord. Ich alleine kann für mich selbst sorgen, aber ganz bestimmt nicht für die Kinder. Es sind wunderbare Kinder, und sie verdienen Besseres als das, was ich ihnen bieten kann.«

»Hat Tris Sie ohne einen Penny zurückgelassen?« Knight fragte geradeheraus, weil er spürte, daß Lily genau das erwartete.

»So kann man es sagen. Nachdem ich das Begräbnis bezahlt hatte, blieben uns noch genau vierzig Pfund.« Sie machte eine kleine Pause, und Knight beobachtete, wie ihre Finger nervös am Stoff ihres Kleides zupften.

»Schenken Sie mir bitte auch eine Tasse Tee ein?«

»Aber selbstverständlich.« Lily war über die Ablenkung erleichtert.

Zweifellos hatte sie eine ausgezeichnete Erziehung genossen, dachte Knight, während seine Augen jede ihrer ruhigen, geschickten Bewegungen verfolgten. »Ich nehme nur wenig Milch«, bat er, und als er sah, daß ihre Hände ganz leicht zitterten, empfand er sofort ein schlechtes Gewissen. Wahrscheinlich war sie schrecklich müde und bestimmt hatte sie auch Angst, daß er sie und die Kinder wieder auf die Straße setzen könnte.

»Ich werde mich um alles kümmern«, sagte er mit ruhiger Stimme, noch bevor er es selbst begriffen hatte. »Bitte, machen Sie sich jetzt keine Gedanken mehr! Sobald Sie gegessen haben, wird Mrs. Allgood Ihnen Ihr Zimmer zeigen. Sie und die Kinder sind bei mir gut aufgehoben. Ich bin kein Ugly Arnold, darauf können Sie sich verlassen.« Als ihm die Bedeutung seiner Worte aufging, zuckte er zusammen. Was, zum Teufel, hatte ihn dazu gebracht, solche Versprechungen abzugeben?

»Vielen Dank, Mylord!« hauchte Lily.

»Für mich ist das ganz selbstverständlich«, erwiderte Knight, während er ihr eine Platte mit Sandwiches anbot. »Tristan war sozusagen mein Lieblingsvetter, auch wenn wir uns seit fünf Jahren nicht mehr gesehen haben. Es will mir nicht in den Kopf, daß er tot ist.«

In diesem Augenblick klopfte es an der Tür. »Ja?« rief Knight.

Eine etwas verzweifelte Mrs. Allgood steckte den Kopf durch die Tür. »Verzeihen Sie, daß ich störe, Mylord, Mrs. Winthrop, aber die Kleine weint jämmerlich. Das Haus ist ihr fremd, und sie fürchtet sich.«

Fast augenblicklich sprang Lily auf. »Verzeihen Sie, Mylord!« Rasch lief sie zur Tür, doch dann besann sie sich und wandte sich um. »Ich danke Ihnen, doch jetzt muß ich mich um die Kinder kümmern. Danach werde ich zu Bett gehen. Gute Nacht, Mylord. Unser Gespräch muß leider bis morgen warten.«

Sie war so schnell verschwunden, daß Knight nicht einmal Gelegenheit gehabt hatte, aufzustehen. Nachdem sich die Tür hinter den beiden Frauen geschlossen hatte, blickte er gedankenvoll ins Kaminfeuer, dessen Glut langsam verlosch. Die Nacht war scheußlich kalt, und er hoffte nur, daß Lily sich auch genügend aufgewärmt hatte. Als sein Blick schließlich auf den *Candide* fiel, den er auf der Sessellehne abgelegt hatte, runzelte er die Stirn. Was hatte er gerade eben noch gedacht? O ja, er war rundherum mit seinem Leben zufrieden gewesen – doch nun hatte er plötzlich drei Kinder im Haus und noch dazu eine wunderschöne, junge Witwe!

Er schüttelte verwundert den Kopf. Selbst wenn sie völlig heruntergekommen gewesen wäre, hätte er ihr ohne Zögern geholfen. Lily war ein wunderhübscher Name. Außerdem hatte sie blaßgraue Augen, doch plötzlich war er nicht mehr sicher, ob er sich richtig erinnerte und beschloß, das gleich am nächsten Tag zu überprüfen. Und dann die Kinder! Als er sich an ihre Gesichtszüge erinnerte, stand ihm plötzlich sein Vetter Tris deutlich vor Augen. Verdammt, dachte er, hättest du nicht ein wenig vorsichtiger sein können, lieber Vetter? Weshalb mußte es ausgerechnet dich erwischen? Was wäre wohl geschehen, wenn er nicht zu Hause gewesen wäre? Bestimmt hätte Duckett Lily und die Kinder hereingebeten, aber ganz unwillkürlich mußte Knight an die vielen spöttischen Bemerkungen über Kinder denken, die Duckett von ihm zu hören bekommen hatte.

In einem der Gästezimmer im oberen Stockwerk wurde Lily von einer hysterisch schluchzenden Laura Beth empfangen. Theo und

Sam war es nicht gelungen, sie zu beruhigen. Sie standen hilflos daneben. Auch Mrs. Allgoods Zungenschnalzen half nicht das mindeste.

»Ich danke Ihnen für Ihre Bemühungen, Mrs. Allgood«, erklärte Lily resolut, »doch jetzt werde ich mich um die Kleine kümmern. Die Kinder werden hier bei mir schlafen. Es macht mir überhaupt nichts aus.«

Mrs. Allgood war verblüfft und gleichzeitig ein wenig ratlos. Früher hatte es in Winthrop House selbstverständlich auch einen Kinderflur gegeben, der jedoch schon seit vielen Jahren zu Zimmern für die Bediensteten umgebaut worden war. Seit sie in diesem Haus war, hatte es hier keine Kinder mehr gegeben. Wo hätte sie die Jungen also einquartieren können?

Lily schien ihr Problem zu erraten. »Gibt es vielleicht zwei nebeneinanderliegende Schlafzimmer mit einer Verbindungstür, in die wir morgen umziehen könnten? Heute nacht bleiben wir jedenfalls alle hier, und die Jungen schlafen auf dem Fußboden.«

Verwirrt machte sich Mrs. Allgood wortlos auf die Suche nach Decken und Matratzen. Kaum daß sich die Tür hinter ihr geschlossen hatte, stellte Laura Beth ihr infernalisches Geheul ab und grinste Lily zufrieden an.

»Habe ich es mir doch gedacht, daß hier irgend etwas nicht stimmt!« wunderte sich Lily, während sie in gespielter Empörung die Hände in die Hüften stützte.

»Wir wollten erreichen, daß er dich gehen läßt. Deshalb hat Laura Beth so getan, als ob sie weint«, erklärte Theo. »Unser Vetter sieht zwar wie ein Gentleman aus, aber sicher ist sicher! In deiner Gegenwart werden die Männer ...«

»Er hätte ja auch die Tür abschließen und den Schlüssel in den Kamin werfen können!« warf Sam dazwischen.

Lily hob abwehrend die Hand. »Aber nein! Euer Vetter war überaus höflich. Kommt, kuscheln wir uns aufs Bett, bis Mrs. Allgood mit den Decken kommt!«

»Es hat doch ganz echt gewirkt, nicht wahr?« piepste Laura Beth zufrieden, während sie sich an Lilys Brüste schmiegte. Sam und Theo ließen sich im Schneidersitz auf dem Fußende nieder.

»Die arme Mrs. Allgood war jedenfalls zutiefst beeindruckt«, bestätigte Lily, während ihre Augen zum ersten Mal bewußt die Einrichtung des Zimmers wahrnahmen.

Insgesamt war alles eine einzige Symphonie aus blauen und hellen Tönen. Das Bett stand erhöht auf einem Podest und war mit einer dunkelblauen Überdecke zugedeckt. Ein heller Aubussonteppich bedeckte den Fußboden.

»Es sieht aus wie ein Mädchenzimmer!« bemerkte Sam verächtlich. »So blaß und weichlich!«

Lily war entsetzlich müde und wunderte sich lächelnd, woher diese Kinder nur ihre Kraft nahmen. Irgendwann spürte sie, wie Laura Beths kleiner Körper erschlaffte und gegen sie sank.

»Sie schläft«, sagte Theo und fuhr dann fort: »Sam hat recht, es ist wirklich ein Mädchenzimmer. Glaubst du, daß sich unser Vetter auch in Zukunft anständig benehmen wird, Mama?« fragte er schließlich fürsorglich.

Lily ergriff seine Hand und drückte sie. Seit der etwas überstürzten Abreise von Damson Farm hatten sich die Kinder redliche Mühe gegeben, sie mit ›Mama‹ anzureden. Mittlerweile schien es ihnen bereits in Fleisch und Blut übergegangen zu sein. »O ja, ich glaube schon. Natürlich war er über unser plötzliches Auftauchen überrascht, doch er hat sich vorbildlich verhalten. So, hier kommt euer Bettzeug.«

So sanft wie möglich hob Lily Laura Beth von ihrem Schoß und hüllte sie in eine Decke ein. Dann bedankte sie sich bei Mrs. Allgood und entließ sie. Mit Hilfe der Jungen rollte sie anschließend die Matratzen auf dem dicken Teppich aus, und etwa dreißig Minuten später schliefen sie alle tief und fest.

Unten in der Bibliothek starrte Knight Mrs. Allgood fassungslos an. »Was haben Sie da gesagt?«

»Ich habe gesagt, daß sie alle zusammen in einem einzigen Zimmer schlafen, Mylord. Ich habe noch Bettzeug für die Jungen hinaufgetragen und alles mit eigenen Augen gesehen.«

»Das ist ja absurd! Ändern Sie das auf der Stelle! Die junge Frau ist völlig erschöpft und braucht ihre Ruhe. Vier Menschen in einem einzigen Raum!«

»Aber es war Mrs. Winthrops ausdrücklicher Wunsch, Mylord«, entgegnete Mrs. Allgood entschieden. Sie kannte Knight schon, seit dieser erst drei Jahre alt war. »Wir werden die Angelegenheit morgen früh regeln. Gute Nacht, Mylord. Falls Sie allerdings noch einen Wunsch haben sollten …«

»Nein, nein, Sie können zu Bett gehen, Mrs. Allgood.«

»Ich nehme an, daß die Lady und die Kinder für einige Zeit hierbleiben werden, oder nicht?«

»Ich denke schon«, erwiderte Knight. »Verstehen Sie etwas von kleinen Kindern, Mrs. Allgood?«

»Aber selbstverständlich, Mylord. Es ist zwar schon einige Zeit her, seit meine Gladys ein Kind war, aber dafür hat sie inzwischen zwei Babys, die ich einmal in der Woche sehe.«

Knight hatte noch nie auch nur einen einzigen Gedanken an Mrs. Allgoods Privatleben verschwendet. Für ihn gehörte sie schon von frühester Jugend an zu diesem Haus. »Aha«, war alles, was ihm als Entgegnung einfiel.

»Morgen früh werden Mr. Duckett und ich Mrs. Winthrop und die Kinder in angrenzenden Schlafzimmern unterbringen. Sie brauchen sich keinerlei Gedanken zu machen.«

Auf höfliche Art hatte sie ihm soeben erklärt, daß er sich aus der Sache heraushalten sollte. Knight mußte lächeln. »Lassen Sie Duk-kett abräumen. Mrs. Winthrop hat nicht allzuviel essen können.«

»Sehr wohl, Mylord. Gute Nacht!«

2. Kapitel

Wo, zum Teufel, steckte sie nur? Es war bereits zehn Uhr. Knight ging unruhig in der Bibliothek auf und ab. Schließlich läutete er nach Duckett.

»Mylord?«

»Guter Gott, haben Sie mich erschreckt! Müssen Sie immer so schleichen?«

»Verzeihung, Mylord.«

»Wo ist Mrs. Winthrop? Sie muß doch längst auf sein! Hat sie schon gefrühstückt?«

»Danach habe ich mich bereits erkundigt. Man hat ihr das Frühstück im Schlafzimmer serviert, denn sie wollte oben bei den Kindern bleiben.«

Das klang plausibel, obwohl es nicht gerade schmeichelhaft für ihn war – für ihren Gastgeber, ihren Retter, ihren Beschützer in dieser kalten und harten Welt. »Sagen Sie ihr, daß ich sie in der Bibliothek sprechen möchte!«

»Ja, Mylord.«

»Aber natürlich nur, wenn es ihr paßt.«

»Bestimmt wollen Sie sie nicht drängen, nicht wahr?«

»Verdammt, Duckett! Können Sie denn Ihre Meinung nicht ein einziges Mal für sich behalten?«

»Wie Sie wünschen, Mylord.«

»Eines Tages werde ich Sie umbringen lassen!«

»Mich, Mylord?«

»Ja, ich werde Stromsoe damit beauftragen.«

»Ausgerechnet Ihren Kammerdiener, der keiner Fliege etwas zuleide tun kann?«

»Ach, machen Sie, daß Sie wegkommen!«

Ungefähr zehn Minuten später erschien das Zimmermädchen bei Lily und den Kindern. »Mr. Duckett läßt Ihnen ausrichten, Madam, daß Seine Lordschaft, falls Sie es einrichten können, daß er in der Bibliothek mit Ihnen reden möchte.«

»Danke, Betty. Ich werde sofort hinuntergehen.«

»Weshalb will er dich sprechen?« fragte Theo.

»Und noch dazu allein!« ergänzte Sam. »Weshalb ruft er nicht uns alle zu sich? Ich werde ihm eine reinhauen!«

»Er ist gar nicht alt«, bemerkte Laura Beth, nachdem sie den Finger aus dem Mund genommen hatte.

»Ihr seid vielleicht mißtrauisch!« bemerkte Lily amüsiert. »Zweifellos möchte euer Vetter wissen, wie es in Zukunft weitergehen soll. Theo, bitte passe auf Laura Beth auf, und du stellst bitte nichts an, nicht wahr, Sam? Ich möchte eurem Vetter nämlich keinen Grund geben, uns wieder vor die Tür zu setzen. Ich bin bald zurück.«

Vor dem Spiegel hielt Lily sekundenlang inne und betrachtete seufzend ihre blassen Wangen und die Ringe unter ihren Augen. Da daran leider nichts zu ändern war, richtete sie nur schnell ihr Haar, bevor sie das Zimmer verließ.

Lily hatte nicht gesehen, daß ihre großen Augen grauer waren als sonst und von sorgenvollen Gedanken verdunkelt wurden, doch Knight stellte das auf den ersten Blick fest. Er hätte heulen und fluchen können, denn er hatte so sehr gehofft, daß sich diese unglaublich schöne Frau über Nacht in eine normale Mutter verwandelt hätte – doch nichts dergleichen. Ihr einfaches, blaßgraues Musselinkleid mit der hoch angesetzten Taille und den langen Ärmeln war völlig schmucklos, aber gerade deswegen brachte es ihre vollen Brüste und ihren schmalen Körper noch mehr zur Geltung. Das Haar trug sie zurückgekämmt, wodurch ihre hohen Wangenknochen, die etwas exotisch geschnittenen Augen, ihre wunderschön geformten Ohren und ihre schmale, leicht gebogene Nase wunderbar hervorgehoben wurden.

Sie war die aufregendste Frau, der er jemals begegnet war, aber gleichzeitig war sie auch die Witwe seines Vetters und trug die Verantwortung für drei kleine Kinder. In diesem Augenblick entschied Knight, daß er sie und die Kinder demnächst in Castle Rosse unterbringen wollte, denn sein ruhiger, beschaulicher Lebensfluß war einem derartig stürmischen Einbruch nicht gewachsen.

»Mylord«, grüßte Lily, als sie den Raum betrat.

»Bitte nennen Sie mich Knight. Schließlich sind wir Verwandte.«

»Aber dann müssen Sie auch Lily zu mir sagen.«

»Ein etwas ungewöhnlicher Name.«

»Mein Vater, Francis Tremaine – Baron Markham, wie Sie vielleicht wissen –, hatte wahrscheinlich nur wenige bewundernswerte Vorlieben im Leben, aber eine davon war mit Sicherheit seine Liebe zu Pflanzen und Tieren.« Sie lachte leise. »Ich möchte ja nicht wissen, wie ich geheißen hätte, wenn ich ein Junge geworden wäre.«

Der Klang ihrer Stimme und ihr Lächeln wärmten Knight wie plötzlicher Sonnenschein, der durch dunkle Wolken hervorbricht. Es dauerte einige Zeit, bis er begriffen hatte, wer ihr Vater gewesen war. Tremaine – der siebte Baron Markham! Guter Gott, dieser Mann hatte doch vor einigen Jahren England und damit auch seinen Stammsitz in Dorset Hals über Kopf verlassen müssen! Er war damals nach Brüssel geflohen. Etwa mit Lily?

»Und Ihre Mutter?«

»Sie starb, als ich vierzehn Jahre alt war. Soweit ich mich erinnere, war sie eine einfache, aber sehr zielstrebige Frau.«

»Falls Sie ihr ähnlich sehen, ist das bestimmt untertrieben!«

Lily zuckte ein wenig zurück, und Knight hätte sich am liebsten die Zunge abgebissen. Es war ihm einfach so herausgerutscht, doch sie war auf der Hut. Er war schließlich ein Mann, und sie befand sich in seiner Hand – und das nach ihren Erfahrungen mit Ugly Arnold! Woher sollte sie wissen, daß Knight kein Wüstling war, der unbedingt jede Frau erobern mußte? Als er sich schon entschuldigen wollte, sprach Lily jedoch bereits weiter.

»Es stimmt. Meine Mutter war eine sehr schöne Frau.« Danach schwieg sie wieder einige Zeit und blickte durch die Bogenfenster in den gegenüberliegenden Park hinaus. Schließlich fuhr sie mit leiser Stimme fort: »An Ihrer Reaktion habe ich gemerkt, daß Sie von meinem Vater gehört haben. Er war vielleicht kein besonders kluger Mann, aber er hat mich über alles geliebt und gut für mich gesorgt.«

Sofort schoß Knight der Gedanke durch den Kopf, daß das bestimmt eher umgekehrt gewesen war. Doch er schwieg.

Wahrscheinlich will er nur höflich sein, dachte Lily, und wechselte rasch das Thema. »Sie wollten mich sprechen, Mylord?«

»Knight«, korrigierte er sie abwesend. »Ich habe gehört, daß Sie die vergangene Nacht mit den Kindern in einem Schlafzimmer verbracht haben. War das nicht ein bißchen eng?«

»Für die Kinder war es mit Sicherheit richtig, doch ich glaube, daß Duckett bereits andere Zimmer für uns herrichtet.«

»Oh, ich vergesse alle meine Manieren! Nehmen Sie doch bitte Platz!« Dabei deutete er auf einen Stuhl und ließ sich selbst in einem bequemen Ledersessel hinter seinem riesigen Mahagonischreibtisch nieder. »Hat Tris eigentlich ein Testament hinterlassen?«

»Nein, nicht daß ich wüßte. Er hat so etwas nie erwähnt, und ich habe auch keines in seinen Papieren gefunden.«

»Dann hat er also niemanden als Vormund für seine Kinder bestimmt?«

»Ich kümmere mich doch um sie!«

»Ich hätte aber erwartet, daß Tris einen Gentleman als Vormund bestimmt hat.«

»Und weshalb?«

Mit unbeirrbarer Geduld antwortete er auf ihre Frage. »Sie sind sehr jung und noch unerfahren. Die Kinder brauchen eine männliche Autorität, die alle Dinge für sie regelt. Sie sind nun einmal eine Frau – nun, es ist eben etwas anderes.«

Am liebsten hätte Lily gefragt: ›*Etwas anderes als was?*‹. Doch sie sagte nur: »Das mag sein.«

»Außerdem ist es schon aus finanziellen Gründen wichtig, daß die Kinder einen männlichen Verwandten als Vormund haben.«

»Nein!«

»Als männliche Verwandte kommen nur Ugly Arnold oder ich in Frage. Sie haben die Wahl! Ich gehe davon aus, daß Sie diese Dinge endgültig regeln und die schreckliche Möglichkeit ausschließen wollen, daß man Ihnen die Kinder vielleicht doch eines Tages abspricht.«

Diese Möglichkeit entsetzte Lily zutiefst.

Mit ruhiger Stimme fuhr Knight fort: »Daran haben Sie bisher noch nicht gedacht, nicht wahr?«

»Nein, ich war damit beschäftigt, ein neues Zuhause für uns zu finden!«

»Das verstehe ich ja, doch diese Dinge müssen sorgfältig geregelt werden.«

»Niemand kann mir die Kinder wegnehmen, oder etwa doch?«

»Eigentlich glaube ich es auch nicht, doch ich habe zur Vorsicht meinen Anwalt, Tilney Jones, gebeten, heute nachmittag vorbeizukommen. Er wird wissen, was zu tun ist.«

»Das ist sehr lieb von Ihnen.«

Knight überhörte ihre Bemerkung. »Falls ich der gesetzliche Vormund der Kinder werden soll, müssen Sie sich darüber klar sein, daß ich dann über die Jungen bis zum achtzehnten Geburtstag ganz allein bestimmen kann, und über Laura Beth bis zu ihrem achtzehnten Geburtstag oder bis zum Tag ihrer Hochzeit.«

Lily schwieg betroffen. Beim Gedanken an eine vierjährige, daumenlutschende Braut mußte sie lächeln, doch schon kurz darauf wurde ihr die Bedeutung von Knights Aussage bewußt. Nervös fummelte und zupfte sie an ihrem Musselinrock.

Knight beobachtete sie sehr genau. Wahrscheinlich behagte ihr nichts von dem, was er vorgeschlagen hatte, doch sie schwieg trotzdem, denn schließlich besaß er die Macht, sie jederzeit wieder auf die Straße zu setzen. Schuldbewußtsein überkam Knight, und insgeheim verfluchte er die ganze Situation. »Wahrscheinlich hätten Sie am liebsten einen großen Haufen Geld, um gar nicht auf mich angewiesen zu sein!«

»Das stimmt allerdings«, erwiderte Lily unverändert sanft, doch gleichzeitig reckte sie ihr kleines Kinn steil in die Höhe. Ganz wie Sam, dachte Knight, während Lily mit flammenden Wangen aufsprang. Na endlich, dachte Knight angesichts ihrer Wut, endlich hat sie einmal ihre Lage außer acht gelassen. »Ich weiß eigentlich nicht, weshalb ich einverstanden sein soll, Mylord. Von Ihnen weiß ich nur, daß Sie Tristans Vetter sind. Sie können ein Heiliger sein, aber genausogut auch der Teufel persönlich! Nein, ich werde Ihnen mein Einverständnis nicht geben!«

»Nehmen Sie sich ein wenig zusammen, Mrs. Winthrop. Sie sind noch sehr jung und haben wenig Lebenserfahrung.«

Dieser Anflug von männlicher Überheblichkeit war zuviel für Lily. »Ha! Wie Sie wissen, war mein Vater ein Spieler. Er hat selbst noch auf seinem Sterbebett mit dem Arzt gewettet, ob er weitere vierundzwanzig Stunden schaffen würde. Es ging um die Behandlungskosten, und mein Vater hat den vereinbarten Zeitpunkt tatsächlich um eine geschlagene Stunde überlebt! Ich habe mich um meinen Vater gekümmert, ihn vor unehrenhaften Halsabschneidern beschützt und habe dabei wahrscheinlich mehr Elend gesehen als Sie in Ihren fortgeschrittenen Jahren.«

»Ich bin lediglich vier Jahre älter als Sie«, bemerkte Knight in mildem Ton.

»Mit Sicherheit sind Sie älter als dreiundzwanzig!« Lily hatte den Satz noch nicht ganz beendet, als sie nach Luft schnappte und unwillkürlich einen Schritt zurücktrat. Dabei stieß sie heftig gegen einen Stuhl und verlor die Balance. Sie ruderte zwar noch einige Male vergeblich durch die Luft, doch es nützte nichts. Sekunden später landete sie auf dem Boden.

»Lily, um Gottes willen!« Rasch kam Knight um den Schreibtisch herum, doch als er ihren wütenden Gesichtsausdruck, ihre hochgerutschten Röcke und die hübschen Fesseln sah, mußte er trotz aller guter Vorsätze lachen. »Lassen Sie mich Ihnen helfen!« Mit diesen Worten streckte er ihr die Hand entgegen und zog Lily hoch. Da er jedoch zuviel Schwung aufgewendet hatte, stolperte sie gegen ihn, und für einige Augenblicke fühlte er, wie sich ihr Körper an seinen drückte. Sofort durchfuhr ihn eine heiße Welle der Erregung, was er anfangs gar nicht wahrhaben wollte. Es konnte einfach nicht sein, daß eine Frau ihn derart erschüttern konnte – aber trotzdem empfand er Sehnsucht nach Berührung.

»Was machen Sie mit Mama?«

Blitzartig wandte Knight sich um, und augenblicklich erstarben seine Gefühle. Als er Sam erblickte, ließ er Lily los. Der kleine Junge hatte die Fäuste geballt, und die Muskeln seines Körpers waren angespannt.

»Du schleichst so leise herum wie Duckett!« seufzte Knight. »Ich habe deiner Mutter nichts getan. Sie ist gestolpert und hingefallen, und ich habe ihr lediglich aufgeholfen. Was möchtest du?«

Lily wich einige Schritte zurück und strich ihren Rock glatt. Die Situation hatte sie so sehr verunsichert, daß sie sich Luft schaffen mußte, und sie fiel mit lauter Stimme über Sam her. »Wirklich, Sam, jetzt reicht es aber! Geh sofort zurück in dein Zimmer! Wo sind Theo und Laura Beth?«

»Wir haben gelost«, gestand Sam verlegen, wobei er den Blick eisern auf seine Schuhspitzen gerichtet hielt. »Ich habe gewonnen.«

»Nachdem du dich nun überzeugt hast, daß alles in Ordnung ist, kannst du wieder verschwinden. Ich muß noch einiges mit deiner Mutter besprechen.« Stur wie ein Esel blieb Sam stehen.

Nachdem Lily sich wieder beruhigt hatte, begriff sie, daß sie ungerecht gewesen war, und schlug einen sanfteren Ton an. »Geh bitte wieder, mein Schatz. Wir sind noch nicht fertig.«

Doch Sam bewegte sich keinen Zentimeter und sah sie nur beunruhigt an.

»Bitte, Sam!« bat Lily eindringlich.

»Hinaus!« befahl Knight schließlich schroff, nachdem Lilys Bitte keinen Erfolg gehabt hatte.

Widerwillig setzte sich Sam daraufhin in Bewegung, und Lily und Knight sahen ihm schweigend nach, bis sich die Tür hinter ihm geschlossen hatte. Danach ging Knight hinüber und drehte den Schlüssel herum. Noch nie zuvor in seinem Leben hatte er jemals eine Tür abgeschlossen, und er fragte sich kopfschüttelnd, wie es soweit hatte kommen können. Während der letzten zwölf Stunden hatte sich sein Leben mit beunruhigender Geschwindigkeit geändert. Seufzend ging er wieder zu Lily zurück.

Schuldbewußt sah sie ihm entgegen. »Ich habe ihn angeschrien«, murmelte sie erschüttert. »Ich habe ihn tatsächlich einfach angeschrien.«

»Ich nehme stark an, daß er es überleben wird. Doch jetzt wollen wir zum Thema zurückkommen. Bestimmt sind Sie damit einverstanden, daß ich die Kinder erziehe, wenigstens die Jungen.«

»Oh, nein. Keineswegs. Ich kann das genausogut, denn sie sind noch sehr jung und –«

»Wie alt ist Theo?«

»Er wurde im August neun, aber er –«

»Er sollte möglichst bald nach Eton gehen.«

»Dem werde ich nicht zustimmen! Für den Anfang kann ich sie unterrichten. Außerdem habe ich das nun schon seit fast einem Jahr gemacht.«

»Erst seit einem Jahr? Ich dachte, Sie wären schon mindestens seit vier Jahren mit Tris verheiratet? So alt ist doch auch Laura Beth, oder nicht?«

Lügen haben wirklich kurze Beine, dachte Lily. »Früher hat Tris sie unterrichtet«, behauptete sie, obwohl sie genau wußte, daß es nicht stimmte. Es war zwar auch nicht restlos geschwindelt, doch es reichte, um Knights Lippen schmal werden zu lassen.

»Aha«, sagte er nur und wandte sich ab. »Ich werde Sie rufen lassen, sobald Tilney Jones eingetroffen ist. Ich nehme an, das ist Ihnen recht?«

Kalt wie eine eingefrorene Wasserleitung, dachte Lily und wußte ganz genau, daß er ihre Lüge durchschaut hatte. Sie seufzte. Die Unterredung war nicht gerade erfolgreich verlaufen. »Vielen Dank, Mylord. Bis später.«

Knight wandte sich um und sah ihr nach, wie sie mit gesenktem Kopf zur Tür ging. »Wollen Sie mit mir zu Mittag essen, Lily?« Und als sie nicht sofort antwortete, fügte er noch hinzu: »Die Kinder selbstverständlich auch!« Doch noch im selben Augenblick verfluchte er sich im stillen, weil er sich nicht vorstellen konnte, wie man in Gegenwart von Kindern eine anständige Unterhaltung führen konnte.

»In Ordnung«, antwortete Lily rasch, bevor sie den Raum verließ.

Ich bin doch wirklich ein Idiot, sagte Knight zu sich selbst, während er auf die geschlossene Tür blickte. Weshalb habe ich sie eigentlich gebeten, mit mir zu essen? Es war ihm einfach so herausgerutscht, und solche Sachen schätzte er ganz und gar nicht.

Wenige Minuten später verließ Knight das Haus, um sich mit Raymond Cosgrove, Lord Alvanley, und Julien St. Clair, Earl of March, im Boxing Salon von Gentleman Jackson zu treffen. Nachdem Knight sich nach Kräften verausgabt und sogar eine kleine, aber schmerzhafte Prellung oberhalb der dritten Rippe davongetragen hatte, stellte er plötzlich fest, daß die Mittagszeit längst vorüber war. Hatte ihm sein Unterbewußtsein etwa einen Streich gespielt und ihn die Verabredung absichtlich vergessen lassen?

»Ich muß nach Hause«, eröffnete er plötzlich seinen Freunden. »Ich habe den Lunch völlig vergessen.«

»Was, zum Teufel, reden Sie da, Knight?« wollte Julien wissen. »Gerade eben haben Sie Canney auf die Bretter gelegt, und jetzt reden Sie solchen Unsinn! Was hat der Lunch damit zu tun?«

»Ich habe Besuch«, erklärte Knight, während er sich den Schweiß von der Stirn wischte.

»Wen denn?« erkundigte sich Lord Alvanley.

»Die Witwe meines Vetters und ihre Kinder.«

»Kinder?« Julien und Raymond starrten ihren Freund fassungslos an.

Schließlich gesellte sich sogar Sir Charles Ponsonby zu ihnen. »Ich glaube, ich habe mich verhört! Hat Knight soeben tatsächlich von Kindern gesprochen? Haben Sie etwa welche überfahren? Cuthbert wird sie sicher schmackhaft zubereiten. Welche Kinder denn?«

Knight betrachtete seine Freunde ungerührt. »Ich spreche von den Kindern meines Vetters«, sagte er gleichmütig. »Ihre Mutter und sie wohnen bei mir in Winthrop House.«

»Und mit ihnen waren Sie zum Lunch verabredet?« fragte Raymond mit unbewegter Miene, doch dann konnte er sich nicht länger beherrschen und platzte vor Lachen. »Das darf doch nicht wahr sein! Kinder im Haus eines Junggesellen! Und ausgerechnet in Winthrop House!«

»Ich glaube, ich durchschaue die Sache!« meinte Sir Charles und drohte Knight scherzhaft mit dem Finger. »Es geht bestimmt um die Mutter der Kinder, nicht wahr? Wahrscheinlich ist sie eine große Schönheit, oder vielleicht will sie sich an Sie heranmachen, alter Junge.«

»Sie ist bestimmt keine Schönheit!« behauptete Knight ohne Gewissensbisse. »Sie befindet sich in einer finanziellen Notlage und möchte nur das Beste für ihre Kinder. Ich hatte keine andere Wahl. Wenn Sie mich jetzt bitte entschuldigen wollen.«

»Wie viele Kinder sind es denn?« wollte Julien St. Clair wissen.

»Drei.«

»Aber bestimmt ist eines der Kinder ein wunderschönes, junges Mädchen.«

»Falsch geraten, Raymond! Sie sind alle noch nicht einmal zehn Jahre alt.«

»Und sie wohnen in Winthrop House?«

»Das ist richtig. Wenn Sie mich jetzt wirklich entschuldigen wollen ...«

»Das will mir nicht in den Kopf!« brummte Sir Charles.

»Ich kann es auch nicht so recht glauben«, bemerkte Julien, während er seinem Freund nachstarrte.

Lily hatte lange gewartet, bis sie Mrs. Allgood schließlich doch gebeten hatte, mit dem Servieren zu beginnen. Zwar war Knight noch nicht zurückgekehrt, doch die Kinder waren hungrig, nachdem sie den Vormittag mit Umräumen verbracht hatten. Sie waren so unruhig geworden, daß Lily sie nicht länger hatte bändigen können. Sie hoffte nur, daß ihr Gastgeber ihr das eigenmächtige Handeln nicht übelnehmen würde. Im Grunde fand sie sein Verhalten unmöglich, doch das hätte sie natürlich niemals zugegeben.

»Kommt«, sagte sie, »wir essen jetzt, und später gehen wir ein Stück spazieren! Mich langweilt das Warten genauso, also beschwert euch nicht!«

»Wir haben uns nicht –«

»Doch, das habt ihr, Sam. Haltet jetzt bitte den Mund und setzt euch!«

»Ich habe Czarina Catherine oben vergessen!«

»Laura Beth! Ich bin sicher, daß Catherine keinen Hunger hat. Setz dich!«

Nachdem die Kleine auf den Stuhl geklettert war, reichte ihr die Tischplatte genau bis zum Kinn. Duckett lächelte. »Ich werde mich darum kümmern, Madam«, sagte er, und einige Minuten später saß Laura Beth auf einem Stapel dicker Bücher.

»Die Suppe ist ja grün, Mama!«

»Es ist Erbsensuppe, Laura Beth, und die ist nun einmal grün.«

»Ich mag den Schinken nicht!« verkündete Sam und beobachtete dabei mit wissenschaftlicher Gründlichkeit, wie eine dünne Scheibe auf seiner Gabelspitze baumelte.

Lily sah die Kinder der Reihe nach an und hätte ihnen am liebsten den Hals umgedreht. »Wenn ihr nicht auf der Stelle still seid und anständig eßt, wird der Spaziergang gestrichen! Sam, hör sofort auf, an den Büchern zu ziehen!«

»Aber dieses hier sieht sehr interessant aus! Es ist –«

»Es ist ein Buch von Francis Bacon«, belehrte ihn sein großer Bruder und quietschte dann: »Paß auf, Sam! Du lieber Himmel!«

Doch da war es bereits zu spät. Laura Beth fiel vom Stuhl und schrie wie am Spieß. Und genau in diesem Augenblick betrat Knight das Zimmer. Lily sprang auf, und Sam verschwand blitzartig unter dem Tisch und hoffte, dadurch seinem Unglück entronnen zu sein.

»Guten Tag, Mylord!« begrüßte Duckett seinen Herrn mit ruhiger Stimme. »Darf ich Ihnen jetzt den Lunch servieren?«

Einige Sekunden lang schloß Knight die Augen, und als er sie wieder öffnete, begegnete er Lilys Blick. Sie kniete auf dem Boden und versuchte, die weinende Laura Beth zu beruhigen. Lilys Gesicht war leichenblaß, und Knight spürte genau, daß sie Angst hatte. Dabei hatte ihn das Chaos, das er vorgefunden hatte, höchstens überwältigt, aber doch keineswegs geärgert. »Ich werde später essen, Duckett«, beschied er diesen freundlich und wandte sich dann an Lily. »Ist Laura Beth etwas geschehen, Lily? Soll ich Sam verhauen?«

Vorsichtig streckte Sam seinen Kopf unter dem Tisch hervor, doch Theo schwang sich zu seinem Verteidiger auf.

»Es war mein Fehler, Sir«, erklärte er und nahm vor Knight Aufstellung. »Sam hat nicht begriffen, was er gemacht hat. Er wollte nur das Buch von Francis Bacon hervorziehen.«

»Das weiß ich doch, Theo«, entgegnete Knight. Dann warf er einen Blick in die Runde, machte schwungvoll auf dem Absatz kehrt, daß seine Rockschöße nur so flogen, und verließ den Raum.

»Du lieber Himmel!« stöhnte Lily.

»Machen Sie sich um Seine Lordschaft keine Gedanken, Madam«, sagte Duckett. »Ich wage zu behaupten, daß er in Kürze wiederkommen wird.«

»Und genau davor fürchte ich mich ja«, sagte Lily.

»Dann werde ich ihm eine reinhauen!« drohte Sam, während er unter dem Tisch hervorkroch.

3. Kapitel

Arnold Damson, der Schwager des verstorbenen Tristan Winthrop, stand an der Ecke des Portland Square und fühlte sich durch die gediegene, privilegierte Atmosphäre des Stadtviertels regelrecht eingeschüchtert. Doch irgendwann straffte er entschlossen seine Schultern. Schließlich war das Recht auf seiner Seite. Er begehrte Lily Tremaine, und seine Sehnsucht war größer als seine Furcht vor der bevorstehenden Unterredung mit Lord Castlerosse. Krampfhaft versuchte Damson sich einzureden, daß der Viscount bestimmt nicht gerne plötzlich drei Findelkinder durchfütterte. Mit Lily sah die Sache allerdings schon ganz anders aus, dachte er und überlegte, ob der Viscount wohl schon mit ihr geschlafen hätte.

Bei diesem Gedanken schüttelte er den Kopf. Nein, dazu war sie noch nicht lange genug im Haus. Knapp zwei Tage waren viel zu kurz, und er kam bestimmt noch zurecht, um sie vor den lüsternen Absichten dieses Edelmanns zu beschützen. Bestimmt hätte sie damals seinem Drängen nachgegeben, wenn sie nicht von diesem dämlichen Theo auf der Treppe überrascht worden wären. Es hatte zwei Stunden gedauert, bis Gertrude sich endlich an die Existenz des Viscounts erinnert hatte. Natürlich kam für einen Weltmann wie diesen kein anderer Wohnsitz als London in Frage, und es war geradezu lächerlich einfach gewesen, seine Adresse ausfindig zu machen. Was Lily wohl sagen würde, wenn sie ihn so plötzlich vor sich stehen sah?

Arnold Damson war sich wohl bewußt, daß er nicht gerade zu den herausragenden Vertretern seines Geschlechts gehörte. Er war kein besonders guter Reiter und erst recht kein athletischer Mann. Aber er war der Onkel dieser Kinder, und da er als Mann über Geld bestimmen konnte, waren sie und ihre Zukunft von ihm abhängig. Dieser Punkt tröstete ihn ein wenig darüber hinweg, daß er ansonsten zu kurz gekommen war.

Entschlossen trat er vor die dunkle Eichentür und ließ den schweren, blankgeputzten Messingklopfer gegen das Holz fallen. Nach einiger Zeit wurde die Tür geöffnet, und Arnold Damson starrte verblüfft auf sein kleingewachsenes, kahlköpfiges Gegenüber. Wer beschäftigte denn schon einen so armseligen Narren wie diesen?

»Ja?«

»Führen Sie mich zu Lord Castlerosse, mein Lieber!«

Duckett lächelte spöttisch. Aha! Offenbar ein Landedelmann, der von der eigenen Wichtigkeit überzeugt war und ganz offensichtlich auf kleingewachsene Menschen abfällig herabsah! Er war weder alt noch jung, klapperdürr und etwas fahlgesichtig, und seine Kleidung war von höchst einfachem Zuschnitt. Beneidenswert war höchstens der üppige, hellbraune Haarschopf, doch sein verbissener Gesichtsausdruck zeugte von Unzufriedenheit und Hochmut.

Für diese kurze Bestandsaufnahme hatte Duckett nur Bruchteile von Sekunden benötigt. »Wer, sagten Sie, sind Sie?« fragte er höflich. »Der Schuhmacher Seiner Lordschaft?« Er hatte beschlossen, sich einen Spaß zu machen. »Oder wollen Sie vielleicht Pomade verkaufen? Es tut mir leid, Ihnen sagen zu müssen, daß Seine Lordschaft derartige Erzeugnisse nicht verwendet. Aber Sie können gern persönlich mit seinem Kammerdiener sprechen. Ich werde fragen, ob er Zeit für Sie hat.«

Arnold war völlig durcheinander. »Nein!« stieß er hervor, nachdem er seine Fassung teilweise wiedergewonnen hatte. »Ich will nicht mit diesem verflixten Kammerdiener sprechen! Ich bin der Onkel der Kinder und verlange eine Unterredung mit Knight Winthrop!«

»Darf ich Ihren Namen wissen, Sir?«

»Damson. Arnold Damson.« In diesem Augenblick hätte Arnold einiges dafür gegeben, einen Titel vorweisen zu können.

Duckett schenkte Arnold ein breites Lächeln. »Treten Sie doch näher, Mr. Damson! Ich werde fragen, ob Seine Lordschaft Sie empfangen kann.« Mit diesen Worten ließ er den völlig verdutzten Arnold stehen und ging mit gemessenen Schritten zur Bibliothek hinüber.

Knight Winthrop war gerade damit beschäftigt, seinem Sekretär, Dickie Trump, einige Briefe zu diktieren. Nachdem Duckett Bericht erstattet hatte, war Knight im ersten Moment überrascht, doch dann überzog ein Lächeln sein Gesicht. Schließlich rieb er sich die Hände und feixte. »Schicken Sie ihn nur herein, Duckett! Trump, bitte machen Sie sich für ungefähr eine halbe Stunde unsichtbar!«

Wenige Augenblicke später kam Knight seinem Besucher mit strahlendem Lächeln entgegen. »Ich begrüße Sie!« rief er höflich. »Ich freue mich, endlich einmal Tristans Schwager kennenzulernen!«

Angesichts solcher Freundlichkeit blieb Arnold gar nichts anderes übrig, als sie pflichtschuldigst zu erwidern, doch es gefiel ihm nicht. Er war überrascht, daß der Viscount noch so jung war. Gertrude, die dumme Kuh, hatte sich zwar erinnert, daß er jünger als Tristan war, doch dieser Mann entsprach so gar nicht dem verwöhnten Weichling, den Arnold sich automatisch vorgestellt hatte. Ganz im Gegenteil – er war groß und wohlgebaut. Den breiten Schultern, der schmalen Taille und den langen, muskulösen Beinen nach war er eindeutig ein Sportsmann, dessen intelligentes, interessantes Gesicht den Frauen bestimmt großen Eindruck machte.

Knight konnte sich kaum das Lachen verkneifen, als er bemerkte, mit welch prüfendem Blick ihn Ugly Arnold musterte. Am liebsten hätte er ihn nach dem Ergebnis seiner Betrachtungen gefragt, doch statt dessen sagte er nur: »Wie ich sehe, sind Sie geradewegs aus Yorkshire hierhergekommen.«

Arnold hatte zwar keine Ahnung, woran Seine Lordschaft das erkennen konnte, doch er bestätigte die Vermutung. »Ja, Mylord. Damson Farm liegt in der Nähe von Harrowgate.«

»Stimmt. Ich erinnere mich, daß Tristan mir vor einigen Jahren davon erzählt hat. Damals gehörte der Besitz noch seiner Schwester Gertrude und hieß Oberlon Grange nach einem früheren Winthrop. Ich wundere mich, daß Sie nach Ihrer Eheschließung den Namen geändert haben.«

Es gefiel Arnold überhaupt nicht, daß er plötzlich das Gefühl hatte, ein Mitgiftjäger zu sein. »Ich ziehe meinen eigenen Namen dem eines anderen Mannes vor«, erklärte er stolz und reckte sein Kinn ein ganz klein wenig.

Ein schwaches Kinn, dachte Knight, ohne eine Miene zu verziehen. Ein Bart würde in diesem Fall sicher wahre Wunder wirken! Er schob Arnold einen Stuhl hin und setzte sich ebenfalls. »Nun müssen Sie mir aber sagen, was ich für Sie tun kann, Sir!«

»Ich bin gekommen, um meine Nichte, meine Neffen und deren Mutter abzuholen«, platzte Arnold heraus.

»Aha. Sehr interessant.« Knight schnippte eine Fussel vom Ärmel seiner Jacke, bevor er aufsah. »Aber weshalb, in aller Welt, wollen Sie das tun?«

»Ich bin schließlich ihr nächster Verwandter. Lily hatte keinerlei Grund, Damson Farm so überstürzt zu verlassen – nur wegen eines dummen Mißverständnisses! Ich fühle mich den Kindern und ihrer Mutter selbstverständlich verpflichtet.«

»Aha«, wiederholte Knight. Er konnte Ugly Arnold wahrlich keinen Vorwurf machen, daß dieser sich in die bildschöne Lily verliebt hatte. Doch daß er die Reise auf sich genommen hatte, nur um sich die Sorge für drei Kinder aufzuladen und damit deren Mutter zu gewinnen – nun, dafür hatte er wenigstens ein Stückchen Hoffnung verdient. Der Mensch hatte wirklich keine Mühe gescheut und sich dabei noch verteufelt beeilt! »Das klingt logisch. Falls es sich mit Ihren Plänen vereinbaren läßt, Mr. Damson, möchte ich Sie gern für heute abend zum Dinner einladen.«

Arnold wußte nicht genau, was er von dieser Wendung des Gesprächs halten sollte. Eigentlich hatte er mit Ablehnung und Widerspruch gerechnet, doch der Viscount schien seiner Forderung nicht ablehnend gegenüberzustehen und hatte ihn nun sogar zum Abendessen eingeladen.

»Wird Li – die Mutter der Kinder ebenfalls da sein?«

»Möchten Sie das?«

»Da sie wahrscheinlich darauf bestehen wird, die Kinder nach Damson Farm zu begleiten, halte ich es für gut.«

»Also abgemacht«, erwiderte Knight mit völlig ungerührter Miene. »Ich nehme an, daß Sie bis dahin noch eine Menge zu erledigen haben. Bis heute abend also. Sagen wir, um acht?«

Eine Minute später fand sich Arnold bereits auf der Türschwelle wieder und wußte nicht so recht, wie er so rasch dorthin gelangt war. Fast gleichzeitig überbrachte Betty Lily eine weitere Nachricht.

Als Lily kurz darauf an der Tür zur Bibliothek klopfte, hörte sie ein sanftes »Treten Sie ein, Mrs. Winthrop!«

Vorsichtig öffnete sie die Tür und überlegte fieberhaft, welche Folgen die Szene vom Mittag wohl haben konnte. Nach diesem Durcheinander hatte sie Sam eigentlich bestrafen wollen, doch als er sie mit seinem schmelzenden, unerreichten Waisenkindblick angesehen hatte, hatte sie nachgegeben. »Hallo!« grüßte sie und trat nur zögernd einen Schritt weit ins Zimmer.

»Schließen Sie die Tür, Lily! Ich habe aufregende Neuigkeiten für Sie!«

»Neuigkeiten?« Verblüfft sah sie ihn an. »Sind Sie denn wegen des Zwischenfalls heute mittag überhaupt nicht mehr böse?«

»Aber nein, höchstens ein wenig betäubt. In der letzten halben Stunde habe ich mich köstlich unterhalten. Ich hatte Besuch – zwar nicht gänzlich unerwartet, aber doch schneller als gedacht. Kurz gesagt, heute abend werden Sie und ich das Vergnügen haben, mit dem einzigartigen Ugly Arnold zu speisen.«

»Oh, nein!« Lily griff sich an die Kehle und wurde leichenblaß. Blitzartig schossen ihr alle möglichen Komplikationen durch den Kopf. Was, wenn Arnold ausplauderte, daß sie gar nicht Tristans Witwe und Laura Beth auch nicht ihre Tochter war? Was, wenn Knight erfuhr, daß sie lediglich Tristans Verlobte gewesen war? Sie spürte, wie Hoffnungslosigkeit von ihr Besitz ergriff, doch als sie sah, daß Knight lächelte, wurde sie mißtrauisch.

»Nein, das kann nicht sein! Ich habe Arnold niemals von Ihnen erzählt. Haben Sie sich das nicht nur als Strafe für das mißglückte Mittagessen ausgedacht? Sagen Sie bitte, daß es nur ein Scherz ist!«

Knight seufzte dramatisch. »Wenn Sie doch mit mir auch einmal soviel Geduld hätten wie mit den Kindern! Ich nehme an, daß Ugly Arnold seine Informationen über mich von seiner Frau bekommen hat. Er hat sich höllisch beeilt, Sie zu finden, und ich denke, daß man eine solche Anstrengung mit einem kleinen Hoffnungsschimmer belohnen sollte. In ungefähr zwei Stunden wird Tilney Jones dieses Haus verlassen, und dann wird der Legalisierung meiner Vormundschaft über die Kinder nichts mehr im Wege stehen. Ich nehme an, daß Sie auch keine – hm – Einwände mehr gegen meinen Vorschlag haben.«

»Ugly Arnold in London!« murmelte Lily leise vor sich hin. Er hatte sich tatsächlich mächtig beeilt! »Will er die Kinder?«

»Nein, er will Sie. Er nimmt die Kinder in Kauf, um Sie zu bekommen!«

»Hat er das gesagt?«

»Seien Sie doch nicht albern! Natürlich nicht wörtlich, doch er war nur allzu leicht zu durchschauen. Ich nehme an, daß er sogar fähig ist, Sie zu erpressen, nur um Sie in sein Bett zu bekommen. Das bedeutet praktisch, daß Sie nur bei den Kindern bleiben dürfen, wenn Sie sich seinen Schmeicheleien fügen.«

Er sah, wie sie zusammenzuckte, doch gleich darauf sagte sie mit leiser Hoffnung in der Stimme: »Vielleicht ist er ja nur halb so schlimm. Schließlich ist er ja ihr Onkel!«

»Er wird die Kinder tolerieren, wenn Sie seine Geliebte werden. Wie gefällt Ihnen diese Aussicht? Bin ich Ihnen als Vormund lieber? Ich kann Ihnen jedenfalls versprechen, daß ich Sie nicht erpressen werde, um Sie zu meiner Geliebten zu machen!«

»Weshalb sollten Sie das auch tun wollen? Sie mögen mich ja nicht einmal.«

Du lieber Himmel, dachte Knight, und sah sie verblüfft an. Wie kam sie denn nur zu dieser herrlichen Schlußfolgerung? »Ich mag Sie jedenfalls gern genug, Madame. Also, wie lautet Ihre Entscheidung?«

Lily wußte, daß sie keine andere Wahl hatte, als die Zügel aus der Hand zu geben. Insgesamt schien ihr der Viscount außerdem die bessere Wahl zu sein. »Wir werden tun, was Sie für richtig halten.«

»Was, zum Teufel, soll das heißen?«

»Wollen Sie der gesetzliche Vormund der Kinder werden?«

»Ja, wenn es möglich ist. Das muß Tilney regeln.« Knight zog seine Uhr aus der Tasche und warf einen Blick darauf. »Er muß jeden Augenblick eintreffen. Möchten Sie bei dem Gespräch dabei sein?«

Lily zupfte an ihrem Kleid und an ihren Haaren. »Vielleicht sollte ich mich besser umziehen. Ich habe den Kindern gerade eine Strafpredigt gehalten – aber Sam kann manchmal so liebenswert sein.« Als sie Knights verblüfften Gesichtsausdruck bemerkte, verstummte sie.

»Er ist ein kleiner Teufel!« entgegnete Knight. »Aber ein Aufenthalt in Eton wird ihn schon kurieren.«

»Nein, dafür ist er noch viel zu jung! Er ist doch gerade erst sechs und ...«

»Mrs. Winthrop, bitte halten Sie den Mund! Sie werden tun, was ich sage, oder Sie müssen sich mit Ugly Arnold befreunden!«

»Das nenne ich Erpressung«, bemerkte Lily. »Ich dachte eigentlich, Sie stünden über derartigen Dingen.«

»Ein Prinz unter den Männern?«

Lily mußte einfach lachen. Selbst wenn sie noch so wütend war, so konnte sie die Dinge doch auch immer wieder von anderer Warte aus betrachten. Das hatte sie von ihrem Vater gelernt.

Ihr Lachen klang zauberhaft, süß wie der süßeste Honig, und betäubend wie Jasminduft hüllte es ihn ein. Doch dann schüttelte er den Kopf, denn plötzlich kam er sich sehr kindisch vor. Lily hatte gelacht, nichts weiter. Er war froh, daß sie offenbar wenigstens Humor besaß.

»Nein, Sie müssen sich nicht umziehen. Sie sehen genauso aus, wie man sich eine Mutter vorstellt – ein wenig strapaziert, nervös und aufgeregt. Ah, Duckett, ich nehme an, daß Tilney Jones eingetroffen ist?«

»Ja, Mylord. Mr. Jones, Mylord.«

Tilney Jones war ein sehr sympathisch aussehender Mann, Anfang Dreißig mit intelligenten, braunen Augen, breiten Schultern und einer guten Figur. Er besaß einen ausgeprägten Sinn für Humor und konnte Geschichten erzählen, daß sich seine Zuhörer vor Lachen krümmten. Er zählte zu Knights besten Freunden.

»Was soll dieses Gerede über Kinder, Knight?« erkundigte sich Tilney Jones, während er seinem Freund die Hand schüttelte. »Ich habe mich doch bestimmt verhört, oder nicht? Hat Trump sich etwa über mich lustig gemacht?«

»Nun, mein lieber Tilney, falls Sie nicht ganz blind für Ihre Umgebung sind, werden Sie bestimmt die Mutter dieser Kinder bemerkt haben! Ich möchte Ihnen Mrs. Winthrop vorstellen. Tilney Jones, mein Anwalt, der manchmal schon spricht, bevor er sich umgesehen hat.«

Wie der Blitz machte Tilney Jones auf dem Absatz kehrt und schwieg verdutzt, als er Lily erblickte, die schräg hinter ihm gestanden hatte. Er hatte erwartet, eine Mutter zu sehen, eine richtige, die vielleicht seiner eigenen ähnelte, doch ganz bestimmt keine so zauberhafte, junge Frau! »Sie sind doch niemals eine Mutter!«

»Doch, das ist sie, alter Knabe!« bemerkte Knight. »Sie hat ein kleines Mädchen.«

Du lieber Himmel! dachte er, während er die Verwirrung seines Freundes beobachtete. Ich schwöre, daß ich mich niemals mehr von einer Frau derartig in den Bann schlagen lassen werde. Das ist ja erniedrigend und einfach entsetzlich!

»Nun sagen Sie brav ›Es ist mir ein Vergnügen, Madame. Verzeihen Sie mein Benehmen! Ich bin sicher, daß Ihre Kinder ganz reizend sind!‹ Los, Tilney!«

Lily hatte solche Reaktionen wie diese schon häufiger erlebt und ging einfach darüber hinweg. Es bedeutete ihr nichts, so viel Aufmerksamkeit zu erregen. Lächelnd reichte sie dem Anwalt die Hand. »Achten Sie nicht auf ihn, Mr. Jones! Ich freue mich, Sie kennenzulernen, und ich vertraue fest darauf, daß Sie eine Lösung für unser Problem finden werden.«

»Ja«, sagte Tilney Jones nur, ohne seine Augen abwenden zu können.

»Tilney, nehmen Sie sich zusammen! Sie bringen Mrs. Winthrop in Verlegenheit und mich ebenfalls!«

Lily entzog dem Anwalt ihre Hand, die er noch immer fest umklammert hielt.

»Können wir zur Sache kommen?« fragte Knight mit spöttischem Unterton in der Stimme.

In der Nähe von Harrowgate, England
Oktober 1814

»Ja«, meinte Monk Busch, »wir sind auf der richtigen Fährte. In Kürze werden wir sie und die Kinder haben!«

»Ich habe Durst«, stellte Boy fest, während er mit trockener Zunge über seinen buschigen Schnurrbart fuhr. »Außerdem bin ich hungrig.«

»Wie immer! Du bist dürr wie ein Galgen und frißt wie eine fette Hure! Halt die Klappe! Zuerst überzeugen wir uns davon, daß sich Tristans Vögelchen tatsächlich in Damson Farm befindet. Vorher habe ich keine Ruhe. Danach können wir uns dann ein bißchen Zeit lassen.«

»Wir wissen aber noch nicht, ob sie überhaupt etwas damit zu tun hat, Monk. Vielleicht hat Tris die Sachen auch anderswo versteckt. Möglicherweise sogar in Brüssel.«

Monk warf seinem Partner einen verächtlichen Blick zu. »Wir haben doch das ganze verdammte Haus auf den Kopf gestellt und nichts gefunden! Außerdem ist das Vögelchen verdächtig schnell abgehauen, nachdem Tris unter der Erde war. Sie muß die Sachen einfach irgendwo haben!«

»Und weshalb ist sie dann zu Verwandten gefahren? Weshalb hat sie sich mit dem Vermögen nicht einfach selbständig gemacht?«

Diese Frage hatte sich Monk ebenfalls gestellt. »Keine Ahnung«, brummte er. »Vielleicht als Tarnung. Die Kleine ist klug. Tris hat sich Hals über Kopf in sie verliebt. Das hat er mir einmal im Suff anvertraut.«

»Sie ist ja auch schön!« entgegnete Boy. »Ich wüßte gern, ob der arme Tris mit ihr geschlafen hat, bevor er abgekratzt ist.«

»Der *arme* Tris? Du bist mir vielleicht einer! Er hat schließlich den Polizeirichter bestochen und uns in ein stinkendes, französisches Gefängnis stecken lassen. Das Messer im Rücken hat er mehr als verdient! Und was die Kleine angeht: Sie hat doch bei ihm gelebt, oder nicht? Sie hat in seinem Haus gewohnt und ihn und die Kinder versorgt. Tris war doch kein Esel – du bist vielleicht naiv! Vielleicht will die Kleine ja uns auch ein wenig Gesellschaft leisten, wenn sie dafür ein paar Klunker behalten kann.«

»Schön ist sie schon«, schwärmte Boy. »Ich würde sie gern ein wenig bearbeiten!«

»Das werden wir auch, allerdings glaube ich, daß sie an mir mehr Spaß haben wird als an dir. Aber noch etwas anderes, Boy. Ich wäre keineswegs überrascht, wenn sie Tris angestiftet hätte, uns zu hintergehen. Die Kleine ist klug und hat vielleicht die einmalige Chance erkannt und ergriffen.« Monk fand seine Analyse höchst befriedigend. »Ja, und dann hat sie den armen Tris hereingelegt. Ich glaube wirklich, daß alles ihre Idee war.«

»Aber sie ist längst nicht so klug wie wir«, widersprach Boy. »Sie ist geradewegs nach England gefahren und hat nicht einmal versucht, ihre Spuren zu verwischen! Natürlich hat sich jedermann zwischen Brüssel und York an die schöne, junge Frau mit den drei Kindern erinnert. Weißt du nicht mehr, was der Kutscher gesagt hat? Er hat dabei die Augen gerollt und sich die Lippen geleckt.«

»Sie geht davon aus, daß wir im Gefängnis sitzen. Außerdem hat die Polizei angenommen, daß Tris von Straßenräubern überfallen worden ist.«

»Und wie wollen wir sie aus dem Haus locken?«

Monk zuckte die Achseln. Dann runzelte er die Stirn, was ihn noch grausamer und brutaler wirken ließ, so daß sogar Boy ein leiser Schauer über den Rücken lief. Monk war ein äußerst entschlossener Mann, der normalerweise bekam, was er wollte.

»Ich werde sie kriegen!« stieß Monk finster hervor, und Boy zweifelte nicht eine Sekunde daran.

Winthrop House, London
Oktober 1814

»Das war es dann wohl«, meinte Theo und ließ mutlos die Schultern sinken. »Ich kann mir nicht vorstellen, was unser Vetter jetzt noch tun könnte.«

Lily hatte den Kindern vom Besuch ihres Onkels erzählt. »Ich werde ihm eine reinhauen!« verkündete Sam, doch es hörte sich nicht sehr überzeugend an.

»Er ist gräßlich«, ergänzte Laura Beth.

Lily seufzte. »Ich kann es nicht ändern. Ich habe versucht, alles mit dem Anwalt zu arrangieren. Falls Arnold heute abend einer üblen Laune nachgibt, wird der Viscount bestimmt bereit sein, wenigstens euch drei zu behalten.«

»Nein!«

»Ich werde ihm eine reinhauen!«

»Er ist viel schöner.«

Lily bemühte sich um einen vernünftigen, für Kinder verständlichen Ton. »Tatsache bleibt, daß ich euren Vetter angelogen habe. Bisher ist Arnold noch nicht darauf gekommen, daß ich andere Angaben gemacht haben könnte. Doch falls euer Vetter irgend etwas sagt, das ihn etwas vermuten läßt, ist das Spiel aus! Dann kann ich absolut nichts mehr machen.«

»Falls der Viscount es herausfindet und wütend wird, gehen wir eben alle.«

Der liebe Theo! Er hatte noch keine Ahnung, wie kalt, schwierig und grausam die Welt sein konnte. Lächelnd umarmte Lily ihre beiden kleinen Beschützer.

Zwei Stunden später zog sie ihr bestes Kleid an. Dann küßte sie die Kinder und versprach, ihnen noch heute nacht vom Verlauf des Abendessens zu berichten. Anschließend stieg sie die Treppe hinunter und schenkte Duckett ein etwas gespanntes Lächeln, als er die Tür zum Wohnraum für sie öffnete.

»Lily!«

Auf der Schwelle hielt sie einige Sekunden inne. Direkt hinter Arnold stand Knight, doch er wirkte so ruhig und entspannt, daß sie sicher sein konnte, daß er nichts ahnte. Offenbar hatte Arnold nichts erzählt. Fast augenblicklich fiel alle Furcht von Lily ab und plötzlich sah sie in Ugly Arnold nur noch den bedauernswerten Menschen, der unehrenhafte Ziele verfolgte und unglückseligerweise eine gewisse Vorliebe für sie empfand.

»Hallo, Mr. Damson!« begrüßte sie ihn freundlich und nickte ihm zu. »Hatten Sie eine angenehme Reise? Ich hoffe, Gertrude geht es gut?«

»Ja, ihr geht es ausgezeichnet wie immer, aber trotzdem beklagt sie sich in einem fort.«

»Es ist sehr nett von Ihnen, daß Sie den Weg auf sich genommen haben, um sich von unserem Wohlergehen zu überzeugen.«

»Nein, das stimmt nicht! Das stimmt ganz und gar nicht!«

»Sie wollen nicht, daß es uns gut geht? Ich versichere Ihnen, daß Lord Castlerosse ein äußerst zuvorkommender Gastgeber ist! Er würde niemals ...«

»Das habe ich doch gar nicht gemeint!« Arnold hätte diesen verfluchten Viscount am liebsten zum Teufel gewünscht. Mühsam versuchte er, sich zu beruhigen. Das Recht war schließlich auf seiner Seite. Doch sobald er Lily ansah, konnte er keinen vernünftigen Gedanken mehr fassen. Sie sah noch verführerischer aus, als er sie in Erinnerung hatte! Obwohl ihr aprikosenfarbenes Seidenkleid fast ein wenig altmodisch war, sah sie darin wie eine Königin aus. Das Haar hatte sie zu einem dicken Zopf geflochten und hochgesteckt, doch im Nacken und an den Schläfen kringelten sich zauberhafte Löckchen.

»Aha. Was haben Sie dann gemeint, Sir?«

Er fühlte ihren ruhigen, intensiven Blick auf sich ruhen. »Ich wollte sagen, daß Sie und die Kinder ...«

»Das Essen ist angerichtet, Mylord«, meldete Duckett in diesem Augenblick.

Arnold fluchte halblaut, doch Knight hatte es gehört und mußte sich das Lachen verkneifen. »Vielen Dank, Duckett! Mr. Damson, würden Sie bitte Mrs. Winthrop zu Tisch führen?«

Lily hatte zwar nicht die geringste Sehnsucht nach Ugly Arnolds Nähe, doch sie hielt ihm höflich lächelnd den Arm hin. Als sie spürte, daß er ein wenig zitterte, wunderte sie sich sehr, denn zuallererst hätte wohl sie Grund dazu gehabt. Als Duckett ihr den Stuhl unterschieben wollte, konnte sie sich nicht setzen, weil Arnold immer noch ihren Arm umklammert hielt. Lily zerrte, doch Arnold gab nicht nach.

»Mr. Damson, bitte!«

»Oh!« schreckte Arnold auf und ließ Lilys Arm los.

Angesichts solch unentschuldbaren Benehmens zog Knight tadelnd die Augenbrauen hoch, worauf Arnold errötete und Lily insgeheim ein Stoßgebet zum Himmel schickte, daß Arnold den Mund halten sollte.

Knight begann, das Spiel zu genießen, und beschloß, es zumindest noch ein Weilchen fortzusetzen. Nachdem alle Platz genommen hatten, sagte er zu Duckett: »Sie können jetzt servieren.«

»Sehr wohl, Mylord.«

Schon beim ersten Gang kam Arnold wieder zum Thema. »Ich möchte morgen früh zeitig aufbrechen, Lily. Bitte richten Sie alles her und halten Sie sich und die Kinder bereit.«

Jetzt oder nie, dachte Lily, während ihre Gabel auf halbem Weg zwischen Mund und Teller in der Luft schwebte. »Es tut mir leid, Arnold, aber wir werden nirgendwohin mit Ihnen gehen. Wir bleiben hier.«

4. Kapitel

Damson Farm
Harrowgate, England

»Ja, wir sind alte Freunde von Lily Tremaine, der kleinen Freundin Ihres Bruders. Es tut uns furchtbar leid, daß der alte Tris erstochen worden ist. Wir würden gern seine Kleine sprechen.«

Gertrude Damson hatte alle Mühe zu begreifen, was die beiden finsteren Gestalten von sich gegeben hatten. Doch was sie gehört hatte, trug nicht dazu bei, ihre Furcht vor ihnen zu vermindern. Der große, bullige Mann sah so kalt und hinterhältig aus, daß man sich ohne weiteres vorstellen konnte, daß er ohne die geringste Hemmung die Kirchenkollekte raubte und anschließend womöglich noch den Pfarrer umbrachte. Sein wieselflinker, kleiner Kumpan schien der geborene Handlanger zu sein. Schließlich riß Gertrude sich energisch zusammen. Die beiden wollten Lily sprechen. Ob sie tatsächlich Freunde von ihr waren? Nicht sehr wahrscheinlich, doch Gertrude konnte es gleichgültig sein. Ihre Augen suchten nach Beem, doch den hatte offenbar der Erdboden verschluckt. Wie hatte er diese Kreaturen nur ins Haus lassen können!

Beem war zwar um fünf Pfund reicher, aber trotzdem machte er sich Sorgen. Er stand draußen vor der Tür des Wohnraums und hoffte, daß die Männer seine Herrin am Leben ließen.

Gertrude hätte bestimmt um Hilfe gerufen, wenn die Männer nach irgend jemand anderem gefragt hätten als ausgerechnet nach diesem kleinen Luder Lily Tremaine. Insgeheim litt sie unter Arnolds Gier nach dieser Schlampe. Er wollte doch tatsächlich die Kinder zurückholen! Gerade er, der sich kaum um seinen eigenen Nachwuchs gekümmert hatte, wollte plötzlich Vater spielen? Gertrude hätte ihn am liebsten angespuckt, wenn nicht alles so klar auf der Hand gelegen hätte. Doch glücklicherweise hatte Lily eines schönen Tages die Kinder gepackt und war verschwunden. Gertrude konnte sich zwar denken, was der Grund für diese überstürzte Flucht gewesen war, doch sie wollte sich das nicht eingestehen.

Statt dessen lächelte sie die beiden unheimlichen Gestalten an, die sich zu ihrem Wohnzimmer Zutritt verschafft hatten. »Lily Tremaine ist in London. Soviel ich weiß, lebt sie im Haus von Viscount Castlerosse. Er ist der Vetter meines Bruders, aber seine Adresse kann ich Ihnen nicht sagen.«

Auf eine derart rasche Kapitulation war Monk nicht gefaßt gewesen. Stirnrunzelnd besah er sich die dickbusige Frau und überlegte, ob sie ihn wohl angelogen hatte. »Sind Sie sicher?« fragte er scharf.

Gertrude blinzelte vor Schrecken. »Aber natürlich bin ich das. Mein Mann hat sich auf den Weg gemacht, um sie und die Kinder zurückzuholen.«

»Komm!« sagte Boy und zupfte an Monks Ärmel. »Los, laß uns gehen!«

»Also gut«, stimmte Monk zu, der immer noch sprachlos war. Keinen durfte er mit seinem hübschen Messer kitzeln, das noch von seiner Mutter stammte. Keine Flüche und nicht der geringste Widerstand – das war er entschieden nicht gewöhnt!

Nachdem Beem die Haustür hinter den beiden Gestalten geschlossen hatte, ging er schnurstracks zu seiner Herrin, um zu berichten, wie ihn die beiden Typen unter Druck gesetzt hatten. Doch Gertrude sah ihn nur an und streckte die Hand aus.

»Geben Sie es mir, Beem! Und zwar alles!«

Beem errötete, stritt alles ab, spielte die beleidigte Unschuld, doch schließlich zog er die Fünfpfundbanknote aus der Tasche und legte sie auf die ausgestreckte Hand. Die Welt war wahrlich ungerecht!

»Sie wollten zu Miß Tremaine«, berichtete Gertrude, während sie den Geldschein in ihrem Ausschnitt versenkte.

»Ach, du Himmel! Ich hoffe nur, daß Sie nicht wußten, wo sie sich aufhält!«

»Aber natürlich weiß ich es, und ich habe es den beiden auch gesagt. Im Gegensatz zu euch dummen Männern bin ich nicht auf die Augen dieser Schönen hereingefallen! Doch jetzt verschwinden Sie, bevor ich Sie davonjage!«

Winthrop House
London, England

»Erzähle uns alles, Lily! Alle Einzelheiten!«

Lily hatte Mühe, sich zurechtzufinden und die Augen zu öffnen. Die Kaminuhr zeigte noch nicht einmal sechs, doch ungeachtet dessen hopsten alle drei Kinder auf ihrem Bett herum. Bei ihrer Rückkehr gestern abend hatten sie bereits fest geschlafen, so daß sie ihren Bericht hatte aufschieben müssen.

»Also gut, aber laßt mir wenigstens eine Minute Zeit! Unter die Decke mit euch! Es ist kalt, und ich will nicht, daß ihr krank werdet.«

Laura Beth packte Czarina Catherine fester und kuschelte sich an Lily, während Theo und Sam am Fußende unter die Decke krochen und es sich mit Kissen bequem machten.

»Müssen wir jetzt fort, Mama?« fragte Laura Beth.

»Ich – nun, ich glaube nicht.« Lily hoffte inständig, daß das der Wahrheit entsprach, und fürchtete sich gleichzeitig vor allzuviel Optimismus.

»Los, erzähle!« verlangte Theo, wobei seine Stimme ein wenig angstvoll klang. »Wir können alles ertragen.« Lily lächelte ihm aufmunternd zu. »Nun, Ugly Arnold hat sich benommen, wie ich es erwartet habe. Gleich zu Anfang habe ich Angst gehabt, daß alles aus sei.« Gedankenverloren starrte sie auf das Portrait einer häßlichen Vorfahrin.

»Mama!« mahnte Sam ungeduldig, worauf sie sich besann.

»Also gut, ich werde euch alles berichten.« Bestimmt nicht alles, dachte sie, jedenfalls wollte sie den Kindern die kaum verhüllte Drohung in Arnolds Sätzen verschweigen.

»Lily, Sie und die Kinder werden mit mir nach Damson Farm zurückkehren!« hatte er gleich zu Beginn angekündigt. »Ich bin der leibliche Onkel der Kinder, und falls Sie sich weigern, werde ich das Gericht bemühen und sie Ihnen wegnehmen lassen.«

»Ganz im Gegenteil, Sir!« hatte Knight sich eingemischt. »Lily und die Kinder werden hier bei mir bleiben. Möchten Sie das Kalbsbries versuchen? Cuthbert macht es sehr gern, und ich muß sagen, daß es wirklich genießbar ist!«

»Nein!«

»Es schmeckt aber ausgezeichnet!«

»Nein, ich wollte nur sagen, daß ich Lily mitnehmen werde!«

Knight sah gar nicht zu ihr hin, denn er hatte ihr bleiches Gesicht und die Furcht in ihren Augen längst bemerkt. Es war wirklich verrückt! Er kannte die Kinder und sie erst seit vierundzwanzig Stunden, aber schon hatten sie sein Leben durcheinandergebracht. Und es gefiel ihm auch noch! Daß er der gesetzliche Vormund von drei – drei! – Kindern werden wollte, von deren Existenz er bis gestern nichts geahnt hatte, belastete ihn nicht im geringsten. »Mr. Damson, ich möchte gern in Ruhe essen! Über diesen strittigen Punkt können wir uns genausogut später unterhalten.«

»Nein!« widersprach Arnold. »Ich möchte die Angelegenheit auf der Stelle in Ordnung bringen.«

»Nun gut«, seufzte Knight und schickte Duckett und die anderen Diener aus dem Zimmer. »Nun, Mr. Damson«, fuhr Knight fort, nachdem sich die Tür hinter den Männern geschlossen hatte, »da Sie das Kalbsbries nicht versuchen wollen, möchten Sie vielleicht das Hammelfleisch probieren.«

»Mylord«, begann Arnold in heftigem Ton, weil ihm die übertriebene Höflichkeit auf die Nerven fiel, »ich bin nur zum Essen gekommen, um Lily meine Pläne mitzuteilen. Da Sie kein naher Verwandter sind, haben Sie in dieser Angelegenheit ohnehin nichts zu sagen.«

»Zwar nicht so nahe wie Gertrude, das ist wahr. Aber wie dem auch sei: die Kinder und Lily bleiben bei mir. In Kürze werde ich ihr gesetzlicher Vormund sein.«

»Das geht nicht! Damit bin ich nicht einverstanden! Ich werde einen Rechtsanwalt ...«

»Das ist mir sehr recht. Vielleicht kann Ihnen mein Anwalt einen geeigneten empfehlen? Auf jeden Fall sollten Sie bedenken, daß sich ein solcher Fall normalerweise in die Länge zieht und Sie auf die Dauer keine Chance gegen mich haben werden. Die Kinder gehören mir und damit basta!«

»Das kommt überhaupt nicht in Frage, Mylord! Niemals!«

Knights Stimme wurde sehr sanft. »Mr. Damson, habe ich es etwa versäumt, Ihnen mitzuteilen, daß ich überaus vermögend bin? Tatsächlich? Verzeihen Sie mir! Das tut mir wirklich leid. Doch jetzt wollen wir unser Abendessen in Ruhe beenden.«

Lily hätte sich beinahe verschluckt. Sie traute ihren Ohren nicht. Der Viscount blieb unerbittlich. Sie hatte zwar gehofft, daß er sie und die Kinder nicht leichtfertig an Ugly Arnold übergeben würde, doch mit solch felsenfestem Widerstand hatte sie nicht gerechnet.

»Sie wollen sie ja nur verführen und sie ganz allein für sich behalten!«

Lily schnappte vor Empörung nach Luft und errötete. »Sie schrecklicher ...«

Mit einer Handbewegung brachte Knight ihren Ausbruch zum

Stillstand und sah Arnold mit einem so vernichtenden Blick an, daß diesem das Blut in den Adern gefror. Am liebsten hätte Knight diesem unverschämten Kerl das Kalbsbries in den Hals gestopft.

Doch Ugly Arnold gab sich noch lange nicht geschlagen. »Sie können unmöglich hierbleiben, Lily! In diesem Haus ist Ihr Ruf in Gefahr. Sie müssen einfach mit mir zurückfahren – außerdem ist das sicher auch Gertrudes Wunsch.«

Knight schob seinen Stuhl zurück und erhob sich. Dann forderte er Arnold in aller Ruhe auf, es ihm gleichzutun. »Ich möchte Ihnen nicht die Nase brechen, solange Sie sitzen.«

Arnold wußte genau, daß er zu weit gegangen war, doch er konnte es nicht ertragen, daß dieser Mensch nur aufgrund seines Reichtums und seines Titels glaubte, sich alles erlauben zu können. »Nein, ich werde nicht tun, was Sie verlangen, und Sie werden sich gefälligst beherrschen! Anderenfalls werde ich dafür Sorge tragen, daß man Sie nach Newgate bringt!«

Angesichts dieses ziemlich melodramatischen Ausbruchs von Ugly Arnold konnte Knight sich nicht länger beherrschen und lachte aus vollem Hals. »Also gut«, sagte er schließlich, nachdem er wieder zu Atem gekommen war, »ich werde davon absehen, Ihnen die Nase zu brechen. Sie ist ohnehin schon häßlich genug. Und Sehnsucht nach dem Gefängnis in Newgate habe ich nun wirklich nicht. Lily, würden Sie bitte im Wohnraum auf uns warten? Ich möchte meine Unterredung mit Ug – mit Mr. Damson gern beenden. Machen Sie sich keine Gedanken, es kommt schon alles in Ordnung!«

Etwa eine halbe Stunde später betrat der Viscount den Wohnraum. Einige Augenblicke lang bewunderte er Lily, die vor dem Kamin stand. Sie war so schön, daß er am liebsten ...

»Er ist fort«, sagte Knight schließlich. »Als er begriffen hat, daß er mich nicht umstimmen kann, hat er unter Fluchen nachgegeben.

»Hat er – hat er irgend etwas über mich gesagt?«

An einem Seitentisch goß Knight sich ein Glas Brandy ein und hielt danach die Flasche auffordernd hoch, doch Lily schüttelte nur den Kopf. »Über Sie? Als ich ihm die Kinder anbot, hat er abgelehnt und behauptet, daß es nicht gut für sie sei, von ihrer Mutter getrennt zu werden. Mein Angebot hat ihn geradezu entrüstet.« Als Knight Lilys Erleichterung bemerkte, wunderte er sich, denn er hatte ihr ja bereits gesagt, daß Arnold fort war. Er lächelte schwach, doch dann hakte er nach. »Als ich heute nachmittag gesagt habe, daß ich nur vier Jahre älter wäre, haben Sie mich korrigiert und gemeint, ich müßte älter sein als dreiundzwanzig. Wie wäre es mit der Wahrheit, Lily?« Dabei klang seine Stimme sehr sanft und weich.

Lily hatte inständig gehofft, daß ihm dieser Widerspruch entgangen wäre, doch offenbar hatte sie kein Glück gehabt. Sie räusperte sich umständlich und sagte schließlich: »Am zweiten Dezember werde ich zwanzig Jahre alt.«

»Aha.« Mehr sagte Knight nicht, doch innerlich erfüllte ihn heiße Wut auf seinen Vetter. Guter Gott, demnach hatte er dieses Mädchen geheiratet, als sie gerade fünfzehn war! »Dann waren Sie bei Ihrer Hochzeit ja noch ein Kind!« stieß er empört hervor. »Daß Ihr Vater das zugelassen hat!«

Lily starrte ihn nur wortlos an und begriff erst ganz allmählich, daß das Schicksal noch einmal an ihr vorübergegangen war, weil Knight eine falsche Schlußfolgerung gezogen hatte. Voller Dankbarkeit schickte sie ein Stoßgebet zum Himmel. »Ja, es stimmt, ich war ziemlich jung.«

»*Ziemlich?* Sie waren ein Kind! Ich hätte nie gedacht, daß Tris …« Er brach ab. Tris war inzwischen tot, und wahrscheinlich waren angesichts von soviel Schönheit derartige Überlegungen müßig. Er zwang sich zu einem Schulterzucken. »Wir werden meine Vormundschaft möglichst rasch durchsetzen. Gehen Sie jetzt schlafen!« Während Lily zur Tür ging, dankte sie Knight noch einmal, doch irgendwann stoppte er ihren Redefluß mit einer Handbewegung. »Jetzt ist es aber genug, Lily! Ich bin doch kein Untier, daß ich Sie tatsächlich diesem Scheusal ausliefern könnte! Weder Sie noch die Kinder.«

Sie nickte den Kindern zu, wie sie es auch am vergangenen Abend getan hatte, bevor sie den Wohnraum verlassen hatte. »Ja, so war es! Ich hoffe, daß jetzt alles in Ordnung ist.«

Theo entfuhr ein tiefer Seufzer, worauf Lily sich vorbeugte und liebevoll seinen Arm tätschelte. »Ihr müßt euch jetzt nur merken, daß ich euren Vater geheiratet habe, als ich noch ein junges Mädchen war. Gebt euch Mühe, mich nicht zu verraten!«

»Das geht schon in Ordnung!« meinte Theo fröhlich, und Lily spürte deutlich, welche Last von seinen Schultern gefallen war.

»Wie wäre es denn mit einem kleinen Einkaufsbummel? Jeder darf sich etwas aussuchen.«

»Ganz gleich, was es ist?« erkundigte sich Sam sofort.

»Sei doch nicht so gierig!« mahnte Theo.

»Nun, ihr wißt selbst, wieviel Geld wir haben«, bemerkte Lily.

»Lily?«

»Ja, Theo?«

»Es tut mir leid, aber ich habe vergessen, ›Mama‹ zu dir zu sagen. Glaubst du, daß mir Vetter Knight ein Buch aus seiner Bibliothek leiht?«

»Weshalb fragst du ihn denn nicht einfach, Theo? Wie es aussieht, liegt ihm dein Wohlergehen wirklich am Herzen.«

»Ich möchte auf seinen Pferden reiten«, verkündete Sam.

»Das ist, fürchte ich, etwas ganz anderes«, erklärte Lily. »Soviel ich weiß, sind Gentlemen, was ihre Pferde angeht, nicht so großzügig. Wir werden sehen.« Sie räusperte sich und sprach dann weiter. »Ich muß euch noch etwas sagen! Euer Vetter Knight wird in Zukunft euer gesetzlicher Vormund sein.«

»Und weshalb? Er ist doch nicht unsere Mutter!«

»Aber er ist hübsch«, verkündete Laura Beth, worauf sich drei Augenpaare auf sie richteten.

»Dummes Mädchen! Männer sind nicht hübsch!« fauchte Sam.

»Pst, Sam!« beschwichtigte Theo seinen Bruder, während Laura Beth wieder den Daumen in den Mund steckte.

Lily fühlte einen Kloß in ihrer Kehle, doch es half alles nichts. Sie mußte es aussprechen. »Außerdem meint er, daß ihr in Eton zur Schule gehen sollt. Der Zeitpunkt ist noch offen, doch ich fürchte, daß ihr seinem Wunsch gehorchen müßt.«

Theo stieß einen kleinen Pfiff aus. »Sind wir jetzt vom Regen in die Traufe gekommen, Lily – Mama?« fragte er, nachdem er blitzschnell die Tragweite des Gesagten erfaßt hatte.

»Ich weiß noch nicht«, antwortete Lily wahrheitsgemäß. »Ich weiß nur, daß wir uns ein wenig zurückhalten müssen, denn der Viscount ist nicht an Kinder gewöhnt. Gleich nach unserem Einkaufsbummel werden wir uns einmal ein wenig um eure Wissenslücken kümmern. Einverstanden?«

Sam war nicht begeistert, doch Theos Augen leuchteten förmlich auf, so daß Lily sofort bedauerte, daß er noch keinen Lehrer hatte. Er könnte ihm viel mehr beibringen, als ihr das möglich war. Sie nahm sich vor, sobald wie möglich mit dem Viscount darüber zu sprechen.

Da es kein Kinderzimmer gab, bat Lily Mrs. Allgood, das Frühstück oben in ihrem Zimmer zu servieren. Als sie dann gegen neun

Uhr fertig angekleidet waren und gerade das Haus verlassen wollten, begegneten sie Knight, der ebenfalls weggehen wollte.

»Er *ist* aber wirklich hübsch!« ließ sich Laura Beth vernehmen, worauf Theo aufstöhnte und Sam sie in die Seite knuffte.

»Guten Morgen, Mylord!« grüßte Lily fröhlich. »Wie ich sehe, wollen Sie ebenfalls ausgehen. Ich möchte mit den Kindern einige Kleinigkeiten besorgen.«

Beim Klang von Laura Beths Stimme war Knight herumgefahren. Hübsch soll ich sein, dachte er und mußte grinsen, obwohl ihn tiefer Schrecken erfaßt hatte, als er eine Frau und drei Kinder in *seiner* eigenen Halle erblickt hatte. Theo wirkte ein wenig unsicher, doch Sam machte den Eindruck, als gehörte ihm die Welt. Alle waren warm verpackt. Lily trug einen blaßblauen Samtmantel, der mit kostbarem Hermelin eingefaßt war, und einen passenden Muff aus dem gleichen Pelz. Sie sah aus wie eine Königin, obwohl die beiden Kleidungsstücke nicht gerade neu waren. Wann hatte Tris ihr diese Sachen wohl gekauft?

Schließlich riß er sich zusammen und grüßte lächelnd zurück. »Guten Morgen! Kann ich Sie irgendwo absetzen, Lily?«

»Oh, nein. Danke, aber ich möchte nicht lästig fallen«, erwiderte sie rasch. »Ich habe bereits mit Duckett gesprochen, und er hat uns empfohlen, wohin wir gehen sollen.«

»Und das wäre?«

»Zum Pantheon Bazar.«

Insgeheim zuckte Knight zusammen, denn er traute Ugly Arnold nicht über den Weg. Vielleicht überwachte er das Haus in der Hoffnung, irgendwann Lily und die Kinder allein zu erwischen? Ob er ihre Entführung plante? Knight fluchte leise vor sich hin, doch dann hob er den Kopf und lächelte. Er würde seinen Butler zu Raymond schicken und das Treffen des Four Horse Clubs absagen. »Ich würde Sie sehr gern begleiten«, erklärte er tapfer. »Schließlich müssen wir einander auch ein wenig kennenlernen.«

»Aber Sie haben doch bestimmt andere Pläne, Sir.«

»Unwichtig«, versuchte er zu beschwichtigen, und Lily fügte sich, obwohl sie wußte, daß er gelogen hatte. »Ich stehe ganz zu Ihrer Verfügung!« Dann wandte er sich an die Kinder. »Den ›Sir‹ lassen wir jetzt aber endgültig weg! Schließlich sind wir verwandt. Für euch bin ich Vetter Knight!«

Zwei Stunden später war Knight am Rand seiner Kräfte. Der lebhafte Sam hatte in jedem Laden und an jedem Stand irgend etwas außergewöhnlich Interessantes entdeckt und entsprechend gejubelt. Theo hatte zwar versucht, seinen Bruder zu mäßigen, doch höchstens das Gegenteil erreicht, und wenn Laura Beth nicht am Daumen lutschte, quengelte sie in einem fort.

Der Pantheon Bazar war mit Käufern überfüllt. Knight erinnerte sich, daß er in Theos Alter häufig dort gewesen war, doch seitdem hatte er keine Sehnsucht mehr nach diesem überlaufenen Ort verspürt. Während Theo hingebungsvoll jeden Bücherstand bewunderte, ohne sich um Sams verachtungsvolle Bemerkungen zu kümmern, beobachtete Lily, wie Knight zusehends müder wurde. Sie konnte ihm keinen Vorwurf machen, denn schließlich war er nicht an den Umgang mit Kindern gewöhnt.

Als sie gerade ankündigen wollte, daß sie nur noch ein Geschenk für Laura Beth aussuchen müßten und dann gehen könnten, riß sich die Kleine den Daumen aus dem Mund und zappelte aufgeregt mit ihrer Puppe durch die Luft.

»Dort ist er!« rief sie, so laut sie konnte. »Dort ist er – Ugly Arnold!«

Lily erstarrte. Als Knights Blick dem ausgestreckten Ärmchen folgte, entdeckte er tatsächlich Ugly Arnold, der mit einem zwielichtigen Gesellen hinter einem Stand mit bunten Bändern in Dekkung gegangen war.

»O nein!« stöhnte Lily und zog Laura Beth an sich. »Sam! Theo! Kommt beide her!«

Theo gehorchte auf der Stelle, doch Sam war so sehr in den Anblick eines Spielzeugs vertieft, daß er sie nicht hörte.

»Sam!« rief Knight in seinem schärfsten Ton. »Wirst du wohl gehorchen!«

Sam schrak hoch und flitzte zu ihnen herüber. »Was ist los?« fragte er atemlos.

»Wir haben Gesellschaft bekommen«, verkündete Knight. »Ihr haltet euch bei eurer Mutter, verstanden?«

»Ugly Arnold ist scheußlich«, bemerkte Laura Beth.

»Ja, mein Liebes, das stimmt«, bekräftigte Lily. »Aber habe Vertrauen! Euer Vetter Knight wird schon mit ihm fertigwerden!«

Werde ich das? fragte sich Knight und wunderte sich über Lilys bedingungslose Zuversicht. »Los«, forderte er alle auf, »wir wollen Ugly Arnold begrüßen!«

Lily sah ihn skeptisch an, doch sie akzeptierte seine Entscheidung.

Als Arnold sie auf sich zukommen sah, geriet er in Panik. Darauf war er nicht gefaßt gewesen, genausowenig, wie er angenommen hatte, daß dieser dämliche Viscount sie und die Kinder begleitete. Verdammter Kerl! Von einigen ausgekochten Burschen hatte er erfahren, daß Viscount Castlerosse ein typischer Junggeselle war. Was wollte der mit *Kindern?* Das war ja lächerlich. Doch jetzt konnte er mit eigenen Augen sehen, daß sich der Viscount wie ein Vater benahm. Es war kaum zu ertragen.

»Verdammt, wir wollen uns lieber verdrücken!« raunte er dem finsteren Gesellen namens Boggs zu, der sich in seiner Begleitung befand. »Wir werden sie später schnappen, wenn er nicht mehr dabei ist.«

Boggs blieb stur, weil er seine versprochenen fünf Pfund verdienen wollte. »Er ist doch allein, und außerdem ist er ein Dandy! Den stecke ich leicht in die Tasche!«

Arnold war dessen nicht so sicher. Boggs war zwar ein riesiger Kerl, aber in der vergangenen Nacht war ihm ebenfalls zu Ohren gekommen, daß der Viscount ein Sportsmann war, der schon manche Erfolge im Ring erzielt hatte. »Nein, vielleicht später! Ich möchte hier kein Aufsehen erregen.«

Da Arnold das Geld hatte, mußte Boggs sich fügen.

»Er ist ein Feigling, Vetter Knight!« quietschte Sam und hüpfte vor Aufregung. »Er läuft davon!«

»Halt die Klappe, Sam!« fuhr Theo ihn an. »Die Leute schauen schon her!«

»Er hat recht«, bemerkte Knight. »Beherrsche dich, Sam! Falls Ugly Arnold es sich anders überlegt, werde ich dich zu Hilfe rufen. Einverstanden?«

»Dem werde ich es besorgen!« drohte der Kleine.

Nachdem sich die erste Aufregung gelegt hatte, war Sam plötzlich hungrig. Theo war müde und Laura Beth quengelte unentwegt.

»Ich werde mich jetzt um sie kümmern«, wandte sich Lily an Knight. »Sie sind doch überhaupt nicht an Kinder gewöhnt! Ich werde sie nach Hause bringen.«

Obwohl Knight einiges darum gegeben hätte, von dieser Qual erlöst zu werden, sagte er statt dessen selbstquälerisch: »Nein, nein, noch nicht! Laura Beth hat noch kein Geschenk, und außerdem möchte ich anschließend alle zu Gunthers einladen.« Dann wandte er sich an Theo. »Du magst doch bestimmt ein Eis, oder etwa nicht?«

Brüllende Begeisterung hätte ihn beinahe sein Trommelfell gekostet. Was habe ich nur getan? fragte er sich und erinnerte sich daran, wie er versucht hatte, Theos Buch über Dampfmaschinen und Sams Kriegsschiff mit zehn Kanonen zu bezahlen. Nachdem sich Laura Beth fast im Halbschlaf winzige, weiße Lederhandschuhe ausgesucht hatte, wiederholte er den Versuch und zog eine Pfundnote aus seiner Tasche. Wütend wies Lily sein Ansinnen zurück.

»Mylord!« zischte sie zwischen zusammengebissenen Zähnen hervor. »Wir haben das nun schon zweimal besprochen! Die Kinder sind meine Sache, und da ich nicht ganz mittellos bin, möchte ich ihnen die Geschenke kaufen! Sie sind schließlich von *mir* und nicht von *Ihnen!*«

Ostentativ faltete Knight seine Pfundnote wieder zusammen und zuckte die Achseln, denn im Augenblick war ihm nicht nach einer Auseinandersetzung zumute.

Der Aufenthalt bei Gunthers verlief angenehmer als erwartet. Sams Redefluß war verstummt seit er einen großen Eisbecher vor sich hatte. Laura Beth trug ihre neuen Handschuhe und versuchte gelegentlich einen Löffel voll, während Theo still sein Eis löffelte und hin und wieder unsicher zu Knight hinübersah.

»Guter Gott! Das ist ja nicht zu glauben!«

Knight sah auf und bemerkte Julien St. Clair, Earl of March, der fassungslos auf seinen Tisch starrte. Katherine St. Clair versetzte ihrem Mann einen kleinen Rippenstoß, bevor sie lächelnd nähertrat. Man machte sich miteinander bekannt, und Lily erwies sich genau als das, was Knight insgeheim erwartet hatte: Sie war eine geborene Lady mit tadellosen Manieren und natürlicher Freundlichkeit, die ihre neuen Bekannten sofort begeisterte. Wie Knight feststellte, war auch Julien St. Clair von Lilys Schönheit hingerissen. Allerdings fehlte seinem Lächeln der lüsterne Glanz, was Knight voller Zufriedenheit zur Kenntnis nahm.

Julien St. Clair konnte nicht fassen, was er sah. Was war nur mit diesem Knight Winthrop geschehen? Er saß ganz friedlich mit einer wunderschönen Frau und drei – drei! – Kindern an einem Tisch. Es war einfach nicht zu fassen.

»Theo, zeige Seiner Lordschaft doch dein neues Buch! Soviel ich weiß, interessiert er sich sehr für Dampfmaschinen.« Dabei lächelte Knight dem Jungen zu Juliens Erstaunen aufmunternd und liebevoll zu.

»Sind das neue Handschuhe?« erkundigte sich die Countess im

selben Augenblick. »Sie sind ja zu hübsch!« Laura Beth öffnete ihre schläfrigen Augen und bedankte sich artig. »Mama hat sie mir gekauft«, erzählte sie dann. »Vetter Knight wollte sie bezahlen, doch Mama hat es ihm nicht erlaubt. Ich glaube, sie wollte ...«

»Es ist genug, Laura Beth!« ermahnte sie Lily und wandte sich dann an die Countess. »Sie ist ein kleines Plappermäulchen, aber ein sehr süßes!«

»Dem kann ich nur zustimmen!« bestätigte die Countess und nickte.

Zu Lilys großer Überraschung benahmen sich die Kinder vorzüglich. Sogar Sam beherrschte sich, doch Lily hatte schnell herausgefunden, daß Knight die Eisbecher immer rechtzeitig nachfüllen ließ. Auf diese Weise blieb dem Kleinen keine Zeit, um die Kanonen seines Kriegsschiffs auf die anderen Gäste zu richten.

»Es hat zehn Kanonen«, informierte er Julien St. Clair zwischen zwei Löffeln. »Wenn ich groß wäre, könnte ich damit alle Franzosen erschießen!«

»Daran habe ich keinen Zweifel«, erwiderte Julien lächelnd.

»Sam ist ein wenig blutdürstig«, bemerkte Knight und strich dem Jungen unwillkürlich über die weichen, braunen Haare.

Angesichts dieser Geste erstarrte Julien förmlich, und dieser Zustand hielt auch noch an, nachdem sie sich längst verabschiedet hatten.

Die Rückfahrt nach Winthrop House verlief ähnlich friedlich. »Das ist also der Trick!« bemerkte Knight. »Man muß die kleinen Barbaren füttern, damit sie Frieden halten.«

»Das trifft ungefähr den Kern«, bestätigte Lily lächelnd.

Zu Hause nahm Mrs. Allgood die Kinder in Empfang. Laura Beth und Sam wurden ins Bett gesteckt, und Theo durfte sich mit seinem neuen Buch beschäftigen.

»Ich glaube, ich werde auch ein Schläfchen halten«, sagte Knight und streckte sich.

Lily lächelte ihm spöttisch zu, so daß er augenblicklich von Sehnsucht nach ihr gepackt wurde. »Eltern behaupten immer, daß Kinder sie jung erhalten, doch ich glaube, Sie werden alt und grau!«

Unwillkürlich lächelte Knight. Den ganzen Tag über war er sich ihrer Gegenwart so intensiv bewußt gewesen, daß es ihn schon fast gequält hatte. Spontan beschloß er, als Ausgleich den Abend bei Daniella zu verbringen. Bei ihr würde er Entspannung finden, und außerdem konnte er auf diese Weise den Spötteleien seiner Freunde entgehen. Mit Sicherheit war sein außergewöhnliches Benehmen heute überall Tagesgespräch. »Ich gehe aus«, verkündete er unvermittelt, »und werde vermutlich auch zum Abendessen nicht zurück sein!«

Mit diesen Worten ließ er Lily mitten in der Halle stehen. Natürlich fragte sie sich sofort, womit sie ihn beleidigt haben könnte, und steigerte sich im Lauf des Abends in immer wildere Ängste hinein.

5. Kapitel

Herrlich entspannt lehnte sich Knight gegen die dicken Kissen und schloß die Augen. Das brachte allerdings Erinnerungen zurück, die ihn erschauern ließen. Er wollte nicht grübeln, doch die Gedanken ließen ihn nicht los. In dieser Beziehung hatte er noch nie Schwierigkeiten gehabt, aber trotz seiner Erregung hatte er anfangs versagt, obwohl Daniella wie immer bezaubernd und hingebungsvoll gewesen war. Letzten Endes hatte ihn ihr erfahrener Mund erlöst.

Und das alles nur wegen dieser Frau, die er erst seit so kurzer Zeit kannte! Es war einfach absurd. Dunkel konnte er sich daran erinnern, daß er im Augenblick des Höhepunkts den Kopf zurückgeworfen und laut ihren Namen gerufen hatte. Fast gleichzeitig beschloß er, diesen Quälereien in Zukunft aus dem Weg zu gehen, indem er sie und die Kinder möglichst bald nach Castle Rosse umquartierte. Sein Leben mußte möglichst rasch wieder in die gewohnten Bahnen kommen, bevor ihn womöglich seine Geliebte verließ und seine Freunde ihn in ein Irrenhaus einlieferten. Er konnte geradezu hören, wie Julien St. Clair den Freunden von ihrer Begegnung bei Gunthers berichtete und dabei immer wieder gluckste.

Könnt ihr euch Knight im Kreise seiner Lieben vorstellen? Sie wirkten tatsächlich wie eine glückliche Familie! Die Mutter der Kinder ist allerdings ein bezaubernd schöner Engel. Tja, unser Knight.

Aufstöhnend beendete er seinen inneren Monolog, als ihm klar wurde, daß er die Kinder erst nach Castle Rosse schicken konnte, wenn seine Vormundschaft bestätigt war. Es bestand schließlich die Möglichkeit, daß sich Ugly Arnold immer noch mit finsteren Gedanken in der Gegend herumtrieb.

Als Knight später am Abend nach Hause zurückkehrte, sah er zu seiner Überraschung einen Lichtstreifen unter der Tür zum Wohnraum. Schmunzelnd öffnete er die Tür und blieb verblüfft auf der Schwelle stehen.

»Lily! Weshalb sind Sie denn noch auf? Ist etwas geschehen?«

Lily war leichenblaß und ziemlich nervös, was ihrer hinreißenden Schönheit allerdings keinen Abbruch tat. Verdammtes Weib!

Lily zögerte. »Nichts ist geschehen. Jedenfalls ist keiner krank.«

»Na wunderbar! Langsam kommen wir der Sache näher.« Er zog

eine Augenbraue in die Höhe und warf ihr einen spöttischen Blick zu.

Als er an ihr vorbei zu einem kleinen Seitentisch ging, stieg ihr ganz deutlich Rosenduft in die Nase. Mit Sicherheit war er bei einer Frau gewesen, wahrscheinlich bei seiner Geliebten. Lily mußte schlucken.

Während Knight sich einen Brandy eingoß, begann er plötzlich zu sprechen. »Ich bin zwar erst siebenundzwanzig Jahre alt, aber ich habe trotzdem bereits vergessen, welch ausgeprägte Persönlichkeiten kleine Kinder sein können! Theo wirkt so schrecklich erwachsen. Hat er sich eigentlich jemals wie ein Kind benommen?«

»Bevor sein Vater starb, war er freier.«

Knight blickte versonnen in sein Glas. »Die Kinder haben bisher überhaupt noch nicht von ihrem Vater gesprochen. Ist das nicht ein wenig seltsam? Müßten sie nicht um ihn trauern?«

Und wie sie getrauert haben, dachte Lily. Jedes der Kinder auf seine Weise und meistens insgeheim, was für Kinder gar nicht gut ist. »Seit dem Tod seines Vaters versucht Theo, eine Art Familienoberhaupt zu sein. Er war schon immer ein ernster Junge, doch jetzt ...« Lily zuckte mit den Schultern. »Vielleicht wird ihn die Gesellschaft anderer Kinder in Eton ein wenig ablenken und wieder freier werden lassen. So wie Sam wird er bestimmt nie, denn er ist der geborene Wissenschaftler. Daran wird sich vermutlich nichts ändern.«

»Nun, im Augenblick sind Dampfmaschinen sein Fachgebiet. Und was ist mit Sam?«

»Er ist das ganze Gegenteil seines Bruders. Er war schon immer sehr munter und unternehmungslustig, doch seit Tristans Tod benimmt er sich schon fast zwanghaft daneben. Seitdem haben sie kein Gefühl der Sicherheit mehr und dann noch die ungewisse Zukunft, Gertrudes unfreundlicher Empfang und das Debakel mit Ugly Arnold! Auch die fremde Umgebung in London macht ihnen angst, obwohl sie das niemals zugeben würden. Sam übertönt dieses Gefühl mit Aggressivität, während Theo seine Ängste fest in sich verschließt.«

»Laura Beth scheint demnach alles am besten überstanden zu haben.«

»Ich glaube, das ist ein Irrtum. Seit dem Tod ihres Vaters läßt sie ihre Puppe nicht mehr los und lutscht ohne Unterbrechung am Daumen. Und was die Trauer angeht, so habe ich neulich Sam nachts im Bett weinen hören. Er hatte sich die Faust ganz fest in den Mund gedrückt, damit Theo ihn nicht hören sollte. Er ist ein sehr stolzer, kleiner Kerl!«

»Wie ich sehe, haben Sie viel darüber nachgedacht.«

»Ich liebe diese Kinder«, erklärte Lily, »und ich erkenne jede Veränderung. Es geht gewissermaßen um Ursache und Wirkung, wenn man das so sagen kann.«

Knight stellte sein Glas auf den Tisch. »Weshalb sind Sie so spät noch auf?«

»Sam«, stieß Lily nach einer kleinen Pause unter Seufzen hervor.

»Sam? Hat er etwas angestellt?«

»Ja.«

Nachdem wieder einige Augenblicke in Schweigen verstrichen waren, seufzte Knight. »Ich warte, Lily. Und seien Sie versichert, ich werde weder Sie noch Sam fressen!«

»Er hat Cuthberts Hefeteig aus der Küche gestohlen und damit das Geländer der Treppe, die zu den Dienstbotenzimmern hinaufführt, beschmiert. Da es dort oben nicht sehr hell ist ...«

Knight starrte sie einfach nur an. »Guter Gott, wie unglaublich einfallsreich! Hat wenigstens jemand vor Angst geschrien oder ist vielleicht sogar die Treppe hinuntergestürzt?«

»Betty hat das gesamte Haus zusammengeschrien. Sie hat geglaubt, ›im Körper eines Toten herumzuwühlen‹, wie sie sich ausgedrückt hat.« Da Knight eher amüsiert schien, brach Lily ab.

Knight fragte sich tatsächlich, weshalb ihm so etwas Wunderbares früher nie eingefallen war.

»Sind Sie denn gar nicht ärgerlich?«

»So wütend, daß ich Sie alle aus dem Haus werfen möchte?«

»Ja, genau das meine ich.«

»Nein, absolut nicht. Allerdings sollte Sam das Geländer reinigen.«

»Das ist bereits geschehen.« Lily holte tief Luft. »Aber das ist noch nicht alles.«

»Am besten stelle ich einen Priester an, der sich diese endlosen Beichten anhören muß! Was gibt es denn noch?«

»Cuthbert hat gedroht, daß er gehen will. Wenn wir nicht gehen müssen, wird er das Haus verlassen!«

Doch Knight war keineswegs beeindruckt, sondern lächelte nur spöttisch. »Das soll er ruhig versuchen! Ich glaube allerdings, daß ich ihn viel zu gut bezahle.«

Lily konnte sich von ihrer Verblüffung überhaupt nicht erholen. »Sie sind tatsächlich nicht ärgerlich?«

»Nein, aber ich bin müde. Lassen Sie uns zu Bett gehen, Lily!« Sobald ihm die Doppeldeutigkeit seiner Worte aufgegangen war, wuchs seine Erregung. Als er sich hastig abwandte und zur Tür ging, fiel ihm die bissige Bemerkung ein, mit der ihn sein Kammerdiener heute abend beim Verlassen des Hauses verabschiedet hatte. »Hatten Sie irgendwelche Schwierigkeiten mit meinem Kammerdiener Stromsoe?«

Da Lily den Mann nicht in unnötige Schwierigkeiten bringen wollte, schüttelte sie den Kopf. Daraufhin verabschiedete sich Knight und lief rasch die Treppe hinauf, während Lily ihm langsamer folgte und dabei an die Begegnung mit Stromsoe dachte. In Wahrheit hatte er sich ziemlich unfreundlich benommen, doch das hatte sie nicht weiter tangiert. Am späten Nachmittag war er ihr im Korridor über den Weg gelaufen –

»Darf ich fragen, wohin Sie gehen, Madame?« hatte er in giftigem Ton gefragt und ihr regelrecht den Weg verstellt.

Lily hatte seine rosafarbenen Bäckchen und die pomadigen Haare betrachtet und geschmunzelt. »Nein, Stromsoe, das dürfen Sie nicht. Es geht Sie nämlich nichts an.«

Daraufhin war er ein wenig zurückgeschreckt. »Kann ich Ihnen irgendwie behilflich sein, Madame?«

»Sie können mir höchstens ein Glas warme Milch aus der Küche holen.«

Augenblicklich erstarrte er vor Empörung. »Das gehört nicht zu meinen Pflichten!«

»Weshalb haben Sie dann angeboten, mir zu helfen? Das verstehe ich nicht.«

Offenbar hatte ihre Reaktion ihn verärgert, und Lily versuchte sich vorzustellen, was er seinem Herrn alles erzählt hatte. Irgendwann spürte sie, wie sich Angst in ihr breitmachte. Da sie erwachsen war, gelang es ihr meistens, die Ängste vor den Kindern zu verbergen, doch in ihrem tiefsten Herzen wünschte sie sich nichts anderes als Sicherheit. Für andere Dinge war im Augenblick kein Raum. Vor dem Einschlafen dachte sie noch einmal an Knights Bemerkung über die Trauer der Kinder. Wenn sie es genau überlegte, so mußte sie feststellen, daß dazu bisher eigentlich noch gar keine Zeit gewesen war.

Am folgenden Tag betrat Knight sein Arbeitszimmer, um verschiedene Papiere für Tilney Jones zu holen, doch auf der Schwelle blieb er verdutzt stehen. Laura Beth kniete auf seinem Schreibtischstuhl und beugte sich über einen Bogen Papier, auf dem sie mit dem Federkiel so heftig herumkrakelte, daß der Schaft beinahe splitterte. Um sie herum lagen eine ganze Reihe wichtiger Papiere, die meisten in gefährlicher Nähe des handgeschnittenen Tintenfasses aus Onyx.

Knight räusperte sich leise. »Laura Beth«, sagte er dann ganz sanft, weil er sie nicht erschrecken wollte.

Trotzdem schoß das Kind in die Höhe und starrte ihn mit dunklen, riesigen Augen an, und wieder einmal wunderte er sich, wie wenig sie ihren Eltern ähnlich sah. »Oh!« entfuhr es ihr überrascht. »Hallo!«

»Darf ich wissen, was du hier tust?«

Laura Beth stand auf dem Stuhl und stützte ihre Händchen auf die Tischplatte. »Ich zeichne«, war die Antwort. »Möchtest du es sehen?«

»Ja«, antwortete Knight, ohne das Tintenfaß aus den Augen zu lassen. »Weshalb zeichnest du eigentlich hier? Das ist doch mein Zimmer.«

»Oh«, bemerkte Laura Beth ohne das geringste Schuldbewußtsein.

»Wo ist deine Mutter?«

»Mama ist im Bett. Sie hat Bauchweh.«

Rasch trat Knight einen Schritt näher. »Warum hat mir das niemand gesagt? Ich werde gleich nach ihr sehen.«

»Sie hat aber gesagt, daß sie schlafen will! Es ist ja gar nicht schlimm.«

Jetzt war die Reihe an Knight. »Oh! Hat deine Mutter dich hierher geschickt?«

Laura Beth senkte ganz langsam den Blick. »Nein«, kam es fast unhörbar, »sie denkt, daß ich in ihrem Zimmer bin, aber ich mag die Kohlestifte nicht. Die sind so schmutzig!« Ruckartig richtete sie sich auf, um ihm die schwarzen Streifen auf ihrem blaßrosa Kleid zu zeigen. Dabei verrutschte der Papierberg, so daß das Tintenfaß umfiel und sich die schwarze Tinte über die wichtigen Schriftstücke ergoß.

Laura Beth quietschte ängstlich, und Knight sprang mit einem Satz hinzu, um sie aufzufangen. Dabei fühlte er, wie die Tintenfeder sein Gesicht streifte und sich dann die dünnen Arme des Mädchens fest um seinen Nacken klammerten. Als dann auch noch der Stuhl umfiel, verlor Knight die Balance. Er stolperte gegen den Schreibtisch und fühlte, wie seine Wildlederhose gierig die schwarze Tinte aufsaugte.

In diesem Augenblick öffnete Duckett die Tür und schnappte hörbar nach Luft. »Mylord!«

Laura Beth drückte wimmernd ihr Gesichtchen gegen Knights Hals.

»Es ist alles in Ordnung, Duckett!« versicherte Knight. »Wir hatten lediglich einen kleinen Unfall.«

In diesem Moment erschien auch Theo, der den Lärm gehört hatte. »Oh, Himmel!« rief er. »Was hat sie denn angestellt?«

Eigentlich hätte er sich die Frage sparen können, denn es war nicht zu übersehen, daß der Viscount von Kopf bis Fuß mit schwarzer Tinte bekleckert war.

Knight war drauf und dran, Laura Beth aus dem Fenster zu werfen, doch als er sah, wie Theo schneeweiß wurde und plötzlich Furcht in seinen Augen aufblitzte, lächelte er. »Es ist schon gut, Theo! Es ist nichts passiert. Laura Beth und ich hatten einen kleinen Unfall. Ist deine Mutter jetzt vielleicht wach?«

»Nein«, preßte Theo heraus, den aber der Anblick der Szene ganz und gar entsetzte. »Geben Sie sie mir. Ich werde mich um sie kümmern.«

»Das ist sehr lieb von dir, Theo, aber ich fürchte, daß wir beide um ein Bad nicht herumkommen. Ich werde deine Schwester mit nach oben nehmen und waschen.« Als er sah, wie Theo heftig schluckte, fühlte er Mitleid mit ihm, daß ihm beinahe die Tränen in die Augen stiegen. »Möchtest du mir einen Gefallen tun, Theo?«

»Oh, ja! Was soll ich machen?«

»Geh in den Wohnraum und teile Mr. Jones mit, daß er heute nachmittag auf meine Gesellschaft verzichten muß. Sag ihm, daß ich mit einem kleinen Klammeräffchen beschäftigt bin und ihm die benötigten Papiere morgen schicken lassen werde.«

Theo nickte eifrig, doch Knight spürte instinktiv, daß der Junge vor lauter Verlegenheit wahrscheinlich allerlei unnötige Entschuldigungen vorbringen würde.

»Mach dir nicht so viele Gedanken und richte meine Botschaft einfach so aus, wie ich sie dir aufgetragen habe. Du bist ein Winthrop, und dieses Haus ist auch dein Haus. Du gehörst hierher. Vergiß das nie!«

Theo nickte. »In Ordnung.«

»Na, wunderbar. Duckett, darf ich Sie mit den Aufräumungsarbeiten betrauen?«

»Aber selbstverständlich, Mylord. Soll ich Ihnen die Kleine abnehmen?«

»Nein, die nehme ich mit!« Knight grinste. »Wahrscheinlich würde es Ihnen sowieso nicht gelingen, sie von meinem Hals zu lösen.«

Wenn jemand Knight prophezeit hätte, daß er eines Tages ein kleines Mädchen in seiner Kupferbadewanne schrubben würde, hätte er sich wahrscheinlich totgelacht. Ähnlich entsetzt war Stromsoe, dessen gesamtes Weltbild aus den Fugen geriet.

»Besorgen Sie heißes Wasser, Stromsoe, und jede Menge Handtücher! Laura Beth und ich wollen baden.«

Nachdem der völlig verblüffte Kammerdiener den Raum verlassen hatte, wandte sich Knight an die Klette an seinem Hals. »So, mein Schatz, jetzt laß los!« Irgendwann gelang es ihm, sich aus der Umklammerung zu befreien, doch während des kleinen Ringkampfs wurde auch sein blütenweißes Hemd mit den schwarzen Abdrücken der kleinen Patschhändchen verziert.

Nachdem er sie ausgezogen hatte, wickelte er sie in ein Handtuch. »Setz dich auf diesen Stuhl und beweg dich nicht!«

Zu seiner Überraschung gehorchte der kleine Teufel, worauf er sich rasch das verschmutzte Hemd über den Kopf zog. Als er versuchte, aus seinen Stiefeln herauszukommen, kicherte die Kleine.

»Du findest das wohl lustig, du kleines Biest?«

»Ich möchte dir helfen«, erklärte Laura Beth voller Eifer und voll schwarzer Tinte.

»Nein, das wirst du hübsch bleiben lassen! Rühr dich nicht, bis das heiße Wasser kommt!« Und dann sagte er eigentlich mehr zu sich selbst: »Ich fürchte, wir werden ein Kinderzimmer einrichten müssen, wo ihr euch austoben könnt!«

Nachdem Stromsoe und zwei Diener das heiße Wasser herbeigetragen und die Wanne gefüllt hatten, entließ Knight die Männer, schälte Laura Beth aus dem Handtuch und hob sie in die Wanne. Die Kleine quietschte und schrie vor Begeisterung, daß Knight schon wieder um sein Trommelfell fürchtete. Und nur wenige Minuten später war er mindestens ebenso naß wie sie. Nachdem die Tintenspuren abgewaschen waren, kamen die verklebten Haare an die Reihe, und als er Laura Beth gerade mit der Hand Wasser über den Kopf schöpfte, um die Seife zu entfernen, trat Lily ein und stieß einen kleinen Schreckensschrei aus.

»Hallo!« begrüßte Knight sie grinsend und winkte kurz mit seiner nassen Hand.

»Mama!« schrie Laura Beth und strampelte vor Begeisterung. »Vetter Knight hat mich gewaschen. Auch die Haare! Aber er kann es nicht so gut wie du!«

»Du wagst es, mich zu beleidigen? Du undankbare, kleine Hexe!«

Laura Beth lächelte ganz unschuldig, doch plötzlich schoß ihre kleine Hand nach vorn und zwei Finger packten die Haare auf seiner Brust und zogen heftig daran. Als Knight in gespieltem Schmerz aufschrie, konnte Laura Beth sich vor Lachen kaum mehr beruhigen.

Lily fehlten die Worte. Sie konnte ihre Augen nicht von Knight abwenden. Natürlich hatte sie ihren Vater und auch die Jungen schon in ähnlichen Situationen gesehen, doch noch niemals einen so kräftigen Mann wie Knight. Laura Beth hatte recht. Sein Körper war wirklich wunderschön.

Als sie fasziniert die Linie seines Rückens, die breiten, festen Muskeln an Schultern und Armen und die schwarzen Haarkringel auf seiner Brust betrachtete, mußte sie heftig schlucken. Genau in diesem Augenblick drehte Knight sich um, und als ihre Augen einander trafen, errötete Lily heftig und senkte den Blick. Oh, Gott, wie konnte sie ihn nur einfach so anstarren! Stromsoe hatte sie aus dem Schlaf gerissen und ihr mitgeteilt, daß sich das *Kind* im Schlafzimmer Seiner Lordschaft befände und noch dazu in seiner Badewanne. Stromsoe schien durch diese Tatsache tödlich beleidigt zu sein, und Lily beeilte sich nachzusehen, was das *Kind* nun wieder angestellt hatte.

»Laura Beth, halte still!« rief Knight, während er das zappelnde Wesen aus der Wanne hob und in ein riesiges Handtuch wickelte. Doch die Kleine quietschte vor Vergnügen und spielte hinter dem Handtuch Verstecken.

»Oh, Laura Beth!« stöhnte Lily, nachdem sie ihre Sprache wiedergefunden hatte. »Knight, es tut mir so leid! Was hat sie denn angestellt? Oh, du lieber Himmel, Sie sind ja ganz schwarz! Was ist das?«

»Tinte«, bemerkte Laura Beth und riskierte ein Auge aus dem Badetuch.

»Tinte«, wiederholte Lily verständnislos.

»Von Vetter Knights Schreibtisch.«

Anfangs begriff Lily gar nichts. Während ihres kurzen Blickwechsels hatte Knight begriffen, daß Lily ihn bis zu diesem Augenblick noch nie als Mann wahrgenommen hatte, und es erfüllte ihn mit Stolz, daß ihr ganz offensichtlich gefallen hatte, was sie da gesehen hatte. Doch als er jetzt dieselbe Furcht in ihren Augen aufsteigen sah wie vorhin bei Theo, kam er sich plötzlich wie ein Monster vor.

»Guter Gott, Lily! Machen Sie doch nicht so ein Gesicht! Und hören Sie endlich auf zu glauben, daß ich nur darauf warte, Sie endlich wieder loswerden zu können! Es käme mir nicht in den Sinn. Legen Sie sich ruhig wieder hin. Ich habe schon gehört, daß es Ihnen nicht gutgeht.«

Trotz allem sah sie hinreißend aus. »Ich werde mich jetzt um Laura Beth kümmern.«

»Nein, das soll Mrs. Allgood machen. Sie sind krank.«

»Nicht richtig krank, nur …«

»Mama hat gesagt, daß Frauen so etwas manchmal haben«, flüsterte Laura Beth Knight verschwörerisch zu.

Lily schloß ergeben die Augen und hätte die Kleine am liebsten erwürgt, doch glücklicherweise ging Knight nicht weiter darauf ein, sondern schickte sie noch einmal energisch zurück in ihr Schlafzimmer. Erleichtert gehorchte Lily.

»Und du, mein liebes Kind, wirst jetzt Mrs. Allgood folgen. Und daß mir keine Klagen kommen!«

6. Kapitel

Genüßlich streckte Knight im Sessel vor dem Kamin seine Füße aus, umfaßte sein Brandyglas mit beiden Händen und lehnte sich in die Kissen zurück. Einige Minuten verharrte er regungslos, doch nichts war so, wie es vor der Ankunft von Lily und den Kindern gewesen war.

Während der vergangenen drei Tage hatte er Lily nur im Vorübergehen gesehen. Ganz offensichtlich ging sie ihm aus dem Weg, aber er verstand ihre Beweggründe. Schließlich hatte sie ihn halbnackt in seinem Schlafzimmer überrascht, und dann hatte Laura Beth sie auch noch so peinlich bloßgestellt.

Um die Situation nicht noch schwieriger zu machen, hatte er während der vergangenen drei Tage im Club zu Abend gegessen und auch den größten Teil der Nächte außer Haus verbracht. Er konnte es sich selbst nicht erklären, weshalb er Daniella kein einziges Mal besucht hatte. Statt dessen hatte er Davey Cochrane im Kartenspiel bei White's fünfhundert Pfund abgenommen. Wie erwartet hatten ihn einige seiner Freunde kräftig wegen seiner neuen Familie aufgezogen, doch er hatte nur gelächelt und gleich wieder an den Badetag mit Laura Beth denken müssen, der ihm noch in allen Einzelheiten vor Augen stand. Was die tintenverschmierten Papiere anging, so hatte Trump sie größtenteils neu schreiben müssen, was ihn nicht gerade begeistert hatte. Tilney Jones hatte pünktlich die erforderlichen Papiere erhalten, so daß es jetzt nur noch eine Frage der Zeit war, bis die Vormundschaft geregelt würde.

Als er sich gerade erheben wollte, um zum Tattersall zu einer Versteigerung zu reiten, hörte er, wie hinter ihm vorsichtig die Bibliothekstür geöffnet wurde. War es etwa Lily? Ganz langsam ließ er sich gegen die Lehne zurücksinken. Seine Muskeln spannten sich, und plötzlich fühlte er, wie ihn ein wunderbar warmes Gefühl durchrieselte.

Er gab keinen Laut von sich und bewegte sich auch nicht, sondern spähte nur ganz vorsichtig um die Sessellehne herum. Zu seiner Überraschung erblickte er Theo, der auf Zehenspitzen über den dicken Aubussonteppich zum Bücherregal schlich. Während er den Jungen beobachtete, stellte er fest, daß er blasser und kleiner war als normale Neunjährige und Tris von Tag zu Tag ähnlicher wurde – die gleiche Kopfhaltung, eine ebenso feine, schmale Nase und das gleiche trotzige Kinn. Was, zum Teufel, suchte der Junge hier?

Theo fürchtete sich, weil er nicht genau wußte, ob Vetter Knight zu Hause war. Nach dem Zwischenfall mit Laura Beth hatte Lily den Kindern geraten, ihm lieber für einige Zeit aus dem Weg zu gehen. Vorsichtig blickte Theo sich um und kletterte dann die Leiter empor. Aus dem zweitobersten Fach zog er einen dicken, in schwarzes Leder gebundenen Band, der die Abhandlung eines Mönchs über die Wirksamkeit einer bestimmten Wurzel enthielt und aus dem sechzehnten Jahrhundert stammte. Das Buch war alt und empfindlich, und entsprechend vorsichtig behandelte Theo es.

»Theo.«

Die ruhige Stimme fuhr dem Jungen durch Mark und Bein. Vor Schrecken ließ er das Buch los und konnte nur noch entsetzt zusehen, wie es zu Boden fiel. Als Theo sah, wie der Einband nachgab und der Band in seine Einzelheiten zerfiel, schloß er die Augen und wäre am liebsten auf der Stelle gestorben.

»Du lieber Himmel! Es tut mir leid!« stöhnte er und verlor vor Aufregung den Halt.

Doch Knight reagierte rasch und fing ihn auf. Allerdings war der Schwung so heftig, daß beide zu Boden fielen, wobei Knight dem Jungen gewissermaßen als Kissen diente.

Theo schluchzte vor Schrecken, doch Knight richtete sich sofort auf und untersuchte Arme und Beine. Die Knochen waren ganz, doch das wollte nichts heißen. Energisch packte Knight Theo bei den Schultern und setzte ihn auf. »Alles in Ordnung, Theo? Hast du dir weh getan?«

Theo wischte sich verstohlen die verdammten Tränen aus dem Gesicht. »Nein, nein, alles in Ordnung«, antwortete er mit dünnem Stimmchen.

»Na, dann los, mein Junge!« Knight stand auf und zog Theo sanft auf die Füße. »Es ist ja nichts passiert. Es tut mir leid, daß ich dich so erschreckt habe!«

Fassungslos sah Theo zu Knight auf – Weshalb entschuldigte er sich bei ihm? Er schüttelte den Kopf, denn einmal mußte er die Wahrheit ja gestehen. »Ich habe Ihr Buch zerstört!« Endlich war es heraus. Mit gesenktem Kopf erwartete Theo die Strafpredigt.

Knight sah auf Theos gesenkten Kopf hinunter. »Welches Buch?« Und als sein Blick auf den alten Band auf dem Fußboden fiel, fragte er: »Meinst du etwa dieses da?«

»Es ist immerhin eine Erstausgabe.«

»So? Dann muß es aber schrecklich langweilig sein, denn ich habe es nie gelesen.«

»Aber nein! Es handelt von einer seltenen Wurzel, die alle möglichen Krankheiten …«

Knight lächelte. »Na, wunderbar. Dann werden wir es eben wieder flicken lassen. In der Court Street gibt es einen Buchbinder, der wahre Wunder vollbringt!«

»O ja! Gern! Ich werde es auch bezahlen.« Theo war begeistert.

»Also abgemacht! Ich bin dafür, daß wir dorthin reiten.«

Die Veränderung, die mit dem Jungen vorging, war bemerkenswert. Plötzlich strahlten seine Augen vor Wonne, doch wenige Augenblicke später sah er wieder todtraurig drein.

»Was ist los, mein Junge? Kannst du vielleicht nicht reiten?«

»Ich habe etwas Böses getan«, stammelte Theo, »und dafür müßten Sie mich eigentlich bestrafen und nicht auch noch belohnen!«

»Dir ist das Buch aus der Hand gerutscht, weil ich dich erschreckt habe. Mehr ist nicht passiert! Das laß dir gesagt sein. Und jetzt mach, daß du in deine Reithose kommst!« Und als der Junge ihn völlig ungläubig ansah, fuhr er fort: »Du hast genau fünfzehn Minuten! Und frage deine Mutter um Erlaubnis, verstanden?«

»Sehr wohl, Sir!« jubelte Theo und stürmte davon.

Nachdenklich sah Knight hinter ihm her, dann bückte er sich und hob die Überreste des Buchs auf. Während er die Seiten wieder zwischen den Einband schob, brummte er: »Kein Wunder, daß es eine Erstausgabe ist! Wahrscheinlich wollte niemand eine zweite haben.«

Während er auf Theo wartete, beschloß er, zuerst mit ihm zum Tattersall zu reiten und danach den Buchbinder aufzusuchen. Dann fiel ihm ein, daß der Junge wahrscheinlich gar kein Geld hatte und er durch seine voreilige Zustimmung ein Problem geschaffen hatte. Was konnte er tun, ohne Theos Stolz zu verletzen, fragte er sich, doch bereits nach kurzem Nachdenken hatte er die Lösung gefunden. Voller Stolz verließ er leise pfeifend die Bibliothek und lief Lily praktisch genau in die Arme.

»Du lieber Himmel, haben Sie sich weh getan?« Er packte ihre Arme und ließ dabei das Buch ein zweites Mal zu Boden fallen.

»Nein, überhaupt nicht.« Sie lächelte ihn an, und das genügte schon, um in ihm den Wunsch zu wecken, sie auf der Stelle zärtlich zu Boden zu ziehen und zu lieben.

»Wo ist Theo?« fragte er.

»Er zieht sich um, und ich möchte Ihnen danken, Knight, denn so gelöst und aufgeregt war er schon lange nicht mehr!«

Stirnrunzelnd betrachtete er ihr bleiches Gesicht und überlegte, ob sie sich wohl die ganze Zeit über im Haus aufgehalten hatte. »Weshalb kommen Sie denn nicht mit?«

Ein kurzes Leuchten huschte über ihr Gesicht. »Das ist zwar ein herrlicher Vorschlag, aber ich möchte lieber bei den Kindern bleiben. Wenn man Sam aus den Augen läßt – Oh, ich habe vergessen zu erzählen, daß er sich bei Betty entschuldigt und ihre Vergebung erlangt hat.«

»Na, wunderbar«, erwiderte Knight ein wenig abwesend. Er dachte daran, daß es vielleicht sogar klüger war, die Sache allein mit Theo zu regeln. »Vermutlich haben Sie recht. Einer muß hierbleiben, damit das Haus hinterher noch steht!« Er lachte. »Um Theo brauchen Sie sich nicht zu sorgen. Wir werden einige Zeit fortbleiben. Kann er gut reiten?«

»Sein Vater hat es ihm vor Jahren beigebracht, aber während der letzten Monate …«

»Das ist nicht so wichtig. Ich habe einen sehr braven Gaul im Stall, der ihm bestimmt zusagen wird. Lily?«

»Ja?«

»Werden Sie heute abend mit mir essen?«

Seine Stimme klang so, als streichelte sie sanft über Lilys Haut. »Wenn Sie es möchten«, antwortete sie, und sah plötzlich wieder den halbnackten Mann vor sich, der Laura Beth gebadet hatte, und hörte wieder sein Lachen, als er die Kleine in das riesige Handtuch gewickelt hatte.

»Ich bestehe geradezu darauf. Ich werde auch gut auf Theo achtgeben.«

»Das weiß ich.«

»Hat er erzählt, was geschehen ist?« erkundigte sich Knight vorsichtig.

»Ja, denn er ist sehr ehrlich. Er wollte außerdem wissen, ob es richtig ist, wenn Untaten auch noch mit Ausreiten belohnt werden.«

»Untaten! Er hat lediglich ein Buch fallen lassen.« Knight deutete auf das verformte Exemplar am Boden. »Wahrscheinlich ist es noch nicht einmal etwas wert.« Damit beugte er sich hinunter und hob die Überreste auf.

»Theo nimmt die Dinge sehr ernst. Er hat schließlich etwas beschädigt, das Ihnen gehört. Aber ich habe ihn beruhigt und ihm gesagt, daß er seinen Fehler wieder gutmachen kann, wenn er Ihnen heute nachmittag Gesellschaft leistet.«

»Wie bitte?!« Knight lachte lauthals. »Das war eine Meisterleistung! Sehr gut, Lily! Da ich annehme, daß er kein Geld hat ...«

»Ich habe ihm fünf Shillinge gegeben.«

Als Knight fluchte, sah Lily ihn verständnislos an.

»Verzeihen Sie, aber ich wünschte, Sie hätten es nicht getan. Ich wollte ihm das Geld leihen und es mir dann durch Arbeit zurückzahlen lassen. Theo braucht ein bißchen eigenes Geld, und wenn es nur ein paar Shillinge sind.«

Lily konnte kaum fassen, wieviel Verständnis Knight für die Kinder hatte, und zu ihrem eigenen Entsetzen brach sie zum ersten Mal seit Tristans Tod in Tränen aus.

Knight war unsicher. Weinte sie etwa, weil er Theo ein paar Shillinge in der Woche geben wollte? Ohne nachzudenken zog er sie in die Arme, drückte ihr Gesicht gegen seine Schulter und flüsterte ihr tröstende Worte zu, während er ganz zart über ihren Rücken streichelte. Dabei stieg ihm ein zauberhafter Duft in die Nase. War es Jasmin? Oder Lavendel? Oder vielleicht nur Lily selbst?

»Was *machen* Sie da, *Sir?*«

»Ach, du Himmel!« flüsterte Knight und schob Lily von sich. »Ihr Beschützer hat bereits die Fäuste geballt!« Er grinste Sam zu, der breitbeinig und kampfbereit auf der untersten Treppenstufe stehengeblieben war.

»Nun, Sir?«

»Eigentlich gar nichts, Sam. Steck die Fäuste ruhig in die Taschen und hör auf, mich ›Sir‹ zu nennen. Ich bin dein Vetter Knight. Deine Mutter hat geweint, weil sie zum Frühstück kein Brot bekommen hat.«

»Ich aber schon, Vetter Knight.«

»Das war ganz altes! Mein Koch konnte kein frisches Brot bakken, weil ein kleiner Junge aus diesem Haus nicht weiß, daß Teig in den Bauch gehört und nicht ans Treppengeländer!«

Sam sank vor lauter Prusten gegen das Geländer, und Lily lachte so süß und herzlich, daß Knight vor Gier nach ihr fast gestöhnt hätte.

»Ah, Theo! Gut siehst du aus. Und wie geht es dem kleinen Floh? Hallo, Laura Beth!«

»Ich will noch einmal baden!« verkündete sie sofort um den Daumen herum. »Und wieder mit dem Handtuch spielen.«

»Vielleicht in ein paar Tagen!« versprach Knight. »Zuerst muß ich mich erholen, denn du hast mich ja beinahe ertränkt!«

Laura Beth kicherte, und Knight hätte sie am liebsten hochgehoben und ihre rosafarbenen Bäckchen geküßt. »Zieht bitte keine Schnute, weil ihr nicht mitkönnt. Ich verspreche, daß wir in der nächsten Woche nach Richmond fahren und ein Picknick veranstalten. Paßt heute gut auf eure Mutter auf und laßt das Haus stehen, wenn möglich. Lily, ich sehe Sie dann beim Abendessen!«

»Wenn Sie möchten.«

»Aber ganz bestimmt will ich das!«

Lily nickte Charlie zu, worauf dieser ihr Weinglas nachschenkte. »Das ist der wunderbarste Wein, den ich jemals getrunken habe«, sagte sie und lächelte ihrem Gastgeber zu, der in seinem schwarzen Abendanzug eine hervorragende Figur machte. Seit sie ihn vor einigen Tagen halbnackt gesehen hatte, konnte sie nicht mehr so tun, als ob er als Mann nicht vorhanden wäre.

»Mein Vater hat von Bordeaux-Weinen sehr viel verstanden«, erklärte Knight. »Von ihm habe ich das meiste gelernt. Ich freue mich, wenn Ihnen meine Wahl zusagt. Ganz nebenbei sehen Sie heute abend bezaubernd aus!«

»Vielen Dank!«

Ihre Stimme hatte ein wenig ungläubig geklungen, doch das war nicht gespielt. Es verblüffte ihn immer wieder, wie wenig sich Lily doch der Wirkung bewußt war, die sie auf Männer ausübte. Ihr Kleid war zwar nach neuestem Londoner Geschmack ein wenig altmodisch, doch die sanfte Aprikosenfarbe ließ ihre Haut förmlich leuchten. Sofort bei ihrem Eintritt war ihn heftige Erregung überkommen.

Ohne den geringsten Zusammenhang fragte er plötzlich: »Haben Sie eigentlich jemals Trauer getragen?«

Sie wurde blaß, doch sie antwortete ganz ruhig. »Nein, ich wollte unser weniges Geld nicht für so unwichtige Dinge ausgeben.« Dabei reckte sie in einer kleinen, trotzigen Geste ihr Kinn in die Höhe.

»Es tut mir leid, aber es geht mich wirklich nichts an«, entschuldigte sich Knight. »Doch jetzt zu Theo. Er reitet ja fantastisch und braucht unbedingt ein temperamentvolleres Pferd als den alten Bruno. Wicket wird vermutlich genau das richtige für ihn sein.«

»Knight, bitte, ich möchte nicht …«

»Psst, Lily! Versuchen Sie lieber den Fisch mit der köstlichen Sauce. Ich tue ohnehin, was ich für richtig halte. Also: Nachdem wir den Tattersall verlassen hatten – wirklich, Theo ist geradezu ein Pferdekenner –, gingen wir zum Buchbinder.«

»Hatte Theo genug Geld?«

Knight überlegte kurz, ob er sie anlügen sollte, doch dann entschied er sich dagegen. Theo würde ohnehin alles erzählen. »Nein«, beantwortete er schließlich die Frage, »aber das haben wir geregelt.« Er machte eine kleine Pause und dachte an Theos ängstliches Gesicht, das ihm ans Herz gegriffen hatte. Dann hob er den Kopf und lächelte Lily an. »Theo wird mir die anderen fünf Shillinge in der nächsten Woche zurückzahlen. Er ist nämlich seit heute mein Bibliothekar und wird einen Katalog meiner Bücher anfertigen. Es herrscht ein schlimmes Durcheinander, aber Theo wird es schon schaffen. Falls er Hilfe benötigt, steht ihm Trump gern zur Verfügung. Ich denke, es genügt, wenn er zwei Stunden am Tag in der Bibliothek verbringt.«

»Aber …«

Mit gebieterischer Geste brachte Knight Lily zum Schweigen. »Es ist eine Abmachung zwischen Theo und mir, Lily. Sie sind nur seine Mutter und sollten sich nicht einmischen. Versuchen Sie lieber ein bißchen von Cuthberts Köstlichkeiten.« Einige Augenblicke lang beobachtete er schweigend, wie sie aß, und fragte dann plötzlich ganz unvermittelt: »Weshalb haben Sie vorhin geweint?« Unsicher huschten ihre Blicke über sein Gesicht.

»Weshalb?« wiederholte er seine Frage.

Lily hatte das Gefühl, plötzlich lächerlich zu wirken. »Sie waren so freundlich und so liebenswürdig, daß ich es einfach nicht mehr aushalten konnte!«

»Das ist ja interessant! Muß ich erst gräßlich sein oder Sam verhauen, bevor Sie einmal lachen?«

Da mußte Lily einfach lachen. »Aber nein! So wörtlich habe ich das nun auch wieder nicht gemeint. Ich habe nur nicht das Gefühl, daß wir das auch verdienen.«

»In der Beziehung bin ich ganz anderer Meinung, aber nun noch einmal zu den Jungen. Sie brauchen dringend einen Lehrer. Ich habe entschieden, daß sie erst im nächsten Jahr in Eton angemeldet werden. Bis dahin kann sie der Sohn des Pfarrers unterrichten. Übrigens ist er der jüngere Bruder meines Anwalts Tilney Jones. Er hat in Oxford Examen gemacht und gerade einige Monate Zeit. Außerdem ist er jung genug, um mit den Jungen auch Sport zu treiben. Wie ich festgestellt habe, ist Theo schrecklich blaß.«

»*Sie* haben entschieden?«

Diese Bemerkung hatte Knights Monolog ziemlich plötzlich unterbrochen, und er blickte Lily verblüfft an. Die wunderschöne Lily war blaß, allerdings blaß vor Zorn. Geschickt schlug Knight einen gewandteren, sanfteren Ton an. »Falls er Ihnen gefällt, kann er gleich am nächsten Montag anfangen. Wenn Sie ihn allerdings nicht leiden können, werden wir die ganze Sache vergessen. Außerdem ist es dringend erforderlich, den zweiten Stock für die Kinder umzubauen, damit sie endlich ihr eigenes Reich bekommen. Wir werden uns mit dem Architekten besprechen.«

»Weshalb wollen Sie das alles tun? Das verstehe ich nicht!«

Wie hätte sie ihn auch verstehen sollen, wo er doch seine Beweggründe noch viel weniger begriff! Dann sagte er ganz ruhig: »Ich bin nicht Ugly Arnold, Lily, und habe auch nicht die Absicht, Sie auf der Treppe zu verführen. Und ich will Sie auch nicht in mein Bett locken, indem ich zu Tristans Kindern besonders freundlich bin.«

»Aber weshalb dann?«

»Soll ich Ihnen etwas verraten? Um die Wahrheit zu sagen: Ich habe nicht die geringste Ahnung! Wie steht es mit ein wenig Nachtisch?«

Langsam schüttelte Lily den Kopf.

»Sollen wir lieber ins Wohnzimmer hinübergehen und Sie spielen mir etwas vor? Sie können doch Klavier spielen, oder?«

»Ich bin etwas aus der Übung.«

»So schlimm wird es schon nicht sein.«

»Sie sind sehr optimistisch!«

»Und was den Architekten betrifft, so kann er morgen herkommen, wenn Ihnen das recht ist.«

Lily beugte sich ein wenig vor, und Knight sah, daß ihre rechte Hand zur Faust geballt war. »Ich möchte nicht, daß Sie Ihr Leben wegen uns ändern! Wenigstens nicht noch mehr, als Sie es schon getan haben! Ich werde nicht zulassen, daß Sie Wände einreißen und alles verändern! Ich werde lieber versuchen, Ihnen die Kinder möglichst fernzuhalten.«

»Das ist ja eine ganze Menge, was Sie nicht wollen, Lily, aber ich kann Sie beruhigen. In diesem Haus hat früher schon ein Stockwerk für Kinder existiert. Inzwischen sind Dienstbotenzimmer daraus geworden, und das soll auch so bleiben. Im zweiten Stock dagegen gibt es verschiedene, nutzlose Gästezimmer. Ein Umbau wird mit Sicherheit den Wert des Hauses nur steigern. Ich fühle mich übrigens keineswegs zu irgend etwas verpflichtet, sondern tue nur, was ich möchte!«

Lily sah ihn an. »Und wie steht es bei Ihnen mit Nachtisch, Mylord?«

»Knight, wenn ich bitten darf. Und die Antwort lautet nein. Ich möchte lieber Beethoven hören.«

Lily war tatsächlich ein wenig außer Übung, doch insgesamt spielte sie recht gut. Knight lehnte sich entspannt zurück und beobachtete sie. Wenn sie doch nur ein häßliches, altes Weib gewesen wäre, am besten mit dem Temperament eines Fischweibs und gräßlichen Kindern! Er war noch lange nicht vierzig, genaugenommen blieben ihm noch dreizehn Jahre. Und plötzlich fragte er sich stirnrunzelnd, weshalb ihm überhaupt solche Gedanken durch den Kopf gingen.

Als Lily das Stück beendet hatte, erhob sich Knight unvermittelt. »Ich gehe noch ein wenig aus, Lily. Ich bedanke mich für den Abend! Bis morgen.« *Morgen bei Tageslicht, denn bei Kerzenlicht möchte ich dich am liebsten vergewaltigen!*

Lily stand rasch auf, doch war er bereits aus der Tür. Während sie die Treppe in den oberen Stock hinaufstieg, überlegte sie mit gekrauster Stirn, was ihn wohl verärgert hatte. Hatte sie irgend etwas Falsches gesagt oder etwa schrecklich gespielt? Da es erst neun Uhr war, konnte sie noch ein Weilchen mit Sam und Theo spielen. Laura Beth lag wieder einmal mitten in Lilys breitem Bett und schlief bereits tief und fest.

Zwei Tage später wurde Knight Winthrop, der achte Viscount Castlerosse, zum gesetzlichen Vormund der drei Kinder seines verstorbenen Vetters bestimmt.

7. Kapitel

Boy war noch nie vorher in London gewesen, doch er fühlte sich vom ersten Augenblick an heimisch. Hier sprach wenigstens jedermann Englisch, was nach der Zeit in Frankreich und Brüssel die reinste Erholung war. Monk, der aus London stammte, weihte ihn in alle Geheimnisse seines Vorlebens ein, indem er mit ihm die Kneipen am Hafen unsicher machte.

»Wir haben jede Menge Zeit, Boy«, sagte Monk, während er einen langen Zug aus dem Bierglas nahm und durch seine Kehle rinnen ließ. »Wir werden den feinen Lord schon früh genug ausfindig machen, und damit haben wir auch Tristans Kleine. Da bin ich ganz sicher. Aber zwischendurch wollen wir uns auch ein wenig amüsieren, und ich werde dich ein wenig in meiner Stadt herumführen.«

»Klar«, meinte Boy, der immer gern die Art seines Freundes nachahmte, aber nicht so recht mithalten konnte. »Ich finde London toll!«

»Es ist schon ein Weilchen her, seit ich zum letzten Mal hier war«, erzählte Monk, während er der muffigen Bardame winkte. »Ziemlich lange sogar!«

»Eine schöne Stadt, dieses London!«

»Das stimmt, aber früher war es noch schöner. 1802 hat man mich beim Klauen erwischt. Ich war damals noch jung und hatte Glück, daß ich entkommen konnte. Meine Mutter ist damals gestorben, und ich war allein. Dich habe ich 1804 in Liverpool getroffen, weißt du noch? Und später haben wir uns mit dem Besitz der Lady, die wir in Dover ausgenommen hatten, nach Frankreich abgesetzt.«

Die Erinnerungen steigerten den Bierkonsum, und kurze Zeit später schnarchten die beiden friedlich am Tisch.

Im Lesezimmer von White's setzte sich Julien St. Clair unaufgefordert neben Knight. »Ich fürchte, Sie sind gegenwärtig der Gegenstand größerer Tratschereien, mein Freund. Damals im Pantheon Bazar haben uns offenbar eine ganze Reihe wichtiger Leute gesehen, auf die wir gar nicht geachtet haben.«

Langsam ließ Knight die *Gazette* sinken und betrachtete seinen Freund melancholisch. »Aha. Fahren Sie fort, Julien.«

»Ich hasse es zwar, aber es muß wohl sein. Lily ist natürlich Ihre Geliebte und die kleine Laura Beth Ihr gemeinsames Kind. Leider ist ihr Haar auch noch fast so schwarz wie Ihres.«

»Das ist mir bisher noch nicht einmal aufgefallen, aber ich nehme an, daß es stimmt«, entgegnete Knight schmunzelnd. »Mit den Augen haben wir allerdings nicht soviel Glück, denn ihre sind dunkelblau!«

»Den Gerüchten zufolge sind Sie Vater aller drei Kinder! Der älteste Junge ist neun, nicht wahr? Nun, mit siebzehn kann man ja ein Kind zeugen, oder nicht?«

Dann wäre Lily gerade zehn gewesen, dachte Knight, doch er schwieg, weil er Julien nicht offenbaren wollte, daß sein Vetter ein fünfzehnjähriges Mädchen geheiratet hatte. Statt dessen konzentrierte er sich auf Juliens Erzählung. Natürlich hatte auch er Bemerkungen aufgeschnappt, und weitläufige Bekannte hatten ihn immer wieder seltsam angesehen. Doch Knight hatte alles nicht weiter ernst genommen, weil er sich keiner Schuld bewußt gewesen war. Wenn sein Freund Julien es aber für geboten hielt, ihn zu informieren, dann war die Sache zweifellos ernst. Er fluchte leise.

»Natürlich habe ich allen unseren Freunden gesagt, wie sich die Sache verhält, doch Sie kennen ja das Getratsche!« Er zuckte die Achseln. »Irgendwann verselbständigt sich die Sache, und da es im Augenblick keinen anderen Skandal gibt, sind Sie inzwischen ein willkommener Lückenbüßer.« Julien grinste.

»Ich glaube, ich werde Lily und die Kinder doch nach Castle Rosse schicken müssen. Ich bin jetzt ihr gesetzlicher Vormund, so daß Ugly Arnold keine Ansprüche mehr auf sie erheben kann.«

»Ich habe die Ankündigung in der *Gazette* gelesen. Natürlich hat das den Gerüchten wieder neue Nahrung gegeben, wie Sie sich ja sicher vorstellen können.« Da Julien von der Begegnung mit Ugly Arnold im Pantheon Bazar wußte, fragte er stirnrunzelnd: »Ich nehme an, der Kerl kann lesen?«

»Der Kerl, lieber Julien, ist der Mann meiner Kusine. Ich danke Ihnen natürlich sehr, daß Sie mich informiert haben.«

»Ich nehme doch stark an, daß ich Ihnen nichts Neues erzählt habe.«

»Das schon, aber insgesamt ist es doch schlimmer, als ich angenommen hatte. Ich habe mit Lily weder Bälle besucht noch sie zu irgendwelchen Veranstaltungen mitgenommen, weil sie noch um ihren Mann trauert und außerdem die Kinder nur ungern allein läßt.« Knight griente. »Sam ist tatsächlich ein kleines Ungeheuer!«

»Und Lily ist eine wunderschöne Frau. Wenn sie häßlich wäre, hätten die Gerüchte wahrscheinlich auch nicht diese Ausmaße angenommen.«

»Das ist mir klar.« Knight machte eine kleine Pause, während er gedankenvoll in die Ferne sah. »Es ist komisch, aber Lily ist sich tatsächlich ihrer Schönheit gar nicht bewußt. Das ist völlig neu für mich.«

»Müssen Sie sie denn wirklich nach Castle Rosse schicken?«

»Was können Sie mir denn sonst raten?«

Julien betrachtete seine sorgfältig manükierten Fingernägel. »Sie könnten Lily heiraten.«

Das war ein Tiefschlag, dachte Knight, als ihm sein Unterkiefer herunterklappte. Völlig fassungslos starrte er Julien St. Clair an. »Ich bin doch noch nicht vierzig!« protestierte er schließlich. »Ich habe noch dreizehn Jahre Freiheit vor mir, bevor ich – ich *das* tue!«

»Man nennt es heiraten, Knight. Aber es war nur ein Vorschlag, alter Knabe. Kein Grund, so entsetzt zu sein!«

»Ich habe einen Lehrer für die Jungen angestellt.« Wieder machte Knight eine Pause und fuhr dann fort: »Das heißt, John Jones – ja, er heißt tatsächlich so – wird am Montag kommen, damit Lily ihn begutachten kann.«

»Und er soll dann mit ihnen nach Castle Rosse gehen?«

»Ich denke schon.«

Julien wußte sehr gut, daß Knight bestimmt ein Wörtchen mitreden würde, wem er Lily und die Kinder anvertraute. Ohne das Gerede könnte die Situation sogar ganz interessant und amüsant werden, denn seit Julien Lily gesehen hatte, war ihm klar, daß Knight keinesfalls ungeschoren davonkommen würde. Seine Frau und er fanden den Vorsatz, erst mit vierzig heiraten zu wollen, ohnehin ein wenig lächerlich, und ihrer Meinung nach geschah es Knight ganz recht, daß er mit siebenundzwanzig Jahren plötzlich die Verantwortung für drei Kinder hatte. »Vielleicht wird sich dieser neue Lehrer Hals über Kopf in Lily verlieben.«

Sofort sah Knight grimmig drein und seufzte. »Ja, natürlich wird er das tun, wenn er nicht blind und dumm ist!« Wieder seufzte er. »Können Sie mir einen weiblichen Lehrer empfehlen?«

Julien lachte. »Das würde Sie doch nur vom Regen in die Traufe bringen, alter Junge! Die würde sich mit Sicherheit in Sie verlieben!«

»Ach, zum Teufel, St. Clair. Aber ich danke Ihnen, daß Sie mich aufgeklärt haben. Auf jeden Fall werde ich etwas unternehmen, um Lily und die Kinder besser zu schützen.«

Julien sah ihn nur an und neigte spöttisch den Kopf zur Seite.

Am darauffolgenden Samstag fiel während des Picknicks in Richmond die Entscheidung. Dort faßte Knight endgültig den Beschluß, Lily und die Kinder nach Castle Rosse zu schicken und zwar so bald wie möglich.

Für Ende Oktober war das Wetter ungewöhnlich warm. Die Sonne strahlte vom Himmel, und es wehte nur ein leichter Wind. Die Kinder waren aufgeregt, weil sie reiten durften, und Lily bestand darauf, Laura Beth und Czarina Catherine zu sich aufs Pferd zu nehmen. Der Diener Charlie und Cuthberts rechte Hand Lucy sollten in einem Wagen mit allen vorbereiteten Herrlichkeiten folgen.

Knight hatte Sam ein Pony geliehen und eine lebhafte Stute für Lily gekauft. Das hatte er ihr zwar nicht gesagt, sondern nur die Achseln gezuckt, als sie das Pferd am Samstagmorgen zum ersten Mal gesehen hatte. Ihm war es recht, wenn sie in dem Glauben blieb, daß die Stute ebenfalls ausgeliehen war.

»Oh, ist sie hübsch! Ihr Name ist Violet, nicht wahr? Ja, du bist ein schönes Mädchen! Leider habe ich keine Karotte, aber ich werde dir sofort eine besorgen.« Lily strahlte Knight voller Begeisterung an. »Wie kommt denn eine so feine Dame in Ihren Stall, Mylord?«

Demnach nahm sie nicht an, daß es ein Mietpferd war, doch Knight schwieg beharrlich, während seine Augen Lily hungrig musterten. Ihr Reitkleid war zwar nicht mehr ganz neu, aber Schnitt und Stoff waren von bester Qualität. Es modellierte ihre Figur vortrefflich und wirkte durch die königsblaue Farbe gleichzeitig dezent. Genau wie der hübsche, kleine Hut mit der langen Feder. Über dem Arm trug sie ihren wunderschönen, mit Hermelin eingefaßten Mantel, den er bereits einmal an ihr gesehen hatte.

Sam gefiel sein Pony sehr, obwohl er sich anfangs ein wenig zurückgesetzt gefühlt hatte, da Theo bereits auf einem ausgewachsenen Wallach reiten durfte. Laura Beth lutschte am Daumen und strahlte, doch als es ans Aufsteigen ging, streckte sie Knight die Ärmchen entgegen.

»Ich will mit dir reiten!« erklärte sie so entschieden, daß kein Widerspruch möglich war.

Lily lachte ein wenig unsicher, doch sie vermied Knights Blick. »Du kleiner Satansbraten wirst mit mir reiten, oder hast du etwa Angst, daß ich dich fallen lasse?«

»Nein, Mama, aber mit Vetter Knight ist es schöner.«

Lily wurde ungeduldig. »Aber wir können ihm nicht dauernd auf die Nerven gehen. Er hat uns schließlich eingeladen. Also, komm!«

Erstaunt vernahm Knight, wie er protestierte. »Es macht mir wirklich nichts aus! Geben Sie sie mir nur, Lily!«

Als sie den erstaunten Ausdruck auf seinem Gesicht bemerkte, zögerte sie einige Sekunden, damit er den Vorschlag zurückziehen konnte, doch er tat es nicht. »Sind Sie sicher, Mylord?«

»Ich heiße Knight, Lily! Ja, ich bin sicher. Geben Sie mir den kleinen Floh!« Damit beugte er sich hinunter und hob die Kleine hoch.

»Typisch Mädchen!« schnarrte Sam verächtlich, während Charlie ihm auf sein kastanienbraunes, dickes Pony half.

»Wenn Sie genug von ihr haben, können Sie sie mir geben«, schlug Theo vor und lächelte.

»Ich werde es schon überleben, Theo.« Mit diesen Worten klemmte er sich Laura Beth gewissermaßen unter den Arm und stieg auf. Dann setzte er das Kind vor sich auf den Sattel. »Los geht's!«

An der Ecke zur Oxford Street mußte die kleine Gruppe einen Augenblick lang warten, um einen offenen Wagen passieren zu lassen, in dem die Countesse of Bormaine und der scharfzüngige Drachen namens Mrs. Frazier saßen.

»Ach, sehen Sie doch nur, Mylady«, hörte Knight Mrs. Frazier mit schriller, durchdringender Stimme ausrufen. »Seine Lordschaft mitsamt der reizenden Familie! Hallo, Lord Castlerosse!«

Knight blieb keine andere Wahl, als sein Pferd zu zügeln, und die anderen taten es ihm nach. Er packte Laura Beth fester und flüsterte leise: »Sei schön still, mein Schatz!« Und unwillkürlich drückte er der Kleinen einen Kuß aufs Haar.

»Wie reizend!« rief Mrs. Frazier. »Und dies ist mit Sicherheit die bezaubernde Witwe. Sie lebt bei Ihnen, nicht wahr, Mylord? Ganz allein, wie ich gehört habe.«

»Mrs. Frazier, Lady Bormaine, ich möchte Sie mit Mrs. Winthrop, der Witwe meines Vetters, und ihren drei Kindern bekannt machen.«

Die beiden Damen registrierten neidvoll Lilys Schönheit und den teuren Mantel, der ganz offensichtlich ein Geschenk des Viscounts an seine Geliebte war. Und das Pferd, auf dem sie ritt, war mit Sicherheit auch nicht billig gewesen.

»Es ist ein starkes Stück!« bemerkte Mrs. Frazier laut hinter vorgehaltener Hand.

»Ja, eine wirkliche Zumutung!« flüsterte die Countess in etwa gleicher Lautstärke. »Sein Flittchen auszustaffieren wie eine Lady!«

Während der Wagen an ihnen vorbeirollte, mußte Knight die Zähne fest zusammenbeißen, so wütend war er.

»Du tust mir weh!«

»Es tut mir leid, Laura Beth«, antwortete er ganz automatisch und lockerte seinen Griff.

»Die waren aber unfreundlich!« sagte Theo, während er dem davonfahrenden Wagen nachsah. »Was ist ein Flittchen? Das verstehe ich nicht, Vetter Knight.«

»Vergiß diese Leute! Mit ihnen wollen wir nichts zu tun haben!« Dann wandte sich Knight im Sattel um und sah Lily an, die leichenblaß geworden war. Die Ader an ihrem Hals klopfte heftig, und die Hände, die die Zügel hielten, waren zu Fäusten geballt. »Es tut mir leid«, sagte Knight schlicht. »Ich fürchte, ich habe mich schrecklich dumm verhalten. Doch jetzt wollen wir endlich nach Richmond reiten!«

Den ganzen weiteren Weg über sagte Lily kein einziges Wort. Laura Beth kicherte und hopste unruhig herum, so daß Knight alle Mühe hatte, sie auf dem Sattel zu halten. Sam hatte glücklicherweise von der Unterhaltung nichts mitbekommen. Doch als Knight sich vorstellte, wie der kleine Kerl den Damen die Faust mitten ins Gesicht schlug, mußte er lächeln. Diese beiden alten Hexen hätten es mit Sicherheit verdient!

Als die Sonne höher stieg, wurde es merklich wärmer, so daß Lily aus ihrem Mantel schlüpfte und ihn vor sich auf ihrem Sattel faltete. Fast gleichzeitig bemühte sich auch Knight, Laura Beth die Jacke auszuziehen, doch angesichts seiner Ungeschicklichkeit amüsierte sich die Kleine königlich.

»Laura Beth, hilf Vetter Knight lieber ein wenig!«

»Ist schon in Ordnung, Theo«, bemerkte Knight, nachdem er es endlich geschafft hatte. »Da ich älter bin, sollte ich eigentlich der Klügere sein.«

»Sie kennen Laura Beth schlecht«, brummte Sam und sah finster herüber. »Sie ist eine richtige Landplage.«

»Jedenfalls hat sie Betty bisher noch nicht mit matschigem Brotteig erschreckt!« bemerkte Theo pedantisch.

Sam war drauf und dran, es seinem Bruder heimzuzahlen, als Knight besänftigend die Hand hob. »Jetzt ist es aber genug. Schaut euch lieber ein wenig um. Der Fluß auf unserer linken Seite ist die Themse. Das Wasser ist zwar reichlich trübe, doch da die Themse ein englischer Fluß ist, müssen wir stolz darauf sein.«

Während Lily beobachtete, wie geschickt Knight mit den Kindern umging, taute sie ein wenig auf, doch sie schwieg nach wie vor, weil sie unentwegt an die beiden gräßlichen Frauen denken mußte, die sie für Knights Geliebte gehalten hatten, für sein Flittchen. Wieder zitterte sie vor Zorn. Hatten diese Frauen denn die drei Kinder übersehen? Oder hielten sie sie etwa für Knights Sprößlinge? Einfach lächerlich! Für Knight war die ganze Sache allerdings weit schlimmer, denn er war an allem völlig unschuldig und mußte trotzdem am meisten darunter leiden!

»Mama, was hast du?«

Mit Mühe zwang sich Lily, Laura Beth anzulächeln. »Nichts, mein Schatz! Hampel nicht so herum, damit du nicht herunterfällst. Wenn du Vetter Knight weiter so plagst, wird er dich sonst in die Themse werfen!«

Laura Beth blickte zu Knight auf. »Wirfst du mich wirklich in die Thims?«

»Aber auf der Stelle, wenn du mir nicht gehorchst!«

»Oh.« Nach dieser kurzen Bemerkung wanderte der Daumen wieder in den Mund, und Laura Beth packte ihre Puppe fester. Mit neu erwachtem Interesse betrachtete sie das Wasser.

Ungefähr dreißig Minuten später erreichten sie den Park von Richmond. Die Jungen flitzten sofort zum Ufer, um Steinchen ins Wasser zu werfen, während Laura Beth lauthals nach Brot verlangte, weil sie die Enten füttern wollte. Lily sagte kein einziges Wort, und ihre Bewegungen waren steif und hölzern. Als kurze Zeit darauf der Wagen ankam, half sie Charlie und Lucy beim Abladen, doch als Knight sie aufforderte, lieber mit Laura Beth zu spielen, gehorchte sie nur zu gern.

Nachdenklich sah Knight ihr nach. Er war um Worte verlegen, denn insgeheim verfluchte er sich, weil er nicht richtig reagiert hatte, um Lily wirksam zu verteidigen.

Als sich die Jungen beim Essen vollstopften, als ob sie seit Jahren nichts mehr gegessen hätten, und Laura Beth immer nur von allem probierte und die Reste neben ihrem Teller aufhäufte, ermahnte Lily die Kinder, dann drohte sie und schließlich explodierte sie. Sie sprang auf, stützte die Hände in die Hüften und schimpfte: »Hört auf der Stelle auf! Habt ihr mich verstanden? Aufhören!«

Drei Paar Hände erstarrten mitten in der Bewegung, und drei Paar Augen starrten sie fassungslos an. Knight, der an den Mätzchen der Kinder keinerlei Anstoß genommen hatte, schloß sich ihnen an. Lily zitterte und bebte und schien tatsächlich entsetzlich wütend zu sein.

»Theo, Sam, ich schäme mich für euch! Knight ist so nett zu euch, und ihr dankt es ihm, indem ihr euch wie die Vandalen benehmt! Man könnte ja glauben, daß ihr keinerlei Erziehung genossen hättet! Benehmt euch!« Es sah aus, als ob sie weitersprechen wollte, doch dann drehte sie sich plötzlich auf dem Absatz um und lief davon.

»Mama!«

»Ihr erinnert mich tatsächlich an Vandalen, obwohl ich selbst noch keine gesehen habe«, sagte Knight völlig ernst. »Wartet hier! Ich werde mich um eure Mutter kümmern. Lucy, Charlie, bitte haben Sie ein Auge auf die Kinder!«

Knight holte Lily rasch ein, denn sie war ziellos hin und her gelaufen und schließlich hatte ihr das Flußufer den Weg abgeschnitten. Sie war stehengeblieben und weinte, und ihre Schultern bebten. Knight machte nicht den Versuch, sie zu berühren, sondern verfluchte insgeheim die beiden Drachen, die Lily diesen Kummer verursacht hatten.

»Lily«, sagte er schließlich ganz leise. Sofort richtete sie sich steil auf und versuchte, sich wieder in die Gewalt zu bekommen.

»Ich habe die Kinder einfach angeschrien, obwohl sie sich gerade von Herzen amüsiert haben!« klagte sie voller Selbstmitleid.

»Na, und? Ich denke, sie werden es überstehen! Niemand kann unentwegt perfekt sein, Lily.« Er lächelte und reichte ihr sein Taschentuch so um sie herum, daß sie ihn nicht ansehen mußte.

»Vielen Dank.«

»Aber bitte. Lassen Sie uns ein Stück gehen, dann können wir uns besser unterhalten.«

»Da gibt es doch gar nichts zu sagen! Sie haben ja mit eigenen Ohren gehört, was die beiden gesagt haben! Ich bin Ihre Geliebte, Ihr Flittchen! Aber da ich den Schaden angerichtet habe, werde ich Ihr Haus verlassen. Bei Ihnen als dem gesetzlichen Vormund weiß ich die Kinder in guten Händen. Ich werde gehen, und danach wird wieder jeder nett zu Ihnen sein!«

»Dafür, daß Sie schon so alt sind, reden Sie reichlich dummes Zeug!«

»Das tue ich nicht! Hören Sie, Knight: Die Kinder sind versorgt. Mich brauchen sie nicht, und wenn ich irgendwo Fuß gefaßt habe, können Sie mir ja Laura Beth schicken.«

»Den Teufel werden Sie tun! Sie werden die Kinder nicht verlassen!« *Und Sie werden auch mich nicht verlassen!* »Daß Sie diese Ungezogenheiten erleben mußten, war ganz allein mein Fehler! Sie haben damit nichts zu tun! Ich wußte, was vorging, und hätte anders reagieren sollen. Aber ich möchte Ihnen einen Vorschlag machen.«

»Ich möchte keine Vorschläge hören!« wehrte sie ab und lief den Fluß entlang davon.

Knight sah ihr einen Augenblick lang nach und folgte dann langsam. Im stillen hoffte er nur, daß Sam sie nicht beobachtete und womöglich den falschen Schluß zog, daß Knight seine Mutter belästigte. »Lily, hören Sie doch auf!« rief er. »Das sind doch kindische Spielchen. Bleiben Sie doch endlich stehen!«

Neben einem Weidenbaum hielt sie endlich inne.

»So ist das schon viel besser!«

Lily sah ihn nur an, und schon platzte es aus ihr heraus. »Ich kann doch nicht tatenlos zusehen, wie Ihr guter Ruf unter meiner Gegenwart und der der Kinder leidet! Verstehen Sie das denn nicht? Ich kann es einfach nicht zulassen!«

»Tatsächlich? Können Sie das wirklich nicht? Also gut, dann sage ich Ihnen, was wir tun werden: Sie und die Kinder werden auf meinen Landsitz nach Dorset umziehen. Castle Rosse liegt nur ungefähr eine knappe Tagesreise von London entfernt. Sofort nach Ihrer Unterredung mit John Jones werden wir alles Nötige veranlassen. Einverstanden?«

»Nein.«

Seit Knights Mutter vor einigen Jahren gestorben war, hatte es Knight nicht mehr erlebt, daß sich eine Frau seinen Worten widersetzte. Verblüfft starrte er Lily an. »Wie bitte?«

»Ich habe nein gesagt! Ich gestatte keinesfalls, daß Sie sich opfern!«

»Wirklich bemerkenswert!« brummte Knight vor sich hin. »Ich habe nicht gedacht, daß Sie so dickköpfig sein können, Lily. Irgendwie habe ich Sie friedlicher und nachgiebiger eingeschätzt, besonders da Sie so jung geheiratet haben.«

»Tris schätzte keine nachgiebigen Leute«, erklärte Lily trotzig und reckte zur Unterstreichung ihr Kinn in die Höhe.

Und das entsprach auch der Wahrheit. Früher hatte sie geglaubt, daß ein Mann immer nur bestrebt wäre, ein Königreich zu regieren, und sei es auch nur die eigene Frau. Bei ihrem Vater hatte sie ein ähnliches Verhalten erlebt, doch Tris hatte sie vom Gegenteil überzeugt. »Er wollte nur, daß ich glücklich bin«, fügte sie hinzu, als sie bemerkte, daß Knight sie fixierte.

»Und waren Sie glücklich?«

Lily konnte weder sprechen noch nicken, sondern kratzte nur an der Rinde des Baums und fühlte sich dumm, hilflos und überflüssig.

»Na gut, Lily. Ich fürchte, das war ein wenig zu indiskret.« Knight seufzte. »Jetzt wollen wir aber zu den anderen zurückkehren, damit Sam nicht meint, daß ich seiner Mutter zu nahe trete. Wir werden später noch einmal über alles reden.«

»Ich werde aber meine Meinung nicht ändern, Knight.«

»Sie werden tun, was ich Ihnen sage.«

Statt einer Erwiderung zuckte Lily nur die Achseln. Sollte er doch toben und rasen, er würde schon lernen, daß sie mindestens so dickköpfig war wie er! Keinesfalls durfte er nur wegen ihr seinen guten Ruf, den Namen seiner Familie und alle seine Freunde verlieren.

»Ich verspüre tatsächlich Hunger«, sagte sie schließlich, während sie zurückgingen.

»Na also! Demnach kehren Sie wieder auf die Erde zurück!«

Als Lily lange nach Mitternacht noch immer wach im Bett lag, kam ihr der Gedanke, daß sie das Erlebnis mit den beiden Damen vielleicht doch überbewertet hatte. Doch als sie am darauffolgenden Morgen mit den Kindern im Hyde Park ausritt, entdeckte sie erst die wahren Ausmaße des Schadens, den sie Knights gutem Ruf bereits zugefügt hatte.

8. Kapitel

Der Sonntag war ebenso strahlend schön und mild wie der vorangegangene Tag, so daß Lily schon früh morgens im Stall Bescheid sagen ließ, daß sie und die Kinder ausreiten wollten. Wie es schien, hatte Knight bereits das Haus verlassen, und Lily überlegte, ob ihn der schöne Sonnenschein ebenso verlockt hatte wie sie. Nur zu gern hätte sie außerdem gewußt, wohin er am gestrigen Abend gegangen war, denn nach ihrer Rückkehr aus Richmond hatte er ihr nur höflich eine gute Nacht gewünscht und unmittelbar danach das Haus verlassen.

Bei Tageslicht besehen erschien Lily das gestrige Erlebnis weit weniger schlimm, jedenfalls nicht schlimm genug, um sich deshalb unnötige Gedanken zu machen. Summend kleidete sie Laura Beth an, und sie nahm nicht einmal an dem Gezänk der beiden Jungen Anstoß.

Als sie das Parktor erreichten, gab Lily Sam und Theo energische Anweisungen. »Ihr haltet euch immer in meiner Nähe, oder wir werden auf der Stelle wieder umkehren. Versprecht ihr mir das?«

Sie versprachen es, doch Lily wußte, wie rasch derartige Versprechen in Vergessenheit gerieten. So früh am Morgen waren nur wenige Reiter im Park unterwegs, und alle grüßten freundlich, wenn sie Lily und den Kindern begegneten. Einer zügelte sein Pferd und starrte Lily eine ganze Weile an. Dann legte er seine Hand aufs Herz und seufzte dramatisch.

»Blöder Kerl!«

»Sam! Wo hast du das her?«

Als sich peinliches Schweigen ausbreitete, griff Theo ein. »Weißt du, Mama, eigentlich hat er recht. Und für seine Ausdrucksweise kann er nichts, weil er das bei Knights Stalljungen aufgeschnappt hat. Ganz nebenbei war dieser Kerl wirklich blöde!« Er neigte den Kopf zur Seite, wie Tris das oft getan hatte. »Vielleicht liegt das Problem bei dir, Mama.«

»Bei mir?«

»Ja.« Sam musterte sie kritisch. »Du bist einfach zu hübsch. Die Männer starren dich alle an und benehmen sich wie …«

»Wie der blöde Kerl!« ergänzte Laura Beth vernehmlich.

Lily sah ihre Kinder der Reihe nach an und brach dann in Lachen aus. »Ich muß schon sagen: nette Kinder habe ich da! Laura Beth, sag das bitte nie wieder. Es ist kein schönes Wort. Doch jetzt Schluß mit der Diskussion. Schließlich sind wir ja zum Reiten hier.«

Sie hatten sehr viel Spaß, bis Lily irgendwann von einer kastanienbraunen Stute eingeholt wurde. Darauf saß eine junge, recht hübsche Frau, deren dunkler Teint darauf schließen ließ, daß sie entweder Französin oder Italienerin war. Hinter ihr ritt ein Gentleman auf einem blendend weißen Hengst. Der Mann war ein ganzes Stück älter als seine Begleiterin, ungefähr vierzig und gutaussehend bis auf die eiskalten, grauen Augen. Er war ganz in Weiß gekleidet und machte einen etwas verlebten Eindruck. Regungslos hielt er sich im Hintergrund, während die junge Frau Lily ansprach.

»Sie sind Mrs. Winthrop, nicht wahr?« fragte sie kühl.

»Ja, und das sind meine Kinder.«

Zu Lilys Überraschung stellten sich weder der Gentleman noch die Dame vor. Sofort wurde Lily unsicher, doch sie mußte nicht lange auf Aufklärung warten.

»Sie sind Knight Winthrops Flittchen«, sagte die Frau ganz ruhig. »Allerdings muß ich mich doch sehr wundern, daß Sie mit Ihrer Brut noch immer in seinem Haus wohnen. Man meidet ihn bereits. Ich fordere Sie deshalb auf: Nehmen Sie Ihre Kinder und verschwinden Sie aus London, Madame!«

Lily packte ein unglaublicher Zorn. »Was fällt Ihnen ein? Kein einziges Wort entspricht der Wahrheit.«

»Ich werde bestimmt nicht tatenlos zusehen, wie Sie einen Mann zerstören, den ich bewundere. Sie Hure!« Nach einem verächtlichen Blick auf Lily und die Kinder gab sie ihrem Pferd die Sporen und galoppierte davon.

Der Gentleman ließ sich Zeit und ergötzte sich an Lilys wütender Grimasse, doch nach einer längeren Pause sagte er schließlich: »Sollten Sie Lord Castlerosse eines Tages verlassen wollen, meine Liebe, dann würde ich Sie begeistert aufnehmen. Ich bin ein sehr großzügiger Mann, und wenn Sie mir gefallen, werde ich auch Ihre Brut durchfüttern.«

Fassungslos vor Entsetzen sah Lily ihn an, doch er war schon davongeritten, als die Schimpfwörter nur so aus ihr hevorsprudelten. Doch als ihr die Anwesenheit der Kinder wieder bewußt wurde, schwieg sie augenblicklich.

Laura Beth nahm den Daumen aus dem Mund und lispelte: »Ich werde die Lady in die Thims werfen!«

»Mama, sie ist nur eine dumme Kuh! Wie kann sie nur so etwas sagen!«

»Was hat dieser Kerl gewollt?« fragte Theo aufgeregt. »Wir sind keine Brut!«

»Schon gut, mein Junge. Die beiden sind wirklich entsetzliche Leute, aber ich verspreche dir, daß wir sie nie wiedersehen werden!« Lily wunderte sich, wie ruhig sie plötzlich sprechen konnte.

»Mama«, begann Theo, nachdem er sich ein wenig von diesem Schrecken erholt hatte. »Wir sollten besser nach Hause reiten. Ich will das lieber vergessen.«

Lily nickte und beobachtete, wie Theo Sam etwas zuflüsterte, das sie jedoch nicht verstehen konnte.

Sam räusperte sich. »Es tut mir leid, daß ich diesen Ausdruck gebraucht habe, Mama. Ich werde es nicht wieder tun!«

»Welchen Ausdruck denn, mein Schatz?«

»Dumme Kuh.«

»Oh, das ist lieb von dir, Sam, aber soll ich dir etwas verraten? Am liebsten würde ich auf der Stelle hinter den beiden herreiten und ihnen genau sagen, was ich von ihnen halte!«

»Ich werfe sie in die Thims.«

Lily lachte, und sofort wurde es Theo leichter ums Herz. Er hoffte, daß Vetter Knight zu Hause war, denn er spürte sehr genau, wie erschrocken und entsetzt Lily war. Scheußliche Leute waren das gewesen!

Knight war zwar zu Hause, doch Lily schien Theos Absichten erraten zu haben. Sie waren noch im Stall, als sie die beiden ernst und streng ins Gebet nahm. »Theo! Sam! Kein Wort davon zu eurem Vetter Knight! Verstanden?«

Theo blickte zu Boden.

»Versprich es mir!«

»Also gut, ich verspreche es.«

»Sam?«

Sam nickte.

»Nun gut«, sagte Lily und streichelte ihnen über den Kopf. Dann nahm sie Laura Beth bei der Hand, und sie gingen gemeinsam ins Haus zurück.

Knight kam gerade die Treppe herunter, als Lily und die Kinder ins Haus traten. Er spürte sofort, daß etwas nicht in Ordnung war.

»Wo seid ihr gewesen?« Es sollte nur neugierig klingen, doch der besorgte Unterton war nicht zu überhören.

Als Sam schon etwas sagen wollte, traf ihn Lilys vernichtender Blick. »Wir sind ein wenig ausgeritten«, erklärte sie. »Jetzt wollen wir frühstücken und danach zur Kirche gehen.«

»Oh, Mama!«

»Kein Widerspruch, Sam! Dürfen wir uns den Wagen ausleihen, Sir?«

»Aber selbstverständlich.« Fast hätte Knight auch noch seine Begleitung angeboten, doch dann erinnerte er sich an seine Verabredung. »Werde ich Sie zum Essen sehen, Lily?«

»Vielleicht.«

»Es würde mich freuen. Außerdem haben wir eine Menge zu besprechen.«

Den ganzen Tag über war Lily sehr schweigsam. In der Kirche hatte sie Zeit genug um nachzudenken, denn Laura Beth war glücklicherweise friedlich. Als der Segen gesprochen wurde, stand ihr Entschluß fest. Sie würde Knight, sein wunderschönes Haus und die Kinder verlassen. Aber schon im selben Augenblick nagten Zweifel an ihr, ob sie es fertigbringen würde. Was sollte sie nur tun? Als abends Laura Beth darum bat, von Betty zu Bett gebracht werden zu dürfen, gab es Lily anfangs einen kleinen Stich, doch dann fühlte sie sich auf einmal erleichtert. Sie konnte also mit ruhigem Gewissen für einige Zeit weggehen, denn Laura Beth hatte Betty, und auf die konnte man sich verlassen.

Kurzentschlossen schrieb sie einen Brief an Sam und Theo und ließ dann Knight Bescheid sagen, daß sie wegen starker Kopfschmerzen nicht mit ihm essen könne und die Besprechung auf morgen verschoben werden müsse. Anschließend schrieb sie auch ihm einen Brief, doch als sie überlegte, wo sie ihn hinlegen sollte, war sie ratlos. Sie lief eine ganze Zeitlang auf und ab und überlegte, doch schließlich zerriß sie den Brief. Sam und Theo würden ihm schon Bescheid sagen.

Nachdem sie das erledigt hatte, packte sie einen Koffer und schlich sich gegen halb neun heimlich über die Dienstbotentreppe aus dem Haus. Sie hörte, wie sich Cuthbert in der Küche mit einem Spülmädchen unterhielt, doch glücklicherweise wurde sie von niemandem bemerkt. An der nächsten Ecke winkte sie einen Mietwagen herbei, der gerade einen Passagier abgesetzt hatte, und ließ sich zur Poststation nach Tottingham fahren, wo sie vor einer Woche mit den Kindern angekommen war. Erst vor einer Woche! Ihr war, als ob inzwischen Jahre vergangen wären und sie den einzigen Platz, der ihr in der Welt lieb war, verlassen müßte.

Lily brachte in Erfahrung, daß die nächste Postkutsche um halb elf nach Brighton fuhr. Also machte sie es sich in dem Warteraum bequem und zog sich mit einer Tasse Tee, die die Wirtin ihr zubereitet hatte, an einen kleinen Tisch in der Ecke zurück. Es dauerte nur ungefähr dreißig Minuten, bis ihr die volle Tragweite ihrer Dummheit aufgegangen war. »Um Himmels willen! Habe ich denn den Verstand verloren?«

Kopfschüttelnd packte Lily ihren Koffer und stürzte in panikartiger Flucht aus dem Gasthaus. Der Hof war schlecht beleuchtet, doch als Lily weit und breit keinen Mietwagen entdecken konnte, lief sie hinaus auf die Straße. Und Ugly Arnold genau in die Arme.

Unlustig starrte Knight auf seinen beinahe unberührten Teller. Er war überhaupt nicht hungrig und fragte sich pausenlos, ob Lily wirklich krank war oder ihm nur aus dem Weg gehen wollte. Leise brummte er vor sich hin.

»Mylord?«

»Oh, nichts, nichts, Duckett!«

»Mrs. Allgood hat von Betty erfahren, daß sich Mrs. Winthrop heute abend sehr seltsam benommen hat.«

Knight schob seinen Teller von sich. »Das interessiert mich nicht. Mrs. Winthrop kann tun und lassen, was sie möchte. Trösten Sie lieber Cuthbert, weil ich nichts angerührt habe! Sie können ja sagen, ich sei in Trauer oder irgend etwas Ähnliches.« Mit diesen Worten warf er seine Serviette auf den Tisch und stand auf. »Ich bin in der Bibliothek.«

Während er über den weißen Marmorboden der Halle zur Bibliothek hinüberging, kam Betty in heller Aufregung die Treppe heruntergerannt. »O je! O je!«

Knight beherrschte sich mühsam. »Was ist los, Betty?«

»Laura Beth ist völlig außer sich!«

»Weshalb?«

»Mrs. Winthrop ist verschwunden!«

Knight erstarrte. »Wo ist sie hingegangen?« hörte er sich fragen und wunderte sich, wie ruhig er das herausbrachte.

»Ich habe keine Ahnung!« jammerte Betty. »Sie ist einfach fort!«

»Beruhigen Sie sich! Ich werde als erstes nach dem Kind sehen.« Bestimmt war alles nur falscher Alarm, sagte er sich. Wahrscheinlich brachte Lily gerade die Jungen ins Bett und las ihnen noch eine Geschichte vor. Oder – nein! Vielleicht war sie ja auch krank! Er rannte den Flur entlang und stieß die Tür zu ihrem Schlafzimmer auf.

Mitten auf dem breiten Bett hockte Laura Beth und preßte Czarina Catherine hysterisch an sich. Ihr Haar war in zwei dünne Zöpfe geflochten, so daß ihr verweintes Gesichtchen noch schmaler wirkte. »Vetter Knight!« rief sie und schluchzte herzzerreißend.

»Was ist denn los, kleiner Floh?«

Czarina Catherine war mit einem Mal vergessen. Laura Beth streckte ihre Ärmchen aus und umklammerte Knights Hals, und schließlich schmiegte sich ihr tränennasses Bäckchen gegen seine Wange.

»Es ist ja schon gut, Flöhchen! Hör auf zu weinen, denn sonst schmelze ich dahin wie Butter in der Sonne!«

Die Kleine kicherte und gleichzeitig schluchzte sie. Knight trug sie zu einem Stuhl vor dem Kamin, in dem noch die letzte Glut flackerte, und begann instinktiv, das Kind in seinen Armen zu wiegen. »Was heißt das denn, daß deine Mama nicht hier ist?« Er fragte so beiläufig und ruhig wie möglich, um das Kind nicht zu ängstigen.

»Sie ist weg!« jammerte Laura Beth und schmiegte sich nur enger an Knight.

»Ich werde sie schon finden!« versicherte Knight voller Zuversicht. Wahrscheinlich würde Lily jede Sekunde hereinkommen und sich wundern, ihn hier vorzufinden.

»Das ist bestimmt alles nur wegen dieser schrecklichen Lady«, sagte Laura Beth.

»Wie bitte? Was hast du da gesagt? Welche Lady?«

»Wir sind heute früh mit Mama in den Park geritten. Alles war schön, bis die schreckliche Lady uns aufgehalten hat. Der Mann hatte ein ganz weißes Pferd. Ich wollte sie in die Thims werfen! Sie war schrecklich und gemein! Sie hat uns beschimpft!«

»Was hat die Frau zu deiner Mama gesagt?« Sein Herz klopfte heftig, denn im Grunde kannte er die Antwort bereits.

»Sie hat Hure zu Mama gesagt. Sam, Theo und ich sind Mamas Brut! Außerdem wird dich niemand mehr mögen.«

Am liebsten hätte Knight laut geflucht, doch mit Rücksicht auf die Kleine unterließ er es. Demnach war Lily also tatsächlich davongelaufen. Weshalb war sie auch immer so schrecklich empfindlich! Begriff sie denn nicht, daß er sehr gut mit allen Problemen gleichzeitig zurechtkommen konnte?

»Flöhchen, wir werden uns jetzt leise zu Theo und Sam schleichen. Wahrscheinlich hat deine Mama ihnen einen Brief geschrieben.«

»Warum habe ich keinen Brief?«

»Weil du noch nicht lesen kannst, mein Schatz. Also los, komm mit!«

Als sie auf Zehenspitzen in das Zimmer der Jungen schlichen, sah Knight sofort, daß an der Waschschüssel tatsächlich ein Umschlag lehnte. Hastig nahm er ihn an sich, und dann entfernten sie sich beide so leise, wie sie hereingekommen waren. Als Knight den Brief unten in der Bibliothek öffnete, hing Laura Beth immer noch wie ein Äffchen an seinem Hals. Sein Herz krampfte sich zusammen, während er die Zeilen las, doch gleichzeitig empfand er den heftigen Wunsch, Lily einfach den Hals umzudrehen.

Lieber Theo, lieber Sam!
Wie Ihr wißt, ist Euer Vetter Knight Euer Vormund. Er mag Euch sehr, und umgekehrt ist das, wie ich weiß, ebenso. Benehmt Euch gut und macht mir keine Schande. Ich bleibe so lange weg, bis der schlimmste Klatsch vorüber ist, denn ich kann nicht zusehen, wie Euer Vetter von allen seinen Freunden gemieden wird. Bitte verzeiht mir und versucht, mich zu verstehen. Ich liebe Euch und möchte, daß Ihr in einer glücklichen, sicheren Umgebung aufwachst. Kümmert Euch um Laura Beth. Ich werde Euch bald schreiben.
Ich umarme Euch voller Liebe –

Mama

Ohne auch nur eine Sekunde zu zögern, zerknüllte Knight den Brief. Laura Beth war in seinen Armen eingeschlafen, und so trug er sie vorsichtig hinauf und legte sie ins Bett. Es zerriß ihm vor Sorge um Lily beinahe das Herz. Diese schreckliche Frau! Sie war viel zu schön, um in einer so großen Stadt wie London abends allein herumzulaufen.

Am liebsten hätte er sie übers Knie gelegt, doch erst einmal war er nur froh, daß den Jungen dieser Brief erspart geblieben war. Wohin konnte sie sich gewandt haben? Als er schon Duckett rufen wollte, kam ihm der rettende Einfall. Nein, er wußte plötzlich, wohin sie gegangen war! Ohne Zweifel war sie zu der einzigen Station gegangen, die sie kannte.

Im Laufen schlüpfte er in seinen Mantel. Während er nach Hut und Handschuhen griff, rief er Duckett zu: »Mrs. Winthrop hat tatsächlich eine Dummheit gemacht! Ich werde sie holen, doch halten Sie die Sache bitte vor den anderen geheim!«

»Aber selbstverständlich, Mylord!«

»Arnold! Was tun Sie denn hier?« Lily empfand keine Furcht, aber begeistert war sie auch nicht.

»Hallo, Lily!«

»Hallo! Wollen Sie nach Hause fahren?« Unter dem Vorwand, ihren Mantel glattstreichen zu müssen, trat sie einen Schritt zurück.

»Mein Gott, sind Sie schön!« brach es aus Arnold heraus.

Lily erstarrte und konnte ihre Frage nur mit Mühe herausbringen. »Wie geht es Gertrude?«

Er antwortete nicht, sondern starrte sie nur an, wie ein hungriger Beduine ein einsames Schaf fixiert. »Ich begehre Sie, Lily! Sie müssen mit mir kommen! Nach Frankreich, nach Italien oder wohin auch immer ...«

»Hören Sie auf, Arnold!« Lily mußte nachdenken. Du Himmel, was für eine verrückte Situation!

»Sie haben es geschafft, die Kinder loszuwerden! Das haben Sie doch ganz allein für uns gemacht, nicht wahr? Der Viscount mußte ihr Vormund werden, damit wir beide ungestört zusammen sein können. Habe ich recht?«

»Der Viscount ist aus zwei Gründen Vormund der Kinder geworden: Erstens hat er es als seine selbstverständliche Pflicht gegenüber seinem Vetter betrachtet. Und zweitens wollte er uns ersparen, wieder nach Yorkshire zurückkehren zu müssen, wo uns nur Gertrudes Verachtung und Ihre Tätscheleien erwartet hätten!«

»Aber Lily! Das war doch nie meine Absicht! Ich liebe Sie!«

Sorgfältig registrierte Lily seine bleiche Gesichtsfarbe, die weiten Pupillen und die zitternde Stimme. Du lieber Himmel, was war nur mit ihm geschehen? »Hören Sie, Arnold!« sagte sie daraufhin. »Wir trinken jetzt eine Tasse Tee und unterhalten uns in aller Ruhe. Einverstanden?« Er sah so fanatisch aus, daß sie allmählich

Angst bekam und erschauerte. Welches Ziel hatte er, oder war etwa sie sein Ziel?

»Sie mögen mich doch auch ein wenig, nicht wahr, Lily? Ich sehe doch, wie Sie vor Sehnsucht nach mir zittern. Sie möchten meine Berührungen spüren, meine Lippen fühlen! Kommen Sie, Lily! Wenn wir uns beeilen, können wir noch vor Tagesanbruch in Dover sein.«

»Nein, Arnold! Hören Sie doch auf!«

Als sie sich abwandte, packte Arnold ihren Arm und riß sie an sich. Lily fühlte, wie sich seine Hand auf ihren Mund legte, während der andere Arm ihre Taille umschlang und ihren Körper fest an Arnold preßte. Es war einfach entsetzlich!

Wo waren nur die anderen Menschen? Rundherum war alles verlassen und still, und zu allem Unglück wurde der Mond auch noch von Wolken verdeckt. Sie konnte Männer und Frauen im Gasthaus lachen hören, doch das war zu weit entfernt. Als sie spürte, wie Panik sie überkam, zwang sie sich mit Gewalt zur Ruhe. Es war ja nicht irgendein Mann, sondern nur Ugly Arnold. Mit ihm konnte sie fertig werden. Etwa so wie auf Damson Farm?

Langsam zog Arnold Lily immer weiter vom Gasthof weg. Sie wehrte sich nach Kräften und schlug und trat nach ihm, doch er hielt sie eisern wie ein Schraubstock umklammert. Irgendwann hatten sie die Ställe passiert, und dann drängte Ugly Arnold sie in einen schmalen, stinkenden Durchgang. »Es ist nicht mehr weit!« hörte sie ihn heiser an ihrem Ohr flüstern. »Ich habe ganz in der Nähe ein Zimmer gemietet. Dort können wir endlich allein sein, Lily!«

Sekundenlang schloß Lily die Augen. Es mußte ihr einfach etwas einfallen! Es mußte einen Ausweg geben! Doch im selben Augenblick hörte sie eine zweite Stimme flüstern, und augenblicklich sank ihr Mut.

»Haben Sie sie erwischt, Mr. Smith?«

»Ja, habe ich, Boggs! Warten Sie einen Augenblick, dann gebe ich Ihnen die vereinbarte Summe.«

»Gott, da haben Sie aber wirklich einen hübschen Käfer gefangen!« rief Boggs begeistert. »Und das weiche Haar! Sie ist viel schöner als damals im Pantheon Bazar! Am liebsten möchte ich ...«

Diesen Satz konnte Mr. Boggs nicht mehr vollenden. Gebannt verfolgte Lily, wie der riesige Mann direkt neben ihr lautlos zu Boden sank.

Knight! Er stand im Schatten und rieb sich energisch die Knöchel seiner rechten Hand. »Ich schlage vor, Mr. Damson, daß Sie Lily augenblicklich loslassen.«

Es hörte sich an, als scherzte er, dachte Lily. Hatte er denn den Ernst der Lage nicht begriffen? Merkte er nicht, daß Arnold sie entführen wollte?

»Nein!« kreischte Arnold. »Sie gehört mir! Haben Sie das verstanden?«

»Sie schreien ja laut genug! Sie bekommen sie aber nicht. Lassen Sie sie einfach gehen!«

Als Arnold einen Schritt zurückwich, riß er Lily unsanft mit sich, doch gleichzeitig hackte ihm Lily ihren Ellenbogen in den Bauch. Laut aufheulend klammerte er sich um so fester an sie, als wäre sie seine letzte Rettung.

»Sie langweilen mich, Arnold«, sagte Knight ganz ruhig. »Und Lily gefällt Ihr Benehmen bestimmt auch nicht.«

Sekunden später war Lily plötzlich frei, worauf sie das Gleichgewicht verlor und auf Händen und Knien auf dem verdreckten Boden landete. Als sie sich zu den beiden anderen umwandte, sah sie gerade noch, wie Knight Ugly Arnold an seinem Hemd gepackt hatte, ihn hochhob und wie eine Ratte schüttelte. »Sie werden auf der Stelle nach Hause fahren! Haben Sie verstanden?«

»Nein, das werde ich nicht tun.«

Ohne ein weiteres Wort zu verlieren, knallte ihn Knight gegen die Hauswand. »Hören Sie, Sie elender, kleiner Mistkerl! Kommen Sie Lily ja nie mehr zu nahe! Wenn ich Sie dabei erwische, werde ich Sie erschießen!«

Als Knight Arnold losließ, sank dieser an der Wand entlang zu Boden und rührte sich nicht mehr, denn Arnold war schlau und wußte, wann er das Spiel verloren hatte.

Endlich hatte Knight Zeit, sich um Lily zu kümmern. »Geht es Ihnen gut?«

Lily, die noch immer am Boden kniete, sah zu ihm auf. »Wie haben Sie mich denn gefunden?«

Knight zuckte die Achseln. »Das war doch nicht weiter schwer. Ich dachte mir schon, daß Sie zu der Poststation gehen würden, an der Sie angekommen sind. Kommen Sie!« Er streckte ihr die Hand hin und half ihr auf die Füße. Dann nahm er ihren Arm und zog sie mit sich fort.

»Gleich werde ich Ihnen sagen, was ich mir zurechtgelegt habe, doch zuerst möchte ich aus dieser Gegend weg.«

Als sie den Mietwagen erreichten, der vor dem Gasthaus gewartet hatte, blieb Lily plötzlich wie angewurzelt stehen. »Mein Koffer!« rief sie erschrocken.

Doch Knight zog sie weiter. »Vergessen Sie ihn!« Dann half er ihr in den Wagen und gab anschließend dem Kutscher Anweisung, einfach herumzufahren, bis er ihm Bescheid gab. Wenige Augenblicke später setzte sich der Wagen in Bewegung, und Knight nahm gegenüber von Lily auf der Sitzbank Platz. Nur wenig später geriet eines der Wagenräder in eine tiefe Rinne, so daß Lily durch den plötzlichen Ruck hochgeschleudert wurde und genau auf Knights Schoß landete. Als ob ein Damm gebrochen wäre, umklammerte er plötzlich ihre Oberarme und schüttelte sie erbarmungslos.

»Wie konnten Sie nur etwas so Dummes tun, Lily!«

»Das weiß ich nicht«, entgegnete sie kleinlaut und wurde sich plötzlich bewußt, daß ihre Beine mit seinen verknotet waren und ihre Brüste gegen ihn gepreßt wurden.

Knight fluchte finster, doch dann packte er Lily, drückte sie gegen sich und küßte sie direkt auf den Mund.

9. Kapitel

Leidenschaftlich liebkoste Knights Zunge Lilys Lippen, und es durchfuhr ihn ein Schauer freudiger Erregung, als er spürte, wie sie ganz langsam seinem Drängen nachgaben und sich unter ihm öffneten. Irgendwann erwiderte Lily seine Zärtlichkeiten so rückhaltlos und so unglaublich leidenschaftlich, daß Knight völlig außer sich geriet. Seine Zunge erforschte ihren Mund, ertastete jeden Winkel und ergötzte sich an dem süßen Geschmack. Ganz allmählich wurde Knight bewußt, was er da tat, und er zog sich ein wenig zurück. Zärtlich löste er seine Lippen von ihrem Mund, doch seine Hände gehorchten ihm nicht. Sie preßten Lilys Körper unverändert heftig gegen den seinen, und als er mit der Hand Lilys Brüste berührte und drückte, spürte er, wie sie ein Schauer durchfuhr. Ihr Rücken wölbte sich unter seinen Berührungen, und sie überließ sich ihm ganz und gar.

Als Knight plötzlich ein winziges Stöhnen hörte, brachte ihn dieser verlockende Sirenenlaut auf der Stelle wieder zur Besinnung. Er ließ Lily so unvermittelt los, daß sie um ein Haar auf den Boden gefallen wäre. Dann umfaßte er ihre Taille und setzte sie auf die gegenüberliegende Bank. Erst dann sah er sie an, und was er in der Dunkelheit wahrnehmen konnte, ging ihm geradewegs durch Mark und Bein. Ihr Blick hing wie gebannt an seinen Lippen, die unglaublich schönen Augen waren vor Leidenschaft ganz dunkel geworden, und er konnte die Sehnsucht in ihnen klar erkennen.

Selbst das Atmen fiel ihm schwer. »Lily, sehen Sie mich nicht so an!«

Sie hatte nicht die leiseste Ahnung, wovon er sprach, sondern hätte ihm gern das wunderbare Ziehen tief unten in ihrem Bauch beschrieben, dieses heiße Gefühl, das sie zwang, die Schenkel ganz fest aneinander zu pressen. Ihr Herzschlag dröhnte ihr in den Ohren, sie schmeckte Knight auf ihren Lippen, und ihre Brüste waren angeschwollen und schmerzten. Zum ersten Mal in ihrem Leben fühlte sie sich auf eine ganz neue Art lebendig, doch gleichzeitig begriff sie nicht so recht, woher dieses Gefühl kam, sondern empfand nur die Sehnsucht, es wieder zu spüren.

»Hören Sie auf damit! Verdammt!«

Knight mußte all seine Beherrschung aufbieten, um sich nicht sofort wieder auf Lily zu stürzen. Er ballte die Fäuste, um ihrem verständnislosen und zugleich unendlich sehnsuchtsvollen Blick besser standhalten zu können. »Hören Sie auf!«

»Ich habe Sie schon verstanden«, entgegnete Lily mit einem leichten Seufzer, »aber ich tue doch überhaupt nichts!«

»Doch! Sie sehen mich an, als wollten Sie mich verführen. Gleich hier, in diesem verflixten Wagen! Möchten Sie, daß ich Ihnen hier den Rock hochhebe und Sie liebe?« fragte er absichtlich so brutal, um sich in Sicherheit zu bringen.

Langsam beruhigte sich Lilys Herzschlag, und irgendwann hatten auch die Hitzewellen nachgelassen, so daß sie sich darauf konzentrieren konnte, seine ärgerlich hervorgestoßenen Worte überhaupt zu begreifen.

»Der Teufel soll Sie holen! Dieses jungfräuliche Getue! Seit Ihrem fünfzehnten Lebensjahr hat Tris mit Ihnen geschlafen! Was ist los? Sehnen Sie sich nach einem Mann? Weshalb sind Sie dann nicht bei Ugly Arnold in Yorkshire geblieben? Er wäre bestimmt immer auf Ihre Wünsche eingegangen und hätte mit Wonne Ihren kleinen Bauch bearbeitet. Mir wäre meine Ruhe erhalten geblieben!«

Er schlug mit der Faust gegen das Dach, und fast augenblicklich blieb der Wagen stehen. »Fahren Sie nach Hause und legen Sie sich hin! Nach alledem haben Sie jetzt mit Sicherheit Kopfschmerzen, oder nicht?« Er sprang aus dem Wagen und schlug die Tür heftig hinter sich zu.

Lily hörte, wie er dem Fahrer Anweisungen gab, doch sie bewegte sich nicht, sondern saß nur stocksteif mit gefalteten Händen auf dem Sitz. Als es irgendwann zu regnen begann, lauschte sie auf das Trommeln der Tropfen, und sie machte sich auch noch Gedanken, ob Knight möglicherweise naß werden und sich erkälten würde. Verrückt!

Duckett erwartete sie bereits. Ein Blick auf ihr schmutziges Kleid, die wirren Haare, das blasse Gesicht und die entsetzten Augen genügte, so daß er augenblicklich Mrs. Allgood herbeirief. Diese breitete sofort ihre mütterlichen Fittiche aus.

»Kommen Sie, meine Liebe, ich werde es Ihnen in kürzester Zeit gemütlich machen! Um die Kinder müssen Sie sich keine Gedanken machen. Laura Beth schläft tief und fest. Dafür hat Seine Lordschaft noch gesorgt, bevor er sich auf die Suche gemacht hat. Nein, Sie müssen nichts sagen! Ich verstehe Sie auch so.«

Lily wunderte sich zwar ein wenig, daß diese Frau alles verstand. Wie war das nur möglich, wo sie doch selbst überhaupt nichts begriff?

»Ich fürchte, das Kleid ist ruiniert, aber Ihr wunderschöner Mantel scheint verschont geblieben zu sein. Am Hermelinbesatz ist nichts zu sehen.«

Fünfzehn Minuten später lag Lily in ihrem langen Flanellnachthemd im Bett, und Laura Beth hatte es sich im Schlaf an ihrer Seite bequem gemacht. *Ihren kleinen Bauch bearbeiten.* Bestimmt hatte Knight damit den Liebesakt gemeint. Zart strich sie sich mit den Fingerspitzen über den Magen und ihren Bauch bis zu der Stelle, wo sie das wunderbare, pochende Ziehen gefühlt hatte. Obwohl sie noch nie in ihrem Leben den Körper eines nackten Mannes gesehen hatte, war sie nicht ganz unwissend. Sie wußte, daß es zwischen Männern und Frauen Unterschiede gab, und als Tris sie einmal nach dem Tod ihres Vaters innig in die Arme geschlossen hatte, hatte sie deutlich sein erregtes Glied an ihrem Bauch gespürt. Damals hatte sie nur Abscheu verspürt, doch als sie sich später daran erinnert hatte, war ihr klar geworden, daß Tris sie damals begehrt hatte.

Nach diesem einen Mal hatte sie ähnliche Gedanken immer weit von sich geschoben, weil ihr die ganze Sache ziemlich abscheulich vorgekommen war. Doch als Knight sie geküßt und mit seinen Fingern ihre Brüste berührt und ihren Körper gegen den seinen gepreßt hatte, hatte sie ihn mehr und mehr begehrt und war richtig erschrocken, als er sie so plötzlich von sich geschoben hatte.

Lily erschauerte. Er hatte sie beschuldigt, ihn verrückt zu machen. In gewisser Weise hatte er recht, denn in dem Mietwagen hatte sie für Sekunden jede Kontrolle über sich verloren und völlig neue Erfahrungen gemacht. Insgeheim fragte sie sich, wie es sich wohl anfühlen würde, wenn seine Finger jetzt ihr langes Nachthemd hochschöben und ihre nackte Haut streicheln würden. Wieder durchfuhr sie ein Schauer, doch es wollte ihr nicht gelingen, diese Gedanken zu verdrängen. Erst nach einer ganzen Weile erlöste sie der Schlaf.

Knight wollte unter allen Umständen nicht noch einmal die Kontrolle verlieren und hatte sich deshalb ganz überlegt hinter seinen Schreibtisch gesetzt, um die Tischplatte als Distanz zwischen sich und Lily zu haben. Als es kurze Zeit später an der Tür klopfte, rief er »Herein!«, und dabei klang seine Stimme so gleichmütig, wie er auch zu handeln gedachte.

Gebannt beobachtete Knight, wie Lily geradezu in den Raum schwebte, und gleichzeitig spürte er, wie seine Erregung unaufhaltsam wuchs. Verflixt, weshalb eigentlich? An diesem Morgen trug Lily ein einfaches, graues Musselinkleid mit hochgerutschter Taille, schmalen Ärmeln und einem eng anliegenden Kragen, der fast bis zum Kinn hinaufreichte. Ihr üppiges Haar hatte sie zu einem strengen Knoten zusammengesteckt, was ihr insgesamt ein etwas nonnenhaftes Aussehen verlieh – doch es stand ihr hervorragend! Sie war wirklich unglaublich schön. Allerdings hatte Knight schon häufiger schöne Frauen gekannt, sie geliebt und manchmal sogar ohne Bedauern verlassen. Vielleicht sollte er mit Lily schlafen, um dieses lächerliche Verhalten ein für allemal loszuwerden. Das allerdings verbot sich, denn sie war eine Lady und die Witwe seines Vetters. Als er jedoch wieder an ihre Leidenschaft dachte, zitterte er allein bei der Erinnerung und saß stocksteif auf seinem Stuhl.

»Nehmen Sie Platz, Lily!« Er war unhöflicherweise nicht aufgestanden, doch das war ihm gleichgültig. Er war überaus erleichtert, daß sie ihn nicht ansah. »Was machen Ihre Kopfschmerzen?«

Überrascht hob Lily den Kopf und starrte ihn verständnislos an.

»Oh, demnach war das geschwindelt, nicht wahr?«

»Ja«, antwortete Lily und ließ sich seufzend auf einem Stuhl nieder. »Ich hätte besser überlegen sollen, was ich sage.«

Knight runzelte die Stirn, doch gleich darauf zwang er sich wieder zur Ausdruckslosigkeit. »Geht es den Kindern gut?«

»Ja.«

»John Jones wird in etwa drei Stunden kommen, um sich bei Ihnen vorzustellen. Darf ich hoffen, daß Sie solange hierbleiben werden?«

»Ich werde nur fortgehen, wenn Sie mich vor die Tür setzen.«

»Nein, das werde ich bestimmt nicht tun. Außerdem würde es die Kinder unglücklich machen. Wie könnte ich ihnen denn jemals erklären, daß ihre Mutter sie verlassen hat, nur weil sie geglaubt hat, sich opfern zu müssen?«

»Höchstwahrscheinlich kämen Sie nicht einmal so weit, denn Sam reagiert ausgesprochen empfindlich, wenn er glaubt, daß man mich beleidigt. Wahrscheinlich würde er Sie augenblicklich niederschlagen.«

»Genug gealbert. Irgendwie macht es nicht den richtigen Spaß, wenn ich schon vorher weiß, daß Sie wie ein geprügelter Hund reagieren.« Voller Zufriedenheit stellte er fest, daß sich ihre Wangen röteten und sie zunehmend wütend wurde. Es geschah ihr recht! »Ich weiß inzwischen, weshalb Sie gestern abend weggerannt sind! Ich habe von der Begegnung im Park erfahren.«

Aufgeregt rutschte Lily bis vorn an die Stuhlkante. »Aber Sam und Theo haben versprochen, daß sie ...«

»Laura Beth aber wohl nicht, denn sie hat mir die ganze Geschichte erzählt und auch die Beleidigungen wiedergegeben, so gut sie das konnte. Ich wüßte allerdings gern, weshalb Sie mir das nicht erzählt haben. Glauben Sie denn nicht, daß es vielleicht doch eine bessere Lösung gegeben hätte, als einfach davonzulaufen?«

Lange verweilten Lilys Augen auf dem großen Globus, der auf einem Messingständer direkt neben Knights Schreibtisch stand. Als sie schließlich antwortete, ging sie nicht näher auf seine Frage ein. »Das war tatsächlich der Grund. Ich wollte nicht, daß Sie sich aufregen. Irgendwie wollte ich Sie schützen, denn Sie verdienen diese üble Nachrede wirklich nicht. Vielleicht wären in Ihren Augen die Kinder an allem schuld gewesen, und Sie hätten den Tag verflucht, an dem wir in Ihr Leben getreten sind.«

»Das habe ich doch schon unzählige Male getan!«

In Lilys raschem Seitenblick spiegelten sich Verletzung und blanke Überraschung.

Ungeduldig fuhr Knights Hand durch die Luft. »Wer waren die Lady und der Gentleman?«

»Die Dame hat sich nicht vorgestellt, aber ganz offensichtlich kannte sie uns. Der Mann hat sich schweigend im Hintergrund gehalten, doch nachdem sie davongeritten war, hat er ...« Unvermittelt brach sie ab und studierte wieder den Globus.

Knight zuckte zusammen. »Was hat er gesagt?«

»Nichts.«

Knight erhob sich und stützte beide Hände vor sich auf die Tischplatte. »Lily, ich schwöre, ich werde Sie verhauen!«

»Er hat vorgeschlagen, daß ich Sie verlasse und seine Geliebte werde. Glaubt denn eigentlich jeder, daß ich Ihre Geliebte bin?«

»Aha«, brummte Knight. »Das dachte ich mir doch.«

»Wenn Sie es sich schon gedacht haben, weshalb haben Sie es mich dann wiederholen lassen?«

»Beschreiben Sie die Leute!« verlangte er in scharfem Ton.

»Die Lady war jung, hübsch, dunkelhaarig und sah ein wenig

exotisch aus. Ihr Begleiter war ohne Zweifel ein Lebemann, wie man das so nennt. Außerdem war er ganz in Weiß gekleidet und ritt einen Schimmel.«

»Guter Gott!«

»Kennen Sie sie?«

»Ja, natürlich.« Unvermittelt brach Knight in Lachen aus, worauf Lily ihn nur verständnislos ansah. Als er sich wieder unter Kontrolle hatte, meinte er: »Diese Lady war überhaupt keine Lady! Sie heißt Daniella und ist – war meine Geliebte. In bezug auf ihr Aussehen hatten Sie völlig recht. Sie hat italienische Vorfahren. Der Gentleman ist Lord Daw, ihr gegenwärtiger Gönner.«

»Oh.«

»Tja, Lily, nun wissen Sie, welch überaus moralischer Gentleman ich bin, denn ich habe meiner Geliebten erst vor zwei Tagen den Laufpaß gegeben, weil sie mich gelangweilt hat.« Das war zwar nicht die ganze Wahrheit, doch das konnte Lily ja nicht wissen. »Außerdem hatte ich erfahren, daß Lord Daw hinter ihr her war. Teilen ist nicht mein Fall. Wahrscheinlich wollte sich Daniella rächen und hat sich ausgerechnet Sie dazu ausgesucht. Ich habe einmal den Fehler gemacht, Ihren Namen zu rufen, als wir uns geliebt haben.«

Unvermittelt brach Knight ab. Was war nur in ihn gefahren? Wie konnte er nur so mit einer Dame reden? Als er Lilys Erstaunen und ihre Verwirrung bemerkte, hätte er sie am liebsten geschüttelt. Er hatte Sehnsucht danach, sie zu küssen, und wollte noch einmal das kleine Stöhnen hören und so gern erleben, daß sie sich auf ihn stürzte und ihm die Kleider vom Leib riß …

»Lily«, stieß er gepreßt wie unter Schmerzen hervor, »verzeihen Sie meine Redeweise! Ich weiß, ich hätte diese Dinge nicht sagen dürfen.«

»Da sollten Sie erst einmal Sam hören!«

Knight lächelte, doch seine Augen blieben ernst. »Was Sie getan haben, war mehr als dumm. Natürlich werde ich den Jungen nichts davon sagen. Laura Beth weiß allerdings Bescheid, denn sie hat entsetzlich geweint, bis Betty mich endlich geholt hat.«

»Als ich ging, schlief sie tief und fest.«

»Irgendwann muß sie aufgewacht sein, und dann konnte sie Sie nicht finden.«

»Mrs. Allgood hat mir gesagt, daß Sie sich um sie gekümmert haben.«

»Was haben Sie denn erwartet? Ich konnte sie doch nicht weinen lassen! Sie hat sich wie ein kleines Äffchen an mich geklammert, und ihr lebendiger Baum hat sie herumgetragen.«

»Glauben Sie wirklich, daß das Gerede ein Ende haben wird, wenn die Kinder und ich nicht mehr in London sind?«

»Aber natürlich! ›Aus den Augen, aus dem Sinn‹ heißt es doch. Wenn Sie der Meinung sind, daß John etwas taugt, dann können Sie bereits in den nächsten Tagen nach Castle Rosse umziehen.«

»Ich kann das nicht glauben.«

»Daß das Gerede aufhören wird?« Knight zuckte die Achseln. »Die Gesellschaft ist ein wahrer Dschungel, in dem ich mich schon seit längerer Zeit herumtreibe und auch ganz gut auskenne. Wenn man Sie nicht zu Gesicht bekommt, dann sind Sie schnell vergessen.«

Lily erhob sich. »Nun gut«, sagte sie und fuhr dann nach einer kleinen Pause fort: »Ich bin noch ganz durcheinander – und weiß nicht recht, wie ich es sagen soll. In der letzten Nacht – ich habe Ihnen noch nicht einmal gedankt, daß Sie mich vor Ugly Arnold und seinem scheußlichen Freund gerettet haben!«

»Aber das war doch selbstverständlich!«

»Außerdem bin ich entsetzt über das, was hinterher in der Mietkutsche vorgefallen ist! Es tut mir leid, daß ich Sie so erschreckt habe!«

Knight konnte vor Überraschung kein Wort herausbringen. Dabei war doch *er* über sie hergefallen!

»Es tut mir leid, daß ich mich so seltsam benommen habe«, fuhr sie schließlich fort. »Ich kann es mir selbst nicht so recht erklären. Ich kann nur hoffen, daß Sie es möglichst rasch vergessen!«

»Das werde ich mit Sicherheit nicht tun!«

Ein wenig hilflos lächelte Lily ihn an.

»Haben Sie eigentlich eine Vorstellung davon«, begann Knight schließlich mit leiser Stimme, »was es für einen Mann bedeutet, wenn sich eine Frau ihm so hingebungsvoll überläßt, ihm ganz und gar vertraut? Nein, natürlich nicht! Gehen Sie lieber, bevor ich noch mehr Unsinn rede! In der vergangenen Nacht habe ich mich wirklich nicht wie ein Gentleman benommen. Ich bin nicht nur über Sie hergefallen ...« Er seufzte. »Lily, gehen Sie jetzt lieber, statt diesen dummen Kerl vor Ihnen noch länger anzuschauen!«

Sie befeuchtete ihre Lippen. »Es tut mir leid.«

»Sagen Sie nichts mehr! Ich weiß doch, daß Ihre Reaktion nichts mit mir zu tun hatte. Wie unendlich glücklich muß Tris während dieser fünf Jahre gewesen sein, diese Leidenschaft und dieses Vertrauen zu besitzen!«

Noch während er sprach, drehte Lily sich abrupt um, raffte ihre Röcke und rannte zur Tür. Aufgeregt riß sie einige Male am Türknauf, bis er schließlich nachgab. Knight meinte, ein Schluchzen gehört zu haben, doch er war sich nicht sicher. Allmählich haßte er sich, denn offensichtlich hatte er sie ein weiteres Mal verletzt, obwohl das gar nicht seine Absicht gewesen war.

Tilney Jones jüngerer Bruder John war ein netter, junger Mann mit Denkerstirn und intelligent blickenden, braunen Augen. Unerwarteterweise stellte sich heraus, daß er außerdem Humor besaß und sich Lily gegenüber ganz normal verhielt. Knight hatte sich nicht dazu überwinden können, die beiden allein zu lassen, denn er hatte sich vorgenommen, den jungen Mann beim ersten Zeichen von Verliebtheit notfalls vor die Tür zu setzen.

Nachdem John, wie er genannt werden wollte, gegangen war, wollte Knight das Ergebnis wissen. »Sind Sie mit ihm einverstanden, Lily?«

»Oh, ja! Er ist ein ganz reizender junger Mann. Ich glaube, die Jungen werden gut mit ihm auskommen.«

»Ich bin erleichtert, daß er sich nicht auf der Stelle in Sie verliebt hat.«

Lily lächelte nachsichtig. »Was halten denn Sie von ihm?«

»Ich bin einverstanden. Er wird den Jungen gefallen. Oh, übrigens kann Theo seine Arbeit in der Bibliothek auch in Castle Rosse fortsetzen. Wenn ich mich recht erinnere, herrscht dort eine noch weit größere Unordnung als hier.«

»Dafür bedanke ich mich.«

Knight winkte ab. Doch statt etwas zu sagen, ging er nur eine Weile nachdenklich auf und ab. Lilys Augen folgten jeder seiner Bewegungen, und sie mußte unwillkürlich seufzen, als sie sich an die Gefühle erinnerte, die er in ihr geweckt hatte, und an seine Hände und seine Lippen …

»Lily, hören Sie auf!«

Knight schluckte heftig. Er hatte sich umgedreht, weil er etwas sagen wollte, und dabei ihren hungrigen, lustvollen Blick bemerkt. Himmel, war das wunderbar – und zugleich unerträglich!

»Ich gehe aus, Lily, und werde vermutlich auch zum Abendessen nicht zurückkommen.« Mit diesen Worten eilte er zur Tür, doch dann hielt er noch einmal inne. »Sie haben nicht vor, noch einmal wegzulaufen, oder?«

Sie schüttelte nur schweigend den Kopf. Nachdem sich die Tür hinter ihm geschlossen hatte, überlegte Lily, daß sie ihn durch ihre Gegenwart gewissermaßen aus seinem eigenen Haus vertrieb, doch sie wußte nicht genau weshalb oder warum. Als sie wenig später die Treppe zum oberen Stockwerk hinaufstieg, klopfte es energisch an der Haustür, und sie beobachtete, wie Duckett gemessenen Schrittes zur Tür ging und öffnete.

Sein Gruß fiel sehr frostig aus. Ob es ein Hausierer war, der ihm etwas verkaufen wollte? Kurz darauf hörte Lily ihren eigenen Namen – Lily Tremaine. Oh, Gott!

Duckett zog die Augenbrauen hoch und musterte die beiden verdächtig aussehenden Gestalten, die vor ihm standen. Der eine mit der niedrigen Stirn und den eiskalten Augen sah aus wie ein Muttermörder, der andere dagegen hatte blutunterlaufene Augen, ein schwächliches Kinn und ein äußerst tadelnswertes Benehmen. Außerdem hatten sie mit dem falschen Namen nach Mrs. Winthrop gefragt. »Eine Lily Tremaine wohnt hier nicht«, verkündete er in eisigem Ton.

Monk betrachtete den kurzbeinigen, gewichtigen Butler genauer. Welch ein Angeber dieser kleine Gockel doch war! »Wir kennen die Dame nämlich. Holen Sie sie gefälligst, oder Sie werden es bedauern! Wir sind Freunde von ihr und ...«

Nicht sehr wahrscheinlich, dachte Duckett und knallte den beiden die Tür vor der Nase zu. Das Ganze war so blitzschnell vor sich gegangen, daß Monk nicht rechtzeitig hatte reagieren können. Boy trat automatisch eine Stufe zurück, als er Monks wutverzerrtes Gesicht sah, und hätte beinahe das Gleichgewicht verloren.

»Mistkerl!« schrie Monk und wollte schon gegen die Tür donnern, doch in letzter Minute besann er sich.

Als Duckett sich umwandte, bemerkte er Lilys fragenden Blick. Sie schien eher verwirrt als ängstlich zu sein, dachte er, aber dennoch umklammerte ihre Hand das Geländer.

»Wer war das, Duckett?«

»Zwei Landstreicher, Madame. Seltsam ist nur, daß sie nach Ihnen gefragt haben, allerdings unter Ihrem Mädchennamen. Sie hießen doch früher Tremaine, nicht wahr?«

Lily nickte erleichtert. Sekundenlang hatte sie die ganze Last ihrer Lüge gespürt, doch nun schüttelte sie sie entschlossen ab.

Durch den Türspalt hatte sie einen kurzen Blick auf den Mann werfen können, der mit Duckett gesprochen hatte. Ein durchtriebenes Verbrechergesicht. Offenbar hatten die beiden Tris gekannt und demnach auch von ihr gewußt. Was konnten sie nur von ihr wollen?

»Wahrscheinlich haben sie sich nur geirrt«, bemerkte sie abschließend, worauf Duckett nichts erwiderte, sondern sie nur stumm ansah.

Rasch lief Lily ins Gästezimmer, von dessen Fenster aus sie die beiden Gestalten im Park auf der anderen Straßenseite entdeckte. Einer der beiden sagte gerade etwas, während der andere gestikulierend auf das Haus deutete. Schnell trat Lily in den Raum zurück, doch plötzlich überkam sie eiskalte Furcht. Irgend etwas stimmte hier nicht.

»Mama?«

Laura Beth stand unter der Tür und hielt Czarina Catherine fest umklammert.

»Was gibt es, mein Schatz?«

»Czarina möchte mit dir spielen!«

»Also gut«, sagte Lily und riß sich zusammen. In wenigen Tagen würde sie mit den Kindern die Stadt verlassen, und bis zu diesem Tag mußte sie eben im Haus bleiben. »Ich möchte nur noch schnell nachschauen, was Sam macht, ja?«

Lily hatte genau den richtigen Riecher gehabt und kam gerade noch rechtzeitig. Sam stand auf einem Stuhl vor dem Ahnenbild eines Winthrop aus der elisabethanischen Epoche und hielt einen Federhalter in der ausgestreckten Hand.

»Sam! Wage es nicht!«

Erschrocken wirbelte Sam herum, wobei er vom Stuhl kippte und geräuschvoll auf seinem Allerwertesten landete.

»Was sollte das denn werden?« erkundigte sich Lily, nachdem sie sich überzeugt hatte, daß er in Ordnung war.

Sam druckste eine ganze Weile herum, doch schließlich gestand er kleinlaut: »Ich wollte ihm einen Schnurrbart verpassen, denn er hat überhaupt keine Oberlippe und sieht scheußlich aus, nicht wahr, Mama?«

»Oh, Sam! Er ist zwar tatsächlich keine Schönheit, aber deshalb darfst du das noch lange nicht tun! Das Bild gehört dir doch nicht! Zur Strafe sollte ich dir einen Schnurrbart anmalen!«

»Er stünde dir bestimmt gut.«

Lily und Sam erstarrten, als Knight zu ihnen trat.

»Soviel ich weiß, ist das einer meiner Ur-Ur-Ur-Großväter. Einer meiner Lehrer hat mir einmal erzählt, daß er ein ziemlicher Bösewicht gewesen sein soll.« Er trat nahe vor das Gemälde und strich sich nachdenklich über das Kinn. »Tatsächlich, Sam, es stimmt! Er hat wirklich keine Oberlippe. Trotzdem würde ich mich freuen, wenn du im Augenblick davon absehen würdest, ihm einen Schnurrbart zu malen. Vielleicht wächst er ihm im Lauf des nächsten Jahrhunderts ja noch.« Nach diesem Monolog nickte Knight nur kurz und verschwand dann in seinem Schlafzimmer am Ende des Korridors.

Wenige Sekunden später erschien Stromsoe auf der Bildfläche und zischte Sam ein giftiges »Schlimmer Junge!« zu.

»Besserwisser!« rief Sam hinter ihm her.

Lily quetschte Sams Hand, doch glücklicherweise wandte sich Stromsoe nicht um, sondern folgte seinem Herrn.

»Du lieber Himmel!« seufzte Lily, während sie den Stuhl wieder an seinen angestammten Platz rückte. »Gib mir die Feder, Sam!«

»Na gut«, brummte Sam. Eigentlich hatte er eine Strafpredigt erwartet, aber so richtig schuldig fühlte er sich nicht. »Ich werde ein bißchen mit Laura Beth spielen, Mama«, bot er trotzdem zur Versöhnung an.

»Vielen Dank, mein Schatz, und geh ein bißchen sanft mit Czarina Catherine um, hörst du?«

»Ja, Mama.«

Als sich Mrs. Allgood räusperte, blickte Lily von dem Puzzle auf, das sie mit den Jungen zusammensetzte.

»Seine Lordschaft erwartet Sie zum Abendessen, Mrs. Winthrop.«

»Na, wunderbar, Mama. Dann kannst du Vetter Knight bestellen, daß ich heute in der Bibliothek schon große Fortschritte gemacht habe!« rief Theo, nachdem er ein Stück in den königlichen Pavillon in Brighton eingefügt hatte.

»Und von mir kannst du ihm ausrichten, daß ich niemandem Schnurrbärte malen werde, auch den Damen nicht!«

»Da wird er aber sehr erleichtert sein!«

»Ich begleite dich!« verkündete Laura Beth.

Mrs. Allgood lächelte. »Vorher möchte er gern die Kinder sehen.«

Notgedrungen war Lily einverstanden, worauf Laura Beth einen kleinen Freudentanz aufführte. Ob Duckett seinem Herrn von dem Besuch der beiden Fremden erzählt hatte? Insgeheim war Lily ein wenig mulmig zumute. Vielleicht hatte er ja auch den anderen Namen erwähnt.

Nachdenklich sah sie die Jungen an. »Oh, Himmel!« stöhnte sie aus tiefstem Herzen. »Ich kann euch nur immer wieder raten, niemals zu lügen. Das Labyrinth wird immer verzwickter und nimmt kein Ende! Hütet euch nach Kräften davor!«

Theo sah sie ein wenig befremdend an, doch Sam, der es gar nicht erwarten konnte, war schon fast auf dem Flur. »Komm endlich, Mama!« drängte auch Laura Beth und zerrte ihre Mutter voller Ungeduld zur Tür.

10. Kapitel

Knight stand mitten im Wohnraum und wartete auf Lily und die Kinder. Er trug einen Abendanzug in strengem Schwarz und Weiß, was ihm ausgezeichnet stand, wie Stromsoe ungefragt bestätigt hatte.

»Sie haben die richtige Figur dafür, Mylord«, hatte der Kammerdiener in einem wahren Anfall von Überschwang von sich gegeben. »Da können die anderen Gentlemen nur neidisch werden.«

Verblüfft hatte Knight seinen Kammerdiener gemustert, denn noch wenige Augenblicke zuvor hatte sich dieser ausgiebig über Sams Ungezogenheiten beschwert. Seiner Meinung nach hatten Kinder und Witwen, die sich nicht benehmen konnten, im Haus eines Gentlemans nichts verloren.

Knight hatte sofort Sams Partei ergriffen. »Dieses Gemälde ist eigentlich eine Beleidigung des guten Geschmacks, und Sams Verschönerungskur hätte ihm vermutlich nur gut getan. Ich muß direkt überlegen, ob ich es ihm nicht doch noch erlauben soll. Aber ich kann Sie beruhigen, Mr. Stromsoe. Sie können Ihre Beschwerden einfach einstellen, denn Mrs. Winthrop und die Kinder werden am Mittwoch nach Castle Rosse umziehen.«

Während Knight gelangweilt die Flügeltüren fixierte, überlegte er, was Lily und die Kinder nur so lange aufhielt. Die Aufforderung, die Kinder mitzubringen, hatte er wohlüberlegt ausgesprochen, weil sie so seine Einladung nicht hatte abschlagen können. Genau aus diesem Grund war er auch früher nach Hause zurückgekehrt. Ursprünglich hatte er tatsächlich die Absicht gehabt, erst nach Mitternacht heimzukehren. Er hatte einen Opernbesuch geplant und anschließend eine Liebesnacht mit Janine, einer reizenden, großbrüstigen Kurtisane. Doch nichts davon war ihm geglückt. Den ganzen Nachmittag über hatte er immer wieder an Lily denken müssen. Pausenlos hatte er sie vor sich gesehen.

Sie war die erste Frau in seinem gesamten bisherigen Leben, die ihn so aus der Fassung gebracht hatte und bei der er sich beinahe vergessen hätte. Er hatte sich erbärmlich benommen. Wenn er sich nicht beherrscht hätte, hätte er ihr mit Sicherheit kein Vergnügen bereitet, sondern sie nur verletzt. Er verabscheute sich noch nachträglich, und das gefiel ihm überhaupt nicht. Verdammt, schließlich war er doch ein Gentleman! Diesen Satz versuchte er seinem Gehirn seit gestern unentwegt einzuhämmern, doch seine wilde Sehnsucht war keineswegs geringer geworden. Schon allein ihren Namen zu hören, konnte er kaum ertragen! Die kurze Zeit ihrer Bekanntschaft machte ihm seine Reaktion nur unverständlicher und absurder.

Kaum daß er ihre sanfte, weiche Stimme draußen im Flur hörte, spürte er, wie sein Körper reagierte. Er fluchte leise und schluckte heftig, doch dann zwang er sich gewaltsam zur Ruhe.

Sam kam als erster durch die Tür gerannt und blieb kurz vor Knight stehen. »Sir! Mama trifft keine Schuld. Sie hat es gerade noch rechtzeitig gemerkt und mich davon abgehalten, das Bild zu bemalen. Ich werde es bestimmt nicht wieder tun!«

Knight sah zu dem bekümmerten, kleinen Gesichtchen hinunter, das Tristan so gar nicht ähnlich sah, ihm aber trotzdem immer mehr ans Herz wuchs. Nie hätte ich meine Mutter so in Schutz genommen, dachte er, und dabei ist sie nur seine Stiefmutter. »Das hatte ich auch gar nicht angenommen, mein Junge. Die ganze Sache trug außerdem eindeutig deine Handschrift.«

Sam lachte, was Knight beabsichtigt hatte.

»Er wird es bestimmt nicht mehr tun, Sir!« versicherte auch Theo.

»Man soll niemals etwas versprechen, was man vielleicht nicht halten kann, mein lieber Theo!«

»So schlimm bin ich nun auch wieder nicht!« protestierte Sam.

»Das muß sich erst noch herausstellen!« lachte Knight und verwuschelte Sams Haare.

In diesem Augenblick sah er, wie Lily mit Laura Beth auf dem Arm eintrat. Sie hatte sich nicht für den Abend umgezogen – dazu hatte er ihr keine Zeit gelassen. Doch auch in ihrem einfachen Musselinkleid war sie so schön, daß sich sein Herz vor schmerzhaftem Begehren zusammenkrampfte. »Guten Abend, Lily!«

Als er in ihre Augen blickte, überkam ihn der dringende Wunsch, sie zu packen und einfach mit ihr davonzureiten. Er benahm sich wie ein Narr, seit sich ein Gefühl in seine Lust gemischt hatte, das eigentlich nur in den Köpfen schwacher Frauen oder in Liebesromanen existierte.

»Hallo, Mylord.«

Angesichts der förmlichen Anrede zog Knight eine Augenbraue hoch, doch er hatte keine Gelegenheit mehr, das zu rügen, denn Laura Beth zerrte heftig an seinem Hosenbein.

»Guten Abend, Flöhchen!« Er hob sie hoch, und sofort legten sich die dünnen Ärmchen um seinen Hals, und außerdem bekam er einen feuchten Kuß auf die Backe.

»Pfui Teufel!« rief Sam voller Abscheu. »Das klingt ja abscheulich matschig!«

»Sie ist nur ein kleines Mädchen und weiß es nicht besser«, schulmeisterte ihn Theo und erntete dafür ein heftiges »Besserwisser« von seinem Bruder.

»Ich freue mich, daß ihr alle hier seid! Kommt, wir setzen uns an den Kamin, und dann erzählt ihr mir, was heute alles passiert ist.«

Lily hielt sich im Hintergrund und beobachtete die kleine Gruppe. Laura Beth thronte wie eine kleine Prinzessin auf Knights Schoß, während die Jungen sich rechts und links von ihm niedergelassen hatten und fast gleichzeitig auf ihn einsprachen. Ich hätte genausogut wegbleiben können, dachte sie. Keiner hätte mich vermißt! Sie haben ja Knight und …

»Mama!« rief Sam zu ihr herüber. »Wie heißt das Ding noch einmal?«

Lily schob die traurigen Gedanken energisch beiseite, denn sie wußte ganz genau, daß sie es ohne die Kinder keine Sekunde aushalten könnte. »Welches Ding, mein Schatz?«

»Komm doch her, Mama!« forderte Theo sie auf, während er ein wenig von Knight abrückte und auf den Platz neben sich klopfte.

Als Lily hinüberging, begegnete sie Knights Blick, in dem sie Gier und Wildheit, aber gleichzeitig auch Sanftheit und Zärtlichkeit las. Sie erzitterte und konnte sich nicht erklären, wodurch diese Gegensätzlichkeit eine so verheerende Wirkung auf sie hatte.

»Setzen Sie sich näher ans Feuer, Lily!«

Am liebsten hätte sie ihm gesagt, daß er die einzige Ursache für ihr Zittern war, doch statt dessen lächelte sie nur. »Welches Ding meinst du denn, Sam?«

»Das Ding, das ich hinter dem scheußlichen Stuhl im ekligen, grünen Schlafzimmer gefunden habe.«

Lily schluckte und wich Knights Blick aus. »Ich weiß nicht genau, wovon du sprichst«, behauptete sie felsenfest.

»Aber du mußt dich erinnern! Du hast selbst gesagt, daß das lange, dünne Ding alt ist. Vetter Knight möchte wissen, was es ist.«

Vetter Knight hatte mittlerweile begriffen, daß es sich bei dem Ding offenbar um etwas handelte, was er nicht wissen sollte. »Weißt du was, Sam? Ich schlage dir vor, daß du mir das vermeintliche Erbstück morgen bringst. Dann werden wir es uns zusammen ansehen. Einverstanden?«

»Ja, Sir.«

Nun, schien Knights Seitenblick auf Lily zu fragen, bin ich tatsächlich ein solches Ungeheuer, daß man sich vor mir fürchten muß?

Nachdem die Kinder ins Bett geschickt worden waren, saß Lily zur Rechten von Knight an der großen Tafel, und außer dem Klappern des Bestecks war nichts zu hören.

»Darf ich Ihnen noch etwas nachlegen, Madame?« fragte Duckett.

»Nein, danke, Duckett. Ich kann nicht mehr.«

»Ist das Ihr Ernst, Lily?« wunderte sich Knight.

»Dasselbe könnte ich Sie fragen, denn Sie haben ebenfalls so gut wie nichts gegessen.«

Das stimmte, denn seit er sie gesehen hatte, verspürte er nur Appetit auf sie. Er trank einen Schluck aus seinem Glas, und nachdem er Duckett und Charlie hinausgeschickt hatte, fragte er ganz unvermittelt: »Duckett hat mir von den Besuchern erzählt.«

Lily erstarrte, so daß ihre Gabel über dem Kartoffelbrei in der Luft stehenblieb, und schüttelte ganz automatisch den Kopf.

»Ich nehme an, daß Sie mir das auch verschwiegen hätten, oder nicht? Sicher wollten Sie mich auch diesmal schützen, oder steckt etwas anderes dahinter? Haben Sie etwa eine anrüchige Vergangenheit?«

»Aber nein! Welcher Unsinn!«

»Duckett sagte, daß die beiden wie Diebe, wenn nicht sogar wie Mörder ausgesehen hätten.« Knight blickte ihr mitten ins Gesicht. »Außerdem hat er erzählt, daß die beiden nach Lily Tremaine gefragt hätten.«

Rasch senkte Lily den Blick, doch kurz darauf besann sie sich und meinte achselzuckend: »Seltsam. Dabei habe ich nicht die geringste Ahnung, wer die beiden sind. Na, glücklicherweise ist Duckett sie ja losgeworden.«

Knight stand auf und holte eine Karaffe mit Cognac. Irgendwie spürte er, daß sie diesmal die Wahrheit gesagt hatte. »Ich nehme an, Sie können auch einen gebrauchen.«

Lily protestierte nicht, obwohl sie noch nie Cognac getrunken hatte. Vorsichtig nippte sie an ihrem Glas und spürte, wie sich die Wärme augenblicklich in ihrem ganzen Körper ausbreitete. Es war ein herrliches Gefühl.

»Sind Sie wirklich sicher, daß Sie die beiden Männer noch nie gesehen haben?«

»Ich wüßte nicht wo. Nein, nein, ich bin völlig sicher. Ich habe nicht die geringste Ahnung, wer die beiden sein könnten.«

»Offenbar kennen die Männer Sie aus Brüssel. Vielleicht hatten sie mit Ihrem Vater zu tun? Oder mit Tris?«

»Das mag sein«, entgegnete Lily wahrheitsgemäß. »Nachdem Duckett ihnen die Tür vor der Nase zugeknallt hat, habe ich sie vom Gästezimmer aus beobachtet. Sie sahen schrecklich aus! Richtige Kandidaten für Newgate! Was sollten die mit meinem Vater oder mit Tris zu tun gehabt haben?«

»Weshalb haben sie dann nach Lily Tremaine gefragt?«

Lily saß stocksteif am Tisch. »Ich weiß es wirklich nicht.«

»Aber zumindest kann man doch einmal spekulieren!«

»Wenn man dazu veranlagt ist.«

Er lachte und fragte dann rasch: »Was hat Tris eigentlich gearbeitet?«

»Ich weiß es nicht«, brach es aus Lily heraus. »Er hat es mir nie gesagt, aber –« Abrupt brach sie ab, während ihre Blicke unruhig über sein Gesicht irrten. Er hatte sie zu unvorsichtigen Aussagen gereizt, so daß sie beinahe zuviel gesagt hätte.

»Fahren Sie fort, Lily!«

Stumm schüttelte sie den Kopf.

»Was gibt es denn da zu verheimlichen? Tris ist doch tot. Ich muß gestehen, daß Sie mich verwirren, Lily.«

»Also gut«, begann sie, »wenn es Sie so sehr interessiert, dann kann ich es ja erzählen. Unser Leben war ein beständiger Wechsel zwischen Überfluß und Hunger.« *Achtung, Lily, du hast nur sechs Monate bei ihm gelebt!* Doch sie erinnerte sich auch noch gut an die zwei vorhergehenden Jahre, als Tris ihren Vater häufig besucht hatte. »Allerdings überwog der Überfluß. Bei meinem Vater war es dagegen umgekehrt.«

»Mehr Hunger also?«

»Genau.« Oh, Himmel, das war wirklich wahr! Wenn es damals Tris nicht gegeben hätte, wären sie und ihr Vater mehr als einmal aus ihrem Haus hinausgeworfen worden.

»Und womit hat Tris sein Geld verdient?«

»Ich weiß es wirklich nicht – nein, es ist einfach lächerlich! Es ist nur so eine Vermutung …«

»Und welche? Sagen Sie es mir doch!«

Lily runzelte die Stirn. »Tris ist immer wieder einmal ohne jede

Erklärung für zwei oder auch drei Wochen verschwunden und jedesmal mit einer Menge Geld zurückgekommen. Und er hat sehr gelacht, wenn ich oder jemand anderer ihn gefragt haben, was er gemacht hat! Für die Kinder hat er regelmäßig große Geschenke mitgebracht.«

»Wäre es denn möglich, daß er vielleicht in unlautere Geschäfte verwickelt war?«

Lily zuckte die Achseln. »Das weiß ich nicht. Ich habe Ihnen nur gesagt, wie es gewesen ist. Mehr weiß ich auch nicht.«

»Haben Sie ihn jemals in Gesellschaft anderer Männer gesehen? Ich meine, in Gesellschaft fragwürdiger Typen?«

Sie nickte. »Ja, einmal. Ähnlich schreckliche Figuren wie die, die heute hier waren. Als ich Tris danach gefragt habe, hat er meiner blühenden Fantasie die Schuld gegeben!«

»Das war ja vielleicht auch so«, meinte Knight nachdenklich und fuhr dann nach einer kleinen Pause fort:

»Trinken Sie erst einmal Ihren Cognac, Lily. Haben Sie nicht Lust, einige Runden Pikett mit mir zu spielen?«

Lily zögerte, denn sie fürchtete sich ein wenig vor dem Alleinsein mit ihm und hatte Angst, womöglich noch mehr von sich preiszugeben. »Ich bin aber sehr ungeübt.«

Knight mußte lachen. »Lügen Sie mich nicht an, Lily! Tris war der geborene Spieler, und bestimmt hat er Ihnen in den fünf Jahren einiges beigebracht!«

Da erhob sich Lily und warf ihre Serviette auf den Tisch. »Sie haben es so gewollt, Mylord. Ich wollte Ihnen lediglich die Gelegenheit geben, Ihr Gesicht zu wahren!«

Knight, der ein exzellenter Spieler war, lächelte. »Ich bedanke mich von Herzen für soviel Rücksichtnahme, Lily. Wirklich!«

Als die Uhr Mitternacht schlug, hatte Lily zwei von drei Spielen gewonnen und schlug sich, auch was die Punktezahl betraf, äußerst wacker.

»Sie sind ein würdiger Gegner«, hatte Knight im Lauf des Abends bemerkt, und Lilys leichtes, sorgloses Lachen hatte ihn entzückt. Davon wollte er unbedingt noch mehr hören.

»Man könnte tatsächlich glauben, daß Sie eine Menge Erfahrung haben, Mylord. Als Gegner sind Sie jedenfalls nicht zu verachten!«

»Welche Ehre!« hatte Knight geantwortet. »Haben Sie Lust, auf den Ausgang der Partie zu wetten?«

Kokett legte sie den Kopf zur Seite, und in ihre Augen trat ein amüsiertes Schimmern. Offensichtlich genoß sie die Herausforderung. »Sie wissen doch genau, daß ich gewinnen werde, Knight. Weshalb wollen Sie absichtlich verlieren?«

»Oh, Madame, Sie werden ziemlich übermütig! Wir stehen erst am Anfang, und Sie können nicht leugnen, daß Sie bisher die besseren Karten hatten. Also, wie steht es mit der Wette?«

»Ich weiß nicht recht. Ich besitze nicht viel Geld, und ich bin nicht so dumm, daß ich mich für unbesiegbar halte, da es so etwas wie schlechte Karten gibt, wie Sie wissen.«

»Und Ihre Fähigkeiten sind nicht so gut, daß Sie ein derartiges Handikap ausgleichen können?«

»Zugegebenermaßen reizt mich das Spiel, aber meine wenigen Guinees kann ich nicht riskieren.«

»Ich dachte als Einsatz auch nicht an Geld, Lily.«

»An was denn dann?«

Er lehnte sich zurück und bemühte sich, nachdenklich zu wirken. Dabei war er sich bewußt, daß Lily ihn sehr genau beobachtete. Was dachte sie wohl? Ob sie immer noch Sehnsucht nach ihm empfand? Entschlossen schüttelte Knight diese Gedanken ab. Statt dessen machte er seinen Vorschlag, und als Lily hörte, was er einzusetzen gedachte, schnappte sie vor lauter Überraschung nach Luft und strahlte ihn voller Aufregung an.

»Das ist zuviel, Knight! Viel zuviel!«

Doch er spürte, daß sie insgeheim keine Änderung wünschte, denn ihre Augen leuchteten fröhlich. Auf die Möglichkeit angesprochen, daß ja auch er gewinnen könnte, schüttelte sie nur den Kopf, und er mußte sich sagen lassen, daß er bei so ungehörigen Vorschlägen ohnehin keine Chance hätte.

Er zuckte die Achseln. »Nun, wir werden ja sehen.« Ihr Spiel wurde ernster und konzentrierter. Lily traf rasche, präzise Entscheidungen, und selbst ihre Stimme war kühl und knapp geworden. Eine völlig veränderte Lily, dachte Knight und genoß jeden Augenblick in vollen Zügen. Er verlor die nächsten Spiele und hätte gern weitergemacht, doch er wußte, daß sie müde war. Spätestens bei Tagesanbruch würde Laura Beth wieder ihre Rechte geltend machen.

»Ich habe verloren«, gestand er ein und griente.

»Das hört sich ja ganz so an, als ob Sie sich darüber freuten. Ist das denn normal?«

»Ich freue mich, daß Sie jetzt ein eigenes Pferd besitzen, Lily! Sie beide passen ausgezeichnet zueinander.«

»Ich danke Ihnen, Knight. Violet ist wirklich wunderbar.«

Irgendwann würde er ihr einmal erzählen, daß er das Pferd von Anfang an nur für sie gekauft hatte – doch im selben Augenblick stockten seine Gedanken. War er noch bei Sinnen? *Irgendwann?* Wie hätte Lily wohl reagiert, wenn sie verloren hätte? Ob sie die neue Garderobe nach seiner Wahl akzeptiert hätte? Er mußte lächeln.

»Was ist los?«

»Ich habe mir überlegt, ob Sie auch zu der Wette gestanden hätten, wenn Sie verloren hätten.«

»Meiner Meinung nach ist Ihnen recht geschehen!« sagte Lily und gab sich redliche Mühe, ernst zu bleiben, doch es gelang ihr nicht so recht. »Ich habe Ihren ungehörigen Vorschlag nur akzeptiert, weil ich wußte, daß ich ohnehin gewinnen würde. Sie sollten wirklich keine Wetten anbieten, bei denen Sie in jedem Fall bezahlen müssen, ganz gleich wie die Sache ausgeht. Ich gehe jetzt zu Bett, Mylord. Und noch einmal herzlichen Dank für Violet!«

Knight stand auf und blickte von oben auf sie herab. Dann hob er seine Hand und strich ihr zart mit den Fingerspitzen über die Wange. »Gute Nacht, Lily!« Rasch beugte er sich hinunter und küßte sie leicht mitten auf den Mund. Fast im selben Augenblick machte er auf dem Absatz kehrt und ging so schnell davon, daß sie ihm nur verwundert nachblicken konnte.

Als er mitten in der Nacht hellwach im Bett lag, nahm er sich vor, die Wette mit demselben Einsatz zu wiederholen. Doch diesmal wollte er gewinnen. Zufrieden lächelnd schlief er schließlich ein.

»Mein jüngster Bruder hat viel Ähnlichkeit mit Sam, Madame«, bemerkte John Jones in lachendem Ton zu Lily. »Meine Mutter hat Robert immer als ihre Heimsuchung bezeichnet, aber ich muß zugeben, daß es einem in seiner Gegenwart niemals langweilig wird. Mittlerweile ist er nicht mehr zu Hause, sondern macht Oxford unsicher.«

»Ich freue mich, daß Sie auf diesem Gebiet Erfahrung mitbringen, John.« Dann stellte sie ihm die Jungen vor und trat einen Schritt zurück, um die Szene zu beobachten.

Sam inspizierte den neuen Lehrer sehr direkt und mißtrauisch, während Theo ihm mit einem scheuen Lächeln entgegensah.

»Seine Lordschaft hat mir erzählt, daß du seine Bibliothek katalogisierst«, eröffnete John Jones das Gespräch. »Das ist ja eine riesige Aufgabe! Ich würde mich gern einmal mit dir darüber unterhalten.«

Erster Punkt für John Jones, dachte Lily und lächelte.

»Ich werde einmal Künstler«, verkündete Sam, nachdem er sich mit übermenschlicher Anstrengung fast vier Minuten lang zurückgehalten hatte.

»Ein Künstler?« fragte John zurück.

»Ja. Vetter Knight hat erlaubt, daß ich mit einem seiner Vorfahren im östlichen Korridor beginne. Der Mann auf dem Bild braucht unbedingt einen Schnurrbart, denn er hat überhaupt keine Oberlippe!«

John verbiß sich ein Lächeln. »Vielleicht solltest du vorher ein bißchen üben, denn schließlich sollen doch alle zukünftigen Generationen deine Malerei als Meisterwerk bewundern, oder nicht?«

Sam war von dieser logischen Folgerung sehr beeindruckt, doch nach einem Seitenblick auf Lily fuhr er fort: »Theo und ich müssen unbedingt noch mit Ihnen über unsere Mutter sprechen, Sir!«

Lily lachte, als sie Johns Verblüffung bemerkte.

»Ich – ich verstehe euch nicht«, stotterte John, und Lily konnte sehen, wie ihm die Röte langsam den Hals emporkroch.

»Wir müssen auf unsere Mutter aufpassen«, erklärte Sam. »Ihr gegenüber benehmen sich die Männer alle komisch, und wir müssen sie beschützen.«

»Sam, hör auf damit!«

»Sie sollen schwören, daß ...«

»Jetzt reicht es, Sam!« unterbrach ihn Lily und trat an Johns Seite. »Ihr habt euren Lehrer nicht nur erschreckt, sondern möglicherweise auch beleidigt.«

»Nein, nein«, beruhigte sie John.

»Haben Sie immer noch den Wunsch, die Arbeit zu übernehmen, Mr. Jones?« fragte Lily.

»Aber ja, Madame. Ich glaube, wir werden wunderbar miteinander zurechtkommen.«

»Nun gut, dann lasse ich Sie jetzt allein. Gehorcht Mr. Jones, Kinder! Ich werde in der Zwischenzeit ein wenig mit Laura Beth spielen.«

Nachdem Sam John zu dem Portrait geführt und danach so viele Schnurrbärte gezeichnet hatte, daß sie ihn noch im Traum verfolgen würden, hatte er sich irgendwann aus dem Zimmer davongeschlichen. Er konnte Theos endlose Vorträge über Dampfmaschinen nicht mehr hören, doch da John Jones Theos Vorliebe zu teilen schien, war Sam nichts anderes übrig geblieben, als sich davonzumachen.

Da Duckett nicht auf seinem Posten gewesen war, hatte er unbemerkt das Haus verlassen können. Der Himmel war bedeckt, und es wehte ein eiskalter Wind, doch Sam zog es keineswegs nach Hause zurück. Er kickte eifrig Kieselsteine durch die Gegend und war so vertieft, daß er seine Umgebung überhaupt nicht wahrnahm. Morgen sollte der Umzug nach Castle Rosse stattfinden, und Sam hoffte inständig, daß er dort Spielkameraden finden würde, mit denen er sich im Freien amüsieren konnte. Hoffentlich gab es auch einen Stall und viele Pferde. Irgendwann packte ihn das schlechte Gewissen, weil er gegen Lilys ausdrückliches Verbot verstoßen hatte. Eigentlich hätte er nicht einfach so weggehen dürfen, doch es war ihm gleichgültig, denn in spätestens zehn Minuten wollte er ohnehin umkehren. Leise pfiff er vor sich hin.

»Ach, du Himmel! Ist das nicht einer von Tristans Bengeln?«

Als Sam den Namen seines Vaters hörte, hob er den Kopf und erblickte zwei abscheuliche Typen, die sich gegen den scharfen Nordwind kräftig eingemummt hatten.

»Ja, ich glaube, das ist der jüngere. Soviel ich weiß, gibt es außerdem noch ein Mädchen.«

Monk verdrehte die Augen. »Und der läuft uns genau in die Arme! Nicht zu fassen! Hallo, Junge!«

Sam blieb stehen, während der größere der Männer auf ihn zukam. Seine Stiefel und das untere Drittel seines langen Mantels waren schmutzbespritzt, und auch sonst sah er ziemlich finster drein. Einen Schnurrbart brauchte der bestimmt nicht, denn seine Oberlippe war dick und wulstig.

»Ich bin ein Freund deines Vaters. Ja, ja, von Tris Winthrop. Ich und Boy waren seine Kameraden.«

Das schien Sam allerdings höchst unwahrscheinlich. »Sie sind ein verdammter Lügner!« schimpfte er.

»Du frecher, kleiner Stinker! Los, komm her!«

Doch Sam tat genau das Gegenteil und rannte blitzschnell davon, aber es half ihm nichts. Irgendwann spürte er, wie sich ein riesiger Arm um seine Taille legte und ihn einfach vom Boden hochhob. Von weitem konnte er durch die Äste der Bäume das

Stadthaus erkennen. Oh, Gott! dachte er und trat kräftig nach allen Seiten aus.

»Aua!« Der Arm schloß sich noch fester um ihn, bis er beinahe keine Luft mehr bekam.

»Der Bengel sieht Tris aber gar nicht ähnlich, Monk! Bist du sicher, daß wir den richtigen Jungen erwischt haben?«

»Aber ja! Wie heißt denn du, du kleiner Mistkerl?«

Sam schüttelte den Kopf. »Ich kenne keinen Tris!« keuchte er. »Ich wohne dort drüben. Wenn Sie mich nicht loslassen, wird die Polizei Sie verfolgen! Dann werden Sie aufgehängt und Ihre Köpfe werden auf Piken gespießt!«

Monk lachte. »Ein fantasievolles Kerlchen, nicht wahr? Weißt du, ob deine Mutter nicht den alten Tris reingelegt hat?«

»Lassen Sie mich los!« schrie Sam aus Leibeskräften und zappelte wie verrückt. Doch wieder verstärkte sich der eiserne Griff.

»Hör uns jetzt genau zu! Für uns bist du ein Geschenk des Himmels. Wir nehmen dich mit, und dann wird uns deine Mutter schon – ich sollte lieber die Hure deines Vaters sagen –, dann wird sie schon herausrücken, was uns gehört!«

Sam hörte, wie die beiden Typen Lily beleidigten, und ahnte, daß sie ihr etwas Böses antun wollten. Was konnte er nur tun? Obwohl er erst sechs Jahre alt war, glaubte er dennoch nicht an himmlische Gerechtigkeit. Doch als er in diesem Augenblick einen Mann in modischer Bibermütze und dickem Mantel auftauchen sah, schrie er sich beinahe die Lunge aus dem Hals. »Hilfe! Helfen Sie mir! Ich werde entführt!«

11. Kapitel

Stirnrunzelnd blieb der Gentleman stehen, doch sobald er die Situation erfaßt hatte, schrie er: »Lassen Sie sofort den Jungen los, oder es wird Ihnen schlecht bekommen!« Und mit einer gekonnten Bewegung riß er einen schmalen Degen aus seinem Spazierstock und stürmte mit wildem Gesichtsausdruck auf die kleine Gruppe zu.

Monk war außer sich. »Du verdammter Mistkerl! O verdammt und zugenäht!«

Boy hob einen Stein auf und schleuderte ihn auf den Angreifer. »Du Blödmann! Komm, laß uns lieber abhauen!«

Monk ließ Sam wie einen Stein zu Boden plumpsen und lief in die entgegengesetzte Richtung davon.

»Verdammte Feiglinge!« schrie Sam hinter ihnen her und drohte ihnen mit der Faust. »Dafür werdet ihr bezahlen! Mein Vetter Knight wird euch die Ohren abschneiden!«

Der Gentleman blieb stehen und steckte seinen Degen achtsam wieder in die Hülle zurück. Dann reichte er Sam die Hand. »Hallo, Sam, wie schön, dich zu treffen!« begrüßte ihn Julien St. Clair. »Wer waren denn deine Freunde?«

»Oh. Sir! Ich habe keine Ahnung, aber sie kannten mich! Sie führten mit Sicherheit nichts Gutes im Schilde!«

»Da kann ich dir nur zustimmen. Erinnerst du dich an mich? Ich bin Julien St. Clair, ein Freund deines Vetters Knight.«

»Ja, ich erinnere mich, daß wir Sie bei Gunthers getroffen haben. Ihre Frau ist beinahe so schön wie meine Mutter.«

»Ich danke dir. Meine Frau würde sich bestimmt freuen, wenn sie das gehört hätte! Aber kannst du mir verraten, was du hier alleine treibst?«

Sam errötete, worauf Julien fragend die Augenbrauen hob. »Natürlich hast du deine Mutter um Erlaubnis gefragt, nicht wahr?«

Sam überlegte sekundenlang, ob sich eine Lüge lohnte, doch da Julien St. Clair Vetter Knight kannte, war es wohl nicht sehr sinnvoll. »Nein, Sir. Meine Mutter weiß nicht, wo ich bin. Theos Diskussion mit unserem neuen Lehrer war mir zu langweilig.«

»Aha«, bemerkte Julien und dachte nach. »Wie würde es dir denn gefallen, wenn wir jetzt nach Hause gehen und du mich zum

Tee einladen würdest?« Eigentlich stand Julien der Sinn mehr nach Cognac.

»Macht es Ihnen nichts aus, Sir?«

Welcher Erwachsene war gegen eine solche versteckte Bitte immun? Julien wußte sehr genau, was Sam ihm lediglich durch Blikke zu verstehen geben wollte. »Ich könnte dir natürlich ein wunderbares Alibi verschaffen«, sagte er schließlich, »aber in diesem Fall wäre das falsch. Knight muß unbedingt von diesen Männern erfahren. Wir dürfen es ihm einfach nicht verschweigen. Das siehst du doch ein, nicht wahr?«

Sam tat, als ob das tatsächlich der vernünftigste Gedanke der Welt wäre, aber klugerweise sagte er nichts. Knight, der selbst erst vor wenigen Minuten nach Hause gekommen war, war äußerst überrascht, als plötzlich Julien und Sam unter der Tür standen.

»Hallo, Knight! Ich habe Ihren kleinen Sam gerade aus der Hand von Entführern befreit.«

»Wovon, zum Teufel, reden Sie, St. Clair?« Doch nach einem Blick auf Juliens Gesicht wandte er sich rasch an den Jungen. »Sam, geh und bitte Duckett, Tee und Kuchen zu servieren!«

Nachdem sich die Tür hinter dem Jungen geschlossen hatte, fragte er aufgeregt: »Was ist geschehen? Setzen Sie sich doch, Julien!«

»Vielen Dank. Ich kam ganz zufällig des Weges – und plötzlich sah ich, wie ein widerlicher Typ Sam unter dem Arm gepackt hielt! Sein Kumpan war um kein Haar besser. Als Sam geistesgegenwärtig aus vollem Hals um Hilfe schrie, zog ich meinen Degen aus dem Spazierstock, den ich glücklicherweise bei mir trug, und rannte tapfer wie Sankt Georg auf die beiden los. Die Kerle ließen Sam augenblicklich fallen und rannten in die entgegengesetzte Richtung davon! Da sie zu zweit waren, habe ich von einer Verfolgung abgesehen, obwohl ich den Kleinen nur zu gern mit meinen Heldentaten beeindruckt hätte!«

»Aha«, bemerkte Knight gedehnt.

»Kennen Sie die beiden etwa?«

»Möglicherweise. Hat Sam Ihnen gesagt, was sie von ihm wollten?«

»Nein, darüber haben wir noch gar nicht gesprochen. Vielleicht haben sie ja tatsächlich etwas gesagt.«

Knight ging einige Male unruhig auf und ab, bevor er sich ganz überraschend wieder an Julien wandte. »Bitte sagen Sie Lily – Mrs. Winthrop nichts davon! Ich möchte sie nicht unnötig aufregen.

Morgen werden sie und die Kinder nach Castle Rosse umziehen und damit vor ähnlichen Übergriffen geschützt sein.«

»Hat sie denn nicht das Recht, es zu erfahren?«

»Nein. Das entscheide allein ich.«

»Sie sind ein ziemlicher Autokrat geworden, mein lieber Knight!«

»Einen Cognac, Julien?«

»Ja, gern. Danke.«

Knight füllte gerade die Gläser, als er Lilys und Sams Stimme vor der Bibliothek hörte. Sekundenlang schloß er die Augen und hoffte inständig, daß Sam den Mund gehalten hatte, doch es war längst zu spät.

Nach einem Klopfen öffnete sich die Tür einen Spalt, und Knight und Julien hörten beide, wie Sam die beiden Männer beschrieb. »Gräßlich waren sie, Mama! Richtig scheußliche Kerle!«

»Offenbar liebt Sam seine Mutter«, bemerkte Julien leise. »Man kann nicht erwarten, daß er Geheimnisse vor ihr hat.«

Knight fluchte leise und stürzte seinen Cognac in einem Zug hinunter. »Herein!«

Lily war leichenblaß, aber sie wirkte sehr beherrscht. »Guten Tag, Mylord!« begrüßte sie Julien. »Ich hoffe, Ihrer Frau geht es gut?«

»Aber sicher, Mrs. Winthrop. Doch Sie müssen jetzt wirklich nicht höflich sein, denn ich kann mir denken, daß Sie sehr viele Fragen haben.«

»Ich danke Ihnen. Komm her, Sam! Jetzt erzähle Vetter Knight und mir noch einmal genau, was geschehen ist!« Und zu Julien gewandt fügte sie hinzu: »Sie müssen den Bericht ergänzen, wenn Sie das für richtig halten.«

Sam wußte, daß ihn zumindest eine Strafe erwartete, und er hoffte sehr, daß es nur eine Tracht Prügel wäre. Er schnaufte einmal tief und faßte sich dann ein Herz. »Die beiden heißen Monk und Boy, obwohl das eigentlich keine Namen sind.«

»Einen Augenblick, Sam! Beschreibe uns die beiden Männer möglichst genau!«

Sam gab sich große Mühe, und mit Juliens Hilfe gelang es auch. Nachdem alles erzählt und erörtert worden war, befahl Knight in einem Tonfall, den er wahrscheinlich noch nie im Leben benutzt hatte: »Geh auf der Stelle in dein Zimmer, Sam! Bis morgen früh mußt du dort bleiben. Essen wird man dir bringen. Was du getan hast, war dumm und ungezogen. Entschuldige dich bei deiner Mutter und dann ab mit dir!«

»Es tut mir leid, Mama!«

Lily hörte den leise gesprochenen Satz kaum, denn sie wandte ihre Augen nicht von Knight und wurde von Sekunde zu Sekunde wütender. Wie konnte er es wagen, Sam zu bestrafen! Als sie die Geschichte gehört hatte, hätte sie ihn selbst am liebsten übers Knie gelegt und dann doch gleichzeitig umarmt, weil er noch einmal davongekommen war. Ihr war klar, daß die Erwachsenen bei Erziehungsmaßnahmen zusammenhalten sollten, und hatte das mit Tris auch des öfteren praktiziert. Nur aus diesem Grund hielt sie in diesem Augenblick den Mund. Doch es fiel ihr schwer, denn dieser Mann war nun einmal nicht der Vater der Kinder. Mitten in der Wut fiel ihr jedoch ein, daß Knight seit einiger Zeit ihr gesetzlicher Vormund war und somit mehr zu bestimmen hatte als sie.

Sam zog eine Schnute und ging dann so langsam aus dem Zimmer, daß Lily es kaum aushalten konnte und nervös wurde.

»Lassen Sie Ihrem Unmut freien Lauf, Lily, sonst ersticken Sie ja noch. Auf Julien müssen Sie keinerlei Rücksicht nehmen«, sagte Knight leicht amüsiert, der sie genau beobachtet hatte.

Lily reckte ihr Kinn in die Luft, doch im selben Augenblick begriff sie, daß Knight sie nur provozieren wollte. »Ich hätte ihn anständig verhauen. Und dann hätte ich ihn drei Tage lang im Speicher eingesperrt und ihm nur Brot und Wasser gegeben.« Das hatte gesessen, dachte Lily, und war mit ihrer Schwindelei sehr zufrieden. »Ihn einfach in sein Zimmer zu schicken, das er ja mit Theo teilt, ist doch überhaupt keine Strafe! Theo wird es als seine Pflicht ansehen, seinen kleinen Bruder aufzuheitern.«

»Dieser Logik habe ich nichts entgegenzusetzen! Ich werde ihn heute abend zur Strafe mit Laura Beth spielen lassen!«

Darüber mußte Lily herzlich lachen. »Das ist wenigstens eine Strafe! Doch unter Umständen puhlt er der armen Czarina Catherine die Augen aus!« Und zu Julien gewandt erklärte sie: »Czarina Catherine ist Laura Beths Puppe –«

»– eher ihr verlängerter Arm«, meinte Knight.

»Sie schleppt sie jedenfalls immer mit sich herum. Doch nun noch einmal zu den beiden Männern: Ich denke, daß es dieselben waren, die auch gestern hier waren.«

Julien erhob sich und nickte den beiden zu. »Wie ich sehe, gibt es in dieser Angelegenheit noch einiges zu besprechen, doch bevor ich noch länger störe, wollte ich nur rasch sagen, weshalb ich eigentlich gekommen bin. Ich hatte die Absicht, Sie, lieber Knight, morgen nachmittag zu einem Boxkampf in der Nähe von Backlesfield zu entführen.«

Sekundenlang leuchteten Knights Augen voller Vorfreude, doch Sekunden später war er wieder ganz ernst. »Nein, ich glaube, das wird nicht gehen, Julien.«

»Und weshalb nicht?« wollte Lily wissen. »Es steht doch ohnehin schon fest, daß Sie uns nicht nach Castle Rosse begleiten werden.« Die unterdrückte Enttäuschung lähmte ihr beinahe die Zunge, doch glücklicherweise war nichts davon zu hören.

Knight war hin und her gerissen. Einerseits befürchtete er, daß die beiden Männer möglicherweise die Abfahrt beobachten und Lily folgen könnten, doch wenn er sie begleitete, würde es andererseits die reinste Folter für ihn bedeuten, sie nicht berühren zu dürfen. Nein, er wollte lieber erst einmal Abstand zwischen ihnen schaffen und ein wenig Zeit vergehen lassen. Die brauchte er, um seinen alten Rhythmus wiederzufinden und bestimmt auch mindestens ein dutzendmal mit Janine zu schlafen. Wenn er dafür sorgte, daß Lily und die Kinder sicher … »Also gut, Julien, holen Sie mich um zwei Uhr ab.«

»Na wunderbar! Mrs. Winthrop, es war mir ein Vergnügen.«

Nachdem Julien gegangen war, sagte Knight rasch: »Als Schutz werde ich Ihnen berittene Wachen mitgeben.«

Einerseits bedauerte es Lily, daß Knight sie nicht begleitete, doch andererseits war sie auch froh. »Ich denke, daß es keinerlei Schwierigkeiten geben wird. Schließlich können die Männer das Haus ja nicht rund um die Uhr überwachen. Vor der Abfahrt morgen früh müssen wir nur ein wenig aufpassen und nachsehen, ob sie da sind.«

»Das stimmt«, meinte Knight, »aber was viel wichtiger ist: Was wollen diese Männer nur von Ihnen? Wonach suchen sie? Es ist doch offensichtlich, daß sie etwas mit Tris zu tun hatten. Außerdem wollten sie Sam mitnehmen. Doch weshalb? Sollte er als Pfand dienen? Lily, ich bitte Sie, denken Sie nach! Wonach könnten diese Männer suchen?«

Lily trat ans Fenster und blickte in den Park hinaus.

»Lily, in Ihrem Besitz muß sich irgend etwas Wertvolles befinden, das diese Männer haben wollen!«

»Ich habe keine Ahnung!« Sie fuhr herum und sah Knight gerade ins Gesicht. »Und ich sage die Wahrheit! Ich weiß wirklich nicht, was sie wollen.«

»Stimmt es, daß Tris auf dem Heimweg ermordet worden ist?«

»Ja.«

»Vielleicht wollte er Ihnen noch mitteilen, wo er etwas Wertvolles versteckt hatte.«

»Im gesamten Haus wurde nichts Wertvolles gefunden und in seinem persönlichen Besitz auch nicht. Einfach überhaupt nichts! Es sind alles nur Spekulationen, Knight.«

»Haben Sie einen anderen Vorschlag, Madame?«

»Deswegen müssen Sie nicht gleich zynisch werden!«

»Trinken Sie erst einmal eine Tasse Tee, Lily.«

»Den hat Duckett noch nicht gebracht.«

Bedrückt ging Knight zur Tür und stieß sie auf. »Duckett!« bellte er in den Flur. »Wo bleibt der Tee?«

»Mylord.«

Vor Schrecken machte Knight einen Satz rückwärts, denn wie vom Himmel gefallen stand Duckett plötzlich mit dem Teetablett neben ihm. »Verdammt sollen Sie sein!« zischte Knight.

»Ich nehme an, daß Sie das zurücknehmen werden, sobald Sie Ihre gute Laune wiedergefunden haben, Mylord.« Danach servierte er schweigend den Tee, und erst ganz zum Schluß fragte er: »Und die Kinder, Mylord?«

»Ja, bitte, ihnen auch. Sam wird nach der ganzen Aufregung bestimmt durstig sein!«

»Keine allzu große Strafe dafür, daß er meine Anordnungen mißachtet hat«, bemerkte Lily stirnrunzelnd.

»Ich habe noch nicht allzuviel Übung als Vater! Soll ich ihn etwa verhauen? Nun, das werde ich bestimmt nicht tun!«

Lily lachte leise, und ihr sanftes Lächeln war so bezaubernd, daß Knight augenblicklich von heftiger Erregung gepackt wurde. Er stürzte den Tee in einem Zug hinunter, und als er sich dabei den Mund verbrannte, stöhnte er.

Nachdem Duckett schweigend seine Pflichten erfüllt hatte, lächelte er Lily nur kurz zu und verließ dann den Raum.

»Es tut mir leid«, sagte Lily kurze Zeit später.

»Was tut Ihnen leid? Daß ich mich verbrannt habe?«

»Nein, das war Ihr eigener Fehler. Es tut mir leid, daß ich Sie wegen Sams Strafe kritisiert habe. Ich kann es ja genausowenig, obwohl ich ihm manchmal am liebsten den Hals umdrehen würde. Ich werde jetzt zu Bett gehen. Gute Nacht!«

»Werden Sie jetzt den Kleinen aus seinem Gefängnis befreien?«

Lily schüttelte nur den Kopf. »Nein. In einem solchen Fall müssen die Erwachsenen doch zusammenhalten.« Als sie sich abwandte, hörte sie, wie er leise ihren Namen sagte. »Ja?«

Lange sah er sie nur an. »Sie sind …« *So wunderschön, daß ich am liebsten jeden Zentimeter Ihres Körpers küssen möchte!* »Sehe ich Sie beim Abendessen?«

»Ich glaube nicht, Knight, denn ich habe noch eine Menge zu packen.«

»Wie Sie möchten«, entgegnete er und gab sich alle Mühe, möglichst gleichmütig zu klingen.

Als Lily am folgenden Morgen aus dem Haus trat, war es gerade erst sieben Uhr. Der Himmel war bedeckt, und es war sehr neblig, so daß man kaum die Hand vor Augen sehen konnte. Die kalte, feuchte Luft drang durch Mäntel und Tücher bis auf die Haut. Knight schien von alledem nichts zu merken, denn er war voll und ganz damit beschäftigt, mit den beiden Wachleuten die Umgebung nach Monk und Boy abzusuchen.

»Ich habe die Leute ermahnt, ganz besonders wachsam zu sein«, sagte Knight, als er kurz darauf neben Lily trat. »Sie haben eine ausführliche Beschreibung der beiden erhalten, so daß Sie sich im Grunde keine Sorgen mehr machen müssen. Heute abend werden Sie bereits in Castle Rosse sein. Dort ist alles vorbereitet.«

»Ich danke Ihnen, Knight.«

»Vetter Knight!« rief Theo und steckte seinen Kopf aus dem Wagen. Und kurz darauf taten es ihm Sam und Laura Beth nach.

Knight trat an den Wagen und streichelte zärtlich über die Gesichter der Kinder. »Ihr werdet gut auf eure Mutter aufpassen, nicht wahr? Und behandelt sie gut, verstanden? Sam, du achtest besonders auf Herumtreiber.«

»Ja, Sir.«

»Und hört gefälligst auf Tucker, verstanden?«

»Ja, Sir.«

Dann half Knight Lily in den Wagen und schloß die Tür hinter ihr. »Eine gute Reise!« wünschte er noch und trat dann einen Schritt zurück. Nachdem er Tucker ein Zeichen gegeben hatte, rollte der Wagen an, und sekundenlang fühlte Knight Mitleid mit John und Lily, die jetzt stundenlang die Gesellschaft der drei Kleinen ertragen mußten. Die beiden erfahrenen Wachmänner salutierten kurz und folgten dann dem Wagen in einigem Abstand.

Regungslos verharrte Knight auf der untersten Treppenstufe, bis der Wagen endgültig im Nebel verschwunden war. Während er kurz darauf zu seinem Schlafzimmer hinaufstieg, hörte er, wie Stromsoe im Korridor zufrieden vor sich hinbrummelte.

»Wunderbar, diese Ruhe! Endlich ist es wieder still! Kinder sind in diesem Haus wirklich fehl am Platz!«

Knight griente still vor sich hin. Es war tatsächlich still.

Janine, die augenblicklich in einer Komödie im Drury Lane Theater auftrat, war eine etwas durchsichtige, blonde Schönheit. Richtig unterhalten konnte man sich mit ihr kaum, doch was die Liebeskünste betraf, so war sie ebenso begabt wie Daniella. Knight schlief dreimal mit ihr, bevor er morgens gegen drei Uhr müde nach Hause kam. Wenigstens hatte er diesmal nicht Lilys Namen gerufen.

Am nächsten Morgen blieb er genüßlich eine Weile länger im Bett liegen und betrachtete die Decke. Als er an den vergangenen Nachmittag und den Boxkampf dachte, mußte er unwillkürlich lächeln. Vermutlich war er kein anregender Gesellschafter für Julien gewesen, denn er hatte immer wieder daran denken müssen, was Theo und Sam wohl zu dem Kampf gesagt hätten. Wenigstens hatte er den Sieger richtig vorausgesagt und vierhundert Pfund gewonnen.

»Werden Sie sich mit Ihrem Gewinn ein neues Jagdpferd zulegen?« hatte Lord Alvanley gefragt.

Doch Knight hatte nur den Kopf geschüttelt, weil er sich bereits vorgenommen hatte, für Laura Beth und Sam Ponys zu kaufen und nach Castle Rosse bringen zu lassen.

Schon bei ihrer Ankunft war Sir Charles Ponsonby an Juliens Wagen getreten und hatte sich theatralisch umgeblickt. »Wo sind denn Ihre Kinder, Knight?«

»Sie sind in Castle Rosse.«

»Und die bildschöne Mutter?« hatte Sir August Krinke gefragt, der mehr Geld als Taktgefühl besaß und obendrein auch noch schielte.

Knight hatte Sir August direkt in die Augen gesehen und finster gebrummt. »Natürlich bei den Kindern!« Daraufhin war Sir August erschrocken einige Schritte zurückgewichen.

Nach dem Kampf und einem längeren Aufenthalt im Mordant Tooth Inn außerhalb von Backlesfield war Knight später ins Drury Lane Theater gefahren und hatte sich nach einer öden Komödie mit Janine amüsiert.

Er streckte sich gerade wohlig unter der Decke, als Stromsoe eintrat. »Ah, Mylord, Sie sind schon wach! Ich bringe sofort das Frühstück.«

Also gut, beginnen wir den Tag, dachte Knight, während er sich zwei dicke Kissen in den Rücken stopfte. Doch plötzlich wurde ihm bewußt, wie still es im Haus war, und auf einmal vermißte er die Geschäftigkeit, die sonst um diese Zeit geherrscht hatte. Er konnte sogar Ducketts Schritte hören, als dieser leise ins Zimmer trat.

»Darf ich fragen, ob Sie heute abend zu Hause essen?« erkundigte sich der Butler.

Knight schüttelte den Kopf. »Nein, ich werde erst sehr spät nach Hause kommen.«

Duckett wußte, was das bedeutete, und entfernte sich so leise, wie er gekommen war. Lieber Himmel, im Haus war es tatsächlich still geworden!

Castle Rosse
Dorset, England

Lily war völlig erschöpft. Sie war froh, nach der Fahrt mit den drei kleinen Ungeheuern endlich allein zu sein, und konnte sich lebhaft vorstellen, daß es John ebenso ging. Der Butler von Castle Rosse namens Thrombin hatte sie alle zu Lilys Erleichterung äußerst freundlich begrüßt und ebenso die Haushälterin, Mrs. Crumpe. Vor ihrer Rückkehr nach London hatten die beiden Wachmänner Lily noch einmal beruhigt und ihr versichert, daß ihnen unterwegs absolut nichts Verdächtiges aufgefallen sei. Erleichtert kroch sie noch tiefer unter die warmen Decken, doch als sie plötzlich hörte, wie ihre Zimmertür ganz leise geöffnet wurde, saß sie sofort senkrecht im Bett.

»Mama?«

Gott sei Dank, Laura Beth! »Komm her zu mir, Liebes!« flüsterte Lily, und es dauerte nicht lange, bis sie beide aneinandergekuschelt wieder eingeschlafen waren.

Am nächsten Morgen kam Lily gerade dazu, als John im Frühstückszimmer einem hingerissen lauschenden Theo und einem eher gelangweilten Sam die Geschichte des Schlosses erzählte.

»Castle Rosse ist ein historischer Landsitz, der 1568 von Sir Peter

Winthrop, dem späteren Baron Rosse, erbaut worden ist. Das war zur Zeit der Regierung von Elizabeth I.«

»Deshalb zieht es in unserem Zimmer so sehr!« bemerkte Sam, während er seelenruhig weiter auf seinem Schinken herumkaute. »Das Haus ist ja reichlich alt!«

»Es ist historisch!« verbesserte Theo stirnrunzelnd. »Halt dich ein wenig zurück, Sam! Du weißt, Mama mag es nicht, wenn du so vorlaut bist.«

John bemühte sich, nicht zu lachen. »Insgesamt ähnelt es einem Kaninchenbau, und ich glaube, daß wir bei unseren Entdeckungsreisen noch viel Spaß haben werden. Soviel ich gehört habe, soll es auch Geheimverstecke für katholische Priester gegeben haben! Vielleicht finden wir ja eines.«

Lily wünschte allen einen guten Morgen und bat John, sich nicht unterbrechen zu lassen.

»Im achtzehnten Jahrhundert soll Prinzessin Anne kurz vor ihrer Krönung hier übernachtet haben. Unter George II. war Castle Rosse ein Treffpunkt hochgestellter Regierungsbeamter.«

Sam gähnte herzhaft über seinem Toast. Als Lily ihm daraufhin einen warnenden Blick zuwarf, machte er sich zur Abwechslung über Laura Beth her und ärgerte sie. Lily ertappte sich dabei, daß sie immer wieder zur Tür sah, als ob Knight jederzeit eintreten müßte. Ein absurder Gedanke, doch er verschlug ihr den Appetit.

Castle Rosse entpuppte sich tatsächlich als Kaninchenbau. Wenn auch als ein überaus schöner, dachte Lily immer wieder, als sie Mrs. Crumpe während der darauffolgenden Tage auf allen Wegen begleitete. Durch zahlreiche Um- und Anbauten verliefen Flure und Treppen winkelig und undurchschaubar, daß man sich glatt verirren konnte. Außerdem machte allen die ungewohnte Kälte zu schaffen.

Der Kinderflur war im Westflügel untergebracht, und man brauchte fast zehn Minuten, um den Wohnraum im oberen Stockwerk des Nordflügels zu erreichen, falls man nicht unterwegs in die Irre ging.

»Das ist ein lächerlicher Zustand!« verkündete Lily am zweiten Morgen. »John, ich habe beschlossen, daß wir alle in den Ostflügel umziehen, wo so viele Räume leerstehen, daß wir uns bequem einrichten können.«

Nur wenig später wurde der Entschluß in die Tat umgesetzt. Den Bediensteten war es mehr als recht, daß es plötzlich keine weiten Wege durch dunkle Korridore mehr gab. »Ich fürchte, mir wäre auch bald die Luft weggeblieben!« stöhnte Mrs. Crumpe und strahlte Lily an. »Es war eine ausgezeichnete Idee, Madame. Ich danke Ihnen.«

Nur das Schlafzimmer des Hausherrn war an der alten Stelle verblieben.

»Ich kann mich noch gut an Ihren Mann erinnern, Mrs. Winthrop«, sagte Thrombin eines Nachmittags völlig unerwartet, als er das Teetablett auf dem Intarsientisch im Wohnraum abstellte. »Er war ein feiner Mann, und es tut mir aufrichtig leid, daß er tot ist.«

»Ich danke Ihnen«, erwiderte Lily. »Wir alle vermissen ihn sehr.« Als sie aufsah, bemerkte sie Sam, der unter der Tür stehengeblieben war und die letzten Worte gehört hatte. »Komm herein, Sam! Mr. Thrombin kannte deinen Vater und kann dir ein wenig von früher erzählen.«

Zu Lilys Freude tat Thrombin ihr den Gefallen. Er hatte Tris zum letzten Mal vor zehn Jahren gesehen, doch er erinnerte sich noch lebhaft an den gutaussehenden, jungen Gentleman und an den Eindruck, den dieser auf seinen kleinen Vetter Knight Winthrop gemacht hatte. »Dein Vater war ein sehr unternehmungslustiger, fröhlicher Mann. Dein Vetter Knight hat ihn damals sehr verehrt und ist ihm auf Schritt und Tritt gefolgt. Als wahrer Gentleman hat dein Vater seinen jüngeren Vetter immer äußerst liebenswert behandelt.«

Doch über das Leben dieses Vetters wurde Lily erst am darauffolgenden Tag durch Mrs. Crumpe ausführlich aufgeklärt.

12. Kapitel

»Seine Lordschaft war ein wirklich reizender Junge und gut erzogen«, erzählte Mrs. Crumpe mit mütterlichem Stolz in der Stimme. Nach einem kleinen Stirnrunzeln fuhr sie fort: »Nun, jedenfalls die meiste Zeit. Manchmal benahm er sich auch wie ein wildes Fohlen, doch heimtückisch, gemein oder hinterhältig waren seine Streiche nie.«

Lily mußte lächeln. Ganz offensichtlich hatte der junge Knight wesentlich mehr Ähnlichkeit mit Sam als mit Theo. Das Portrait, vor dem sie und Mrs. Crumpe in der Ahnengalerie des Westflügels stehengeblieben waren, zeigte den fünfzehn Jahre alten Knight in sehr aufrechter Haltung neben seinem Jagdpferd. Er war schon damals ziemlich groß gewesen, und um seine Augen hatte bereits dasselbe spöttische Lächeln gespielt wie heute – ein äußerst liebenswerter Junge von gewinnendem Wesen, der zu einem überaus gutaussehenden Mann heranzuwachsen versprach.

»Seine Mutter ist gestorben, als er erst zehn Jahre alt war«, erläuterte Mrs. Crumpe, »und seinen Vater hat er so gut wie nie zu Gesicht bekommen. Der ehemalige Lord Castlerosse war nämlich der Überzeugung gewesen, daß ein Kind nicht unter dem schlechten Vorbild seines Erzeugers leiden, sondern Gelegenheit bekommen sollte, möglichst unbeeinflußt einen ganz eigenen Charakter zu entwickeln.«

Diese Bemerkung versetzte Lily in helle Aufregung. »Wie bitte? Das ist ja völlig absurd! Wollen Sie damit sagen, daß der frühere Viscount Castlerosse seinen eigenen Sohn praktisch ignoriert hat?«

»Ja, aber natürlich mit Absicht!« bemerkte Mrs. Crumpe, während sie das Bild abstaubte. »Als sein Sohn geboren wurde, war der Viscount bereits ein älterer Mann. Er hatte erst mit vierzig Jahren geheiratet, und seine Frau war nicht einmal zwanzig Jahre alt gewesen. Als sie bereits wenig später schwanger geworden war, hat sich ihr Mann völlig von ihr zurückgezogen und in London sein eigenes Leben geführt.«

Lily war zutiefst entsetzt. Ihrer Meinung nach brauchte ein kleiner Junge doch seinen Vater, und eine Mutter brauchte ihren Ehemann!

»Da Sie den Viscount gut kennen, wird Ihnen das alles ja nicht unbekannt sein«, fuhr Mrs. Crumpe im Brustton der Überzeugung fort. »Er hat ja die Überzeugung seines Vaters voll und ganz übernommen und ebenfalls die Absicht, keinesfalls vor Vierzig zu heiraten. Ehrlich gesagt waren Mr. Thrombin und ich äußerst überrascht, daß er es mit Ihnen und den Kindern tatsächlich so lange ausgehalten hat! Bisher hat er nämlich immer die Meinung vertreten, daß Kinder ausschließlich in die Obhut ihrer Kinderfrauen und Lehrer gehörten.« Diesen Satz unterstrich ein verwundertes Nicken. »Drei Wochen! Wahrscheinlich war er vom Krach und den dauernden Aufregungen völlig erschöpft!«

Nein, dachte Lily, eigentlich ganz im Gegenteil. Er hat sich wunderbar benommen. Ob er tatsächlich erst mit Vierzig heiraten wollte? Er war doch erst siebenundzwanzig! Alles in ihr revoltierte gegen diese Vorstellung.

»Und dieses Bild zeigt seine Mutter, Lady Elysse. Hübsch, nicht wahr? Er hat ihre Augen geerbt – die Fuchsaugen, wie wir sie nennen. Braune Augen mit goldenen Lichtern. Wirklich sehr ungewöhnlich!«

»Hat der frühere Viscount seine junge Frau geliebt?«

Mrs. Crumpe reagierte mit leichtem Tadel in der Stimme. »Aber absolut nicht! Derartige Gefühle waren für ihn bloße Selbsttäuschung. Wenn es um dieses Thema ging, konnte er sehr verächtlich werden. Liebe war für ihn ausschließlich etwas für Schwachköpfe, die ihren Verstand nicht gebrauchen konnten. Für einen Gentleman kam Liebe nicht in Frage, und soviel ich weiß, teilt sein Sohn diese Überzeugung ebenfalls.«

Wie in Trance folgte Lily Mrs. Crumpe auf deren Rundgang durch das Haus und nahm alles in sich auf, was diese von sich gab. Irgendwie wollte es ihr nicht gelingen, Knight ausschließlich als Spiegelbild seines Vaters zu sehen. Doch aus unerklärlichen Gründen schienen das wunderschöne Haus und die traumhafte Umgebung plötzlich eher einem Gefängnis zu ähneln – hier wohnte keine Liebe, dachte sie, kein Kümmern, und ebenso weder Streit noch Auseinandersetzung. Alles war wie tot.

In der Nähe von Winthrop House
London

Knight pfiff leise vor sich hin. Er fühlte sich nach einem Abend mit Janine wunderbar entspannt und war alles in allem sehr mit sich zufrieden. Endlich schien sich etwas zu tun. Er hatte nur geduldig warten und wachsam sein müssen, und dabei war Pfeifen schon immer eine große Hilfe gewesen.

Doch er runzelte die Stirn, als er an den zurückliegenden Abend mit Janine dachte. Lilys Haar war viel dichter und heller und außerdem war es viel weicher. Nachdem er sie aus den Händen von Ugly Arnold befreit hatte, hatte er es bei seinem Überfall im Wagen zum einzigen Mal berührt. Vergiß das Pfeifen nicht, ermahnte er sich selbst, und konzentriere dich gefälligst auf die Gegenwart!

Mr. Wheat, einer der Wachmänner, die Lily und die Kinder nach Castle Rosse begleitet hatten, hatte ihm berichtet, daß sie unterwegs und auch in der Umgebung von Castle Rosse keine Spur von Monk und Boy gefunden hatten – demnach mußten die beiden sich noch in London aufhalten. Einesteils hatte ihn diese Mitteilung beruhigt, doch auf der anderen Seite rechnete er nun täglich mit ihrem Anschlag. Während der vergangenen zwei Tage und Nächte hatte er ihnen reichlich Gelegenheit dazu geboten, und im Augenblick strebte er gewissermaßen als wandelnde Zielscheibe mutterseelenallein seinem Haus entgegen.

Er feixte. Wenn Lily auch nur geahnt hätte, daß er in ihrer Abwesenheit ganz zwangsläufig zur Zielscheibe werden würde, hätte sie bestimmt darauf bestanden, ihn in irgendeiner Form zu schützen. Wieder begann er zu pfeifen. Im selben Augenblick bog aus einer Seitenstraße ein Gentleman in einem Überzieher auf den Portland Square ein und verharrte sekundenlang im Licht einer Straßenlaterne. Nach einem höflichen Nicken in Knights Richtung setzte er seinen Weg fort. Nun, dieser Gentleman hatte mit Sicherheit nicht die geringste Ähnlichkeit mit Monk oder Boy!

Als der Angriff erfolgte, ging alles sehr rasch. Knight hatte die Gegenwart der beiden Verbrecher eigentlich eher gespürt als tatsächlich wahrgenommen und hatte gerade noch rechtzeitig seinen Degen aus dem Stock ziehen können.

»Ja, er ist es tatsächlich!« stellte Monk mit Befriedigung fest.

Es dauerte ein bißchen, bis Knight seine Gestalt im Schatten ausmachen konnte. Offenbar als Täuschungsmanöver ließ Monk ein silbernes Stilett blitzschnell von einer Hand in die andere gleiten, so daß die Klinge im Mondlicht silbern blitzte.

»Geh auf die andere Seite, Boy, aber halte dich außer Reichweite seiner Waffe!«

»Aber meine Herren!« sagte Knight in vernehmlichem, aber durchaus freundlichem Ton. »Weshalb reden Sie denn nicht einfach mit mir, statt mir meine Eingeweide herausschneiden zu wollen?«

Aus dem Augenwinkel nahm er wahr, wie Boy sich an ihn heranschlich.

»Also gut, Sie komischer Kerl! Wenn Sie uns das Versteck der Klunker verraten, werden wir Ihre Weichteile schonen.«

»Von welchen Klunkern sprechen Sie?«

»Tristans Kleine weiß sehr gut, wovon ich spreche! Wenn Sie es uns nicht verraten, werden wir sie schon zu finden wissen. Darauf können Sie sich verlassen!«

Tristans Kleine. Knight schüttelte den Kopf. »Ich kann meine Frage nur noch einmal wiederholen«, entgegnete Knight, während er mit einem raschen Schritt Boys ausgestrecktem Arm auswich. »Welche Klunker?«

»Billys Spielzeug hat Tris sie genannt«, erklärte Monk. »Ein gewisser Billy hat diese Klunker in Paris für seine kleine Freundin namens Charlotte anfertigen lassen. Als sie später die Verlobung gelöst hat, hat Billy die Dinger wieder zurückgeschickt – aber wir waren rechtzeitig zur Stelle und haben zugegriffen.«

»Tris hat sie versteckt – daran gibt es keinen Zweifel«, ergänzte Boy. »Danach hat er uns ausgebootet, uns einlochen lassen und die Klunker an sich genommen. Tristans kleine Hure hat Sie bestimmt eingeweiht, weil Sie sie doch jetzt aushalten! Also, wo sind die Dinger?«

Ganz offensichtlich war von Juwelen die Rede, dachte Knight, nachdem er das Durcheinander ein wenig sortiert hatte. Sollte Tris tatsächlich ein Juwelendieb gewesen sein? Die beiden hereinzulegen, war mit Sicherheit kein kluger Schachzug gewesen. Was, zum Teufel, war nur in ihn gefahren? Mit geschlossenen Augen versuchte Knight, die andere Bemerkung aus seinem Gedächtnis zu verdrängen. *Tristans kleine Hure …*

»Tut mir leid, Jungs«, begann er schließlich in möglichst sanftem Ton, »aber ihr habt den Falschen erwischt. Von Juwelen habe ich bisher noch nichts gehört!« Diese Bemerkung war allerdings nicht dazu angetan, ihn in den Augen der anderen beliebt zu machen.

Sorgfältig wählte Knight seine Position. Die beiden anderen hatten keine Ahnung von Strategie und erinnerten ihn eher an Ratten, doch damit konnte er umgehen. »Leider muß ich Ihnen mitteilen, daß ich Sie jetzt gleich zur Hölle schicken werde! Ich bin der Überzeugung, daß Sie Tris kaltblütig ermordet haben!«

»Ziemlich arrogantes Bürschchen, nicht wahr, Boy? Da uns der liebe Tris verraten hat, blieb uns bedauerlichweise keine andere Wahl.«

Mehr konnte Monk nicht mehr sagen, denn im selben Augenblick machte Knight einen Ausfall, und schon bohrte sich die glänzende Klinge mit Leichtigkeit durch die Schulter seines Gegners. Mit einem wilden Aufschrei ließ Monk das Messer fallen und sank gegen die Hauswand zurück, als Knight die Klinge wieder aus seiner Schulter zog.

»Bring ihn um, Boy!« befahl Monk heiser. »Wir sind nicht auf ihn angewiesen und werden uns eben an Tristans kleine Hure halten!«

Wie der Blitz wirbelte Knight herum. Verdammt, dieser Typ hatte eine Pistole, und seine eigene steckte sicher verwahrt in der Innentasche seines Mantels! An Ziehen war nicht mehr zu denken. Mit einem gewaltigen Satz warf er sich zur Seite, als Boy den Hahn durchzog, und spürte gerade noch, wie die Kugel seinen Kopf streifte. Er hörte auch noch, wie Monk Boy etwas zurief, doch dann sackte er ganz langsam in die Knie.

»Verdammt und zugenäht! Da kommt einer!«

Knight sah verschwommen, wie Boy den stöhnenden Monk hochzerrte und unter Mühen davonschleppte.

»Guter Gott, Sie sind ja verwundet!«

Als Knight unter Anstrengung ein Auge öffnete, erblickte er Juliens besorgtes Gesicht über sich. »Ich habe mich wie ein blutiger Anfänger verhalten«, stöhnte er. »Dieser verdammte Boy hatte eine Pistole, und meine steckte in meiner Manteltasche!«

»Nur gut, daß ich da war, alter Knabe. Ich werde Sie auf schnellstem Weg nach Hause bringen, denn Ihr Gesicht ist völlig blutverschmiert.«

Als Julien St. Clair kurze Zeit später mit einem bewußtlosen, blutüberströmten Viscount Castlerosse auf der Schulter durch die Tür trat, stöhnte Duckett vernehmlich. »Oh, mein Gott, Sir! Er ist doch nicht ...«

»Nein. Tot ist er nicht«, versicherte Julien rasch. »Holen Sie auf schnellstem Wege einen Arzt!«

Aufgeregt schrie Duckett nach einem Diener und gab ihm unzusammenhängende Instruktionen. Oh, Gott, dieses viele Blut! Was sollte nur werden, falls er doch schwerer verwundet war? Nein, er durfte nicht daran denken, sondern mußte seine Pflicht erfüllen!

Doktor Tuckman, der schon seit langer Zeit Arzt der Winthrops war und in seinem Leben schon viel gesehen hatte, war beim ersten Anblick von Knights blutüberströmtem Gesicht sehr betroffen. Nachdem er jedoch den Schädel des jungen Viscounts gesäubert und untersucht hatte, war er wie erlöst. »Da hat er aber noch einmal Glück gehabt! Im Grunde ist es nur ein Kratzer. Sehen Sie her!« Damit wandte er sich an Julien St. Clair. »Die Kugel hat seine linke Schläfe lediglich gestreift. Die Wunde ist überhaupt nicht tief und mit Sicherheit nicht gefährlich.«

»Und weshalb ist er dann ohnmächtig?« erkundigte sich Julien.

»Vermutlich hat er einen Schock erlitten«, gab Doktor Tuckman zur Antwort, »und morgen wird er höllische Kopfschmerzen haben! Ist er unter die Straßenräuber gefallen?«

Julien entschied, daß das sehr glaubhaft klang, und nickte.

»Unglaublich, daß so etwas in einer modernen Stadt wie London immer noch vorkommt!« entrüstete sich Doktor Tuckman.

Im selben Augenblick stöhnte Knight.

»Gott sei Dank!« stieß Julien erleichtert hervor.

»Gott hat damit nichts zu tun«, bemerkte der Arzt brummig und packte seine schwarze Tasche.

Duckett wußte nicht genau, was er jetzt tun sollte. Er hatte in allerbester Absicht gehandelt und hoffte, daß Charlie seine Instruktionen korrekt befolgt hatte, doch wer hätte eine solche Entwicklung der Dinge vorhersagen können? Als er Hufgetrappel vor dem Haus vernahm, stöhnte er. O je, o je!

Sekunden später flog die Tür auf, und Lily stürmte in einem schmutzbedeckten Reitkleid auf Duckett zu. »Wie geht es ihm? Und sagen Sie nur nicht, daß er tot ist!«

»Mrs. Winthrop«, begann der Butler zögerlich und befeuchtete erst einmal seine trockenen Lippen. »Sie haben sich aber beeilt!« Er fühlte, wie ihm auf seinem kahlen Schädel der Schweiß ausbrach. »Sie haben nicht den Wagen genommen, oder?«

Ungeduldig winkte Lily ab. »Natürlich nicht. Sagen Sie mir jetzt endlich, wie es Seiner Lordschaft …«

»Wo, zum Teufel, kommen Sie denn her?«

Lily fuhr herum. Unter der Tür zur Bibliothek stand Knight mit verschränkten Armen. Er trug eine weiße Bandage um den Kopf, doch sonst wirkte er äußerst gesund. Plötzlich fühlte Lily grenzenlose Erleichterung und war froh, daß ihre Gebete offensichtlich erhört worden waren. »Sie leben!« schrie sie entzückt und warf sich ihm entgegen.

Geistesgegenwärtig faßte Knight sie bei den Händen und hielt sie auf Abstand. »Was tun Sie hier, Lily?« wiederholte er seine Frage.

Lily brauchte einige Sekunden, bis sie begriff, daß ihm ihre Annäherung nicht willkommen gewesen war. Als sie schließlich einen Schritt zurücktrat, ließ er ihre Hände los. »Charlie hat uns die schreckliche Nachricht von dem Überfall überbracht und berichtet, daß man auf Sie geschossen hätte und Sie verwundet seien! Natürlich habe ich mich sofort auf den Weg gemacht.«

Über ihren Kopf hinweg warf Knight einen Blick auf Duckett, der aufrecht wie ein selbstgerechter Richter neben der Tür stand. »Sie waren völlig blutüberströmt, Mylord, und leichenblaß! Man hätte Sie für tot halten können!«

»Das ist wahr«, ergänzte Charlie. »Alles war voller Blut!«

»Sie sind ja nicht einmal da gewesen!« Knights Stimme klang scharf. »Mrs. Winthrop, bitte kommen Sie in die Bibliothek! Und Sie, Duckett, bringen Tee und Kekse!«

Nachdem Lily die Tür hinter sich geschlossen hatte, lehnte sie sich dagegen und betrachtete den Viscount. Er war sehr verändert und sah sie mit so anderen Augen an, daß sie überhaupt nichts mehr begriff. »Wer hat eigentlich auf Sie geschossen?«

»Natürlich unsere beiden Freunde Monk und Boy.«

Lily schnappte nach Luft. »Nein! – Ich habe es geahnt! Ich habe es doch tatsächlich geahnt!«

»Sie begreifen rasch! Nun, ich wußte, daß ich nach Ihrer Abreise mit dem Auftauchen der beiden rechnen mußte. Ich bin schließlich nicht so naiv, wie Sie glauben!«

»Das habe ich nie getan! Dazu schätze ich Sie viel zu sehr, falls Sie das interessiert.«

»Wie schön, daß Sie das sagen! Natürlich habe ich mit dem Überfall gerechnet und ihnen mehr als einmal Gelegenheit dazu gegeben. In der letzten Nacht haben sie dann endlich zugeschlagen. Allerdings hatte ich nicht damit gerechnet, daß sie eine Pistole verwenden würden, und das war mein Fehler. Meine eigene steckte in meinem Mantel, denn normalerweise benutzen solche Typen Messer. Monk habe ich glücklicherweise mit meinem Degen an der Schulter erwischt, und ich denke, daß er wenigstens für einige Wochen außer Gefecht gesetzt ist. Julien St. Clair, der selbstverständlich in meinen Plan eingeweiht war, hat mich nach Hause gebracht. Meine Kopfwunde hat scheußlich geblutet, aber glücklicherweise war fast nichts passiert.«

Lily atmete tief ein. »Ich hatte entsetzliche Angst um Sie.«

»Da muß ich mich wohl bedanken«, sagte er im trockensten Ton, den sie je von ihm gehört hatte.

Was war nur mit ihm los?

Als Duckett ein Tablett mit Tee und Kuchen hereinbrachte, fiel Lily plötzlich auf, daß sie einen Bärenhunger hatte. Knight wartete bis sie Platz genommen und einen von Cuthberts köstlichen, kleinen Zitronenkuchen in den Mund gesteckt hatte.

»Ich habe erfahren, was die beiden wollen. Sie sind hinter bestimmten Klunkern her. Hinter Juwelen, falls Ihnen der Ausdruck geläufiger ist.«

Lily verschluckte sich heftig und wäre bestimmt erstickt, wenn Knight ihr nicht heftig den Rücken geklopft und ihr eine Tasse Tee zum Nachspülen gereicht hätte. »Verzeihen Sie! Ja, es geht wieder. Von irgendwelchen Juwelen weiß ich nichts! Du lieber Himmel, weshalb ...«

»Die beiden waren eindeutig Kumpane von Tris. Unvorsichtigerweise haben sie ihn umgebracht, bevor er ihnen das Versteck der Juwelen nennen konnte. Offenbar hat er versucht, die beiden hereinzulegen. Der Schmuck war von einem gewissen Billy für seine Braut Charlotte angefertigt worden, doch nachdem sie die Verlobung gelöst hatte, wurden die Juwelen zurückgeschickt – und von Tris und seinen Kumpanen entwendet!«

Anfangs starrte Lily ihr Gegenüber nur wortlos an, doch ganz allmählich sickerte das Gehörte in ihr Bewußtsein. »Ich kann das nicht glauben! Tris war doch kein Verbrecher. Er war ein so feiner Mensch, ein wundervoller Vater.«

»Und vielleicht auch ein liebender Ehemann?«

Lily verschlug es die Sprache, doch dann reckte sie entschlossen ihr kleines Kinn in die Höhe. »Ja, genau das war er. Ein Dieb war er jedenfalls nicht, und mit solchen Männern hätte er sich auch bestimmt nicht abgegeben!«

»Lily, die Geschichte ist aber wahr! Die Fakten sind eindeutig! Ich habe dazu nur zwei Fragen. Erstens: Wo befindet sich der Schmuck? Zweitens: Wem wurde er gestohlen? Wer ist dieser Billy?«

»Aber ich habe keine Ahnung! Ich hätte den Schmuck doch nach Tristans Tod finden müssen!«

»Monk und Boy sind der Überzeugung, daß Sie das Versteck kennen. Wenn wir den Schmuck ausfindig machen und ihn seinem rechtmäßigen Besitzer übergeben, dann haben die beiden logischerweise keinerlei Grund mehr für derartige Überfälle!«

Schweigend trank Lily den letzten Schluck aus ihrer Tasse. Das durfte alles nicht wahr sein! Nein! Sie schloß die Augen, um die Tränen zurückzudrängen. Oh, Tris! Nein!

»Sie hätten nicht herkommen sollen!« bemerkte Knight mit ausdrucksloser Stimme.

Lily brauchte einige Minuten, um ihre Fassung wiederzugewinnen. »Ich mußte es aber einfach tun!« Als sie die Augen öffnete, begegnete sie seinem kühlen Blick.

»Und weshalb? Wir sind doch nicht einmal miteinander verwandt«, stellte er fest und benahm sich dabei so kalt, als ob er sie haßte. »Vielleicht verfolgen Sie ja bestimmte Pläne. Als Vormund der Kinder muß ich mich um sie kümmern, also könnten Sie sie mir in aller Ruhe überlassen und sich mit den Juwelen davonmachen.«

»Wie bitte? Was haben Sie da gesagt?«

»Sie haben mich doch sehr gut verstanden!«

Wütend sprang Lily auf und hätte dabei beinahe das Teetablett vom Tisch gestoßen. »Weshalb benehmen Sie sich plötzlich so seltsam, Knight? So grausam!«

»Vielleicht sind Sie ja auch nur mit Charlie zurückgeritten, weil Sie gehofft haben, mein letztes Stündchen zu erleben und mich vielleicht sogar auf dem Totenbett heiraten zu können? Dann wären Sie mit einem Schlag reich gewesen, wie Sie sehr wohl wissen!«

Lily erbleichte und fühlte sich innerlich erstarrt und kalt. In dieser beherrschten Haltung war sie schön wie nie zuvor. Doch Knight ließ sich nicht beeindrucken, denn er wollte stark bleiben.

»Vielleicht haben Sie auch nur darauf spekuliert, daß ohne korrekte Begleitung Ihre Anwesenheit in meinem Haus so schädlich für Ihren guten Ruf sein könnte, daß ich Sie ganz zwangsläufig heiraten müßte. Leider war ich so unvorsichtig, Ihnen zu offenbaren, wie gern ich mit Ihnen schlafen würde – aber heiraten? Nein, ein solcher Narr bin ich nicht!«

Lily blieb ganz ruhig. »Demnach haben es Ihnen die beiden gesagt, nicht wahr? Ich meine, sie haben Ihnen gesagt, daß ich nicht mit Tris verheiratet war, oder?«

Knight lachte, doch es war eigentlich nur ein häßlich bellender Ton. »Wenn ich das aus den Ausdrücken ›*Tristans Kleine*‹ oder ›*Tristans kleine Hure*‹ herauslesen sollte, dann ist die Antwort ›ja‹.«

Lily stand wie erstarrt – so unglaublich gefaßt und zutiefst verletzt.

Knight mußte alle Kraft aufbieten, um sich nicht von ihrer Schönheit und ihrer Schauspielkunst beeindrucken zu lassen. »Sie spielen die hingebungsvolle Mutter mit wahrer Perfektion, Madame! Darin wird mir jeder zustimmen. Ihr Vater hat Sie demnach im zarten Alter von fünfzehn Jahren gewissermaßen an Tris verschachert, nicht wahr? Oder ist Laura Beth nicht Ihr Kind? Möglicherweise war das auch nur ein Trick, um möglichst viel Mitleid für die arme, trauernde Witwe zu erzeugen? Bitte ersparen Sie mir die Antwort! Es ist alles unwichtig geworden. Trinken Sie Ihren Tee und essen Sie lieber ein bißchen mehr, Madame. Sie sind reichlich dünn und müssen ein wenig zunehmen, damit Sie sich einen finanzkräftigen Liebhaber suchen können!«

Lily war wie gelähmt, während ihr seine zynischen Worte tief in die Seele schnitten.

»Haben Sie nichts dazu zu sagen, Mrs. Winthrop? Es ist noch nicht allzu lange her, daß Sie davongelaufen sind. Und ich Idiot bin Ihnen zu Hilfe geeilt, obwohl Sie das wahrscheinlich noch nicht einmal wollten!«

Knight würdigte sie keines Blickes, sondern rannte nur wütend von einem Ende des Raums zum anderen. »Und nachdem ich die beiden verjagt hatte, haben Sie es sich anders überlegt. Ich habe leider die Lage völlig falsch eingeschätzt, als ich Ihnen in der Kutsche zu nahe getreten bin. Aber es hat Ihnen gefallen, nicht wahr? Im Grunde haben Sie die besten Voraussetzungen, eine große Kurtisane zu werden, Lily, doch leider steht Ihnen Ihre echte Leidenschaft im Weg. Nehmen Sie meinen Rat an: eine wirklich erfolgreiche Hure muß kalt wie eine Tote sein!«

Nachdem Knight die letzten Worte förmlich ausgespuckt hatte, machte er abrupt kehrt und verließ die Bibliothek, wobei er die Tür zwar leise, doch sehr bestimmt ins Schloß zog.

Erschöpft sank Lily auf eine Polsterbank und starrte mit leerem Gesichtsausdruck vor sich hin, ohne auch nur irgend etwas zu sehen oder zu denken. Am liebsten wäre sie auf der Stelle gestorben. Wenn sie noch Kraft gehabt hätte, hätte sie wenigstens davonlaufen können, doch im Augenblick war sie selbst dazu zu erschöpft.

Irgendwann hatte sie sich wieder so weit in der Gewalt, daß sie nach oben gehen konnte, wo Mrs. Allgood sie mit einem warmen Bad erwartete. Kurz darauf wurde ihr das Abendessen auf einem Tablett serviert.

»Ißt Seine Lordschaft zu Hause?« wollte Lily wissen.

»Nein, er wird heute abend im Club speisen. Weshalb, kann ich Ihnen nicht sagen.« Mrs. Allgood runzelte die Stirn. »Da Sie die weite Reise auf sich genommen haben, hätte ich eigentlich gedacht …« Sie zuckte die Achseln. »Nun, eigentlich geht es mich ja überhaupt nichts an. Mögen Sie Mrs. Crumpe?«

»Sie ist ganz reizend zu uns allen und überaus freundlich.«

»Das will ich auch hoffen, denn schließlich ist sie meine Kusine! Ich habe ihr natürlich Ihr Kommen angekündigt und ihr auch geschrieben, wie nett Sie alle sind. Gute Nacht, Mrs. Winthrop!«

Wie klein doch die Welt ist, dachte Lily. Dann aß sie, was man ihr gebracht hatte, und ging kurze Zeit später zu Bett. Noch bevor die Uhr acht geschlagen hatte, war sie tief und fest eingeschlafen.

Gegen ein Uhr in der Nacht öffnete Knight ganz leise ihre Tür. Er wollte Lily unbedingt ansehen, doch in der Dunkelheit konnte er nicht die Hand vor Augen sehen. Ich brauche eine Kerze, dachte er. Bei der Suche stolperte er heftig gegen ein Stuhlbein und hätte beinahe laut geflucht. Doch im letzten Augenblick beherrschte er sich und wunderte sich im stillen über seine zielstrebige Entschlossenheit. Als er endlich einen Leuchter gefunden und die Kerze angezündet hatte, schlich er leise zum Bett hinüber.

13. Kapitel

Da es im Raum empfindlich kühl war, entfachte Knight zuerst einmal ein Feuer, denn er wollte Lily ausziehen. Als immer mehr Flammen aus dem Holzstoß schlugen, erhob er sich und betrachtete zufrieden sein Werk. Dabei klaffte sein Morgenmantel ein wenig auseinander, und er mußte zu seinem Mißfallen feststellen, daß er ganz offensichtlich keinesfalls so unbeteiligt war, wie er sich eingeredet hatte. Dabei hatte er Lily noch nicht einmal angesehen oder gar berührt! Hastig zog er den Stoff übereinander und knotete seinen Gürtel fester, doch viel besser wurde es davon nicht.

Lautlos beugte sich Knight über das Bett und starrte Lily unverwandt an. Im Zimmer wurde es zusehends wärmer, während der Schein der Flammen die Wände beleuchtete. Schließlich tastete sich ein Arm unter den Decken hervor und schob sie im Schlaf ein Stück zurück.

Knight verhielt sich mucksmäuschenstill und konnte seine Augen nicht abwenden. Lilys Haar breitete sich in dichten Locken über das Kissen aus und reizte ihn zur Berührung. Dabei sah sie so wunderbar unschuldig und kindlich aus, daß er am liebsten höhnisch gelacht hätte.

Angesichts ihres jungfräulich weißen Nachthemds verstärkte sich dieses Gefühl noch, denn das Hemd reichte bis zum Hals hinauf und wurde durch zahlreiche, winzige Knöpfchen geschlossen. Fast automatisch versuchte Knight, sich Lily in dem aprikosenfarbenen Seidentraum vorzustellen, den er Daniella vor einigen Monaten geschenkt hatte und dessen zarter, durchsichtiger Stoff mehr ahnen ließ, als er verhüllte. Doch irgendwie wollte es ihm nicht gelingen.

Etwas ernüchtert stellte er den Leuchter auf einem kleinen Seitentisch neben dem Bett ab und ließ sich vorsichtig auf der Bettkante nieder, ohne Lily zu berühren. »Eine Hure«, flüsterte er fast tonlos vor sich hin. »Die aufregendste Frau, die ich je in meinem Leben gesehen habe, entpuppt sich als Hure!« Er lachte trocken.

Und dieses Lachen drang bis in Lilys Bewußtsein. Zögernd öffneten sich ihre Augenlider, und als sie schlaftrunken den Kopf wandte, erblickte sie ihn. »Knight?« fragte sie ungläubig. Weshalb saß er hier neben ihr? Weshalb hatte er gelacht? Hatte sie vielleicht eine lustige Bemerkung gemacht oder träumte sie nur? »Sind Sie es wirklich?« Sie streckte die Hand aus, doch gleich darauf zuckte sie zurück. »Um Himmels willen! Ist etwas mit den Kindern geschehen?«

»Hallo, Lily. Ja, ich bin es. Nein, es ist nichts los.«

»Knight!« Er befand sich in ihrem Schlafzimmer und obendrein in einem Morgenmantel! »Was machen Sie denn hier?« Schlaftrunken fuhr sie hoch, doch Knight packte sie an den Schultern und drückte sie auf die Kissen zurück.

Verwirrt sah sie zu ihm auf. »Ich begreife gar nichts! Was machen Sie hier? Ist wirklich nichts los?«

Seine Lippen verzerrten sich zu der Parodie eines Lächelns, und seine Hände hielten sie erbarmungslos wie ein Schraubstock. »Nein, es ist alles in Ordnung. Ich möchte nur einen Test machen.«

»Welchen Test?«

Da war er wieder – dieser verwirrte, unglaublich unschuldige Blick! »Das beherrschst du ausgezeichnet, Lily! Du solltest Unterricht geben!«

Seine Worte waren für sie ein einziges Rätsel. »Sind Sie betrunken, Knight?«

»Höchstens ein ganz klein wenig. Vielleicht hätte ich mich lieber vollaufen lassen sollen, aber ich wollte mein Experiment lieber mit klarem Kopf verfolgen. Jetzt will ich dich aber endlich ansehen!«

Irgend etwas stimmte hier nicht! Dieser Mann hatte keinerlei Ähnlichkeit mit dem Knight Winthrop, den sie kannte. Doch gleichzeitig fielen ihr die bitteren, sarkastischen Bemerkungen ein, mit denen er sie am vorangegangenen Abend in der Bibliothek beleidigt hatte. Sie empfand keinerlei Angst, doch sie wünschte von Herzen, er würde etwas Vernünftiges sagen. Seine Augen waren verengt, und nur die goldenen Punkte leuchteten im Kerzenschimmer. Als sie spürte, wie sein Blick über ihr Nachthemd glitt, begriff sie plötzlich den Sinn seiner Worte und sog heftig die Luft ein. »Nein«, sagte sie in aller Ruhe. »Gehen Sie jetzt, Knight!«

»Nein, diesmal nicht, Lily. Jetzt ...« Ohne die kleinste Andeutung packte er ihr Nachthemd und riß es in einem Ruck bis zur Taille entzwei. Lily bäumte sich auf und versuchte, sich zu wehren, doch er hielt sie fest und ließ sie toben, bis sie schließlich aufgab.

Jetzt las er Furcht in ihren Augen, doch er ließ sich nicht davon beeindrucken. Sie war eine ausgezeichnete Schauspielerin, und nichts an ihr war echt – außer ihrer Leidenschaft. Und genau das wollte er beweisen. Ruckartig riß er ihre Handgelenke über ihren Kopf hoch und starrte auf ihre Brüste. »Du trägst die falschen Kleider, Lily. Sie werden deiner Figur absolut nicht gerecht. Deine Brüste sind wunderbar weiß und das puderfarbene Rosa der Warzen einfach unübertroffen!« Am liebsten hätte er sie mit dem Mund liebkost, doch er wußte genau, daß ihn das die Beherrschung kosten würde.

»Knight, hören Sie doch auf! Weshalb tun Sie das? Ich bin doch keine Hure! Bitte lassen Sie mich erklären …«

Seine Stimme klang unglaublich spöttisch. »Oh, wie reizend, Lily! Du willst mir etwas erklären? Heute nachmittag hattest du in der Bibliothek genügend Gelegenheit dazu, doch da hast du geschwiegen. Also, wo war ich stehengeblieben? Ach ja, bei deinen zauberhaften Brüsten! Sie sind zwar nicht übermäßig groß, doch ihre Form – laß mich fühlen!« Er hielt ihre Handgelenke mit einer Hand fest, und mit der anderen berührte er ihre Brüste, ohne daß er den Blick von ihren Augen abwandte.

Ein tiefer, wilder Schrei entrang sich ihrer Kehle. »Nein! Machen Sie das nicht, Knight! Sie können mich nicht dazu zwingen!«

»Dich zwingen? Du meinst, ich würde dich vergewaltigen? Nein, das ist nun wirklich nicht meine Art! Ganz und gar nicht. Aber was ich mache, gefällt dir, nicht wahr? Warte nur! Gleich wirst du mich anflehen, daß ich nicht aufhören soll!« Diesmal reizten seine Finger ihre Brustwarzen.

An seinen gierigen Augen konnte sie ablesen, daß er nicht aufhören wollte, und das war zuviel. Sie drehte regelrecht durch, bäumte sich auf, riß an seinem eisenharten Griff und trat in wilder Panik um sich. »Lassen Sie mich sofort los, Knight! Gehen Sie endlich! Ich werde laut schreien! Ich werde …«

Das brachte ihn zu sich. Rasch legte er ihr die Hand auf den Mund und beugte sich dann so tief herab, daß er direkt vor ihrem Mund sprach. »Nein, das wirst du nicht tun, Lily! Ich werde dich jetzt küssen, und dann will ich deine Sehnsucht spüren wie damals im Wagen. Sei ganz ruhig, Lily, und spüre nur, was ich mit dir mache!«

Schon fühlte sie seinen warmen Atem auf ihrer Wange, und als sie den Ausdruck von Entschlossenheit in seinen Augen sah, würgte es sie vor lauter Furcht. Oh, Gott, nein! dachte sie und versuchte, ihm auszuweichen, doch seine Hand packte ihr Kinn mit einem Griff und drehte ihr Gesicht zurück. »Ich bin keine Hure, Knight!« stieß sie hervor, doch das hörte er nicht. Er schien irgendwo anders, weit weg zu sein, und schließlich fühlte sie die Berührung seiner Lippen, spürte seine liebkosende Zunge und stöhnte aus Protest. Doch dieses Geräusch ließ ihn erschauern. Das mußte aufhören! Als sich sekundenlang sein Griff um ihr Kinn lockerte, befreite sie sich ruckartig und schrie aus vollem Hals. »Nein!«

»Verdammt!« schimpfte er wütend, doch gleichzeitig klang seine Stimme sehr entschlossen. In einer schnellen Bewegung rollte er sich über sie, um sie zum Stillhalten zu zwingen, und preßte seine Lippen auf ihren Mund. Dabei drückte er ihr die Arme so vom Körper weg, daß sein ganzes Gewicht auf ihr lastete. Es gab keine zärtliche Regung mehr, sondern nur noch brutales Verlangen. Seine Lippen preßten sich fester auf ihr Gesicht, und sein erregtes Glied drückte sich hart gegen ihren Bauch. Irgendwann lag er zwischen ihren Beinen und bewegte sich rhythmisch an ihrem Körper, als ob er den Geschlechtsakt imitieren wollte, und gleichzeitig drängte sich seine Zunge in ihren Mund. In ihrer Hilflosigkeit fühlte Lily sich anfangs wie ausgehöhlt, doch mit jeder Bewegung wuchs erotisches Verlangen, bis sie es kaum mehr ertragen konnte.

Knight spürte sehr genau, als sie sich ihm ergab, und das brachte ihn völlig außer sich. »Lily!« stöhnte er in ihren Mund. Dann rollte er sich von ihr herunter und führte gleichzeitig ihre Hand an seinen Bauch. Als ihre Finger seinen Bauch nur streiften, zuckten seine Hüften ganz unwillkürlich. »Streichle mich, Lily!« Stöhnend zerrte er den Stoff seines Hausmantels zur Seite und preßte Lilys Hand auf sein Glied.

Lily begriff nicht genau, was sie da tat, doch irgendwie spürte sie ein unwiderstehliches Verlangen. Ihre Finger betasteten das fremde Fleisch, das sich heiß und hart und doch gleichzeitig auch so zart anfühlte. Ein Schauer nach dem anderen durchrieselte sie, während ihre Finger nicht stillhalten konnten. Die Größe seines Glieds und das neue Gefühl bei der Berührung erschreckten Lily zwar, doch gleichzeitig fühlte sie sich magisch davon angezogen. Sie wollte sich an ihm reiben, ihn in sich aufnehmen …

Unvermittelt schob Knight plötzlich Lilys Hand beiseite. »Schluß jetzt!« keuchte er mit schroffer Stimme. »Verdammt, du bist viel zu geübt!« Dann lag er wieder auf ihr, und sein Mund bedrängte ihre Lippen, und augenblicklich gehorchte Lily seiner fordernden Zunge.

Geübt worin? überlegte sie, doch irgendwann vergaß sie, was sie gerade gedacht hatte. Alles war gleichgültig geworden, und nur er allein zählte noch und alles, was er mit ihr tat. Sie spürte seine Berührungen überall auf ihrem Gesicht und ihrem Körper, begehrte ihn und wußte doch nicht so recht, was das bedeutete. Zwischen ihren Schenkeln breitete sich ein pochender Schmerz aus, der sie zittern ließ. Und wieder drückte sich Knights Körper zwischen ihre Beine.

»Noch weiter, Lily. Spreiz deine Beine auseinander!«

Ohne das geringste Zögern gehorchte sie ihm, ihr Denken war ausgeschaltet. Wieder preßte er sein Glied gegen ihre Scham, doch diesmal trennte sie nur der dünne Stoff ihres Nachthemds. Knight spürte genau, daß Lily inzwischen völlig außer sich war. Ihre hilflosen, kleinen Schreie erfüllten ihn mit triumphierender Freude, so daß er sich hochbäumte und dadurch den Druck auf ihre Scham noch verstärkte. Irgendwann sah Lily zu ihm auf, und dabei zerrten ihre Hände ungeduldig an seinem Hausmantel.

»Nein, Lily!« Wenn sie ihn entkleidete, war er verloren. Rasch rollte er sich zur Seite, doch Lily rief stöhnend seinen Namen. Ihre Hände fanden ihn und versuchten, ihn wieder zurückzuziehen. Sie tasteten über sein Gesicht, seine Arme und seinen Körper. Während sein Mund wieder ihre Lippen suchte, legte sich seine Hand auf ihre Brust und spürte den heftigen Herzschlag und die Zuckungen, die ihren Körper durchliefen. Langsam glitten seine Finger über ihren Bauch und steigerten Lilys Empfindungen ins Unerträgliche. In diesem Augenblick wußte Knight, daß er sie völlig in der Hand hatte. Er bestimmte ihre Wonnen, er hatte gesiegt.

»Lily, sieh mich an! Mach die Augen auf! Ich möchte deine Augen sehen, wenn ich dich berühre.«

Lily schwamm in ihren Gefühlen, doch als sie zu Knight aufblickte, sah sie deutlich, daß er sie voller Triumphgefühl aus gewisser Distanz beobachtete und sein Herz ihre Empfindungen nicht teilte. »Nein. Oh, bitte nicht, Knight!« Sie durfte das alles nicht zulassen. Weshalb tat er ihr das nur an? »Bitte, Knight …«

»Bitte was?« fragte er dicht vor ihrem Mund. Gleichzeitig zog er seine Hand von ihrem Bauch zurück und legte sie wieder auf ihre Brust. Lächelnd registrierte er dabei die Enttäuschung, die sich deutlich in ihren Augen spiegelte, und beobachtete, wie Lilys Hüften hilflos zuckten. »Diese Leidenschaft! Jetzt gehörst du ganz mir, Lily. Gefällt dir das?« Liebkosend fuhr seine Zunge zärtlich über ihre, und als er gleichzeitig sanft ihre Brustwarze knetete, stöhnte sie laut in seinem Mund. Sekunden später haßte sie sich selbst und ihren Körper für diesen Verrat. Noch nie zuvor hatte sie ähnliches erlebt. Wenn Tris sie geküßt hatte, hatte sich nichts in ihr geregt, doch bei Knight erzitterte sie bereits, wenn sie nur an ihn dachte.

Unwillkürlich öffneten sich ihre Lippen hingebungsvoll, worauf sich Knights Hand sofort fester um ihre Brust schloß und er mit erfahrenen Fingern sanft ihre Warze massierte. Als Lily Sekunden später seine Lippen an ihrer Warze spürte, war das endgültig zuviel. Sie wand sich heftig und ihrer Kehle entrangen sich tiefe, gutturale Laute. Doch sein Mund fuhr unbeirrbar mit dem Saugen fort, während seine Hand die zweite Brust streichelte und Lilys hämmernden Herzschlag fühlte.

Als er sekundenlang den Kopf hob, erblickte er den fast schmerzvollen, gequälten Ausdruck ihres Gesichts. Oh, Gott, war sie schön und hinreißend! Rasch vergrub sich sein Mund wieder in ihrer Brust. Es war ein Fehler gewesen, sie anzusehen, denn sie war nur eine Frau wie alle anderen – zwar äußerst verlockend, aber mehr auch nicht. Langsam bewegte sich seine Hand hinunter zu ihrer Taille und dann flach über ihren Bauch. Gierig wand sich Lily unter ihm und wimmerte leise, doch um Knights Lippen spielte lediglich ein zufriedenes, selbstgefälliges Lächeln.

»Hast du Sehnsucht nach mir, Lily?« Sie stöhnte nur, und ihre Hände krallten sich in die Decken. »Berühre mich, Lily!«

Als sie nicht reagierte, befahl er ihr, die Augen zu öffnen. Und dann noch einmal: »Berühre mich!«

Wie in Trance hob sie die Hände und strich sanft über Knights Schultern. Doch schon diese leichte Berührung auf dem Stoff seines Hausmantels brachte ihn beinahe um den Verstand. Rasch packte er ihre Hände und drückte sie wieder zurück aufs Bett.

»Wie fühlst du dich, Lily?«

»Das weiß ich nicht!« keuchte sie, und dabei stand ein wilder Ausdruck in ihren weit geöffneten Augen.

Knight wandte den Blick nicht von ihr, während er ganz langsam über Lilys Bauch strich und schließlich mit der Handfläche sanft ihre Scham bedeckte.

Ihre Augenlider flatterten. »Knight ...«

»Nein! Sieh mich an!«

Sie gehorchte augenblicklich.

»Und jetzt sage mir, was du möchtest, was du fühlst!« Sekundenlang ließ er sie los und zerriß das Nachthemd noch ein Stück weiter, bis er ihre dunkelblonden Schamhaare sehen konnte. Lächelnd legte er wieder die Hand darauf und genoß das Gefühl der Macht.

»Ich – Knight – oh!«

Wie elektrisiert scheute sie vor seiner Berührung zurück, und er beobachtete genüßlich, wie sie sich wand und ihn schließlich fast verzweifelt und flehend ansah. Mit Absicht dehnte er die Pause noch ein bißchen in die Länge, bevor er erneut Lilys Scham berührte.

»Knight ...«

»Ja, Lily? Das gefällt dir, nicht wahr? Du bist wunderbar weich und ganz feucht. Hier, kannst du es fühlen? Das bist du, Lily!« Zart berührten seine Finger ihre Wange, so daß Lily die Feuchtigkeit ihrer Scham fühlen konnte. Als sie erschauerte, war es beinahe mit seiner Beherrschung vorbei.

Beim nächsten Mal war er vorsichtiger, denn er wollte unbedingt verhindern, daß sie ihren Höhepunkt zu früh erreichte. Mit geübten Fingern streichelte und reizte er sie, bis sie irgendwann ihre Schenkel spreizte und ihre Hüften sich seinen Fingern entgegendrängten und ohne das geringste Schamgefühl um Befriedigung flehten. In einer einzigen Bewegung stieß er seinen Mittelfinger in sie hinein. Oh, Himmel, war sie heiß und so schmal! Knight stöhnte vor Wonne.

Nein, er mußte sich beherrschen und unbedingt seine Fassung wiedergewinnen! Keinesfalls durfte es ihr gelingen, ihn derartig zu beeindrucken! Irgendwann hatte er sich wieder so weit in der Gewalt, daß seine Finger erneut ihr Spiel beginnen konnten – zuerst sanft, dann fester und rhythmischer und schließlich unverhüllt brutal. Er spürte das wilde Stoßen ihrer Hüften, sah, wie sich ihre Beinmuskeln verkrampften, und hörte die kleinen, gequälten Schreie, die aus ihrer Kehle hervorbrachen.

Sekunden vor ihrem Höhepunkt zog er seine Hände völlig unvermittelt zurück und stand auf. Aus sicherer Entfernung blickte er auf ihren weißen Körper hinunter, der sich krampfartig auf dem Laken wand. Das weit aufgerissene Nachthemd entblößte das wunderbare, dunkelblonde Schamhaar und ihren flachen, weichen Bauch. Oh, Himmel, war sie schön und verführerisch! Wie gebannt starrte Knight sie an und hätte ihr nur zu gern widerstanden, doch das war unmöglich. Er wagte es allerdings nicht, sich noch einmal neben sie zu legen, sondern saß nur neben ihr und preßte eine Hand fest auf ihren Bauch, während die andere wieder in sie eindrang. Er beobachtete ihren verwirrten, verständnislosen Gesichtsausdruck und sah, wie sie die Augen verdrehte, als er sie zum Höhepunkt brachte. Als sie schrie, verschloß er ihren Mund mit seinen Lippen. Es war beinahe unerträglich! Wild und zitternd wanden sich ihre Hüften unter dem Druck seiner Finger, und während ihr Körper zuckte und bebte, starrten ihre Augen ihn unverwandt an, so daß er sich im Augenblick ihrer größten Wonne sekundenlang mit ihr eins fühlte.

Danach dauerte es eine wahre Ewigkeit, bis ihr Körper sich langsam, ganz langsam wieder beruhigte. Immer wieder wurde sie von Zuckungen geschüttelt, und erst ganz allmählich wurden auch ihre Augen wieder klar. Irgendwann sah sie ihn an, und in diesem Augenblick spürte er deutlich, daß sie wieder ganz sie selbst war und er sie nicht mehr unter Kontrolle hatte.

Mit einem etwas überlegenen, selbstgefälligen Lächeln blickte er auf sie hinunter. »Das nächste Mal werde ich dich mit dem Mund liebkosen. Statt meines Fingers wirst du meine Zunge spüren. Kannst du dir vorstellen, wie sich das anfühlen wird? Du wirst mich anflehen, damit ich nicht aufhöre!«

Anfangs war sie bei diesen Worten erwartungsvoll erschauert, doch Sekunden später begriff sie erst richtig, was er mit ihr gemacht hatte. Regungslos starrte sie ihn an.

»Aus dir wird niemals eine erfolgreiche Kurtisane, Lily! Wie ich schon einmal gesagt habe, sollten diese Frauen kühl bleiben und immer den Mann kontrollieren, doch du bist viel zu leidenschaftlich. Du lieferst dich mit Leib und Seele aus, sobald man dich berührt. Wenn du mich weiter so verwöhnst, mein Schatz, werde ich dich vielleicht zu meiner Geliebten machen. Da jetzt keine Lügen und Unstimmigkeiten mehr zwischen uns stehen, sollte uns das eigentlich gelingen. Würdest du gern meine Geliebte sein, Lily?«

Lily bewegte die Lippen, doch es kam kein einziger Laut heraus.

»Möchtest du fühlen, wie ich in dich eindringe, Lily? Du hast mich gefühlt und kannst dir vorstellen, wie ich dich ausfülle und dir Lust mache. Und erst mein Mund, Lily! Ich werde dich zum Wahnsinn treiben! Seit einigen Monaten hast du keinen Mann mehr gehabt. Ugly Arnold zählt wohl nicht mit. Wenn du willst, kannst du alles bekommen, Lily, denn ich bin ein sehr großzügiger Mann.«

Ganz langsam setzte sich Lily auf. Dabei raffte sie ihr zerrissenes Nachthemd über den Brüsten zusammen und schloß die Augen, denn seine erniedrigenden Worte peinigten ihre Seele. Sie hörte, wie er zynisch und abfällig weitersprach. »Längere Unterhaltungen sind nicht nach meinem Geschmack. Laß mich einfach morgen früh wissen, wie du dich entschieden hast. Möglich, daß ich dann noch interessiert bin. Allerdings möchte ich vorher wissen, wie viele Liebhaber du vor mir gehabt hast.«

Rasch wandte er sich ab und stand auf. Er war noch nicht ganz bei der Tür angelangt, als ihn die halbgefüllte Wasserkaraffe mit Wucht zwischen den Schulterblättern traf. Knight stolperte einige Schritte und fuhr dann herum, doch für eine Reaktion blieb ihm keine Zeit mehr.

»Mistkerl!« In blinder Wut flog Lily förmlich auf ihn zu, wobei ihr Nachthemd sie geisterhaft umwehte und ihr das Haar in wilden Strähnen ins Gesicht hing. Knight sah gerade noch, wie ihr Arm eine weitausholende Bewegung machte, dann war plötzlich alles sehr nebelhaft und verschwommen.

Lily hatte weit ausgeholt und Knight dann mit ganzer Kraft die Faust ans Kinn geschmettert. Schmerzblitze zuckten durch seinen Kopf. Dann verlor er das Gleichgewicht, und er taumelte rückwärts. Fast gleichzeitig holte Lily noch einmal aus und traf ihn diesmal mitten im Bauch. »Mistkerl! Gefühlloser Mistkerl!«

Unglücklicherweise rutschte Knight auf dem Teppich vor dem Kamin aus und schlug im Fallen mit dem Kopf auf die Ecke des Kaminsimses auf. Wie ein Stein sackte er zu Boden.

Heftig atmend stand Lily über ihm und rieb sich ihren schmerzenden Knöchel. »Ich hasse Sie! Verdammt, ich hasse Sie!« Dann kniete sie neben ihm nieder und fühlte nach seinem Herzschlag, doch der war stark und gleichmäßig. »Offenbar kann nichts, aber auch gar nichts, diesen scheußlichen, verhaßten ...« Lily holte tief Luft. Dann stand sie auf und betrachtete ihr Opfer sekundenlang nachdenklich. Schließlich lächelte sie. Dann wälzte sie ihn einige Male hin und her, bis er schließlich mitten auf dem kleinen Teppich vor dem Kamin lag. Entschlossen packte sie schließlich die Enden und zerrte den Teppich quer durch das Zimmer. Alle paar Meter mußte sie eine Verschnaufpause einlegen, und als sie ihn schließlich draußen auf dem Flur hatte, schmerzten ihre Arme beträchtlich.

Doch sie gab nicht auf, sondern zerrte den Teppich samt seiner

Last bis vor die Tür von Knights Schlafzimmer. Dort ließ sie ihn ohnmächtig und halbnackt liegen und holte einige Decken aus ihrem Zimmer, die sie ihm überwarf. Danach rieb sie sich in einer zufriedenen Geste die Hände, bevor sie ihr zerrissenes Nachthemd zusammenraffte und diesmal endgültig in ihr Zimmer zurückkehrte. Nachdem sie die Tür abgeschlossen hatte, war sie bereits kurze Zeit später friedlich eingeschlafen.

14. Kapitel

»Mylord!«

Beim Klang dieses entsetzten Ausrufs erwachte Knight sehr plötzlich. Als er vorsichtig ein Auge öffnete, sah er, wie Stromsoe sich über ihn beugte, und erst dann begriff er ganz allmählich, daß er offenbar im Flur auf dem harten Fußboden lag und ganz kalt und steif war. Ruckartig setzte er sich auf. Sein Kinn pochte heftig, und sein Kopf platzte beinahe vor Schmerzen. Als er vorsichtig mit der Hand über den Hinterkopf strich, entdeckte er Blutspuren an seinen Fingerspitzen, und gleichzeitig meldete sich auch die Stelle wieder, an der ihn Boys Kugel gestreift hatte.

»Mylord, was machen Sie denn hier draußen im Flur? Ich verstehe gar nichts mehr.«

»Schweigen Sie, Stromsoe! Ich sterbe, wenn ich nur daran denken muß!« Während er sich sein schmerzendes Kinn rieb, kehrten nach und nach die Erinnerungen an den vergangenen Abend zurück. Lilys ausholende Bewegung war das letzte, was er gesehen hatte. »Mein Gott, sie hat wahrlich einen beachtlichen Schlag!« brummelte er anerkennend.

»Was haben Sie gesagt, Mylord? Sind Sie wirklich völlig bei Sinnen?«

»Halten Sie den Mund, Stromsoe, und helfen Sie mir lieber hoch! Oh, Gott, ich bin so steif wie das Korsett einer fetten Madame!«

»Das ist nicht weiter verwunderlich, Mylord, wenn man wie Sie die ganze Nacht auf dem Fußboden schläft. Wie sind Sie nur dorthin geraten? Und woher kommen die Decken?«

»Äußerst interessante Fragen, nicht wahr? Aber leider kann ich sie auch nicht beantworten.« Hatte Lily ihn etwa aus lauter Mitleid zugedeckt? Selbst das Lächeln schmerzte, von Kinn, Kopf und Rücken gar nicht zu reden. Falls Lily sich an ihm hatte rächen wollen – nun, das war ihr gelungen!

»Ein heißes Bad!« bestellte Knight bei seinem Kammerdiener, während er krumm und stöhnend in sein Zimmer schlich. Als er sich dann auch noch gedankenlos durch die Haare strich und aus Versehen die dicke Beule berührte, stöhnte er laut. Doch gleich darauf schloß er die Augen, denn als er die Hand wieder gesenkt hatte, war ihm für Sekunden Lilys Duft in die Nase gestiegen. Er sah wieder den Ausdruck ihrer Augen, als sie den Höhepunkt erreicht hatte, hörte ihre Schreie und spürte, wie sich ihr Körper gegen seine Finger drängte. »Oh, Gott!«

Als Stromsoe gerade den Raum verlassen wollte, fuhr Knight herum. »Haben Sie Mrs. Winthrop heute morgen schon zu Gesicht bekommen?«

»Nein, Mylord.«

»Dann erkundigen Sie sich bei Duckett!«

»Ja, Mylord.«

»Und beeilen Sie sich, Stromsoe!«

Verwundert runzelte Stromsoe bei diesem Ton die Brauen, doch dann nickte er nur kurz und ging hinaus. Als er einige Minuten später mit zwei Dienern, die die Badewanne und das Wasser herbeischleppten, wieder eintrat, fühlte er sich wie der griechische Unglücksbote, dessen Schicksal kein gutes Ende genommen hatte.

»Nun?«

»Das Wasser ist wunderbar heiß, Sir.«

»Stellen Sie sich doch nicht so dumm, Stromsoe!«

»Sie ist fort – seit etwa einer Stunde.«

Knight konnte nicht verhindern, daß er erbleichte. Doch was hatte er eigentlich erwartet? Hatte er wirklich angenommen, daß sie ihm über den Frühstückstisch hinweg zulächeln und womöglich auch noch dankend sein Angebot akzeptieren würde? »Schicken Sie mir Duckett!«

»Gewiß, Mylord!« sagte Stromsoe gehorsam, während er auf schnellstem Weg zur Tür eilte.

»Feigling«, brummte Knight hinter ihm her, während er nackt ins heiße Wasser stieg.

Einige Augenblicke später trat Duckett leise ins Zimmer. »Mylord, Sie wollten mich sprechen?«

»Sie sind auch langsamer geworden, mein Lieber. Schließen Sie diese verdammte Tür! Es zieht.«

Duckett, der aus ganz anderem Holz als Stromsoe geschnitzt war, drehte sich nur hoheitsvoll um und folgte der Anordnung. Dann verschränkte er seine Arme auf dem Rücken und wartete. Er wußte genau, was sein Herr von ihm erwartete, doch in der gegenwärtigen Stimmung war Vorsicht geboten. Gar zu gern hätte er gewußt, was am gestrigen Abend vorgefallen war. Die gesamte Dienerschaft diskutierte bereits, weshalb er im Flur geschlafen hatte. Ob er betrunken gewesen war? Dieser Gedanke schien Duckett sehr abwegig, denn er wußte, daß der Viscount niemals die Kontrolle verlor.

Genüßlich ließ sich Knight eine Handvoll heißes Wasser über den Kopf rinnen und stöhnte nur kurz, als er dabei die Wunde berührte. »Wie spät ist es?«

»Beinahe acht Uhr.«

»Aha. Wann hat Mrs. Winthrop das Haus verlassen?«

»Etwa um sieben Uhr.«

»Und wie?«

»Sie hat darauf bestanden zu reiten.«

Als Duckett sah, wie der Viscount hochschoß und blaß wurde, fügte er lakonisch hinzu: »Ich habe meinerseits darauf bestanden, daß Charlie sie auf dem Rückweg begleitet.«

Na, wenigstens war sie nach Castle Rosse zurückgekehrt, doch für wie lange? Wegen Monk machte er sich keine Gedanken, denn der war sicher noch eine ganze Weile außer Gefecht. Und Boy schien ihm niemals von der Seite zu weichen.

»Da das Wetter für die Jahreszeit ausgesprochen mild ist, gab es im Grund nichts gegen einen Ritt einzuwenden, Mylord.«

Knight murmelte etwas Unverständliches, was bestimmt nicht sehr schmeichelhaft war, doch Duckett schwieg ungerührt.

»Wann werden Sie nach Castle Rosse aufbrechen, Sir?« fragte er nach einer ganzen Weile, als Knight sich gerade die Haare wusch. Hatte der Viscount außer seinen sichtbaren Wunden etwa auch noch andere?

»Wie? Nach Castle Rosse? Weshalb, zum Teufel, sollte ich das tun?«

Duckett fand die ganze Unterhaltung höchst interessant, doch er zuckte mit keiner Wimper. »Ich habe nicht die leiseste Ahnung, Mylord. Brauchen Sie mich noch, Mylord?«

Knight öffnete die Augen, und prompt geriet ihm Seifenschaum hinein. »Gehen Sie, Duckett! Sie sind einfach unmöglich.«

»Ja, Mylord.«

»Stromsoe soll mich ebenso in Ruhe lassen!«

»Gewiß, Mylord.«

Zwei Tage später unterhielt sich Lily allein mit dem fast lebensgroßen Portrait des jungen Knight. »Was Sie mit mir gemacht haben, war nicht gerade nett! Das heißt, schön war es schon, sogar sehr schön, aber Sie haben es nicht getan, weil Sie mich mögen, sondern

Sie wollten mich bestrafen und erniedrigen. Und genau das ist Ihnen auch gelungen.« Vorsichtig blickte sie um sich, weil sie es nicht ertragen hätte, in einer solchen Situation überrascht zu werden. Doch der Flur war leer, und so konnte sie ihrer aufgestauten Wut freien Lauf lassen.

»Sie haben keineswegs gesiegt, Mylord. Ich zwar auch nicht, aber dafür habe ich Ihnen hoffentlich anständige Kopfschmerzen bereitet! War es Ihnen wenigstens ein ganz klein wenig unangenehm, von Ihren Angestellten auf dem Flur gefunden zu werden?« Sie schüttelte den Kopf. »Wenn ich Sie richtig einschätze, werden Sie sich trotz allem weigern, ein Unentschieden anzuerkennen.

Ich wüßte gern, ob Sie mich aus dem Haus weisen lassen würden, wenn ich einfach hierbliebe. Nein, Sie würden es sich bestimmt nicht nehmen lassen, mir das selbst mitzuteilen – und zwar mit überheblichem, kaltem Unterton in der Stimme!«

Ein Hüsteln hinter ihrem Rücken ließ Lily innehalten. »Oh, Mrs. Crumpe!«

»Es tut mir leid, daß ich Sie stören muß, Mrs. Winthrop – denken Sie sich nichts, ich spreche auch gelegentlich mit den Ahnenbildern! – Laura Beth hat sich in den Finger geschnitten und glaubt, daß sie sterben muß.«

Die Kleine saß mitten auf dem Tisch, und die Köchin, ein Küchenmädchen und der Butler umstanden sie als mitfühlendes Publikum. Laura Beth hatte sich in ihren Schmerz hineingesteigert, doch Lily ließ sich nicht hereinlegen.

»Hast du dich geschnitten? Hör auf zu weinen, mein Schatz! Schau her, es ist doch nur ein ganz kleiner Ritz! Du benimmst dich ja wie ein Baby!«

Augenblicklich steigerte sich das Schluchzen.

»Hoffentlich erfährt Sam nichts davon, denn du weißt ja, wie er über heulende Mädchen denkt!«

Das Geheul verstummte wie abgeschnitten. »Mama? Oh, es tut aber weh!«

»Na, na, Flöhchen ...«

»So nennt mich Vetter Knight immer.«

»Ja, ich weiß.«

»Die arme Kleine kann nichts dafür, Mrs. Winthrop«, mischte sich die Köchin ein. »Sie«, und dabei deutete ein langer Finger auf das unglückliche Küchenmädchen, »hat aus Versehen ein Messer auf dem Tisch liegen lassen.«

Lily lächelte dem errötenden Mädchen zu. »Es ist ja nichts passiert. In Zukunft werde ich dafür sorgen, daß so kleine Mädchen nicht überall herumlaufen und die Leute bei der Arbeit stören.«

Prompt erhob sich heftiger Widerspruch, doch Lily schüttelte nur lächelnd den Kopf. Dann nahm sie Laura Beth auf den Arm und trug sie hinaus.

»Es tut noch weh, Mama.«

»Das kann schon sein, aber bestimmt ist es nicht sehr schlimm. Du bist schon ganz hübsch verwöhnt, mein Schatz!«

»Gib einen Kuß darauf, Mama!«

»Aber gern.« Gehorsam küßte Lily die Fingerchen und drückte die Kleine dann fest an sich. Was würde die Zukunft bringen? Würde Knight sie aus dem Haus weisen und sie damit von den Kindern trennen? Zwischen ihre Zukunftsängste mischten sich immer wieder Erinnerungen an die gewisse Nacht. Zuweilen spürte sie diese intensiven, fast schmerzhaften Gefühle so deutlich, daß sie immer erregter und wütender wurde – und zwar auf Knight, aber auch auf sich selbst.

»Was hast du, Mama?«

»Nichts, mein Schatz, gar nichts.« Wie rasch man doch ein Kind belügen konnte! Das Kind interessierte sich im Augenblick allerdings weit mehr für seine kleine Wunde am Finger, als für den Seelenzustand seiner Mutter.

Sorgfältig bandagierte Lily die Verletzung und gab Laura Beth zum Abschluß einen kleinen Klaps auf ihre Kehrseite. »Geh jetzt spielen.« Wie gebannt starrte sie plötzlich auf Czarina Catherine und räusperte sich. »Laura Beth, bitte suche vorher noch Theo und bringe ihn zu mir, ja? Wenn er deinen Verband sieht, wird er sicher sehr beeindruckt sein!«

Nachdem das Kind voller Begeisterung davongelaufen war, packte Lily die Puppe und tastete hastig die Gliedmaßen und den Rumpf ab. Doch so sehr sie auch drückte – sie fühlte nicht das geringste! Lily hatte gewisse Hemmungen, die Puppe zu zerstören, aber eigentlich war sie das ideale Versteck! Tris hatte gewußt, daß Laura Beth ihre Puppe niemals auch nur für eine einzige Sekunde aus den Augen ließ! Äußerst vorsichtig löste Lily schließlich den Kopf aus dem Stoffrumpf. »Ich bringe dich doch nicht um!« sagte sie, als die Puppenaugen sie vorwurfsvoll ansahen. »Ich richte dich schon wieder her.« Sekunden später war es geschafft: der Kopf war ab – aber er war leer. Gründlich durchforschten daraufhin Lilys schmale Finger die Wattefüllung des Körpers, doch auch hier war nichts zu finden.

Mutlosigkeit und Verzweiflung überkamen Lily. Die beiden Gangster mußten sich geirrt haben. Weit und breit gab es keinen Anhaltspunkt für versteckten Schmuck – jedenfalls nicht hier. Wenn Tris den Schmuck tatsächlich gestohlen und versteckt hatte, dann wahrscheinlich in Brüssel. Rasch drückte sie Czarina Catherines Hals wieder in den Stoffrumpf und vernähte die Ansatzstelle mit einigen beinahe unsichtbaren Stichen. Sie hatte ihre Arbeit gerade beendet, als Laura Beth mit Theo ins Zimmer trat.

»Was gibt es, Mama?« erkundigte sich Theo atemlos. »John und ich wollten nämlich gerade in der Bibliothek …«

Lily hatte völlig vergessen, sich eine Ausrede zurechtzulegen, und so sah sie ihn nur einfach verblüfft an. »Stell dir vor, ich habe es tatsächlich vergessen! Geh nur wieder in die Bibliothek. Falls es mir wieder einfällt, werde ich es dir beim Mittagessen sagen. Es tut mir wirklich sehr leid, Theo!«

Theo neigte den Kopf zur Seite, wie Tris es so häufig getan hatte. Doch als Lily nichts weiter sagte, verzog er sich wieder. Glücklicherweise bemerkte Laura Beth nichts von der Puppenoperation. Allerdings war die Kleine auch von den Aufregungen des Vormittags müde und reif für ihren Mittagsschlaf. Da Sam noch einige Zeit bei Alfred im Stall beschäftigt und damit unter Aufsicht war, hatte Lily völlig überraschend einige Zeit zur freien Verfügung.

Da sie Violet durch den Ritt nach London sehr stark strapaziert hatte, wollte sie ihr mindestens noch einen Ruhetag gönnen und entschied sich statt dessen für einen Spaziergang. Das war jetzt genau das richtige! Dabei konnte man so schön nachdenken. Ohne die Juwelen saß sie nämlich in der Falle. Bestimmt würde Knight irgendwann hier auftauchen, doch sie war entschlossen, den Schmuck vorher zu finden und zu Geld zu machen. Dann konnte sie zusammen mit den Kindern aus England verschwinden. Ganz unvermittelt kamen ihr Theos Bücher in den Sinn. Sie konnte sich zwar nicht vorstellen, wie man darin Schmuck verstecken wollte, doch sie nahm sich vor, sie alle einzeln zu untersuchen. Wo sollte sie sonst suchen?

Seufzend ging Lily quer über die große östliche Wiese zum See hinunter, der von riesigen Eichen und Weidenbäumen umgeben war. Die kahlen Äste sahen genauso traurig und kümmerlich aus, wie Lily sich augenblicklich fühlte. Immer wieder schossen ihr

Einfälle durch den Kopf, doch genauso schnell verwarf sie sie auch wieder. Voller Verzweiflung zog sie sich beim Gehen die Haarnadeln aus der Frisur und versuchte, die Bäume damit zu treffen.

Irgendwo mußten diese Juwelen versteckt sein! Lily erschauerte, als sie an die beiden brutalen Verbrecher dachte. Selbst wenn es ihr tatsächlich gelingen sollte, unbehelligt mit den Kindern das Land zu verlassen, würden die beiden noch längst nicht aufgeben! Sie würden ihr unentwegt auf den Fersen bleiben. Mutlos ließ sie sich schließlich gegen einen Eichenstamm sinken und starrte verzweifelt vor sich hin.

Und genau diesen Eindruck hatte auch Knight, als er sie so verloren unter dem Baum stehen sah. Sie schien tief in Gedanken versunken zu sein. Wahrscheinlich überlegte sie, wie sie ihn wohl am besten übervorteilen könnte.

Ganz unrecht hatte Knight nicht, denn Lily dachte tatsächlich gerade an ihn. Sie wehrte sich zwar dagegen und wünschte ihn zum Teufel, doch um so mehr erinnerte sie sich pausenlos an die Berührungen seiner Lippen, seiner Hände und an das Zittern, das ihn bei ihrem Streicheln überkommen hatte.

»Lily!«

Sie stöhnte auf, weil sie schon an Halluzinationen glaubte. Kopfschüttelnd setzte sie ihren Weg fort.

»Lily! Warte!«

Oh, nein, das durfte doch nicht wahr sein! Es war tatsächlich Knight! In wilder Panik rannte sie davon.

»Bleib stehen! Verdammt!« Doch Knight brauchte nicht lange, bis er sie eingeholt hatte. Seine Beine waren länger und kräftiger und wurden auch nicht durch lange, weite Röcke behindert. Er packte Lily am Arm und wirbelte sie zu sich herum. Sofort holte sie mit dem anderen Arm aus, diesmal war Knight auf der Hut. Kurz vor seinem Kinn packte er ihre Faust. Lily stand nur da und starrte ihn keuchend mit zusammengezogenen Brauen an. »Noch mal schlägst du mich nicht! Das lasse ich mir nicht gefallen.«

Er ließ sie nicht los, sondern packte nun auch noch das andere Handgelenk. Ungestüm hob sich Lilys Busen, so daß Knight Mühe hatte, nicht dauernd hinzusehen. »Weshalb bist du vor mir weggelaufen?«

Herrgott, welch dumme Frage! Er konnte und wollte sich ihr gegenüber keine Blöße geben, weil Lily ohne Bedenken jede Schwäche ausnutzen würde. Und das konnte er sich von einer Frau wie ihr nicht gefallen lassen.

Lily sah ihm geradewegs ins Gesicht. »Sie haben mich beleidigt«, antwortete sie ausdruckslos. »Ich möchte Sie nicht mehr sehen, und Sie sollen mich auch nicht mehr berühren.«

»Tja«, meinte er daraufhin und packte sie noch fester. »Ich bin aber jetzt hier und ich berühre dich sogar. Vielleicht nicht genau an der Stelle, wo du es gern hättest, aber ich halte immerhin deine Hände.«

Lily schnappte nach Luft und wollte sich losreißen, doch Knight gab nicht nach. Daraufhin erstarrte sie und wartete geduldig, wobei sie gleichmütig auf ihre gefangenen Hände hinunterblickte.

»Du konntest dir doch denken, daß ich nach Castle Rosse komme! Schließlich ist es ja mein Haus!« Über ihren Kopf hinweg schweiften seine Blicke über den kleinen See. »Dervin Winthrop hat vor etwa achtzig Jahren aus einem kleinen, stinkenden Tümpel diesen See gezaubert. Hübsch, nicht wahr? Du willst wohl nicht mit mir sprechen? Im Frühling und im Sommer ist es hier natürlich noch viel schöner.« Er machte eine Pause, doch Lily schwieg beharrlich. »Ich habe eigentlich damit gerechnet, daß du den Schmuck findest und mit den Kindern bereits über alle Berge bist, wenn ich ankomme.«

»Ich habe ihn nicht gefunden.« In diesem Punkt konnte sie ihm ruhig die Wahrheit sagen.

»Wo hast du gesucht?«

»In Czarina Catherine.«

Verblüfft starrte Knight sie an. »Ein ausgezeichnetes Versteck! Die Kleine läßt ihre Puppe ja keine Sekunde aus den Augen. Demnach hast du kein Glück gehabt?«

»Leider.«

»Jetzt hör mir einmal zu, Lily! Wir werden diese Juwelen finden und dem Eigentümer zurückgeben. Ja – wir! Ich werde schon herausbringen, wer dieser Billy ist, denn ich habe nicht die Absicht, mich am Verbrechen zu beteiligen.«

Zum ersten Mal hob Lily den Kopf. »Mir macht das nichts aus«, bemerkte sie kühl. »Lieber eine Verbrecherin sein, als eine arme Verwandte!«

»Verwandte?« Er runzelte seine dunklen Brauen. »Du bist doch überhaupt keine Verwandte, Lily!« entgegnete er schließlich ganz langsam und deutlich und sah ihr dabei genau in die Augen. »Du bist weder mit den Kindern verwandt, noch mit mir. Jedenfalls noch nicht!« Erschrocken riß er die Augen auf und fluchte leise, als er begriff, was er soeben gedacht hatte.

Stöhnend versuchte Lily, sich ihm zu entwenden, doch Knights Griff war eisenhart.

»Ich habe wirklich keine Lust, dir über das ganze Grundstück nachzulaufen. Halt endlich still!« Er war wild entschlossen, jetzt Klarheit zu schaffen. Diesen Tumult der Gefühle, in den sie ihn seit ihrem Auftauchen gestürzt hatte, konnte er einfach nicht mehr länger aushalten. »Diesmal hast du mir nicht widersprochen wie sonst. Demnach bist du tatsächlich nicht die Mutter von Laura Beth, oder?«

Deutlich konnte er an ihren Augen ablesen, daß sie sekundenlang erwog, ihn einfach anzulügen. »Sag mir jetzt die Wahrheit, verdammt!«

»Doch«, entgegnete Lily entschieden. »Ich habe sie zwar nicht auf die Welt gebracht, aber ich bin ihre Mutter!« Eigentlich hätte er gewarnt sein müssen, doch er war viel zu sehr in seine Gedanken und in die Bilder der vergangenen Nacht vertieft. Als Lily ihn blitzschnell fest gegen das Schienbein trat, ließ er sie vor Überraschung los und hüpfte mit schmerzverzerrtem Gesicht auf einem Bein herum. Unterdessen rannte Lily bereits quer über die Wiese ins Haus zurück. Diesmal verfolgte er sie nicht, denn er wußte genau, daß er sie verprügeln würde, sollte er sie erwischen. Und zwar fest. Oder er würde sie küssen, bis ihnen beiden der Atem verging. Nein, er wollte lieber einen geeigneteren Zeitpunkt abwarten.

Von einem Stallburschen hatte er erfahren, daß Lily zum See gegangen war, und war ihr sofort nachgegangen, ohne vorher im Haus gewesen zu sein. Als er jetzt eintrat, schien der alte Butler nicht im geringsten überrascht zu sein. Er verbeugte sich so tief, wie es seine alten Knochen und seine Arthritis gestatteten und strahlte seinen Herrn an. Während Knight noch mit dem alten Mann sprach, der ihn bereits seit seiner Geburt kannte, ertönte hinter ihm ein quietschender Schrei. Als er sich umwandte, erblickte er Laura Beth, die so rasch die Treppe herunterhüpfte, wie es ihre kurzen Beinchen erlaubten.

»Langsam, langsam!« rief er, doch natürlich vergeblich. Rasch trat er an die Treppe, und als Laura Beth auf der drittletzten Stufe angekommen war, warf sie sich jauchzend in seine ausgestreckten Arme.

Knight hörte zwar Thrombins Räuspern, doch er lachte nur und küßte das kleine Mädchen. »Nun, Flöhchen?« Dann warf er sie immer wieder in die Luft, bis ihre entzückten Schreie schließlich die gesamte Dienerschaft von Castle Rosse alarmiert hatten.

Beim Betreten der Halle hielt Mrs. Crumpe verwundert inne. »Ich glaube es einfach nicht!« stieß sie hervor und beobachtete, wie dieser weltgewandte, abgeklärte Gentleman das kleine Mädchen durch die Luft warf und mit ihr schmuste, bis sie vor Vergnügen quietschte. Laura Beth erwürgte den Viscount beinahe, als sie ihm zahllose, nasse Schmatzer aufs Gesicht drückte.

»Sir!« Aufgeregt sauste Theo die Treppe herunter. »Oh, Vetter Knight! Warte nur, bis du siehst, wie weit John und ich in der Bibliothek bereits gekommen sind! Wir sind bereits beim Buchstaben ›L‹. Kannst du raten, wie viele Bände wir entdeckt haben, deren Seiten noch nicht einmal aufgeschnitten waren?«

»Nein, mein Junge, das kann ich nicht. Euer Fortschritt ist wirklich bemerkenswert!«

Theo beherrschte sich, bis Knight die kleine Klette auf nur einen Arm umgeladen hatte, und schmiegte sich dann an Knight. »Ich bin froh, daß du da bist, Vetter Knight!« erklärte er. »Mama war sehr unglücklich, und wir wollten ihr gar nicht glauben, daß es dir wirklich gut geht.«

»Hallo, Vetter Knight!«

»Hilfe, ich habe nur zwei Arme!« rief Knight, als Sam durch die Haustür hereinstürmte. Mit vier Kindern hätte es sicher Probleme gegeben, doch so packte Knight die beiden Jungen mit einem Arm und drückte sie an sich. Dabei schloß er die Augen. Oh, Gott, er hatte ja gar nicht gewußt, wie sehr er sie vermißt hatte.

»Hallo, Mylord!« begrüßte ihn John, der sich mittlerweile ebenfalls eingefunden hatte. »Wie schön, daß Sie alles so gut überstanden haben. Wir waren sehr beunruhigt.«

»Mama hat geweint«, erzählte Sam. »Wir mußten versprechen, uns gut zu benehmen. Sie wollte nämlich sofort nach London reiten, um nach dir zu sehen.«

Das hörte Knight nicht gern. Rasch drückte er die Kinder noch einmal an sich und machte sich dann los. »Hallo, Mrs. Crumpe. Viele Grüße von Mrs. Allgood. Ich finde es schön, wieder einmal hier zu sein!« fügte er hinzu und nickte dabei den versammelten Angestellten zu. »Na, wie gefallen Ihnen diese Äffchen? Denkt vielleicht schon jemand an Kündigung?« scherzte er und fragte dann: »Wie wäre es denn mit Limonade und Keksen? Aha, ich sehe, eure Augen leuchten ja förmlich. Mrs. Crumpe, bitte servieren Sie uns alles in der Bibliothek: Ich muß die Arbeit der beiden bewundern!«

Theo strahlte vor Stolz.

»Und ich muß mit dir über die Pferde sprechen«, mischte sich Sam ein, während er Knight bei der Hand nahm. »Keine Sorge, ich habe mir auch nach dem Ausmisten die Hände gewaschen. An der Koppel muß einiges repariert werden«, fuhr Sam voller Eifer fort.

Irgendwann sprachen alle Kinder durcheinander, und Knight hatte alle Mühe, ihnen folgen zu können und ihnen allen gleichmäßig gerecht zu werden.

15. Kapitel

Etwa eine Stunde vor dem Abendessen hielt Knight seine Zeit für gekommen. Lily hatte sich die ganze Zeit über nicht sehen lassen, doch von den Kindern hatte er eine Menge über sie erfahren. Und er hatte gleichzeitig begriffen, wie sehr sie sie liebten. Sie war ihre Mutter, daran war nicht zu deuteln.

»Ich dachte, daß Mama ohnmächtig werden würde, so sehr hat sie sich aufgeregt«, hatte Sam verraten, während sie alle in der Bibliothek um den Tisch saßen und sich an Keksen und Limonade gestärkt hatten. »Weißt du, wie das bei ihr aussieht? Sie weint nicht – niemals –, aber ihre Lippen werden ganz schmal. Gleich nach Charlies Ankunft sind sie wieder fortgeritten.«

»Das stimmt«, hatte Theo bekräftigt. »Und als Mama zurückkam, war sie ganz komisch und so still, daß wir Angst bekommen haben. Aber sie hat uns immer wieder versichert, daß dir nichts Ernstes fehlt.«

»Ich habe fest für dich gebetet«, hatte Laura Beth angemerkt, obwohl sie sich gerade erst ein Stück Kuchen mit Himbeermarmelade in den Mund geschoben hatte.

Während Knight sich für das Abendessen umzog, überlegte er, wie er es anstellen sollte, daß Lily am Essen teilnehmen mußte. Als ihm endlich der rettende Gedanke gekommen war, feixte er zufrieden. Dann schlüpfte er in seine Jacke, und unwillkürlich mußte er an Stromsoe denken, der einmal beinahe in Tränen ausgebrochen war, als sein Herr seine feinen Lederstiefel mit bloßen Händen anfassen wollte! Irgendwie vermißte er sein Faktotum. Fröhlich pfeifend klingelte er schließlich nach Thrombin.

»Ah, Thrombin! Bitte richten Sie Mrs. Winthrop aus, daß ich zu einer Entscheidung gekommen bin, die ihre Zukunft und die der Kinder betrifft. Ich möchte sie beim Essen mit ihr besprechen.«

Ungeduldig ging er anschließend im Wohnraum auf und ab, und als Lily endlich erschien, verschlug es ihm regelrecht den Atem. Sie trug dasselbe einfache, hochgeschlossene Kleid vom Nachmittag und hatte auch nicht mehr die Zeit gehabt, sich korrekt zu frisieren. Doch trotz ihrer finsteren Miene war sie schöner denn je.

»Guten Abend, Lily«, begrüßte er sie mit einem etwas gezwungenen Lächeln.

Lily knickste spöttisch. »Ich bedanke mich für die Einladung. Wird das mein letztes Essen in diesem Haus sein?« Knight zuckte die Achseln. »Wer weiß! Ah, hier kommt Thrombin. Ich nehme an, daß Mimms sich wieder einmal selbst übertroffen hat.«

»Gewiß, Mylord. Sie werden bestimmt begeistert sein.« Nachdem Thrombin zusammen mit dem Diener Thomas den ersten Gang aufgetragen hatte, entließ Knight die beiden. »Von jetzt an werden wir uns selbst bedienen.« Dann wandte er sich an Lily. »Darf ich Ihnen irgendeine von Mimms köstlichen Spezialitäten empfehlen?«

Doch Lily bediente sich, ohne ihm eine Antwort zu geben.

Nachdem Knight zwei Gabeln voll gegessen hatte, lehnte er sich zurück und betrachtete Lily. Dabei drehte er langsam den Stiel seines Weinglases in seinen schlanken Fingern. »Du glaubst also, daß ich dich vor die Tür setzen werde?«

»Man hat mir ausgerichtet, daß Sie zu einem Entschluß gekommen seien. Ich höre.« Während sie das sagte, blickte sie unverwandt auf ihren Teller, als ob es dort etwas Interessantes zu sehen gäbe. »Wie Sie ja schon sehr richtig festgestellt haben, bin ich nicht einmal eine Verwandte. Ich bin nichts, einfach gar nichts.«

»Du weißt genau, daß das nicht wahr ist, Lily! Du bist eine wunderschöne Frau und noch dazu sehr leidenschaftlich.«

Lily saß stocksteif und bewegungslos auf ihrem Stuhl und vermied seinen Blick.

In Knight begann es zu brodeln, denn ihre Zurückhaltung machte ihn nervös. »Ein Mann liebt diese atemlosen, kleinen Schreie einer Frau, und er hat es besonders gern, wenn sie ihre Finger in seine Arme gräbt und ihm zeigt, daß sie …«

»Hören Sie auf damit!«

Lächelnd lehnte Knight sich zurück. Er hatte gewonnen, denn sie hatte endlich den Blick gehoben und ihn angeschaut. »Nun gut, ich wollte nur, daß du mir zuhörst und mir eine Frage beantwortest. Nein, schau nicht wieder auf deinen Teller!«

»Also gut.«

»Ich möchte wissen, weshalb Tris dich nicht geheiratet hat.«

Anfangs hatte er die Befürchtung, daß sie wieder auf ihn losgehen wollte, doch plötzlich wirkte Lily sehr erschöpft und zuckte nur gleichmütig die Achseln. »Eigentlich kann ich es ruhig erzählen, denn Sie werden es mir ja ohnehin nicht glauben. Vor dem Tod meines Vaters hat Tris mich gefragt, doch damals habe ich abgelehnt. Später hatte ich kein Geld mehr, aber ich habe trotzdem auch weiterhin nein gesagt. Ich mochte Tris wirklich gern, aber ich liebte ihn nicht – jedenfalls nicht so, wie meiner Meinung nach eine Frau den Mann, den sie heiraten will, lieben sollte. Aber wegen der Kinder habe ich irgendwann eingewilligt. Wir wären inzwischen verheiratet, wenn sie ihn nicht umgebracht hätten.«

»Aha. Wie lange hast du mit ihm gelebt?«

»Sechs Monate, aber nicht *mit* ihm, sondern lediglich in seinem Haus!«

»Sozusagen als Kindermädchen.«

»Genau.«

»In seinem Haus?«

»Ja.«

Nach einer längeren Pause legte Knight plötzlich den Kopf auf die Seite und gab dem Gespräch eine Wendung, die Lily völlig überraschte. »Du hast einen hübschen Schlag! Hast du mich tatsächlich bewußtlos geschlagen?«

Männer waren seltsame Wesen, dachte Lily. Nie würde sie begreifen, wie ihre Gedankengänge funktionierten. »Nein. Nachdem ich Sie getroffen hatte, haben Sie das Gleichgewicht verloren und sind mit dem Hinterkopf auf dem Kaminsims aufgeschlagen. Dabei sind Sie ohnmächtig geworden. Ich habe Ihnen lediglich noch einen Schlag in den Magen versetzt.«

Unwillkürlich strich sich Knight über seinen Bauch. »Herzlichen Dank! Ich konnte mich nur noch an deine Rechte erinnern.«

Schweigend trank Lily einen kleinen Schluck Wein und faltete dann ihre Serviette. »Darf ich jetzt erfahren, zu welchem Entschluß Sie gekommen sind?«

Ungeduldig winkte er ab. »Ich habe mich sehr gefreut, die Kinder wiederzusehen.« Dann runzelte er die Stirn, doch die Worte waren bereits ausgesprochen. »Ich habe gar nicht gewußt, wie sehr ich sie vermißt habe.«

»Den Kindern ist es genauso gegangen. Aber natürlich wissen sie ja nicht, wer Sie wirklich sind.«

»Du auch nicht.«

»Falls Sie sich dann besser fühlen, kann ich Ihnen ja verraten, daß sie beinahe ausschließlich von Ihnen sprechen. Bestimmt träumen sie auch noch von Ihnen.«

»Direkt beängstigend, oder nicht?«

»Mag sein. Wie lautet also Ihre Entscheidung?«

»Eine leichte Konversation bei Tisch ist wohl nicht dein Fall?«

Lily schob ihren Stuhl zurück und machte Anstalten aufzustehen.

»Setz dich! Ich bin noch lange nicht mit dir fertig!«

Sie dachte nicht daran, diesem Befehl zu gehorchen, sondern reckte trotzig ihr Kinn in die Luft. »Und weshalb sollte ich das tun? Sie spielen doch Katz und Maus mit mir, und es gefällt Ihnen auch noch!«

»Setz dich und hör mir zu!«

Lily knurrte zwar noch, doch schließlich gab sie nach und nahm wieder Platz.

»Nun, ich habe beschlossen, dich nicht vor die Tür zu setzen, falls du und ich zu einer vernünftigen Einigung kommen. Also, hör mir zu, Lily!«

»Ich habe nicht die Absicht, Ihre Geliebte zu werden!«

»Dafür halte ich dich auch nicht unbedingt für geeignet!«

Lily zog die Brauen hoch und blickte Knight vernichtend an. »Es wird in jedem Fall auf eine Beleidigung hinauslaufen«, bemerkte sie mehr zu ihrem Gemüse als zu ihrem Gegenüber.

»Ich glaube nicht.«

»Na gut, sagen Sie es endlich!«

»Ich möchte, daß du mich heiratest.«

Lily erstarrte förmlich zur Salzsäule und wurde leichenblaß.

»Ich möchte, daß du meine Frau wirst. Dann gehörst du auch zur Familie.«

Fassungslos starrte sie ihn an. »Gleich morgen früh werde ich das Haus verlassen! Ich bleibe nicht länger hier und lasse mich quälen.«

»Ich glaube nicht, daß ich dich quäle oder dich beleidige, wenn ich dich um deine Hand bitte!«

»Weshalb?«

»Weshalb nicht?«

»Sie verachten mich. Sie halten mich für eine Schlampe, eine Hure.«

»Nein, das tue ich nicht!« widersprach er, doch er wußte, daß es eine Lüge war. Und er wußte ebenfalls, daß ihr das klar war. »Es stimmt schon. Ich muß zugeben, daß mich einiges an deinem Charakter stört, aber es macht mir nichts aus. So einfach ist das. Ich möchte dich, und ich möchte die Kinder. Und eines ohne das andere gibt es nicht. Jedenfalls bin ich kein solches Ungeheuer, das das eine vom anderen trennen kann! Du gehörst sozusagen zum ›Paket‹. Heirate mich!«

»Ich könnte einfach weiter ihr Kindermädchen sein! Deshalb müssen Sie doch nicht …«

»Nein, genau das geht nicht! Vielleicht erinnerst du dich wieder an den Klatsch in London! Du bist einfach viel zu schön und viel zu jung! Und noch etwas anderes, meine Liebe: Ich kann mich nicht länger beherrschen! Du landest ohnehin früher oder später in meinem Bett! Ich begehre dich sehr, und ich glaube, ich habe inzwischen zur Genüge bewiesen, daß es dir nicht anders geht. Heiraten ist in einem solchen Fall die einzige Lösung!«

»Aber Sie sind ja noch nicht einmal vierzig Jahre alt!«

Sekundenlang war er sprachlos, doch dann warf er den Kopf zurück und lachte aus vollem Hals. »Wer hat dir denn das erzählt?«

»Mrs. Crumpe, als wir Ihr Portrait in der Ahnengalerie bewundert haben.«

»Vermutlich hat sie dir auch noch ganz andere Sachen erzählt, oder?«

»Ja, eine ganze Menge.«

Bestimmt hatte sie gehört, daß er Kinder verabscheute und seine eigenen einmal ebenso ignorieren wollte, wie das sein Vater mit ihm gemacht hatte. Hatte er wirklich einmal solchen Unsinn geglaubt? »Es stimmt. Ich bin gerade siebenundzwanzig, und ich heirate eine Frau mit drei Kindern! Eine ganze Familie! Mein Vater würde schmerzlich und laut aufheulen, wenn er das wüßte. Aber mein Entschluß steht felsenfest. Willst du mich heiraten?«

Ruhig begegnete sie seinem Blick. Für einen kühl berechnenden Menschen war es eine perfekte Lösung! Knight begehrte nur ihren Körper und sonst nichts weiter. Eigentlich bot er ihr die Heirat nur an, um seinen Namen und die Kinder zu schützen, aber er liebte sie keineswegs. Tris hatte sie wenigstens auf seine Art geliebt. Sie schüttelte den Kopf. »Nein!« antwortete sie. »Nein, das kann ich nicht tun.«

»Wie viele Männer hat es eigentlich vor Tris gegeben? Deshalb wollte er dich auch nicht heiraten, oder? Wahrscheinlich hattest du damals bereits einen Gönner, oder hast du etwa die Kinder benutzt, um ihn zu diesem Entschluß zu bringen?«

Lily lachte nur. Das war wieder der alte Knight! »Gute Nacht,

Knight! Vielleicht sehen wir uns ja noch morgen früh. Doch vielleicht auch nicht.«

»Und was wird aus den Kindern, Lily?«

»Was soll das heißen?«

»Wenn du mich nicht heiratest, mußt du sie verlassen. Macht dir das denn gar nichts aus? Ist deine Liebe für sie tatsächlich nur Theater?«

Diese letzte Bemerkung brachte das Faß zum Überlaufen. »Sie verdammter Idiot! Ich werde das Haus verlassen, aber vorher werde ich den Schmuck finden. Dann werden die Kinder und ich zusammen fortgehen! Ich bin sicher, daß Sie geradezu erlöst aufatmen werden, wenn wir endlich wieder aus Ihrem gesetzten, erstarrten Junggesellendasein verschwunden sein werden!«

Blitzschnell sprang Knight auf und packte unsanft Lilys Handgelenke. »Jetzt ist aber Schluß, du dummes Weib! Du wirst nirgendwohin gehen! Und wenn, dann ganz allein und ohne einen Penny! Hast du mich verstanden, Lily?«

Der Blick, mit dem sie ihn ansah, brachte ihn um die Fassung. Seine Hände umfaßten ihr Gesicht, und dann küßte er sie, doch Lily hielt die Lippen fest geschlossen. Sekunden später waren seine Hände auf ihrem Rücken, drückten ihren Körper gegen seine Brust, irgendwann zogen sie die Haarnadeln aus Lilys Frisur und wühlten durch die dicken Haarsträhnen. »Oh, Gott, Lily!« stöhnte er an ihrem Mund.

»Nein!« wehrte sie ab. »Nein!« Doch in Wirklichkeit wollte sie das Gegenteil. Zögernd öffneten sich ihre Lippen, und als seine Zunge ganz leicht die ihre berührte, erstarrte Lily für Sekunden, bevor sie in seinen Armen dahinschmolz wie Eis in der Sonne.

Knight wußte, daß er gewonnen hatte, und er schwor sich, daß er sie immer wieder daran erinnern würde, wie sie sich ihm ergeben hatte. Aber vermutlich hatte sie das auch schon bei allen anderen Männern vor ihm genauso getan. Ihre Augen waren wie verschleiert, und der Puls an ihrem Hals klopfte in rasendem Tempo. Wenn es ihm darauf angekommen wäre, so hätte er sie auf der Stelle hier im Speisezimmer auf dem Boden, auf dem Tisch oder auch an die Wand gepreßt lieben können. Sofort sah er vor sich, wie er sie hochhob und sie dann ganz langsam tiefer und tiefer hinunterdrückte, bis ...

Nur unter großer Anstrengung gelang es ihm, sich wieder zu beruhigen und sein Keuchen zu unterdrücken. »Siehst du jetzt ein, daß du keine unantastbare Göttin bist, Lily? Vor mir brauchst du dich nicht zu verstellen.«

»Unantastbare Göttin«, wiederholte sie stumpf, während sie um ihre Fassung rang. Er hatte ihr wieder einmal gezeigt, wie schwach sie doch war. »Gute Nacht, Sir. Werden Sie morgen wieder nach London fahren? Das Wetter ist doch im Augenblick geradezu perfekt, nicht wahr?«

Lange Zeit sagte Knight gar nichts, sondern betrachtete nur ausgiebig ihre regelmäßigen Züge, die hübsch geformten Brauen, die schmale Nase und den weichen Mund. Er begehrte diese Frau aus tiefstem Herzen. Noch nie hatte er auch nur etwas annähernd Ähnliches erlebt. »Nein, denn morgen werden wir uns noch einmal unterhalten. Schlaf gut, Lily, und träume von mir. Stell dir vor, daß du nackt bist. Du liegst unter mir, und ich streichle dich mit meinen Händen, mit meiner Zunge ...«

Empört sog Lily die Luft ein. Dann wandte sie sich abrupt ab und verließ fluchtartig das Zimmer. Knight schüttelte den Kopf. Es war ihm gleichgültig, wie sie bisher gelebt hatte. Er wollte nicht länger darüber nachdenken, doch er wußte auch, daß er sich um ihre Treue keine Gedanken machen mußte. Er würde sie nämlich auch nicht eine einzige Sekunde aus seinem Bett herauslassen!

Als Knight am nächsten Morgen nach dem Frühstück ins Kinderzimmer hinaufstieg, war das Wetter immer noch so schön wie am Vortag. Man hatte ihm gesagt, daß Lily bereits früh das Haus verlassen hätte. Laura Beth war über seinen Besuch so begeistert, daß sie ihn geschlagene dreißig Minuten mit Beschlag belegte. Irgendwann bemerkte Knight die feinen Stiche an Czarina Catherines Hals und mußte lächeln. Wo steckten nur diese verdammten Juwelen? Er mußte unbedingt mit Lily darüber reden.

John und Theo befanden sich gerade mitten in einer Geometrielektion, doch das konnte Knights Magen beim besten Willen nicht verkraften. Er verabschiedete sich rasch wieder und besuchte lieber den kleinen Sam, der wie immer in den Ställen beim Ausmisten half. Von ihm erfuhr er endlich, daß Mama mit Violet ausgeritten war.

»Nach Westen, wahrscheinlich zum Eichenwald. Aber jetzt möchte ich dir gern die Koppel zeigen, Vetter Knight!«

Knight blieb keine andere Wahl, wenn er den Kleinen nicht über alle Maßen enttäuschen wollte. Außerdem freute es ihn sehr, mit welcher Begeisterung der Junge bei der Sache war.

Ungefähr eine halbe Stunde später machte sich Knight endlich auf den Weg zum Eichenwald. Im späten Herbst war es dort besonders schön. Knight lächelte leise vor sich hin, und sein ganzes Benehmen strahlte Entschlossenheit aus. Er wollte tun, was nötig war, und zwar noch heute morgen! Lily mußte man die Dinge nur auf die richtige Art und Weise klarmachen. So einfach war das.

Zur gleichen Zeit genoß Lily den kühlen Wind, der an ihrem Hut zerrte. Es tat sehr gut, einige Zeit dem Haus und den Kindern entfliehen zu können – nein, sie sollte doch lieber bei der Wahrheit bleiben! Eigentlich war sie vor Knight und seinem völlig abwegigen Heiratsangebot geflohen. Was sollte sie nur tun? Heiraten kam für sie nicht in Frage, denn einem Mann, der sie so gering schätzte, konnte sie nicht ihr Jawort geben. Natürlich konnte sie ihm von ihrem Leben erzählen, aber das würde er ihr ohnehin nicht glauben.

Also, was blieb ihr übrig? Eigentlich saß sie in derselben Falle wie damals bei Tris. Sie konnte die Kinder nicht verlassen, doch das bedeutete, daß sie den Vormund der Kleinen heiraten mußte. Aber trotzdem war es nicht dasselbe, dachte sie kopfschüttelnd, denn Knight liebte sie nicht. Aber trotzdem verlangte es sie nach ihm. Dieses Gefühl konnte sie sich zwar nicht erklären, aber zu leugnen war es auch nicht. Ob er sie wirklich vor die Tür setzen würde, wenn sie sein Angebot ablehnte? Wahrscheinlich ja.

Mühsam versuchte Lily, diese Gedanken von sich zu schieben und sich statt dessen lieber auf die wunderschöne Umgebung zu konzentrieren. Es war nicht mehr weit bis zum verwunschenen Eichenwald, in dem vor vielen hundert Jahren einmal Druiden gehaust haben sollten. Bereits am zweiten Tag ihres Aufenthalts in Castle Rosse hatte sie den Wald entdeckt, und sooft es ihre Zeit gestattet hatte, war sie wieder und wieder zurückgekehrt. Es war ein abgeschiedenes, friedliches Fleckchen Erde, und falls die Geister tatsächlich noch existierten, waren sie bestimmt friedvoll und sanft.

Als sie neben einer dicken Eiche abstieg, nahm sie sich vor, den erstbesten Geist, der ihr über den Weg laufen sollte, nach den verschwundenen Juwelen zu fragen. Gewissenhaft hatte sie jedes einzelne von Theos Büchern um und um gedreht, aber nichts gefunden. Wo sie sonst noch suchen sollte, war ihr absolut ein Rätsel. Gedankenvoll ließ sie sich gegen den Baumstamm sinken und starrte auf ihre Reitstiefel hinunter.

»Guten Morgen, Lily!« begrüßte sie Knight, der sich fast unhörbar genähert hatte.

Voller Entsetzen hob Lily die Hände, als ob sie ihn abwehren wollte, doch Knight lächelte nur. Als er allerdings die Unsicherheit in ihren Augen bemerkte, sagte er rasch: »Lauf nicht weg, Lily! Ich habe keine Lust, dich schon wieder einfangen zu müssen.«

»Weshalb sind Sie dann nicht nach Hause geritten?« klagte sie. »Gehen Sie doch endlich wieder zu Ihrer Geliebten nach London! Lassen Sie uns einfach in Ruhe! Wenn Sie nicht da sind, gibt es auch kein Gerede.«

»Ich kann nicht fort.« Er blieb ganz knapp vor ihr stehen.

»Wieso? Das Wetter ist doch traumhaft schön!«

»Das stimmt schon, aber wir werden beide hierbleiben, bis wir geheiratet haben. Danach machen wir eine Hochzeitsreise. Wohin möchtest du fahren?«

»Knight, hören Sie doch mit diesem Unsinn auf!«

»Ich kann gar nicht sagen, wie sehr ich mich über diesen wunderschönen Tag freue. Stell dir vor, es ist schon November, und ich schwitze wie im Sommer!« Er lächelte so liebevoll auf sie hinunter, daß ihr plötzlich ganz heiß wurde. »Soll ich dir verraten, was ich jetzt tun werde, Lily?«

»Ich glaube nicht, daß ich tatsächlich wählen kann. Sie werden es mir ohnehin sagen!«

»Zuerst werde ich dich noch einmal fragen: Willst du mir den Gefallen tun und mich heiraten?«

»Nein.«

»Also gut«, erwiderte er daraufhin voller Freundlichkeit und Zuneigung. Dabei schlüpfte er aus seiner Jacke, dann nahm er die Krawatte ab und warf sie auf den Boden.

»Was tun Sie da?«

»Ich ziehe mich aus. Und als nächstes werde ich dich ausziehen, mein Schatz, und dann werde ich dich hier unter diesem wunderschönen, alten Eichenbaum lieben!«

16. Kapitel

Fassungslos starrte Lily Knight an, doch der fuhr ungerührt fort, ihr einen Vortrag über die Geschichte des Waldes zu halten, während er sich sein Hemd aufknöpfte. Das konnte er doch unmöglich ernst meinen! Nein, es war doch heller Tag! Andererseits war er auch einfach in ihr Schlafzimmer eingedrungen, hatte ihr Nachthemd zerrissen, sie betastet, geküßt und ihr Wonnen bereitet, von denen sie bisher nichts geahnt hatte. Oje! Sie mußte irgend etwas tun!

»Nein! Um Himmels willen, hören Sie auf damit!« Lily raffte hastig ihre Röcke und machte auf dem Absatz kehrt.

»Nicht schon wieder! Ich habe keine Lust, Nachlaufen zu spielen!«

Bestimmt hätte er sie mit Leichtigkeit erwischt, wenn sie nicht in diesem verwunschenen Wald gewesen wären. So schlüpfte Lily rasch hinter einen Baumstamm, und Knight mußte innehalten, weil er nicht wußte, nach welcher Seite sie davonlaufen wollte. Vorsichtig blickte sie um den Stamm herum, doch Knight bewegte sich nicht. Regungslos starrten sie einander an.

»Du hast wohl nicht die Absicht, freiwillig zu mir zu kommen?«

»Nein.«

Er seufzte. Bestimmt hatte sie dieses Spiel häufig mit den Kindern gespielt und war viel geübter als er. »Wann hattest du deine letzte Regel, Lily?«

Ein kleiner Wutschrei war die Antwort.

»Ich wollte dich nicht erschrecken, aber ich habe die Absicht, dafür zu sorgen, daß du heute schwanger wirst. Das wird unsere Probleme nämlich wesentlich vereinfachen. Also, bekomme ich jetzt eine Antwort oder wieder nur ein Mäusequieken?«

Außer ihrem heftigen Atem war nichts zu hören.

»Verschwinden Sie doch endlich!« ertönte es schließlich hinter dem Baum hervor. »Sie sind einfach schrecklich, Knight! Sie lieben mich überhaupt nicht.«

»Nach allem, was ich weiß, hat Liebe mit Heiraten nicht das mindeste zu tun, Lily! Liebe ist nur etwas für romantische Träumer und Idioten!«

»Knight, bitte gehen Sie! Ich möchte, daß Sie mich in Ruhe lassen.«

»Jetzt reicht es, Lily. Komm endlich hinter dem Baum hervor!«

Mit leicht geöffnetem Mund staunte Lily ihn verwundert an. »Sie erwarten also tatsächlich, daß ich herauskomme und Sie bitte, mich zu vergewaltigen?«

»So ein Unsinn!« entgegnete Knight ein wenig irritiert. »Ich will dich keineswegs zwingen, sondern dich nur ein wenig – nun, vielleicht aufmuntern!«

»Lügner! Jetzt hören Sie mir zu, Knight! In Wirklichkeit verachten Sie mich doch, halten mich für eine Hure – nein, die können Sie doch unmöglich heiraten!«

»Doch, das kann ich, und das werde ich auch tun, um das Thema ein für allemal zu beenden! Die anderen Männer werde ich einfach vergessen, und ich werde mich pausenlos mit dir beschäftigen, so daß dir die Lust auf die anderen vergeht!«

Während er sprach, hatte er plötzlich einen gewaltigen Satz gemacht, doch Lily war schneller gewesen. Blitzschnell schlüpfte sie hinter den nächsten Baum, der so verwachsen war, daß er in früheren Zeiten bestimmt als Opferstätte gedient hatte. Knight fluchte leise, doch dann besann er sich auf eine männliche Taktik. Lily beobachtete ihn sehr genau und mißtraute dem konzentrierten Gesichtsausdruck ganz instinktiv. Seine Fuchsaugen leuchteten intensiv, und als er sie herausfordernd ansah, spürte sie ganz insgeheim, daß sie wohl verlieren würde – wenn man das überhaupt verlieren nennen konnte. Höchstwahrscheinlich würde es ihr sogar gefallen!

Im selben Augenblick täuschte Knight einen Sprung nach links vor, doch fast gleichzeitig sprang er zur rechten Seite und packte Lilys Arm. Vor Schreck schrie sie gellend auf, doch er hielt sie eisern fest.

»Also habe ich dich doch erwischt!« stellte er voller Genugtuung fest und wirbelte sie zu sich herum. »Ich habe es geschafft«, wiederholte er, und dann küßte er sie. »Mit dem heutigen Tag beginnt unser gemeinsames Leben, und irgendwann wirst selbst du das anerkennen müssen!«

Sie wollte überhaupt nichts anerkennen, aber der Kuß gefiel ihr. Sie konnte auf einmal gar nicht genug davon bekommen. Weshalb sollte sie eigentlich nicht zugeben, daß sie zu allem bereit wäre, wenn er sie nur immer weiter so küßte? Irgendwann gab sie ihren

Widerstand auf und umarmte ihn. Dabei fühlte sie seine geschmeidigen Rückenmuskeln unter ihren Händen und betastete unwillkürlich seinen Körper. Ohne es bewußt zu wollen, schmiegte sie sich enger an ihn, während Knights Zunge zärtlich ihren Mund erforschte. Als ihre Zunge einmal ganz schüchtern an seine rührte, stöhnte Knight so laut, daß Lily zusammenzuckte. Hatte sie ihn tatsächlich dazu gebracht?

»Knight«, murmelte sie zaghaft und ein wenig ängstlich, weil sich seine Hüften immer fester gegen sie preßten und sie seine Erregung fühlen konnte. Der Blick seiner Augen machte sie verlegen, denn sie spürte, daß er genau wußte, welch heißes, sehnsuchtsvolles Gefühl sich in ihrem Bauch ausbreitete.

Erregt strichen seine Hände über ihren Rücken, und dann packten sie zu. Lily fühlte sich hochgehoben und hart gegen Knights Körper gedrückt. Genau in diesem Augenblick explodierte das aufgestaute Gefühl in ihr, und sie vergaß ihre Hemmungen, vergaß, daß sie ihm ihre Gefühle nicht offenbaren wollte. Plötzlich war ihr alles gleichgültig. Sie wollte nur mehr und mehr …

Wie eine Schlange wand und rieb sich Lily unter Knights Küssen an seinem Körper. Die Arme hatte sie um seinen Nacken gelegt, und ihre Finger wühlten in seinem Haar. Oh, Gott, sie war plötzlich unersättlich, und er gab ihr, was sie verlangte. Jede Berührung seiner Hände, das Streicheln seiner Lippen und der Druck seines Körpers fochten das Feuer in ihrem Innern weiter an. Hingebungsvoll wand sie sich unter seinen Händen, die ihre Schenkel und ihre Hüften kneteten. Irgendwann drehte er sich um und preßte Lilys Rücken fest gegen den Stamm einer Eiche. Sekundenlang löste sich sein Mund von ihren Lippen, und er bückte sich rasch und hob ihren Rock in die Höhe. Ein Seufzer der Enttäuschung entrang sich ihr, doch kurz darauf wurde er bereits von neuen Küssen erstickt und gleichzeitig fühlte sie seine Finger an ihren Knien!

Ein heftiges Zittern und Beben erfaßte sie, als die Finger ganz sanft über ihre Strümpfe strichen und dann langsam weiter nach oben rutschten. Unwillkürlich öffnete sie ihre Schenkel ein klein wenig und hörte, wie Knight vor Überraschung die Luft anhielt. Quälend langsam tasteten sich die Finger weiter, berührten ihre Strumpfbänder, und als sie am oberen Rand der Strümpfe innehielten, zitterte Lily hilflos vor Erwartung, Furcht und Unsicherheit.

»Lily«, hauchte Knight in ihren Mund. »Gefällt dir das?« Dabei strichen seine Finger elektrisierend über die nackte Haut ihrer Schenkel. »Was spürst du, Lily? Sag es mir!«

Er hob den Kopf und sah auf sie hinunter, sah ihre leicht geöffneten, feuchten Lippen und ihre geschlossenen Augen und hörte ihren stoßweisen Atem. »Mach die Augen auf, Lily!«

Willenlos gehorchte sie, und während seine Finger langsam über die Innenseite ihrer Schenkel glitten, ließ er Lily nicht aus den Augen. Als er endlich ihre Scham berührte, durchzuckte es Lily, und ihr Körper versteifte sich. Ihr Rücken wölbte sich, und ihre Hände krallten sich in seine Armmuskeln.

»Du bist wunderschön, Lily, und so weich und warm. Was spürst du?«

Sie befeuchtete ihre ausgetrockneten Lippen. »Oh, Gott! Knight, bitte – oh!«

Im selben Augenblick war Knights Mittelfinger in sie hineingeglitten und bohrte sich nun nach oben, wobei er ihren Körper heftig gegen den Stamm drückte. Dabei glänzten Lilys Augen vor Wonne.

»Sag mir, was du spürst, Lily!« Langsam zog sich sein Finger ein Stück weit zurück und drang dann immer wieder in die enge Öffnung vor. Knight mochte kaum glauben, wie eng sie war, und wurde immer verrückter. Lilys Atem kam keuchend und stoßweise, und in ihren Augen konnte er lesen, was sie empfand.

Je länger seine Finger ihr Spiel fortsetzten, desto erregter wurde Lily, und als sie schließlich aufschrie und mit geballten Fäusten gegen seine Schultern trommelte, hätte er vor Wonne am liebsten geschrien. Er wollte sie zum Höhepunkt treiben und ihr unendliche Wonne bereiten, um endlich, endlich diesen Widerstand in ihr zu ersticken. Weiter wollte er nichts, jedenfalls jetzt noch nicht – er wollte nur ihr Einverständnis. Und er würde es bekommen. Sie gehörte jetzt ihm, und das mußte sie irgendwann eingestehen. Irgendwann wollte er es laut und deutlich hören.

Dieser Entschluß verursachte ihm fast körperlichen Schmerz, doch schließlich war er kein Barbar. Er konnte seine Sehnsüchte und Begierden schon noch bis zur Hochzeit zügeln.

Während seine Finger ihr weiter Lust bereiteten, schlang Lily plötzlich ihre Arme um seinen Hals und zog seinen Mund wieder an ihre Lippen. Hart erwiderte er ihren Kuß und spürte, wie sich alle Muskeln in ihrem Körper spannten. Insgeheim frohlockte

Knight bei dem Gedanken, wie er sie weiter und weiter in ihre Lust hineintreiben würde, bis sie sich so sehr nach ihm sehnte und ihn begehrte, daß sie mit allem einverstanden wäre.

»Lily, willst du mich heiraten?«

Für einen kurzen Augenblick verflog jede Leidenschaft, und plötzlich wirkte Lily nur noch verloren und unglücklich. Diesen Anblick konnte Knight nicht ertragen, und rasch streichelte er sie wieder, bis ihre Augen sich vor Wonne verschleierten und ihr Körper sich heftig auf seinen Fingern bewegte.

Er hörte das Rufen lange vor ihr. »Mrs. Winthrop! Lord Castlerosse!«

Nein, durchfuhr es ihn, nein, das durfte einfach nicht wahr sein! Doch die Rufe näherten sich.

Lily hatte es beinahe geschafft. Wie wild rutschte sie über seine Finger, ihre Brüste bebten, und keuchend blies sie ihm stoßweise ihren Atem in den Mund.

»Lily«, flüsterte er ganz sanft. »Liebes, es tut mir leid.« Als er seine Hand zurückzog, folgte ihr Körper unwillkürlich seiner Bewegung, suchte, wollte …

»Lily.«

»Mrs. Winthrop! Lord Castlerosse!«

Nur ganz allmählich erwachte Lily aus ihrer Trance und begriff, daß sich ihr Körper immer noch gegen Knight preßte und nach seinen Fingern suchte – und vor lauter Entsetzen stieß sie einen kleinen Schrei aus.

Knight konnte ihr Entsetzen nachfühlen und rieb aufmunternd über ihre Arme. »Lily, es tut mir leid. Ehrlich. Du warst so kurz davor.«

Ja, so wie damals, als er sie schon einmal soweit gebracht hatte. Mit aller Gewalt unterdrückte sie ihr Zittern, doch der pochende Schmerz zwischen ihren Schenkeln wollte nicht vergehen. Als sie verwirrt den Kopf gegen seine Schulter sinken ließ, strichen seine Hände zärtlich über ihren Rücken. »Es tut mir wirklich so leid, Liebes!«

Er hatte ›Liebes‹ zu ihr gesagt, und irgendwie klang das ganz wundervoll.

»Mrs. Winthrop!«

Als sie den Kopf hob, waren ihre Augen wieder klar. »Wer ruft da? Oh, ich glaube, es ist John! Irgend etwas muß geschehen sein – die Kinder! Oh, Gott!«

»Ganz ruhig, Lily. Warte.« Rasch zupfte er ihr Reitkleid zurecht und ließ den Blick prüfend über ihr Gesicht gleiten. Wahrscheinlich konnte niemand außer ihm die verborgene Leidenschaft erkennen, die tief in ihr schlummerte und nur auf ihn zu warten schien.

Knight holte tief Luft und lächelte Lily dann zärtlich zu. »Hier sind wir, John!« rief er.

John war nicht gerade ein sehr erfahrener junger Mann, aber dumm war er auch nicht. Er spürte sofort, daß eine besondere Spannung in der Luft lag und er störte, doch er konnte sich auch nicht mehr ungesehen davonmachen.

»Madame!« rief er, wobei sein hervorstehender Adamsapfel aufgeregt auf und nieder hüpfte. »Sam hat sich das Bein gezerrt. Er hat gerade den Stall ausgemistet und ist dabei von einem Pferd getreten worden. Gebrochen ist nichts.«

Rasch ergriff Knight Lilys Hand. »Hat Thrombin den Arzt gerufen?«

»Ja, Mylord. Bitte beunruhigen Sie sich nicht, Mrs. Winthrop. Ich habe das Bein untersucht und nichts Ernstes feststellen können. Es geht Sam gut, aber er fragt nach Ihnen.«

»Ja, sofort! Wo ist Violet?«

»Wir werden sofort kommen, John«, erklärte Knight in einem Ton, den John sofort verstand. Er verabschiedete sich mit einem Nicken und gab seinem Pferd die Sporen.

»Nicht aufregen, Lily. Es ist nur eine Zerrung, und Sam ist schließlich ein Junge, dem so etwas immer wieder passieren wird.«

Deutlich sah man Lily an, wie aufgeregt sie war und wie sie sich gleichzeitig Vorwürfe machte, daß sie sich von einem Mann hatte zum Wahnsinn treiben lassen, während Sam sie so nötig gebraucht hätte.

»Hör auf, dir Vorwürfe zu machen!« Knight schüttelte sie ein wenig. »Kein Mensch hätte irgend etwas verhindern können. Los, komm! Wir wollen uns beeilen.«

Lily seufzte ein wenig und sah zu Knight auf. »Sie haben recht. Ich danke Ihnen.«

Lächelnd ließ Knight sie los und beobachtete, wie sie vor ihm herlief, ihren Hut vom Boden aufhob und ihn sich energisch auf die Haare drückte. Sei nur so zornig, wie du willst! dachte er. Aber jetzt gehörst du mir. Unwiderruflich!

Bear Alley
Whitehall, London

Monk lachte prustend, doch Sekunden später stöhnte er laut.

»Ach, du Schreck, Monk! Halt doch still, bis deine Wunde verheilt ist!«

»Du hast recht, Boy.« Geduldig ließ sich Monk von Boy die schmutzigen Kissen im Rücken zurechtschieben und seufzte vernehmlich. »Dein Vorschlag von eben hat mir wirklich gefallen! Ja, einen Rechtsanwalt zu beauftragen, um die Klunker zurückzufordern, ist bestimmt keine schlechte Idee! Erledige das! Such einen Anwalt aus und laß ihn unseren Vorschlag überbringen. Wir werden uns die Dinger schon wiederholen! In ein paar Tagen werde ich auch fit genug sein, um mir diesen verdammten Lord persönlich vorzuknöpfen.«

»Die Wunde war ganz schön tief, Monk. Der Arzt hat gesagt, daß es noch mindestens drei Tage dauern wird, bis du wieder aufstehen kannst.«

Ohne auf Boys Worte einzugehen, meinte Monk: »Dieser verflixte Kerl hat uns reingelegt. Er hat uns diese Falle gestellt, und wir sind hineingetappt!«

»Wer? Was?«

»Der Viscount«, erklärte Monk geduldig, was normalerweise nicht seine Art war. Aber im Augenblick brauchte er Boy für jede noch so kleine Handreichung. Er runzelte die Brauen, denn der Gestank seines Körpers war ihm in die Nase gestiegen und ekelte ihn an. Das Zimmer, in dem sie hausten, war nur winzig, und das Fenster dicht mit Brettern vernagelt. »Wenn du ihn nicht verwundet hättest, hätten er und sein Freund uns wahrscheinlich fertiggemacht.«

Angesichts des kleinen Lobs strahlte Boy. »Mit Klingen kann ich nicht so gut umgehen«, bemerkte er bescheiden.

»Das kann man wohl sagen! Ausgesprochen ungeschickt bist du! Aber für *Seine Lordschaft* habe ich mein Stilett reserviert. Gib es mir, Boy! Ah, eine wunderschöne Klinge, nicht wahr?«

»Wir werden den feinen Herrn schon noch erwischen!«

»Aber ganz bestimmt!« Monk konnte die Augen nicht von der scharfen, schmalen Klinge abwenden. »Weißt du, ich mochte ihn beinahe. Ein tapferer Kerl, doch ich werde ihm trotzdem die Gurgel durchschneiden!«

Boy versuchte ein Lächeln, doch plötzlich fand er es sehr unpassend und stürzte statt dessen lieber ein Glas Bier hinunter.

Castle Rosse

»So ein tapferer Junge! Nein, keine Angst, ich bleibe ja bei dir.« Lily fühlte, wie sich die kleine Hand fest um ihre klammerte. »Gleich ist es vorbei, mein Schatz! Zur Belohnung wird dir Doktor Mumfries etwas zum Naschen schenken.«

»Vielleicht Lakritze, Mama?«

»Ja.«

Plötzlich unterdrückte Sam ein Stöhnen und biß sich auf die Unterlippe.

»Schrei ruhig, mein Schatz! Ich würde das auch tun.«

»Du bist ja auch ein Mädchen, Mama«, erklärte Sam scharfsinnig. »Für Jungen gehört sich so etwas nicht. Die dürfen höchstens ein wenig stöhnen.«

Knight griente und dachte daran, wie er gestöhnt hatte, als er Lilys Körper gestreichelt hatte. Ob das gemeint war? »Stöhnen ist erlaubt«, bekräftigte er Sams Standpunkt. »Erst letzte Woche habe ich das ausgiebig getan.«

»Als dich die Banditen überfallen hatten?«

Sehr geschickt lenkte er den Jungen von seinem Schmerz ab, dachte Lily im stillen. Sie rutschte ein wenig zur Seite, um Knight Platz auf der Bettkante zu machen, und sah, wie er die Hand des Jungen ergriff.

»Ja. Im selben Augenblick hat mich der andere – ich glaube, er hieß Boy – angeschossen. Ich konnte mich zwar noch ducken, aber es hat nicht ganz gereicht. Als Julien St. Clair auf der Bildfläche erschien, sind die beiden davongelaufen. So ist es richtig, Sam. Stöhne ruhig! Doktor Mumfries wird gleich fertig sein.«

»Und was war mit Monk? Den hast du doch aufgespießt, oder nicht?«

»Ich weiß es nicht, aber ich werde mich erkundigen. Und sobald ich etwas weiß, werde ich es dir sagen.«

Doktor Mumfries, der noch nicht allzu lange in dieser Gegend praktizierte, war neugierig und überlegte, in welcher verwandtschaftlichen Beziehung die drei Kinder zu dem Viscount standen. Daß die hübsche junge Frau ihre Mutter war, war klar. Doch eigentlich ging ihn die Sache nichts an. Aufmunternd lächelte er Sam zu. »Alle Achtung, mein Junge, du bist ganz schön tapfer! Patienten wie dich behandle ich gern. Eine Woche mußt du jetzt im Bett bleiben, sonst wird alles nur noch schlimmer! Trink diese Limonade! Ich habe ein leichtes Schlafmittel hineingemischt.«

Sam war viel zu erschöpft, um gegen irgend etwas zu protestieren, und fünf Minuten später war er tief und fest eingeschlafen.

»Geht es ihm wirklich gut, Sir?«

Knight blickte sich um und sah Theo draußen im Flur stehen. Der Junge war so kreidebleich, als ob er sich jeden Augenblick übergeben müßte. »Aber selbstverständlich, Theo. Ich würde dich doch nicht anlügen! Sam ist hart im Nehmen!«

»Ich werde bei ihm bleiben, Mama, und mich um ihn kümmern! Ich werde ihm den ganzen Tag vorlesen und ...«

Knight stand auf und legte Theo die Hand auf die Schulter. »Du bist sein Bruder, Theo, aber nicht seine Mutter! Selbstverständlich kannst du ihn gern besuchen, aber ich möchte, daß du trotzdem deine Arbeit in der Bibliothek nicht vernachlässigst. Ich brauche dich dort unbedingt! John wird ja sonst arbeitslos!«

Theo lächelte schüchtern.

»Komm! Wir genehmigen uns nach dem überstandenen Schrekken jetzt erst einmal eine Limonade! Ich kann es kaum erwarten, und wie geht es dir? Hast du auch schon eine Pfütze auf der Zunge?« Knight nickte Doktor Mumfries zu und verließ dann mit Theo das Zimmer.

Lächelnd wiegte Doktor Mumfries seinen Kopf hin und her. »Der Viscount kann offensichtlich gut mit Kindern umgehen! Ich wundere mich direkt, daß er nicht schon ein ganzes Dutzend beisammen hat. Nun, er ist ja noch jung.«

»Das ist wahr. Er ist noch keine vierzig Jahre alt!«

»Du lieber Himmel, nein! Ihnen, Mrs. Winthrop, verschreibe ich jetzt sofort einen Brandy. Das können Sie gebrauchen, denn vermutlich haben Sie einen Riesenschrecken gehabt!«

Wenn Sie wüßten, was ich alles gehabt habe, dachte Lily insgeheim, doch ihrem Lächeln merkte man das nicht an.

Das Feuer im Kamin war beinahe heruntergebrannt und beleuchtete den Raum nur noch schwach. Leise ging Lily umher, zog Sams Decke glatt und richtete ihm die Kissen. Der Junge schlief tief und fest, was zweifellos ein gutes Zeichen war. Der arme, kleine Kerl! Er würde noch eine Menge Schmerzen ertragen müssen, bis die Zerrung ganz ausgeheilt war. Der Gedanke, daß der kleine Quälgeist für eine ganze Woche ans Bett gefesselt sein würde, ließ Lily erschauern.

Als sie ein leises Geräusch hörte, sah sie auf und erblickte Knight in Hausmantel und Pantoffeln. Im Lauf des Abends war es empfindlich kalt geworden, wie es sich für die Jahreszeit auch eigentlich gehörte. Wortlos ging Knight zum Kamin hinüber und legte einige Scheite nach.

Lily sah ihm dabei zu und bewunderte besonders seine Hände, die schmal und gepflegt waren, aber dennoch kräftig zupacken konnten. Weshalb trug er bereits seinen Hausmantel? Er wollte doch hoffentlich nicht dort fortfahren, wo er am Nachmittag unterbrochen worden war? Plötzlich schlug ihr das Herz bis zum Hals. »Was wollen Sie?« flüsterte sie, wobei ihr Mund völlig ausgetrocknet war. »Es ist schon sehr spät.«

Lächelnd zog sich Knight einen Stuhl neben Sams Bett. »Ich möchte den kleinen Patienten besuchen«, antwortete er und setzte sich. Als er sah, wie sie unruhig jede seiner Bewegungen verfolgte, fügte er noch hinzu: »Du mußt dich nicht fürchten, Lily. Wir wollen schließlich Sams Ruhe nicht stören. Wenn wir jetzt allein wären, wäre das allerdings etwas ganz anderes!«

»Hören Sie auf!«

»In Ordnung. Geht es ihm gut?«

Sie nickte. »Bisher hat er glücklicherweise noch kein Fieber. Doktor Mumfries hält ihn für ein zähes Bürschchen.«

»Ja, genau. Durchtrieben, pfiffig – ja, mehr fällt mir im Augenblick nicht ein!« Er lachte. »Sam ist ein ganz bezaubernder Junge, Lily! Großes Lob!«

Sie starrte ihn verständnislos an. Ein Kompliment für sie? Für eine Schlampe, eine Geliebte …

»Schau doch nicht so überrascht! Du weißt doch genau, daß du eine gute Mutter bist, und ich kann nur hoffen, daß ich für die Kleinen ein ebenso guter Vater sein werde!« Er lehnte sich zurück und blickte gedankenverloren vor sich hin. »Nie hätte ich gedacht, daß ich es einmal mit einem Kind im selben Zimmer aushalten könnte. Und sieh mich jetzt an! Ich habe auch nie geplant, in so zartem Alter zu heiraten – Und was ist daraus geworden? Du hast mein Leben völlig verändert, Lily!«

»Wenn Sie mir helfen, den Schmuck zu finden, dann könnten die Kinder und ich alles wieder rückgängig machen!«

»Zu spät, mein Liebes, viel zu spät! Den Schmuck möchte ich allerdings trotzdem finden, denn sonst werden uns die beiden Ganoven immer wieder beehren und keine Ruhe geben, bis entweder ich sie getötet habe oder sie mich!«

Er hörte, wie sie nach Luft schnappte. »Würde dir das etwas ausmachen, Lily?«

»Auch der Tod einer Maus würde mir etwas ausmachen, wenn er gänzlich unnötig wäre.«

»Aha. Also, mein Schatz, kann ich davon ausgehen, daß dir ein Tag in der nächsten Woche recht sein wird? Vielleicht, sobald Sam auf Krücken laufen darf? Oder eher? Morgen schon?«

Als Lily wortlos aufstand, packte Knight so plötzlich ihre Hand, daß sie die Balance verlor und auf seinem Schoß landete.

»Küß mich, mein Schatz, und suche dir dann einen Tag aus!«

»Nein«, erklärte Lily zwar, doch dann beugte sie sich trotzdem vor und küßte ihn.

Leise lachend liebkoste Knight ihre Lippen, und augenblicklich kam für Lily die Zeit zum Stillstand. Sie ertrank förmlich in ihren Gefühlen und schmiegte sich enger an seinen Körper, während sich ihre Hände an den Aufschlägen von Knights Hausmantel festklammerten. Seine Erregung unter ihren Schenkeln zu spüren, war unglaublich aufregend.

»Mama, weshalb hält Knight dich im Arm?«

Knight fluchte fast unhörbar, aber dafür lange und ausgiebig.

17. Kapitel

Lily starrte etwas dümmlich auf Sam hinunter. »Oh, mein Schatz«, stammelte sie schließlich und versuchte, sich loszumachen, doch Knight hielt sie einfach fest.

»Wie fühlst du dich, Sam?« fragte er mit ruhiger, gelassener Stimme.

»Komisch. Alles dreht sich. Ihr beide auch!«

»Das ist nicht weiter schlimm. Es kommt von dem Schlafmittel, das du bekommen hast. Was macht dein Bein?«

»Es tut nur ein bißchen weh. Weshalb sitzt Mama auf deinem Schoß?«

Knight hatte Zeit genug gehabt, sich eine glaubhafte Ausrede einfallen zu lassen. »Sie macht sich Sorgen um dich, mein Junge, und deshalb hat sie ein bißchen geweint. Ich habe nur versucht, sie zu trösten. Das ist alles. Sie tröstet dich doch auch, wenn du weinst, oder nicht?«

»Ich weine nicht.«

»Und wenn du Sorgen hast?«

»Ja, dann schon. Das stimmt«, räumte Sam mit schläfriger Stimme ein.

»Am besten schläfst du gleich wieder ein, Sam.«

»Gute Nacht, Mama! Gute Nacht, Vetter Knight!«

Mit gesenktem Kopf saß Lily auf Knights Schenkeln und hatte die Hände im Schoß gefaltet. Als sie plötzlich fühlte, wie seine große Hand sanft über ihren Rücken strich, wurde sie augenblicklich stocksteif.

»Lily, sei doch nicht albern!« Seine Hand hielt einige Augenblicke auf ihrer Hüfte inne. »Wenn wir verheiratet sind, werden uns die Kinder immer wieder schmusen sehen.«

»Nein.«

»Du bist ein dickköpfiges Weib!«

»Nur, weil ich nicht an einen Mann gefesselt sein will, der mich nicht liebt?«

Knight gab keine Antwort, doch das Wippen seines Fußes übertrug sich so intensiv auf Lily, daß sie ein Stück zur Seite zu rutschen versuchte. Knight grinste.

»Ich wünschte, Sie würden jetzt gehen, Knight!«

»Weshalb? Mußt du noch überlegen?«

»Nein, meine Meinung steht fest.«

»Lily, ich könnte dich jetzt genausogut mit in mein Bett nehmen und dich unentwegt lieben, bis du irgendwann ein Kind erwartest. Damit wäre dann unser Problem gelöst.«

Lily glaubte ihm jedes Wort. Sie wußte, daß er überaus geduldig war, doch wenn er einmal eine Entscheidung getroffen hatte, dann verfolgte er unverrückbar diesen Kurs. Argumentieren half da nicht viel. Um weiteren Zärtlichkeiten auszuweichen, nickte sie und lächelte. »Also gut, Knight. Ich werde Sie heiraten, wenn Sie versprechen, bis zu diesem Augenblick Abstand zu bewahren.«

Lachend drohte er ihr mit dem Finger. »Die Wendung kam aber überraschend!«

»Sie bestimmen den Tag!« stieß sie zwischen zusammengebissenen Zähnen hervor.

Knight schwieg einige Augenblicke und versuchte, aus Lilys Worten und ihrem Gesichtsausdruck zu schließen, ob sie es ernst meinte oder nicht. Nun, im Grunde konnte es ihm gleichgültig sein! Sie befand sich bei ihm in Castle Rosse, und solange Sam im Bett lag, konnte und wollte sie bestimmt nicht davonlaufen. Er strahlte sie an. »Nun gut, dann also am Freitag! Ich werde die Genehmigung von Bischof Morley besorgen. Er und mein Vater waren Freunde. Möchtest du von einem Bischof getraut werden?«

»Von einem Bischof?« wiederholte Lily abwesend.

Im selben Augenblick wußte Knight, daß sie ihn angelogen hatte. Seinem aufmerksamen Blick blieb nichts verborgen, jedenfalls nicht für lange. Doch er entschied sich, kein Aufhebens davon zu machen. Was konnte sie schon tun? »Bischof Morley hat allerdings die Ansichten meines Vaters nicht geteilt. Ich glaube, daß er ein richtiger Romantiker der alten Schule ist.«

Als sie den Kopf abwandte, konnte er ihr hübsches Profil betrachten. Ganz sacht hob er die Hand und umschloß vorsichtig ihre Brust. Lily zuckte zusammen und wandte sich zu ihm um. »Knight!«

»Du fühlst dich so wunderbar weich an«, sagte er, während seine Hand leicht über ihre Brust strich und um die Warze herumfuhr. Als Lily augenblicklich die Luft anhielt und glänzende Augen bekam, lächelte Knight und zog seine Hand zurück. »Ich will dich lieber nicht weiter erregen«, sagte er und stand dann so unvermittelt auf, daß Lily unsanft auf den Boden rutschte. »Gute Nacht, Lily! Falls es Schwierigkeiten mit Sam gibt, kannst du mich gern rufen. Du weißt ja, wo mein Schlafzimmer ist.« Sein letzter Blick über die Schulter galt einer verwirrten Lily, die inmitten ihres weiten Rocks auf dem Fußboden saß und ihm verwirrt nachsah.

Seine Sehnsucht war so stark, daß er sich kaum beherrschen konnte. Am Freitag, dachte er, am Freitag würde sie ihm endlich ganz gehören! Sie liebte die Kinder wirklich sehr, und umgekehrt war es offenbar genauso. Kinder hatten ein sehr sicheres Gefühl dafür, ob sie verläßlich geliebt wurden. Nein, daran gab es nicht den geringsten Zweifel. Und was war mit den Juwelen? Irgendwann in der Nacht beschloß Knight, sich die Zeit bis zur Trauung mit einer ausgedehnten Suchaktion zu vertreiben.

Am folgenden Morgen kam er aber nicht dazu, denn er verließ Castle Rosse schon zeitig und ritt hinüber nach Blimpton, um Bischof Morley aufzusuchen. Erst um drei Uhr nachmittags kehrte Knight zurück und fand das Haus in heller Aufregung vor.

Ausnahmsweise war Sam einmal nicht der Grund, sondern Laura Beth. Morgens war es ihr noch gut gegangen, doch jetzt krümmte sie sich hysterisch schreiend auf dem Fußboden der Halle und hielt sich den Magen. Die Dienstboten, die die Szene umstanden, rangen die Hände, und Lily war einem Zusammenbruch nahe. Sie versuchte, das Kind zu beruhigen, doch mit jedem Versuch steigerte sich das Geschrei nur weiter bis zur Unerträglichkeit.

Eine Weile sah Knight Lilys hilflosen Bemühungen zu und bewunderte kopfschüttelnd die Vorstellung, die Laura Beth ihrem Publikum gab. Schließlich durchquerte er die Halle und baute sich über dem kleinen Ungeheuer auf. »Ruhe, verdammt noch mal!«

Laura Beth riskierte einen Blick und verstummte dann so plötzlich, wie eine Muschel zuklappt. Lily lag bereits ein Vorwurf auf der Zunge, doch Knight bedeutete ihr zu schweigen. »Na endlich!« meinte er schließlich befriedigt. »So geht es doch auch. Fang ja nicht wieder an, mein Mädchen! Lily, was ist hier los?«

»Laura Beth klagt über Magenkrämpfe.«

»Sie hat nur zwei Kekse gegessen, Mylord!« jammerte die Köchin. »Aber davon kann man doch nicht krank werden, oder?«

»Eine gute Frage! Lily, laß sie los und komm zu mir!«

»Knight, aber ...«

»Komm her, Lily!«

Lily war für Diskussionen einfach zu müde. Sie war die halbe

Nacht hindurch mit Sam beschäftigt gewesen, und nun tat die Kleine, als ob sie stürbe. Tat sie wirklich nur so? Zögernd folgte Lily Knights Anweisung.

Als sie neben ihm stand, sprach Knight ganz ernst. »Laura Beth, bitte steh auf, entschuldige dich bei Mimms und bei deiner Mutter und geh dann in dein Zimmer!«

Laura Beth bedachte Knight mit einem pathetischen Augenaufschlag, worauf Knight sich ernsthaft zusammennehmen mußte, um sie nicht einfach in die Arme zu nehmen. »Geh!« sagte er statt dessen und deutete auf die Treppe. »Und laß dir nicht einfallen, deine Mutter noch einmal so zu erschrecken!«

Kleinlaut krabbelte Laura Beth auf die Füße, zog ihr Kleidchen gerade und flüsterte: »Entschuldigung, Mama! Entschuldigung, Mimms!« Dann drehte sie sich um und stolperte ohne ein weiteres Wort davon.

»Geh ihr bitte nicht nach, Lily«, bat Knight. »Wenigstens nicht vor dem Essen.«

»Sie hat es tatsächlich nur gespielt!« Mit offenem Mund starrte Lily hinter ihrer talentierten Tochter her.

Knight griente nur und schickte dann die Dienstboten wieder an ihre Arbeit. »Und wir beide wollen jetzt endlich Tee trinken!«

Auf den ersten Blick war Knight aufgefallen, daß Lily offenbar völlig erschöpft war. Wahrscheinlich war sie die ganze Nacht über wegen Sam wach gewesen und hatte ihn nicht gerufen. »Hast du überhaupt ein Auge zugemacht?« fragte er, als er sah, wie sie sich erschöpft in einen Sessel sinken ließ und die Augen schloß.

»Doch, doch«, antwortete Lily. »Gegen Morgen wurde Sam etwas ruhiger.«

»Und weshalb hast du mich nicht gerufen?«

»Sie sind schließlich nicht sein Vater, und ich –« Sie brach ab, als ihr bewußt wurde, was sie gesagt hatte.

»Diese Wahrheit kann ich nicht abstreiten. Ah, hier kommt Thrombin mit dem Tee!«

Erst nachdem der Butler wieder gegangen war und Lily einige Schlucke getrunken hatte, sprach Knight weiter. »Ich glaube, du hättest die Kleine sofort durchschaut, wenn du nicht so müde gewesen wärst.«

»Sie wollte nur Aufmerksamkeit auf sich ziehen.«

»Ja, sie muß eben noch lernen, daß sie nicht allein auf der Welt ist.«

»Sie ist doch noch ein kleines Mädchen, Knight!«

»Na, wenigstens hat sie jetzt dreißig Minuten Besinnungszeit!«

»Vielleicht lieber fünfzehn Minuten?« verbesserte ihn Lily und lächelte so hinreißend, daß sein Körper augenblicklich reagierte.

»Du solltest sie nicht so sehr bemuttern. Wirklich, Lily, du solltest vernünftiger sein! Außerdem möchte ich wirklich keine blasse Braut, die vor lauter Müdigkeit schwarze Ringe unter den Augen hat!«

Er hat wirklich Talent, mich zu reizen, dachte Lily, und fuhr gleich darauf empört in die Höhe. »Weshalb glauben Sie mir denn nicht endlich?« wollte sie wissen. »Ich will Sie doch überhaupt nicht heiraten. Verdammt!«

»Wenn du mich wirklich nicht heiraten willst, dann kannst du eigentlich nur noch meine Geliebte werden wollen! Ich weiß doch genau, wie sehr du mich begehrst. In der vergangenen Nacht habe ich dich nur ganz, ganz leicht berührt, deine Brüste lediglich gestreichelt ...«

Ohne Vorwarnung warf sie die Teetasse nach ihm. Er konnte sich zwar noch ducken, doch erst als sich der heiße Tee bereits längst über seine Jacke ergossen hatte.

Mit einer Serviette betupfte Knight die häßlichen Flecken auf dem blaßblauen Stoff. »Eigentlich müßte ich dich jetzt einfach übers Knie legen!«

Lily holte tief Luft und seufzte erschöpft. »Es tut mir leid, Knight, aber Sie haben es verdient!«

»Ich wollte deine geheimsten Gefühle nicht verletzen, Lily, sondern dir nur die Wahrheit klarmachen. Du bist nun einmal eine sehr heißblütige Frau. Nach unserer Hochzeit werde ich schon dafür sorgen, daß du bekommst, was du brauchst.«

Rasch ging er zu ihr hinüber und zog sie in seine Arme. Obwohl sie sich sträubte, küßte er ihre Haare und strich ihr sanft über den Rücken. Irgendwann lehnte sich Lily plötzlich gegen ihn und ließ den Kopf an seine Schulter sinken.

»Heute abend werde *ich* mich um die Kinder kümmern. Ich werde nach Sam sehen, solange Theo und John noch beschäftigt sind. Und unsere kleine Schauspielerin muß sich noch bis – nun, bis zum Abendessen gedulden: Ich will nicht, daß sie hungrig zu Bett geht, aber ich will es ihr auch nicht zu leicht machen. Wie du siehst, mußt du jetzt ganz allein zu Bett gehen!«

Sie erstarrte, als er direkt neben ihrem Ohr leise lachte. »Das war nur der Versuch, ein wenig witzig zu sein!«

Als ihn ihre Faust im Bauch traf, stöhnte er nur andeutungsweise. Dann küßte er ihr Haar und drückte sie noch einmal fest an sich, bevor er sie wieder von sich schob. »Und als nächstes werde ich alle eure Sachen gründlich nach diesem verdammten Schmuck durchsuchen! Wirst du mir helfen? Gleich morgen?«

Seufzend rieb sich Lily die schmerzenden Schläfen und plapperte los, bevor sie noch überlegt hatte. »Das habe ich schon gemacht, aber ich habe nichts gefunden. Nachdem Sie mich gestern nacht ...«

»Weiter!«

»Also gut. Nachdem Sie mich gestern abend so gedemütigt hatten, habe ich die ganze Nacht über alles durchsucht, aber weit und breit keine Juwelen entdeckt!«

»Hmm«, brummte Knight und zog Lily wieder in seine Arme. Es lag ihm auf der Zunge, sich bei ihr zu entschuldigen, denn er hatte ihr ja wirklich demonstriert, wie leicht sie zu verführen war und wie er die Dinge in der Hand hatte, ohne daß sie etwas dagegen tun könnte.

Wenn er sie nur ein wenig enger an sich gezogen hätte, hätte sie gefühlt, welche Sehnsucht ihn quälte. Doch er beherrschte sich, auch wenn es ihm unendlich schwer fiel. »Was ist los?«

»Ich habe Kopfschmerzen.«

»Hast du das oft?«

Lily schüttelte den Kopf. »Fast nie.«

»Nun, unter diesen Umständen ist es wahrscheinlich kein Wunder. Komm, ich bringe dich in dein Zimmer. Soll ich die Tür zuschließen, damit die Kinder dich nicht stören können?« Er machte eine kleine Pause und strich ihr zärtlich über die Wange. »Und ich selbstverständlich auch nicht.«

»Ich möchte bitte den Schlüssel haben.«

Er lachte. »Nein.«

Als sie vor Lilys Tür standen, blickte er auf ihr hübsches Gesicht hinunter und lächelte. »Mach dir keine Sorgen, Lily! Alles wird wunderbar werden. Du mußt mir nur ein wenig vertrauen.«

Lily schwieg, denn in ihrem Kopf hämmerte es so stark, daß ihr schon ganz übel war.

»Mit mir verheiratet zu sein, ist nicht so entsetzlich, wie du dir das im Augenblick vorstellst. Wir werden uns ganz bestimmt gut verstehen.«

Mit diesen Worten schob er sie durch die Tür, obwohl er sich durchaus auch andere Dinge hätte vorstellen können. Da ihm klar war, daß sie mit Sicherheit ohne Pause auf Auswege sann, überlegte er auf dem Weg zu Sams Zimmer, wie er ihr zuvorkommen konnte. Vor Sams Tür kam ihm der rettende Gedanke. Ungefähr eine halbe Stunde später erlöste er Laura Beth von ihrer Strafe und war froh, daß die Kleine ihn anstrahlte und ihm offenbar nichts nachtrug. Als er schließlich auch noch Theo rufen ließ, lief der Blick des Jungen erst mißtrauisch von einem Gesicht zum anderen. Doch Knight lächelte ihm freundlich zu und zog ihn neben sich auf Sams Bett.

»Da wir nun alle hier versammelt sind«, begann Knight, während er die Kinder der Reihe nach ansah, »möchte ich euch eine Neuigkeit mitteilen. Ich werde eure Mutter heiraten, und zwar am Freitag.«

Es herrschte absolute Stille.

»Das ist übermorgen.« Sam musterte Knight mit zusammengezogenen Brauen. »Heiratest du sie, weil du sie gestern gestreichelt hast?«

»Streicheln gehört dazu. Eure Mutter und ich mögen einander, und wir denken, daß diese Lösung für uns alle das Beste ist.«

Theo war ganz blaß geworden. »Das kommt aber sehr plötzlich.«

Wie wahr, dachte Knight. »Komm zu mir, Laura Beth!« Mit diesen Worten hob er die Kleine auf seine Knie. »Also gut, Theo. Liegst du bequem, Sam?« Nachdem dieser bestätigend genickt hatte, fuhr Knight fort: »Ihr wißt, daß ich euer Vormund bin. Eure Mutter hat dafür gesorgt, damit Ugly Arnold keine Ansprüche mehr erheben kann. Leider ist Lily aber nun einmal nicht eure richtige Mutter und kann euch deshalb nicht selbst beschützen.«

»Doch! Sie ist unsere Mutter!«

»Meine Mama!«

Knight hob beschwichtigend die Hand. »Ich weiß ja, daß ihr sie über alles liebt, aber die Tatsache bleibt nun einmal.«

»Sie ist wirklich meine Mama!« quietschte Laura Beth und hopste dabei auf Knights Knien auf und ab.

»Nein, Flöhchen, aber das ist nicht so wichtig. Für dich ist sie schon deine Mama, aber leider zählt das vor einem Gericht nicht.«

»Wir mußten es doch tun«, bemerkte Theo kleinlaut.

»Was denn, Theo?«

Sam zuckte die Schultern. »Du kannst es ihm ruhig erzählen, denn er weiß es ja ohnehin schon!«

»Als Lily damals bei den Damsons ganz ehrlich erzählt hat, daß sie Vaters Verlobte sei, war Gertrude gleich nicht mehr so freundlich. Und Ugly Arnold hat sogar versucht, ihr etwas anzutun. Doch das habe ich verhindert! Am nächsten Morgen sind wir davongelaufen und haben beschlossen, Lily in Zukunft immer als Vaters Witwe und Laura Beths Mutter auszugeben.«

»Sie ist meine Mama!« behauptete die Kleine wieder, und zum ersten Mal fiel Knight auf, daß sie das eigensinnige Kinn ihres Vaters geerbt hatte.

»Wenn sie erst mit mir verheiratet ist, wird das niemand mehr in Zweifel ziehen! Na, Theo, du siehst so beunruhigt aus?«

»Unsere Mama ist sehr schön, und Sam und ich haben bisher versucht, sie zu beschützen. Wir mögen dich wirklich, Vetter Knight, aber Mama kommt immer an erster Stelle! Versprichst du, daß du sie zu nichts zwingen wirst?«

Knight versagte die Stimme. Ein solcher Satz von einem neunjährigen Jungen! Auf die Frage wollte er lieber nicht eingehen. »Könnt ihr euch mich denn als euren Vater vorstellen?«

»Du bist viel zu jung«, erklärte Laura Beth lakonisch, und schon war ihr Daumen wieder im Mund verschwunden.

»Aber nein! Ich bin doch schon siebenundzwanzig! Ganz großzügig betrachtet, könntet ihr meine Kinder sein.« Doch als Knight den schmerzlichen Ausdruck in Theos Augen sah, fuhr er beschwichtigend fort: »Natürlich weiß ich, daß ihr einen Vater hattet, und zwar einen wunderbaren Vater! Ich mochte meinen Vetter immer von Herzen gern, doch leider ist er nun nicht mehr da. Als euer Stiefvater werde ich versuchen, genauso gut für euch zu sorgen. Obwohl ihr kleine Teufelchen seid, mag ich euch trotzdem sehr, sehr gern! Jedenfalls meistens!«

»Am liebsten hast du es, wenn du uns herumkommandieren kannst«, bemerkte Sam.

»Das ist wahr, und ganz besonders diese kleine Schauspielerin hier!«

Laura Beth nahm ganz freiwillig den Daumen aus dem Mund und schenkte Knight ein hinreißendes Lächeln.

»War Papa eigentlich auch in Eton?«

»Ja, Sam. Bei den Winthrops ist das Familientradition. Mit ihm haben sie es dort allerdings nicht leicht gehabt, denn er war eine wahre Landplage. Aber er hatte auch viele Freunde.«

»Und wann müssen wir dorthin?« fragte Theo.

»Vielleicht im Januar. Das werden wir sehen.«

»Versprichst du, daß du Mama immer gut behandelst?«

»Aber selbstverständlich, Sam! Allerdings mußt du mir versprechen, daß du in Zukunft den Pferden etwas aus dem Weg gehst!«

Sam grinste, und Theo stand auf und streckte Knight die Hand hin.

Knight schlug ein. »Was soll das bedeuten, Theo?«

»Wir erlauben dir, Mama zu heiraten«, erklärte Sam.

»Oh, vielen Dank!« entgegnete Knight völlig ernst. »Ich danke euch für euer Vertrauen.«

Mit einem Plop zog Laura Beth den Daumen aus dem Mund und strahlte Knight an. »Jetzt bist du unser Papa!«

Man merkte es Knight zwar nicht an, doch plötzlich fühlte er sich wie vor den Kopf geschlagen. Er starrte das Kind an und dachte nur: Ich, ein Vater? Das ist ja einfach lächerlich! Völlig absurd! Aber es ist wahr! Ich bin jetzt für sie verantwortlich!

»Hör auf damit, Laura Beth!« fauchte Sam. »Vetter Knight ist nur unser Vormund, aber nicht unser Papa!«

Knight stellte Laura Beth auf die Füße und stand auf. Dann sah er die Kinder eindringlich an. »Natürlich würde ich mich sehr freuen, wenn ihr Papa zu mir sagen würdet.«

»Papa!« kam es von Laura Beth.

Sam zog einen Schmollmund und schüttelte den Kopf. »Nein«, sagte er in aggressivem Ton. »Nein, mein Papa ist tot. Ich werde ihn nie vergessen. Das kann ich gar nicht!«

»Das hoffe ich sehr«, sagte Knight. Plötzlich fühlte er sich ein wenig unsicher und überlegte, ob es nicht vielleicht doch besser gewesen wäre, in Lilys Gegenwart mit den Kindern über alles zu sprechen. Er holte tief Luft. »Denk noch einmal darüber nach, Sam! Ich habe ganz bestimmt nicht die Absicht, den Platz eures Vaters einzunehmen.«

Aber genau betrachtet, tat er genau das. Er wollte, daß die Kinder ihn liebten, ihm vertrauten und zu ihm kamen, wenn sie in Schwierigkeiten waren. Darüber werde ich in kürzester Zeit graue Haare bekommen, dachte er und lächelte. »So, ihr beiden, jetzt wollen wir Sam aber in Ruhe lassen. Er muß sich noch tüchtig ausruhen, wenn er nächste Woche schon auf Krücken herumlaufen will. Und Lily gegenüber erwähnt ihr kein Wort von unserer Unterhaltung. Ich will erst selbst mit ihr sprechen.«

»Sie haben *was* getan?«

»Ich habe mit den Kindern über alles gesprochen, und sie haben mir die Erlaubnis gegeben, dich zu heiraten!«

»Aber Laura Beth hat kein Wort davon gesagt! Sam schlief vorhin noch, und Theo habe ich noch nicht gesehen.«

»Es war ja auch eine Verschwörung. Aber es gefällt mir, daß Laura Beth tatsächlich dichtgehalten hat!«

Offenbar war Lily völlig überrascht und irritiert. Demnach ist es mir gelungen, ihre Pläne zu durchkreuzen, dachte Knight, während er sich genüßlich ein Stück Fleisch abschnitt.

»Ja, das hat sie, aber ich glaube, daß Sie sie bestochen haben, indem Sie sie vor dem Abendessen begnadigt haben! Das ist nicht in Ordnung, Knight! Und einfach hinter meinem Rücken mit ihnen zu reden!«

Schamlos grinste Knight sie an. »Und weshalb nicht? Ich hielt das für eine ausgezeichnete Strategie. Ich habe dich jetzt gewissermaßen in der Tasche. Gib einfach auf, Lily! Wenn du es auch für richtig hältst, werden wir den Kindern vom versteckten Schmuck erzählen. Irgendwo muß er ja sein, und höchstwahrscheinlich wird es ihnen höllischen Spaß machen, danach zu suchen.«

»Nein, ich möchte nicht, daß sie das erfahren. Sie wären bestimmt nicht mit einer einfachen Erklärung zufrieden und würden weiterfragen. Ich möchte nicht, daß sie erfahren, welch gräßliche Kerle ihren Vater umgebracht haben!«

Trotz ihrer starken Kopfschmerzen hatte Lily fieberhaft über einen Ausweg aus ihrer Situation nachgedacht, doch nun hatte Knight Winthrop sie überlistet. Laut sagte sie: »Jetzt weiß ich wirklich nicht mehr weiter.«

»Wenn du mir sagst, um was es geht, kann ich dir vielleicht helfen.«

Völlig überrascht blickte Lily auf.

»Du hast laut vor dich hin gesprochen, Lily.«

»Oh, das wollte ich nicht! Aber ich habe einen Vorschlag: Können Sie denn nicht den Kindern einfach eine gewisse Summe aussetzen? Ich werde mit ihnen fortgehen und Sie nie wieder belästigen. Bitte, ich werde …«

Sein halbgefülltes Weinglas sauste an ihrem Kopf vorbei, worauf sie wie zu Eis erstarrte.

»Weshalb schaust du so überrascht? Du hast das schon öfter getan!«

»Nur zweimal.«

»Aber in mörderischer Absicht.«

»Sie hatten es jedesmal verdient!«

»Ich habe dich jedenfalls nicht getroffen. Ich wollte nur sehen, wie der Rotwein über deinen Busen läuft, und wie ich sehe, ist mir das geglückt. Soll ich die Flecke wegtupfen, Lily?«

Lily sah auf ihren Ausschnitt hinunter und spürte, wie der Wein langsam zwischen ihren Brüsten versickerte. »Sie haben mein Kleid ruiniert«, stellte sie lakonisch fest, »und Sie wissen genau, daß ich nur drei besitze.«

»Das ist unwichtig. Wir werden Hunderte kaufen.«

Diese Bemerkung traf Lily schmerzhaft. »Ich will keine Kleidung kaufen! Ich will überhaupt nichts kaufen!«

Knight lehnte sich zurück und betrachtete Lily eine ganze Weile, ohne zu sprechen. Schließlich bemerkte er in seiner belehrenden Art: »Wie du willst. Es ist mir auch völlig gleichgültig. Du weißt sehr gut, daß deine Garderobe gewisse Mängel aufweist, um es freundlich auszudrücken, und ich werde mich darum kümmern! Gibt es sonst noch etwas? Aber sieh dich vor, Lily! In der Weinflasche ist noch etwas drin.«

»Sie wollen mich also tatsächlich heiraten, obwohl doch alles dagegen spricht? Sehen Sie das denn nicht?«

»Deine Überzeugungskraft ist einfach überwältigend, mein Liebes! Schau mal, was ich hier habe.« Dabei zog er einen Ring aus der Tasche und hielt ihn ihr hin.

Wie gebannt starrte Lily auf den Goldreif mit einem großen Smaragd, der von vielen, kleinen Brillanten eingefaßt war. Ein so schönes Schmuckstück hatte sie noch nie in ihrem Leben gesehen. »Ist das Billys Ring?«

»Wie witzig! Der Ring hat meiner Mutter gehört und davor meiner Großmutter.«

»Wenn man in Rechnung stellt, daß die Winthrops nie vor dem vierzigsten Lebensjahr heiraten, muß er ganz schön alt sein!«

»Nein, diesen Unsinn hat allein mein Vater aufgebracht, und mit ihm ist er auch gestorben! Ich bin jetzt siebenundzwanzig und in Kürze Ehemann einer wunderschönen Frau und Stiefvater von drei Kindern! Ich gebe gern zu, daß es ein wenig ungewöhnlich ist, aber übermorgen ist es wahr. Rührt denn die Tatsache, daß ich reich bin und einen Titel habe, nicht an irgendwelche verborgene Glut in deiner Seele?«

»Oh, doch!« entgegnete Lily lächelnd. »Oh, doch, das tut es schon. Schließlich bin ich nur Ihres Geldes wegen einverstanden. Und mit der Vermutung hatten Sie ebenfalls recht: Als ich nach dem Überfall nach London gekommen bin, hatte ich tatsächlich gehofft, daß Sie mich noch auf dem Totenbett heiraten würden.«

»Na wunderbar!« Zufrieden lächelnd lehnte sich Knight in seinem Sessel zurück. »Das hört sich doch schon viel besser an, findest du nicht auch? Du wirst über so viel Geld verfügen, wie du möchtest, und außerdem darfst du mich so oft lieben, wie du das verkraftest!«

Dazu fiel Lily nichts mehr ein.

Erst viel später, als sie sich schlaflos in ihrem Bett wälzte, fiel ihr auf, daß sie gar nicht nach der Reaktion der Kinder gefragt hatte. Ob sie gejubelt hatten? Wahrscheinlich nicht, denn bestimmt hingen sie noch viel zu sehr an Tris, um Knight einfach so zu akzeptieren. Jedenfalls wollte sie gleich am Morgen mit ihnen darüber sprechen.

In diesem Augenblick wurde ihr klar, daß sie im Grunde zugestimmt hatte. Doch welcher Ausweg wäre ihr sonst geblieben? Abstoßend fand sie Knight nun wirklich nicht, und heimtückisch und gemein wie Ugly Arnold war er auch nicht. Aber es schmerzte sie sehr, daß er sie nicht liebte. Warum, zum Teufel, mußte er auch einen Titel und Geld haben und obendrein auch noch diese draufgängerische Rücksichtslosigkeit? Verdammt, er war wirklich der eindrucksvollste Mann, den sie bisher in ihrem Leben getroffen hatte!

Mitten in diese Gedanken hinein platzte ein gewaltiges Getöse. Sam! Blitzartig war Lily aus dem Bett, und noch während sie in ihren Morgenmantel schlüpfte, rannte sie bereits den Flur entlang.

18. Kapitel

Auf der Schwelle zu Sams Zimmer erstarrte Lily und unterdrückte nur mit Mühe einen Aufschrei. In einem wilden Knäuel von Dekken und Laken lag Sam auf dem Fußboden, während Knight vor ihm kniete und versuchte, das verletzte Bein hochzuhalten.

»Darf ich wissen, was hier vorgeht?« fragte Lily im sanftesten Ton, den man sich vorstellen konnte.

»Mama«, begann Sam, doch der Rest ging bereits in Kichern und Gelächter unter.

»Ich nehme an, daß du dir nicht wehgetan hast, oder?«

Knight unterdrückte ein wildes Fluchen. »Nein, eigentlich ist alles in Ordnung, denn ich halte ja sein Bein! Lach nicht, Lily, sondern hilf mir lieber, Sam wieder zurück ins Bett zu bringen! Durch das Schlafmittel ist er völlig benommen.«

Nachdem sicher war, daß Sam nichts fehlte, konnte sie sich das Lachen nicht länger verkneifen. Es sah zu komisch aus, wie Knight sich abmühte, den Jungen wieder ins Bett zu bringen. Doch als Lily irgendwann bemerkte, daß sich Knights Hausmantel im Gewühl bis zur Taille geöffnet hatte und er nichts darunter trug, bekam sie starre Augen und mußte heftig schlucken. Knight, der ihren Blick sehr wohl bemerkt hatte, konnte absolut nicht verhindern, daß sein Körper reagierte. Glücklicherweise war es jedoch im Zimmer empfindlich kühl, und außerdem hatte Lily sich inzwischen zu Sam umgedreht und giggelte mit ihm gemeinsam.

Knight bemühte sich um eine ernste Miene. »Jetzt hast du dich aber lang genug auf meine Kosten amüsiert, du Schlingel! Los, jetzt wird geschlafen!« Er streichelte dem Jungen liebevoll übers Gesicht, zog die Decke glatt und trat dann zurück. Vorsichtig warf er einen Blick zu Lily hinüber, die sich inzwischen wieder ein wenig beruhigt hatte.

Als sich ihre Blicke trafen, reagierte Knights Körper in derselben Sekunde. Nicht einmal fünfzig Minusgrade hätten ihn davor bewahrt. Oh, Himmel, er war plötzlich so erregt, und nichts, aber auch gar nichts blieb der Fantasie überlassen. Am liebsten hätte er Lily gepackt, ihre Hand an seinem Glied gefühlt, ihre wunderschönen Brüste gestreichelt, während ihr Mund …

»Vetter Knight, bleibst du noch einen Augenblick hier? Mama, du kannst schon ins Bett gehen.«

Knight klopfte Lily auf die Schulter. »Er hat recht, du bist ja barfuß! Ab ins Bett mit dir! Ich werde jetzt auch allein mit ihm fertig.«

Ehrlich gesagt war Lily nicht sehr überrascht, als sich einige Minuten später leise ihre Zimmertür öffnete.

»Ist alles in Ordnung?« fragte sie.

»Aber selbstverständlich. Es hat dem Kleinen offenbar höllischen Spaß gemacht, mich auf den Knien zu sehen. Ich denke, daß er darin seiner Mutter recht ähnlich ist!«

»Mir würde das bestimmt nicht gelingen.«

Inzwischen war Knight dicht ans Bett herangetreten und sah auf Lily hinunter. »Nach unserer Hochzeit, mein Schatz, wirst du es erleben. Ich werde dich Stück für Stück entkleiden, ganz langsam und direkt neben dem warmen Kaminfeuer. Dann werde ich jeden Zentimeter deines Körpers küssen. Ich werde dein Haar hochheben und mit den Lippen von deinem Nacken bis zu deinem Mund wandern. Und schließlich werde ich deine Brustwarzen küssen. Stell dir vor, daß meine Hände deine Brüste umfassen. Fühlst du meine Zunge auf deinem Bauch, wie sie hinuntergleitet zu deiner Scham und dann ...« Als sie leise keuchte, brach er ab und runzelte die Stirn. »Vermutlich kennst du das alles schon zur Genüge, oder?«

»Nein.«

»Bitte, Lily!« Obwohl er mittlerweile dicht neben ihr saß, konnte er ihre Gesichtszüge im schwachen Licht kaum erkennen. »Lüg mich nicht an! Deine Vergangenheit ist mir wirklich gleichgültig. Es geht mir jetzt allein um dich, um mich, um unsere Kinder und um unsere gemeinsame Zukunft.«

»Ich glaube schon, daß Ihnen meine Vergangenheit zu schaffen macht, denn Sie benehmen sich immer scheußlich, wenn Sie an die anderen Männer denken. Aber ich habe es Ihnen schon oft gesagt, Knight: Ich habe nicht mit Tris gelebt, sondern nur in seinem Haus. Sie müssen zugeben, daß das ein gewaltiger Unterschied ist.«

Aber diese Männer kannten dich doch! hätte er am liebsten geschrien. Sie haben dich als Tristans Kleine bezeichnet, als seine Hure ...

»Ich habe Sehnsucht nach dir, Lily.« Bevor sie etwas antworten konnte, hatte er sich neben ihr ausgestreckt. »Küß mich!«

Nein, das darf ich nicht zulassen! dachte Lily und wandte hastig den Kopf zur Seite, so daß sein Kuß nur ihr Ohr traf. Wenn er ihre Lippen berührt hätte, wäre sie zweifellos verloren gewesen. Als seine Rechte ihre Handgelenke packte und die linke Hand über ihren Hals bis zu ihren Brüsten strich, schnappte Lily nach Luft und entzog sich ihm, indem sie sich auf die andere Seite des Betts hinüberrollte. »Gehen Sie weg! Das dürfen Sie mir nicht antun!«

Zuerst war Knight nur wütend und kam sich ziemlich dumm vor, doch dann mußte er lachen. »Du hast recht. Weil ich dich so sehr begehre, vergesse ich doch immer wieder, daß ich eigentlich ein Gentleman bin.« Mit diesen Worten erhob er sich und zog seinen Hausmantel zurecht. »Gute Nacht, mein Liebes«, verabschiedete er sich. »Morgen früh werden wir uns auf Schatzsuche begeben. Träum ein wenig von mir.«

»Gute Nacht, Knight.«

Ein kurzes Lachen, und dann war er fort. Doch Lily träumte keineswegs von ihm, sondern von Monk und Boy und empfand entsetzliche Angst. Ja, der Schmuck mußte unbedingt gefunden werden!

Doch der Schmuck blieb verschwunden. Knight gestaltete die Suche wie ein Spiel und ließ die Kinder daran teilnehmen. Er versprach ihnen eine Belohnung, falls sie etwas außergewöhnlich Interessantes in ihrem Besitz fänden, und auf diese Weise wurde die ganze Habe Stück für Stück durchgesehen. Jedes Spielzeug wurde befingert, auseinandergenommen oder auf andere Art untersucht, aber es fand sich absolut nichts.

»Du hattest recht«, sagte Knight während des Mittagessens zu Lily. »Nichts, aber auch gar nichts haben wir gefunden!«

Saint John, wie Lily den jungen Lehrer mittlerweile nannte, unterhielt sich gerade mit Theo, und keiner von beiden achtete auf Knight oder Lily. Laura Beth war mit ihrem Teller beschäftigt, und um sie nicht aufmerksam zu machen, nickte Lily nur stumm mit dem Kopf. Als Knight kurz darauf in brütendem Schweigen versank, wußte sie genau, daß seine Gedanken bei Monk und Boy waren.

Gegen Ende der Mahlzeit sagte Knight plötzlich: »Lily, komm bitte in zehn Minuten ins Wohnzimmer. Ich habe etwas für dich.«

»Was denn?« erkundigte sich Laura Beth auf der Stelle.

»Das geht dich nichts an, Flöhchen«, entgegnete Knight. »Iß lieber fertig!«

»Wie bitte?«

»Du sollst den Mund halten. Sonst mußt du wieder ins Kinderzimmer!«

»Kein schlechter Vorschlag, Theo!« bemerkte Knight. »Dort oben ist es scheußlich kalt, Flöhchen, und möglicherweise wird sich Czarina Catherine die Zehen abfrieren!«

Doch Laura Beth lachte nur.

Genau zehn Minuten später schloß Lily die Tür des Wohnzimmers hinter sich. »Hier bin ich.«

Wortlos holte Knight eine große flache Schachtel hinter seinem Rücken hervor, was Lily äußerst mißtrauisch verfolgte. »Was ist das?«

»Mach die Schachtel doch einfach auf und sieh nach!«

Zögernd ging Lily auf ihn zu.

»Wenn es dir gefällt, bekomme ich ja vielleicht sogar einen Kuß.«

»Meinen Sie?« fragte Lily skeptisch. Dann trug sie die Schachtel zu einem kleinen Tischchen hinüber. Nachdem sie den Deckel abgenommen und das silberfarbene Seidenpapier beiseitegeschoben hatte, schnappte sie nach Luft. »Knight!«

Er sagte kein Wort, sondern beobachtete nur, wie sie das zauberhafte, weiße Seidenkleid aus der Schachtel nahm. Der runde Halsausschnitt war mit kostbaren Spitzen aus Valenciennes eingefaßt und ebenso die langen, schmalen Ärmel und der Saum. Es war wie für Lily gemacht!

»Dein Hochzeitskleid«, bemerkte Knight nach einer langen Pause.

Lily war wie vor den Kopf geschlagen. »Es ist unglaublich schön, aber …«

»Kein Aber bitte! Nach meinem Besuch bei Bischof Morley habe ich es besorgt. Die Assistentin der Schneiderin hat in etwa deine Figur und mußte es anprobieren.« Er unterbrach sich, als er sah, daß Lily den Kopf gesenkt hatte.

»Lily?«

Sie schüttelte nur den Kopf und wandte sich ab. Knight runzelte die Stirn. »Gefällt es dir nicht?«

»Aber natürlich gefällt es mir!«

»Ich habe schon gedacht, du hättest geweint. Ich weiß, daß es eigentlich nicht üblich ist, daß der Bräutigam seine Braut vor der Hochzeit in ihrem Kleid sieht, aber …«

»Nein.« Lily wandte sich ihm zu, doch zu seiner größten Überraschung wirkte sie sehr gefaßt. »Ich danke Ihnen, Knight.«

Eindringlich sah er sie an. »Auch wenn du es vielleicht nicht wahrhaben willst, Lily, aber morgen um diese Zeit wirst du meine Frau sein und wir alle werden eine Familie sein! Diese Vorstellung ist doch gar nicht so schrecklich, oder?«

Lily schüttelte den Kopf. »Den Schmuck konnten wir ja leider nicht finden.«

Am liebsten hätte er ihr den Hals umgedreht. »Aha!« bemerkte er statt dessen mit beißendem Sarkasmus. »Wenn wir die Dinger gefunden hätten, wärst du also heute beim ersten Morgengrauen aus diesem – diesem Gefängnis ausgebrochen, wie du damals aus Damson Farm verschwunden bist?«

»Genau«, antwortete Lily wahrheitsgemäß, worauf Knight impulsiv einen Schritt auf sie zutrat. Der Wunsch, sie zu erwürgen, wurde immer heftiger.

Ängstlich drückte Lily das Kleid an sich und wich eingeschüchtert zurück. »Eine Vernunftehe wäre mir am liebsten.«

Wie vom Blitz getroffen, verharrte Knight. »Wie bitte?«

»Ja, eine richtige Vernunftehe. Wenigstens für drei Tage!«

»Und nach drei Tagen wirst du dann entscheiden, ob du das Bett mit mir teilen willst?«

»Bitte, Knight, nur diese drei Tage! Es ist doch wirklich keine lange Zeit!«

»Jetzt dämmert es mir langsam! Du hoffst immer noch darauf, den Schmuck zu finden!« Wütend entriß er ihr das Kleid, knüllte es zusammen und warf es wie einen Ball in die Luft. »Ich werde dir drei, nein, dreißig Jahre bewilligen! Es ist mir völlig gleichgültig! Ich gebe dir auch noch obendrein fünfzigtausend Pfund, wenn du nur verschwindest! Aber meine Kinder bekommst du nicht! Hast du begriffen?« Wütend packte er Lily an den Armen und schüttelte sie heftig. »Meine Kinder wirst du nicht mitnehmen! Das erlaube ich nicht.«

Lily verzichtete auf jede Gegenwehr, sondern hörte ihm nur mit großer Aufmerksamkeit zu. »Aber Sie kennen die Kinder doch erst seit einigen Wochen! In der kurzen Zeit können sie Ihnen doch unmöglich so sehr ans Herz gewachsen sein!«

Mittlerweile war Knight völlig außer sich. »Wenn du auch nur den leisesten Versuch wagen solltest, sie aus meiner Obhut zu reißen, dann werde ich persönlich ...«

»Was?« fragte Lily ganz zart und leise.

Als er ihr in die Augen sah, wußte er, daß er bezwungen war.

In diesem Augenblick haßte er sie. Seit sie sein wohlgeordnetes Leben durcheinandergebracht hatte, war er kein normaler Mensch mehr! Er haßte es, die Kontrolle zu verlieren. »Oh, Himmel, wie sehr wünschte ich, dich aus meinem Herzen verbannen zu können!«

Lächelnd legte Lily die Arme um seine Taille und sah zu ihm empor. Knight stand stocksteif, doch er wich nicht zurück. »Knight?«

»Was willst du denn noch, du Quälgeist?«

»Stimmt das mit dem Herzen? Bin ich da wirklich drin?«

»Nein, ich habe mich völlig falsch ausgedrückt. Es war nur ein Versehen. Ich meinte eigentlich meine Begierde. Gefühle sind dazu nicht unbedingt nötig.«

»Oh.«

Sanft strichen seine Hände über ihre Arme. »Das hat sich ja ehrlich enttäuscht angehört, Lily. Magst du mich denn überhaupt?«

»Ich finde dich zumindest nicht gänzlich abstoßend.«

»Kannst du dir denn vorstellen, mich zu heiraten?«

»Ja.«

»Keine Vernunftehe?«

»Nein, nicht eine Sekunde lang.«

Plötzlich fühlte sich Knight so beschwingt wie ein Schmetterling. Er faßte Lily um die Taille und hob sie übermütig hoch. »Das wird aber auch Zeit, du verrücktes Frauenzimmer! Küß mich, und zwar genauso wie morgen abend, wenn wir zusammen im Bett liegen werden.«

Während sie ihn küßte, ließ er sie ganz langsam an sich heruntergleiten, daß sie seine Erregung fühlen konnte und gleichzeitig seine Stärke und Zärtlichkeit spürte. Es war ein inniger Kuß voll verwirrender Unschuld.

Die Hochzeit von Knight Carden Paget Winthrop, dem achten Viscount Castlerosse, mit Miß Lily Ophelia Tremaine war ein bezauberndes Fest, obwohl nur die drei Kinder und sämtliche Bediensteten von Castle Rosse anwesend waren. Bischof Morleys Vetter, der erfolgreiche Anwalt Mr. Drake St. John, fungierte als Brautführer. Seiner Meinung nach mußte Knight der glücklichste Mann auf Erden sein. Wenn man den Bräutigam in diesem Augenblick gefragt hätte, wäre er sicher mit dieser Feststellung einverstanden gewesen und die Kinder ebenfalls.

»Mama sieht aus wie ein Engel!« hauchte Laura Beth.

»Pst!« flüsterte Theo nervös.

»Jedenfalls ist sie schöner als die Pfauen im Garten«, bemerkte Sam so laut, daß Knight ihn verstehen konnte.

Im Augenblick gab es auf Knights Besitz nur ein einziges Exemplar, was noch dazu ziemlich gerupft aussah. Lily verbiß sich mühsam das Lachen.

Vertrauensvoll zupfte Laura Beth an den Rockschößen des Bischofs. »Mamas Ring ist schön. Er ist schon ziemlich alt, weil Vetter Knights Papa spät geheiratet hat.«

»Laura Beth!«

»Aber Vetter Knight ist noch jung! Er liebt Mama sehr!«

»Bitte, Laura Beth!« stieß Theo gepeinigt hervor.

»Laß nur, Theo«, sagte Knight und unterdrückte ein Lachen. »Ich werde die Kleine später fragen, woher sie ihre Weisheiten hat!«

»Nun, von ...«

Geistesgegenwärtig legte Lily der Kleinen die Hand über den Mund. »Nimm deinen Daumen! Kapiert?«

»Aber das magst du doch nicht, Mama.«

Verzweifelt rollte Lily die Augen, doch Knight kam ihr zu Hilfe. »Sei jetzt still, Flöhchen, oder du bekommst keinen Kuchen!«

Dieser Trick wirkte. Knight nickte Bischof Morley zu, daß er anfangen könne, und kurz darauf hörte Lily, wie Knight klar und deutlich mit tiefer Stimme sein Versprechen gab. Dabei drückte er ihre Hand, worauf sie ebenso entschlossen antwortete.

»– und damit erkläre ich Sie zu Mann und Frau. Mylord, Sie dürfen die Braut küssen.«

»Jetzt knutschen sie gleich wieder«, bemerkte Sam und schüttelte sich.

Sekunden später fühlte Lily Knights Lippen auf ihrem Mund und mußte sich zusammennehmen, um sich nicht an ihn zu pressen und mit ihm auf den Boden zu sinken. Als er sie schließlich losließ, registrierte er voller Zufriedenheit ihre strahlenden Augen.

Für Sam hatte man an strategisch günstiger Stelle einen Stuhl aufgestellt, so daß er die Szene gut überblicken konnte. »Werden wir das in Zukunft immer anschauen müssen, Mama?«

»Was denn, mein Schatz?«

»Daß Vetter Knight dich umarmt und dir das ganze Gesicht abschleckt?«

»Ja, mein Schatz, das wird so bleiben. John wird dich jetzt an den

Tisch tragen. Du hast dich tapfer gehalten und hast eine Belohnung redlich verdient.«

»Ich möchte auch Kuchen!« schrie Laura Beth und faßte John bei der Hand.

»Ich werde mich um alles kümmern!« rief Theo und eilte hinter den anderen her.

»Zauberhafte Kinder haben Sie, Mylady!« bemerkte der Bischof voller Bewunderung.

Mylady! An diese Konsequenz hatte Lily bisher noch nicht gedacht. »Oh, vielen Dank für das Kompliment!« entgegnete sie artig. »Sie waren heute morgen schrecklich aufgeregt. Mein Dank gilt auch Ihnen, Mr. St. John.«

Der ältere Herr bedauerte es zutiefst, daß die alten herrschaftlichen Rechte der ersten Nacht nicht mehr galten. Es wäre einfach zu schön gewesen, doch leider war es ihm nicht vergönnt.

Mimms hatte sich selbst übertroffen. Der Hochzeitskuchen war ein einziges Wunderwerk aus drei Schichten, die allesamt mit köstlicher Glasur bedeckt waren. Noch nie hatte Lily etwas derartig Delikates gegessen. Der herrliche Geschmack, der prickelnde Champagner und die Gewißheit, nun verheiratet zu sein, verbanden sich zu einem einzigartigen Gefühl in Lilys Magen. Ihr Mann war zwar in erster Linie an ihrem Körper interessiert, doch Lily hatte beschlossen, sich fürs erste damit abzufinden. Höchstwahrscheinlich waren ihm die Kinder doch noch ein Stückchen wichtiger. Während sie Laura Beth die Glasurkrümel vom Mund abwischte, dachte sie daran, daß diese Erkenntnis für Knight wahrscheinlich noch schockierender gewesen sein mußte als für sie.

In diesem Augenblick beugte sich Knight zu ihr herüber. »Denkst du an all die schönen Dinge, die ich mit dir anstellen werde, sobald wir allein sind?«

»Nein.«

Knight spielte den Enttäuschten. »Und woran denkst du dann?«

Lily beugte sich nahe zu ihm hinüber und flüsterte ihm direkt ins Ohr. »Im Augenblick denke ich an all die schönen Dinge, die ich mit dir anstellen werde!«

Vor Überraschung fuhr Knight zurück und prustete in sein Champagnerglas. Gleichzeitig sah er sie vor sich, spürte, wie ihre Hände über seinen Bauch strichen und ihre Lippen ihnen folgten. Fast hätte er laut gestöhnt. Rasch schlug er die Beine übereinander und nippte an seinem Champagner. Seine Frau – nun, es hörte sich nicht schlecht an! Obwohl er erst siebenundzwanzig und sein ältestes Kind neun Jahre alt war …

»Dem Gesichtsausdruck nach scheinen Sie recht zufrieden zu sein«, bemerkte der Bischof, als er sich neben Knight niederließ. »Ihr Vater wäre bestimmt stolz. Ihre Frau ist wirklich ganz bezaubernd und noch dazu liebenswert und wunderschön. Sie sind ein echter Glückspilz!«

»Mein Vater hätte mich wahrscheinlich nach Afrika verbannt, damit ich auf andere Gedanken komme. Alles, was mit dem weiblichen Geschlecht und irgendwelchen Gefühlen zu tun hatte, war ihm höchst suspekt.«

»In dieser Beziehung hatte Ihr Vater unrecht«, erwiderte der Bischof, »obwohl er sonst ein sehr amüsanter und äußerst witziger Mann war. Sie haben übrigens viel von diesem Witz geerbt, mein Sohn, und das, obwohl er Sie doch nicht länger als höchstens zwei Wochen im Jahr gesehen hat!«

»Wahrscheinlich dreht er sich im Grab um, wenn er sieht, wie ich mit seinen Ratschlägen umgehe!«

»Das braucht Sie glücklicherweise nicht mehr zu interessieren. Ich kann nur wiederholen, mein Junge, daß Sie eine ganz ausgezeichnete Wahl getroffen haben! Aber jetzt wird es allmählich Zeit. Ich fürchte, St. John und ich müssen uns verabschieden! Wie Sie sehen, ist der Gute von Ihrer Frau völlig fasziniert.«

Knight seufzte. »Diese Erfahrung mache ich immer wieder.«

Die Hochzeitsnacht sollte einem ein Leben lang in Erinnerung bleiben, dachte Knight, während er zusah, wie Lily sich von den Gästen und dann auch von den Bediensteten verabschiedete. Immer wenn Lily sich an diese Nacht erinnerte, wollte er ein Lächeln auf ihrem Gesicht sehen, auch noch in fünfzig Jahren. Nachdenklich blickte er kurz durch die Bogenfenster des Speisesaals in den kalten Winterabend hinaus, wo dicke Wolken die Sterne überzogen hatten. Als er sich wieder umwandte, sah er, daß Lily ihn beobachtet hatte, und sofort trat er lächelnd an ihre Seite.

Kurze Zeit später wünschten sie den Kindern eine gute Nacht, und dann nahm Knight Lilys Arm und führte sie in das kleine Frühstückszimmer, wo nur für sie beide ein kleines Abendessen angerichtet worden war. Der geduldige John hatte sich angeboten, den Jungen Gesellschaft zu leisten, und Mrs. Crumpe hatte Laura Beth unter ihre Fittiche genommen.

19. Kapitel

Knight hob sein Glas mit Champagner. »Auf dich, Viscountess Castlerosse, Mylady, meine Frau, die allerschönste Frau.«

Rasch stieß Lily mit ihm an. »Auf uns!« erwiderte sie lächelnd. »Komisch ist es ja schon«, sagte sie, während sie zusah, wie Knight ihren Teller mit verschiedenen Gemüsen füllte, »aber ich hätte nie gedacht, daß ich einmal eine Viscountess werden könnte! Nachdem Vater und ich England verlassen hatten, hatten wir niemals Geld und ich somit auch keine standesgemäße Aussteuer.«

»Aber du hattest etwas, das mehr zählt als Geld, Lily.«

»Und was?«

»Du hast nicht nur dich selbst, sondern gleich eine ganze Familie mitgebracht. Zwei sehr starke Argumente.«

Lily wußte nicht genau, ob es ihm ernst war, oder ob er sich nur lustig machte. Sie kannte ihn einfach noch nicht gut genug. »Ja, die Kinder sind wirklich wundervoll!«

»Und du etwa nicht?«

»Ich bin nur ich, Knight. Eine ganz durchschnittliche Frau.«

»Meine Frau ist niemals durchschnittlich! Oh, ich bin froh, daß es überstanden ist. Du auch?«

»Das weiß ich nicht«, antwortete sie nach einigem Nachdenken zögernd, während sie mit ihrem Weinglas spielte. »Es ging alles so schnell und – ich weiß eigentlich gar nicht, was ich denken soll.«

»Ich bin so erleichtert, daß es glatt für uns beide ausreicht!« erklärte Knight. »Du gehörst jetzt mir, und ich schwöre, daß ich immer gut für dich sorgen werde.«

Während Knight das sagte, betrachtete Lily seine Hände, die immer noch mit Servieren beschäftigt waren. Sie stellte sich vor, wie diese Hände ihren Körper streichelten …

Knight hielt inne. »Hör auf, mich so anzusehen! Sonst lege ich dich gleich hier auf den Tisch und mache mich über dich her!«

»Oder umgekehrt«, bemerkte Lily und versuchte, sehr unschuldig dreinzuschauen. Doch der hungrige Ausdruck in ihren Augen ließ Knight aufstöhnen.

Gewaltsam riß er sich zusammen. »Hier!« sagte er und stellte den Teller vor Lily auf den Tisch.

»Mimms hat sich schon wieder übertroffen!«

Nachdem Knight sich gesetzt hatte, lächelte er Lily über den Tisch hinweg zu. »Los, mein Schatz, du mußt etwas essen!« meinte er aufmunternd. »Du wirst deine Kraft noch brauchen!«

Lilys Gabel zitterte ganz leicht. Knight war es nicht entgangen, und er war überaus entzückt. Seine Frau – eine geborene Lady, die Lust auf ihren Ehemann hatte! Es war kaum zu fassen! Energisch verdrängte er die Gedanken an Tris oder irgendwelche anderen Männer aus seinem Kopf, denn die Vergangenheit zählte jetzt nicht mehr.

»Lily.«

Sie blickte ihn an und wurde ganz still, denn seine Augen glitzerten wie die Kerzen im großen Leuchter.

»Dies ist unsere Hochzeitsnacht.«

»Ich weiß.«

»Bist du aufgeregt?«

»Ja. Du nicht?«

»Nein.«

»So eine dumme Frage! Schließlich bist du ein Mann!«

»Dieser Feststellung kann ich nicht widersprechen. Ich möchte nur, daß du mir vertraust.«

»Es ist alles noch so neu. Für mich bedeutet es, daß ich nun nicht mehr nur für die Kinder und für mich verantwortlich bin, sondern auch noch für dich.«

»Weshalb überläßt du nicht einfach mir die Verantwortung für euch alle? Ich will dir doch nur begreiflich machen, daß du von heute an nicht mehr allein bist, Lily, und nicht mehr allein für alles geradestehen mußt. Du hast jetzt mich.«

»Das stimmt. Ich bin satt, Knight.«

»Ein paar Bissen mußt du noch essen. Erinnerst du dich an den Nachmittag im Eichenwald?«

Sie wollte es nicht zugeben, ihm keine Gelegenheit geben, schon wieder seine männliche Überlegenheit zu demonstrieren, doch diese Augenblicke hafteten in ihrem Gedächtnis wie eingebrannt. Sie mußte heftig schlucken, wenn sie nur daran dachte. Und als sie sich an die wilden, aufwühlenden Gefühle erinnerte, nickte sie.

»Weißt du noch, was wir gemacht haben?«

»Bitte, Knight! Iß lieber deinen Teller leer.«

»Du standest an der Eiche. Weißt du noch, an der dicken? Ich habe dich geküßt und dann unter deinen Rock gefaßt.« Er machte eine kleine Pause und beobachtete genüßlich, wie Lily ihre Gabel unruhig von einer Hand in die andere nahm und schließlich auf dem Tellerrand ablegte. Dann griff sie nach ihrer Serviette.

Als er weitersprach, klang seine Stimme noch leiser und eindringlicher. »Spürst du wieder meine Hände an deinem Knie und an deinem Schenkel? Du hast gezittert und so wundervoll gestöhnt, Lily.«

»Knight!«

»Als meine Finger endlich am Ziel waren, haben sie deine heiße, geschwollene Scham gefühlt. Du hast mich begehrt, hast in meinen Mund gestöhnt …« Seine Stimme wurde immer lauter und erregter, wenn er nur an diesen Nachmittag dachte. Lily saß plötzlich sehr aufrecht auf ihrem Stuhl.

»Woran denkst du?«

Sie befeuchtete ihre Lippen und schloß für Sekunden die Augen. »An deine Finger«, flüsterte sie, »an das Gefühl in meinem Magen, als du mich berührt hast, und an deinen Mund und den heftigen Druck deines Körpers.« Sie schüttelte unwillig den Kopf. Ganz leicht war es ihm gelungen, sie wieder so weit zu bringen wie an jenem Nachmittag im Wald.

Fast wäre Knight aufgesprungen. Oh, Gott, er hatte wirklich nicht erwartet, daß sie so – so ehrlich sein würde! »Hier im Haus gibt es leider keinen Eichenbaum, aber – nein, ich werde jetzt nichts mehr sagen, sondern dir lieber alles zeigen!« Mit diesen Worten schob er mit entschlossener Miene seinen Stuhl zurück, doch zu Lilys Überraschung wandte er sich gleich darauf ab und fragte nur über die Schulter: »Spielst du ein bißchen Klavier?«

»Sehr gern«, antwortete sie und dachte, daß sie sehr viel lieber Liebesschwüre von ihm gehört hätte. Doch es stimmte wohl, daß er nur an ihrem Körper interessiert war. Sie hatte mindestens ebensolche Sehnsucht nach ihm, wie er offensichtlich nach ihr. Aber im Unterschied zu ihm liebte sie ihn, und zwar mehr als jeden anderen Mann in ihrem Leben.

Das Essen war noch beinahe unberührt, als sie in den Wohnraum hinübergingen. Was beabsichtigte Knight mit seiner Bitte? Bestimmt würden ihr die Finger den Dienst versagen, denn sie war schrecklich aufgeregt und hätte sich am liebsten gleich hier, mitten im Wohnraum, in seine Arme geworfen.

Knight beobachtete Lily, während sie spielte und bewunderte ihre wundervolle Haarmähne, die im Kerzenlicht golden schimmerte. Das weiße Seidenkleid stand ihr noch besser, als er es sich je hatte vorstellen können. Sanft umrahmte die weiße Spitze am Halsausschnitt ihre weißen Schultern, und ihre Brüste zeichneten sich deutlich unter dem weichen Stoff ab. Unwillig schüttelte Knight den Kopf. Er hatte Lily nur zum Spielen aufgefordert, weil er diese seltsamen, beunruhigenden Gefühle, die er für sie empfand, zurückdrängen und beherrschen wollte. Doch es war vergeblich.

»Ich glaube, für heute ist es genug, Lily.«

Als er aufstand und nach einem Kerzenleuchter griff, schlugen Lilys Finger einen letzten Akkord. Irgendwie war sie erleichtert. Er spielte ein Spiel mit ihr, das sie nicht durchschaute, und sie wollte dem ein Ende machen. Langsam erhob sie sich und legte mit scheuem Lächeln ihre Hand auf seinen Arm.

»Ich habe deine Sachen in mein Schlafzimmer bringen lassen, denn ich möchte dich jetzt immer ganz nah bei mir haben.«

»Aber du hast mich doch.«

»Noch nicht ganz«, entgegnete er gepreßt.

Als sie vor dem großen Schlafzimmer des Hausherrn am Ende des Flurs angekommen waren, stieß Knight die Tür auf und lächelte auf seine Frau hinunter. »Hier, nimm den Leuchter.« Sie ging voraus, und Knight folgte langsam und schloß die schwere Eichentür hinter sich.

»Bleib so stehen! Ich möchte dich gern ansehen.«

Plötzlich kam Lily sich sehr verloren und ausgeliefert vor. Die Hand, die den Leuchter hielt, begann zu zittern, doch Knight nahm ihn ihr ab und stellte ihn auf dem Kaminsims ab.

»Es ist angenehm warm«, bemerkte er, während er sich bückte und ein weiteres Holzscheit ins Feuer legte. »Thrombin hat meine Anweisungen perfekt befolgt.«

»Aber ich sehe keinen Wandschirm, Knight, und …«

Er hob die Hand. »Ich werde dir helfen, Lily, aber noch nicht sofort. Jetzt noch nicht.« Langsam trat er auf sie zu, wobei er ihr Gesicht nicht aus den Augen ließ. »Du bist so wunderschön«, flüsterte er, und als seine Finger ganz sanft über ihre Wange, ihr Kinn und ihre Ohren strichen, schloß Lily die Augen.

»Du auch, Knight. Hat dir das etwa noch keine deiner Frauen gesagt?«

»Doch. Einige schon, aber ich kann das nicht so ganz glauben.«

»Wirst du mir glauben?«

Er blickte ihr lange in die Augen. »Vielleicht morgen früh. Doch jetzt will ich dich küssen!«

Verwirrt senkte sie den Kopf, doch seine Hand umfaßte ihr Kinn und hob das Gesicht empor. »Lily«, hörte sie ihn heiser flüstern und fühlte gleichzeitig seinen warmen Atem auf ihren Lippen. Lange sahen sie einander an, bevor Knight dann ihren Mund mit kleinen, neckenden Küssen bedeckte, so daß Lily lachen mußte.

Zart strich er mit den Fingerspitzen über ihre Lippen. »Öffne deinen Mund!«

Als sie gehorchte, küßte er sie tief. Sekundenlang schmeckte sie noch den Champagner, doch gleich darauf nur noch ihn, Knight, den wundervollen Mann, ihren Ehemann. Zum ersten Mal genoß sie dieses Gefühl, und zum ersten Mal fühlte sie sich wirklich frei. Sie durfte ganz sie selbst sein und ihm zeigen, was sie für ihn empfand. Als seine Zunge die ihre berührte, schreckte Lily im ersten Augenblick zurück, doch gleich darauf gab sie sich völlig hin.

Sie gehörte jetzt ihm, und er konnte mit ihr machen, was er wollte. Rasch faßte Knight Lily um die Taille und trug sie quer durchs Zimmer zum Kamin hinüber. Mit seinem mächtigen Körper preßte er Lily gegen die Wand, so daß sich ihre weichen Brüste ungestüm hoben und senkten. Als sie den machtvollen Druck seines erregten Glieds an ihrem Unterleib spürte, stöhnte sie unwillkürlich.

»Gefällt dir das?«

Statt einer Antwort erwiderte sie seine Zärtlichkeiten immer heftiger, und gleichzeitig gruben sich ihre Fingernägel in seine Oberarme. Die Wand in ihrem Rücken ließ sie wieder an den Nachmittag im Wald denken, und sofort raubten ihr Angst und Erwartung beinahe den Verstand. Als sie Knight plötzlich nicht mehr spürte, riß Lily die Augen auf. »Knight?«

»Einen Augenblick, mein Schatz.« Sie sah, wie er vor ihr kniete und sich an den Röcken ihres Kleids zu schaffen machte. In der gleichen Sekunde spürte sie kühle Luft an ihren Beinen. »Das ist gar nicht so einfach.«

Sekunden später drängte er sich wieder an sie, und als sich sein

Mund auf ihre Lippen preßte, spürte sie seine Hand an ihrem Schenkel. Aufstöhnend umschlang sie seinen Nacken und zog ihn noch enger in ihre Arme.

Ganz langsam tastete sich seine Hand weiter hinauf. »Gefällt dir das, Lily?« hauchte er in ihren Mund. »Gleich werde ich wieder ganz bei dir sein. Kannst du dir überhaupt vorstellen, wie wunderbar sich das anfühlt?«

Zart kämmten seine Fingerspitzen durch ihre Schamhaare, und unwillkürlich schrie Lily auf und zitterte vor hilfloser Begierde.

»Und diesmal wird uns niemand stören!« Sein Kuß wurde immer eindringlicher, und seine Zunge massierte die ihre im selben Rhythmus, in dem seine Finger ihre geschwollene Scham rieben. Lilys Sehnsucht steigerte und steigerte sich, bis sie schließlich aufstöhnte und sich nur noch begierig und hemmungslos auf seinen Fingern bewegte.

Als irgendwann sein Mittelfinger ein Stück weit in sie hineinrutschte, sank ihr Kopf gegen seine Schulter. »Knight, ich kann es nicht.«

Sein Finger bohrte sich tiefer. »Was kannst du nicht? Du bist so heiß, Lily, so eng und ...«

Obwohl er am Rand seiner Beherrschung angelangt war, zog er sich aus ihr zurück. Bevor er sie nahm, wollte er sie zum Höhepunkt bringen. Ganz vorsichtig berührte er sie wieder, während sein Mund ihr Gesicht mit endlos vielen, kleinen Küssen bedeckte, bis sie sich ihm entgegendrängte. »Ich spüre genau, daß dir das gefällt! Du bist so weich und feucht.«

Stöhnend warf sie den Kopf zurück und bot Knight ihre Kehle und ihre Brüste dar. Gleichzeitig erforschten seine geübten Finger jeden Zentimeter ihrer Scham, bis sich ein hilfloses Zittern ihrer Beine bemächtigte. Er hätte das Spiel gern noch länger ausgedehnt, doch Lily steigerte sich in einem Maß, daß es ihm das unmöglich machte. In immer schnellerem Tempo stießen seine Finger in ihren heißen Körper und brachten Lily völlig um den Verstand. Sie merkte überhaupt nicht, daß sie sich noch weiter zurückbog und ihre Hüften nach vorn drängte. Irgendwann schrie sie laut auf.

»Mach die Augen auf!«

Willenlos gehorchte Lily, und so konnte Knight atemlos beobachten, wie sich zuerst Verwunderung und verständnisloses Staunen darin spiegelten, bevor sie sich unter dem Ansturm der Gefühle verdunkelten. Ganz zart streichelte er Lily, bis sie langsam, ganz langsam ruhiger wurde. Dabei schlüpfte er aus seiner Hose. »Leg deine Beine um meine Taille!« befahl er, nachdem er Lily unvermittelt gepackt und hochgehoben hatte.

Lily gehorchte blind. Sie begriff überhaupt nicht, was er gesagt hatte. Rasch schoben seine Hände ihr Kleid beiseite und entblößten ihre Beine und ihre Hüften. »Knight«, flüsterte sie und erstarrte, als plötzlich sein Glied heiß und pochend gegen ihre Scham drückte. Gar zu gern hätte sie sich zurückgezogen, doch es war unmöglich. Riesig und hart drängte Knights Glied nach oben. Ohne jede Vorwarnung packte er Lilys Hüften und drückte sie ein Stück weit nach unten, bis Lily sich verkrampfte und vor Schmerz aufschrie.

Langsam, Stückchen für Stückchen rutschte Knight ein wenig weiter hinein. Sie war so eng und schmal, doch gleichzeitig auch heiß und glitschig vor lauter Begierde, daß es ihn beinahe um den Verstand brachte. Er nahm nicht wahr, daß sie schrie und sich heftig wehrte, sondern drückte sie nur gegen die Wand, damit sie endlich stillhielt. Dann überkam es ihn, und er packte sie, hob sie ein wenig hoch und drückte sie dann ganz brutal hinunter. Oh, Himmel, sie war unglaublich eng! Aber irgend etwas war anders als sonst, irgend etwas ... In diesem Augenblick zerriß ihr Jungfernhäutchen, und er drang so tief in sie ein, daß er ihre Gebärmutter fühlen konnte.

Gleichzeitig wurde ihm bewußt, daß sie mit Fäusten auf ihn einschlug und schrie. Ihr Körper zitterte vor Schmerzen, während ihre Beine ihn immer noch umschlungen hielten. Sie war noch Jungfrau gewesen, und er hatte sie brutal genommen! Doch weiter konnte er nicht denken, denn er spürte, wie sich tief in ihrem Innern ihre Muskeln immer wieder zusammenkrampften. »Lily, es tut mir leid. Beweg dich nicht!«

Doch Lily hörte ihn nicht, sondern strebte nur in wilder Panik von ihm fort. Diese ständigen Bewegungen und die Zuckungen ihres Körpers waren zuviel für ihn. Sein Verstand setzte irgendwann aus, und während er immer schneller und schneller zustieß, packte er sie fester, bis sich schließlich alle Muskeln spannten und er gegen sie sank und dabei seinen Samen tief in sie ergoß.

Sekundenlang war er zu keiner Bewegung fähig. Sein Atem kam keuchend und stoßweise, und erschöpft sank sein Kopf neben Lily an die Wand. Erst Lilys heiseres Schluchzen brachte ihn wieder zur Besinnung. Sie war noch Jungfrau gewesen!

Als ihre Beine langsam von seinen Hüften herunterglitten, zog er sich vorsichtig aus ihr zurück. Ihr Stöhnen schmerzte ihn sehr. Rasch nahm er sie auf die Arme und trug sie zum Bett hinüber. Ihr wunderschönes Hochzeitskleid sah ziemlich mitgenommen aus, und Tränenspuren schimmerten auf ihren Wangen.

»Lily«, flüsterte er leise, während er sich neben ihr auf die Bettkante setzte, »mach die Augen auf!«

»Nein!« erklärte sie bestimmt. »Ich will nicht.«

Am liebsten hätte er ihr erklärt, wie dumm er gewesen war, doch er beherrschte sich. »Es tut mir leid, aber du hast mich so verrückt gemacht! Ich habe dich wie wahnsinnig begehrt.«

Langsam öffnete Lily die Augen. »Es hat so scheußlich weh getan. Ich habe immer gedacht, es sei schön!«

»Es tut mir leid«, wiederholte Knight. »Aber das wird nie wieder so sein. Das kann ich dir versprechen. Das nächste Mal wird es wunderschön sein!«

Sie konnte es nicht ganz glauben. »Wolltest du das damals machen, damals im Wald?«

»Nein. Zuerst schon, doch dann habe ich es mir anders überlegt. Ich wollte dich nur erregen. Ich mag es, wenn du so außer dir bist, Lily!«

Lange sah sie ihn an. »Kannst du mich jetzt bitte allein lassen, Knight?«

»Nein. Ich werde dir helfen! Pst, keine Widerrede! Mit den vielen kleinen Knöpfchen wirst du ohnehin nicht allein fertig.«

Er zog sie hoch und machte sich unverzüglich mit geschickten Fingern an die Arbeit. Nachdem Lily aus dem Kleid herausgestiegen war, sah sie an sich hinunter und entdeckte die Blutspuren auf ihrem weißen Unterrock. Als sie erschreckt aufschrie, lächelte Knight nur.

»Keine Angst, mein Schatz! Das ist ganz normal. Komm und leg dich hin. Ich werde dich waschen.«

»Aber ich blute!«

»Nur ein ganz klein wenig. Dein Jungfernhäutchen ist zerrissen. Jetzt halt still!«

Willenlos ließ sich Lily aufs Bett legen und protestierte auch nicht, als Knight ihr Hemd bis zur Taille hochschob. Sie war sich seiner Blicke bewußt, doch sie blieb bewegungslos liegen. Als er schließlich ein weiches, nasses Tuch auf ihre Scham preßte, verging der Schmerz augenblicklich.

Mit sanftem Druck schob Knight Lilys Schenkel ein bißchen weiter auseinander, und während er das Blut und seinen Samen langsam und gründlich wegwusch, betrachtete er in aller Ruhe ihre Schönheit. Als er sie nach einer kleinen Pause ganz sacht berührte, zuckte sie erschreckt zusammen. »Tut das noch weh?«

Er sah für Augenblicke hoch und begegnete ihrem Blick. Dann legte er seine warme Hand flach auf ihre Scham. »Beim nächsten Mal wird es wunderschön, Lily, und du wirst überhaupt nicht mehr aufhören wollen.«

»Das kann ich kaum glauben.«

Er lächelte, doch insgeheim hatte er Verständnis für sie. Er war so dumm gewesen, daß er es selbst kaum fassen konnte. Ein absoluter Idiot! »Komm, zieh das Hemd aus!«

»Nein!« Sie verschränkte schützend ihre Arme über ihren Brüsten.

Knight mußte lächeln, denn sie verdeckte zwar ihre Brüste, doch ihre Schenkel waren immer noch weit geöffnet. Mit einer blitzschnellen Bewegung packte er das Hemd und zerriß es in einem einzigen Ruck. Fast andächtig legte er die flache Hand auf ihren Bauch, und nach einigen Sekunden beugte er sich hinunter und umschloß ihre Brustwarze mit den Lippen.

Wilde Lust durchfuhr Lilys Körper. Ohne sich dessen bewußt zu sein, bäumte sie sich auf. Dabei stöhnte sie, und ihre Hände tasteten nach seinen Schultern. Sie wollte ihm sagen, daß er noch Kleider anhatte, ihn berühren – doch statt dessen fühlte sie nur Knights heißen Atem auf ihrem Bauch.

Irgendwann lag er zwischen ihren gespreizten Beinen, und plötzlich fühlte Lily sich hochgehoben. Sekunden später brannte Knights heißer Atem auf ihrer Scham. Unter dem Druck seiner Lippen erschauerte sie und zitterte, während sich alle Muskeln ihres Körpers anspannten. Irgendwie fühlte sie sich weit von ihm entfernt, doch gleichzeitig war sie Teil von ihm. Alle Empfindungen konzentrierten sich auf den einen Punkt, und das Zittern und Beben nahm kein Ende.

Als Lilys Anspannung wich und ihr Körper erschlaffte, hob Knight mit triumphierendem Lächeln den Kopf. Leise erhob er sich vom Bett und blickte auf seine schlafende Frau hinunter. Ihr zauberhaftes, blondes Haar umgab ihren Kopf wie ein Strahlenkranz, und ihr weißer Körper war bis hinunter zu den Zehenspitzen von makelloser Schönheit. Ja, er war glücklich, und er konnte absolut nicht mehr begreifen, daß er tatsächlich einmal die Ansichten seines Vaters geteilt hatte.

Rasch zog er sich aus und ließ seine Kleider achtlos zu Boden fallen. Normalerweise hätte er sie penibel gefaltet und aufgehängt, doch heute wollte er Lily nur ganz schnell wieder in den Armen halten, ihren warmen Atem an seiner Schulter spüren und fühlen, wie ihre Hand auf seiner Brust lag. Rasch glitt er an ihre Seite und zog die Decke über sie beide.

Als er sie in den Arm nahm, murmelte sie im Schlaf, doch leider konnte er kein Wort verstehen. Vorsichtig zog er seine Frau näher an sich und fühlte sich rundherum glücklich. So gefiel ihm das Leben, und er würde nicht die Absicht haben, irgend etwas daran zu ändern.

Als Knight ganz langsam zu sich kam, spürte er instinktiv, daß etwas nicht in Ordnung war. Noch bevor er die Augen aufschlug, dachte er an Lily und mußte lächeln. Nein, alles war ...

Doch als er die Augen öffnete, erblickte er statt Lily Laura Beth. Sie hatte sich zwischen ihnen zusammengerollt und ihm dabei ihren Ellenbogen in den Hals gerammt. Erschreckt fuhr Knight in die Höhe, doch gleichzeitig sah er, wie Lily die Augen öffnete und nach einer Schrecksekunde lächelte.

»Ach, du lieber Himmel!« flüsterte sie. »Wo kommt denn dieses kleine Ungeheuer her?«

»Ich hätte die Tür abschließen sollen«, brummte Knight.

»Hallo, Mama! Hallo, Papa!« Der kleine Ellenbogen war verschwunden, und schon fühlte Knight einen feuchten, schmatzenden Kuß auf seiner Wange. »Mama, du bist ja nackt! Wo ist dein Nachthemd?«

»Du lieber Himmel!« stöhnte Lily.

»Und Papa hat auch nichts an!«

Knight stützte den Kopf auf die Arme und sah Lily grinsend an. »Ich bin gespannt, wie du dieses Problem lösen wirst!«

Einige Augenblicke lang sah Lily nur Knights breite Brust, die sie damals am Badenachmittag so sehr beeindruckt hatte. »Laura Beth, bist du so lieb und bringst mir das große Handtuch? Das, das dort drüben auf dem Stuhl liegt?«

»Mir ist kalt«, jammerte die Kleine und kuschelte sich an Knights Brust.

Knight lachte leise und verwuschelte ihre Haare. »Hör zu, Flöhchen ...«

Die Kleine hob ihren Kopf. »Weshalb schläft Mama denn hier? Das ist doch gar nicht ihr Zimmer! Ich hatte Angst, weil ich sie nicht finden konnte.«

»Deine Mama hat mich gestern geheiratet, mein Schatz, und das bedeutet, daß sie nun immer bei mir sein wird. Und ganz besonders in der Nacht.«

»Aha.« Rasch verschwand der Daumen in dem kleinen Mäulchen.

Lily gab so schnell nicht auf. »Hol mir bitte das Handtuch.« Doch nun hatte Knight Mitleid und beugte sich aus dem Bett, bis er den Klingelzug fassen konnte.

»Gleich wird jemand kommen.«

Dieser Jemand war Stromsoe, der erst vor zwei Tagen nach Castle Rosse gekommen war. Mit hochrotem Kopf trat er ins Zimmer.

»Wir brauchen Ihre Hilfe, Stromsoe. Bitte reichen Sie mir meinen Hausmantel und bestellen Sie Mimms, daß wir in ungefähr einer halben Stunde frühstücken möchten! Und zwar ausgiebig, versteht sich!«

»Sehr wohl, Mylord.« In großer Verlegenheit senkte er die Augen, als er ans Bett trat und Knight den Hausmantel reichte. Ein Kind im Bett eines Gentleman – unglaublich! Bestimmt wäre das niemals vorgekommen, wenn sie nicht ... Ein rascher Seitenblick auf Lily hätte ihn fast seine Fassung gekostet. Zum ersten Mal sah er sie als Frau – und hätte vor Überraschung fast seine Zunge verschluckt. Oh, Gott! Sie war wirklich wunderschön. Fluchtartig trat er den Rückweg an.

»Ich glaube, der alte Stromsoe war ein wenig durcheinander!«

»Ahnst du eigentlich, daß es mir ähnlich geht? Du bist so verführerisch.« Er seufzte, als ihm Laura Beth beim Anziehen des Hausmantels helfen wollte. »Lily, bitte halte die kleine Nervensäge von mir fern!«

Während er aufstand und den Gürtel verknotete, hörte er, wie Laura Beth hinter ihm giggelte.

»Bitte, Knight, bring mir ein Nachthemd und meinen Morgenmantel.«

Zuerst feixte er Lily spitzbübisch an, doch dann erfüllte er ihre Bitte.

Als er eine halbe Stunde später gerade Butter auf eine Brotscheibe strich, verkündete er fröhlich: »In zwei Stunden fahren wir nach Brighton.«

»Wie bitte?«

»Der Morgen nach einer Hochzeitsnacht und eine Vierjährige, die wissen will, weshalb wir zusammen schlafen, paßt irgendwie nicht so gut zusammen!«

»Aber ausgerechnet nach Brighton? Es ist doch Winter!«

»Das weiß ich, aber so sind wir beide wenigstens allein. Die meiste Zeit werden wir ohnehin im Bett verbringen.«

Lily lachte und fühlte, wie ihr vor Freude ganz warm ums Herz wurde. »Du mußt verrückt sein! In nur zwei Stunden?«

20. Kapitel

Der Tag war kalt und klar und der Himmel stahlblau. Knight beugte sich lachend aus dem Wagenfenster und winkte den Kindern zu, die sich auf der Treppe vor dem Haus versammelt hatten. Theo trug Laura Beth auf dem Arm, und Sam wurde von zwei Dienern gestützt.

»Benehmt euch!« rief er. »Und hört auf John und Thrombin!«

»Ich werde schon dafür sorgen!« versprach Theo.

Knight schüttelte den Kopf. »Dieser Junge wird entweder Pfarrer oder Revolutionär! Einen Mittelweg gibt es für ihn nicht.«

Lily lächelte ihr berühmtes Lächeln, das ihn augenblicklich erregte und immer wieder aus der Fassung brachte. Als sich der Wagen in Bewegung setzte, winkten sie kurz, und unmittelbar darauf zog er Lily auf seinen Schoß.

»Ist dir warm genug?«

»Oh, ja. Dieser Mantel ist herrlich warm.«

Knight strich bewundernd über den weichen Hermelinpelz. »Als dein Vater dir diesen Mantel gekauft hat, muß es ihm aber noch gut gegangen sein!«

»Ja. Er stammt ursprünglich aus Rußland. Irgendein Herzog hat ihn für seine Frau mitgebracht, doch mein Vater hat ihn beim Spiel gewonnen.« Sie kuschelte sich in Knights Arme und schmiegte ihr Gesicht an seine Wange. »Und ist es dir warm genug?«

»Ach, wenn du wüßtest, Lily! Wenn du dein hübsches Hinterteil weiter so bewegst …«

Sie kicherte, und schon durchfuhr Knight eine heftige Sehnsucht. Sie war einfach eine wunderbare Frau – seine Frau, und er war glücklich.

»Bleib ruhig sitzen!«

»Also gut«, stimmte sie zu. »Soll ich mich lieber auf die andere Seite setzen?«

»Nein, so ist es wärmer!«

Wieder schmiegte sich Lily an ihn, und Knight breitete die Wagendecke über sie beide. »Ich muß mit dir reden.«

»Huh! Das hört sich ja schrecklich ernst an. Du wirst dich doch jetzt hoffentlich nicht als belehrender Ehemann entpuppen, oder?«

»Wieso? Hättest du das etwa gern? Oder hast du das schon erlebt?«

Sie schüttelte den Kopf. »Vor dir gab es doch keine anderen Männer, Knight.«

»Ich weiß, ich war dumm und blind dazu! Der größte Narr auf Gottes Erdboden!«

»Jetzt hör aber auf! Diese Munition reicht mir für viele Jahre.«

»Wirst du mir verzeihen?«

Sie küßte ihn auf die Wange. »Ja. Und jetzt sag mir endlich, worüber du mit mir sprechen wolltest.«

Knight schloß sie ganz fest in seine Arme und küßte sie auf die Stirn. »Ich habe überlegt, ob wir nicht auf dem Hinweg oder auch auf dem Rückweg Burke und Arielle Drummond – den Earl und die Countess of Ravensworth besuchen sollen. Burke und ich kennen uns schon seit Ewigkeiten. Wir waren zusammen in Oxford und später dann mit der Armee in Spanien und Frankreich. Während der Schlacht von Toulouse im vergangenen April war ich in Paris. Burke wurde damals verwundet, und wir kehrten gleichzeitig nach Hause zurück. Nach Napoleons Abdankung haben wir die Uniform ausgezogen.«

»Ich habe gar nicht gewußt, daß du Soldat gewesen bist.«

»Bitte sprich mit den Kindern nicht darüber, denn ich möchte nicht ausgefragt werden. Aber nun zu Burke und Arielle. Sie muß ungefähr in deinem Alter sein. Burke und sie haben vor nicht allzu langer Zeit geheiratet. Wirklich reizende Leute!«

»Werden sie nicht überrascht sein, oder wissen sie von uns?«

»Nein, kein Gedanke! Ich kann mir Burkes Gesichtsausdruck direkt vorstellen!«

»Die berühmte Philosophie von Knight Winthrop!«

»Aber ich sage dir: Sobald Burke dich sieht, wird er zugeben müssen, daß ich gar keine andere Wahl hatte!«

»Welch ein Unsinn!« murmelte Lily in die Falten seines Mantels, doch Knight konnte einen gewissen Ernst in ihrer Stimme nicht überhören. »Du hast mich doch ganz offensichtlich nur wegen der Kinder geheiratet!«

Anfangs lachte er, doch dann war er plötzlich wieder ganz ernst. »Du überraschst mich immer wieder, Lily!« Dann gab er ihr einen Kuß. »Ich denke, wir werden heute nachmittag im The Waddling Goose Inn in Godalming Station machen. Dort machen wir es uns gemütlich und fahren erst morgen nach Brighton weiter.«

Als sie in den Hof des Waddling Goose Inn einfuhren, wurden sie von Mr. Turnsil, dem Besitzer, begrüßt, doch Knight und Lily beachteten den guten Mann kaum. Sie hatten sich während der vergangenen Stunden fast ausschließlich geküßt und gegenseitig erregt, und Knight war froh, daß sein weiter Mantel seine gewaltige Erektion verbarg. Lily hielt den Kopf gesenkt, als er ihr aus dem Wagen half, denn sie fürchtete, daß man ihr die Lust an ihren strahlenden Augen und dem rotgeküßten Mund ablesen konnte. Als sie vor Knight die enge Treppe im Gasthaus emporstieg, fühlte sie plötzlich seine Hand an ihren Schenkeln.

»Knight!« rief sie tadelnd.

»Los, beeil dich, Lily! Ich halte es nicht mehr aus!«

Sie packte ihren Mantel und die langen Röcke und lief blitzartig hinauf. Wenig später standen sie keuchend in einem großen, hellen Raum, der mit mehreren Fenstern auf den kleinen Park des Städtchens hinausging. Knights Hände zitterten ein wenig, als er den Schlüssel herumdrehte.

»Essen werden wir später«, sagte er und drehte sich zu Lily um, die ihren Mantel von sich geworfen hatte und bereits die Knöpfe an ihrem Mieder öffnete. »Lily!«

Mit fast gequältem Lächeln warf sie sich in seine Arme. »Wie machst du das nur, daß ich es schon beinahe nicht mehr aushalten kann?« jammerte sie. Dann umfaßte sie sein Gesicht mit beiden Händen und bedeckte jeden Zentimeter mit winzigen Küssen. »Oh, Knight, ich kann wirklich nicht ...«

Wieder fühlte sie sich hochgehoben, so daß sich ihr Körper gegen seinen preßte. »Oh, ich kann das nicht aushalten. Oh, das ist ja ...«

Rasch trug Knight sie zum Bett hinüber und legte sie in die Kissen. »Verdammte Kleider!« knurrte er, während er unablässig an den Knöpfen zerrte.

Lily versuchte, sich ein wenig zu beruhigen, denn es war ihr schon unheimlich, wie heftig sie auf eine bloße Berührung reagierte. Eine Stunde lang hatte Knight sie im Wagen unablässig betastet, ihr seine Sehnsucht ins Ohr geflüstert ...

»Knight?«

»Hm?« fragte er, ohne den Kopf zu heben.

»Ich habe dich noch nie nackt gesehen!«

Lächelnd blickte er auf. »Das ist wahr, aber ich fürchte, ich bin nichts Besonderes. Nur ein Mann.« Mit diesen Worten streifte er sein Hemd ab und ließ es zu Boden gleiten. Dann mühten sich seine bebenden Finger mit den Hosenknöpfen ab.

»Kann ich dir dabei helfen?«

Seine Hände zitterten stärker. »Nun, ja, ich denke schon.«

Mit offenstehendem Mieder saß Lily auf dem Bett und sah Knight mit starrem Blick bei seinen Bemühungen zu.

»Streichle mich, Lily.«

Sie konnte die Augen nicht von der starken Ausbuchtung an seiner Hose abwenden, und als sich schließlich ihre Finger darum schlossen, zuckte Knight zusammen und schnappte nach Luft. »Ich weiß nicht, ob das eine gute Idee war!« stöhnte er wie unter Schmerzen.

»Ich werde dir helfen!« Rasch rutschte sie auf die Knie hinunter und öffnete die Knöpfe mit bebenden Fingern. Dann zog sie ganz langsam seine Hose herunter, und als er schließlich nackt war, hockte sie sich auf ihre Fersen zurück. »Du bist unglaublich schön!« sagte sie bewundernd und hob ihre Hände, um ihn zu berühren, doch noch bevor ihre Finger seine Haut berührten, stöhnte er gequält auf. Das war zuviel für ihn.

»Lily, ich kann es nicht länger aushalten!«

»Warte, nur einen ganz kleinen Augenblick!« Es würgte sie beinahe, so sehr vibrierte ihr Körper vor Begierde. »Nur noch einen Augenblick.«

Und als er schließlich die zarte Berührung ihrer Finger wie Schmetterlingsflügel auf seiner Haut spürte, hätte er am liebsten laut aufgeheult. Er wollte ihre Lippen spüren – doch als sie sich vorbeugte, trat er rasch einen Schritt zurück. »Nein, Lily, das kann ich unmöglich aushalten. Jedenfalls jetzt nicht!«

Lily runzelte leicht die Brauen, weil sie den Grund nicht ganz verstand, doch als er nichts weiter sagte, stand sie auf und zerrte an ihren eigenen Kleidern. Lachend half Knight ihr dabei. Als sie endlich nackt war, drückte er sie aufs Bett zurück und war Sekunden später über ihr. Als Lily den Druck seines Körpers fühlte, schloß sie die Augen.

»Ich glaube nicht, daß es etwas Schöneres gibt!«

»Oh, doch, warte nur!« stieß er stöhnend hervor, bevor ihn sein Gefühl übermannte und er mit einem einzigen, machtvollen Stoß in sie eindrang. Als Lily aufschrie, erstarrte er. »Oh, du Himmel! Habe ich dir wehgetan?« Er blieb ganz still liegen, doch sein Körper zitterte unablässig vor Begierde.

»Nein! Oh, nein!« Ihre Arme umschlangen seinen Körper, und ihre Hüften drängten sich ihm entgegen.

»Ja, bewege dich zusammen mit mir!« Ihre Scham war so schlüpfrig und eng, daß er es bestimmt nicht lange würde aushalten können. Gleichzeitig spürte er Lilys heiße Begierde, doch er wollte unbedingt zuerst sie zum Höhepunkt bringen. Mit heiserer, rauher Stimme keuchte er: »Lily, ich ...«

Seine Finger glitten zwischen ihre beiden Körper, und als er ihre Scham berührte, bäumte Lily sich auf. Knight ließ sich zur Seite fallen und zog sie mit sich, und dann rollte er sich auf den Rücken, so daß sie auf ihm lag. Gleichzeitig packte er ihre Hüften und drückte sie hoch, wobei Lily etwas verständnislos auf ihn hinuntersah. Doch als sie gerade auf ihm saß und ihn ganz tief in sich spürte, begriff sie. Ihre Augen verdrehten sich. Ihr Haar hing offen und wild um ihr Gesicht. Als seine Hände ihre Brüste umfaßten, bog sie sich nach rückwärts, und er drang noch tiefer in sie ein.

»Ja, Lily! Beweg dich auf mir! Mach, was immer du willst!«

Ganz langsam hob sie ihren Körper ein wenig an, spürte, wie er aus ihr zurückglitt. Doch plötzlich ließ sie sich ohne jede Vorwarnung zurückfallen, so daß er laut aufstöhnte. Mit fiebrigen Händen liebkoste er ihre Brüste, knetete das weiche Fleisch und rieb ihre Warzen, so daß sie völlig außer sich geriet.

Doch Sekunden vor dem Höhepunkt zog er seine Hände zurück, so daß sie hilflos zitternd zurückblieb. Fast gleichzeitig eroberten seine erfahrenen Finger wieder ihre Scham, und schon wand und bewegte sich Lily in wilden Zuckungen über ihm. Sie warf ihren Kopf zurück, so daß ihre Haare nur so flogen, und von Sekunde zu Sekunde steigerte sich ihre Erregung, bis sich ihr Körper zitternd versteifte und sie ihn mit sich in die Ekstase riß.

Erschöpft sank Lily nach vorn. »Das überlebe ich nicht!« stöhnte sie an seinem Hals.

Knight war stumm, denn er hatte noch nicht ganz begriffen, was da geschehen war. Zum ersten Mal war er nicht Herr der Situation geblieben, sondern hatte alle Beherrschung fahren lassen und sich ganz und gar in die Hände eines anderen Menschen gegeben. Fast automatisch streichelte er zart über Lilys Rücken. Es war etwas mit ihm geschehen, das sich mit seinen Erfahrungen der vergangenen Jahre nicht vergleichen ließ. Sonst hatte er immer geführt und den Frauen Vergnügen bereitet. Und dabei insgeheim seine Fähigkeiten bewundert und seine Macht ausgekostet.

Irgendwann spürte er, daß Lily seine Schulter mit winzigen Küssen bedeckte, und das brachte ihn wieder in die Gegenwart zurück. Fast gleichzeitig fühlte er, wie seine Erregung zunahm und seine Erektion in ihr wuchs. Als Lily seine Regung spürte, preßte sie sich tiefer gegen ihn und nahm ihn ganz in sich auf.

»Lily, du bist doch sicher ganz wund«, stöhnte er hilflos, während seine Hände sie packten. Bevor sie sich wieder aufrichten konnte, hatte er sie schon auf den Rücken gedreht. Doch als sich in diesem Augenblick ihre Beine instinktiv um seine Hüften klammerten, verlor er jede Beherrschung. Fest und immer fester stieß er zu, bis Lily schließlich zitternd und schreiend unter ihm schier verging. Und was besonders sanft und zärtlich hätte werden sollen, endete in einem brünstigen, fast wütenden Ansturm.

»Lily!«

Sie konnte und wollte sich nicht bewegen, sondern genoß voller Wonne die Hitze seines schweißnassen Körpers. Am liebsten hätte sie sich in ihm verkrochen und wäre ein Teil von ihm geworden. Sie seufzte, denn sie konnte nicht aufhören, ihn zu berühren und zu streicheln.

»Knight, du hattest doch schon viele Frauen.«

Während ihre Hände seinen Rücken streichelten, beugte er sich hinunter und küßte ihre Lippen. »Ja, sicher, doch das ist jetzt Vergangenheit und bedeutungslos geworden. Bis zu meinem Tod will ich nur noch dich!«

»Gefalle ich dir denn?«

»Noch ein bißchen mehr, und es würde mich umbringen, dich nicht zu haben.« Obwohl er ganz ernst gesprochen hatte, mußte sie kichern.

»Lach nicht! Es ist wahr. Du bist so offen und voller Liebe! Es gibt nicht viele Frauen, die so natürlich sind wie du!«

»Dann stört es dich also nicht, daß ich so – nun, wie soll ich das nur sagen …«

»Mich stören? Du verrücktes Huhn!« Lachend rollte er sie zur Seite, so daß sie einander ansehen konnten. »Du gehörst jetzt zu mir, Lily, und zwar für immer!« erklärte er unter Küssen und Liebkosungen.

Mit diesen Worten im Ohr schlief Lily glücklich und zufrieden ein, und als sie einige Zeit später wieder erwachte, streckte sie sofort die Arme nach Knight aus.

»Nein, mein Schatz, jetzt machen wir erst einmal eine Pause. Ich habe uns Essen bestellt, denn wir müssen schließlich bei Kräften bleiben! Hier, zieh deinen Morgenmantel an.«

Nachdem Mr. Turnsil sein Tablett voller Herrlichkeiten abgeliefert hatte, stürzte sich Lily wie eine Verhungernde darauf. Knight beobachtete seine Frau voller Wonne – *seine Frau!* »Ganz offensichtlich bist du eine Genießerin!« bemerkte er, während er ihr ein Glas Bordeaux eingoß.

Lily schluckte einen Bissen gebratenes Hühnerfleisch hinunter und lachte. »Wie gesagt, ich muß schließlich bei Kräften bleiben!«

»Weißt du eigentlich, wie bezaubernd du gerade jetzt aussiehst?«

Neckisch legte sie den Kopf auf die Seite. »Du magst wohl zerzauste Haare?«

»Oh, ja! Und ich liebe es ganz besonders, wenn auch noch dein Morgenmantel offensteht und ich deine Brüste sehen kann!« Er war überrascht, als sie errötete, und stieß mit ihr an. »Auf heute nacht!«

Fragend hob sie eine Braue in die Höhe.

»Ich möchte einen Rekord brechen«, kündigte Knight an. »Und zwar auch auf die Gefahr hin, daß ich morgen früh völlig erledigt sein werde!«

Sie zwinkerte. »Hört! Hört!«

»Du gieriges Weib!« lachte er, als nur noch eine einzige Auster übriggeblieben war. Wieder hob er sein Glas. »Möge der Himmel mich ein Leben lang unter diesem gierigen Weib leiden lassen!«

»Hört! Hört!«

Doch in dieser Nacht sollte Knight keine Gelegenheit bekommen, den Rekord zu brechen. Er hielt gerade Lily im Arm und liebkoste ihre Brüste, als sich plötzlich eines der Fenster öffnete und eine leise, vertraute Stimme flüsterte.

»Ich weiß genau, daß ihr wach seid!«

Knight erstarrte.

»Nein, nein, bewegen Sie sich nicht, Mylord! Schau nur, Boy, die beiden treiben es immer noch! Na, wenigstens haben wir Ihnen Zeit genug gegeben, die Kleine zu bearbeiten. Jetzt ist Schluß!«

»Knight, was …«

Rasch wandte sich Knight um und legte Lily den Finger auf die Lippen. »Pst! Bleib still liegen!«

»Was ist los?« flüsterte sie.

»Ich fürchte, wir haben Gesellschaft bekommen.«

Lily wurde stocksteif, und Knight zog ganz langsam die Decke über sie beide.

»Mach das Fenster zu, Boy! Es ist verdammt kalt. Und dann zünde endlich eine Kerze an! So, das ist schon viel besser! Sie brauchen das Dämchen nicht zu verstecken, denn wir beide haben schon ein ganzes Weilchen durchs Fenster zugesehen!«

Vor Schreck hielt Lily den Atem an. Das waren eindeutig die beiden Männer, die Tris getötet hatten! Den verflixten Schmuck hatte sie in all der Aufregung völlig vergessen!

Knight konnte keinen Streit riskieren, denn erstens waren er und Lily nackt, und zweitens befand sich seine Pistole in der Innentasche seines Mantels, und der lag am anderen Ende des Zimmers. »Ich hatte angenommen, daß ich Sie in die Hölle befördert hätte!«

Der große Kerl grinste, während er sich an dem kleinen Tisch niederließ, an dem Knight und Lily noch vor kurzem zu Abend gegessen hatten. »Ich muß zugeben, daß Sie nicht schlecht getroffen haben, Mylord. Doch jetzt zum Geschäft: Rücken Sie die Klunker raus, damit wir endlich verschwinden können! In diesem Fall wird der Kleinen kein Haar gekrümmt. Der arme Tris! Er ist noch keine drei Monate unter der Erde, und schon hat sich sein lieber Vetter die Kleine unter den Nagel gerissen!«

»Sie ist meine Frau«, bemerkte Knight kühl.

»Wie bitte? Hast du das gehört, Boy? Der feine Lord hat Tristans kleine Nutte geheiratet! Na ja, uns kann es gleichgültig sein. Wo sind die Klunker?«

»Wenn Sie meine Frau in Ruhe gehen lassen, werde ich es Ihnen verraten.«

»Nein, Knight. Ich werde dich nicht verlassen!«

»Schweig, Lily.«

Doch sie schüttelte energisch den Kopf und richtete sich auf, so daß sie Monk ansehen konnte. »Jetzt hören Sie mir zu: Wir haben keine Ahnung, wo sich der Schmuck befindet. Wir haben überall gesucht, aber umsonst. Mir gegenüber hat Tris nie etwas erwähnt.«

»Sie ist ebenso geschickt wie der alte Knabe!« knurrte Boy. »Bloß schöner ist sie! Schau nur diese traumhaften Titten, Monk! Himmel!«

Lily lag mucksmäuschenstill und fühlte nur, wie Knight beruhigend ihren Arm streichelte. »Bitte, bleib ruhig! Verhandeln ist in dem Fall sinnlos.«

Wie betäubt sah Lily ihn an und verspürte nur noch große Angst. Was sollte sie tun, wenn Knight verletzt wurde?

»Sie hat sie nicht angelogen! Wir haben den Schmuck wirklich nicht finden können«, erklärte Knight. »Hier haben wir alles abgesucht, also kann er sich logischerweise nur noch in Brüssel befinden.«

Boy kratzte sich hinter dem Ohr. »Vielleicht sagen die beiden ja tatsächlich die Wahrheit, Monk. Meinst du, daß ...«

»Du bist viel zu vertrauensselig, Boy! Alle Leute sind habgierig, und ein Blick auf diese Schmuckstücke genügt, um auch den Ehrlichsten schwach werden zu lassen. Los, raus aus den Federn! Und anziehen!«

»Nein«, entgegnete Knight in aller Ruhe. »Sie können mich gern als Geisel mit auf den Flur nehmen, aber meine Frau zieht sich allein an!«

Vielleicht war es der Kommandoton des erfahrenen Offiziers. Gleichgültig, jedenfalls wirkte es. »Also gut.« Monk war einverstanden. »Gib ihm seinen Hausmantel und bring ihn auf den Flur. Und Sie«, damit wandte er sich an Lily, »Sie haben genau zwei Minuten!«

Stumm nickte Lily und sah mit großen Augen zu, wie Knight nackt aus dem Bett stieg und seinen Hausmantel überstreifte. Nachdem sich die Tür hinter den Männern geschlossen hatte, sauste sie aus dem Bett und war in kürzester Zeit angezogen. Während sie fieberhaft im ganzen Zimmer nach einer Waffe suchte, öffnete sich die Tür, und Monk steckte den Kopf herein.

»Schade«, war sein einziger Kommentar. »Jetzt ist der feine Herr an der Reihe!«

»Setz dich, Lily!« befahl Knight und rückte einen Stuhl an den Tisch. Keinesfalls wollte er gestatten, daß die Männer Lily mit auf den Flur hinausnahmen. Wo, zum Teufel, steckten dieser Turnsil und die anderen Gäste? Waren sie beide etwa die einzigen? Vielleicht hatte Monk auch den Wirt bestochen, damit er Augen und Ohren verschloß.

Er mußte unbedingt in den Besitz seiner Pistole gelangen. Glücklicherweise steckte sie in seinem Mantel. So mußte er nur eine geeignete Gelegenheit abwarten. Aufmunternd lächelte er Lily zu und schlüpfte dann in seine Kleider. Keine zehn Minuten später schlich sich die seltsame Gesellschaft die Treppe hinunter und hinaus ins Freie.

Bestimmt würde ihr Kutscher am nächsten Morgen Alarm schlagen, dachte Knight. Doch was konnte er angeben? Welche Vermutung könnte er äußern?

Draußen herrschte rabenschwarze Finsternis. Mond und Sterne wurden von dunklen, tiefhängenden Wolken verdeckt, und die Luft roch nach Schnee. Knapp fünf Minuten später war der Wagen bereits unterwegs. Monk kutschierte, aber nicht nach Brighton, wie Knight feststellte, sondern in nordöstlicher Richtung.

Boy hatte es sich auf der Sitzbank gegenüber von Knight und Lily bequem gemacht und sich bis über die Ohren in einen etwas zerlumpten Wollschal eingehüllt. Er hielt seine Pistole genau auf Lilys Brust gerichtet. »Nur ein kleiner Ausflug«, bemerkte er nach einer Weile. »Monk und ich haben ein kleines Häuschen gemietet.« Doch weder Lily noch Knight äußerten sich dazu.

Einige Stunden später bog der Wagen ganz unvermittelt in einen Seitenweg ab, und nach weiteren zehn Minuten ging es noch einmal um eine Kurve. Knight hatte nicht die geringste Ahnung, wo sie sich befanden. Nach einigen weiteren Minuten brachte Monk schließlich den Wagen vor einem kleinen, etwas verwahrlosten Häuschen zum Stehen, das bis zum Dach von Efeu überwuchert war.

»Hübsches Plätzchen, nicht wahr?« fragte Boy. »Monk hat doch einen guten Geschmack, nicht wahr?«

Knight hätte diesen gerissenen, dümmlichen Kerl, der total nach einem Mörder aussah, stundenlang ansehen können. Ihn faszinierte diese gräßliche Visage.

In diesem Augenblick öffnete Monk den Wagenschlag. »Alles in Ordnung, Boy?«

»Selbstverständlich, Monk!«

Im Häuschen brannte kein Licht. Knight und Lily warteten mit ihrem Bewacher unter der niedrigen Tür, während Monk drinnen die Kerzen anzündete.

»Du kannst sie reinbringen!« rief er schließlich.

Von innen wirkt das Häuschen noch deprimierender als von außen, dachte Lily, während ihre Augen den einzigen, kleinen Raum musterten. Die Decke war niedrig, und im Kamin brannte ein Feuer. Auf der anderen Seite teilte ein Vorhang ein Stück ab, hinter dem sich wahrscheinlich das Bett und möglicherweise auch ein Tisch befanden. Die Küche war zwar vorhanden, aber ganz offensichtlich wurde sie nur höchst selten benutzt.

»Sie kümmern sich ums Feuer!« befahl Monk, während sein Stilett auf Knight deutete. »Und die feine Dame kocht uns etwas!«

Wortlos gehorchte Lily, doch als sie die Küche näher in Augenschein nahm, zog sie eine Grimasse. Aber sie blieb stumm. Stirnrunzelnd zog sie ihren schönen Mantel aus und faltete ihn sorgfältig über einen Stuhl. Aus dem Augenwinkel beobachtete sie, wie Knight unauffällig die Pistole aus seiner Tasche nahm, dann den Mantel abstreifte und die Waffe unter dem Stoff versteckte. Irgendwie hatte sie grenzenloses Vertrauen, daß er zur rechten Zeit handeln würde.

Als Lily zwei Fleischscheiben in der Pfanne briet, fühlte sie plötzlich den heißen Atem eines Mannes im Nacken. Seelenruhig arbeitete sie weiter und ließ sich in keiner Weise bei ihrer Arbeit stören.

»Tja, der alte Tris war ja wild hinter Ihnen her! Wahrscheinlich haben wir Ihnen noch einen Gefallen getan! Sie sind den alten Mann losgeworden und haben ihn gegen einen jungen, reichen eingetauscht. Wo haben Sie die Kinder gelassen? Der Kleine hat mich gegen das Schienbein getreten und bekommt irgendwann seine Tracht Prügel!«

Sekundenlang schloß Lily die Augen und gab sich große Mühe, die Worte zu überhören, doch plötzlich legten sich Arme um ihren Körper, und dann drückte Monk sie heftig an sich.

»Lassen Sie sie los!« sagte Knight mit eisiger Ruhe. »Und zwar sofort, oder ich bringe Sie so grausam um, wie Sie sich das gar nicht vorstellen können!«

Monk lachte direkt an ihrem Ohr. Dabei fuhr er mit seiner Hand einmal kurz über ihre Brüste und trat dann einen Schritt zurück. »Na, dann eben später. Keiner kann Ihnen mehr helfen. Boy und ich wissen sehr genau, was Ihnen gefällt. Wir haben Sie ja lange genug mit Ihrem Ehemann schwitzen sehen! Oh, Himmel, hat uns das scharf gemacht!«

Während Lily das Fleisch und gekochte Kartoffeln auf den Tisch stellte, spürte sie deutlich, wie Monks herausfordernder Blick jede ihrer Bewegungen verfolgte, doch sie reagierte in keiner Weise darauf.

»Ich habe einen Entschluß gefaßt!« schmatzte Monk schließlich mit vollem Mund. »Da unsere Überredungskünste bisher nicht das geringste bewirkt haben, werden Boy und ich uns mit Ihrer kleinen Frau direkt hier, vor Ihren Augen, vergnügen, bis Sie uns das Versteck preisgeben. Haben Sie das begriffen? Wir werden ihre Schenkel auseinanderbiegen und dann die hübsche, kleine Furche ein wenig pflügen, während Sie uns dabei zuschauen!«

»Darf ich zuerst, Monk?«

»Da laß lieber erst einmal mich ran, Kleiner! Ich bereite dir sozusagen den Weg, und anschließend kannst du dann dein Vergnügen haben! Na, ihr beiden Turteltäubchen, was haltet ihr von diesem Plan?«

21. Kapitel

Lily wurde von heftiger Furcht gepackt, doch sie beherrschte sich und ließ sich nichts anmerken.

Bleibe stark! flehte Knight sie im stillen an und wünschte, daß er wenigstens tröstend ihre Hand nehmen könnte, doch er war viel zu weit von ihr entfernt. Einige Minuten lang plusterte er sich regelrecht vor Empörung auf und verfluchte die Männer in deftigen Worten. Ob Lily seine Schauspielerei durchschaute und verstand, daß er das nicht aus Schwäche tat? Er konnte es nicht beurteilen.

»Also gut, ihr Mistkerle!« stieß er schließlich wütend hervor. »Ich werde euch das Versteck verraten. Aber laßt die Hände von meiner Frau! Lily hat den Schmuck noch vor unserer Hochzeit in einem Kinderspielzeug entdeckt, und ich habe ihn sofort im Stall versteckt. Die Lage des Verstecks ist sehr kompliziert zu beschreiben – ich kann es Ihnen nur zeigen.«

»Na also!« stellte Monk voller Zufriedenheit fest und lehnte sich zurück. »Siehst du, Boy, so macht man das! Unser feiner Herr hier brauchte nur ein wenig aufmunternden Zuspruch! Morgen werden wir in aller Frühe nach Castle Rosse zurückfahren und uns Billys Klunker holen.«

»Aber was machen wir mit ihr?« jammerte Boy wie ein kleines Kind, dem man Süßigkeiten versprochen hatte.

»Reiß dich zusammen, Boy!« versuchte Monk ihn zu besänftigen.

»Aber ich will nicht! Ich habe ihre Titten gesehen, Monk.«

Knights Magen krampfte sich vor Ekel zusammen, und er mußte einige Male ganz tief durchatmen.

»Wir werden unmittelbar nach Tagesanbruch aufbrechen«, sagte Monk zu Knight, ohne auf Boys Gejammer einzugehen. »Ich will kein Risiko eingehen und Sie lieber fesseln, damit Sie nicht womöglich doch noch Bekanntschaft mit Boys Pistole machen!«

»So, wie es Tris mit Ihrem Messer ergangen ist?«

»Genau. Es ging in der Eile etwas zu tief. Ein bedauerlicher Fehler.«

Ehe Knight sich versah, waren seine Hände mit einem rauhen Hanfseil auf dem Rücken gefesselt, doch es gelang ihm trotzdem, ein wenig näher an den Kamin heranzurutschen und sich gegen die Wand aus grob behauenen Steinen zu lehnen.

»So, Mylady, jetzt sind Sie an der Reihe!« Einladend wies Monk auf den Fußboden neben Knight. Lily durfte die Hände vor dem Körper behalten, aber dafür wurden sie mit einer Reihe von komplizierten Knoten vertäut, die jedem Matrosen Ehre gemacht hätten.

»So, Boy, du übernimmst die erste Wache! Du weckst mich in vier Stunden. Verstanden? Du darfst keinesfalls einschlafen, denn mit diesem feinen Herrn ist nicht zu spaßen!«

Neben dem Feuer war der einzige warme Platz, und deshalb rutschte Lily so nahe wie möglich an Knights Körper heran.

»Keine Vertraulichkeiten, Herrschaften!« ermahnte Boy sie sofort.

Lily ließ den Kopf an Knights Schulter sinken. »Schon gut, schon gut!« widersprach sie und lehnte sich dann voller Zuversicht gegen ihren starken Mann.

Knight wünschte inständig, daß er das blinde Vertrauen, das aus dieser Geste sprach, rechtfertigen könnte, doch erst als er Monk lautstark schnarchen hörte, keimte ein wenig Hoffnung in ihm auf. Im Augenblick hatte er es nur noch mit Boy zu tun, dachte er.

»Sei auf alles vorbereitet!« flüsterte er leise in Lilys Ohr, bevor er ihr einen Kuß auf die Stirn drückte.

Es existierten zwei Pistolen im Raum, dachte Knight. Die eine hielt Boy in der Hand, und die andere befand sich in seinem eigenen Mantel, der jedoch am anderen Ende des Zimmers über einem Stuhl lag. Insgeheim hoffte Knight, daß Boy nach den Anstrengungen des Tages müde werden würde, und auf diesen Augenblick wollte er geduldig warten. In der Zwischenzeit beschäftigte er sich mit seinen Fesseln. Ganz langsam, aber stetig rieb er die Stricke an einer scharfen Steinkante.

»Eigentlich hat Monk mir nicht ausdrücklich verboten, die Kleine ein wenig zu befingern, oder?«

Lily erstarrte.

»Falls Sie das tun sollten«, bemerkte Knight ganz kühl, »werde ich Ihnen das Versteck nicht zeigen. Lily hat nicht die leiseste Ahnung, wo sich der Schmuck befindet. Sie müssen sich also schon an mich halten! Wenn Monk die Juwelen nicht bekommt, wird er Ihnen sicher die Bekanntschaft mit seinem Stilett androhen!«

Boy runzelte unwillig die Brauen und dachte angestrengt nach, doch schließlich besann er sich und verkroch sich tiefer in sein wollenes Umschlagtuch. Inzwischen war es Knight gleichgültig geworden, ob Boy einschlief oder nicht. Seine Fesseln saßen nämlich so fest, daß er längst kein Gefühl mehr in den Händen hatte. Am liebsten hätte er vor Verzweiflung geschrien. Als Boy irgendwann Monk aufweckte, stellte Knight sich schlafend und beobachtete verstohlen, wie sich der massige Mann ihm gegenüber niederließ.

Jetzt werde ich wesentlich vorsichtiger sein müssen, dachte Knight, doch viel weiter kam er nicht mehr, weil ihn schließlich der Schlaf übermannte. Einige Zeit später überkam ihn ein entsetzlicher Alptraum, der ihn hochschrecken ließ. Mit einem energischen Kopfschütteln versuchte er, die Bilder loszuwerden, und war andererseits dankbar, daß er auf diese Weise wenigstens wachgeworden war. Mit neuen Kräften machte er sich wieder ans Schaben und Scheuern.

Lilys Kopf war gegen seine Schulter gesunken. Sie schlief tief und fest. Monk beobachtete sie beide unablässig, so daß Knight äußerst vorsichtig zu Werke gehen mußte, um ihn nicht mißtrauisch zu machen. Gegen Morgen war es dann endlich soweit: die Fesseln gaben nach, und Knight konnte zum ersten Mal wieder die Finger bewegen. Als Monk wenig später Lily aufweckte und ihr zum Kaffeekochen die Fesseln abnahm, stellte Knight sich wieder schlafend.

»Ich brauche aber frisches Wasser.«

Wortlos weckte Monk seinen Kumpan und verließ unmittelbar darauf die Hütte. Wie lange er wegbleiben würde, wußte Knight nicht. Er konnte nur hoffen, daß die Zeit ausreichen würde. Blitzschnell war er auf den Beinen und rammte Boy seine Faust in den Magen. Der nächste Hieb traf die Nase, und ein gezielter Tritt in den Unterleib gab Boy den Rest. Laut stöhnend klappte er wie ein Taschenmesser zusammen und fiel vornüber auf die Knie.

»Verdammt! Ich werde Sie umbringen – oh!«

Als Krönung hieb ihm Knight mit voller Wucht den Griff der Pistole auf den Hinterkopf, so daß Boy bewußtlos auf dem schmutzigen Boden zusammenbrach. Rasch lief Knight zum Fenster und spähte vorsichtig hinaus. Keine Spur von Monk.

»Rasch, Lily!«

Es dauerte nur Sekunden, bis Knight und Lily die Hütte verlassen und den Stall erreicht hatten. Knights Finger waren immer noch taub, und seine Knöchel bluteten. In aller Eile sattelten Knight und Lily den grobknochigen Hengst, der ihren Wagen gezogen hatte.

»Der kann ohne weiteres uns beide tragen. Die anderen Pferde jagen wir davon. Pst! Beweg dich nicht!« Vorsichtig spähte Knight um die Tür herum und sah gerade, wie Monk den Wasserkübel fallenließ, als er Boy schreien hörte.

»Los jetzt! Schnell!« Knight packte die Zügel und zerrte den Hengst ins Freie, während Lily mit ihrem Mantel wedelte, um die anderen Pferde aus dem Stall zu treiben. Als sie den Kopf hob, erstarrte sie vor Schrecken.

»Knight, paß auf! Er hat eine Pistole!«

Knight wirbelte herum, ließ die Zügel fahren und zog seine Pistole aus dem Mantel. Die Schüsse krachten beinahe gleichzeitig, doch Lily hatte sich längst schützend vor Knight geworfen.

»Nein!« hörte Knight nur und spürte, wie ihr Körper von der Kugel getroffen wurde und die Wucht des Aufpralls Lily gegen ihn schleuderte.

»Um Himmels willen, nein!« rief er und umschlang sie. »Um alles in der Welt!«

Irgendwie schien die Zeit außer Kraft gesetzt, und Knight nahm lediglich wie durch einen Schleier wahr, daß Boy sich an die Brust griff und langsam zu Boden sank. Mit einem Schrei des Entsetzens eilte Monk seinem Freund zu Hilfe. Knights Pistole war leergeschossen, und so blieb ihm nichts anderes übrig, als die Zügel zu packen und sich mitsamt seiner Last in den Sattel zu schwingen.

Als eine Kugel Knight ganz knapp verfehlte, duckte er sich instinktiv und drückte seinem Pferd die Fersen in die Flanken. Gleichzeitig versuchte er, Lily so gut es ging mit seinem Körper zu schützen.

»Verdammter Bastard!« brüllte Monk aus Leibeskräften hinter ihm her. »Das wirst du mir büßen! Oh, Boy!«

Eine weitere Kugel durchschlug Knights Ärmel und verpaßte seinen Oberarm um Haaresbreite. Ohne sich umzusehen, galoppierte Knight blindlings geradeaus und drückte Lily dabei fest an seine Brust.

Irgendwann war ringsum alles ruhig – keine Kugeln und auch keine Flüche mehr, sondern nur eine einzelne Schneeflocke, die langsam herabsank und auf Knights Nase schmolz. Dann eine zweite. Dunkle Schneewolken zogen tief über den Himmel und ließen den Tag nicht richtig hell werden. Knight erschrak, als er Lilys wachsbleiches Gesicht sah, und tastete rasch unter ihrem Mantel nach dem Herzschlag. Er war zwar langsam, aber kräftig und gleichmäßig.

Als er sich sicher war, daß er nicht verfolgt wurde, brachte er sein Pferd neben einem kahlen Ahornbaum zum Stehen und rutschte möglichst erschütterungsfrei aus dem Sattel.

Nachdem er Lily vorsichtig auf dem Schnee niedergelegt und ihren Mantel geöffnet hatte, erblickte er ihre blutüberströmte Brust. Unterhalb der linken Schulter war deutlich das Loch zu erkennen, wo die Kugel zuerst ihren Mantel und ihr Kleid durchschlagen und dann in ihren Körper eingedrungen war. Sanft hob er Lily ein wenig an und seufzte gleich darauf erleichtert. Glücklicherweise hatte die Kugel die Schulter glatt durchschlagen und war auf dem Rücken wieder ausgetreten. Da die Blutung immer noch beträchtlich war, riß Knight das Kleid und die Wäsche ein Stück weit auf. Dann preßte er eine Handvoll Schnee fest auf die Wunde und wiederholte diese Prozedur so lange, bis die Blutung zum Stillstand gekommen und die Wunde außerdem gesäubert war. Mit blaugefrorenen, steifen Fingern riß er einen Streifen Stoff von Lilys Unterrock ab und verband damit Schulter und Rücken so gut wie möglich. Oh, Gott, bitte laß sie das überleben!

Glücklicherweise war Lily die ganze Zeit über ohnmächtig gewesen. Vermutlich sind ihre Schmerzen unerträglich, dachte Knight. Dann blickte er sich um und mußte feststellen, daß er nicht die leiseste Ahnung hatte, wo sie sich befanden. Ohne Sonnenlicht war die Orientierung unmöglich, und der immer dichter fallende Schnee verschluckte alle Konturen, die vielleicht hilfreich hätten sein können.

Es war ihm klar, daß Lily möglichst rasch ins Warme und zu einem Arzt gebracht werden mußte. Und er, der heldenhafte Beschützer, hatte keine Ahnung, in welche Richtung er sich wenden sollte! Vorsichtig packte er Lily vor sich auf den Sattel und überließ dem Pferd den weiteren Weg. Ganz offensichtlich befanden sie sich auf einer kleineren Landstraße, wo früher oder später Wegweiser auftauchen mußten. Bestimmt würden sie über kurz oder lang auf ein Bauernhaus treffen.

Ganz allmählich fühlte Knight, wie die Kälte durch seinen dikken Mantel kroch. Es schneite immer dichter, so daß er irgendwann nicht mehr die Hand vor Augen sehen konnte. Ganz unvermittelt wurde Lily plötzlich unruhig und wehrte sich gegen seine Umarmung. »Knight! Nein, nein! Er darf dich nicht erschießen! Um Himmels willen, nein!«

»Sei ganz ruhig, mein Liebes. Es ist alles in Ordnung. Bleib ganz ruhig liegen, sonst kann ich nämlich unser Pferd nicht auf der Straße halten.« Beim Ton seiner Stimme beruhigte sie sich augenblicklich, und so sprach er weiter und hatte den Eindruck, daß ihr das ausgesprochen gut tat.

Als nach einer Weile eine Scheune vor ihnen aus dem Schneegestöber auftauchte, hatte Knight jedes Zeitgefühl verloren. Bestimmt hatte das windschiefe Gebäude schon bessere Zeiten gesehen, doch da Knight kein Farmhaus ausmachen konnte, mußte er erst einmal mit diesem dürftigen Schutzdach zufrieden sein. Große Stücke der Wandverkleidung fehlten, so daß Wind und Schnee ungehindert durch das traurige Gerippe wehten. Doch bei näherem Hinsehen entdeckte Knight in einer dämmrigen Ecke einen Haufen trockenes Heu. Na wunderbar, dachte er. Dort konnten sie sich zumindest erst einmal aufwärmen und in Ruhe das Ende des Schneefalls abwarten. Höchstwahrscheinlich lag ganz in der Nähe ein Farmhaus, von wo er dann Hilfe holen konnte.

Lilys Kleidung war durch und durch feucht geworden, so daß Knight das Schlimmste fürchtete. Vorsichtig trug er sie in die geschützte Ecke und bettete sie sanft ins Heu. Dann deckte er sie mit seinem Mantel zu und häufte trockenes Heu darüber, bis Lily fast verschwunden war. Schließlich rieb er dem schwer atmenden Pferd mit einigen Handvoll Heu die Flanken trocken und flüsterte ihm aufmunternde Worte zu.

»So, alter Junge! Das hast du gut gemacht. Komm her und stärke dich. Und dann ruh dich aus, denn wir werden dich noch brauchen!«

Nachdem Knight mit allem fertig war, schlüpfte er zu Lily unter das Heu und umarmte sie, um sie zu wärmen. Irgendwann fielen ihm vor Müdigkeit die Augen zu, doch nur kurze Zeit später erwachte er schweißgebadet.

Da! Wieder hörte er das Geräusch. Monk! Er mußte sie trotz des Schneefalls ausfindig gemacht haben!

Knight lauschte angestrengt, und jeder Muskel in seinem Körper war angespannt, doch alles blieb ruhig. Vielleicht hatte er sich ja getäuscht, und es war nur das Pferd gewesen. Vorsichtig setzte er sich auf und sah durch ein Loch in der gegenüberliegenden Wand, daß es noch immer heftig schneite. Verdammt und zugenäht! Er wußte nicht einmal, wie spät es war, und auch sonst konnte er nichts tun. Einfach gar nichts.

Voller Liebe lächelte er auf das blasse Gesichtchen seiner Frau hinunter. »Lily!« sagte er sanft und strich ihr zart über die Wange.

Zu seiner großen Überraschung zitterten ihre Lider leicht, und dann schlug sie die Augen auf. »Hallo.«

»Du bist ja wach!«

»Ja. Geht es dir gut? Wo sind wir?«

»Pst. Ich werde dir alles erzählen. Mir geht es ausgezeichnet, und ich habe nicht die geringste Ahnung, wo wir sind. Es schneit wie verrückt, und ich konnte bisher noch keinen Wegweiser entdecken. Im Augenblick liegen wir in einer halbverfallenen Scheune im Heu. Ist dir warm genug?«

»Oh, ja.« Aber ihrer Stimme hörte man deutlich an, daß etwas nicht stimmte. »Knight!« Plötzlich fühlte sie einen starken Schmerz in ihrer Schulter, einen brennenden, fürchterlichen Schmerz! Doch als sie Knights Arm spürte, der sie festhielt, kämpfte sie entschlossen dagegen an.

»Atme ganz langsam, tief und gleichmäßig!« hörte sie ihn sagen. Sein warmer Atem streichelte über ihre Wange. »Dann vergeht der schlimmste Schmerz. Versuch es, Lily! Los!«

Lily nahm ihren ganzen Willen zusammen und gehorchte. Und zu ihrer Überraschung half es tatsächlich!

»Wunderbar! Sehr gut! Sobald der Schneefall nachläßt, werde ich dich zu einem Arzt bringen. Dann hast du bald das Schlimmste überstanden.«

Als Lily wenig später in Ohnmacht sank, wußte Knight nicht recht, ob er entsetzt oder erleichtert sein sollte. Er tröstete sich damit, daß sie in diesem Zustand keinerlei Schmerzen verspürte. Da es immer noch unentwegt schneite, hatte Lily wenigstens noch eine kleine Erholungspause.

Erst einige Stunden später schlug sie wieder die Augen auf. Erleichtert stellte Knight fest, daß ihre Stirn kühl war. Auf den Schlachtfeldern hatte er nämlich immer wieder Männer mit leichten Verletzungen am Fieber sterben sehen.

»Knight? Mir ist warm.«

»Das kommt vom Heu. Es schneit immer noch, wenn auch weniger heftig. Na, wenigstens kann Monk uns bei diesem Wetter nicht verfolgen!«

»Hast du Boy getötet?«

»Ich weiß es nicht. Ich habe nur gesehen, wie er sich an die Brust gefaßt hat. Lieber wäre mir, er wäre noch am Leben, denn dann muß Monk sich um ihn kümmern.«

»Und wenn nicht? Wird er uns verfolgen?«

»Wahrscheinlich schon, aber er wird uns nicht finden!« Er hauchte ihr einen Kuß auf die Stirn. »Du hast mir das Leben gerettet, Liebes, aber du hast einen hohen Preis dafür bezahlt. Versuche, dich zu entspannen und dich dem Schmerz nicht zu widersetzen. Ja, so ist es richtig. Atme tief und langsam! Weißt du, was wir machen werden, wenn wir das alles überstanden haben? Sobald du wieder gesund bist, werden wir nach Italien fahren. Ich möchte dir unbedingt Venedig zeigen!«

Ob Lily ihn gehört hatte? Knight war sich nicht sicher, denn ihre Augen waren geschlossen, und ihr Gesichtsausdruck war ruhig und friedlich. »Wir werden im Palazzo di Contini wohnen, und ich werde dich überall herumführen. Erst wenn wir es vor Sehnsucht nach den kleinen Ungeheuern überhaupt nicht mehr aushalten, werden wir nach England zurückkehren. Und ich hoffe sehr, daß du dann bereits schwanger sein wirst. Ach, Lily, ich freue mich so sehr auf ein Kind von dir! Hättest du lieber ein Mädchen oder einen Jungen?«

»Einen Jungen, der dir ähnlich sehen muß«, antwortete sie müde, ohne die Augen zu öffnen. »Ich wünsche mir dieselben goldbraunen Fuchsaugen, die ganz gelb leuchten, wenn er wütend wird. Wann werden wir endlich nach Venedig fahren?«

Er zog sie an sich. »Bald, Lily, sehr bald.« Dann drückte er ihr einen Kuß auf die Stirn und ließ sich ins Heu zurücksinken. Ein warmes, nie gekanntes Gefühl der Zufriedenheit erfüllte ihn, das ihm die Tränen in die Augen trieb. Doch gleichzeitig empfand er auch Furcht, weil er im Augenblick absolut hilflos war. Lily war wieder eingeschlafen, oder war sie bewußtlos? Er konnte es nicht sagen und betete nur leise.

Am späten Nachmittag hörte es endgültig auf zu schneien.

Knight erhob sich leise von Lilys Seite und begutachtete die Lage. Seiner Schätzung nach würde das Tageslicht bestimmt noch ungefähr eine Stunde lang ausreichend sein, um festzustellen, wo sie sich befanden oder vielleicht auch eine Behausung zu finden.

Zehn Minuten später saßen sie wieder auf dem Pferd und setzten ihren Weg auf der Landstraße fort. Es war bitterkalt. Der Wind heulte durch die Äste der Bäume, und von den Hufen des Pferdes wirbelte Schnee empor. Trotz des dicken Mantels fühlte Knight, wie sich die Kälte allmählich in seinem Körper ausbreitete und er langsam gefühllos wurde. Er drückte Lily so fest wie möglich an sich, um ihr seine Wärme weiterzugeben.

Nach einiger Zeit sah Knight plötzlich hinter einem Ahornwäldchen Rauch aufsteigen. Wahrscheinlich eine Farm, die Geborgenheit und Hilfe versprach! Als er schon sein Pferd zügeln wollte, entdeckte er vor sich eine Straßengabelung mit einem Wegweiser. Rechts ging es nach Crawley, und die Entfernung betrug fünfzehn Kilometer. Crawley. Du lieber Himmel! Plötzlich war Knight ganz aufgeregt. In der Nähe von Crawley wohnte Burke Drummond! Demnach befanden sie sich ganz in der Nähe von Ravensworth Abbey! Knight war so erleichtert, daß er am liebsten laut geschrien hätte. Monk und Boy hatten sie also in einem großen Bogen nach London zurückbringen wollen!

»Lily«, flüsterte er, »wir haben es gleich geschafft! Ein weiterer Beweis dafür, daß Gott auf seiten der Narren ist. Und auf der der närrischen Viscounts offenbar auch!«

Obwohl es jetzt rasch dunkel wurde und dicke Schneewolken die Sterne verdunkelten, konnte Knight den Verlauf der Straße gut erkennen. Vor lauter Aufregung wäre er sogar fast am Wegweiser nach Ravensworth vorbeigeritten. Wie spät es war, hätte er nicht sagen können. Es schneite wieder, doch der Wind war eingeschlafen. Dafür war es kälter als je zuvor. Als er schließlich das schmiedeeiserne Tor von Ravensworth vor sich sah, schickte er ein inniges Dankgebet zum Himmel.

Noch nie war ihm die Auffahrt dermaßen lang vorgekommen. Die Ungeduld trieb ihn vorwärts, und erst als er das hellerleuchtete Haus vor sich liegen sah, ließ seine Anspannung ein wenig nach. Zum Glück waren der Earl und die Countess anwesend! Während er sein müdes Pferd zur Eingangstreppe dirigierte, kündigte er seine Ankunft durch lautes Rufen an.

Wenige Augenblicke später öffnete sich die Tür, und der Butler Montague steckte den Kopf heraus.

»Schnell, Mann!« rief Knight, während er abstieg. »Jemand soll sich um mein Pferd kümmern!« Sekunden später hatte er Lily bereits über die Schwelle ins Haus getragen.

Burke Drummond, der Earl of Ravensworth, war durch den Lärm aufmerksam geworden und trat im selben Augenblick aus der Bibliothek in die Halle. Er war sehr überrascht, als er Knight Winthrop erkannte, und rätselte daran herum, weshalb sein Freund eine ohnmächtige Frau auf den Armen trug. »Guten Abend, Knight! Können Sie mir vielleicht erklären, was hier vor sich geht?«

Knight eilte unbeirrt weiter. »Burke, bitte lassen Sie einen Arzt holen! Und zwar schnell! Sie ist angeschossen worden und in keiner guten Verfassung.«

Burke zögerte keine Sekunde. Nachdem er alles Erforderliche in die Wege geleitet hatte, stieß er die Tür zur Bibliothek auf.

Die Countess of Ravensworth stand neben einem Stuhl und blickte ihnen entgegen. »Knight! Was ist geschehen? Wer ist das?«

»Helfen Sie mir, Arielle! Sie ist angeschossen worden und braucht dringend trockene Sachen.«

»Und Sie offensichtlich auch!« ergänzte der Earl.

»Sofort«, sagte Arielle nur und eilte aus dem Zimmer.

Vorsichtig bettete Knight Lily auf eine schmale Sitzbank und zog sie näher ans wärmende Feuer. Nachdem er seinen Mantel beiseite geworfen hatte, schälte er Lily fürsorglich aus ihrer warmen Hülle, in der ein häßliches, schwarzes Loch klaffte. Auch der Hermelinbesatz war mit Blut beschmiert.

Das Kleid und der Verband waren feucht geworden. Während Knight die zahllosen, winzigen Knöpfchen öffnete, wandte er sich an seinen Gastgeber. »Sobald ich sie versorgt habe, werde ich Ihnen alles erzählen.«

»Hier, trinken Sie zwischendurch einen Schluck Brandy!«

»Ja, gleich.«

Fasziniert beobachtete Burke, wie sein Freund vorsichtig das Mieder bis zur Taille hinunterzog, doch als er den blutdurchtränkten Verband erblickte, zuckte er zusammen. Das sah nicht sehr gut aus! Knight sprach in einem fort beruhigend auf die junge Frau ein.

»Gleich hast du es überstanden, Lily! Es wird alles gut werden. Der Arzt kommt in wenigen Minuten.«

Mit angehaltenem Atem wickelte Knight den Verband ab und entfernte ihn von der Wunde. Die Blutung hatte wieder begonnen. In diesem Augenblick fühlte er Burkes Hand auf seiner Schulter.

»Doktor Brody muß gleich hier sein, Knight. Trinken Sie jetzt einen Schluck! Sie haben ihn sich redlich verdient.«

Rasch stürzte Knight den Inhalt des Glases hinunter. »Vielen Dank, Burke. Oh, Himmel, es ist alles meine Schuld! Sie hat mir das Leben gerettet, indem sie sich dazwischengeworfen hat, als Boy auf mich geschossen hat. Ich ...«

Burke bewahrte die Ruhe. »Hier kommt Arielle mit frischen Kleidern. Sie kann sich jetzt um die Dame kümmern.«

»Nein, kommt nicht in Frage! Das ist meine Aufgabe.«

Burke begriff nichts mehr und starrte seinen Freund nur verständnislos an. Dann wandte er sich zu Arielle um und zuckte die Achseln. Wer diese Frau wohl war? Selbst in diesem jämmerlichen Zustand war sie atemberaubend schön. Ob sie Knights Geliebte war? Was war nur geschehen?

Arielle und Knight zogen Lily gemeinsam die nassen Kleider vom Körper und hüllten sie in einen weiten Hausmantel. Dann reichte Arielle Knight ein gefaltetes Taschentuch und sah zu, wie er es auf die Wunde preßte.

»Ich habe Mrs. Pepperall gebeten, einige Decken zu bringen. Ah, da sind sie ja schon! Vielen Dank. Außerdem wird bereits ein Zimmer hergerichtet.«

Nachdem Lily bis zum Kinn zugedeckt war, ging Knight zum Kamin hinüber. »Sie können sich gar nicht vorstellen, wie erleichtert ich war, als ich den Wegweiser nach Crawley entdeckt habe!«

»Wer ist diese Frau?« fragte Burke.

Langsam wandte sich Knight zu ihm um und lächelte. »Nun, sie ist meine Frau.«

»Ihre *was?«*

»Meine Frau«, wiederholte Knight genüßlich. »Ach, ich habe Ihnen eine Menge zu erzählen.«

Arielle legte ihm die Hand auf den Arm. »Aber zuerst müssen Sie ebenfalls etwas Trockenes anziehen, Knight! Sie erkälten sich sonst.«

»Ich möchte unbedingt erst noch den Arzt abwarten.«

»Gut, dann werde ich Tee und Sandwiches besorgen.«

Etwa fünfzehn Minuten später traf Doktor Mark Brody ein. »Mylord!« begrüßte er den Hausherrn und wandte sich dann Knight zu. »Sie sind Lord Castlerosse, nicht wahr?«

»Ja. Kommen Sie! Meine Frau ist angeschossen worden.«

Der Arzt wunderte sich zwar, doch er ließ es sich nicht anmerken. Rasch ließ er sich neben Lily auf der Sitzbank nieder und zog die Decke zurück. Dann öffnete er den Hausmantel und nahm das Tuch von der Wunde. Nachdem er Lilys Herztöne abgehört hatte, besah er sich die Wunde. »Ist die Kugel noch an Ort und Stelle?«

»Nein, sie ist auf dem Rücken ausgetreten.«

»Das war aber großes Glück! Wann ist es passiert?«

»Heute morgen in aller Frühe. lm Schneegestöber habe ich die Orientierung verloren, doch glücklicherweise konnten wir in einer Scheune Unterschlupf finden, bis sich das Wetter gebessert hat. Meine Frau war fast den ganzen Tag über bewußtlos.«

»Es ist ein gutes Zeichen, daß sie kein Fieber hat. Die Blutung ist auch fast zum Stillstand gekommen.« Doktor Brody nickte Knight kurz zu, und dann hoben sie Lily gemeinsam hoch, so daß der Arzt den Rücken begutachten konnte. Dort war das Loch entschieden größer und würde wahrscheinlich genäht werden müssen.

»Ich werde die Wunde reinigen und versorgen, aber auf dem Rücken muß ich einige Stiche nähen. Dann können wir nur abwarten.«

»Ich danke Ihnen«, sagte Knight. »Kann ich sie jetzt nach oben tragen?«

»Ja«, stimmte der Arzt zu. »Wie ist es eigentlich geschehen? Wurden Sie von Straßenräubern überfallen?«

»Ja, so kann man sie wohl bezeichnen. Meine Frau hat mir das Leben gerettet, denn eigentlich war die Kugel für mich bestimmt.«

»Knight?«

Rasch kniete Knight neben der Bank nieder und strich zart über Lilys Brauen, ihre Nase und ihre Lippen. »Alles wird gut, Liebes! Du bist in Sicherheit. Ich trage dich jetzt nach oben.«

»Geht es dir gut? Bestimmt?«

»Ich schwöre es.«

Als er sie hochhob, stöhnte sie ein wenig. »Ganz langsam atmen, Lily! Erinnerst du dich noch?«

Burke Drummond und Doktor Brody sahen einander vielsagend an.

»Hier herein!« kommandierte Burke, der vorangegangen war und die Tür geöffnet hatte. Im Kamin brannte bereits ein prasselndes Feuer, und die Bettvorhänge waren zurückgeschlagen.

Lily wollte nicht, daß Knight das Zimmer wieder verließ und klammerte sich weinend an ihn. »Nein, bitte geh nicht! Du hast versprochen, daß wir nach Venedig fahren.«

»Keine Sorge, mein Liebes, ich bleibe bei dir.« Mit diesen Worten beugte er sich über seine Frau und küßte sie. »Es ist alles in Ordnung. Das mußt du mir glauben. Ich würde dich nie belügen.«

»Nein, das würdest du nicht tun.« Als sie plötzlich ein scharfer Schmerz durchzuckte, schrie sie ein wenig und bäumte sich stöhnend auf. Doch nur Sekunden später sank sie bewußtlos in die Kissen zurück.

Energisch schob Doktor Brody Knight beiseite.

22. Kapitel

Langsam richtete sich Doktor Brody auf. »Keine Sorge, Mylord: Sie ist nur vor Schmerzen ohnmächtig geworden, das erspart mir die Betäubung.«

Knight wirkte, als ob man ihm eine Zentnerlast von den Schultern genommen hätte. »Oh, bin ich froh!« stöhnte er und sank auf die Bettkante nieder.

»Sie sollten jetzt aber wirklich Ihre nassen Kleider ausziehen, Knight!« Mit diesen Worten reichte ihm Burke einen Hausmantel. »Arielle, Liebes, läßt du uns bitte für einen Augenblick allein?«

»Aber natürlich«, entgegnete Arielle und tätschelte beruhigend Knights Arm, bevor sie den Raum verließ.

Doch Knight rührte sich nicht von der Stelle, bevor Doktor Brody nicht mit Nähen und Verbinden fertig war. Dann erst besann er sich und begann langsam, sich zu entkleiden.

»Eines ist mir rätselhaft«, meinte Doktor Brody nachdenklich, während er auf Lily hinunterblickte. »Wenn Ihre Frau sich vor Sie geworfen hat und die Kugel ihren Körper durchschlagen hat, dann muß sie doch irgendwo geblieben sein!«

Knight hob den Kopf und starrte den Arzt an.

»Befand sie sich wirklich vor Ihnen?«

Plötzlich spürte Knight einen stechenden Schmerz an einer Rippe. »Doch, doch, sie war genau vor mir!« Im selben Augenblick zog er sich das Hemd über den Kopf und bemerkte einige Blutflecken. »Verdammt will ich sein!« brummte er, während er zuerst fassungslos seine blutverschmierte Brust und dann Burke und den Arzt ansah. »Ihre Frage ist hiermit beantwortet, Doktor! Offenbar habe ich auch etwas abbekommen! Seltsam, ich habe nicht das Geringste gespürt!« Während er den beiden Männern noch zulächelte, sank er ohne jedes Voranzeichen ohnmächtig zu Boden.

Als er erwachte, beugte sich Arielles besorgtes Gesicht über ihn. »Hallo, Knight!«

»Lily?«

Arielle glaubte keine Sekunde, daß Knight sie verwechselte. »Sie schläft. Nachdem sie aus der Ohnmacht aufgewacht ist, hat Doktor Brody ihr ein Schlafmittel gegeben. Es geht ihr den Umständen entsprechend gut. Sie selbst liegen im Zimmer nebenan. Doktor Brody hat Ihnen die Kugel entfernt. Sie saß direkt auf einer Rippe, doch glücklicherweise hat sie keinerlei Schaden angerichtet. Die Wunde ist nicht sehr tief und wird rasch verheilen.« Dann hob sie seine Hände hoch und wies auf die Gelenke. »Die Haut war ganz aufgescheuert und blutig. Wir mußten sie verbinden. Oh, hier kommt Burke, der unbedingt nähere Einzelheiten erfahren möchte.«

Burke lächelte. »Ganz so schlimm ist es nicht, aber ich habe schon einige Fragen. Es ist ein bißchen viel auf einmal: gefesselt, angeschossen und obendrein noch verheiratet!« Und nach einer kleinen Pause fügte er nachdenklich hinzu: »Der letzte Schock war wohl der allergrößte!«

»Ich habe einen ungeheuren Appetit! Ich glaube, ich könnte einen ganzen Ochsen verspeisen.«

»Also gut, ich besorge Ihnen etwas. Allerdings nur, wenn Sie mir danach alles haarklein berichten!«

Burke hielt Wort und unterhielt Knight mit Bemerkungen über das Wetter, bis dieser seinen Teller leergegessen hatte. Schließlich reichte er ihm noch ein Glas Brandy. »So, diese Stärkung haben Sie sich redlich verdient.«

Zufrieden seufzend lehnte Knight sich zurück und schloß für einige Sekunden die Augen. »Ja, ich bin tatsächlich verheiratet, und Lily ist weder schwanger noch war sie meine Geliebte. Und selbst wenn es Ihnen merkwürdig vorkommen sollte, bin ich auch gleichzeitig noch Vater. Ich habe drei Kinder, und ich liebe die drei kleinen Teufel mindestens ebenso wie ihre Mutter.«

»Guter Gott!«

»Lily war mit meinem Vetter Tris Winthrop verlobt. Die drei Kinder sind eigentlich seine Kinder. Ich hatte Tris seit mehr als fünf Jahren nicht mehr gesehen, und ganz offensichtlich hatte er sich inzwischen zu einem Meisterdieb entwickelt! Sein letzter Coup war entschieden zu groß für ihn. Soviel ich bisher weiß, hat er zwei üble Partner zu täuschen versucht, wofür sie ihn umgebracht haben. Ach, wie soll ich das nur alles erzählen? Gut, ich werde es wenigstens versuchen. Lily ist mit den Kindern und fünfzig Pfund in der Tasche von Brüssel aus wieder nach England zurückgekehrt. Habe ich Ihnen schon von Brüssel erzählt?«

Nach zahlreichen Fragen und Antworten hatte Burke durchaus das Gefühl, im Besitz der wichtigsten Fakten zu sein und sie auch in der richtigen Reihenfolge verstanden zu haben. »Und es gibt tatsächlich nicht den geringsten Hinweis auf das Versteck?«

»Nein. Keinen. Lily und ich haben sogar das Spielzeug der Kinder auseinandergenommen! Meiner Meinung nach kann der Schmuck nur noch in Brüssel sein! Eine andere Erklärung gibt es nicht mehr.«

»Billys Klunker«, sagte Burke nachdenklich vor sich hin. »Eine seltsame Bezeichnung! Steckt da eine Geschichte dahinter?«

Obwohl Knight todmüde war, brachte er es doch gerade noch fertig, Burke von Billy und seiner Verlobten Charlotte zu berichten. Nach Auflösung der Verlobung hatte Billy die Juwelen zurückbekommen und nach Brüssel zurückgeschickt. Unterwegs hatten Tris und seine Kumpane sie entwendet.

»Billy und Charlotte«, wiederholte Burke. »Besser gesagt, wahrscheinlich William und Charlotte. Hm. Und dann noch Brüssel. Interessant.«

Doch Knight war eingeschlafen und hörte ihn nicht mehr.

»Sehr interessant«, meinte Burke, während er sich erhob und seinen alten Freund betrachtete. »Wirklich sehr interessant.«

Lily kam nur ganz langsam zu sich. Sie war entsetzlich durstig, und ihre Zunge fühlte sich geschwollen an. Mühsam krächzte sie: »Wasser, bitte!«

Einen Augenblick später fühlte sie, wie ihr Kopf hochgehoben wurde und man ihr ein Glas an die Lippen setzte. Tröpfchenweise rann ihr kühles Wasser in den Mund und über das Kinn. »Vielen Dank.«

Arielle war von Lilys Aussehen bezaubert. Sie war wirklich unglaublich schön, aber im Augenblick auch unglaublich blaß. »Ich könnte mir denken, daß Sie hungrig sind.«

Lily mußte erst überlegen, doch je länger sie an Essen dachte, desto hungriger wurde sie. »Oh, ja.«

»Haben Sie Schmerzen?«

Lily spürte etwas, aber alles war angenehm weit weg. »Ich kann es aushalten. Jedenfalls im Augenblick.«

»Sehr gut. Demnach wirkt das Medikament noch.« Arielle fütterte ihre Patientin mit Porridge, den sie mit Honig gesüßt hatte, und ließ sie immer wieder an einer Tasse mit heißem Kakao nippen. »In kürzester Zeit werden Sie es überstanden haben, Lily, und wieder ganz gesund sein.«

»Wer sind Sie? Woher kennen Sie meinen Namen? Und wo ist Knight?«

»Also, am besten fangen wir ganz vorne an. Ihrem Mann geht es ausgezeichnet. Genau wie Sie muß auch er sich erholen, denn die Kugel, die Ihre Schulter durchschlagen hat, ist an einer seiner Rippen abgeprallt. Er hat nichts davon gespürt. Doktor Brody hatte nicht allzuviel Mühe mit ihm. Er ist auch der Meinung, daß Knight nichts gemerkt hat, weil er mit der Sorge um Sie viel zu sehr beschäftigt war. Ich bin Arielle Drummond, und Sie befinden sich im Augenblick in einem Gästezimmer von Ravensworth Abbey. Fürs erste muß das genügen. Sie können ja kaum die Augen aufhalten. Schlafen Sie einfach noch ein wenig!«

Lily gehorchte nur zu gern. »Sie haben wunderschöne Haare!« hörte sie sich selbst, während der Schlaf sie übermannte. »Eine bemerkenswerte Farbe. Nicht direkt rot, aber auch nicht golden. Eher so wie auf italienischen Gemälden ...«

Arielle tätschelte lächelnd Lilys Hand. »Und Sie, meine Liebe, haben das größte Wunder vollbracht! Sie haben den guten Knight geheiratet und seine ganze Philosophie über den Haufen geworfen! Ich wüßte nur zu gern, wie Sie das angestellt haben!«

»Na, hältst du schon Selbstgespräche?«

»Oh, Burke, hast du mich aber erschreckt! Ich habe mich gerade ein wenig mit Lily unterhalten, bis sie wieder eingeschlafen ist.«

Zärtlich legte Burke den Arm um seine Frau und küßte sie leicht auf den Mund. »Unseren beiden Invaliden geht es offenbar zufriedenstellend, oder etwa nicht?«

»Soweit ich das beurteilen kann, ja. Lily hat Porridge gegessen und sogar ein bißchen Kakao getrunken. Mit viel Zucker, wie Mark Brody angeordnet hat. Sie ist unglaublich schön, findest du nicht?«

Burke betrachtete die schlafende Lily. »Ganz annehmbar!« bestätigte er. »Glaubst du, daß sie Knight damit eingefangen hat?« Doch er hatte den Satz noch nicht ganz ausgesprochen, als er auch schon den Kopf schüttelte. »Nein, das wäre nicht Knights Art.«

»Und du hast erzählt, daß sie drei Kinder haben, nicht wahr?« Als ihr Mann nickte, schüttelte Arielle den Kopf. »Irgendwie kann ich es nicht ganz glauben. Knight Winthrop mit Frau und drei Kindern! Kannst du dich noch an Lannies und Percys Hochzeit erinnern? Damals hat er geschwitzt und große Mühe gehabt, den kupplerischen Matronen zu entgehen! Wieder und wieder hat er geschworen, daß er keinesfalls vor seinem vierzigsten Geburtstag heiraten würde!«

»Stimmt! Und Percy hat er als Narren bezeichnet!« Burke lachte herzlich, und wenig später verließ er immer noch lachend zusammen mit seiner Frau das Zimmer.

Doch wenige Minuten später war ihm das Lachen blitzartig vergangen. »Wie bitte?« schrie er seinen Diener an. »Das ist ja unmöglich! Guter Gott, das darf doch nicht wahr sein!« Eilig rannte er in Knights Zimmer und erstarrte auf der Schwelle. Knight war tatsächlich dabei, sich anzuziehen. Es ging zwar nur langsam, doch die Absicht war eindeutig. »Ich glaube, Sie übertreiben, Knight!«

Doch Knight schüttelte protestierend den Kopf. »Nein, keineswegs. Höchstwahrscheinlich habe ich Boy getötet, und in diesem Fall dürfte Monk längst auf unserer Spur sein! Vielleicht ist er auch schon auf dem Weg nach Castle Rosse zu den Kindern! Ich habe ihm nämlich leider vorgeschwindelt, daß der Schmuck irgendwo im Stall versteckt ist. Ich muß verhindern, was ich kann!«

»Und Sie sind tatsächlich fest entschlossen? Sie wollen mich nicht an Ihrer Stelle gehen lassen?«

»Nein. Für die Kinder bin ich verantwortlich. Sie sorgen inzwischen für Lily. Irgendwann morgen abend werde ich zurück sein.«

»Damit bin ich in keiner Weise einverstanden, Knight! Sie sind noch keineswegs in der Verfassung für derartige Unternehmungen!«

Sehr präzise und in aller Ausführlichkeit machte Knight seinem Freund klar, was er seiner Meinung nach tun könnte.

Burke sah ihn nur ratlos an, doch als Knight seine Hose bis zu den Knien hochgezogen hatte, trat er rasch einen Schritt nach vorn und versetzte Knight einen heftigen Fausthieb ans Kinn, so daß dieser augenblicklich zu Boden sackte.

»Tut mir leid, alter Knabe!« brummte er und rieb sich die Knöchel. »Soviel Edelmut ist ja unerträglich!«

»Du lieber Himmel!«

Lächelnd wandte sich Burke zu Joshua um. »Wenn er aufwacht, wird er mich höchstwahrscheinlich zum Teufel wünschen und stolzer Besitzer einer schmerzenden Kinnlade sein! Doch davon wird er sich erholen. Und jetzt werde ich Ihnen genau erklären, was Sie tun sollen!«

»Bemerkenswert. Wirklich absolut bemerkenswert!« Doktor Brody erhob sich und strahlte Lily an. »Kein Fieber, rosige Wangen – wirklich, Sie machen mir nur Freude! Wenn ich doch dasselbe auch von Ihrem Mann …«

Lily erbleichte. »Ist etwas mit Knight?«

Arielles warnender Blick kam zu spät. »Es tut mir leid«, bemerkte Mark Brody verlegen und trat beiseite.

»Ihr Mann ist – nun, er ist …«, begann Arielle in sanftestem Ton.

»Ganz recht! Ich bin wütend und aufgebracht!«

»Knight!«

»Hallo, Lily!« Urplötzlich war sein Gesichtsausdruck nur von Zärtlichkeit und Liebenswürdigkeit erfüllt. »Gut siehst du aus! Ich wüßte gern, weshalb ich in einem anderen Zimmer schlafen soll!« Er küßte sie auf die Stirn und faßte ihre Hand, doch als er zu Arielle hinüberblickte, hatten sich seine Brauen längst wieder verfinstert. »Wenn ich Ihren Mann in die Finger bekomme, liebe Arielle, dann kann er etwas erleben!« Er drohte mit der Faust.

»Halten Sie doch endlich den Mund, Knight Winthrop!«

Voller Überraschung tat Knight wie ihm geheißen. Die kleine, zarte Person hatte die Hände in die Hüften gestützt und sah aus, als ob sie sich gleich auf ihn stürzen wollte.

»Und Sie ebenfalls, Lily! So, und jetzt hören Sie mir zu: Knight wollte allen Ernstes in dieser jämmerlichen Verfassung nach Castle Rosse reiten, um die Kinder zu holen! Burke hat ihn lediglich für einige Zeit außer Gefecht gesetzt.«

»Er hat heimtückisch gewartet, bis ich meine Hose bis zu den Knien hochgezogen hatte und absolut wehrlos war!«

»Genau das habe ich gesagt«, entgegnete Arielle geduldig. »Burke holt die Kinder und benachrichtigt auch gleichzeitig einen Detektiv namens Ollie Trunk, der bereits einmal für uns gearbeitet hat. Sie beide und die Kinder werden so lange in Ravensworth bleiben, bis dieser Monk aufgespürt und verhaftet ist. Gibt es noch irgendwelche Fragen?«

»Ja«, ließ sich eine schüchterne Stimme vernehmen.

»Und welche?« Arielle wandte sich zu dem unglücklich dreinschauenden Arzt um. »Haben Sie etwas dagegen, wenn ich jetzt den Fast-Ausreißer untersuche?«

Lily lachte und lachte, bis ihre Wunde schmerzte. »So muß man das also machen! Ich habe gerade eine sehr wichtige Lektion gelernt!«

Knight legte sich ohne ein weiteres Wort neben Lily ins Bett. »Na wunderbar! Dann zeig doch einmal, was du gelernt hast!«

»Du bist ein gräßlicher Mann!«

»Ich bin dein Mann! Ich habe durchaus die Absicht, hier bei dir zu bleiben. Arielle kann uns dann auch viel leichter bemuttern. Sie werden Ihr freundliches Angebot noch bereuen, Arielle! Die kleinen Teufel werden Ravensworth in kürzester Zeit ins Chaos stürzen. Falls Sie versuchen sollten, sie ernsthaft schimpfen zu wollen, werden die Kleinen Sie mit ihrem Lächeln um den Finger wickeln! Auf diese Weise bringen sie auch regelmäßig sämtliche Dienstboten auf ihre Seite. Sie werden es ja erleben!«

Arielle lächelte nur und wunderte sich insgeheim. War es tatsächlich noch derselbe Knight Winthrop, der so über *kleine Kinder* sprach?

»Oh, verflixt, das tut weh!« stöhnte Knight.

»Halten Sie still, Mylord!« brummte Doktor Brody, während er sorgfältig Knights Wunde abtastete. Zu Arielles großer Überraschung nahm Lily fürsorglich Knights Hand und drückte sie.

»Also gut, ich gebe mich geschlagen«, murmelte Knight.

»Na, wenigstens habe ich Sie jetzt unter Aufsicht: Wenn Sie mir Schwierigkeiten machen, werde ich einfach die Tür abschließen!« Arielle strahlte die beiden Kranken an, und Knight grummelte leise in sich hinein.

»Ich glaube, wir können jetzt gehen, Mark«, meinte Arielle. »Die Viscountess scheint mir eine äußerst vernünftige Person zu sein! Sie wird schon dafür sorgen, daß die beiden sich auch tatsächlich ausruhen.«

Doktor Brody murmelte etwas in seinen Bart, worauf Knight voller Überraschung reagierte. »Ich kann es ja beinahe nicht glauben, aber unser Doktor ist tatsächlich verlegen! Dabei sind Sie doch Arzt, Mark!«

»So, fertig! Ruhen Sie sich aus, wie Ihre Gastgeberin Ihnen das schon geraten hat. Morgen früh werde ich wieder nach Ihnen sehen.«

Als die beiden das Zimmer verlassen hatten, stützte sich Knight auf seinen Ellenbogen und blickte Lily an. »Ich glaube, wir haben das Schlimmste überstanden.«

»Das scheint mir auch so. Ich verstehe nur noch nicht, weshalb du die Kugel überhaupt nicht gespürt hast.«

»Ich glaube, daß Doktor Brody richtig vermutet. Ich war so sehr um dich besorgt, daß ich keine weiteren Komplikationen verkraftet hätte. Mein Körper hat sich gewissermaßen selbst geschützt.« Zart küßte er ihre Lippen, dann ihr Kinn und schließlich ihre Nase. »Schau, es schneit wieder! Ich mache mir ein wenig Sorgen, wie Burke und die Kinder bei diesem Wetter zurechtkommen werden.«

»Burke ist doch nicht dumm. Jedenfalls hast du das immer behauptet. Leg dich in aller Ruhe zurück, nimm meine Hand und erzähle mir etwas Schönes!«

»Ich habe diesen Ollie Trunk im vergangenen Sommer hier kennengelernt«, bemerkte Knight. »Offenbar hat Arielle das vergessen. Meiner Ansicht nach ist er ein fähiger, tüchtiger Mann und verbissen und hartnäckig wie ein Terrier. Bestimmt wird er uns helfen, und ganz nebenbei kann er vielleicht auch etwas über Billy und Charlotte in Erfahrung bringen.«

»Ach, Knight, ich liebe dich!« erklärte Lily mit klarer Stimme, doch wenige Augenblicke später schlief sie tief und fest.

Knights Herz machte einen kleinen Satz. Du lieber Himmel! Sie liebte ihn also tatsächlich! Dabei hatte er sie doch fast gezwungen, ihn zu heiraten, ihren Körper in Besitz genommen, ohne auf ihre Wünsche zu achten, und sie letzten Endes dann auch noch in Lebensgefahr gebracht! Er lächelte und hätte vor Glück am liebsten gesungen und getanzt.

Nein, eigentlich war er nicht weiter überrascht, daß er ihr Gefühl mindestens ebenso stark erwiderte. Burke gegenüber hatte er es zum ersten Mal laut ausgesprochen. Leise wie ein Dieb in der Nacht war ihn das Gefühl überkommen, das sein Vater offenbar nie erlebt hatte. »Aber trotzdem glaube ich, daß ich dich mehr liebe, als du mich liebst. Schließlich bin ich sieben Jahre älter als du. Na ja, in zehn Jahren werden wir noch einmal vergleichen!« Vorsichtig küßte er Lily auf die Schläfe und war kurze Zeit später mit seligem Lächeln eingeschlafen.

Als Lily am darauffolgenden Morgen erwachte, vermißte sie ihren Mann. Sie rief nach ihm, doch als sie keine Antwort bekam, zog sie schließlich an der Klingelschnur.

Nur wenig später trat Arielle ein. Ihr liebenswürdiges Lächeln vom Vortag war verschwunden. Sie war nur wütend. »Vor zwei Stunden hat Ihr Mann das Haus verlassen! Dieser Zettel ist für Sie!«

Lily,
ich bin auch nach Castle Rosse geritten und werde so bald wie möglich mit den Kindern zurückkommen. Mach Dir bitte keine Gedanken und tue nichts Unüberlegtes.

Knight

»Dieser – dieser ...«

»Halunke? Oder besser Dummkopf?« stellte Arielle zur Auswahl.

Lily zerknüllte den Briefbogen und warf ihn quer durchs Zimmer, worauf sie prompt vor Schmerzen aufschrie. »Ich könnte ihn umbringen! Er ist doch verletzt!«

»Ich weiß«, sagte Arielle sanft und bereute es schon, Lily ihre Wut gezeigt zu haben. »Wirkliche Angst habe ich eigentlich nicht«, fuhr sie dann fort. »Burke hat mir nämlich erzählt, daß Knight im Krieg bei glühender Hitze mit zwei französischen Spionen einen Gebirgszug überwinden mußte. Er hat es tatsächlich geschafft, das Meer zu erreichen. Irgendwie habe ich Vertrauen zu ihm, Lily. Außerdem war seine Verletzung wirklich nicht so schlimm.«

»Mit mir wird er es nicht so leicht haben. Ich fühle mich stärker als zwei Franzosen zusammen!«

»Es waren keine Franzosen, sondern Französinnen!«

»Hah!«

Dank einer gütigen Vorsehung hörte der Schneefall auf, so daß Knight fast die ganze Strecke nach Castle Rosse im Galopp zurücklegen konnte. Da er eine Abkürzung kannte, die Burke mit Sicherheit nicht geläufig war, hoffte er, nicht allzu lange nach ihm dort einzutreffen. Seine Wunde schmerzte zwar noch ein wenig, doch die Kälte wirkte gewissermaßen betäubend, so daß es gut auszuhalten war. Als er morgens neben Lily erwacht war, hatte er plötzlich genau gewußt, daß er Burke unmöglich allein dieser Gefahr aussetzen durfte, denn sein Freund ahnte ja nicht im mindesten, wie heimtückisch dieser Monk sein konnte.

Durch regelmäßigen Pferdewechsel gelang es Knight, in nicht einmal sechs Stunden an sein Ziel zu gelangen. Als er schließlich die marmorgetäfelte Halle von Castle Rosse betrat, mußte er anerkennend feststellen, daß Burke bereits eine ganze Weile vor ihm eingetroffen war. Allerdings hatte er ihn im Krieg auch als tüchtigen, ausdauernden und vor allem geschickten Offizier kennengelernt. Er nahm es als ein gutes Zeichen, daß er auf dem ganzen Weg keine Spur von Monk entdeckt hatte.

»Papa!« Laura Beth strauchelte vor lauter Begeisterung auf der Treppe, doch Knight fing sie auf. Er warf sie einige Male in die Luft und drückte die Kleine dann so fest an sich, daß sie quietschte. Burke Drummond, der gerade die Halle betrat, blieb angesichts dieser stürmischen Begrüßung der Mund offenstehen.

Theo spähte über seine Schulter. »Vetter Knight ist da!« rief er lautstark. »Ich denke, er ist in Ravensworth! O je, er sieht aber blaß aus! Laura Beth, erwürge ihn doch nicht!« Rasch lief er durch die Halle zu Knight hinüber und wurde augenblicklich an die Brust gedrückt.

»Theo! Du glaubst ja gar nicht, wie sehr ich dich vermißt habe!«

»Onkel Burke hat gesagt, daß du verletzt bist. War das der Mann, der Sam in London entführen wollte?«

»Ja, genau der. Aber glücklicherweise ist es nur ein Kratzer. Ihr nennt ihn also Onkel Burke. So, so. Laura Beth, hör bitte auf, mich aufs Ohr zu küssen! Es ist schon ganz feucht, und es knallt so. Aha, hier ist auch Sam. Los, heraus mit der Sprache! Beichte mir deine Schandtaten!«

»Und wo ist Mama?«

»Hat Burke – hat Onkel Burke euch denn noch nichts erzählt?« Liebevoll streichelte er Sam, der von dem Diener Charlie gestützt wurde. »Deiner Mama geht es gut. Sie liegt den ganzen Tag im Bett, ist fürchterlich faul und kommandiert Onkel Burkes Bedienstete herum, daß es eine Pracht ist!«

Sam kicherte, und Theo stieß einen Seufzer der Erleichterung aus.

»Ich konnte Ihnen dieses Vergnügen doch nicht ganz allein überlassen«, sagte Knight und sah Burke an.

»Das merke ich, aber Sie sind bleich wie ein Leintuch!«

»Er hat völlig recht, Mylord«, bekräftigte Thrombin.

»Tatsächlich!« echote nun auch Charlie.

Mit stoischer Ruhe blickte Knight in die Runde. »Das ist ja ein schöner Empfang! Laura Beth, hör auf, an meinem Ohr zu nagen. Ich denke, wir gehen jetzt erst einmal alle zusammen ins Wohnzimmer und lassen uns von Mrs. Crumpe eine Stärkung servieren. Kommen Sie, Burke, wir haben eine Menge zu besprechen.«

Nachdem sich die beiden noch ungefähr eine halbe Stunde lang mit den Kindern unterhalten hatten, verschwanden die kleinen Ungeheuer unter größerem Geschrei und Protest in ihren Betten, und Knight und Burke waren endlich ungestört und zogen sich mit einer Brandyflasche an den Kamin zurück.

»Ihre Kinder sind wirklich bezaubernd!«

Knight lächelte träumerisch. »Ja, die kleinen Teufel sind wahrlich einzigartig. Hat Monk in irgendeiner Form von sich hören lassen?«

»Nein, nichts. Ich bin zwar auch noch nicht allzulange im Haus, aber ich hatte immerhin Zeit genug, die Diener und ganz besonders die Stallknechte zu warnen. Sie werden auf der Hut sein.«

Knight nickte. »Ich möchte diesem Gauner gern eine Falle stellen.«

»Haben Sie schon einen Plan?«

Knight beugte sich nach vorn und massierte seine kalten Hände. »Ja«, antwortete er, und dabei verengten sich seine Augen. »Wenn ich mich nicht allzusehr täusche, wird dieser Plan Monk in allerkürzester Zeit hierher locken, diesen verdammten Kerl!«

23. Kapitel

Am folgenden Morgen brachte Arielle George Cerlew, den Verwalter von Ravensworth, und Doktor Brody mit in Lilys Zimmer, um bei ihr Tee zu trinken. »Ich dachte, ein wenig Abwechslung kann nicht schaden.«

Lily nickte dankbar und trank in kleinen Schlückchen ihren Tee. »Das tut so wunderbar gut!«

»Brauchen Sie noch ein Schmerzmittel?« erkundigte sich der Arzt.

Lily schüttelte den Kopf. Die Schmerzen waren zwar noch da, doch sie konnte sie ertragen. »Nein, danke. Jedenfalls im Augenblick nicht.«

Arielle unterhielt die Gesellschaft mit allerlei Belanglosigkeiten, während sie dabei Lily aus dem Augenwinkel beobachtete. Obwohl Lilys Haare frisch gebürstet waren und sie zum ersten Mal ein seidenes Bettjäckchen angelegt hatte, wirkte sie seltsam still und fast ein wenig bedrückt. Ob ihre Schmerzen doch stärker waren, als sie zugeben mochte? fragte sich Arielle besorgt. Doch da Mark Brody nichts dergleichen erwähnt hatte, ließ sie es auf sich beruhen.

»Ich nehme an, daß Sie nur an Knight denken und sich große Sorgen machen. Aber ich möchte Sie beruhigen, Lily. Denken Sie öfter einmal daran, daß Burke und Knight Offiziere waren, und beide sehr tüchtige.«

»Dummköpfe sind sie! Alle beide!«

»Tja, so sind die Männer nun einmal.«

»Ich werde Knight umbringen!«

»Er wird zweifellos entzückt sein, wenn er erfährt, wie besorgt Sie um ihn sind. Trotzdem sollten Sie jetzt aufhören, sich unnötige Gedanken zu machen, denn das ist bestimmt nicht gut für Ihre Genesung.«

»Es waren zwei Französinnen, nicht wahr?«

»Es waren Spioninnen, Lily. Französische Spioninnen, sozusagen Feinde!«

»Hah! Und wie lange war er mit ihnen in den Bergen allein?«

»Überhaupt nicht lang, jedenfalls nicht länger als vierzehn Tage oder höchstens drei Wochen. Daran kann ich mich nicht mehr genau erinnern, aber es ist ja auch nicht weiter wichtig. Es war ein äußerst schwieriger Auftrag, aber auch nicht ungewöhnlicher als andere.«

»Ich glaube«, mischte sich George Cerlew ein, der froh war, etwas zur Unterhaltung beitragen zu können, »daß Lord Castlerosse höchstens eine Woche mit den Spioninnen allein war. Danach«, und damit wandte er sich an Arielle, »hat er sich mit dem Earl getroffen, und von da an haben sie den Auftrag gemeinsam durchgeführt und die Spioninnen bei der englischen Kommandantur in der Nähe von Porto abgeliefert.«

Arielle fixierte den unglücklichen Verwalter. »Wollen Sie damit sagen, daß Burke diese verflixten Weiber ebenfalls begleitet hat?«

»Aber es waren doch Spioninnen, Arielle«, bemerkte Lily. »Sozusagen Feindinnen! Zugegebenermaßen ein schwerer Auftrag, aber im Grunde auch nur ein Auftrag wie jeder andere!«

»Ich werde ihn umbringen!« Arielle sprühte förmlich Funken. »Noch Tee, Mark?« stieß sie zwischen zusammengebissenen Zähnen hervor.

Lily mußte über Doktor Brodys entsetztes Gesicht herzlich lachen, doch als ein plötzlicher Schmerz ihre Schulter durchfuhr, stöhnte sie unvermittelt auf.

Das war gewissermaßen Doktor Brodys Stichwort. Rasch erhob er sich und setzte sich neben Lily. »Kann ich Sie jetzt untersuchen, Mylady? Ich muß nämlich in absehbarer Zeit noch zu einer Geburt.«

Lily nickte, worauf sich Arielle und Mr. Cerlew verabschiedeten.

Mit geübten Händen löste Doktor Brody den Verband und betastete die Wunde. »Schmerzt es sehr?«

»Ja, aber noch kann ich es aushalten. Nur das Lachen sollte ich mir verkneifen!«

»Ich werde Arielle ermahnen, in Zukunft nur noch ernsthafte Gespräche mit Ihnen zu führen.« Nachdem er auch Lilys Rücken eingehend betrachtet hatte, erhob er sich lächelnd. »Sie sind die bemerkenswerteste Patientin, die ich seit langem hatte. Kein Fieber, keine Blutvergiftung. Alles in bester Ordnung. Aber Sie müssen sich trotzdem ausruhen und auch weiterhin jede Anstrengung vermeiden. Wenn alles planmäßig verläuft, kann ich am Dienstag oder am Mittwoch die Fäden ziehen. Und dann ...«

»Dann werde ich sofort auf einem Ball tanzen und später dann nach Venedig fahren. Nachdem ich meinen Mann umgebracht habe, natürlich!« scherzte sie.

Je mehr Zeit verging, desto häufiger dachte sie an Monk und überlegte, ob Theo, Sam und Laura Beth wohl etwas von ihm zu befürchten hatten. Unentwegt versuchte sie, sich einzureden, daß Burke und Knight einem derartigen Versuch bestimmt zuvorkommen würden. Wenn alles gut ging, so konnte sie für heute abend mit ihrem Eintreffen rechnen. Wie sehr sie doch inzwischen die Kleinen vermißte!

Im Lauf des Vormittags verschlimmerten sich Lilys Schmerzen, so daß sie irgendwann freiwillig wieder zu ihrem Medikament Zuflucht nahm. Entspannt verschlief sie den restlichen Tag, und abends leistete Arielle ihr beim Essen Gesellschaft. Allerdings war es nicht sehr unterhaltsam, denn die beiden waren in Sorge und lauschten unentwegt auf Geräusche vor dem Haus. Doch niemand begehrte Einlaß.

Auch am folgenden Tag kam niemand.

»Beruhigen Sie sich, Arielle!« meinte Lily schließlich entnervt, nachdem sie eine ganze Weile schweigend zugesehen hatte, wie ihre neue Freundin ruhelos auf und ab gelaufen war und alle paar Minuten die schweren Vorhänge zur Seite geschoben und hinausgespäht hatte.

»Ich habe ein ungutes Gefühl. Vielleicht ist der verflixte Schürzenjäger ja in Schwierigkeiten.«

»Es waren doch nur Spioninnen, Arielle. Sozusagen Feindinnen«, kicherte Lily.

»Es schneit schon wieder«, bemerkte Arielle, ohne auf den Scherz einzugehen, »und ich frage mich, wie sie bei diesem Wetter reisen wollen. Sams Bein ist doch noch nicht ganz verheilt, nicht wahr?«

Lily war ebenso ratlos, und das Nachdenken schmerzte sie fast noch mehr als ihre Wunde an der Schulter. Im Lauf des Nachmittags fiel sie in einen leichten Schlaf und träumte, daß Monk Knight und sie durch düstere Kanäle verfolgte. Irgendwann schlug die Gondel um, und bevor sich das schwarze Wasser endgültig über ihr schloß, hörte Lily noch, wie Knight laut ihren Namen rief. In diesem Augenblick erwachte sie stöhnend.

Als sie die Augen aufschlug, starrte sie geradewegs in Monks brutales Gesicht. Mit seiner riesigen Hand verschloß er ihr den Mund, und bevor sie noch reagieren konnte, hatte er ihr ein schmutziges Taschentuch als Knebel hineingeschoben und blitzartig ein zweites darübergelegt und in ihrem Nacken verknotet. Aber weshalb war er hier? fragte sie sich völlig verwirrt. Er wollte doch nach Castle Rosse!

Selbstzufrieden starrte er auf sie hinunter. »Also habe ich Sie doch erwischt! Weshalb liegen Sie im Bett?«

Lily konnte ihn nur hilflos anstarren.

Unwillig packte Monk ihre Hand und riß Lily hoch. Ein erstickter Schmerzensschrei entrang sich ihrer Kehle, worauf Monk mit finsterem Gesicht das Nachthemd aufriß, ohne sich lange mit den Knöpfen aufzuhalten. Der Verband war nicht zu übersehen.

»Demnach hat Boys Schuß getroffen! Wie schlimm ist es?«

Als Lily nur den Kopf schüttelte, hatte Monk ein Einsehen und entfernte den Knebel. »Meine Schulter schmerzt entsetzlich!« stöhnte Lily leise.

Monk fluchte ausgiebig. »Verdammt!« knurrte er. »Wenn Sie sterben, bekomme ich die Klunkern erst recht nicht! Falls ich Sie von hier wegbringe, werden Sie mir möglicherweise unterwegs verbluten. Verdammt, ich muß es aber trotzdem riskieren.«

Lily fühlte sich absolut hilflos und völlig ausgeliefert. Ihre Schulter schmerzte fürchterlich, und sie schloß ergeben die Augen. Wieder hörte sie, wie Monk fluchte.

»Mist, aber ich habe keine andere Wahl!« Mit diesen Worten packte er sie grob und warf sie sich über die Schulter. Er machte sich nicht einmal die Mühe, Lilys Arme und Beine zu fesseln, denn er wußte, daß sie ihm nicht entkommen konnte, weil sie schwach wie ein Baby war. »Wenn Sie schön stillhalten, wird die Wunde nicht bluten. Jedenfalls hoffe ich das!« Wieder fluchte er. »Draußen ist es kalt, und außerdem schneit es.« Rasch zerrte er die beiden Decken vom Bett und hüllte Lily notdürftig darin ein. Dann schleppte er sie zum Fenster hinüber.

Als er gerade hinaussteigen wollte, tauchte urplötzlich das Gesicht eines Mannes vor ihm auf, den er noch nie zuvor gesehen hatte. Er war einem Affen nicht unähnlich und schrie Monk mit schriller Stimme mitten ins Gesicht.

»Na also, Sie Mistkerl! Habe ich Sie endlich erwischt! Bringen Sie die Lady zurück, und rücken Sie Ihre Pistole heraus!«

Monk fuhr zurück. »Wer sind Sie?« brüllte er.

»Ich heiße Ollie Trunk, und ich vertrete das Gesetz. Ich werde Sie nach London bringen und wegen Mordes verurteilen lassen! Gehen Sie ein wenig vorsichtiger mit der Dame um!«

»Fahr zur Hölle!« schrie Monk und schlug dem Fremden die Faust mitten ins Gesicht. Als Lily den Aufschrei hörte, wußte sie, daß ihr Retter den Halt verloren hatte und auf den gefrorenen Boden hinuntergestürzt war. Unten hörte man Rufe, rasche Schritte und aufgeregtes Reden.

Einige Sekunden lang wußte Monk nicht, was er tun sollte. Er beobachtete, wie der kleine, affengesichtige Mann sich aufrappelte und eine ganze Anzahl Männer von überallher zu ihm hinliefen.

»Das verstehe ich nicht.« Monk malmte mit den Zähnen. Dann wurde ihm bewußt, daß er Lily immer noch über der Schulter trug. Langsam ließ er sie aufs Bett zurücksinken und deckte sie automatisch zu. »Eigentlich müßten doch alle in Castle Rosse sein! Nur aus diesem Grund bin ich doch hier! Verdammt, ich wüßte gern, wie dieser Mistkerl so schnell hierhergekommen ist. Ich verstehe es einfach nicht!«

Lily zitterte am ganzen Leib vor hilfloser Angst. Sie konnte nicht mehr denken und wäre am liebsten auf der Stelle gestorben.

»Was ist los mit Ihnen? Ihre Schulter?« Er beugte sich über die leblos daliegende Lily und schüttelte sie, doch die stöhnte nur. »Werden Sie mir jetzt bloß nicht ohnmächtig! Ich brauche Sie noch! Oh, verdammt!«

Doch Lily tat genau das, allerdings nur für kurze Zeit. Als sie erwachte, hörte sie in weiter Entfernung Schläge gegen die Tür und dann Knights wunderbar vertraute Stimme.

»Machen Sie auf, Monk! Sofort, oder ich werde Sie in Stücke reißen!«

»Was tun Sie denn hier?« bellte Monk zurück. »Ich habe Ihre Frau, und wenn Sie mit dem Geschwätz nicht aufhören, wird das Folgen haben!«

Vor der Tür war Stimmengewirr zu hören, und dann versuchte Burke Drummond sein Glück. »Hören Sie zu, Mann! Ich bin der Earl of Ravensworth. Lassen Sie die Lady frei. Dann bekommen Sie den Schmuck.«

»Billys Klunker? Woher haben Sie sie denn?«

»Natürlich nicht genau diese! Aber ich werde Ihnen Erbstücke aus meiner Familie geben oder Geld. Ganz wie Sie wollen! Sie können außerdem das Haus als freier Mann verlassen.«

»Nein, Mylord! Das dürfen Sie nicht tun! Der Mann ist ein Verbrecher! Den können Sie nicht einfach laufen lassen!« Deutlich hatte Lily die Stimme des Mannes mit dem Affengesicht erkannt.

Im Flur vor dem Schlafzimmer packte Knight Ollie Trunk beim Kragen und hob ihn wütend in die Höhe. »Halten Sie den Mund, Sie Narr! Ich weiß, daß der Mann ein Mörder ist – genausogut kann er jetzt meine Frau töten!«

Ollie begriff. »Ich bin noch nie in einer solchen Situation gewesen«, entschuldigte er sich, während er verlegen seinen Kragen zurechtrückte. »Natürlich will ich die Lady nicht in Gefahr bringen, aber frei darf er auch nicht ausgehen!«

»Das beabsichtigen wir auch gar nicht«, flüsterte Burke und bedeutete ihm zu schweigen.

Knight preßte seinen Mund ganz nah an die Türfüllung. »Lily!« rief er, so laut er konnte.

Monk riß seine Pistole heraus. »Wenn Sie tun, was ich Ihnen sage, wird Ihnen nichts geschehen!« herrschte er Lily an. »Antworten Sie ihm!«

»Knight? Mir geht es gut«, preßte sie hervor, doch dann versagte ihr die Stimme. Oh, Gott! betete sie insgeheim. Hoffentlich tut er nichts Unüberlegtes!

»Ich will nur die Klunker!« schrie Monk. »Sie sind mein Eigentum!«

Knight atmete tief durch. Jetzt galt es, die Wahrheit zu bekennen. »Hören Sie zu, Monk! Ich habe Ihnen die Wahrheit gesagt. Wir konnten den Schmuck nirgends finden, und es ist durchaus möglich, daß er niemals nach England gebracht worden ist. Das ist die reine Wahrheit! Solange sich meine Frau in Ihrer Gewalt befindet, würde ich Sie doch nicht anlügen, oder?«

Du lieber Himmel, dachte Lily und machte sich auf ihr Ende gefaßt. Irgendwie fühlte sie sich leicht, obwohl ihre Schulter pochte und schmerzte. Sie hatte es längst aufgegeben, sich dagegen zu wehren.

Plötzlich sah sie Monks Gesicht über sich. »Himmel, sind Sie blaß! Sterben Sie jetzt bloß nicht! Sagt er die Wahrheit? Haben Sie die Dinger wirklich nicht gefunden? Los, antworten Sie!«

»Nein, nein, es ist die Wahrheit! Wir haben rein gar nichts gefunden!«

»Dann war der Schmuck auch nicht im Stall versteckt?«

Erschöpft schüttelte Lily den Kopf.

»Das habe ich mir doch gedacht! Deshalb bin ich Ihrem Mann auch nicht nach Castle Rosse gefolgt. Ich habe Ihre Spur bis hierher verfolgt, doch da er allein das Haus verlassen hat, mußten Sie ja noch hier sein! Einen größeren Glücksfall konnte ich mir gar nicht wünschen! Für Sie würde er alles tun! Ach, wenn sich Boy nur damals nicht so dumm angestellt hätte! Der dämliche Wachmann in Brüssel hat uns auch noch die letzte Chance verdorben!«

Jetzt war Lily manches klar. Demnach hatte Monk sie bis hierher verfolgt und hatte die beiden Männer fortreiten sehen. Plötzlich war alles still – fast zu still. Ergeben schloß Lily die Augen und wünschte, sie hätte genügend Kraft, um dieser Bestie an den Hals zu gehen! Doch sie konnte kaum die Hand heben. Ihre Schulter fühlte sich seltsam warm an, und sie ahnte, daß wieder Blut hervorsickerte. Ob man daran sterben konnte? Plötzlich schoß ihr der Gedanke an die Kinder durch den Kopf. Was Knight wohl mit ihnen gemacht hatte? Bestimmt waren sie in Sicherheit. Anders konnte es gar nicht sein! Wenn sie sterben sollte, war Knight ihr einziger Halt im Leben. Plötzlich fühlte Lily, wie ihr die Tränen in den Augen brannten. Sie wollte nicht sterben, sie wollte weder Knight noch die Kinder verlassen!

»Monk.« Es war eindeutig Knights Stimme. »Lassen Sie mich ins Zimmer. Ich möchte sehen, ob es meiner Frau gut geht. Sie können dann mich als Geisel behalten.«

»Nein!« Lily wußte nicht, wo sie die Kraft hergenommen hatte, um dieses eine Wort so laut herauszuschreien. Keuchend lag sie auf dem Rücken und wartete und betete, daß Monk nicht darauf eingehen würde. »Nein!« Doch diesmal war ihre Stimme nur noch ein Flüstern.

»Also gut«, rief Monk, »aber keine Tricks! Sonst ist sie schneller tot, als Sie glauben!«

»Nein!« protestierte Lily noch einmal fast lautlos. Dann sah sie, wie Monk die Tür aufschloß und Knight ins Zimmer trat. Wunderbar sah er aus! So stark und kräftig!

Monk bedeutete ihm mit einem Wink seiner Waffe, die Arme über den Kopf zu heben, und Knight gehorchte. Nach kurzer Durchsuchung nickte Monk. »In Ordnung.«

Knight warf nur einen kurzen Blick auf den Mann, der ihn während der vergangenen Wochen so sehr gepeinigt hatte. Bei Gott, am liebsten hätte er diesen Kerl umgelegt! Dann eilte er rasch an Lilys Seite. »Liebes«, sagte er mit weicher Stimme, »hab nur Vertrauen! Alles wird gut.« Dann küßte er sie auf die Wange.

»Ja«, hauchte sie. »Du bist einfach wundervoll, Knight!« Und als er sie anlächelte, erkannte sie die Entschlossenheit, die hinter diesem freundlichen Gesichtsausdruck lauerte. »Bitte, sei vorsichtig.« Er nickte nur und richtete sich langsam auf.

Breitbeinig stand der riesige Kerl mitten im Zimmer und hielt die Pistole im Anschlag.

»Sie haben unser Leben jetzt lange genug in einen Alptraum verwandelt, Monk! Ich werde Ihnen Geld als Ausgleich für den Schmuck geben. Und dann möchte ich nur noch, daß Sie endlich verschwinden!«

»Aber ich werde Ihre Frau mitnehmen!«

»Das ist Unsinn! Sie ist viel zu schwach und wäre Ihnen nur hinderlich. Sollten Sie es trotzdem tun, so werde ich Ihnen überallhin folgen, bis es mir gelingt, Sie umzubringen! Ich kann mir allerdings vorstellen, daß Sie viel lieber leben und Ihr Vermögen noch ein wenig genießen wollen!«

»Sie haben Boy auf dem Gewissen, und ich werde Ihre Frau umbringen. Das ist nur gerecht!«

»Verschwinden Sie, Monk! Lassen Sie uns endlich in Ruhe! Sie werden soviel Geld besitzen, wie Sie nicht einmal in zwei Leben ausgeben können!«

Ohne jede Vorwarnung zerbarst plötzlich das Fenster, und Monk wirbelte auf dem Absatz herum. Von einem Tau gehalten, schwang sich Burke Drummond durch die Öffnung herein und rollte sich geschickt ab. Als er auf die Füße kam, hatte er bereits seine Pistole im Anschlag.

»Er hat es geschafft!« schrie jemand draußen vor dem Fenster. »Ich habe ihn heruntergelassen, und er hat es geschafft!«

In letzter Sekunde sah Burke, daß Monk seine Pistole auf Lily gerichtet hatte. »Versuchen Sie es doch!« schrie Monk mit hysterischer Stimme. »Wenn Sie es tun, ist die Kleine erledigt!«

Burke spuckte verächtlich vor Monk auf den Fußboden. »Deine Mutter, die versoffene Hure, hätte dich am besten gleich bei deiner Geburt erwürgen sollen!«

Mit einem gellenden Wutschrei sauste Monk herum und zielte jetzt auf Burke. Knight zog indessen unbeobachtet ein Messer aus dem Ärmel, zielte sorgfältig und schleuderte es los, als Monk gerade den Finger krümmte.

Butterweich drang die Klinge seitlich in Monks Hals ein und kam fast gleichzeitig blutüberströmt auf der anderen Seite direkt unter Monks Ohr wieder zum Vorschein. Als die Kugel durch die Luft zischte, hatte Burke sich längst zu Boden fallen lassen.

Mit fassungslosem Gesichtsausdruck sah Monk auf Burke hinunter und dann zu Knight. »Ein Stilett!« keuchte er. »Sie haben mich mit einem Stilett umgebracht!« Er wollte noch etwas sagen, doch es drang nur noch ein Gurgeln aus seiner Kehle.

Lily sah das Messer in Monks Hals, sah, wie er die Pistole fallen ließ und wie er zu Boden stürzte. Seltsamerweise geschah alles fast lautlos. Burke rappelte sich auf, und dann standen Knight und er sekundenlang bewegungslos im Raum.

Erst als Lily aufschluchzte, fiel die Starre von ihnen ab. Rasch eilte Knight an ihr Bett. »Es ist alles vorbei, Lily! Es ist endlich vorüber!«

Sie starrte zu ihm empor, doch rühren konnte sie sich nicht. »Ich konnte dir nicht helfen! Ich konnte nichts anderes tun als zusehen, wie er dich umbringt!«

»Aber das ist ihm nicht gelungen! Er ist tot, Lily! Alles ist vorbei.«

Langsam schwanden Lilys Sinne. Sie versuchte noch, sich dagegen zu wehren, flüsterte noch ein leises »Knight«, doch Sekunden später schloß sich die Dunkelheit um sie.

Drei Tage später saßen alle um Lilys Bett versammelt: Die ganze Familie hatte sich eingefunden und ebenso die Gastgeber. Sam demonstrierte stolz, wie gut er bereits mit seinen Krücken umgehen konnte, und Theo folgte ihm wie ein Schatten, um ihn rechtzeitig auffangen zu können. Laura Beth hatte sich mit Czarina Catherine direkt neben Lily ins Bett gekuschelt.

»Für mich ist überhaupt kein Platz!« jammerte Knight. »Willst du nicht vielleicht ein bißchen mit Onkel Burke spielen, Kleines? Er sieht so einsam aus, oder?«

Laura Beth zog geräuschvoll den Daumen aus dem Mund und lächelte hinreißend. »Papa!«

»Das soll wohl heißen: Es tut mir leid, Onkel Burke, aber vielleicht habe ich später Lust! Paß auf, Sam, sonst liegst du gleich draußen! Theo, setz dich endlich hin! Ich brauche jetzt unbedingt eine Tasse Tee als Stärkung! Diese Vaterrolle bringt mich noch um!«

»Du bist ein wundervoller Vater!« Lily strahlte und streichelte Knights Arm.

»Aber meine Rolle als Ehemann kommt augenblicklich ein wenig zu kurz«, hörte Lily ihn brummen.

»Ich habe ein ausgezeichnetes Gedächtnis, Mylord!«

»Ich auch! Kannst du dich mit dem Gesundwerden nicht ein wenig beeilen? Schließlich war es doch nur ein kleiner Kratzer! Hast du denn so wenig Durchhaltevermögen?«

»Hier ist der Tee, Knight!« sagte Arielle streng. »Lassen Sie die beiden lieber in Ruhe und setzen Sie sich erst einmal.«

Knight gehorchte widerspruchslos.

»Dann setz du dich aber auch endlich hin!« mischte sich nun Burke ein. »Ich wollte Lily nämlich gerade von Knights Plan erzählen.«

»Der leider nicht funktioniert hat«, ergänzte Arielle.

»Nun, einen Versuch war die Sache immerhin wert«, meinte Knight. »Eigentlich war es ganz einfach. Ich habe einige Männer losgeschickt und bei allen Gastwirten und Ladenbesitzern verbreiten lassen, daß wir in Castle Rosse wertvollen Schmuck gefunden hätten und ihn als ehrliche Leute nach London bringen lassen wollten. Natürlich haben wir auch Uhrzeit und Route immer wieder erwähnt. Doch der Plan ist daran gescheitert, daß Monk sich hier befand und nicht in Castle Rosse.«

»Habt ihr tatsächlich jemanden mit einem Paket nach London geschickt?« fragte Lily.

»Ja. Burkes Kammerdiener hat diese Aufgabe übernommen. Zwei weitere Männer haben ihn beschattet, falls Monk zuschlagen sollte. Joshua war sehr beleidigt, daß ihm auf diese Weise die ganze Aufregung entgangen ist.«

»Joshua war mit mir im Krieg«, erklärte Burke, »und seitdem ist unser Leben verhältnismäßig ereignislos und langweilig verlaufen. Seit seiner Rückkehr meckert Joshua am laufenden Band!«

In diesem Augenblick erschien der Butler Montague auf der Bildfläche und sprach leise mit seinem Herrn. Sekundenlang runzelte Burke die Stirn, doch kurz darauf nickte er, und Montague verließ den Raum.

»Wie seltsam!« meinte Burke. »Ollie Trunk ist noch einmal aus London hergekommen und möchte mit Ihnen sprechen, Knight.«

»Aber sein Geld hat er doch schon bekommen!«

»Das ist wahr«, antwortete Burke, »aber vielleicht möchte er noch einen Bonus.«

»Nein, Sir!« widersprach Ollie entrüstet. »Wir Detektive sind ehrenhafte Leute, die ihre Geldgeber nicht melken!«

»Es sollte wirklich nur ein Scherz sein! Kommen Sie, erzählen Sie, was es Neues gibt!«

Ollie blickte in die Runde und räusperte sich umständlich. »Es geht um Billys Klunker!« verkündete er.

Aller Augen waren gespannt auf ihn gerichtet.

»Sie wissen doch, wovon ich spreche?«

»Aber ja! Doch ich verstehe kein Wort«, erwiderte Knight.

»Billy steht für William«, erklärte Ollie mit Engelsgeduld, doch trotzdem reagierte niemand. »Wie kann man nur so begriffsstutzig sein! William – das steht für Prinz William von Oranien! Das ist unser langgesuchter Billy. Er war mit Charlotte – mit der Prinzessin Charlotte von England verlobt. Im vergangenen Sommer hat die Prinzessin die Verlobung gelöst, worauf Billy den Schmuck zurückerhalten hat und ihn nach Brüssel schicken wollte. Die Nachforschungen waren nicht weiter schwer. Von Lord Kittaker habe ich eine Menge erfahren, doch da der Diebstahl nicht auf englischem Boden verübt wurde, wußte er darüber nicht allzuviel zu sagen.«

»Ach, du lieber Himmel!« rief Lily. »Kein Wunder, daß der Schmuck so wertvoll war!«

Knight war sprachlos. »Und ich habe diesen Billy für einen reichen Lebemann gehalten!«

»Juwelen für eine englische Prinzessin!« schwärmte Lily träumerisch.

Arielle schüttelte den Kopf. »Im Grunde ist es völlig gleichgültig, wem der Schmuck gehört, solange wir das Versteck nicht kennen!«

Dieses Rätsel allerdings war und blieb ungelöst. Doch ungeachtet dessen erhielt Ollie Trunk für seine Information einen Bonus von einhundert Pfund.

Am Nachmittag des darauffolgenden Tages stürzte die Haushälterin Mrs. Pepperall unvermittelt in den Wohnraum. Knight hatte Lily nach unten getragen und es ihr auf einem Sofa vor dem Kamin bequem gemacht. Die Kinder waren draußen und amüsierten sich mit John, der inzwischen ebenfalls eingetroffen war, im frischgefallenen Schnee.

Mrs. Pepperall räusperte sich. »Mylady, es ist etwas Seltsames geschehen!« Und dabei wies sie auf Lilys einst wunderschönen Mantel mit dem Hermelinbesatz.

»Mrs. Pepperall? Oh, mein Mantel!«

»Ja, Madam. Wir haben versucht, ihn zu säubern, aber das Blut – Wir wollten die oberen Härchen vorsichtig abschneiden, und dabei ist es passiert! Schauen Sie nur, was wir unter dem Besatz entdeckt haben!«

Der Mantel rutschte zu Boden, und gleichzeitig glitten zahllose, herrlich funkelnde und glitzernde Schmuckstücke auf Lilys Schoß. Im Licht der Nachmittagssonne erstrahlten unzählige Diamanten, Smaragde und Rubine.

»Mein Mantel war das Versteck! Sie waren die ganze Zeit über unter der Einfassung verborgen, und ich habe nichts bemerkt!«

»Keiner von uns ist auf diesen Gedanken gekommen«, ergänzte Knight. »Schau dir nur an, wie groß diese Diamanten sind!«

»Sind sie etwa echt?« quietschte Mrs. Pepperall mit überschlagender Stimme.

»Das will ich meinen«, antwortete Knight, während er die einzelnen Schmuckstücke bewundernd ins Licht hob. »Wir danken Ihnen sehr, Mrs. Pepperall, daß Sie das Rätsel endlich gelöst haben!«

»Aber das geschah doch ganz unabsichtlich, Mylord!« entgegnete die Gute, aber trotzdem strahlte sie über das Kompliment.

»Das nenne ich Ironie des Schicksals«, meinte Knight.

Epilog

Venedig, Italien
April 1815

An einem strahlend schönen Aprilnachmittag standen Lord und Lady Castlerosse auf dem Balkon vor ihrem Schlafzimmer im Palazzo di Contini und blickten über den Canale Grande.

»Bin ich froh, daß wir im Frühling hierhergekommen sind und nicht mitten im Sommer«, bemerkte Knight, während er sich auf das hölzerne Geländer stützte. »Vor etwa sechs Jahren war ich im August hier, und damals hat mich der Gestank der Kanäle beinahe umgebracht. Doch jetzt …« Genüßlich sog er die kühle Brise in seine Lungen.

»Ich wüßte gern, welch schreckliche Geheimnisse sich unter dieser dunklen Wasseroberfläche verbergen«, sagte Lily nachdenklich. »Irgendwie wirkt sie auf mich immer finster und bedrohlich.«

»Wahrscheinlich mit gutem Grund«, antwortete Knight, »denn die Venezianer waren ja wirklich nicht für ihre Milde berühmt.«

Schaudernd wandte Lily sich ab und lehnte sich mit dem Rücken gegen die Balkonbrüstung. »Romantisch bist du ja nicht gerade, Knight!«

Er lächelte sie an, und schon war es wieder passiert. Am liebsten hätte sie ihn auf der Stelle umarmt und auf den Fußboden hinuntergezogen. »Und dann möchte ich dich lieben«, hauchte sie leise.

»Wie bitte?« Rasch legte er den Finger auf die Lippen. »Nein, wiederhole nicht, was du gesagt hast! Möglicherweise habe ich dich mißverstanden, und ich möchte doch viel lieber glauben, daß du mir die Kleider vom Leib reißen möchtest und mich mit deinen Händen, deinem Mund –«

»Du bist scheußlich! Genau daran habe ich gerade gedacht. Irgendwie bist du heute so weit weg von mir, Knight!«

Sofort zog er sie in seine Arme und bettete ihren Kopf an seine Schulter. Fast gleichzeitig fühlte er, wie ihre Arme seine Taille umschlangen.

»Mir kommt es vor, als ob du schon dein Leben lang bei mir

wärst«, flüsterte er und küßte sie dabei aufs Haar. »Fühlst du dich wieder ganz gesund?«

»Und wie!«

»Seit drei Wochen sind wir nun schon hier. Wir haben neun Bälle besucht und ungefähr fünfhundert Pfund beim Spielen verloren.«

»Ich habe nur fünfzig Pfund verloren!«

»Das ist wahr. Der größte Teil geht tatsächlich auf mein Konto. Außerdem sind wir mit der Gondel gefahren, bis dir beinahe schlecht war, haben die dummen Tauben auf dem Markusplatz gefüttert, sind mindestens dreihundertmal über die Rialtobrücke gegangen, und dann hast du mich auch beinahe noch in einer Zelle im Dogenpalast eingesperrt.«

Lily prustete. »Ich habe es nur versucht!«

»Aber ich habe mich schrecklich gefürchtet, und am nächsten Tag habe ich ein graues Haar auf meinem Kopf entdeckt! Wo war ich stehengeblieben? Ach ja! Zum Frühstück gab es Tintoretto, zum Lunch Carpaccio, zum Tee Parodi und abends Bellini. Das einzige, was täglich schöner und interessanter geworden ist, ist unsere Liebe!«

Deutlich spürte er, wie Lily erzitterte, und lächelte.

»Ich vermute, daß das auch noch lange so bleiben wird.«

»Fünfzig Jahre, Lily?«

»Allerwenigstens! Was quält dich sonst noch?«

Knight seufzte. Seine Frau kannte ihn ausgezeichnet! »Ich vermisse die Kinder«, gestand er. »Wir sind nun schon seit zwei Monaten unterwegs, und obwohl alles wunderschön war …«

Lily lachte und küßte ihn. »Wie konnte ich es mit dem wunderbarsten Mann, dem …«

»… dem besten Liebhaber?«

»Ja, und dem jüngsten Ehemann der westlichen Hemisphäre nur so lange allein aushalten?«

Knight stöhnte. »Meine schöne Philosophie! Zerstört und in alle Winde zerstreut! Und ich, ein junger Mann, gefesselt, von einer Frau beherrscht, die von einem unersättlichen Appetit auf meinen jungen unschuldigen Körper getrieben wird! Wie konnte ich das nur so lange ertragen!«

Er lachte und preßte ihren Körper gegen den seinen. »Jetzt ist aber Schluß mit diesem Gerede! Es wird Zeit, daß wir uns ein wenig umeinander kümmern!«

Genau das taten sie, und wieder einmal war es süß, wild und

gleichzeitig langsam und sehr gefühlvoll. Die Sonne war bereits untergegangen, bevor Knight wieder fähig war, mehr als einen zusammenhängenden Satz zu sprechen.

»Wenn ich dich erst mit vierzig Jahren kennengelernt hätte, hättest du mich innerhalb von einer Woche umgebracht! Ein Glück, daß ich noch jung bin! Das ist die einzige Möglichkeit, die Ehe mit dir zu überleben.«

»Wie wahr«, bemerkte Lily und küßte seine Schulter.

Als Antwort hauchte ihr Knight einen Kuß auf die Nasenspitze. »Wann wolltest du es mir sagen?«

Mitten im Gähnen klappte Lilys Mund wieder zu. »Dir was sagen?«

»Daß du schwanger bist.«

Sie strahlte ihn an. »Im nächsten Monat. Schau doch nicht so finster drein! Ich wollte zuerst ganz sicher sein. Woher weißt du es? Du bist doch ein Mann!«

»Sogar ein Mann bemerkt gelegentlich, wenn seine Frau ihre monatliche Regel nicht mehr hat. Das war das erste Anzeichen, mein Schatz! Und dann deine Brüste! Sie sind viel voller und empfindlicher. Ist dir nicht aufgefallen, wie zart ich mit ihnen umgegangen bin?«

»Nein«, antwortete Lily ganz ehrlich. »Wenn du mich berührst, fühle ich außer meiner heißen Sehnsucht gar nichts mehr!«

»Aha«, bemerkte Knight, während seine Finger über Lilys Bauch glitten. »Das hast du hübsch gesagt. Wann wird denn mein viertes Kind das Licht der Welt erblicken?«

»Ich denke, Ende November.«

»Und dir geht es gut?«

»Ja, ganz ausgezeichnet! Mir war bisher auch morgens noch nie übel.«

»Das ist mit Sicherheit nur deinem bewundernswerten Ehemann und seiner ausgezeichneten Pflege zu verdanken!« Knights Blick streifte die Narbe an ihrer Schulter, doch bevor ihn die Erinnerung überkommen konnte, schob er sie energisch beiseite. Das lag nun schon lange zurück und war endgültig vorbei.

»Wovon habe ich gerade gesprochen? Oh, ja. Ich habe beschlossen, dich an der Belohnung zu beteiligen, obwohl ich sie natürlich auch ganz allein verdient hätte!«

Lily zwinkerte verwundert. »Wovon sprichst du eigentlich?«

»Von der Belohnung für die Rückgabe des Schmucks.«

»Welche Belohnung? Etwa vom Prinzen von Oranien?«

»Genau. Heute morgen habe ich einen Brief von Burke erhalten. Billy, mein Schatz, läßt uns seinen tiefempfundenen Dank ausdrücken und bittet uns, als Anerkennung ein kleines Herrenhaus aus dem siebzehnten Jahrhundert anzunehmen. Soviel ich verstanden habe, liegt es in Lostwithiel in Cornwall.«

»Ein ganzes Haus als Belohnung für ein paar Juwelen?«

»Die ›paar Juwelen‹ stellten ein beträchtliches Vermögen dar.«

»Ach, du Himmel, und die waren so einfach in meinen Mantel eingenäht! Stell dir nur vor, ich hätte ihn verloren oder gar verkauft!«

Knight verschloß ihr die Lippen mit einem Kuß. »Ich glaube, ich werde nie aufhören, dich zu begehren! Der Besitz heißt Swanson Grange, aber wir können uns natürlich auch einen anderen, etwas bedeutenderen Namen ausdenken.«

Als Lily ihn streichelte, vergaß er alles um sich herum und spürte nur ihre weiche Hand und ihre sanften Lippen auf seiner Haut.

»Und welchen?« fragte sie, wobei ihr warmer Atem über seine Lippen strich.

»Wie wäre es zum Beispiel mit Napoleons Grange oder Medici Manor?«

Lily kicherte. »Ich kann mich gar nicht konzentrieren! Du bringst mich immerfort zum Lachen!«

»Das ist meine Pflicht. Du wirst dich daran gewöhnen müssen.«

»Einverstanden«, erklärte Lily und küßte ihn.

»Und das ist deine Pflicht!«

»Einverstanden«, wiederholte Lily mit einem Lachen, das vor Erregung vibrierte.

Jadestern

1. Kapitel

Lahaina, Maui
1854

Der korallenfarbene, etwas grobkörnige Sand des Strandes dehnte sich warm vor der gleißend blauen Fläche des Ozeans.

»Hör auf zu träumen, Jules! Es ist ja noch nicht einmal Mittag!«

Voller Vorfreude auf das Schwimmvergnügen, das ihr eigentlich untersagt war, knotete Juliana DuPres ihren Pareo fester über der Brust zusammen und stürzte sich lachend hinter Kanola in die auslaufenden Wellen. Am Makila Point war die Brandung sehr stark, doch für eine geübte Schwimmerin wie Jules war das kein Problem. Geschickt ließ sie sich durch den Kamm der heranstürmenden Wellen tragen, bis sie schließlich die Brandungslinie hinter sich gelassen hatte.

»Mach langsam, Kanola! Hier soll es Papageienfische geben. Ich möchte sie gern beobachten.« Ohne die Antwort ihrer Freundin abzuwarten, holte Jules tief Luft und tauchte die kurze Strecke zum Korallenriff hinunter. Als sie nicht nur Papageienfische, sondern auch zahlreiche gelbgestreifte Meerbarben entdeckte, waren das Nachher und auch die rotgeränderten Augen augenblicklich vergessen. Oh, Vater, dachte sie bei sich selbst, während sie auftauchte und nach Luft schnappte, wenn die Schöpfung dich wirklich so begeisterte, wie du behauptest, dann müßtest du doch deine Augen aufmachen und ihre unglaubliche Schönheit wahrnehmen! Grienend spuckte sie einen Schluck Salzwasser aus, denn sie stellte sich den Reverend Etienne DuPres vor, wie er, natürlich ohne seine verschwitzte Soutane, durch die Wellen glitt und die Fische bewunderte und seine bleiche Haut dabei langsam eine gesunde Färbung annahm. »Was hast du gesehen, Jules? Etwa einen Aal?« Kanola schüttelte sich vor Ekel.

Mit wenigen Stößen schwamm Juliana zu ihrer Freundin hinüber, die sich auf einem Vorsprung des Riffs ausruhte. An dieser Stelle ragten die Korallen aus dem Wasser empor und wirkten wie kleine Wellenbrecher. Die Oberfläche war zwar glitschig, doch gleichzeitig so zerklüftet, daß Jules ohne Schwierigkeiten Halt fand, bevor die Strömung sie mit sich ziehen konnte.

»Warte nur!« rief Jules voller Begeisterung, während sie zwei völlig durchweichte Brotkanten aus einer Tasche an der Seite ihres Pareos zog und ins Wasser krümelte. »Gleich wirst du sehen, wie hungrig meine kleinen Freunde sind. Besonders die Zebramoräne dort unten!« Sekunden später waren sie von einem dichten Schwarm der verschiedensten Fische umgeben, und Jules genoß lächelnd die leisen Berührungen ihrer zarten Körper.

Kanola betrachtete Jules voller Zuneigung. Das Mädchen war nur zwei Jahre jünger als sie, aber sie benahm sich immer noch ein wenig wie ein Kind. Allerdings wußte sie über die Fische besser Bescheid als jeder andere Weiße, und deshalb hörte Kanola ihr eine ganze Weile zu. »Ich nehme an, daß dein Papa nichts von diesem Ausflug weiß, nicht wahr?« bemerkte sie schließlich.

Jules seufzte und schwieg einen Augenblick lang. »Mein Vater ist eben so«, sagte sie dann. »Alles, was Spaß macht, ist in seinen Augen unmöglich – besonders natürlich für Mädchen«, fügte sie bitter hinzu.

»Dachte ich mir. Hat er dir das Schwimmen verboten?«

Lachend nickte Jules. »Schon vor drei Jahren.«

Kanola war überrascht. »Und wie hast du es die ganze Zeit über vor ihm geheimgehalten?«

»Thomas hilft mir immer. Papa glaubt, daß ich die Hitze nicht vertrage und deshalb häufig baden muß. Schließlich habe ich fast immer nasse Haare! Meine roten Augen scheinen ihn nicht zu beunruhigen.«

»Bist du nicht allmählich zu alt, um dich nur mit Fischen, Blumen und Pflanzen zu befassen? Du bist doch immerhin schon neunzehn Jahre alt und ziemlich erwachsen ...« Ihre Stimme erstarb unter Julianas wütenden Blicken, doch kurz danach fuhr sie fort: »Ich denke zum Beispiel an einen gewissen John Bleecher.« Kanola selbst war bereits seit fünf Jahren verheiratet und hatte inzwischen zwei Kinder bekommen.

Mit ausdruckslosem Gesicht starrte Jules über die schimmernde Wasserfläche. »Er ist ein Freund«, bemerkte sie.

»Eben«, bemerkte Kanola trocken. »Und außerdem ist er kein Missionar wie dein Vater, der dir Vorschriften macht und dich manchmal sogar so lange knien läßt, bis du ganz steif bist!«

»Ich wünschte, er würde sich in Sarah verlieben. Sie möchte gern heiraten.«

»Sarah ist ein Stockfisch«, platzte Kanola heraus.

»Aber gleichzeitig ist sie hübsch, sanft und zart, wie Männer sich die Frauen wünschen.«

»Ha! Und du bist wohl eine alte Hexe, was?«

Reizvolle, etwas zerzauste rote Locken umrahmten Jules' schmales Gesicht. »Nein, jedenfalls jetzt nicht mehr. Aber zerbrechlich und zart bin ich wirklich nicht.«

»Du solltest froh sein, daß du erst jetzt so richtig hübsch geworden bist! Ansonsten hätte dich dein Vater noch weit strenger beaufsichtigt.«

»Das hast du nett gesagt!« Jules griente. »Ich glaube, für ihn ist mein Anblick die reinste Qual. Das liegt an den roten Haaren, die ich von meiner französischen Großmutter geerbt habe. In seinen Augen war sie eine höchst unmoralische Frau, weil sie Schauspielerin war. Doch jetzt genug davon! Laß uns noch ein wenig schwimmen. In ungefähr fünfzehn Minuten muß ich zurück, damit meine Haut nicht krebsrot wird.«

In diesem Punkt hatte Jules zweifellos recht, dachte Kanola, während sie zusah, wie ihre Freundin geschmeidig ins Wasser tauchte. Unter dem Pareo war ihre Haut schneeweiß, und selbst in leicht gebräuntem Zustand war sie, wie bei allen Rothaarigen, immer noch äußerst empfindlich. Lächelnd ließ sich Kanola ebenfalls ins Wasser gleiten und folgte ihrer Freundin.

»Schauen Sie sich das an, Captain!«

Jameson Wilkes blickte in die Richtung, in die Rodney Cumbers Zeigefinger wies, und entdeckte die beiden Frauen sofort. Die eine war zweifellos eine Eingeborene, aber die andere... Trotz der großen Entfernung erkannte er augenblicklich, daß ihm das Schicksal etwas ganz Besonderes beschert hatte. Nach kurzem Zögern gab er seine Anweisung. »Nehmen Sie sich drei Männer, Cumber, und holen Sie mir diese beiden an Bord.«

»Aye, aye, Sir!«

»Verzeihung, Captain, aber die eine ... ist keine Eingeborene, Sir.«

»Das sehe ich, Gallen«, gab Jameson Wilkes seinem Ersten Maat zur Antwort. »Aber bedenken Sie, daß wir ja nicht mehr nach Maui zurückkehren werden.«

Bob Gallen mißfiel die Sache. Für ihn war es selbstverständlich, sich in Lahaina mit Huren zu vergnügen, und er konnte auch nichts dabei finden, daß sie kleine Chinesinnen an Bord genommen hatten, um sie in San Francisco zu verkaufen. Doch die Entführung eines weißen Mädchens war etwas völlig anderes. »Und wenn sie die Tochter eines Missionars ist?«

»Dann ist sie vielleicht sogar noch Jungfrau«, entgegnete Jameson Wilkes kühl. »Regen Sie sich nicht auf, Bob! Wenn sie verheiratet sein sollte oder womöglich voller Sommersprossen, was bei dieser Haarfarbe wahrscheinlich ist, dann werde ich sie ohnehin unverzüglich wieder ins Wasser werfen. Warten wir es einfach ab.«

»Mir gefällt die Sache trotzdem nicht«, brummte Bob Gallen.

Seelenruhig beobachtete Wilkes die Szene. Als er einen schrillen Schrei hörte, wußte er, daß die beiden Frauen die herannahende Gefahr erkannt hatte. Blitzschnell warfen sie sich herum und strebten dem rettenden Strand zu, doch seine Männer waren schneller.

»Kanola, schneller!« rief Jules über die Schulter zurück. Doch als die Freundin nicht folgen konnte, verlangsamte Jules ihr Tempo und zog Kanola mit sich.

»Schwimm allein weiter!« rief Kanola.

»Keinesfalls!« japste Jules, wobei ihr Salzwasser in den Mund geriet. Die wildesten Gedanken rasten durch ihren Kopf. Sie hatte den Walfänger sehr wohl gesehen, aber nicht weiter darauf geachtet. Erst Kanolas Schrei hatte sie auf das herannahende Boot aufmerksam gemacht. Mit aller Kraft zerrte sie ihre Freundin mit sich, doch es war umsonst. Nur wenige Augenblicke später fiel der Schatten der Männer im Boot über sie.

»Hallo, ihr zwei Hübschen!« spottete einer.

»Tauch unter, Kanola!«

Doch die junge Frau war viel schwerer und längst nicht so beweglich wie Jules. Hilflos mußte diese zusehen, wie die Männer

Kanolas lange Haare zu fassen bekamen und sie daran zum Boot hinüberzogen. Ohne weiter nachzudenken, tauchte Jules unter und schwamm mit kraftvollen Stößen zum Strand zurück. Sie mußte unbedingt entkommen, damit sie Hilfe holen konnte! Etwas anderes konnte sie nicht denken. Doch als sie zum Luftholen auftauchen mußte, blickte sie direkt in die feixenden Gesichter der Männer, die sie inzwischen überholt und ihr den Rückweg abgeschnitten hatten.

»Das reicht, Mädchen!« erklärte Rodney, während er sich mit einem anderen Matrosen über die Bordwand beugte und Jules am Arm packte. Trotz verbissener Gegenwehr wurde sie nur Sekunden später ins Boot gezerrt. »Sieh dir das an, Ned!« jubelte Rodney, nachdem er das Mädchen näher in Augenschein genommen hatte. »Nicht eine einzige Sommersprosse auf dem hübschen kleinen Gesicht! Das wird dem Captain sehr gefallen!«

Und genauso war es. Schweigend wartete Wilkes, bis seine Männer die beiden Mädchen über die Strickleiter an Bord gebracht hatten. Die Eingeborene beachtete er nicht weiter, sondern er hatte nur Augen für die andere mit den flammendroten Haaren. Er konnte sein Glück kaum fassen. Obwohl ihr augenblicklich das Haar in wilden Strähnen über Gesicht und Rücken hing, fühlte er instinktiv, daß sie eine Schönheit war. Mit einem Blick erfaßte er den schmalen, schlanken Körper mit den geraden Beinen und bewunderte die schönen Brüste, die unter dem dünnen Stoff des Pareos heftig bebten. Und nirgendwo auch nur eine einzige Sommersprosse auf der schneeweißen Haut!

Die Männer schubsten Jules quer über das Deck bis zu einem gutgekleideten Mann, der auf den ersten Blick ihrem Vater ähnlich sah. Allerdings war das Gesicht dieses Mannes sonnengebräunt, wogegen ihr Vater immer einen Schirm mit sich führte, um sich vor den intensiven Strahlen zu schützen.

»Willkommen auf der *Sea Shroud*«, grüßte Jameson Wilkes mit einer angedeuteten Verbeugung.

»Wer sind Sie?« fauchte Jules. »Und weshalb haben Sie uns an Bord geholt?«

»Langsam, Kleines«, entgegnete Jameson Wilkes mit seiner dunklen Stimme. »Zuallererst möchte ich wissen, ob du noch Jungfrau bist.«

Jules starrte ihn an, als ob er Chinesisch gesprochen hätte.

»Aha!« Jamesons Augen blitzten. »Komm mit, dann werde ich alle deine Fragen beantworten.«

»Und Kanola...«, stammelte Jules. »Sie ist meine Freundin...«

»Was sie betrifft, so gibt es für mich überhaupt keinen Zweifel.« Mit wenigen Schritten war Jameson Wilkes neben der stolz aufgerichtet stehenden Frau und riß ihr mit einer heftigen Bewegung den Pareo vom Körper. Wie eine Katze stürzte sich Kanola auf ihn, doch noch bevor sie ihm das Gesicht zerkratzen konnte, hatten drei Matrosen sie gepackt.

»Na also! Was ich vermutet habe.« Diese Worte waren an Jules gerichtet. »Diese Streifen auf dem Bauch sprechen eine deutliche Sprache. Sie hat schon Kinder geboren und ist außerdem viel zu fleischig. Für mich ist sie damit leider wertlos. Also los, Kleines, gehen wir!«

Jules stieß einen kurzen schrillen Schrei aus, doch gegen die Kraft von Jameson Wilkes war sie machtlos. Gewaltsam zerrte er sie zu einer Luke. Hinter sich hörte sie Kanolas gellende Angstschreie.

»Du solltest mir lieber dankbar sein, daß ich dich vor meinen Männern beschütze«, meinte Jameson Wilkes. »Bestimmt willst du nicht zusehen!«

Doch Jules hatte längst gesehen, daß die Matrosen Kanola auf die Planken gezerrt hatten und sie an Armen und Beinen festhielten, während ein Seemann an dem Verschluß seiner Hose nestelte. Gänzlich dumm und unwissend war sie nicht, denn in einer Walfängerstadt wie Lahaina blieb man selbst als Tochter eines Missionars nicht unwissend. »Nein!« schrie sie voller Entsetzen und kratzte Jameson Wilkes mit aller Kraft.

Für Sekunden ließ er sie los, und schon rannte sie fluchend und schimpfend auf die Gruppe um Kanola zu. Als der Matrose sich verwundert umdrehte, sah Jules seinen haarigen Bauch und darunter ein gewaltiges Ding, das wie eine Rübe aus Fleisch und Blut aussah.

In diesem Augenblick riß Jameson Wilkes sie zurück. »Willst du etwa zusehen? Es tut mir leid, aber eine derartige Aufklärung muß ich verweigern.« Mit diesen Worten drängte er Jules durch die Luke und den Niedergang hinunter. Um jeden Preis wollte er diesem zarten Wesen den schockierenden Anblick einer Vergewaltigung ersparen.

»Die arme Kanola!« rief Jules. »Helfen Sie ihr doch! Lassen Sie nicht zu, daß die Männer ihr weh tun!«

»Das werden sie schon nicht«, beruhigte er sie. »Bestimmt nicht.«

»Sie ist meine Freundin, und Sie müssen ihr helfen!«

»Captain! Sie ist uns entwischt!« tönte ein Ruf von oben.

Zufrieden wandte sich Wilkes an Juliana. »Siehst du! Sie hat es auch allein geschafft und schwimmt zur Küste zurück.«

»Das wird sie nicht schaffen!« Aufgeregt versuchte Jules, sich seinem Griff zu entziehen. »Wir sind viel zu weit vom Strand entfernt.«

»Verdammt!« brüllte Wilkes unbeherrscht. »Dann sollen meine Männer sie eben retten! Hör endlich mit dem Gezappel auf!«

Doch Jules war wie von Sinnen und hörte ihn nicht. Wild schlug sie mit der Faust um sich und traf Wilkes zufällig so heftig am Kinn, daß sein Kopf in den Nacken geschleudert wurde und ihm augenblicklich die Tränen in die Augen stiegen. Kurzentschlossen packte er sie und schlug zu, so daß sie hilflos in sich zusammensackte.

Noch bevor Jules die Augen öffnete, spürte sie die Schmerzen am Kinn, und Sekunden später holte die Erinnerung sie ein. Entsetzt schoß sie hoch und war noch viel entsetzter, als sie feststellen mußte, daß sie nackt war und lediglich ein dünnes Tuch ihre Blöße bedeckte. Hastig zerrte sie es bis zum Kinn.

»Na endlich! So fest hatte ich doch gar nicht zugeschlagen. Keine Angst, dein Kinn ist noch ganz!«

»Was ist mit Kanola?«

»Sie ist in Sicherheit«, erklärte Wilkes mit sanfter Stimme. »Meine Männer haben sie rechtzeitig erreicht und ... sicher zum Strand geleitet. Mach dir keine Sorgen!«

»Ich glaube Ihnen kein Wort.«

Er zuckte die Achseln. »Weshalb sollte ich dich anlügen? Glaub doch, was du willst.« Natürlich war die Kleine ertrunken, obwohl seine Männer sie nur allzu gern davor bewahrt hätten.

»Wer sind Sie eigentlich?« Mißtrauisch betrachtete Jules den

Mann, der sich inzwischen in einem Sessel niedergelassen hatte.

»Captain Jameson Wilkes«, stellte er sich vor. »Und wie heißt du?«

»Juliana DuPres. Mein Vater ist der Reverend von Lahaina, Etienne DuPres. Bringen Sie mich auf der Stelle zurück!« Blitzartig zerrte sie das Tuch wieder hoch, das bei einer unvorsichtigen Bewegung verrutscht war.

»Jetzt hör mir mal zu! Du bist mir ausgeliefert, kleine Juliana! Übrigens ein wunderschöner Name. Er paßt zu dir.« Dabei beugte er sich nach vorn und sah Juliana eindringlich in die Augen. »Und du paßt gut zu mir, Kleines.«

Sprachlos starrte Jules ihn an und dachte dabei an all die schrecklichen Dinge, die sie immer wieder von ihrem Vater über das unmoralische Verhalten der Walfänger gehört hatte. Es wollte ihr nicht in den Kopf, daß sie nun einem von diesen Kerlen hilflos ausgeliefert sein sollte.

»Sie ist tot«, flüsterte sie tonlos.

»Aber nein«, widersprach Wilkes geduldig. »Sie ist in Sicherheit. Von jetzt an bist du allein und solltest nur noch an dich selbst denken.«

»Warum haben Sie das getan?« fragte Jules wie betäubt. »Was wollen Sie denn von mir?«

»In deinen Augen bin ich bestimmt ein schrecklicher Kerl, Juliana. Aber du brauchst keine Angst zu haben, denn in erster Linie bin ich Geschäftsmann.« Sie ahnt, was ich von ihr will, dachte er, während er sie genau beobachtete. Ganz tief drinnen weiß sie genau, was ich will.

»Sie sind ein Schwein!« fauchte Jules. Als er lachte, blieben seine Augen kalt. So kalt wie der Winterregen in Toronto, an den sie sich nur noch ganz schwach erinnern konnte. »Mein Vater wird Sie umbringen!«

»Dein Vater? Daß ich nicht lache! Er ist doch nur ein kleiner Besserwisser, der die Menschen zu verändern sucht. Findest du es nicht auch lächerlich, wenn sich die Eingeborenen wie englische Gentlemen und Ladies herausputzen? Geradezu absurd! Übrigens werden dein Vater und deine Familie dich höchstens betrauern, denn sie werden glauben, daß du beim Schwimmen ertrunken bist.«

Als Jules begriff, was der Captain damit gesagt hatte, schloß sie vor Entsetzen die Augen. Demnach war Kanola tot! Ansonsten könnte das Mädchen ja zu Hause berichten, daß Jules von einem Walfänger entführt worden war!

»Interessiert es dich denn gar nicht, was ich mit dir vorhabe und wohin ich dich bringe?«

Juliana drehte sich der Magen um und sie wandte sich ab. Offenbar hatte dieser Mann immer noch nicht begriffen, was er soeben zugegeben hatte. »Nein«, antwortete sie wie betäubt. »Das will ich nicht wissen!«

Zum allerersten Mal fühlte Jameson Wilkes sich leicht verunsichert, denn die Kleine war leichenblaß geworden. Langsam erhob er sich, doch er war klug genug, sich ihr nicht zu nähern. »Schlaf erst einmal ein wenig, Juliana. Reden können wir später. Aber bleib in der Kabine. Dort ist es sicherer, denn, wie du ja gesehen hast, sind meine Männer keine Gentlemen.«

Jules verharrte regungslos, während der Captain zur Tür ging. Erst als er sich noch einmal umdrehte, hörte er, daß sie leise und zaghaft schluchzte. Ausgezeichnet, dachte er und schloß erleichtert die Tür hinter sich. Sie wird sich schon beruhigen. Außerdem blieben ihm ja noch zwei ganze Wochen bis zu ihrer Ankunft in San Francisco. Zeit genug, um auch das widerspenstigste Mädchen zu zähmen! Ein gieriges Leuchten trat in seine Augen, als er daran dachte, welchen Preis er für sie fordern konnte.

Doch schon in der nächsten Sekunde wurde er unsanft auf den Boden der Wirklichkeit zurückgeholt. Er spürte wieder den stechenden Schmerz in seiner Magengegend, der sich in der letzten Zeit beim geringsten Ärger oder bei jeder Aufregung immer häufiger meldete. Mit der flachen Hand rieb er über die schmerzende Stelle und zwang seine Gedanken gewaltsam in eine andere Richtung.

2. Kapitel

San Francisco, Kalifornien
1854

»Na, na, Willie, ich schneide den Arm schon nicht ab! Hören Sie um Himmelswillen auf, so zu schreien!«

»Aber es tut weh, Saint! Ganz scheußlich sogar!«

Saint betrachtete die frische Naht an Limpin' Willies Arm und nickte anerkennend. Gute Arbeit, beglückwünschte er sich selbst und griff nach einer kleinen Flasche, worauf Willie leichenblaß wurde. »Habe ich Ihnen schon von diesem Zeug erzählt, Willie? Nein? Die Flüssigkeit heißt Jodtinktur und hilft in diesem Fall besser als Whiskey. Außerdem ist sie billiger.« Er hielt Willies Arm über ein Becken und beträufelte die Wunde mit der Flüssigkeit. Der Mann zappelte und schrie, doch Saint hielt ihn eisern fest.

Während er die letzten Tropfen vom Arm abtupfte, sprach er weiter. »Wissen Sie, woher das Wort stammt, Willie? Nein, dann werde ich Sie aufklären. Es stammt vom griechischen *ioeides*, was *veilchenblau* heißt. Schauen Sie nur Ihren Arm an! Ganz lila! Dafür haben Sie aber etwas gelernt.«

Willie war nicht gerade begeistert. »Tatsächlich, ganz lila!«

»Die Ladys werden Sie für ein Veilchen halten, Willie!«

Limpin' Willie grinste und entblößte dabei sein lückenhaftes Gebiß. »Es tut immer noch scheußlich weh, aber ich denke, ich werde es überstehen. Vielen Dank, nun bin ich noch mehr in Ihrer Schuld!«

»Sie schulden mir ..., nun, sagen wir fünf Dollar. Für den Rest können Sie mir sicher irgendwann einen Gefallen erweisen.«

»Jederzeit, Saint.« Willie kramte das Geld hervor und verabschiedete sich dann rasch.

»Und halten Sie den Verband sauber, Willie! Keine Diebstähle und erst recht keine Schlägereien in der nächsten Zeit. In drei Tagen möchte ich mir die Wunde noch einmal ansehen.«

Nachdem Willie gegangen war, starrte Saint ihm noch eine Weile gedankenvoll nach und schüttelte schließlich den Kopf.

Limpin' Willie gehörte zu den Sidney Ducks, wie die Gauner aus Australien genannt wurden, die in San Francisco ihr Unwesen trieben. In Gegenwart von Saint benahm er sich allerdings mustergültig und sanft wie ein Lamm. Immerhin war er klug genug gewesen, sofort zum Arzt zu gehen. Saint schauderte bei dem Gedanken, was sonst alles hätte passieren können. Einen einarmigen Taschendieb konnte er sich nur schwer vorstellen.

Kurze Zeit später verließ Saint sein Haus, das in der Clay Street lag, und ging zur Saxton, Brewer and Company Bank in der Montgomery Street. Delaney Saxton unterhielt sich gerade mit einem seiner Angestellten, als Saint eintrat.

»Gut, daß Sie kommen, Saint!« rief Delaney erfreut. »Der alte Jarvis versucht gerade eifrig, mich auf die schiefe Bahn zu lokken.«

»Schicken Sie ihn lieber zu Limpin' Willie! Der arme Kerl hat einen tiefen Schnitt im Arm, den er wahrscheinlich bei einem Raubzug abbekommen hat. Es täte ihm nur gut, wenn er auf diese Weise endlich einmal seinen Kopf anstrengen müßte.«

»Haben Sie ihn zusammengeflickt?« erkundigte sich Del. »Wenn Sie mich fragen, würden die Sidney Ducks Sie in jedes Amt wählen! Die stehen doch alle in Ihrer Schuld, oder etwa nicht?«

»In dieser Beziehung ähneln sich unsere Berufe, nicht wahr? Wie geht es Chauncey?«

»Seit kurzem ist sie glücklicherweise nicht mehr ausschließlich Mama!« Bei diesen Worten grinste Del zufrieden.

»Aber Sie übertreiben es nicht, oder? Die kleine Alexandra ist gerade erst drei Monate alt, und Chauncey braucht noch sehr viel Ruhe.«

Spöttisch runzelte Delaney Saxton die Brauen. »Weshalb sagen Sie das *mir*, Saint? Sie wissen doch, daß meine Frau unersättlich ist. In der Beziehung habe ich gar nichts zu melden.« Er schlug sich mit der flachen Hand gegen die Stirn. »Du lieber Himmel! Weshalb erzähle ich Ihnen das überhaupt? Sie sind ja schlimmer als ein Priester!«

Saint lachte dröhnend. »Kommen Sie, ich kann einen Lunch gebrauchen. Und Sie sehen auch schon ganz spitz aus.«

Del sprach kurz mit seinem Partner Dan Brewer, und folgte dann Saint auf die Straße hinaus. Leichter Nebel lag über der

Stadt, was im Juni in San Francisco durchaus üblich war, und es war dementsprechend kühl. Mit raschen Schritten legten die Männer den kurzen Weg bis zu Pierres Restaurant zurück, wo sie bei einem Bier auf die berühmte Bouillabaisse warteten.

»Ich frage mich oft, wie es wohl Byrony und Brent ergehen mag«, bemerkte Saint, nachdem sie Platz genommen hatten.

»Wie ich Brent kenne, wird er nichts von sich hören lassen und einfach irgendwann wieder auftauchen. Nach Auflösung der Plantage seines Vaters wird er vermutlich reicher sein als vorher. Sie liegt in Natchez, nicht wahr?«

»Byrony hat es jedenfalls gesagt. Soviel ich weiß, heißt der Besitz Wakehurst. Ich bin gespannt, was die beiden mit all den Sklaven machen werden, denn ich kann mir nicht recht vorstellen, daß Byrony jemals Menschen als Besitz ansehen kann. Auch Brent ist schon viel zu lange von zu Hause weg.«

»Auf jeden Fall hoffe ich, daß die beiden bis zu ihrer Heimkehr ihr Leben in Ordnung gebracht haben werden. Ira und seine Halbschwester Irene benehmen sich nach wie vor ekelhaft.«

»Glauben Sie an göttliche Gerechtigkeit?«

»Nicht direkt. Weshalb?«

Saint zuckte die Achseln. »Ich meine, daß die Butlers sie verdient hätten. Wenn ich mir vorstelle, daß Byrony mit Ira verheiratet war und man sie für die Mutter des Kindes seiner Halbschwester gehalten hat, wird mir ganz elend.«

»Inzest liegt jenseits meiner Vorstellungskraft«, meinte Del.

Saint antwortete nichts darauf, sondern blickte nur auf die gewaltige Portion Bouillabaisse, die Jacques ihm serviert hatte.

»Das ist mindestens eine doppelte Portion«, jammerte Del zum Scherz. »Meine ist viel kleiner.«

»Nun, schließlich bin ich auch doppelt so groß wie Sie, und außerdem ...«

»Ich weiß. Sie haben eine besondere Abmachung mit Pierre.«

»Erinnern Sie sich daran, als er sich vor einigen Wochen so schrecklich verbrannt hat? Pierre zahlt meine Rechnung in Naturalien, denn mit seiner Kochkunst kann nicht einmal meine Haushälterin mithalten.«

Delaney lachte herzlich und widmete sich dann seiner Suppe. Später tauschten sie dann Neuigkeiten über gemeinsame Bekannte aus und sprachen auch von den zahlreichen Neuankömmlingen, die in letzter Zeit in die Stadt strömten.

»Gott sei Dank kommen inzwischen mehr und mehr Familien«, bemerkte Saint. »In einigen Jahren wird hoffentlich nichts mehr von dem wüsten Ruf dieser Stadt übrig sein. So viele Männer wie hier gibt es selten auf einem Fleck!«

»Und nirgendwo gibt es so viele glückliche Huren wie hier! In dieser Stadt können Frauen ein Vermögen verdienen!«

Saint brummte etwas, was Del nicht verstand. Doch da dieser Saints ablehnende Haltung kannte, wollte er das Thema nicht weiter vertiefen.

»Möchten Sie nicht morgen abend zum Essen zu uns kommen? Chauncey würde sich ganz bestimmt freuen und Alexandra sicher auch.«

»Es tut mir leid, Del, aber ich bin bereits verabredet.«

»Aha. Etwa mit der Witwe Branigan?«

»Auf Jane lasse ich nichts kommen«, erklärte Saint ruhig. »Übrigens, einer ihrer Jungen ist erkältet.«

»Werden Sie sie heiraten?«

»Diese verflixten Ehemänner!« Saint tat empört, aber seine haselnußbraunen Augen blitzten vergnügt. »Sie geben doch keine Ruhe, bevor nicht auch der letzte Junggeselle unter der Haube ist!«

»Wenn Sie eine Frau hätten, müßten Sie sich nicht mit Mahlzeiten bezahlen lassen.«

»Nur weil eine Frau anders ist als wir, muß sie noch nicht unbedingt kochen können.«

Delaney lachte herzlich und prostete Saint zu.

»Es sieht ganz so aus, als ob du bald wieder aufstehen könntest.« Zärtlich zauste Saint das struppige Haar des kleinen Joe. »Kein Grund zur Sorge, Jane«, wandte er sich dann an die Mutter, die ihm über die Schulter blickte.

»Ich danke dir, Saint.«

Joe war mit dem Ergebnis der Untersuchung nicht zufrieden. »Ich wünschte, ich wäre kränker. Mom hat gesagt, daß du mir dann vielleicht verrätst, weshalb man dich ›Saint‹ nennt.«

»Diesmal hast du Pech gehabt, mein Kleiner. Was riecht denn hier so verlockend, Jane?«

»Bouillabaisse. Wie ich hörte, magst du sie.«

Saint unterdrückte ein Stöhnen, weil er nach seiner Portion vom Vortag eigentlich immer noch satt war, und lächelte höflich. Gegen zehn Uhr waren Joe und sein älterer Bruder Tyler endlich versorgt und eingeschlafen. Zufrieden lehnte Saint sich in seinen Sessel zurück und beobachtete Jane aus halbgeschlossenen Augen. Eine gutaussehende Frau, dachte er, während seine Blicke ihr kohlschwarzes Haar und ihre dunkelbraunen Augen streiften. Nicht ganz schlank, aber schließlich war er ein Riese, und seine Hände waren groß genug. Als er unwillkürlich daran dachte, wie seine Hände ihre großen Brüste umfaßten, mußte er lächeln und spürte sofort ein Ziehen in seinen Lenden. Er war eben ein Mann mit einem großen Appetit!

»Ich weiß genau, was du jetzt denkst, Saint Morris!« Jane beugte sich über ihn und küßte ihn leicht auf den Mund.

»So?« Mit lüsternem Grinsen zog er sie auf seinen Schoß und verschränkte die Hände hinter ihrem Rücken. Als dabei ihre Brüste gegen seine Rippen gepreßt wurden, wuchs seine Erregung unaufhörlich. »Du gefällst mir, Jane.« Mit diesen Worten drückte er sie zurück, um sie besser küssen zu können, und schon wenig später streichelten seine nervigen Finger über ihre nackten Brüste. »Sehr sogar.« Als er spürte, wie sich als Antwort ihre Hüften gegen seinen Körper preßten, lächelte er und küßte sie noch begehrlicher.

Seit fast einer Woche hatten sie einander nicht mehr geliebt, und Jane war mindestens so ausgehungert wie er. Sie gingen nicht einmal mehr ins Schlafzimmer, sondern fielen gleich vor dem Kamin übereinander her, und Saint knetete genüßlich ihre vollen Hüften, als er in ihren heißen Körper eintauchte.

»Oh, Jane!« stöhnte er, als er sah, wie sich ihr Gesicht vor Lust und Wonne verzerrte. »Das mag ich so sehr an dir!« Sekunden später bäumte sich sein Körper auf.

Irgendwann zog Jane eine Decke über sie und kuschelte sich an Saints Brust. »Die Pause war einfach zu lang gewesen, aber trotzdem war es sehr schön«, murmelte sie.

»Untertreiberin!« brummelte er und knabberte zärtlich an ihrem Ohrläppchen. »Aber, aber«, protestierte er leise, als er fühlte, wie Janes Hand über seine Brust und seinen muskulösen Bauch glitt, »ich bin schließlich nur ein schwacher Mann, Jane!«

Sie liebkoste ihn mit der Hand und lachte leise. »Das nenne ich eine Untertreibung, mein Lieber!«

Erst gegen Mitternacht saßen sie wieder angezogen am Tisch und tranken Tee. Mit Rücksicht auf die Kinder war Saint noch nie über Nacht geblieben, doch an Tagen, an denen er so schläfrig war wie heute, hätte er gern die ganze Nacht über ihre Arme um sich gespürt. Entschlossen drängte er seine Wünsche zurück und nippte an seinem Tee. »Was macht eigentlich unsere Kleine?« erkundigte er sich.

»Es geht ihr sehr viel besser. Sie heißt übrigens Mary. Und natürlich verehrt sie dich grenzenlos.«

»Das freut mich. Kann sie denn gut genug nähen?«

»Ja. Sie ist ein kluges Mädchen und sehr geschickt. Allerdings ist sie noch sehr scheu und bleibt lieber im Hinterzimmer. Kontakt mit den Kunden meidet sie, doch ich denke, daß sich das von allein geben wird. Sie wird bald Vertrauen gewinnen.«

»Möglicherweise geht das nicht so schnell, denn du darfst nicht vergessen, daß die meisten deiner Kunden Männer sind. Du beschäftigst jetzt schon drei Näherinnen, nicht wahr?«

»Ja, und das Geschäft läuft. Seit der Eröffnung im vergangenen Jahr haben wir mindestens zweitausend Hemden genäht, und die Flanellhosen kann ich schon nicht mehr zählen.«

Saint erinnerte sich noch gut daran, wie er die fünfzehnjährige Mary mit dem unaussprechlichen chinesischen Namen vor ungefähr zwei Monaten davor bewahrt hatte, als Prostituierte an ein schäbiges Bordell in der Washington Street verkauft zu werden. Wegen ihres Widerstands war sie geprügelt worden, und deshalb hatte Saint das bewußtlose Mädchen untersucht. Glücklicherweise war sie noch Jungfrau, doch höchstwahrscheinlich hatte die Kleine auch so schon genug erleiden müssen. Schaudernd dachte er an die vielen jungen Mädchen, die nicht soviel Glück gehabt hatten.

Zart strich ihm Jane über den Arm. »Du hast schon so vielen geholfen. Diese Stadt ist noch so jung und wild. Es gibt so viele Männer…«

»Und die meisten benehmen sich wie die Tiere.«

»Das stimmt, doch es hat sich schon einiges gebessert. Schließlich gehörst du nicht zu den wilden Tieren und deine Freunde ebenfalls nicht!«

»Viel kann sich nicht ändern, solange hier fast ausschließlich alleinstehende Männer und Prostituierte leben.«

»In der letzten Zeit ziehen immer mehr Familien in die Stadt!« widersprach Jane, worauf Saint an seine Unterhaltung mit Del dachte. Sekundenlang senkte sie den Kopf. »Wenn doch nur Danny das noch erlebt hätte...«

»Ich weiß, Jane. Ohne Zweifel war dein Mann ein feiner Kerl. Außerdem hatte er eine feine Frau und wunderbare Kinder.«

»Aber das verdammte Gold hat ihn verführt«, stieß sie bitter hervor. »Wenn du doch damals wenigstens in dem Lager gewesen wärst, als er an Lungenentzündung erkrankte... Bestimmt wäre alles anders gekommen.«

»Ich kann keine Wunder vollbringen, liebe Jane. Aber nach all dem Wunderbaren, was du mit meinem armen Körper angestellt hast, sollten wir uns jetzt nicht das Herz schwermachen...«

Wie erwartet lachte sie. Und als er aufstand und seine müden Glieder streckte, betrachtete sie ihn voller Sehnsucht. Ein wunderbarer Mann, dachte sie, während sie seine weiche Haut und die struppigen Haare auf seiner Brust und seinem Bauch unter ihren Fingern zu spüren meinte. Es gefiel ihr, wie sich sein Haar über den Ohren kräuselte und wie er die Stirn runzelte, wenn er angestrengt nachdachte. Aber sie wußte genau, daß er sie nicht liebte. Sie verstanden einander gut, und er hatte ihr mehr geholfen, als sie ihm jemals vergelten konnte.

»Ich werde noch schnell die Pumpe reparieren, bevor ich nach Hause gehe«, rief Saint über die Schulter zurück und ließ sie mit all ihren Zukunftshoffnungen allein.

Um drei Uhr in der Nacht wurde Saint von lautem Klopfen an seiner Haustür aus dem Schlaf gerissen. Es war Caesar aus Maggies Bordell. Ein Gast hatte eines ihrer Mädchen mißhandelt. Unter Fluchen und Schimpfen eilte Saint zu Brent Hammonds Saloon, dem *Wild Star*, in dessen Gebäude sich auch Maggies Etablissement befand.

»Verdammt, Maggie«, schimpfte Saint, als er ihren Wohnraum betrat, »wie konnte das nur geschehen? Welches der Mädchen ist es denn?«

»Victoria«, antwortete Maggie. »Der Mann ist tot. Caesar hat ihm die Kehle durchgeschnitten.«

Oh, Gott! war alles, was Saint dachte, als er auf Victoria hinunterblickte, die ihn sonst immer mit einem freundlichen Lächeln und einem Scherz begrüßt hatte. Sie war leichenblaß wie das Leintuch, das ihren Körper bedeckte. Ein Auge war fast gänzlich schwarz verfärbt und die Oberlippe blutig und eingerissen.

»Bleib ganz ruhig, Victoria!« mahnte er sie mit sanfter Stimme, als er sich neben ihr niederließ. »Ich bin es. Saint.«

Ergeben schloß das Mädchen die Augen und biß sich auf die Unterlippe, um nicht aufzuschreien. Saints tastende Finger untersuchten zwar sanft, aber trotzdem waren die Schmerzen beinahe unerträglich.

»Das Kinn ist heil geblieben«, stellte Saint fest und zog dann vorsichtig das Tuch weiter nach unten. Grobe Bißspuren auf der linken Brust und eine scheußliche Prellung an den Rippen sprachen eine deutliche Sprache. Sobald Saint die Stelle berührte, spürte er, wie Victoria sich verspannte.

»Ganz ruhig, Victoria. In einer Minute ist alles vorbei. Die Rippen sind in Ordnung, aber sie werden noch einige Wochen lang schmerzen.«

Als er das Tuch noch weiter hinunterzog und das Blut zwischen ihren Schenkeln entdeckte, fluchte er leise. »Maggie, bringen Sie bitte heißes Wasser und Tücher! Und du sagst mir auf der Stelle, was der Kerl mit dir gemacht hat!«

Mit einem zitternden Seufzer sog Victoria die Luft ein und flüsterte schließlich: »Er hat mir weh getan, Saint.«

Guter Gott, das sehe ich! »Woher kommt das Blut?«

Mit wachsender Wut lauschte er ihrer Stimme, die nur zögernd die Wahrheit enthüllte. Demnach hatte der Mann seine ganze Faust in sie hineingepreßt und sie dabei schier zerrissen. »Er war nicht normal, Saint! Als ich geschrien habe, ist er außer sich geraten und hat mich auch noch geprügelt!« Sie brach in Tränen aus.

Sanft strich ihr Saint die Haarsträhnen aus dem Gesicht und sprach beruhigend auf sie ein, während sie auf Maggie und das heiße Wasser warteten. »Es wird alles wieder gut werden, Victoria. Nur ein paar Stiche, und kurze Zeit später ist alles vergessen.« Er erinnerte sich an eine Unterhaltung mit Maggie. Damals hatte sie ihn gefragt, weshalb er keines ihrer Mädchen wollte. »Eher fahre ich zur Hölle!« hatte er geantwortet und es auch durchaus ernst gemeint. Er wußte, daß Maggie geschockt war, denn so etwas war noch nie vorgekommen. Verdammt! So etwas durfte sich niemals wiederholen!

»Hör zu, Victoria. Für einige Minuten werde ich dich jetzt mit Chloroform betäuben. Hast du mich verstanden? Du sollst jetzt ruhig atmen und dich nicht dagegen wehren.«

Das Mädchen nickte und schloß ergeben die Augen, als Saint ihr ein Tuch auf die Nase drückte, das er mit dem Betäubungsmittel befeuchtet hatte. Nachdem sie eingeschlafen war, nähte er den Riß mit einigen Stichen, badete abschließend die Wunde und legte ein weiches Tuch darüber.

»Ich weiß nicht, wie ich Ihnen danken soll, Saint!« sagte Maggie leise, als er sich schließlich erhob. Saint blieb jedoch stumm, bis er seine Patientin sorgfältig zugedeckt hatte. »Darf ich Ihnen einen Brandy anbieten?«

Er nickte, während seine Blicke noch immer auf dem Mädchen ruhten. »Sie wird bald aufwachen. Ja, ein Brandy ist jetzt genau das Richtige! Wenn sie aufgewacht ist, geben Sie ihr einige Tropfen Laudanum in einem Glas Wasser. Und lassen Sie immer eines der Mädchen bei ihr wachen!«

Nachdem sie in den Wohnraum zurückgekehrt waren, nahm Saint dankend das Glas in Empfang. »Eine schreckliche Geschichte, Maggie.« Als er jedoch die Verzweiflung in ihren Augen sah, verging seine Wut augenblicklich.

»Und wie!« pflichtete Maggie schaudernd bei. »Ich hörte ihre Schreie und rannte hinauf. Der Mann... Ich habe ihm eine Lampe auf den Kopf gehauen und nach Caesar gerufen. Aber der Mann war nicht bewußtlos und wehrte sich wie ein Wahnsinniger. Als er dann auch noch einen Revolver zog, hat Caesar kurzen Prozeß gemacht. Wird Victoria wieder ganz gesund werden, Saint?«

»Ja, aber es wird dauern. Auf jeden Fall haben Sie ein Mädchen weniger, denn Victoria wird sicher nicht mehr als Hure arbeiten.«

Maggie zuckte bei dieser Formulierung zusammen, aber sie sagte nichts, denn dazu gab es nichts mehr zu sagen. Kopfschüttelnd setzte sie sich. »Ich werde mich um alles kümmern, Saint. Sie hat ja sonst niemanden. Wie alle meine Mädchen hat sie diesen Beruf freiwillig gewählt und gehofft, bei so vielen Männern eines Tages reich zu werden.«

»Welche Aussichten hat sie jetzt?«

»Das lassen Sie meine Sorge sein, Saint. Sie hat ein wenig Geld gespart, und es wird uns schon etwas einfallen.«

Und wahrscheinlich wird sie sich ihr Leben lang nicht mehr von einem Mann anfassen lassen. »Einige Tage lang muß sie sorgfältig gepflegt werden und soll sich möglichst nicht bewegen. Ich komme morgen früh wieder. In einer Woche kann ich dann vielleicht schon die Fäden ziehen.«

»Ich danke Ihnen von Herzen, Saint. Ich wünschte, Brent wäre hier!«

»In diesem Fall hätte er auch nicht helfen können.«

»Wahrscheinlich haben Sie recht. Jedenfalls danke ich Ihnen, daß Sie so rasch gekommen sind.«

»Wohin haben Sie den Kerl geschafft?«

»Das hat Caesar erledigt. Ich habe keine Ahnung.«

»Hoffentlich hat er ihn nicht in die Bucht geworfen, denn an ihm könnten sich unsere wunderbaren Fische vergiften!«

»Ich stehe tief in Ihrer Schuld!«

Für weitere Lobeshymnen war Saint einfach zu müde, und so grunzte er nur, ging nach Hause und sank nach einer halben Flasche Whiskey gegen Morgen in traumlosen Schlaf.

3. Kapitel

An Bord der *Sea Shroud*

Juliana fühlte ein Würgen im Hals, als sie das Essen nur ansah, das Jameson Wilkes ihr auf einem Tablett gebracht hatte. Obwohl das Rindfleisch appetitlich aussah und sie auch Hunger hatte, konnte sie keinen Bissen hinunterbringen.

»Na los, fang an!«

Erschrocken fuhr Juliana herum, denn sie hatte den Captain hinausgehen sehen, aber nicht wieder hereinkommen hören. »Ich kann nichts essen!«

»Ich kann nicht erlauben, daß du deine Gesundheit ruinierst, Juliana. Ich verstehe sehr gut, daß du dich noch nicht eingewöhnt hast, aber du mußt essen, damit du nicht dünn wie eine Vogelscheuche wirst. Na los!«

»Ich werde es nur wieder ausspucken!«

»Wenn du das tust«, sagte er in sanftem Ton, während er sich drohend neben dem Bett aufbaute, »wirst du den ganzen Tag an Deck verbringen. Und zwar nackt.«

Zaghaft versuchte Juliana den ersten Bissen.

»So ist es schon viel besser! Ich leiste dir Gesellschaft, bis du deinen Teller leergegessen hast.«

»Ich wüßte nicht, was ich mit Ihnen zu besprechen hätte, Mr. Wilkes.«

»Sag ruhig Captain zu mir.«

»Ich verlange nichts weiter, als daß Sie mich zu meinen Eltern zurückbringen.«

»Nach dem Essen wirst du erst einmal baden. Du siehst nämlich ziemlich mitgenommen aus. Danach wird es dir gleich besser gehen und du wirst auch mehr Appetit entwickeln.«

»Ich möchte nur nach Hause«, sagte sie kläglich mit einem kleinen Schluchzer und blickte ihren Peiniger flehend an. »Bitte! Bringen Sie mich heim!«

»Du scheinst nicht gerade dumm zu sein, Kleines. Also verlange auch nichts Unmögliches! Ich kann dir diese Bitte nicht erfüllen.«

»Sie meinen, Sie wollen nicht!« schrie Juliana voller Empörung. »Was wollen Sie denn von mir? Meine Eltern haben kein Geld.« Vor Aufregung verschluckte sie sich an einem Stück Fleisch.

»Dein Temperament ist ja recht vielversprechend«, meinte Wilkes. »Soll ich dir den Rücken klopfen?«

Erschreckt starrte sie ihn an und wich bis ans Kopfende ihres Betts zurück.

»Iß fertig!« befahl er statt dessen. Dabei lehnte er sich zurück und faltete die Hände auf der Brust.

Meine Freundin Kanola ist tot, dachte Jules, und als nächstes Opfer bin ich an der Reihe. Während der langen Stunden, die sie allein auf diesem Bett verbracht hatte, hatte sie unentwegt gegrübelt und war zusehends apathischer geworden. Mechanisch kaute sie nun jeden Bissen gründlich und langsam, wie man es ihr beigebracht hatte, und als Wilkes ihr letzten Endes das Tablett vom Schoß nahm, blieb sie regungslos sitzen und starrte schweigend auf ein Regal voller Bücher.

»Möchtest du jetzt baden, oder soll ich dir zuerst verraten, wohin unsere Reise geht? Wie du dir wahrscheinlich denken kannst, befinden wir uns auf dem Weg nach San Francisco. Dort wird es dir bestimmt nicht schlecht gehen, denn ich werde dich auf einer speziellen Auktion zum Kauf anbieten. Für deine Schönheit und deine Jungfräulichkeit wird dein zukünftiger Beschützer tief in die Tasche greifen müssen. Als Geliebte eines reichen Mannes wirst du ein Leben in Luxus führen!«

Verständnislos starrte Juliana ihn an. »Was ist eine ›Geliebte‹? Was wird dieser Mann mit mir machen?«

Dieses Mal war die Reihe an Wilkes. Zuerst staunte er nur, doch dann brach er in Lachen aus. »Wahrlich eine Missionarstochter! Wie kann man denn in einer Stadt wie Lahaina so unbedarft aufwachsen? Weißt du wenigstens, was Huren sind?«

»Ja«, flüsterte Jules. »Schreckliche Männer zahlen Geld...«

»Sie bezahlen die Frauen. Die eingeborenen Frauen sind übrigens die zügellosesten von allen! Eine Geliebte dagegen gehört einem Mann allein und führt in der Regel kein schlechtes Leben.«

»Dann soll ich also eine Hure werden?«

»Du lieber Himmel! Wie sich das anhört! Aber wenn man es ganz genau nimmt, ist das schon richtig.«

»Aber ich denke, Huren tun das freiwillig...«

»Du hast keine andere Wahl«, fiel er ihr ins Wort. »Vielleicht hat dich dein Beschützer ja eines Tages satt. Dann kannst du immer noch heiraten und Kinder bekommen. Vielleicht kannst du sogar irgendwann nach Maui zurückkehren.«

Im Geiste hörte Juliana Kanolas Schreie. Dabei hatte sie nur eine vage Vorstellung davon, was die Männer mit ihr angestellt hatten, bevor sie ihnen entkommen und über Bord gesprungen war. »Das mache ich nicht mit!« erklärte sie entschieden.

»Aha, da spricht das Temperament! Miss Juliana DuPres, ich wiederhole noch einmal, daß es keinen anderen Ausweg gibt.«

»Oh, doch! Ich werde jeden Mann, der mir zu nahe kommt, umbringen.«

»Immer mit der Ruhe, Kleines. Uns bleiben ja noch zwei Wochen, um dir diese Heftigkeit abzugewöhnen.« Er stand auf und starrte auf sie hinunter. »Du bist so hübsch, daß du sogar mir gefallen könntest. Oh, ich habe schon begriffen! Du kannst mich nicht leiden. Wahrscheinlich bin ich dir zu alt. Aber laß dir gesagt sein: Es sind für gewöhnlich die alten Männer, die das meiste Geld besitzen! In wenigen Minuten komme ich mit der Wanne wieder.«

Nachdem er hinausgegangen war, starrte Jules auf die Tür. Er hatte nicht abgeschlossen, doch das nutzte ihr gar nichts, solange sie keine Kleider besaß. Der Gedanke, daß Kanola vom Schiff gesprungen war, obwohl sie gewußt haben mußte, daß sie den Strand vermutlich nicht erreichen würde, machte Jules Angst. Sie kniete sich hin und blickte durch das Bullauge auf eine endlose Wasserfläche hinaus. Offenbar waren sie mittlerweile meilenweit von jeder Küste entfernt, und jede Flucht war aussichtslos. Kurze Zeit darauf kehrte Jameson Wilkes in die Kabine zurück. »Deck dich zu!« befahl er mit einem Seitenblick auf die Matrosen, die die Wanne und einen Zuber mit heißem Wasser hereintrugen. Sobald sie glaubten, daß ihr Captain sie nicht beobachtete, wanderten ihre neugierigen Blicke zu dem Mädchen. Schließlich wurden sie davongeschickt, und Jameson Wilkes schloß die Tür hinter ihnen.

»Das Bad ist fertig.«

Fassungslos starrte Jules ihn an.

»Los, los!«

»Verlassen Sie das Zimmer!«

»Nein«, widersprach er sanft. »Du mußt lernen, dich meinen Anordnungen zu fügen. Außerdem habe ich dich schon nackt gesehen, als ich dich ausgezogen habe. Ich werde schon nicht überschnappen!«

»Ich will nicht!« Sie sah, wie sich sein Gesichtsausdruck veränderte und schloß die Augen vor Scham und Angst.

»Zwinge mich nicht zu Schlimmerem!«

Ganz langsam stieg Jules aus dem Bett und zog dabei das Leintuch mit sich. Mit gesenktem Kopf starrte sie auf den Teppich, bis ihr plötzlich das Tuch heruntergezogen wurde. Noch nie in ihrem Leben hatte ein anderer Mensch sie nackt gesehen. Nicht einmal ihre Mutter und auch ihre Schwester Sarah nicht.

»Steig endlich in die Wanne!«
Wortlos gehorchte Juliana.

Obwohl Jameson Wilkes sich ihren kleinen Körper in ohnmächtigem Zustand bereits genauestens betrachtet hatte, leuchteten seine Augen jetzt auf, als er sah, wie graziös sie sich bewegte. Sie war wirklich wunderschön. Genüßlich wanderten seine Blicke über ihre weißen, wohlgeformten Beine bis zu ihren noch knabenhaft schmalen, aber trotzdem verheißungsvollen Hüften. Im Geiste addierte er gleich noch einmal hundert Dollar zu dem Preis, von dem er ausgehen wollte.

Er reichte ihr ein Stück parfümierter Seife. »Wasch dein Haar sorgfältig!« Dann setzte er sich wieder und verfolgte jede ihrer Bewegungen.

Verbissen versuchte Jules, wenigstens ihre Brüste vor seinen gierigen Blicken zu verstecken. Sie krümmte sich auf jede nur mögliche Weise in der Wanne zusammen, aber es gelang ihr trotzdem nicht. Nur wenige Augenblicke später klopfte es.

»Keine Angst, Juliana! Niemand wird dich stören. Das ist nur das frische Wasser, damit ich dein Haar ausspülen kann.«

Niemand wird dich stören. Jules fühlte, wie sie vor lauter Entsetzen allmählich die Kontrolle über sich verlor.

Als er sie aufstehen hieß, gehorchte sie widerstandslos. Sorgfältig spülte er ihr Haar und wickelte es schließlich als eine Art Turban um ihren Kopf. Danach reichte er ihr ein großes Tuch und half ihr aus der Wanne. Wortlos war er damit einverstanden, daß sich Jules selbst abtrocknete und das Tuch um sich schlang. Hübsche Brüste hat die Kleine, gerade eine Handvoll, dachte er, während er ihr eine mit Perlmutt besetzte Bürste und einen ebensolchen Kamm reichte.

Wie betäubt sank Jules auf die Bettkante und entwirrte mühsam ihre strähnigen Haare. Es kann nur ein Alptraum sein, dachte sie. Über kurz oder lang werde ich erwachen und mich über meine ausgeprägte Phantasie amüsieren. Gleich nachher werde ich Kanola besuchen und mit ihren Kindern spielen...

»In zwei Wochen wird auch deine gebräunte Haut wieder blaß geworden sein. Hervorragend. Wir werden nicht einmal deine Wimpern und deine Brauen färben müssen! Du bist tatsächlich die erste Rothaarige, die so etwas nicht nötig hat!«

Für Sekunden dachte Jules an die verblichene Daguerreotypie

ihrer französischen Großmutter, die ihre Mutter sorgfältig vor ihrem Vater versteckt hielt. Von ihr hatte sie die roten Haare und die ausdrucksvollen Wimpern geerbt.

»Solch rotes Haar, wie du es besitzt, ist meistens nicht echt. Entsprechend froh war ich, als ich mich vom Gegenteil überzeugen konnte.«

Jules sah ihn fragend an.

»Und zwar an den roten Löckchen deiner Schamhaare, Juliana!«

Nein, das darf nicht wahr sein! dachte sie in panischem Entsetzen. Das darf einfach nicht wahr sein!

Wilkes beobachtete ihr Gesicht sehr genau. Wunderbar! Ein stolzes, mutiges Mädchen und keine dieser quengeligen Jungfrauen! »Ich fürchte, die nächsten Tage werden ziemlich langweilig für dich. Ich habe bemerkt, daß du meine Bücher angesehen hast... Ja, meine Sammlung ist nicht die schlechteste. Du kannst dir gern die Zeit mit Lesen vertreiben. Mich mußt du jetzt jedoch entschuldigen, denn ich habe noch eine Menge anderer Dinge zu tun.«

Im ersten Augenblick seufzte Jules erleichtert auf, doch dann packte sie die Panik. »Aber ich habe keine Kleider!«

»Das ist Absicht, mein Kleines. Du wirst auch keine bekommen.«

»Und weshalb nicht?«

An der Tür drehte sich der Captain um. »Aus zwei Gründen, Juliana. Erstens wärst du angezogen längst nicht so ausgeliefert und verletzlich, und zweitens sollst du dich an deine Nacktheit gewöhnen. Höchstwahrscheinlich wirst du dich während der nächsten Wochen selten anziehen können...«

»Sie sind ekelhaft!«

Spöttisch hob er die Brauen. »Hast du denn nie zugehört, wenn dein Vater über die Schlechtigkeit der Männer gepredigt hat?«

»Das habe ich nicht geglaubt.«

»Was ich noch sagen wollte. Mein Kleiderschrank ist abgeschlossen. Es würde mich sehr ärgern, wenn du dir daran zu schaffen machtest.« Während er hinausging, strich er über seinen Magen, der sich wieder einmal bemerkbar machte.

John Bleecher ging dicht neben Jules, und sie wußte genau, daß er am liebsten ihre Hand gehalten hätte. Er war ein netter Junge... Nein, kein Junge mehr, berichtigte sie sich sofort, denn schließlich wollte er sie heiraten. Ihr Vater war dafür, aber Sarah war dagegen, und sie selbst erst recht! In Julianas Augen waren Sarah und John das ideale Paar, doch wie so oft sahen die Betroffenen das ganz anders. Sarah wäre genau die richtige Frau für ihn, würde ihn bewundern und aufmerksam jedem seiner Worte lauschen. In diesem Augenblick packte John sie plötzlich am Arm und drückte ihr einen feuchten Kuß auf den Mund.

Jules schnappte nach Luft und wehrte sich heftig, doch John ließ sich nicht bremsen. Seine Zähne preßten sich schmerzhaft gegen ihre Lippen, bis sie aufschrie. »Hör endlich auf, John. Du bist ja verrückt! Wie kannst du es wagen...«

Erschreckt schoß Jules in die Höhe. In der Kabine war es stockfinster. Deutlich hörte sie ihren stoßweisen Atem, doch sie war allein. Allerdings stand das Bild von John Bleecher immer noch deutlich vor ihr. Er hatte sie einmal sehr ungeschickt geküßt und es nach einem strafenden Blick nie wieder versucht. In ihrem Traum allerdings war er zu einem Ungeheuer wie Jameson Wilkes geworden oder wie die Matrosen, die Kanola verletzt hatten. Nein, sie mußte den Tatsachen ins Auge sehen! Kanola war vergewaltigt worden. Wie die Tiere waren sie über sie hergefallen. Und genau dieses Schicksal stand nun auch ihr bevor. Ganz klar war ihr nicht, was das bedeutete, aber so genau wollte sie es auch gar nicht wissen. Es schüttelte sie, wenn sie nur an dieses gräßliche Ding dachte, das aus der Hose des Matrosen herausgeragt hatte.

Langsam ließ sie sich in die Kissen sinken und zog das Laken bis ans Kinn hoch. Was sollte sie tun? Vom Schiff gab es kein Entkommen, aber nach der Ankunft in San Francisco... Man konnte sie ja schließlich nicht Tag und Nacht gefangenhalten! Zumindest in dem Augenblick, in dem Jameson Wilkes sie verkaufen wollte, konnte sie schreien, toben und nach Gerechtigkeit rufen.

Wieviele Mädchen hatte dieser schreckliche Mensch wohl schon auf dieselbe Art entführt und verkauft. Gab es an Bord etwa auch noch andere Mädchen außer ihr? Quälende Fragen, auf die sie natürlich auch keine Antwort erhielt. Erst gegen Morgen sank sie in ruhelosen Schlaf, bis sie irgendwann von einer Hand geweckt wurde, die zart über ihren Arm streichelte.

Als sie die Augen aufriß, sah sie Jameson Wilkes mit lächelndem Gesicht neben ihr auf der Bettkante sitzen. »Fassen Sie mich nicht an!« flüsterte sie noch ganz benommen und rutschte so weit von ihm ab, wie das möglich war.

»Ich tue dir nichts, Kleines« beruhigte er sie. »Aber ich werde dich noch oft berühren, damit du dich daran gewöhnst und nicht immer zusammenzuckst. Der Mann, der dich kaufen wird, erwartet schon eine gewisse Unschuld, aber mit einem zitternden Nervenbündel kann er nichts anfangen.«

Als er sich über sie beugte, reagierte Juliana ohne nachzudenken. Sie stürzte sich auf ihn, zerkratzte ihm das Gesicht und schlug blind auf ihn ein. Anfangs hatte sie sogar Erfolg, weil ihr Angriff so blitzartig erfolgt war. Kurz darauf gelang es Wilkes jedoch, ihr die Arme auf den Rücken zu drehen, so daß sie hilflos war und sich wütend auf die Unterlippe biß.

»Wenn du das noch ein einziges Mal machst«, zischte er voll unterdrückter Wut, »werde ich dich meinen gierigen Matrosen zum Streicheln und Küssen vorwerfen!« Er schüttelte Juliana und packte sie fester, bis sie leise aufschrie. »Verstanden?«

Als Juliana nur wortlos nickte, ließ er sie los und ging zu einem Wandspiegel hinüber. »Du hast mich blutig gekratzt!«

»Noch lieber hätte ich Sie umgebracht!«

Schweigend wischte er sich die Blutströpfchen von der Wange. »Ich denke, ich weiß, wie ich dich am besten bestrafen kann. Ich wollte dir eigentlich noch einige Tage Zeit lassen...«

Achselzuckend wandte er sich vom Spiegel ab und kam langsam auf sie zu, worauf sich Jules mit einem unterdrückten Schrei ans Kopfende des Betts flüchtete. Doch alle Gegenwehr war vergeblich. Wenige Augenblicke später war sie überwältigt. Wilkes hatte sie auf den Rücken gelegt und ihre Handgelenke ans Kopfende des Betts gefesselt. Genüßlich zog er dann ganz langsam das Leintuch fort. »Wie wunderschön du bist, Juliana!« Bewundernd wanderten seine Blicke über ihren entblößten Körper, bis Jules vor Scham und Erniedrigung die Augen schloß und am liebsten gestorben wäre. Als dann auch noch kühle Finger an ihren Brüsten spielten, schrie sie gellend auf und versuchte mit aller Macht, sich ihm zu entziehen.

Lächelnd richtete sich Wilkes auf. »Ich werde dich jetzt eine ganze Weile in Frieden lassen, denn schließlich habe ich noch andere Pflichten. Vielleicht bist du ja später ein wenig entgegenkommender.«

Abrupt machte er auf dem Absatz kehrt, setzte sich an seinen Schreibtisch und öffnete eines der Bücher. Unentwegt fühlte Jules seine Blicke auf ihrer Haut und hätte sich am liebsten in Luft aufgelöst.

Die folgenden Tage und Nächte verwoben sich in Julianas Erinnerungen so fest miteinander, daß sie unmöglich sagen konnte, wie lange sie sich bereits in der Gewalt ihrer Entführer befand. Aber an diesem Nachmittag geschah etwas. Plötzlich war ihre Apathie gewichen und sie faßte den Entschluß, sich nicht länger quälen zu lassen. Voller Ungeduld wartete sie, bis sie endlich Wilkes' Schritte vor der Kabinentür hörte, und schlug ihm dann beim Eintreten mit voller Wucht eine Bücherstütze aus Elfenbein auf den Kopf.

Sekundenlang starrte sie verblüfft auf den zusammengesackten Körper, aber der Schrecken hielt nicht lange an. »Sie Schwein!« schimpfte sie, während sie ihm alle seine Kleider bis auf die Hose vom Leib riß. Ganz so weit mochte sie nicht gehen, obwohl sie es sich eigentlich vorgenommen hatte. Er sollte sich einmal in der gleichen Lage befinden wie sie... Hilflos ausgeliefert und erniedrigt. Hastig schlüpfte sie in sein Hemd, obwohl es sie vor seinem Geruch ekelte. Dann fesselte sie die Arme ihres Opfers und trat ihm zum Abschluß kräftig in die Rippen.

Als ihr klar wurde, was sie angerichtet hatte, brach sie in Tränen aus. Im selben Moment hörte sie Schritte vor der Tür, die leider nicht abzuschließen war, und schließlich klopfte es. Nachdem der Erste Maat der *Sea Shroud* keine Antwort bekam, rief er nach dem Captain und öffnete schließlich stirnrunzelnd die Tür. Als Bob Gallen sah, was vorgefallen war, erstarrte er. Schweigend irrten seine Blicke zwischen dem bewußtlosen Captain und dem leichenblassen Mädchen hin und her. Die Kleine trug ganz offensichtlich ein Hemd seines Captains und hielt eine schwere Bücherstütze in der Hand.

»Das darf doch nicht wahr sein!« grunzte er und beugte sich zu dem bewußtlosen Mann hinunter. »Ich nehme an, daß er es überleben wird«, bemerkte er schließlich, »aber Sie, kleine Miß, haben sich damit keinen Gefallen getan!« Nachdenklich fuhr er mit der Hand durch seine dichten Haare.

»Bitte!« flüsterte Juliana tonlos. »Bitte, helfen Sie mir!«

»Das kann ich unmöglich tun«, entgegnete Bob. »Das brächte uns nur noch weiter in Schwierigkeiten.« Rasch löste er die Fesseln des Mannes und hob ihn aufs Bett.

»Geben Sie mir doch wenigstens eines der Boote! Bitte!«

Bob Gallen schüttelte den Kopf und sah gerade noch aus dem Augenwinkel, wie das Mädchen zur Tür lief. Blitzschnell war er hinter ihr und zerrte sie zurück. »Tun Sie das nicht! Um Himmels willen, lassen Sie das! Sie sind doch nicht dumm und wissen, was die Männer mit Ihrer Freundin angestellt haben, bevor sie ins Wasser gesprungen ist.«

»Das ist mir völlig gleichgültig!« fauchte Juliana und wehrte sich mit aller Kraft gegen Gallens Griff. »Ich hoffe nur, daß er stirbt!«

»Kommen Sie zu sich, Miß DuPres! Ich war mit dieser Entführung nicht einverstanden, aber ich hatte nichts zu sagen. Eine Flucht in einem so kleinen Boot kann nicht gelingen. Sie bedeutet den sicheren Tod!«

»Sie gehören ebenfalls zu diesen schrecklichen Kerlen! Ich wünschte nur, Gott würde auch Sie dafür bestrafen!«

Ein Stöhnen vom Bett her ließ sie zusammenzucken. Gebannt beobachtete Jules, wie Jameson Wilkes sich ganz langsam aufsetzte und sich dann verwundert den Kopf rieb.

4. Kapitel

»Darf ich fragen, was Sie hier machen, Bob?« Bevor sich der ängstliche Erste Maat noch auf eine Antwort besinnen konnte, fuhr Jameson Wilkes fort: »Ah, jetzt erinnere ich mich! Mein Hemd steht dir ausgezeichnet, Juliana! Hast du mich niedergeschlagen?«

»Ja«, antwortete sie mit einer Stimme, in der die Angst mitschwang. »Ich wünschte nur, ich hätte Sie umgebracht.«

Jameson Wilkes hielt einige Augenblicke lang inne, bis auch

die letzte Benommenheit gewichen war. »Ich muß zugeben, daß ich dich unterschätzt habe. Doch das wird mir nicht noch einmal passieren! Bob, Sie können jetzt gehen. Ich bin wieder Herr meiner Sinne.«

»Sir, ich...«, begann Bob Gallen, doch der drohende Blick aus Wilkes' grauen Augen ließ ihn verstummen. Wortlos machte er kehrt und schloß leise die Tür hinter sich.

Langsam erhob sich Wilkes vom Bett. »Wenigstens warst du anständig genug, mir die Hose zu lassen.«

Jules' Magen krampfte sich vor Angst zusammen, doch sie hatte nichts zu verlieren. Keinesfalls wollte sie klein beigeben und bemühte sich um einen festen, kühlen Ton. »Nachdem ich Ihnen das Hemd ausgezogen hatte, hatte ich genug gesehen. Der Rest interessierte mich nicht. Sie sind ein abstoßender alter Mann.«

Mit seinen einundvierzig Jahren war Wilkes mit dieser Beurteilung ganz und gar nicht einverstanden. Er war im Gegenteil stolz auf seinen schlanken Körper. Gar zu gern hätte er Juliana gezeigt, was er von ihrer Meinung hielt, aber er beherrschte sich, denn er wußte, daß allein die Angst sie zu diesem Mut veranlaßt hatte, und bewunderte die Kleine insgeheim. Seit Jahren hatte er nicht mehr so viel Hochachtung vor einer Frau empfunden. Wenn er daran dachte, wie häßlich und alt der Mann vielleicht war, der sie ihm abkaufen würde, packte ihn sekundenlang das Mitleid, doch rasch schob er den Gedanken beiseite.

»Zieh mein Hemd aus, Kleines!« sagte er ganz ruhig.

Jules zerrte den dünnen Stoff über ihrer Brust zusammen. »Nein!«

Wilkes seufzte gelangweilt. »Soll ich vielleicht meinen Ersten Maat rufen? Er würde deinen Anblick bestimmt gern genießen.«

Jules hämmerte das Blut in den Schläfen, aber sie blieb hart. »Ich werde es trotzdem nicht tun!« Rasch bückte sie sich und hob die Bücherstütze auf. »Wenn Sie näherkommen, werde ich Sie umbringen!«

Natürlich hatte sie gegen diesen überlegenen Gegner keine Chance. Nur wenige Augenblicke später war er über ihr und bog ihr den Arm brutal auf den Rücken, bis sie die Bücherstütze fallenließ. Gewaltsam riß er ihr sodann das Hemd vom Leib und stieß sie unsanft zu Boden.

»Eigentlich sollte ich dich verprügeln!« brummte er, während er sein zerrissenes Hemd überzog. »Aber ich will dich nicht verunstalten, denn niemand kauft gern beschädigte Ware.«

Mit dem Hemd hatte Wilkes dem Mädchen gleichzeitig auch jeden Mut genommen. Sie bedeckte ihr Gesicht mit den Händen und wimmerte leise. Ihr wunderschönes Haar hing in wilden Strähnen über dem Gesicht, und ihr schmaler Rücken bebte. Und fast augenblicklich wurde Wilkes unsicher. Einer Frau wie ihr war er noch nie begegnet. Er wollte ihren Willen nicht brechen, doch mit dieser Widerspenstigkeit würde sie sich niemals freiwillig einem Mann hingeben. Sollte sie ihren Beschützer womöglich umbringen, würde das seinem Ruf nur schaden.

Er lächelte, als ihm endlich der rettende Gedanke kam. Ohne ein erklärendes Wort hob er sie auf und legte sie wieder aufs Bett. Dann fesselte er ihre Hände wie gewöhnlich und ließ sie allein.

Als er am Abend mit ihrem Essen wiederkam, erwähnte er den Vorfall vom Nachmittag mit keinem Wort und erlaubte Jules sogar, sich während des Essens in das Leintuch zu wickeln. »Dieser Wein ist aus meinem Privatvorrat und schmeckt ausgezeichnet.«

Juliana schüttelte ablehnend den Kopf.

»Hast du etwa noch nie Wein getrunken?« fragte er, während er aufstand, um sich selbst ein Glas einzugießen. »Komm, nur einen Schluck, damit du weißt, wie er schmeckt!«

Abwesend führte Jules ihr Glas an die Lippen und trank. Der Rotwein war stark und süß und verbreitete willkommene Wärme bis hinunter in ihren Magen.

Zufrieden beobachtete Jameson Wilkes, wie sie das ganze Glas bis zum letzten Tropfen leerte, und lächelte. »Ausgezeichnet.« Er wußte, daß es noch eine Weile dauern konnte, denn er kannte die genaue Wirkung der Droge nicht, die er in der Flüssigkeit aufgelöst hatte. Der alte Chinese, der ihm das Mittel verkauft hatte, hatte auf die Frage nach der Dosierung lediglich ›Es kommt darauf an‹ geantwortet. Und worauf? Die Droge war eine Mixtur aus Opium und anderen Stoffen und sollte Frauen willig machen. Wilkes war jedoch von Natur aus mißtrauisch und mochte nicht so recht an derartige Versprechen glauben.

»In etwa einer Woche werden wir in San Francisco sein«, unterbrach er die plötzliche Stille. »Die Reise verläuft besser, als ich erwartet hatte. Habe ich dir schon gesagt, daß dies meine letzte Reise zu den Inseln war?«

Jules war plötzlich seltsam zumute. Sie verstand, was er sagte, doch mit ihrer Antwort hatte sie Mühe. Sie mußte ganz langsam sprechen, weil sich ihre Zunge geschwollen anfühlte. »Ich möchte nach Hause! Ich mag zwar weder meinen Vater noch meine Schwester besonders, doch in Lahaina bin ich zu Hause! Ich interessiere mich für alle Blumen und Fische und kann doch nicht einfach die Hure irgendeines Mannes werden!«

»Du bist ein kluges Mädchen, Juliana. Bestimmt wird dein Beschützer das auch erkennen und deine Interessen nach Kräften fördern. Allmählich solltest du dir darüber Gedanken machen, wie du dich ihm möglichst angenehm machen kannst.«

»Ich denke nicht daran!« war die entschiedene Antwort. Allerdings mußte Jules dabei heftig zwinkern, denn sie konnte Jameson Wilkes nur unscharf erkennen. »Darum kümmert sich meine Familie.« Noch während sie den Satz sagte, wußte sie, daß sie Unsinn geredet hatte.

Während sie noch grübelte, weshalb Wilkes sie so freundlich anlächelte, verspürte sie ein dringendes Bedürfnis. Bisher war sie in diesen Augenblicken immer allein gewesen und deshalb jetzt ein wenig irritiert. »Ich muß den Topf benutzen.«

»Nur zu, Kleines.«

Energisch schüttelte Jules den Kopf. »Nein. Ich kann nicht, solange Sie hier sind. Gehen Sie vor die Tür!«

Ein ganzes Stück gelöster ist sie schon, dachte Jameson Wilkes, während er ihr Mienenspiel sehr genau beobachtete. »Aber natürlich kannst du das«, redete er ihr mit honigsüßer Stimme zu und, um ihr letztes Zögern zu besiegen, versprach er: »Ich werde überhaupt nicht hinsehen. Mach schon!«

Wie in Trance ging Jules zu dem kleinen Schränkchen hinüber, wo der Topf seinen Platz hatte. Sie schien ihre Nacktheit nicht wahrzunehmen und beachtete Wilkes überhaupt nicht. Erst als sie schon aufgestanden war und sich zu ihm umgedreht hatte, blickte sie ihm geradewegs in die Augen.

Und in derselben Sekunde empfand er Lust auf sie. Er hatte geglaubt, gegen ihre Ausstrahlung ebenso immun zu sein, wie er gegen die Körper der anderen Frauen immun war. Aber diese vertrauensvolle Nacktheit gepaart mit dem zaghaften, verwirrten und sehr unschuldigen Ausdruck ihrer Augen war eine unwiderstehliche Mischung.

»Wie fühlst du dich, Juliana?« fragte er, ohne sich zu bewegen.

Sie schien verwirrt zu sein. »Ich weiß es nicht.«

»Dann leg dich am besten wieder hin. Da vergeht es am schnellsten.«

Mit langsamen, trägen Bewegungen folgte sie seinem Rat und schloß erleichtert die Augen. Unbekannte Gefühle durchströmten sie, aber gleichzeitig war sie gelöst und ohne jede Furcht.

Als Jameson Wilkes sich zu ihr setzte und ganz vorsichtig seine Hand auf ihre Brust legte, fühlte er, wie sie leicht erschauerte. Langsam beugte er sich nach vorn und liebkoste eine Brustwarze mit den Lippen.

Fast gleichzeitig bäumte Jules sich mit einem Entsetzensschrei auf und schlug mit den Fäusten auf ihn ein. Demnach war die Dosis nicht hoch genug gewesen, dachte er, während er sie beruhigte. Ob das Opium allein diesen Traumzustand hervorgerufen hatte? Ähnliche Erfahrungen hatte er nämlich selbst schon gemacht.

»Was haben Sie mit mir gemacht?« schrie Jules, die immer noch tobte, obwohl sie bereits längst wieder gefesselt war.

»Gar nichts, mein Kleines«, behauptete Wilkes mit Unschuldsmiene. »Ich glaube, daß du insgeheim eben doch eine kleine Hure bist. Haben dir meine Berührungen denn nicht gefallen?«

Als Antwort zog sie sich völlig in sich selbst zurück. Sie schloß die Augen und lag regungslos, während ihr die Tränen aus den Augen liefen. Jameson Wilkes dagegen ging zufrieden zur Tür. Er hatte gewonnen und spürte nicht einmal den leicht ziehenden Schmerz in seinem Magen.

San Francisco

Es war kurz vor Mitternacht. Über der Stadt lag dichter Nebel, der durch den fahlen Mondschein in seltsam unwirklichem Grau schimmerte. Saint war vor ungefähr dreißig Minuten nach

Hause zurückgekehrt, weil er noch eine Verabredung mit einem Gauner namens Hoot Moon hatte. Während er es sich in seinem Lieblingssessel bequem machte, fragte er sich, was ihm sein Besucher wohl zu sagen hatte. Dieser Mann stand ebenso in seiner Schuld wie die meisten seiner Kumpane. Saint hatte ihm nämlich einmal, wenn auch nur mit viel Glück, nach einem Kopfschuß das Leben gerettet. Als es an der Haustür klopfte, stand er auf und öffnete.

Rasch trat sein Besucher in die Halle. Hoot Moon war ein kleingewachsener Mann, der im Ruf stand, mit seinen Feinden besonders grausam umzugehen. Seinen Freunden gegenüber war er jedoch äußerst loyal. Und zu diesen Freunden zählte auch Saint.

Er beobachtete Hoot, wie er seinen dicken Mantel ablegte. »Weshalb diese Heimlichkeit, Hoot?« fragte er.

»Sie wollten doch davon unterrichtet werden, wenn wieder Sklavenhändler einlaufen«, beschied ihn Hoot mit seiner leisen, heiseren Stimme, die er einer Messerwunde an seiner Kehle verdankte.

Saint zuckte zusammen. »Wer und wann?«

»Der alte Gauner, Jameson Wilkes, ist gestern eingetroffen. Wie man hört, soll er nicht nur die üblichen kleinen Chinesinnen für Madame Ah Choy an Bord haben, sondern auch eine Missionarstochter, die er in Maui entführt hat. Für die Richtigkeit dieser Informationen kann ich natürlich nicht garantieren.«

Maui!

»Da ich weiß, daß Sie einige Jahre in Lahaina gelebt haben, mußte ich Sie doch auf der Stelle benachrichtigen, Doc.«

Saint fühlte eine Welle von Wut, gemischt mit einer gewissen Furcht, in sich aufsteigen, so daß er im ersten Augenblick kaum sprechen konnte. Wenig später hatte er sich jedoch wieder gefaßt. »Kommen Sie mit ins Wohnzimmer, Hoot, und trinken Sie einen Whiskey mit mir.«

Der kleine Mann stürzte den Inhalt seines Glases in einem Zug hinunter. Dann lehnte er sich gegen den Kamin und blickte Saint erwartungsvoll an.

»Also gut«, eröffnete dieser das Gespräch. »Sagen Sie mir alles, was Sie erfahren haben.«

»Morgen abend veranstaltet Wilkes eine Auktion im Crooked

House in der Sutter Street. Für das Missionarsmädchen macht er regelrecht Werbung. Er möchte einen Haufen Geld für sie, weil sie angeblich noch Jungfrau ist.«

»Weiß man, wie das Mädchen aussieht?«

»Ja, ungefähr achtzehn oder neunzehn Jahre alt, insgesamt recht hübsch, wie man hört, mit flammend roten Haaren, grünen Augen und wunderschöner weißer Haut.«

Saint versank in Schweigen. O ja, er wußte genau, wer dieses Mädchen war! Juliana DuPres. Jules. Als er Maui verlassen hatte, war sie vierzehn oder fünfzehn Jahre alt gewesen. Tag und Nacht hatte sie sich im Wasser herumgetrieben, um neue Fischarten zu entdecken oder hatte überall auf der Insel nach interessanten Pflanzen gesucht. Anhänglich wie ein kleiner Hund war sie ihm auf Schritt und Tritt gefolgt, und mehr als einmal hatte er zärtlich ihre roten Locken gekrault. Aus dieser Zeit stammte auch ihr Spitzname Jules. Bei diesem Gedanken stieg wieder heiße Wut in ihm hoch, und sein Magen rebellierte. Er, der normalerweise als sanfter Mensch galt, war plötzlich von Mordgedanken beseelt. Am liebsten hätte er Jameson Wilkes auf der Stelle mit eigener Hand den Hals umgedreht! Nur leider war Jules damit nicht geholfen.

»Was sagen Sie dazu, Doc?« erkundigte sich Hoot, nachdem mehrere Minuten in Schweigen verstrichen waren.

»Natürlich müssen wir das Mädchen retten.«

»Der alte Wilkes wird aber ein Vermögen für sie verlangen.«

»Er müßte schön dumm sein, wenn er das nicht täte.« Ihm stand wieder der Abschied von Lahaina vor Augen. Jules hatte auf dem Kai gestanden und wie wild gewunken, und trotz der Entfernung hatte er deutlich die Tränen in ihren Augen gesehen. Und dann war plötzlich ihr Vater aufgetaucht, dieser verdammte Besserwisser, und hatte Jules hastig davongezerrt.

Im Lauf der letzten beiden Jahre war es Saint gelungen, vier junge Chinesinnen loszukaufen, doch für Jules würde sein Geld bestimmt nicht reichen. O Himmel, was sollte er nur tun?

Nach einigem Nachdenken faßte er einen Entschluß. »Finden Sie heraus, um wieviel Uhr die Versteigerung stattfindet. Ich glaube, es ist an der Zeit, einige meiner Guthaben einzufordern.«

Nachdem Hoot Moon ebenso heimlich aus dem Haus geschlichen war, wie er gekommen war, schenkte Saint sich ein weiteres Glas Whiskey ein und kehrte wieder zu seinem Lieblingsplatz zurück. Er streckte die Beine weit von sich, legte die Finger gegeneinander und dachte gründlich nach. Weil er immer mit Vergeltungsmaßnahmen rechnen mußte, hatte er bisher seine Freunde niemals um einen Gefallen gebeten. Vor ungefähr zwei Jahren war nämlich einmal ein Helfer erkannt und zwei Tage später erschossen aufgefunden worden. In diesem Fall jedoch war alles anders. Er wußte, daß er sich gegebenenfalls auf Delaney Saxton verlassen könnte, denn schließlich hatte dieser seine Köchin Lin Chou vor einem ähnlichen Schicksal bewahrt. Aber Del war erst vor kurzem Vater geworden, und es wäre mehr als unverantwortlich, ihn und damit auch Chauncey in eine solche Sache hineinzuziehen.

Die kriminelle Szene erstreckte sich in San Francisco quer durch alle sozialen Schichten. Sogar einige der reichsten Männer waren in dunkle Geschäfte verstrickt, und man konnte nie genau sagen, ob jemand an etwas beteiligt war oder nicht. Hoot Moon und seine Kameraden waren im Vergleich dazu armselige kleine Verbrecher, aber Saint vertraute ihnen trotzdem mehr als manchem anderen.

Eine andere Möglichkeit war, von Delaney Saxton Geld zu leihen und Juliana DuPres loszukaufen. Aber allein der Gedanke, einem miesen Kerl wie Wilkes mindestens fünftausend Dollar zu bezahlen, widerte Saint an. Nein, Wilkes sollte keinen Cent bekommen! Lieber wollte er das Gesicht dieses Kerls zu Brei schlagen!

Ungefähr um drei Uhr in der Nacht beendete Saint seine Überlegungen. Da er keinen seiner Freunde in diese Sache hineinziehen konnte oder wollte, beschloß er deshalb, sein Guthaben von den Sidney Ducks einzufordern.

Jules war ganz ruhig. Sobald die Versteigerung begann, würde sie laut schreien und einen solchen Aufstand machen, bis jemand ihr zu Hilfe kam. Schließlich konnten ja unmöglich alle Männer so mies sein wie Jameson Wilkes!

Sie befand sich nach wie vor in seiner Gewalt, doch nachdem sie diesen Entschluß gefaßt hatte, kehrte eine gewisse Ruhe ein. Sie verbrachte viel Zeit vor dem Bullauge, um wenigstens einen kleinen Blick auf San Francisco zu erhaschen. Seit sie am Kai der Clay Street angelegt hatten, hatte Jameson Wilkes als Vorsichtsmaßnahme ein Schloß an ihrer Tür anbringen lassen.

»Damit du nicht auf dumme Gedanken kommst, mein Kind«, hatte er mit seiner sanften Stimme erklärt.

»Haben Sie eigentlich jemanden, an dem Ihnen etwas liegt?« hatte sie ihn zwei Tage zuvor gefragt. Zu ihrer Überraschung war Wilkes förmlich erstarrt, aber er hatte nicht geantwortet, sondern nur vor sich hingestarrt, als ob er weit in die Vergangenheit zurückgeblickt hätte.

Mittlerweile war es draußen dunkel geworden, doch Jules preßte ihre Nase immer noch gegen das Bullauge. Die zahlreichen Lichter hatten es ihr angetan, und von Zeit zu Zeit drang sogar ein entfernter Ruf bis in ihr Gefängnis. Als sich irgendwann die Kabinentür öffnete, drehte sie sich nicht einmal um.

»Es wird Zeit, Juliana.«

Jameson Wilkes erschrak sekundenlang, als er den Haß in ihren Augen sah. Haß gepaart mit Entschlossenheit. Und er wußte sofort, was sie plante. Er schüttelte zwar den Kopf, aber aus seinen Augen sprach trotzdem ein leises Bedauern. Als ihn in diesem Augenblick wieder der altbekannte Schmerz durchfuhr, rieb er sich wie immer seinen Magen, doch mit der anderen Hand reichte er Jules ein hauchdünnes Kleid in einer scheußlichen knallroten Farbe. Sonst nichts, keine Unterwäsche und nicht einmal einen Unterrock.

Jules starrte nur wortlos auf das scheußliche Etwas. Seit sie am Nachmittag hatte baden müssen, trug sie ein Leintuch um ihren Körper. »Dieses Kleid ist ja entsetzlich! Glauben Sie denn nicht auch, daß Ihre Kunden lieber eine Frau kaufen, die nicht auf den ersten Blick wie eine Hure aussieht?«

Wilkes lachte auf. »Vertrau mir.«

»Das ziehe ich nicht an!«

»Du kannst genausogut nackt gehen, wenn dir das lieber ist«, bemerkte er unbeeindruckt. Ihr Protest ließ ihn kalt. In aller Ruhe legte er das Kleid aufs Bett und wandte sich dann zur Tür. »Du hast fünfzehn Minuten Zeit, Juliana, und keine Sekunde länger.«

Natürlich hatte sie auch diesmal nicht die geringste Chance. Während sie lange versuchte, ihren Körper irgendwie mit diesem Nichts aus ekelhaftem Rot zu bedecken, überfielen sie wieder die Erinnerungen an die Nacht vor fünf Tagen. Eigentlich waren es eher schemenhafte Eindrücke, die sie quälten. Wie durch einen Schleier sah sie sich auf dem Rücken liegen und fühlte wieder, wie ihr Körper überhaupt nicht zu ihr zu gehören schien. Erst als er ihre Brüste berührt hatte... war sie wieder zu sich gekommen. Sie schüttelte den Kopf. Nein, irgendwie ergab das Ganze keinen Sinn. Energisch reckte sie ihr Kinn in die Höhe und wartete auf Wilkes, daß er sie abholte. Sie war wild entschlossen, es ihm zu zeigen.

5. Kapitel

Das sogenannte Crooked House lag am toten Ende der Sutter Street. Saint hatte schon zahlreiche Gerüchte über die satanischen Riten und sexuellen Perversionen gehört, die dort angeblich ausgeübt wurden, doch im Grunde war dieser Club nichts anderes als ein Hurenhaus für reiche Mitglieder. Wie man in einem solchen Club überhaupt Mitglied sein konnte, konnte Saint nicht begreifen.

Er dachte unentwegt an Juliana DuPres und die Ängste, die sie augenblicklich durchleben mußte. Ob sie sich seit der Zeit in Lahaina verändert hatte? Klug war sie gewesen. Mindestens ebenso klug wie schön mit ihren roten Haaren. Er erinnerte sich noch gut daran, wie sie immer wieder vor dem Hospital auf ihn gewartet und er sich schon regelrecht auf ihr hübsches Gesichtchen gefreut hatte. Wenn ihr Vater auch nur die leiseste Ahnung davon gehabt hätte, hätte er mit Sicherheit getobt. Aber glücklicherweise hatte er niemals etwas erfahren.

Als Saint den leisen Schrei einer Eule vernahm, trat er aus dem Schatten hervor und erkannte Hoot. Er konnte nur hoffen, daß auch das übrige Dutzend der Sydney Ducks an den verabredeten Stellen wartete. Ein Haufen Gauner, dachte Saint, aber er schätzte jeden einzelnen von ihnen höher als die Kerle, die im Crooked House verkehrten. Im selben Augenblick wurde er sacht am Ärmel gezupft.

»Bisher haben sie drei Chinesenmädchen versteigert. Wilkes

läßt sich nirgendwo blicken, sondern hat Danvers vorgeschickt.«

Rasch band Saint sich einen Vollbart um und stülpte sich eine schwarze Perücke auf die Haare. Nach einem kurzen Nicken in Richtung von Limpin' Willie sprang er auf eine Holzkiste, die ein wenig unter seinem Gewicht nachgab. Dank seiner Größe konnte er so bequem durch ein Seitenfenster die Vorgänge im Innern des Hauses beobachten.

Vor einer kleinen Bühne saßen mindestens zwanzig Männer, die allesamt Masken trugen. Anonymität war für derartige Etablissements offenbar unverzichtbar, um Erpressungen und unliebsame Überraschungen zu vermeiden, dachte Saint kopfschüttelnd. Der Vorhang, der die Bühne abteilte, war aus schwarzem Samt. Ebenso die Dekorationen an den Fenstern. Saint zuckte zusammen, als man ein weiteres Chinesenmädchen hinter dem Vorhang hervorzerrte, und er die durchdringend scharfe Stimme des Auktionators bis auf die Straße hören konnte. Wieviele unglückliche Geschöpfe mußten diese Prozedur denn noch über sich ergehen lassen, bevor die Reihe an Jules war, fragte sich Saint und befürchtete, daß die Kiste vorher unter ihm zusammenbrechen könnte.

Zur selben Zeit saß Juliana in einem dicken Mantel hinter der Bühne, und Jameson Wilkes beobachtete sie mit ausdrucksloser Miene. Die Hände hatte man ihr auf den Rücken gefesselt und ihr vorsichtshalber auch noch einen Knebel in den Mund gesteckt. Seit sie für Sekunden den abgedunkelten Raum und die Männer mit den Masken gesehen hatte, war ihr klar, daß es sich um eine Art Klub handeln mußte und die Männer offenbar nur gekommen waren, um Frauen zu kaufen. Aber trotzdem blieb sie bei ihrem Plan. Irgendwann mußte Wilkes ihr ja den Knebel aus dem Mund nehmen. Und dann wollte sie schreien...

Völlig überraschend befreite Wilkes sie plötzlich von dem Knebel. »Trink das, Juliana!«

Mißtrauisch beäugte sie das Weinglas. »Weshalb?«

»Dann wird alles ein wenig... einfacher werden.«

»Ich mußte schon einmal Wein trinken«, erinnerte sie sich.

»Genau. Und jetzt wirst du es einfach noch einmal tun!«

Trotz des Matrosen, der hinter ihrem Stuhl stand, wagte sie zu widersprechen. »Nein!«

Noch in derselben Sekunde wurde ihr das Glas gegen die Lippen gepreßt und ihr die Flüssigkeit förmlich in den Mund gezwungen. Für Augenblicke hielt sie still, aber dann wandte sie blitzartig den Kopf und spuckte Jameson Wilkes den Wein ins Gesicht.

Als sie sein wutverzerrtes Gesicht sah, fragte sie ganz sanft: »Weshalb schlagen Sie mich denn nicht, Sie Mistkerl? Wollen Sie etwa nicht? Aber nein, Sie können ja nicht! Ihre Ware darf ja nicht beschädigt werden.«

Binnen Sekunden hatte Wilkes seine Fassung wiedergewonnen. »Fast tut mir der Mann ja leid, der dich kaufen wird. Aber ich werde froh sein, wenn ich das Problem endlich los bin!« Dann wandte er sich an den Matrosen. »Halten Sie sie und öffnen Sie ihr den Mund!«

Jules wehrte sich zwar, doch es half alles nichts. Sie mußte den Wein schlucken und auch noch ertragen, daß Wilkes ihr mit dem Taschentuch die letzten Tropfen von den Lippen tupfte.

Zufrieden strich er sich über das Kinn. »Sehr schön! Atme nur weiter so tief! Das bringt deine Brüste wunderbar zur Geltung.«

»Ich hasse Sie!« flüsterte Jules. »Sie haben etwas in den Wein gemischt, nicht wahr? Und diesmal wahrscheinlich mehr als damals?«

»Aber natürlich, mein schlaues Kind. Wenn du nachher auf die Bühne hinausgehst, wirst du sehr willig und sehr verführerisch sein. Aber jetzt sitz still!« Er lachte leise. »Vielleicht sollte ich dem, der dich kauft, auch ein wenig Opium mitgeben. Aber wer weiß. Wenn er dich erst einmal richtig bearbeitet hat, wirst du ja vielleicht nicht mehr... überzeugt werden müssen.«

Als er das blanke Entsetzen in ihren Augen sah, war er wieder für Sekunden unentschlossen. Nein, er mußte sie verkaufen. Er brauchte das Geld sehr nötig, denn das, was er dafür kaufen wollte, war teuer, aber er war darauf angewiesen. Mittlerweile hatte er es aufgegeben, sich noch etwas vorzumachen. Er begehrte dieses Mädchen mehr, als er jemals eine Frau begehrt hatte, doch das Schicksal war gegen ihn.

Saint konnte die Spannung förmlich spüren. Plötzlich ging eine Welle der Erwartung durch die Versammlung, man flüsterte miteinander und beugte sich aufgeregt nach vorn. Selbst ihm stockte der Atem, als Juliana DuPres kurz darauf auf die Bühne geführt wurde. Im ersten Moment sah er nur die rote Lockenpracht, doch dann traf es ihn wie ein Schlag. Himmel, hatte sie sich verändert! Aus dem kleinen Mädchen war eine Frau geworden! Als sie auf Kommando von Danvers hin den Kopf hob und er ihre seltsam leblosen Augen sah, wußte er, daß man ihr Drogen verabreicht hatte. Heiße Wut durchflutete ihn, während er die aufgeregten Rufe der Männer vernahm.

»Mein Gott, sind das Brüste... weiß wie Schnee!«

»Drehen Sie das Mädchen um und heben Sie das Haar hoch!«

»Nie im Leben ist das eine Missionarstochter! Allerdings würde uns Wilkes nicht anlügen, oder? Mein Gott, sie ist wie geschaffen für die Liebe!«

Saint mußte sich richtiggehend zwingen, noch so lange zu warten, bis alle Männer nur Augen für Juliana hatten und die Bühne nicht aus den Augen ließen. Schweiß trat ihm auf die Stirn. Juliana wirkte wie eine leblose Puppe mit einladend glänzenden Augen.

»Gentlemen«, hörte er Danvers rufen, »und hier jetzt unser bestes Angebot! Wir beginnen mit dreitausend Dollar.«

Die Gebote waren bereits bei beinahe fünftausend angekommen, als plötzlich ein lauter Zwischenruf ertönte. »Woher sollen wir wissen, ob sie wirklich so schön ist? Zeigen Sie sie uns!«

»Ja, ziehen Sie sie aus!«

»Ich will endlich die langen Beine bewundern!«

Als der Auktionator Anstalten machte, Jules das scheußliche Kleid über die Brüste herunterzuziehen, hielt Saint die Zeit für gekommen. Ein wilder Schrei war das Signal, worauf sich das Klubhaus in kürzester Zeit in einen Hexenkessel verwandelte. Er selbst sprang von der Kiste und warf sich mehrere Male gegen die Seitentür, bis sie unter seinem machtvollen Ansturm nachgab.

Aus dem Augenwinkel sah er, wie von überall her Sidney Ducks unter wildem Geschrei in den Raum eindrangen, Drohungen ausstießen und mit Messern und Pistolen herumfuchtelten. Es war ausgemacht, daß niemand ums Leben kommen durfte, aber Prügeleien oder Raub wurden gewissermaßen als Privatsache angesehen. Mit einem Satz war Saint auf der Bühne, wo sich gerade zwei Sidney Ducks mit Julianas Bewacher herumschlugen. Der ältere Mann im Hintergrund mußte Jameson Wilkes sein. Als er gerade in einer verzweifelten Geste seinen Arm nach dem Mädchen ausstreckte, stand Saint plötzlich direkt vor ihm. Für Sekunden registrierte er den erschreckten Gesichtsausdruck des älteren Mannes, aber dann traf sein Faustschlag mitten hinein, und Saint sah mit einer gewissen Genugtuung zu, wie sein Gegenüber zu Boden sackte.

»Juliana«, sagte er ganz leise und berührte dabei ihren Arm.

Doch sie blickte durch ihn hindurch, ohne ihn zu erkennen. Als er sie jedoch fester packte und fortziehen wollte, setzte sie sich plötzlich heftig zur Wehr. Saint fluchte leise, denn er wußte, daß es um Sekunden ging. »Verzeih mir, Jules!« flüsterte er, bevor er ihr einen Schlag gegen das Kinn versetzte. Geschickt fing er sie auf und nahm sie auf seine Arme.

Sobald sie sich durch die Seitentür in Sicherheit gebracht hatten, beendeten drei scharfe Pfiffe das Spektakel. Wenige Sekunden später verschwanden die Sidney Ducks urplötzlich von der Bildfläche und überließen die reichlich mitgenommenen und um ihre Barschaft erleichterten Mitglieder des Hauses der allgemeinen Verwirrung.

Draußen streifte Saint rasch seinen Mantel ab und hüllte Jules darin ein. Schmächtig und dünn fühlte sie sich an, dachte er, während er so schnell wie möglich durch die dunkle Straße rannte. Da es einige Verletzte gegeben hatte, mußte er sich beeilen, denn in nicht allzu langer Zeit würden die Patienten seine Hilfe benötigen. Knapp zehn Minuten später erreichte er sein Haus und hätte am liebsten vor Erleichterung laut gelacht, weil alles so reibungslos geklappt hatte. Mit großer Sorgfalt legte er Jules auf sein Bett und kontrollierte als erstes ihren Kieferknochen, der wie erwartet ganz geblieben war. Lediglich eine kleine Beule würde sie einige Zeit an den heutigen Abend erinnern. Daß sie immer noch bewußtlos war, führte er auf die Wirkung der Droge, vermutlich Opium, zurück. Kaum daß er sie zugedeckt hatte, klopfte es auch schon unten an der Haustür.

Rasch zog er die Schlafzimmertür hinter sich zu und schickte ein Stoßgebet zum Himmel, daß sie nicht vorzeitig aus ihrem Drogenschlaf erwachte. Im Laufen riß er sich noch schnell die lächerliche Verkleidung herunter, bevor er die Tür öffnete. Seine ersten beiden Patienten stammten nicht aus San Francisco, und dementsprechend ruppig ging Saint mit ihnen um. Als alle beiden nicht so recht mit der Sprache heraus wollten, wo sie denn ihre Beulen am Kinn und ihre geplatzten Lippen bezogen hätten, mußte Saint sich mühsam einen Kommentar verkneifen. Deswegen bereitete es ihm geradezu Genuß, als einer der Männer beim Abtasten seiner geprellten Rippen laut aufschrie.

Sein letzter Patient war Bunker Stevenson, den er nur als aufrechten und sehr vermögenden Mitbürger kannte. »Immer diese Streitereien beim Kartenspiel!« beklagte sich Bunker, während Saint schweigend arbeitete und nur hin und wieder mitfühlend brummte. Er hörte sich an, was Bunker über das Pokerspiel zu erzählen hatte, und überlegte, ob dieser Mann nicht vielleicht doch zu den rühmlichen Ausnahmen zählte und die Wahrheit sprach.

Nach etwa einer Stunde war die Arbeit getan, und Saint kehrte wieder in sein Schlafzimmer zurück. Diesmal zündete er eine Lampe an. Juliana DuPres schlief wie ein Engel, und ihre roten Haare umgaben ihr Gesicht wie ein dichter Kranz. »Du hast dich verändert, Kleines«, sagte er ganz leise, während er sich neben ihr niederließ und die Bettdecke zurückschob. Er mußte sich davon überzeugen, daß sie gesund und unverletzt war, und das wollte er lieber tun, solange sie noch bewußtlos war. Er wollte ihr unbedingt jede Verlegenheit ersparen, denn bestimmt hatte sie heute schon genug mitgemacht.

Er holte tief Luft, weil ihm plötzlich sehr bewußt war, daß seine Patientin eine Frau war. Nimm dich zusammen, Saint, ermahnte er sich selbst. Du bist schließlich Arzt und kein gieriges Ungeheuer! Als er feststellte, daß sie unter dem Kleid nackt war, überraschte ihn das nicht im geringsten. Er knirschte vor Wut mit den Zähnen, als er daran dachte, was ihr möglicherweise bevorgestanden hätte. Mit leicht zitternden Händen untersuchte er sie und sah sie dabei möglichst wenig an. Anschließend zog er ihr eines seiner Nachthemden an, die Jane für ihn genäht hatte und die er niemals trug. Er mußte lächeln, denn an diesem schmächtigen Körper wirkte das Hemd wie ein riesiges Zelt.

Nachdem er sie sorgfältig zugedeckt hatte, tätschelte er ihre Wange. »Wach auf, Jules! Wach endlich auf und mach mir keine Angst!«

Jules hörte sehr wohl, daß jemand in sehr energischem Ton

mit ihr sprach, aber sie war noch nicht bereit, die Sicherheit ihres Traumzustands zu verlassen. Aber die Stimme gab nicht nach und schließlich fühlte sie leichte Schläge auf ihrer Wange.

»Nein«, brummte sie schlaftrunken und wollte sich umdrehen.

»Wach auf, Jules!«

Ganz langsam öffnete sie die Augen und erblickte einen Mann, der sich über sie beugte und unentwegt ihren Namen rief. Weshalb nannte er sie Jules, wo Jameson Wilkes ihren Spitznamen doch gar nicht kannte? Blinzelnd versuchte sie, das Gesicht zu erkennen, aber irgendwie fühlte sie sich schwer und seltsam entfernt von allem. Er hat mich bezahlt! Wie eine Wilde schoß sie hoch und schlug wütend auf den Mann ein.

Blitzschnell packte Saint sie an den Schultern und drückte sie wieder zurück aufs Bett. »Hab keine Angst, Jules! Ich bin es doch... Michael. Du bist in meinem Haus und in Sicherheit.« Als sie nicht reagierte, fuhr er mit beschwörender Stimme fort: »Verstehst du mich, Jules? Du bist in Sicherheit!«

»Michael«, flüsterte sie fast unhörbar, während sie noch ihre Erinnerungen sortierte. Jules war die einzige, die ihn ›Michael‹ nannte und nicht ›Saint‹. Zum Glück war es ihm gerade noch rechtzeitig eingefallen. »Ja, Michael. Man hat dir Drogen gegeben, Kleines, aber du wirst bald wieder ganz wach sein.«

»Michael.« Sie wiederholte den Namen wie ein Zauberwort. Und plötzlich erinnerte sie sich, und sofort durchströmte sie ein unglaubliches Glücksgefühl. Fast hätte sie vor Erleichterung und Freude laut geschrien. Plötzlich war der Alptraum spurlos verschwunden, bedeutungslos... »Endlich bist du bei mir! Du bist zu mir zurückgekehrt!« Saint hatte keine Möglichkeit, etwas zu erwidern, denn schon schlang Jules ihre Arme um ihn und vergrub ihr Gesicht an seiner Schulter. »Du bist wieder da! Ich habe so darum gebetet. Ach, du hast ja keine Ahnung... Du warst so lange, so entsetzlich lange fort.«

»Nein, nein.« Sanft verschloß er ihr mit der Fingerspitze die Lippen. »Wir sind nicht daheim in Lahaina, Jules. Du bist bei mir in San Francisco.«

Seine Worte hatten nicht die geringste Wirkung, denn Jules klammerte sich weiter an ihm fest. »Ich habe dich immer geliebt. Endlich bist du wieder da.«

Saint faßte ihre Handgelenke und löste sie langsam von seinem Hals. Dann sah er ihr ins Gesicht und begriff, daß sie nicht ganz bei sich war. »Hör zu, Jules! Wir befinden uns in San Francisco. Ich habe dich aus der Hand von Jameson Wilkes befreit. In meinem Haus bist du in Sicherheit.«

»Du hast mich gerettet, Michael?« Sie streckte die Arme nach ihm aus, und Saint kuschelte sie an seine Brust. Dabei drückte er seine Wange in ihre wilden Locken. »Du hast mich wirklich gerettet?«

»Ja, glaube es nur! Hier kann dir nichts mehr geschehen.«

Sie spürte, wie seine warmen Hände beruhigend über ihren Rücken strichen und sie dabei immer näher gegen seinen Körper zogen. Jegliche Angst war vergangen, und sie fühlte sich endlich sicher und geborgen. Nur ihre Gedanken waren noch ein wenig wirr. »Ich liebe dich, weil du mich gerettet hast«, flüsterte sie.

»Nein, Jules, du liebst mich nicht«, stellte Saint richtig. »Sei jetzt still! Möchtest du ein Glas Wasser?«

Aber sie wollte kein Wasser, sondern Michael. Wie es schien, hatte sie ihn schon immer gewollt. Er hielt sie im Arm, und sein Streicheln erzeugte so wunderbar aufregende Gefühle in ihr, daß sie gar nicht aufhören wollte. Sanft strich sie mit der Hand über sein Gesicht. »Michael!« flüsterte sie. Und dann richtete sie sich auf und küßte ihn.

Saint erstarrte augenblicklich. Daran war nur diese verdammte Droge schuld, die dieser Kerl ihr eingeflößt hatte! Er mußte unbedingt ein Stück abrücken, aber gleichzeitig fühlte er ihre weichen Lippen und empfand ein starkes Begehren. »Jules, nicht!« protestierte er, doch sie drückte sich nur fester an ihn, bis er nur noch ihre Brüste an seiner Haut spürte.

»Ich habe dich immer geliebt, Michael. Und weil du mich gerettet hast, gehöre ich jetzt dir. Bitte, Michael.«

Worum bat sie ihn, um Himmels willen? Mühsam versuchte Saint, die Vernunft zu bewahren. »Hör mir zu, Kleines. Man hat dir Drogen gegeben, und du weißt im Augenblick nicht genau, was du sagst und tust. Wir sollen...«

Als ihr weicher Mund sich auf seine Lippen legte, stöhnte er unwillkürlich. Er hätte nicht sagen können, wie es gekommen war, daß er plötzlich neben ihr auf dem Bett lag. »Verdammt!«

sagte er vernehmlich und versuchte, ihren Körper ruhig zu halten. Der jedoch drängte sich unentwegt gegen ihn, als ob er in ihn hineinkriechen wollte. Er mußte etwas unternehmen. Verdammt, was hatte dieser Mensch ihr nur gegeben? Er mußte dem Opium noch etwas beigemischt haben...

Saint seufzte aus tiefstem Herzen. Wenn ein anderer Mensch sie gerettet hätte, wäre es nie zu dieser verrückten Situation voller Lust und Verlangen gekommen. Vergangenheit und Gegenwart hatten sich in ihrem Kopf untrennbar miteinander verwoben, und nichts, aber auch gar nichts entsprach der Wirklichkeit. »Ach, Jules!« seufzte er noch einmal.

Sie stöhnte leise. »Du wirst mich niemals wieder verlassen, nicht wahr, Michael? Versprich mir, daß du nie mehr fortgehst.«

»Ich verspreche es.«

Wie im Fieber bedrängte sie ihn immer heftiger. Saint wußte, daß er hätte aufstehen müssen, aber es war ihm unmöglich. Energisch verdrängte er sein eigenes Verlangen. »Ich werde dir helfen, Kleines«, hauchte er so leise, daß er es fast selbst nicht hören konnte. Dann ließ er sich küssen und wich ihrem drängenden Körper nicht länger aus. Ganz langsam glitt seine Hand unter das Nachthemd und fühlte die warme, weiche Haut. Unwillkürlich preßten sich seine Finger auf die widerspenstigen Haare, bis Jules aufstöhnte und sich gegen ihn warf.

»Ich werde dir helfen, mein Kleines«, wiederholte er und schloß die Augen, als er ihren feuchten Schoß fühlte. Nur wenige Augenblicke später zuckte Jules wie wild. Alle Muskeln ihrer Beine spannten sich, und sie stieß einen kehligen Schrei aus. Fasziniert beobachtete Saint, wie sich ihr konzentriert angespannter Gesichtsausdruck in ein sanftes, zufriedenes Lächeln verwandelte. Sekunden später sank sie erschöpft gegen seine Brust.

Es kostete Saint einige Anstrengung, seine Hand von ihr zu lösen. »Jetzt ist alles gut«, hauchte er an ihrer Schläfe. »Alles ist gut.«

Und genauso war es. In kürzester Zeit war Jules in seinen Armen eingeschlafen, und bevor ihr Atem ganz ruhig und gleichmäßig geworden war, hatte sie noch ›Ich liebe dich‹ geflüstert. Saint wagte nicht, sich zu bewegen. Du lieber Himmel, damit hatte er wirklich nicht gerechnet! Er spürte deutlich, wie sich sein erregtes Glied pochend gegen ihren Bauch drückte, und mahnte sich selbst zur Zurückhaltung.

Ich liebe dich.

Nein, sagte er sich immer wieder von neuem. Sie liebte ihn nicht, und alles war nur ein Traum. Die Droge hatte die Grenzen zwischen der hingebungsvollen Freundschaft eines jungen Mädchens und der Liebessehnsucht einer erwachsenen Frau verwischt und den Bezug zur Realität gänzlich aufgehoben. Aber diese Leidenschaft, die in ihr schlummerte... Irgendwie spürte Saint, daß dies ihr erster Höhepunkt gewesen war, und plötzlich war er trotz all seiner Erregung auf einmal ein wenig traurig. Ihm war klar, daß er von heute an für Juliana DuPres verantwortlich war, und er fragte sich ernstlich, wie er das anstellen sollte. Bevor ihn Schläfrigkeit übermannte, erinnerte er sich noch einmal an den Ausbruch ihrer Leidenschaft, hörte wieder ihren Schrei und meinte, ihre feuchtheiße Scham zu fühlen. Ob sie sich am Morgen an alles erinnern würde An alles, was sie ihm gesagt hatte, und auch an alles, was er getan hatte? Schon wegen seines eigenen Seelenfriedens hoffte er, daß sie es nicht tun würde.

6. Kapitel

Juliana stöhnte leise im Schlaf, als Saint sich schließlich von ihr löste. »Nur einen Augenblick, Kleines«, flüsterte er sofort, »ich bin gleich wieder da. Versprochen.«

Rasch entledigte er sich seiner Stiefel und konnte dann der Versuchung nicht widerstehen, das Mädchen ganz genau anzusehen. Am liebsten wäre es ihm gewesen, wenn sie noch so jung wie vor fünf Jahren gewesen wäre, doch diese Zeit war endgültig vorbei. Er hatte sie gestreichelt und sah wieder den leicht benommenen, staunenden Ausdruck in ihren Augen. Es gefiel ihm, daß er der erste Mann gewesen war, der ihr diese Gefühle beschert hatte, und er schloß rasch die Augen, um das Bild wieder zu verdrängen. Aber das machte es nur schlimmer. Deutlich sah er vor sich, wie er sie in den Armen gehalten, sie gestreichelt hatte... Schluß damit, du Idiot! schalt er sich selbst.

Doch als er sich vorbeugte, um die Lampe zu löschen, fiel sein Blick auf ihre schmalen Glieder, die sich unter dem lächerlich weiten Nachthemd abzeichneten. Wenn er sie doch am heutigen Abend zum ersten Mal getroffen und als Fremde aus der Gewalt dieses Kapitäns befreit hätte! Aber für ihn war dieses zauberhafte, lebendige Mädchen keine Unbekannte, und seine Erinnerungen an Lahaina waren nur durch die Begegnung mit ihr so schön... Rasch legte er sich zurück und zog sie in seine Arme. Für Schuldgefühle gibt es keinen Grund, beruhigte er sich selbst, während er zur Zimmerdecke emporsah. Es war gewissermaßen seine ärztliche Pflicht gewesen, dachte er, auch wenn sich das etwas seltsam anhörte. Er lächelte und fragte sich, weshalb er immer noch diese quälende Sehnsucht verspürte. Sex machte die Männer seiner Ansicht nach zu Narren und beeinträchtigte nur zu oft ihren gesunden Menschenverstand. Außerdem komplizierte er die Dinge nur unnötig. Nun, das sollte ihn nicht beunruhigen... Sein letzter Gedanke vor dem Einschlafen galt dem entsetzlich schwülstigen Parfum, das Jules morgen als erstes abwaschen mußte.

Im Traum erinnerte er sich plötzlich wieder an einen Nachmittag am Strand vor über sechs Jahren, an den er schon lange nicht mehr gedacht hatte. Er war damals so damit beschäftigt gewesen, seine langen Schritte denen seiner kleinen Freundin anzupassen, daß er gar nicht bemerkt hatte, wie unnatürlich sie sich benahm. Irgendwann war er es leid gewesen, vor jedem Strauch haltmachen und sich von Jules alle Besonderheiten der Hibiscussträucher auf Maui erklären zu lassen. Er war müde gewesen und verschwitzt und hatte sich nach einem erfrischenden Bad im Ozean gesehnt.

»Lassen wir jetzt den Hibiscus und gehen wir lieber schwimmen! Da kannst du mir dann die Fischarten erklären.«

Zu seiner größten Überraschung war Jules jedoch nicht in Begeisterungsrufe ausgebrochen, sondern hatte den Kopf gesenkt, und ihr leises ›Nein‹ war kaum zu verstehen gewesen.

»Aber du gehst doch liebend gern ins Wasser« hatte er verwundert gefragt und ihre Schulter getätschelt. Als sie für Sekunden zu ihm aufgeblickt hatte, hatte sie völlig fremd ausgesehen. »Was ist los, Kleines? Weshalb bist du heute so komisch? Seit wann magst du denn nicht schwimmen?«

Zu seiner Überraschung war sie bis an die Haarspitzen errötet, und dabei hatten ihre Finger nervös ihren Baumwollrock geknetet, so daß er es kaum hatte mitansehen können.

»Willst du es dir nicht noch einmal überlegen?«

»Ich kann nicht!« hatte sie hervorgestoßen.

Fassungslos hatte er ihr schmales, ausdrucksvolles Gesichtchen gemustert und war von Mitleid überwältigt worden. »Komm, wir setzen uns einen Augenblick.« So elend hatte er sie ja noch nie erlebt. »Du mußt wissen, Kleines, daß ich dein Freund bin und außerdem bin ich Arzt, dein Arzt. Und dem kannst du vertrauen. Also, was ist los?«

Sie hatte ihn nicht angesehen. »Ich sterbe«, hatte sie resigniert geseufzt.

»Zum Teufel, was soll das heißen?« hatte er sie angeherrscht, nachdem er seinen anfänglichen Schrecken überwunden hatte. Und noch während er die Frage gestellt hatte, war ihm alles klar gewesen. Höchstwahrscheinlich hatte sie zum ersten Mal ihre Menstruation bekommen... Er war ein Narr gewesen, ein verdammter ausgemachter Narr, daß er nicht früher auf diesen Gedanken gekommen war!

»Aber nein, Kleines. Von Sterben kann keine Rede sein. Du hast zum ersten Mal Blutungen.«

Jules hatte ihn völlig entgeistert angesehen und dabei abwesend mit der Zunge über ihre Unterlippe geleckt. »Aha«, hatte sie nur geflüstert.

In dieser Sekunde hätte Saint Jules' ältliche farblose Mutter am liebsten geschüttelt. Wie konnte man nur so entsetzlich prüde sein! Statt dessen hatte er Jules jedoch mit sanfter Stimme in aller Ausführlichkeit erklärt, was es bedeutete, eine Frau zu werden. »Hast du alles verstanden? Für Sorgen gibt es nicht den geringsten Grund, denn das ist die natürlichste Sache der Welt.«

»Soll das heißen, daß das jetzt immer so weitergeht?«

Angesichts ihres Entsetzens hatte er sich das Lachen verkneifen müssen. »So schlimm ist das nun auch wieder nicht. Die paar Jahre!«

»Aber ich möchte lieber schwimmen gehen!« hatte sie wie ein trotziges Kind gejammert.

Lachend hatte er ihr die Locken gezaust. »Du mußt doch nur einige Tage Geduld haben.«

»Aber ich will nicht! Ich finde das alles ungerecht!«

Dieser Gesichtspunkt war ihm neu. »Im Grunde hast du ja recht, aber dafür kannst du Mutter werden.«

»Vater zu sein, ist mindestens genauso schön! Und noch dazu kannst du immer schwimmen gehen!«

Dabei sollten wir es fürs erste belassen, hatte Saint gedacht und war erleichtert gewesen, daß Jules nun wenigstens wußte, woher die Kinder kamen.

Als er sich im selben Augenblick unruhig herumwälzte, war er mit einem Schlag wach. Deutlich fühlte er den warmen Körper an seiner Seite und das schlanke Bein, das angewinkelt quer über seinem Bauch lag. Er streifte ihre Locken beiseite, die ihm ins Gesicht gefallen waren, und blinzelte in den heraufdämmernden Morgen. Nein, diese Frau hatte wirklich keine Ähnlichkeit mehr mit dem Kind aus Lahaina, und er fragte sich ernsthaft, weshalb er ausgerechnet von diesem einen Tag geträumt hatte. Das Gespräch hatte sich eindeutig um ein sexuelles Problem gedreht, aber gleichzeitig konnte Saint sich gut an die klare, unschuldige Atmosphäre erinnern. Ein guter Freund hatte einem jungen Mädchen etwas erklärt, sonst nichts.

Als Saint plötzlich bewußt wurde, wie erregt er war, überfiel ihn Panik. Er mußte schnellstens einen gewissen Abstand zwischen sich und dem Mädchen herstellen und wieder auf den Boden der Tatsachen zurückkehren. Während er sich vorsichtig aus ihrer Umschlingung löste, überlegte er, ob Jules sich überhaupt noch an diesen Nachmittag vor so langer Zeit erinnerte. Wenig später in der Badewanne kam ihm eine ausgezeichnete Idee. Er wollte diesen Traum als Fingerzeig des Schicksals nehmen. Falls Jules sich wider Erwarten an ihr hemmungsloses Benehmen während der vergangenen Nacht erinnern sollte, würde er genauso ruhig und natürlich darauf reagieren wie damals. Er war schließlich immer noch ihr Freund und ihr Arzt, aber sonst nichts.

Jules hatte nicht gemerkt, daß Saint aufgestanden war, und schlief auch noch tief und fest, als seine Haushälterin Lydia Mullens ihre Arbeit antrat. Bei einer Tasse Kaffee berichtete Saint, daß sie einen Gast hatten, und erzählte in kurzen Worten, was sich in der Nacht zugetragen hatte. Was nach ihrer Ankunft im Haus geschehen war, behielt er natürlich für sich und erwähnte auch nur ganz beiläufig, daß Jules eine alte Bekannte aus seinen Tagen in Lahaina war. Ehrlich empört schüttelte Lydia ihr graues Haupt. »Das ist ja allerhand! Natürlich habe ich schon vom Crooked House gehört. Das haben Sie gut gemacht, Saint!« Dann blickte sie dramatisch zur Decke. »Das arme Ding! Was werden Sie jetzt mit ihr machen, Saint?«

Rasch stürzte er den restlichen Kaffee hinunter und erhob sich. »Eine sehr berechtigte Frage! Zuerst einmal werde ich versuchen, sie aufzuwecken. Der Himmel weiß, wieviel Opium ihr dieser Kerl verpaßt hat!«

»Ich werde inzwischen ein großes Frühstück herrichten«, verkündete Lydia. »Eine anständige Mahlzeit wirkt oft Wunder.«

Saint nickte nur kurz, bevor er die Küche verließ. Lydia sah ihm mit ihren klarblauen Augen gedankenvoll nach. Sie mochte Saint wirklich. Irgendwie war er ihr ans Herz gewachsen wie ein eigener Sohn, auf den sie stolz sein konnte. Natürlich dachte sie sofort wieder an ihren eigenen Sohn, der seit drei Jahren tot war. Rory war dem Goldrausch erlegen und in einer Goldgräbersiedlung an Ruhr erkrankt und gestorben. Danach war Lydia praktisch ohne einen Cent nach San Francisco gekommen und hatte zwei Monate lang im Haushalt der Stevensons gearbeitet. Binnen kürzester Zeit war es der verwöhnten Tochter Penelope gelungen, Lydia zu vertreiben, aber dank einer heftigen Erkältung hatte sie gleich darauf die Bekanntschaft von Saint gemacht.

Während sie nacheinander die Speckscheiben in die Pfanne gleiten ließ, kreisten ihre Gedanken um das junge Mädchen, das unverhofft aus der Vergangenheit aufgetaucht war. Ihrer Meinung nach brauchte Saint dringend eine Frau, aber bevor sie weiterdachte, wollte sie diese Juliana DuPres erst einmal gründlich unter die Lupe nehmen.

Jules fühlte, wie man sie an der Schulter rüttelte, und hörte, daß ein Mann leise auf sie einsprach. In ihrem Dämmerzustand befiel sie heftige Furcht, doch als sich ihr Kopf ein wenig geklärt hatte, öffnete sie schließlich die Augen und erkannte Michael, der sich mit besorgtem Gesicht über sie beugte und ihre Reaktionen genau beobachtete. Sie war so schlapp, daß es sie größte Mühe kostete, die Augen offenzuhalten. Irgendwie war sie ganz und gar nicht überrascht, daß Michael hier bei ihr war.

»Wie fühlst du dich?« wollte er wissen, obwohl er die Antwort aus ihrem Verhalten bestens ablesen konnte.

»Ich versuche, mich zu erinnern«, entgegnete sie, während sie angestrengt nach einen Weg durch das verwirrende Labyrinth in ihrem Kopf forschte.

Saint stockte der Atem.

»Hast du Jameson Wilkes getötet?«

Der aggressive Unterton beruhigte ihn. »Nein. Aber ich habe ihm einen Faustschlag mitten ins Gesicht verpaßt und nehme an, daß ihn das eine ganze Weile außer Gefecht setzen wird.«

»Daran kann ich mich erinnern. Er hatte etwas in den Wein getan und mich gezwungen, das ganze Glas auszutrinken.« Sie hielt einen Augenblick lang inne und runzelte die Stirn. »Wenn ich mich recht erinnere, dann hast du mich ebenfalls niedergeschlagen. Mein Kinn tut immer noch weh.«

»Es gab leider keinen anderen Ausweg, denn ich mußte dich doch so rasch wie möglich aus dem Club herausbringen. Ich dachte, du hieltest mich für einen dieser Kerle, weil du dich plötzlich so verbissen gewehrt hast.«

»Ich hoffe nur, daß du bei Wilkes fester zugeschlagen hast.« Als sie beim Gähnen die Hand hob, um sich den Mund zuzuhalten, stockte sie mitten in der Bewegung und starrte auf den langen Ärmel, der ihr bis zu den Fingerspitzen reichte. Fragend hob sie den Blick zu Saint.

Dieser war wieder ganz Herr der Situation. »Ich bin Arzt, wie du weißt, und es war meine Pflicht, dich zu untersuchen. Dies ist eines meiner Nachthemden, die ich nie trage. Du kannst es gern behalten, bis ich dir andere Sachen besorgt habe.«

Der kühle, fast geschäftsmäßige Ton hätte bestimmt seine Wirkung gehabt, wenn Jules nicht während der letzten beiden Wochen nur in Angst und Schrecken gelebt hätte. Saint hatte sie demnach ausgezogen und sie nackt gesehen! Ganz automatisch erinnerte sie sich wieder an Wilkes' gierige Blicke. Wie hatte Michael sie angesehen? Sie spürte, wie ihr die Sache über den Kopf wuchs, und die Tränen stiegen ihr in die Augen.

»Jetzt ist aber Schluß, Jules! Ist das denn eine Art, einen alten Freund zu begrüßen?« Am liebsten hätte er sie in den Arm genommen, doch etwas Falscheres konnte er im Augenblick nicht tun. »Kopf hoch, Kleines! Das Leben geht weiter. In Wirklichkeit ist nichts geschehen. Du bist hier in Sicherheit und mußt wirklich nicht mehr weinen.«

Sie schniefte und schluckte und wischte sich schließlich über die Augen. »Du hast ja recht. Du bist wirklich nicht wie Wilkes.«

»Na, ganz bestimmt nicht.«

»Ich weiß aber immer noch nicht, wie alles gekommen ist.« Sie spürte genau, daß irgend etwas ihr Unterbewußtsein beunruhigte, doch alles Grübeln führte zu nichts. Sie konnte sich an nichts erinnern.

»Ich habe durch die Sydney Ducks erfahren, daß Wilkes eine Missionarstochter aus Lahaina versteigern wollte. Als ich die Beschreibung hörte, wußte ich natürlich sofort, daß du dieses Mädchen warst. Der Rest war einfach. Wir haben ein Plan gemacht und ihn durchgeführt.«

Als Jules nur unbewegt auf einen einzigen Punkt starrte, wartete Saint geduldig und machte sich darauf gefaßt, daß sie sich irgendwann auch an die Ereignisse der vergangenen Nacht erinnern würde.

Plötzlich löste sie jedoch ihren Blick und sah zu Saint auf. »Du hast dich überhaupt nicht verändert, Michael! Du siehst immer noch genauso gut aus, und auch deine Lachfalten sind unverändert.«

»Inzwischen bin ich doch fast schon ein alter Mann geworden Kleines.«

»Unsinn! Du bist doch nur zehn Jahre älter als ich! Aus demselben Grund hast du damals auch den Heiratsantrag deiner vierzehnjährigen Freundin ausgeschlagen! Erinnerst du dich?« Sie errötete sanft, aber gleichzeitig spukte etwas in ihrem Kopf, das sie nicht fassen und deshalb auch nicht verstehen konnte. Das irritierte sie und machte sie unsicher. Langsam hob sie die Hand und strich ihm zart über das Gesicht. »Du fühlst dich auch immer noch so schön an wie früher.« In diesem Augenblick veränderte sich ihre Stimme. »Ich habe geträumt, daß du nach Lahaina zurückgekommen wärst. Wir waren wieder zusammen wie damals.«

»Nun, in gewisser Weise entspricht der Traum ja der Wirklichkeit«, antwortete er voller Zurückhaltung.

»Du hast recht. Deine braunen Augen sind soviel schöner als meine glitschig grünen.«

Saint mußte lachen. »Was für ein Vergleich, Jules! Deine Augen sind jadegrün und wunderschön.«

»Ich bin doch kein Schmuckstück!« Sekundenlang zögerte sie, doch schließlich nickte sie. »Du hast recht. Jade gefällt mir, und außerdem hört es sich so schön exotisch an.«

In diesem Augenblick rief Lydia durchs Treppenhaus. »Das ist die Stimme von Lydia, meiner Haushälterin. Sie hat uns Frühstück gemacht. Hast du Hunger?«

»Und wie! Einen Riesenhunger... Zum ersten Mal seit langem.«

Saint ignorierte den kleinen Schatten in ihren Augen und war sehr erleichtert, daß sie wieder normal reagierte. »Lydia wird dir gefallen.«

Und genauso war es. Die gute Lydia entfaltete eine solche Geschäftigkeit, daß Saint sie schließlich aus dem Zimmer schickte. Während er einen Bissen Rührei kaute, überlegte er, daß Jules' Reaktion sogar besser gewesen war, als er erwartet hatte. Ihre Augen glänzten schon wieder ein wenig, und sie wirkte insgesamt sehr lebendig. Und dabei war sie so unglaublich schön, daß er es kaum aushalten konnte. Und obendrein lag sie in seinem Bett und war mit Sicherheit keine vierzehn Jahre mehr.

Als Lydia einige Zeit später das Geschirr abräumte, musterte sie das Mädchen zufrieden. »Sehr gut! Sie haben alles aufgegessen. Saint wird sich schon um Sie kümmern, junge Dame.«

»Dieser komische Name!« lachte Jules.

»Niemand sonst nennt mich ›Michael‹.« Während er das sagte, streckte er die Hand aus, um die Beule an Jules' Kinn zu betasten, doch zu seinem Entsetzen schreckte sie heftig vor ihm zurück. »Es tut mir leid, Jules!« sagte er sofort und ließ die Hand wieder sinken. »Ich wollte nur dein Kinn ansehen. Ich glaube, ich habe doch ziemlich fest zugeschlagen.« Er lächelte.

Hör endlich auf, dich wie eine Irre aufzuführen! Er ist schließlich nicht Jameson Wilkes. »Es war dumm von mir«, murmelte Jules und versuchte, sich bewußt zu entkrampfen.

»Es braucht dir nicht leid zu tun. Ich bin stolz darauf, wie tapfer du dich geschlagen hast.«

Ein kleiner hoffnungsvoller Blick streifte sein Gesicht, so daß er innerlich zusammenzuckte. »Ich bin froh, daß du dich nicht verändert hast. Komm, befühl mein Kinn!«

Sie beugte sich ihm entgegen und betrachtete sein Gesicht, während seine Finger sanft über die schmerzende Beule tasteten. Vertrauensvoll lehnte sie sich gegen seine Hand.

In diesem Augenblick war Saint klar, daß er von nun an die Verantwortung für sie trug. Sie war so verletzlich, so verstört, und er war ihr einziger Halt. Seine Blicke streiften die Wölbung ihres Halses. So zart, dachte er, und so zerbrechlich. Erschreckt über seine Reaktion zog er die Hand zurück. Er atmete tief ein, als sie ihm liebevoll zulächelte. »Du bist eine wunderschöne Frau geworden, Kleines«, brachte er mühsam heraus.

»Ich?« Sie lachte ungläubig. »Ganz brauchbar vielleicht. John Bleecher wollte mich jedenfalls heiraten.« Sie griente spitzbübisch.

»Bleecher? Dieser schlacksige Pflanzersohn mit den vielen Pickeln?«

»Ja, aber damit ist es jetzt vorbei. Außerdem wollte ich ihn ohnehin nicht heiraten, was allerdings keinen Unterschied gemacht hätte.«

»Und weshalb wolltest du ihn nicht heiraten?«

Sie runzelte die Stirn. »Genau das hat mich Kanola auch gefragt...« Sie verstummte, als die Erinnerung sie überkam. Kanola war tot. Tränen stiegen ihr in die Augen, und sie wandte das Gesicht ab.

»Was ist los, Jules?«

»Kanola ist tot. Wilkes' Männer haben ihr... weh getan. Ich habe selbst gesehen, wie sie sie auf das Deck gedrückt haben, obwohl sie sich wie verrückt gewehrt hat. Sie ist tot.«

Ergriffen schloß Saint sekundenlang die Augen. Hatte Jules etwa mitangesehen, wie ihre Freundin vergewaltigt und ermordet worden war? Als er gerade fragen wollte, wie Wilkes sie überhaupt in seine Gewalt bekommen hatte, klopfte es unten an der Haustür. Ein Patient. Ausgerechnet jetzt! »Jules...«

Ganz offensichtlich ein Patient, dachte Jules. Ich sollte mich schämen, daß ich mich wie ein hilfloses Kind aufführe! Rasch schluckte sie ihre Tränen hinunter und lächelte. »Es geht schon wieder.«

»Sobald ich kann, komme ich wieder herauf.« Mit diesen Worten erhob er sich. »Am besten schläfst du noch ein bißchen, damit sich das Gift schneller abbaut.«

»Kann ich vielleicht baden, Michael?«

»Ich werde Lydia heraufschicken.« Mit diesen Worten verließ er das Schlafzimmer und schloß sacht die Tür hinter sich.

Heißer Zorn wallte in ihm hoch, als er Bunker Stevenson in seinem Sprechzimmer erblickte. Da er nicht wußte, ob dieser Mann nicht vielleicht doch im Crooked House gewesen war, entschuldigte er sich knapp, aber höflich. »Es dauert noch eine Sekunde, Bunker.« Darauf zog er Lydia in die Halle hinaus. »Niemand darf wissen, daß sie hier ist! Würden Sie ihr bitte beim Baden helfen? Ich denke inzwischen nach, wie es weitergehen soll.«

Lydia musterte ihn mit durchdringenden Blicken. »War Bunker etwa auch im Crooked House?«

»Ich weiß es nicht, und ich kann es ihn auch schlecht fragen.«

»Ich werde mich um das Kind kümmern.«

Von wegen ›Kind‹! dachte Saint, während er zurück in sein Sprechzimmer ging.

7. Kapitel

»Es duftet nach Jasmin«, erklärte Lydia, als sie Flüssigkeit aus einem Fläschchen ins Badewasser träufelte.

»Mir ist alles recht. Hauptsache, ich werde diesen scheußlichen Gestank los!« *Männer mögen diesen Duft, mein Schatz! Aber nimm nicht zuviel, denn es ist sehr durchdringend.* Als er ihr den Rücken zugedreht hatte, hatte sie fast die gesamte Flasche über ihren Schultern und auch teilweise über dem Kleid ausgeleert. Sie hatte mit Schlägen gerechnet, aber Wilkes hatte ihr nur das Kleid von den Schultern gestreift und sie gewaschen.

Lydia konnte der Kleinen nur beipflichten und versuchte sich vorzustellen, was man ihr wohl alles angetan hatte. Ob sie vergewaltigt worden war? Schweigend half sie Jules aus dem Nachthemd und in die Wanne. »Sie sind schrecklich dünn.«

»Ja«, erwiderte Jules einsilbig. Allein bei der Erinnerung an die Essensberge, die Wilkes ihr vorgesetzt hatte, erschauerte sie. Dieser Mann hat mich verändert, dachte sie, weil sie sich völlig ungeniert von Lydia helfen ließ.

»Wir müssen Ihnen unbedingt Kleider besorgen«, wechselte Lydia das Thema, während sie Jules' lange Haare einseifte.

»Michael hat gesagt, daß er das tun wird.«

»Michael?« Fragend zog Lydia eine Braue in die Höhe.

Jules mußte lächeln. Demnach war sein Geburtsname immer noch ein Geheimnis... Ulysses Michael. »Es ist sein offizieller Vorname, jedenfalls ein Teil davon.« Als er ihr in Lahaina sein Geheimnis anvertraut hatte, hatte sie sich über Ulysses ausschütten wollen vor Lachen. Sie hatte ihn immer Michael genannt, weil ihr der warme Klang dieses Namens ganz besonders gefiel. »Nennt ihn eigentlich hier jeder Saint?«

Lydia lächelte. »Ja, aber jetzt kann ich ihn erpressen! Alle wüßten nämlich gar zu gern, wie sein richtiger Name lautet. Aber er weigert sich beharrlich, ihn preiszugeben oder auch nur zu verraten, woher der Spitzname ›Saint‹ stammt.«

»Aha«, kommentierte Jules und wunderte sich im stillen ein wenig über sich selbst. Als ob nichts geschehen wäre, saß sie hier in Michaels Haus in San Francisco in der Badewanne und unterhielt sich mit seiner Haushälterin!

»Wenn Sie mir seinen Namen verrieten, könnte ich reich werden! Doch zuerst möchte ich Ihr Haar ausspülen.«

Als Jules schließlich einige Zeit später wohlversorgt wieder im Bett lag, erkundigte sie sich mit dünner Stimme: »Hat Saint Ihnen eigentlich alles erzählt?«

Lydia spürte, daß das Mädchen sich schämte, und tätschelte ihr beschwichtigend die Hand. »Ja, das hat er. Machen Sie sich nur keine Sorgen! Bei mir sind derartige Dinge nämlich gut aufgehoben. Saint ist ein sehr verantwortungsbewußter Mensch und wird sich um alles kümmern!«

»Ich weiß.« Träge schloß Jules die Augen und überließ sich ihren Gedanken. Für ihre Familie war sie gestorben. Auch Kanolas Kinder und deren Ehemann waren allein. Haßgefühle durchfluteten sie, als sie daran dachte, daß Wilkes für alle Schandtaten lediglich mit einem gebrochenen Kiefer bezahlen sollte.

Irgendwann döste sie ein und merkte nicht, daß Lydia das Zimmer verließ. Im Traum sah sie, wie Wilkes lachte, während sie das Weinglas austrank. Kurz darauf überfiel sie eine bleierne Schwere, ein dumpfes Gefühl der Wehrlosigkeit, und dann sah sie, wie er sich über sie beugte und ihre Brust küßte...

»Nein!«

Ihr eigener Schrei hatte sie aufgeweckt, und sie schoß erschreckt in die Höhe.

»Aber Jules!«

»Nein!« schrie sie wieder, als der Mann immer näher kam, und drückte sich dicht an die Wand.

Saint hatte draußen auf dem Flur einen Schrei gehört, doch der zweite nagelte ihn förmlich auf der Stelle fest, denn er wollte sie nicht noch mehr erschrecken. »Du hattest einen Alptraum, Jules. Du bist hier bei mir... bei Michael. Hast du mich verstanden?«

Wie betäubt starrte Jules gegen die Wand und schluckte heftig. Erst nachdem sie ein wenig zu sich gekommen war, flüsterte sie fast tonlos: »Er hat mich gezwungen, den Wein zu trinken, und dann hat er mich berührt und geküßt und... gestreichelt.« Sie würgte vor lauter Scham und Haß. *Seine Lippen waren ganz kalt und trocken.*

Als Saint sah, wie sie ihre Hände unbewußt gegen ihre Brüste drückte, hätte er Wilkes am liebsten umgebracht. Sekundenlang konnte er kein Wort herausbringen und sah nur vor sich, wie der brutale Kerl sie betatschte. Ekelhaft! Doch dann besann er sich. Jules brauchte jetzt seinen ganzen Trost.

»Es ist alles gut, Jules. Komm, sieh mich an!«

Langsam wandte sie den Kopf. Als sie jedoch Mitgefühl in seinen Augen las, haßte sie sich nur noch mehr. Sie wollte sein Mitleid nicht und war froh, daß sie ihm nicht noch mehr erzählt hatte. »Es geht schon wieder«, sagte sie tapfer.

Saint zwang sich zu einem Lächeln. »Hübsch siehst du aus mit den nassen Haaren. Ich mag das gern, weil du mich dann wieder an die Meerjungfrau aus Lahaina erinnerst. Weißt du noch, wie oft ich dir beim Trocknen geholfen habe, damit dein Vater nicht merkt, daß du wieder im Wasser warst?« Er hoffte sehr, sie mit diesem Gespräch ablenken zu können.

»Meistens hat das ja auch geklappt. Einmal hat mich jedoch ein Sonnenbrand verraten, und da wurde mir das Schwimmen ein für allemal verboten. Thomas hat mir immer wieder geholfen, den strengen Augen meines Vaters zu entwischen.«

Saint erinnerte sich gut daran, wie schwer es gewesen war, sie aus dem Wasser zu bekommen, bevor sie rot wie ein gekochter

Hummer aussah. »Wie geht es deinem Bruder? Ich mochte ihn sehr.«

»Gut.« *Er ist wahrscheinlich der einzige in meiner Familie, der wirkliche Trauer über meinen Tod empfindet.* »Er ist inzwischen ein erwachsener Mann geworden.«

Plötzlich kicherte Jules, und der frische, unbeschwerte Ton wärmte Saints Herz und ließ ihn erleichtert aufatmen.

»Weißt du noch, was du angehabt hast, wenn wir geschwommen sind?« fragte Jules kichernd.

Nur zu gut erinnerte er sich. Er hätte vernünftiger sein und dieses Thema lieber meiden sollen. Damals hatte er sich nichts dabei gedacht, sich halbnackt vor ihr zu zeigen, doch auf ein leicht zu beeindruckendes junges Mädchen hatte das einen ganz anderen Eindruck gemacht. Er erinnerte sich nur zu gut an ihren seltsamen Blick, als er einmal aus der Brandung gestiegen war.

»Wie Adonis hast du damals ausgesehen«, fuhr Jules fort. »Besitzt du die Matrosenhose mit den abgeschnittenen Beinen immer noch?«

»Du machst mich verlegen, Jules!«

»Weshalb denn? Du hast wirklich wunderschön ausgesehen.«

Saint errötete, denn es gefiel ihm nicht, daß sich Jules ausgerechnet in dieser Situation an einen halbnackten Mann erinnerte. »Laß es gut sein!« Dabei versuchte er, möglichst unbeteiligt zu wirken. »Nach dem Mittagessen werde ich dir etwas zum Anziehen besorgen, aber leider kann ich dich dazu nicht mitnehmen.«

»Wegen Wilkes?«

»Ja. Solange ich nicht weiß, was er plant, darf er nicht erfahren, wo du bist oder wer dich befreit hat.«

»Weiß er denn nicht, daß du es warst?«

Saint grinste. »Du hättest meine Verkleidung sehen sollen! Ein Mittelding zwischen einem großen Bären und einem total verkommenen Subjekt!«

Während des Mittagessens sprachen sie viel von der Vergangenheit. Saint hatte eigentlich erwartet, daß Jules von allein über ihre Erlebnisse an Bord sprechen würde, doch da sie es nicht tat, wollte er sie auch nicht drängen. Jedenfalls jetzt noch nicht. Er mußte sich erst einmal darüber klarwerden, wie es weitergehen sollte. Natürlich mußte er das Mädchen wieder nach Hause zurückbringen, doch es widerstrebte ihm, jetzt schon davon zu sprechen, und er begriff, daß er ihre Gegenwart gerne noch ein wenig genießen wollte. Außerdem mußte er ihr Zeit geben, bis ihre Seele sich erholt hatte und ihre Ängste und Alpträume der Vergangenheit angehörten. Nach dem Essen beauftragte Saint Lydia mit den Einkäufen, denn inzwischen war Delaney Saxton voller Panik in der Praxis erschienen und hatte Saint an das Krankenbett seiner kleinen Tochter gerufen, die seiner Meinung nach mindestens im Sterben lag.

Erleichtert versicherte Saint der jungen Mutter, daß es sich lediglich um Blähungen handelte. »Immer dasselbe mit diesen jungen Müttern!« Saint grinste Chauncey an. »Wenn die kleine Alexandra Zähne bekommt, werde ich wahrscheinlich hier übernachten müssen, um Ihnen gut zuzureden!«

»Ich kann es kaum erwarten, daß Sie selbst ein Kind haben, Saint«, gab Chauncey zurück. »Spätestens dann werden wir ja sehen, wie ruhig Sie alles aufnehmen!«

Saint blinzelte ein wenig, denn ohne jeden Anlaß hatte er plötzlich ganz deutlich ein rothaariges, grünäugiges Baby vor sich gesehen.

»Stimmt etwas nicht?« wollte Del Saxton wissen. »Sind Sie etwa krank?«

»Ich bin nur ein Narr!« brummte Saint. »Wenn mich die beiden nervösen Eltern jetzt entbehren können...«

»Vorher müssen wir noch einen Brandy zusammen trinken!« schlug Del vor. »Ich muß meine schwachen Nerven beruhigen. Kommen Sie mit in die Bibliothek, Saint!«

Als die beiden Männer genüßlich ihren Cognac im Glas kreisen ließen, begann Del mit nachdenklichem Stirnrunzeln die Unterhaltung. »Ich habe heute morgen etwas Außergewöhnliches erfahren.«

»So?«

»Ja, nach meinen Informationen hat in der vergangenen Nacht jemand ein bildschönes Mädchen aus dem Crooked House befreit.«

»Wie schön für ihn.«

»Das stimmt, allerdings scheint sich dieser Jemand augenblicklich in einer äußerst prekären Situation zu befinden.«

»Und was bringt Sie auf diesen Gedanken?«

»Vor ungefähr zwei Jahren habe ich Jameson Wilkes kennengelernt«, fuhr Del fort. »Er ist kein angenehmer Mensch, und das ist sogar noch untertrieben. Nach allem, was ich weiß, scheint er zu toben, und man kann nur hoffen, daß sich der Jemand auf seine Helfer verlassen kann. Wenn nur einer redet, wird es beträchtliche Schwierigkeiten geben!«

»Demnach hat also bereits einer den Mund aufgemacht?« Saint musterte seinen Freund mit durchdringendem Blick.

»Nein, ich habe meine Weisheit von Maggie. Offensichtlich ist einer der Mitglieder vom Crooked House mitten in der Nacht bei ihr aufgetaucht und hat der kleinen Lisette alles erzählt.«

»Und Lisette hat es Maggie gesagt, und Maggie hat es Ihnen erzählt. Demnach wissen also Lisette, Maggie und auch Sie Bescheid.«

»Stimmt, allerdings können Sie sicher sein, daß Lisette und Maggie den Mund halten werden.«

»Da bin ich aber erleichtert«, kommentierte Saint.

»Ich bin da, falls Sie Hilfe brauchen, mein Lieber.«

Sekundenlang trafen sich ihre Blicke. »Ich danke Ihnen, Del, doch jetzt muß ich mich wirklich verabschieden.« An der Tür drehte er sich noch einmal um. »Was hat Maggie und Lisette auf den Gedanken gebracht, daß ich dieser Jemand gewesen sein könnte?«

»Die Größe.«

»Aha.«

»Nun, das war es natürlich nicht allein. Maggie kennt doch Ihre Einstellung zur Prostitution.«

»Da kann ich also nur hoffen, daß niemand sonst zwei und zwei zusammenzählt.«

Saint wußte, daß er im Grunde gar keine Wahl hatte. Schon wegen ihrer Sicherheit mußte er Jules so rasch wie möglich nach Lahaina zurückbringen. Beim Abendessen unternahm er den ersten Vorstoß in diese Richtung. Jules trug ein einfaches graues Kleid, das Lydia besorgt hatte, und hatte ihr Haar mit einem schwarzen Band aus dem Gesicht gebunden. Frisch und hübsch sah sie aus. Und ganz und gar nicht mehr wie ein vierzehnjähriges Mädchen.

Sekundenlang sah er wieder vor sich, wie sie sich in seinen Armen vor Wonne gewunden hatte, und fühlte wieder ihre feuchte heiße Scham unter seinen Fingern. Ich muß auf der Stelle etwas anderes denken, ermahnte er sich, doch gleichzeitig überlegte er, ob ihr späterer Ehemann ihr wohl auch solche Freuden bereiten und dann auch noch gegen jede Absicht davon träumen würde.

»Ich will keinesfalls zurück!« erklärte Jules ganz ruhig, nachdem sie eine ganze Zeit lang über seine Frage nachgedacht hatte. Lydia hatte sich längst verabschiedet, und sie waren allein. »Ich will hier bei dir bleiben.«

Saint war schockiert. »Aber Jules, deine Eltern werden doch verrückt vor Sorge...«

»Meine Eltern werden glauben, daß ich ertrunken bin.«

»Aber das können wir doch nicht zulassen! Lahaina ist doch dein Zuhause, dein Leben...«

»Ich mag meine Eltern nicht.« Nachdrücklich und trotzig hob sie ihr kleines Kinn. »Du erinnerst dich doch sicher noch an meinen Vater, nicht wahr? Mit ihm ist es seither noch viel schlimmer geworden. Meine Mutter benimmt sich wie ein Rohr im Wind und meine Schwester Sarah ist ein kleiner Besserwisser, der immer unerträglicher und überheblicher wird.«

»Und Thomas?«

»Er ist der einzige, den ich mag. Er hält es bestimmt auch nicht mehr lange aus... Er ist schließlich ein Mann und frei, und er kann Vater ebensowenig ausstehen wie ich.«

»Du bist noch so jung, Jules. Nein, hör mir in Ruhe zu und unterbrich mich nicht. Ich weiß, es war ein entsetzliches Erlebnis für dich. Aber inzwischen sucht Wilkes überall nach dir, und du bist hier nicht mehr sicher. Außerdem gibt es in Lahaina noch John Bleecher, der inzwischen bestimmt keine Pickel mehr hat. Du wirst dich verheiraten, Kleines, und Kinder haben. Und dann wird diese Sache bald vergessen sein!«

»Ich will John Bleecher aber nicht heiraten! Das habe ich dir bereits gesagt.« Unwillkürlich schüttelte sie sich. »Ich will überhaupt nicht heiraten!« Aber das stimmte nicht. Sie wollte Michael heiraten. Schon seit ihrem zwölften Lebensjahr... Aber natürlich liebte er sie nicht. Für ihn war sie immer noch das kleine Mädchen. Er hatte ihr zwar geholfen, aber nun wollte er sie gern wieder loswerden, um sein eigenes Leben zu leben. Verstohlen musterte sie ihn. Schön wie ein Märchenprinz war er bestimmt nicht, doch aus seinen Zügen sprach Entschlossenheit und Herzlichkeit. Und in seinen Augen konnte man sich verlieren... Für sie war er alles, was ein Mann nur sein konnte, und sie wollte nur ihn. Auch wenn das verrückt war...

»Ich werde nicht zurückfahren«, wiederholte sie noch einmal.

Saint dachte immer noch daran, wie sie sich geschüttelt hatte, als die Rede aufs Heiraten gekommen war. »Hör zu, Jules«, begann er ganz sanft und nahm ihre Hand. »Natürlich wirst du eines Tages heiraten. Diese traurige Erfahrung darf dir den Mut nicht rauben. Ein Mann, der dich liebt und sich um dich sorgt, wird dich alles vergessen lassen...«

Das Gefühl von Scham und Erniedrigung raubte ihr fast den Atem. »Du hast ja keine Ahnung von meinen Erfahrungen!«

Er ließ ihre Hand los und lehnte sich mit verschränkten Armen zurück. »Und weshalb erzählst du es mir dann nicht, damit ich dich besser verstehen kann?«

Er wird mich hassen und verachten, wenn ich es ihm erzähle!

Ihre Gedanken standen ihr auf dem Gesicht geschrieben, und Saint wußte sehr genau, was sie empfand. Der schmerzvolle Ausdruck ihrer Augen sprach eine zu deutliche Sprache. »Ich habe dich schon immer bewundert und gemocht, Jules, und nichts kann das jemals ändern. Du bist dumm, wenn du etwas anderes glaubst!«

Jules' Kehle war wie ausgetrocknet. Am liebsten hätte sie geweint und geschrien, doch statt dessen starrte sie Saint nur wie ein verwirrtes Kind an.

Diesem Blick konnte Saint nicht widerstehen. Rasch sprang er auf, zog sie hoch und umarmte sie ganz fest. Dabei fuhren seine Finger durch ihr dichtes Haar, und der frische, süße Duft ihrer Haut stieg ihm in die Nase. »Alles ist gut, Kleines!« sagte er tröstend, während er sie noch näher an sich zog. »Laß diese Gedanken! Du hast nichts falsch gemacht. Das mußt du mir einfach glauben!«

Wie durch einen dünnen Vorhang erblickte sie Saint, der sie im Arm hielt, sie streichelte und ganz sanft mit ihr redete. Sie spürte seine starken Hände... doch schon war das Bild wieder undeutlich geworden und verschwunden. Seufzend lehnte sie ihre Wange an seine Schulter. *Ich liebe dich, Michael. Ich habe dich schon immer geliebt.*

Klar und deutlich erinnerte sie sich plötzlich, daß sie dieselben Worte bereits einmal zu ihm gesagt hatte. Aber wann? Sie hob ihr Gesicht und flüsterte fast unhörbar. »Ich verstehe das alles nicht.«

»Was? Was verstehst du nicht?«

»Ich habe gerade deutlich vor mir gesehen, wie du mich im Arm gehalten hast. So wie jetzt, aber trotzdem anders, fast unwirklich. Du hast mich... berührt und sanft mit mir geredet.«

Als sie spürte, wie er sekundenlang erstarrte, breitete sich eisige Kälte in ihr aus. Und auf einmal war das Bild wieder klar. Sie sah, wie sie sich wand, wie sie schrie, und spürte auch wieder die aufregend wilden, sehnsuchtsvollen Gefühle... Und er war bei ihr.

»Nein, Jules«, sagte er und schüttelte sie leicht, um den bestürzten Ausdruck in ihren Augen zu verscheuchen, »es ist nicht so, wie du denkst.«

Sie sah ihm geradewegs ins Gesicht und beugte sich in seinen Armen zurück, um ihn noch besser sehen zu können. »War es nur ein Traum?« fragte sie flüsternd.

Seine Augen konnten nicht lügen, und das wußte er genau. »Ich werde dir alles erklären. Gehen wir in den Wohnraum.« Er nahm sie bei der Hand und führte sie hinüber. »Setz dich hin!«

Wortlos gehorchte sie, während er an den Kamin trat und sich mit den Schultern gegen den Sims lehnte. »Wilkes hat dir Drogen gegeben. Daran erinnerst du dich, nicht wahr?«

»Ja, genau.«

»Als ich dich hierher brachte, warst du vom Opium berauscht. Und als du mich erkannt hast, hast du geglaubt, wir befänden uns auf Maui. Die Vergangenheit hat sich mit der Gegenwart verbunden, und du warst... verwirrt.«

Ich liebe dich, Michael. Ich habe dich schon immer geliebt. Sie hatte ihn in Verlegenheit gebracht, und nun tat sie es wieder. Entschlossen erhob sie sich. »Ich möchte nichts weiter davon hören!«

Sie rannte beinahe zur Tür.

»Jules! Warte!«

Am Fuß der Treppe bekam er sie endlich zu fassen und wirbelte sie herum. Dann schüttelte er sie heftig. »Vergiß das alles! Du warst in diesem Augenblick nicht du selbst und wußtest nicht, was du tatest.«

In dieser Sekunde riß sie entsetzt die Augen auf, und er wußte genau, daß sie sich an alles und an jede Kleinigkeit erinnerte.

»Du... hast mich berührt!« flüsterte sie. »Zwischen meinen...« Sie schnappte nach Luft, als sie für Sekunden wieder seine Finger auf ihrer Haut spürte und die ganze Wildheit, die Verzückung und die Ekstase... Sekunden später war alles wieder wie weggeblasen, und sie war verwirrter als je zuvor.

»Ja, verdammt, ich habe dich berührt und deine Ekstase erlebt. Ich mußte es einfach tun, damit du nicht verrückt wurdest.« *Zum Teufel! Außerdem warst du so gierig und förmlich besessen...*

Plötzlich war Jules wie erstarrt. Sie suchte verzweifelt nach etwas, das ihr Halt geben konnte, damit sie sich wiederfinden konnte. Ihre Stimme klang hoffnungslos. »Ich weiß nicht, was Ekstase bedeutet. Ich kann mich nicht genau daran erinnern.«

»Oh, Himmel!« Er zog sie heftig an sich. »Es tut mir leid, Jules. Ich wollte es nicht so... nüchtern ausdrücken.«

»Bin ich jetzt keine Jungfrau mehr«

»Wie bitte?« Die Gedanken wirbelten durch seinen Kopf.

»Jameson Wilkes war froh, daß ich noch Jungfrau war, und hat gesagt, daß das dem Mann, der mich kaufen würde, mehr als nur gefallen würde. Aus diesem Grund hat er auch mehr Geld für mich verlangt. Woher weiß ein Mann...«

»Du kannst ganz beruhigt sein, Jules. Ich habe dir nichts getan, denn schließlich bin ich ja kein wildes Tier! Ich wollte dir nur helfen, dich nur... beruhigen. Wie kannst du nur glauben, daß ich dir weh tun wollte?«

»Nein, ich weiß ja, daß du das nicht tun würdest, aber ich verstehe das alles trotzdem nicht. Ich weiß, daß Männer Frauen weh tun können... Tut es weh, die Jungfräulichkeit zu verlieren?«

»Ein wenig.« Saint knirschte mit den Zähnen. »Nein, eigentlich nicht.« Er ließ sie los, und strich sich mit den Fingern verlegen durch die Haare. »Es ist ziemlich kompliziert, Jules.« *Von wegen kompliziert! Es ist die einfachste Sache der Welt!* »Es ist... nun, dein Ehemann wird dir das am besten erklären.«

»Demnach werde ich es also nie erfahren.«

Aber du weißt es ja längst! Wenn du dich nur daran erinnern könntest... »Doch«, erklärte er voller Überzeugung, »du wirst es ganz bestimmt erfahren!«

Sie schwieg, während er sie mit väterlicher Zärtlichkeit an sich drückte. »Bist du müde, Jules? Möchtest du jetzt ins Bett?«

»Ja, gern.«

Er begleitete sie in das kleine Gästezimmer. »Laß dich nicht stören, wenn es in der Nacht an der Haustür klopft. Ich werde oft zu Patienten gerufen. Gute Nacht, Kleines.«

»In Ordnung. Gute Nacht, Michael.«

8. Kapitel

»Am Freitag fahren wir, und zwar an Bord der *Carolina*.«

Achtlos ließ Jules einige Bände von Lord Byrons Gedichten auf den Boden fallen und wollte aufspringen, doch Saint hob beschwichtigend die Hand.

»Nein, bleib sitzen und laß mich ausreden! Natürlich werde ich dich begleiten. Die Überfahrt wird ungefähr zwei Wochen dauern.«

»Ich weiß sehr genau, wie lange die Überfahrt dauert!« entgegnete Jules mit bitterem Unterton in der Stimme. Dabei umklammerte sie die Armlehnen ihres Stuhles so fest, daß ihre Fingerknöchel weiß wurden.

»Das ist wahr. In zwei Wochen wirst du also wieder bei deiner Familie sein.«

Und dann wirst du mich verlassen, und ich werde dich nie wiedersehen!

Ihre Augen glitten über seinen Körper, dessen Größe den Wohnraum plötzlich klein wirken ließ. Und schon sah sie ihn wieder in der kurzen Hose vor sich, mit gebräunten, kräftigen Beinen, an denen jeder einzelne Muskel zu erkennen war. Sie sah, wie er hinter ihr hertauchte, sie spielerisch unter Wasser zog und mit ihr lachte. Und plötzlich fühlte sie ganz weit unten in ihrem Bauch ein sehnsuchtsvolles Ziehen. Rasch wich sie seinem Blick aus. Vielleicht sollte ich ihn lieber ansehen, dachte sie jedoch sogleich. Vielleicht würde er dann die Sehnsucht in ihren Augen lesen und sie nicht fortschicken. Aber nein, er strahlte die Art von Geduld aus, die bereits mit allen Einwänden rechnete und passende Antworten auf alles bereit hatte. Wie konnte sie diesem Menschen nur klarmachen, daß sie schon längst kein Kind mehr war?

Jules holte tief Luft und wagte einen entschlossenen Vorstoß. »Ich würde gern in San Francisco bleiben, Michael. Ich könnte arbeiten, damit du nicht länger für mich sorgen müßtest.«

Saint runzelte die Brauen. »Und wer soll sich dann um dich kümmern?«

»Ich bin kein Kind mehr, auch wenn du das nicht hören willst! Ich bin erwachsen und werde...«

»Ich weiß sehr wohl, daß du kein Kind mehr bist, aber du wirst trotzdem nach Lahaina zurückkehren. Damit ist das Thema beendet. Du gehörst zu deiner Familie.«

»Ich könnte dir auch in der Praxis helfen. Bitte, hör mich doch an...«

Er unterbrach sie rigoros. »Du mußt meinen Standpunkt verstehen, Jules! Es ist bestimmt nur zu deinem Besten.«

»Ich könnte auch deine Geliebte werden.«

Er schnappte förmlich nach Luft. »Meine *was*?«

»Deine Geliebte«, wiederholte Jules in aller Ruhe. »Von Jameson Wilkes weiß ich, daß eine Geliebte nur einen Mann hat, der sich um sie kümmert. Du würdest dich um mich kümmern, und ich würde alles tun, was man von einer Geliebten erwartet.«

Saint starrte sie nur fassungslos an. Vermutlich sollte er Wilkes obendrein noch dankbar sein, daß er ihr nicht jede Unschuld geraubt hatte. »Hat er dir auch gesagt, was das für Erwartungen sind?«

»Nein, nicht genau. Ich hatte angenommen, daß Geliebte Huren sind, und das würde ich natürlich niemals tun.« Sie senkte den Kopf. »Jedenfalls nicht mit jedem«, fügte sie dann hastig hinzu. »Höchstens mit dir.«

»So ist das also«, bemerkte Saint und beschloß, die Sache mit Humor zu nehmen. »Ich könnte mir gar keine Geliebte leisten, selbst wenn ich wollte. Wie du weißt, bin ich nur ein armer Arzt. Außerdem wolltest du bestimmt nicht dauernd solche scheußlichen Kleider tragen und immer dieses ekelhafte Parfum benutzen, oder?«

»Könnte ich denn nicht einfach bleiben wie ich bin?« Sie lächelte, doch ihre Stimme klang verzagt. Und sofort erinnerte sie ihn wieder an das junge Mädchen, das er vor fünf Jahren gekannt hatte. Wißbegierig, völlig arglos und störrisch wie ein Maulesel, wenn sie sich etwas in den Kopf gesetzt hatte.

Saint bemühte sich um einen leichten, fast scherzenden Tonfall. »Nein, Jules. Eine Geliebte ist anders als die anderen Frauen, gewissermaßen eine Art Paradiesvogel. Der Unterschied ist einfach viel zu groß!«

Mißtrauisch beäugte sie ihn. »Das kann ich nicht glauben. Was sind das für Unterschiede?«

»Erstens ist eine Geliebte keine Lady. Sie steht außerhalb der Gesellschaft und verfügt weder über Rechte noch Sicherheiten. Sie genießt ihr schönes Leben nur so lange, wie ihr Beschützer das will. Das ist ein schreckliches Leben, Jules.«

»Mit dir wäre es bestimmt schön, Michael«, seufzte sie und hob trotzig ihren kleinen Kopf.

Saint trat zu ihr, zog sie aus dem Stuhl hoch und strich sanft mit seinen feinnervigen Händen über ihre Arme. »Ich möchte aber keine Geliebte, Jules. Du bist so wunderschön und voller Leben. Du solltest unbedingt heiraten und Kinder bekommen.«

»Hast du schon eine Geliebte?«

Sekundenlang dachte Saint an Jane, die jedoch nicht seine Geliebte war, und zögerte. Dieser Moment genügte Jules, um in seinen Augen zu lesen und die fremde Frau zum Teufel zu wünschen.

»Nein«, erklärte er schließlich, »ich habe keine Geliebte.«

Aber Jules glaubte ihm nicht so recht, obwohl sie zugeben mußte, daß Michael noch nie die Unwahrheit gesagt hatte. Wie er wohl reagieren würde, wenn ich ihm einfach um den Hals fiele und ihn küßte? Zart strich sie ihm über die Wange. »Ich finde es schön, daß du keinen Bart trägst.«

Er reagierte prompt, aber weder auf ihre Zärtlichkeit noch auf ihre Worte, sondern allein auf den sanften Ausdruck ihrer wunderschönen grünen Augen. Genauso hatte sie ihn angesehen, als er sie zwischen den Schenkeln gestreichelt, sie gefühlt und liebkost hatte. Wieder senkten sich ihre Lider über die Augen, wieder stöhnte sie leise und drängte sich ihm förmlich entgegen, als ob sie sich mit ihm vereinigen wollte.

Abrupt ließ er sie los und versteckte seine Scham hinter einem Lächeln. »Wie froh ich erst bin, daß du keinen Bart trägst!«

Ihr Lächeln fiel mindestens ebenso gequält aus wie seines. »Du hast gesagt, ich würde auf jeden Fall heiraten und Kinder bekommen.«

»Stimmt genau.«

»Demnach bin ich also nicht mehr zu jung dafür?«

»Genau.«

»Also bin ich erwachsen.«

»Ja, sehr erwachsen.«

»Also darfst du mir auch keine Vorschriften mehr machen! Ich bin erwachsen und werde meine eigenen Entscheidungen treffen. Ich werde in San Francisco bleiben, und wenn du mich nicht willst, dann werde ich...«

»Wilkes hätte dich noch vor Ablauf von vierundzwanzig Stunden gefunden.«

»Ich werde eine Pistole kaufen und ihn erschießen.«

Saint machte ein Gesicht, als ob er ihr am liebsten den Hals umgedreht hätte. »Du bist in den vergangenen fünf Jahren ganz schön rechthaberisch geworden.«

»Das war ich schon immer, und das weißt du sehr gut. Du wolltest mich nur ablenken.«

»Wir wollen das Thema jetzt aber wirklich begraben, Jules. Du wirst mir gehorchen.«

»Aber...«

Er verschloß ihr die Lippen mit dem Finger. »Nein, bitte vertraue mir.«

Er war nicht mehr umzustimmen, und Jules wußte es.

Lahaina

Lahaina verfügte über keinen natürlichen Hafen, sondern lediglich über eine Reede. An- und Ablegen war jederzeit möglich, und man benötigte nicht einmal einen Lotsen. Die *Carolina* passierte den Kanal zwischen Maui und Molokai und ließ sich schließlich vom Wind nach Lanai trage und von dort aus direkt nach Lahaina. Saint und Jules sahen vom Deck aus zu, wie der Hafenmeister an Bord kletterte, um mit Captain Rafer die Formalitäten zu erledigen. Das Schiff war von kleinen Booten umringt, die entweder die wenigen Passagiere und Matrosen an Land bringen oder aber ihre Waren auf dem Schiff verkaufen wollten.

»Ich hatte tatsächlich vergessen, wie schön es hier ist!« Bewundernd glitten Saints Blicke über die leicht gewellten grünen Hügel hinter der Stadt.

Jules reagierte nicht, aber damit hatte Saint auch nicht gerechnet. Er hatte auf nur jede mögliche Art versucht, Jules das Heimkommen zu erleichtern und ihr den Gedanken erträglicher zu machen, doch nichts hatte geholfen. Das lachende, strahlende Mädchen hatte sich völlig in sich zurückgezogen, und er selbst war zusehends unduldsamer geworden. Während der gesamten Fahrt war sie höflich, aber distanziert geblieben und hatte eine feste, undurchdringliche Mauer aus Schweigen zwischen ihnen aufgebaut.

Über die zwei Wochen mit Wilkes hatte sie kein Wort verloren, obwohl Saint sie immer wieder danach gefragt hatte. Erst vor drei Tagen, am Abend nach dem einzigen Sturm, den sie erlebt hatten, hatte er seinen letzten Versuch unternommen. Vierundzwanzig Stunden lang hatte er praktisch ununterbrochen Passagiere und Matrosen betreut und war hundemüde gewesen, als er neben sie an die Reling getreten war.

»Du siehst müde aus!« hatte sie ihn begrüßt.

»Vielen Dank für dein Mitgefühl.«

Jules hatte lediglich die Achseln gezuckt. »Ich hoffe nur, daß alle diese Grüngesichter dir auch Honorar gezahlt haben. Dann kannst du dir in Lahaina wenigstens eine Prostituierte leisten!«

Schweigend hatte er sie angesehen und den Kopf geschüttelt.

»Es ist schließlich nur für eine Nacht und längst nicht so teuer und aufwendig wie eine Geliebte.«

»Wirst du eigentlich immer sarkastisch und ekelhaft, wenn du deinen Willen nicht bekommst?«

Sie hatte seinen kummervollen Blick sehr wohl bemerkt, aber ihr Mitgefühl prompt unterdrückt. »Ja, und erst recht, wenn der Mann, der die Entscheidung bestimmt, sich wie ein Idiot benimmt.«

Saint hatte sich nur mühsam das Lachen verkneifen können und gleichmütig über die Wasserfläche geblickt. »Die letzte Frau, die mich beleidigen durfte, war meine Mutter. Sie hatte wenigstens Humor.«

»Wahrscheinlich hat sie dich nach deiner Geburt aus Rache Ulysses genannt.«

»Das kann ich ihr nicht einmal übelnehmen, denn ich habe ungefähr zehn Pfund gewogen. Aber letztendlich hat sie das Ganze doch noch durch Michael entschärft. Das klingt doch richtig unschuldig.«

Für Jules war Michael der schönste Name, den sie jemals gehört hatte. »Lydia könnte viel Geld verdienen, wenn sie deinen wirklichen Namen wüßte.«

»Meine Freunde können es einfach nicht lassen! Es ist schon zu einem regelrechten Wettbewerb ausgeartet, aber bisher habe ich allen Versuchungen widerstanden.« Er hatte sich umgedreht und sich mit dem Rücken gegen die Reling gelehnt. »Himmel, bin ich müde! Von einem Arzt erwartet man doch tatsächlich Wunder. Als ob es ein Mittel gegen Seekrankheit gäbe!«

»Ich hätte dir gern geholfen, wenn du mich nur gefragt hättest.«

»Vielen Dank, aber der Gestank in den Kabinen war kaum zu ertragen. Ohne Zweifel wäre dir ebenfalls schlecht geworden.«

»Mir wird niemals schlecht!« hatte Jules mit dem Enthusiasmus der Jugend behauptet, für die jede Schwäche gleich Krankheit bedeutet.

Einige Augenblicke lang hatten sich Saints Gedanken mit den durchaus erfreulichen Gründen für ein Unwohlsein beschäftigt, doch dann hatte er sich plötzlich zu ihr umgewandt und völlig überraschend das Thema gewechselt. »Übrigens, Jules, haben Wilkes' Matrosen deine Freudin Kanola eigentlich vergewaltigt?«

Sie war zusammengezuckt, als ob er ihr unanständige Sachen gesagt hätte. »Ich habe keine Ahnung«, hatte sie schließlich herausgepreßt. »Wilkes hat mich in seine Kabine gezerrt und behauptet, daß er mich vor den Männern beschützen müßte.«

Jules hätte gern gewußt, was das Wort Vergewaltigung eigentlich genau bedeutete, doch sie war viel zu verlegen gewesen, um einfach danach zu fragen.

Wenigstens hat sie das nicht mit ansehen müssen, hatte Saint bei sich gedacht. Seiner Meinung nach war Kanola bestimmt mehrmals vergewaltigt worden. »Und wie ist es dann weitergegangen?«

Sein kühler Ton hatte ihr das Sprechen erleichtert. »Sie hat es zwar geschafft, den Männern zu entkommen und über Bord zu springen, aber die Küste war viel zu weit entfernt.«

»Das tut mir aufrichtig leid, Jules.« Gern hätte er noch etwas Tröstliches gesagt, aber da er sie nicht beunruhigen wollte, hatte er weitergesprochen, als ob sie sich lediglich über das Wetter unterhalten hätten. »Du hast mir gesagt, daß Wilkes dich bereits während der Reise einmal unter Drogen gesetzt und dich anschließend gestreichelt und geküßt hat.«

»Nein!«

»Doch, Jules.«

»Nein!« hatte sie beharrlich wiederholt und gleichzeitig an allen Gliedern gebebt.

»Ich weiß nicht, was geschehen ist und was dich so sehr beunruhigt, aber ich weiß, daß man solche Dinge nicht in sich vergraben sollte. Ich bin nach wie vor dein Freund, mit dem du alles besprechen kannst. Wenn du die Dinge ausgesprochen hast, kannst du sie meistens auch ganz leicht vergessen.«

Sie war zurückgezuckt und hatte ihn angefaucht. »Weshalb interessiert es dich denn, was er mit mir gemacht hat? Willst du etwa all die schönen Einzelheiten hören? Ein Freund! Daß ich nicht lache!«

»Was hat er dir getan, Jules?«

Ihr ängstlicher Unterton und die Hast und Heftigkeit, mit der sie die Worte hervorgestoßen hatte, hatte er als Selbstschutz interpretiert und deshalb auch nicht lockergelassen.

»Wahrscheinlich sollte ich dich in Zukunft auch ›Saint‹ nennen, denn genauso benimmst du dich...«, hatte sie nach einer längeren Pause gesagt. »Voller Menschlichkeit und Freundlichkeit und immer darauf bedacht, die Kleine von ihrem Alptraum zu erlösen. Ach, geh zum Teufel, Saint!«

Saint hielt nicht viel von Gewalt, seit er sich im Alter von vierzehn Jahren mit einem Jungen geprügelt und diesem dabei mit einem Schlag die Kinnlade zertrümmert hatte. Damals war er sehr entsetzt gewesen, aber an diesem Abend hätte er große

Lust gehabt, alle Regeln über den Haufen zu werfen. Eine saftige Tracht Prügel hätte vermutlich beiden Seiten Erleichterung verschafft, doch die letzte Bemerkung hatte das Thema für den Augenblick wieder einmal beendet, und er hatte nicht mehr daran rühren wollen.

In diesem Augenblick riß Jules Saint aus seinen Grübeleien. Sie deutete auf die bunt gekleideten Frauen, die sich am Ufer versammelt hatten. »Das sind alles Prostituierte«, rief sie, »aber seltsamerweise kann ich weder meinen Vater noch einen seiner Freunde entdecken. Für gewöhnlich ist er doch immer zur Stelle, wenn ein Walfänger einläuft, und hält den Leuten seine Moralpredigten!«

»Für Moral fühle ich mich nicht zuständig, höchstens für die Krankheiten«, erwiderte Saint und überhörte den bitteren Unterton in ihrer Stimme. Gleichzeitig beobachtete er, wie die Matrosen an den Rudern ihres Bootes den Mädchen am Kai zuwinkten.

Es lagen ungefähr ein halbes Dutzend Schiffe auf Reede, und an Land drängten sich eine Menge Menschen. Hin und wieder konnte Saint auf die Entfernung einen schwarzen Anzug ausmachen, doch er täuschte sich immer wieder, denn außer den Priestern bevorzugten auch die Diplomaten aus Oahu derartige Kleidung.

»Komm!« rief Saint und half Jules aus dem Boot. Als er ihre eiskalte Hand fühlte, fügte er beruhigend hinzu: »Keine Angst! Ich bin ja bei dir, Jules.«

Nachdem sie sicheren Boden unter den Füßen hatte, entzog ihm Jules augenblicklich ihre Hand. Nebeneinander gingen sie dann die Wharf Street entlang, die von einem mächtigen Fort dominiert wurde, das um 1830 erbaut worden war und mittlerweile als Gefängnis diente. Im Gegensatz zu dem etwas heruntergekommenen Gebäude glänzte Reverend Dwight Baldwins Haus mit seinem wunderschönen Garten in der Front Street wie ein Juwel, dachte Saint. Während seines Aufenthalts in Lahaina hatte er sich mit dem Reverend angefreundet, der die protestantische Missionarsstation und das Krankenhaus leitete. Als er Jules gerade nach ihm fragen wollte, sah er, wie sie ihren Hut abnahm und ihre roten Locken schüttelte, was natürlich sofort allgemeine Aufmerksamkeit erregte.

Sekunden später ertönte ein Aufschrei. »Juliana! Mein Gott, du bist es wirklich!«

Als Saint sich zur Seite wandte, erblickte er einen jungen Mann, der Jules wie einen Geist anstarrte. Es war John Bleecher, und er hatte tatsächlich keinen einzigen Pickel mehr. Der junge Mann sah gut aus und hatte ein nettes, offenes Gesicht. Im Augenblick war er allerdings bleich wie der Tod.

Jules trat näher zu Saint. »Hallo, John. Wie geht es dir?« war alles, was sie zur Begrüßung herausbrachte.

John riß sich zusammen. »Saint? Dr. Morris? Was ist denn geschehen, Juliana? Jeder hat dich für tot gehalten! Du bist mit Kanola am Strand gewesen, und als ihre Leiche angeschwemmt wurde, dachten wir alle...«

»Ich weiß, was ihr dachtet«, unterbrach ihn Jules. »Kanola ist tot, aber ich bin sehr lebendig. Ich habe es überlebt.«

»Ich verstehe überhaupt nichts.« John war verwirrt. Am liebsten hätte er sich auf das blasse wunderschöne Mädchen gestürzt, das er seit zwei Jahren verehrte, aber irgend etwas stimmte hier nicht. Weshalb war Saint Morris plötzlich hier? Er war doch seit fünf Jahren nicht mehr auf der Insel gewesen.

»John, würden Sie uns bitte beim Tragen helfen? Ich möchte Jules jetzt gern nach Hause bringen.«

»Jules?... Oh, ja, natürlich.«

Saint sah zu, wie der junge Mann Jules' kleinen Koffer aufnahm. Nein, diesen Mann konnte sie beim besten Willen nicht heiraten. Der paßte nicht zu ihr und würde sie niemals verstehen. Bei ihm würde ihre Seele verkümmern, ohne daß er es überhaupt gewahr werden würde. Irgendwann besann er sich jedoch und schüttelte den Kopf. Im Grunde ging ihn das alles nichts an, denn in zwei Tagen würde er an Bord der *Carolina* die Insel wieder verlassen. Wahrscheinlich würde er Jules nie wiedersehen, aber irgend etwas in ihm rebellierte heftig bei diesem Gedanken.

Das Haus von Etienne DuPres lag in der Luakini Street in einem großen Garten, ein Stück weit von der Straße entfernt, und seine weißgestrichenen Fensterläden glänzten in der Sonne. Saint hörte, wie Jules den Atem anhielt, als ihr Bruder Thomas auf die Straße herauslief und John Bleecher zuwinkte. Bruchteile von Sekunden malte sich Schrecken auf seinem Gesicht, doch im Gegensatz zu John zögerte er keinen Augenblick. Mit einem lauten Schrei rannte er auf seine Schwester zu und riß sie ungestüm in seine Arme.

»Thomas!« flüsterte Jules und vergrub ihr Gesicht an seinem Hals.

In diesem Augenblick trat Aurelia DuPres mit gemessenen Schritten aus dem Haus auf die Veranda. Saint sah gerade noch, wie sie sich erschreckt an ihren nicht vorhandenen Busen faßte und dann ohnmächtig zu Boden sank. Er hatte vergessen, wie empfindlich diese Frau war. Bei diesem Wetter trug man aber auch nicht solch hochgeschlossene Kleidung, erst recht kein fest geschnürtes Korsett! Als er sie erreichte, waren bereits eine Menge Leute um sie versammelt, und es herrschte eine enorme Aufregung.

Saint hatte ebenfalls vergessen, wie wenig er Etienne DuPres ausstehen konnte. Einen freudloseren, engstirnigeren Menschen hatte er noch nicht kennengelernt. Er war groß und dünn, und wirkte in seinem dunklen Anzug starr und irgendwie ausgehöhlt. Im Gegensatz zu den warmen, vor Lebenskraft schimmernden Augen seiner Tochter waren die seinen von einem kühlen, bläßlichen Grau. Sein dunkles Haar war merklich dünner geworden und von vielen weißen Strähnen durchzogen.

Die gesamte Familie hatte sich im kleinen Salon versammelt. Jules' Mutter rang immer noch vor Aufregung ihre Hände, und die ältere Schwester Sarah saß stocksteif auf ihrem Stuhl und beobachtete die Heimgekehrte mit gespitzten Lippen. Nur Thomas benahm sich ungezwungen und hatte sich im Schneidersitz direkt neben Jules' Stuhl niedergelassen. Die Größe und die dunklen Haare hatte er eindeutig vom Vater, aber Offenheit und Lebensfreude verbanden ihn eng mit seiner Schwester.

Allein Etienne DuPres stand aufrecht und schweigend neben dem Kamin, in dem noch nie ein Feuer gebrannt hatte. Er hatte seine Tochter nur kurz an sich gedrückt, und fast sofort wieder mit schmerzvollem Gesichtsausdruck von sich geschoben. Ein gutes Zeichen, dachte Saint, denn es sah für Sekunden so aus, als ob er seine Tochter vermißt und betrauert hätte. »Wie ist meine Tochter zu Ihnen gekommen?« wandte der Reverend sich dann an Saint.

Saint lächelte Jules aufmunternd zu. »Ihre Familie hat allen Grund zur Freude, denn Ihre Tochter ist heil und gesund zurückgekehrt...«

Bevor er noch weitersprechen konnte, unterbrach ihn DuPres mit kühler Stimme. »Wir sind davon ausgegangen, daß Juliana ertrunken ist. Das Schwimmen war ihr ausdrücklich verboten, doch das steht auf einem ganz anderen Blatt. Ich würde gern erfahren, was vorgefallen ist und wie sie überhaupt zu Ihnen gekommen ist.«

»Ich wurde von einem Mann aufgegriffen, der mich in San Francisco verkaufen wollte«, erklärte Jules. »Michael hat mich gerettet.«

Als Mrs. DuPres aufstöhnte, flehte Saint zum Himmel, daß sie nicht wieder ohnmächtig werden würde. Gleichzeitig empörte sich Sarah mit schriller Stimme. »Aufgegriffen? Was soll das heißen? Weshalb sollte jemand auf einen solchen Gedanken kommen?«

»Er heißt Jameson Wilkes«, berichtete Jules ungerührt. »Du bist ihm bestimmt schon begegnet, Vater. Für seinen Zweck war ich offenbar schön genug, und so hat er mich nach San Francisco entführt und wollte mich dort als Geliebte an einen Mann verkaufen.«

Thomas DuPres explodierte. »Verdammt! So ein Mistkerl! Ich werde kurzen Prozeß mit ihm machen!«

»Gar nichts wirst du«, beschied ihn der Reverend, »sondern lediglich deinen Mund halten.« Dann wandte sich der gestrenge Mann wieder an seine Tochter. »Das heißt also, daß du zwei Wochen lang in der Gewalt dieses Mannes warst und er dich verführt hat.«

Jules erbleichte. »Falls du mit verführt meinst, daß er... mir etwas angetan hat, kann ich dich beruhigen. Ganz im Gegenteil. Für eine Jungfrau konnte er nämlich bedeutend mehr Geld verlangen!«

»Wie kannst du nur so vor deiner Mutter und deiner Schwester sprechen! Gnädiger Gott, weshalb hast du mich mit einer solchen...«

»Jetzt reicht es aber wirklich!« Saint erhob sich zu seiner vollen Größe, worauf der Reverend augenblicklich verstummte. »Ihre Tochter ist wohlbehalten und gesund! Sie wurde nicht mißbraucht, und selbst wenn es so gewesen wäre, kann ich Ihre Aufregung nicht verstehen. Sie sollten sich lieber freuen, daß Sie Ihre Tochter wiederhaben!«

Etienne DuPres hatte darauf nichts zu sagen. Er hatte alles versucht, um diese Tochter zu bändigen, doch ganz offensichtlich war sie mindestens so eigensinnig und halsstarrig wie ihre Großmutter. Vielleicht wäre es am besten gewesen, wenn sie überhaupt nicht zurückgekommen wäre. Bei dem Gedanken, was sie ihm angetan hatte, überkam ihn Wut. Wut und grenzenlose Scham. Er blickte sie noch einmal durchdringend an, bevor er grußlos das Zimmer verließ.

Jules bürstete sich vor ihrem Frisierspiegel mit langsamen Strichen das Haar und sah nicht auf, als ihre Schwester Sarah ihr gemeinsames Schlafzimmer betrat.

»Ich bin froh, daß du am Leben bist, Juliana.«

Weshalb klingst du dann so kalt und abweisend? fragte sich Jules insgeheim, während sie sich in höflichen Worten bedankte.

»Du warst länger als einen Monat fort. Wir waren alle entsetzt. Vater hat eine wunderbare Andacht für dich gehalten und deinen Ungehorsam nur ein einziges Mal erwähnt.«

»Das kann er ja jetzt rückgängig machen«, erklärte Jules.

Sarah trat hinter den kleinen Wandschirm, um sich auszuziehen. »John und ich werden heiraten.«

Überrascht hob Jules den Kopf und blickte im Spiegel zu dem Wandschirm hinüber. Demnach war seine Zuneigung nur von kurzer Dauer gewesen, dachte sie, aber im Grunde war sie über alle Maßen erleichtert. »Das freut mich für dich. John ist ein netter Kerl.«

Mit zitternden Fingern schloß Sarah die Knöpfe an ihrem langen Nachthemd. »Ich habe genau beobachtet, wie er dich heute nachmittag angesehen hat! Trotzdem glaube ich nicht, daß er noch zu dir zurückkehren will. Nicht nach allem, was du getan hast.«

»Aber ich habe doch überhaupt nichts getan!« widersprach Jules.

»Das behauptest du! Außerdem paßt du ohnehin viel besser zu Saint und wärst am besten gleich bei ihm geblieben.«

Genau das habe ich ja gewollt, aber er hat es nicht zugelassen. Jules drehte sich auf ihrem Hocker um und sah ihre Schwester lange an. Ein gelegentliches Lächeln würde ihrem hübschen Gesicht die Strenge nehmen, die durch die glatt anliegenden dunklen Haare nur noch betont wurde. »Sarah, magst du mich eigentlich?« fragte sie irgendwann ganz ruhig.

»Ja, ich denke schon. Aber ich möchte John.«

»Aber du hast ihn doch! Ihr werdet heiraten! Die Sache mit mir ist aus und erledigt.«

Völlig überraschend brach Sarah in hysterisches Schluchzen aus und schlug die Hände vors Gesicht.

Voller Mitleid eilte Jules an ihre Seite. »Was ist los, Sarah?«

Statt einer Antwort wurde das Schluchzen nur heftiger. Etwas hilflos stand Jules daneben und konnte nur zusehen. »John bedeutet mir nicht das geringste! Bitte glaub mir das! Er liebt dich, denn sonst würde er dich ja nicht heiraten.«

»Du Närrin!« flüsterte Sarah und sah ihre Schwester mit tränenüberströmtem Gesicht an. »Als man Kanolas Leiche fand und wir erfuhren, daß du mit ihr am Strand gewesen warst, ist er verrückt geworden! Regelrecht verrückt, hörst du? Dabei begehrte ich ihn doch so sehr. Schon lange habe ich ihn begehrt, aber er hat heftig um dich getrauert. Da habe ich ihn... getröstet.«

»Das ist doch ganz natürlich, Sarah! Bestimmt hat er dich auch getröstet.«

»Verstehst du denn gar nicht?« Diese Frage schrie Sarah beinahe. »Ich habe mit ihm geschlafen, und deshalb heiratet er mich jetzt. Himmel, ich könnte schwanger sein! Und ausgerechnet dann kommst du zurück! Oh, ich hasse dich!«

Jules war blaß geworden und ging wortlos zu ihrem Hocker zurück. Dort schlüpfte sie ohne jedes Schamgefühl aus ihrem Nachthemd und wieder in ihre Kleider. Es kam ihr gar nicht in den Sinn, dazu hinter den Wandschirm zu treten, und das empörte Schnauben ihrer Schwester ließ sie kalt. Außer einem bitteren Lächeln zeigte sie keinerlei Regung.

»Was wirst du jetzt machen?«

»Nichts«, gab Jules zurück.

»Vater hat recht! Dieser Mann hat dich mißbraucht. Sich ohne Hemmungen vor anderen auszuziehen, ist einfach widerlich!«

Leicht verwundert sah Jules Sarah an. »Hast du dich bei John denn nicht ausgezogen?«

Sarah schüttelte sich. »Nein, natürlich nicht. Es war stockdunkel, und ich habe ihn nur... Nun, du weißt ja jetzt, was er getan hat.«

Als Sarah sich wieder schüttelte, bekam Jules plötzlich Mitleid mit dem armen John Bleecher. Schweigend zog sie sich fertig an.

»Wohin gehst du?«

»Fort«, erklärte Jules einfach und verließ ohne ein weiteres Wort das Schlafzimmer.

Glücklicherweise war das ganze Haus bereits schlafen gegangen, so daß Jules unbemerkt durch die Hintertür ins Freie gelangen konnte. Auf dem Weg zum Strand hörte sie, wie fast überall gefeiert wurde, und plötzlich hatten das Gelächter der Männer und das Kichern der Frauen eine ganz neue Bedeutung für sie. Sie begegnete keiner Menschenseele, und als sie den verlassen daliegenden Strand erreichte, streifte sie sich als erstes das hinderliche Kleid über den Kopf. Nur mit ihrem Hemdchen bekleidet lief sie durch den weichen Sand bis an die Wasserlinie. Der Himmel war sternenklar. Unter einem sanften Halbmond watete Jules durch die fast lautlos auslaufenden Wellen über den nassen Sand bis zu einem flachen Felsen, der aus der Brandung herausragte. Dort ließ sie sich nieder, umschlang die Knie mit den Armen und blickte träumerisch über das silbrig schimmernde Wasser.

Eigentlich war sie doch nur kurze Zeit fort gewesen, aber trotzdem hatte sich alles verändert. Und die Menschen hatten sich verändert. Nein, das stimmte nicht. Im Geist sah sie wieder die tränenüberströmte Sarah vor sich stehen. Die kleine Besserwisserin hatte einen Mann geliebt, aber ganz offensichtlich keinen Gefallen daran gefunden. Als sie an ihr eigenes Leben dachte, an die Verzweiflung und an die Nächte voller Sehnsucht nach dem, was sie nicht bekommen konnte, kämpfte sie mit den aufsteigenden Tränen.

Plötzlich war ihr, als ob ihre Gedanken ihn herbeigezaubert hätten. Sie saß mucksmäuschenstill und beobachtete Michael, wie er nackt durch die Brandung zum Strand kam. Mit den Händen strich er sich das dichte Haar aus der Stirn und schüttelte sich wie ein nasser Hund.

Während er langsam näherkam, ließ sie ihre Augen über seinen leicht gebräunten Körper wandern. Noch nie zuvor hatte sie einen nackten Mann gesehen... Nur Michael in seiner kurzen Hose. Doch jetzt war er nackt. Die dichte Behaarung auf seiner Brust verlief in einer schmalen Spitze über seinen flachen Bauch. Ihre Augen verfolgten die Linie und dann wanderten sie tiefer, und dabei überlegte Jules, wie es sich wohl anfühlte, ihn dort zu streicheln und zu liebkosen und nackt seinen Körper ganz fest an sich zu pressen.

Als er sich auf halbem Weg noch einmal umdrehte und über die Wasserfläche zurückblickte, glitten ihre Blicke bewundernd über seine langen muskulösen Beine. Und augenblicklich fühlte sie sich an die alten Holzskulpturen der Insel erinnert... In diesem Augenblick drehte er sich wieder um, und als ihre Blicke einander begegneten, verschmolzen sie miteinander und ließen einander nicht mehr los.

Er machte nicht den geringsten Versuch, seine Blöße zu bedecken, sondern stand nur unbeweglich da und sah sie an, während das Wasser um seine Füße spielte.

9. Kapitel

Ohne etwas zu sagen, starrte sie unverwandt auf sein Glied, das unter ihren Blicken wuchs und anschwoll. Bevor er sie auf dem Felsen hatte sitzen sehen, hatte er gerade gedacht, daß Maui im Grunde ein wahres Paradies war, so warm, so üppig und so voller Leben. Jules paßte so genau in dieses Bild, daß er nur dastehen und sie sprachlos ansehen konnte, während die Wellen um seine Füße spielten. Ihre wunderschönen wilden Haare umrahmten ihr Gesicht und ergossen sich flammend über Schultern und Rücken. Bekleidet war sie lediglich mit einem einfachen weißen Baumwollhemd, das ihr bis zu den Knien reichte.

Langsam ging er auf sie zu und blieb schließlich kurz vor ihr stehen. Sie saß sehr aufrecht am Rand des Felsens, hatte die Hände formell im Schoß gefaltet und sah ihn aus ihren großen grünen Augen unverwandt an. Ganz langsam ließ er sich vor ihr auf die Knie sinken und streckte dabei die Hände aus, bis sie ihre

Schenkel berührten. In einer fast unmerklichen Bewegung glitten seine Hände schließlich unter ihr Hemd, tasteten über die warme, glatte Haut und drängten dabei ganz sacht ihre Schenkel auseinander. Gierig umfaßte er ihre Hüften und preßte ihren Körper heftig gegen sich. Jules' leiser Aufschrei brachte Saint unvermittelt in die Gegenwart zurück, doch einige Sekunden lang hielt ihn noch die Lebendigkeit dieser Traumvorstellung gefangen. Er spürte genau, daß alles, was er sich soeben vorgestellt hatte, genausogut in Wirklichkeit geschehen könnte... und zwar genau in diesem Augenblick. Er fühlte, wie sich seine Erregung unter Jules' sehnsuchtsvollen Blick noch weiter steigerte, und es kostete ihn große Mühe, einfach stehenzubleiben und einen kühlen, etwas distanzierten Ton anzuschlagen.

»Was machst du denn hier, Jules?«

»Ich hatte nicht erwartet, um diese Zeit hier jemanden zu treffen«, entgegnete sie mit heller, leicht aufgeregter Stimme.

»Du hast meine Frage nicht beantwortet.«

»Ich... ich wollte weg. Weg von meiner Schwester.«

Hatte die besserwisserische Sarah ihr etwa zugesetzt?

»Aha«, war alles, was er darauf erwiderte. Dann ging er mit entschlossenen Schritten über den Strand bis zu der Stelle, wo er seine Kleider abgelegt hatte. In jeder Sekunde war er sich dabei bewußt, daß ihre Blicke ihm folgten. Rasch kleidete er sich an und richtete sich erst wieder auf, als er auch die Stiefel angezogen hatte. In der Zwischenzeit war seine Erregung glücklicherweise ein ganzes Stück schwächer geworden. Als er sich umdrehte, stand Jules ganz ruhig in einiger Entfernung, und das Mondlicht beleuchtete ihr schmales Gesicht.

»Ich wohne übrigens bei den Baldwins. Höchstwahrscheinlich werden wir uns ja morgen sehen. Gute Nacht.«

Himmel, das hat sich ja ziemlich eiskalt und gefühllos angehört! Nach einigen Schritten blieb Saint noch einmal stehen. »Jules«, begann er dann noch einmal in wesentlich sanfterem Ton, »laß dich von Sarah nicht verletzen. Sie versteht nicht das geringste!« *Niemand versteht dich, am allerwenigsten dein engstirniger Vater und deine willenlose Mutter auch nicht.*

»Sarah ist wie sie ist«, bemerkte Jules achselzuckend und reckte dann ihr kleines Kinn in die Luft. »Ich werde es schon schaffen. Vielen Dank.« *Wenn du gehen möchtest, so geh doch!*

Als ob sie es laut ausgesprochen hätte, nickte er ihr nur noch kurz zu, machte dann auf dem Absatz kehrt und ging über den Strand davon. Dabei spürte er, wie er innerlich erbebte und ein Schauer über seinen Körper lief.

Eigentlich sollte ich das in einem Bild festhalten, dachte Jules, und es *Familie mit verlorener Tochter am Frühstückstisch* nennen. Fast hätte sie laut gelacht, als sie sich vorstellte, wie Koli zur Feier ihrer Rückkehr ein gebratenes Kalb servierte, damit jeder sich daran gütlich tun konnte. Ihr Vater saß stocksteif in seinem hochlehnigen Armstuhl, während ihre Mutter mit fahrigen, ängstlichen Bewegungen ein Stück Brot zerkrümelte. Sarah schwieg verbissen und spielte mit der Papaya, die vor ihr auf dem Teller lag. Thomas spürte die Spannung sehr und ging jeder Diskussion aus dem Weg, indem er den Kopf gesenkt hielt und sich ausschließlich seinem Frühstück widmete.

Ich bin fremd hier. Hier gehöre ich nicht hin!

»Heute ist Samstag«, ergriff Etienne DuPres das Wort. »Wirst du zur Plantage gehen, Thomas?«

»Ja, Vater. John und ich haben einiges zu besprechen.«

Jules sah, wie ihre Schwester bei dieser Bemerkung den Kopf hob und sehnsuchtsvoll dreinschaute. »Wird John mit dir zum Mittagessen kommen?« wollte Sarah wissen.

Thomas warf Juliana einen Seitenblick zu. »Ich denke, daß ihn nichts auf der Welt davon abhalten kann.«

»John wird unsere Sarah schließlich heiraten«, mischte sich nun auch Aurelia DuPres mit ihrer dünnen hohen Stimme ins Gespräch. »Da wird er natürlich am Mittagessen teilnehmen!«

Für einige Augenblicke ruhten Etienne DuPres' Augen auf seiner jüngeren Tochter. Sie sieht tatsächlich wie eine Dirne aus, dachte er. Genau wie ihre Großmutter. Unvermittelt schob er dann seinen Stuhl zurück und stand auf. »Juliana, komm mit in mein Arbeitszimmer! Ich muß mit dir sprechen.«

Lange vor dem Mittagessen hatte Juliana das Haus bereits verlassen. Sie wollte weder John Bleecher begegnen noch sonst irgend jemandem. Obwohl sie ausschließlich die kleinen Seitenstraßen benutzte, traf sie doch eine Menge Leute, die sie kannten. Die meisten nickten ihr nur freundlich zu und gingen weiter ihres Weges, aber die Eingeborenen waren wesentlich natürlicher und gaben ihrer Freude über Julianas Rückkehr ungeniert Ausdruck. Bestimmt hätten sich auch Kanolas Mann und die Kinder über einen Besuch von Jules gefreut, doch das Erlebnis war noch so frisch in ihrem Kopf, daß sie sich nicht dazu überwinden konnte. Der Schmerz saß noch zu tief.

Jules ging in südlicher Richtung, am Friedhof der Episkopalkirche vorbei, und bog schließlich in die Shaw Street ein. Die Straße war sehr schmal und nach einem kurzen Regenguß am Morgen ziemlich aufgeweicht, so daß Juliana ihre Röcke raffen und mit gesenktem Kopf sorgfältig auf jeden Schritt achten mußte. Dabei kreisten ihre Gedanken unentwegt um die Unterredung, die sie vormittags mit ihrem Vater gehabt hatte. Im Grunde war es gar keine richtige Unterredung gewesen, denn sie hatte nicht viel sagen können. Ihr Vater hatte hochaufgerichtet wie Gott persönlich vor ihr gestanden und seine Meinung kundgetan.

Sobald Jules den Strand erreichte, entledigte sie sich ohne jede Hemmung ihrer Strümpfe und Schuhe und watete genüßlich durch das flache Wasser. Weiter draußen fischten einige Männer vom Kanu aus, und zwei Kinder badeten vergnügt in der Brandung. Mit gesenktem Kopf spazierte sie den Strand entlang und bückte sich immer wieder, um eine angeschwemmte Muschel genauer zu betrachten. Sie war so in Gedanken versunken, daß sie für ihre weitere Umgebung kein Auge hatte und nicht einmal die Vögel über ihrem Kopf bemerkte. In kürzester Zeit war ihr Rocksaum durchnäßt, doch das kümmerte sie zum ersten Mal in ihrem Leben überhaupt nicht. Was hätte ihr Vater ihr denn noch Entsetzlicheres antun können?

Nachdem sie ein weites Stück gegangen war, kehrte sie dem Ozean den Rücken und ging barfuß landeinwärts nach Maluuluolele. Gedankenvoll blickte sie über die Lagune zu der kleinen Insel namens Mokuula hinüber, die früher der Sitz der Häuptlinge von Maui gewesen war. Noch vor nicht allzulanger Zeit hatte König Kamehameha III. dort Besucher empfangen und ihnen unter anderem auch die Begräbnisstätten der alten Häuptlinge gezeigt.

»Juliana!«

Als plötzlich John Bleechers Stimme an ihr Ohr drang, blieb

sie wie angewurzelt stehen und wandte sich dann langsam nach ihm um. »Hallo, John. Ich dachte, du würdest bei uns zu Hause zu Mittag essen?«

»Nein, ich bin gleich wieder fort, als ich gehört habe, daß du nicht da warst... Ich mußte dich unbedingt sehen, mit dir reden...«

Weder will ich Sarah noch ihm im Weg stehen, schwor sich Jules. »Ich werde die Insel bald verlassen.«

»Ich weiß«, entgegnete er, wobei er sie fasziniert anstarrte. Dabei zuckte es ihm in den Fingern. Gar zu gern hätte er diese Frau endlich berührt und in ihrem herrlichen Haar gewühlt.

»Ich möchte lieber allein sein, John, ich hoffe, daß du Verständnis dafür hast.«

Statt sich zu entfernen, kam er jedoch noch einen Schritt näher, so daß Jules sich zurückbeugen mußte, um ihm ins Gesicht sehen zu können. Fragend legte sie den Kopf zur Seite, als sie seine seltsame Miene bemerkte.

»Wir sind ganz allein.« Das hatte John eigentlich mehr zu sich selbst gesagt.

»Es sieht ganz so aus.«

In dieser Sekunde packte er sie plötzlich ohne jede Vorwarnung, drückte sie wie in einem Schraubstock an sich und preßte seinen heißen Mund auf ihre Lippen. Sekundenlang war Jules vor Überraschung wie gelähmt.

»John!« rief sie schließlich und fühlte dabei, wie im selben Augenblick seine Zunge von ihrem Mund Besitz ergriff. Rasend vor Wut schlug sie auf ihn ein und wand sich in seiner Umarmung, doch er war so stark, wie sie es nie für möglich gehalten hätte.

»Hör damit auf, Juliana!« befahl er mit nie gehörter, schnarrender Stimme. »Verdammt, du mußt doch wissen, daß ich immer nur hinter dir her war und nicht hinter Sarah. Jetzt habe ich endlich die Wahrheit erfahren! Wievielen Männern hast du dich bisher hingegeben?«

»Was soll ich hingegeben haben? Laß mich los, John! Wie kannst du nur wagen, mich so zu bedrängen!«

Aber er ließ sie nicht los. Er schien wie von Sinnen und drückte Juliana beinahe die Luft ab. »Tu doch nicht so unschuldig! Mich täuschst du nicht. Ich weiß alles! Sarah hat mir haarklein erzählt, was du alles gemacht hast! Auf einen Mann mehr oder weniger kommt es doch da nicht mehr an, oder? Ich möchte wetten, daß du dich auch für Saint auf den Rücken gelegt hast!«

Für einige Augenblicke vergaß Jules jede Angst. Was hatte ihre Schwester ihm erzählt? »Demnach hältst du mich also für eine Hure?« fragte sie voller Verblüffung.

Statt einer Antwort vergrub John sein Gesicht aufstöhnend an ihrer Kehle. Als dann auch noch seine Hände nach ihren Brüsten grapschten, schrie Jules auf und sah wieder Jameson Wilkes über sich, wie er ihre nackten Brüste gestreichelt, gedrückt und gequetscht hatte. Diese Erinnerung war zuviel. Wie eine Wilde kratzte sie ihren Angreifer und trat so heftig nach ihm, daß sie bei jedem Atemzug keuchend nach Luft schnappte.

John war jedoch stärker und zwang sie schließlich zu Boden. Gleichzeitig warf er sich mit seinem ganzen Gewicht auf sie, um sie an jeder Bewegung zu hindern. Durch alle Lagen ihrer Kleider spürte Jules, wie sein erregtes Glied gegen ihren Bauch drückte. Oh, Gott, es schmerzte. Plötzlich überkam sie grenzenlose Furcht und blitzartig begriff sie, was es hieß, vergewaltigt zu werden.

Saint wusch sich gründlich die Hände und trocknete sie an dem weißen Handtuch ab, das Dwight Baldwin ihm reichte.

»Ich bedanke mich für Ihre Hilfe, Saint. Im Augenblick haben wir nur zwölf Patienten, doch das kann sich rasch ändern.«

»Das habe ich doch gern getan. Die Syphilispatienten überwiegen eindeutig, nicht wahr?«

»Zu meinem Leidwesen kann ich das nur bestätigen. Es ist einfach entsetzlich! Was halten Sie übrigens von dem armen Kerl, den wir zuletzt untersucht haben?«

»Meiner Meinung nach müssen Sie ihm heute noch das Bein abnehmen, sonst wird er den morgigen Tag nicht mehr erleben.«

Dwight Baldwin seufzte. »Das ist genau das, was ich denke. Ein so unnötiger Unfall! Es ist auf der Taro-Plantage von Elisha Bleecher passiert, doch der hat den Mann erst gestern hierher ins Hospital gebracht!«

»Verfügen Sie über Äther?«

»Nein, aber Chloroform. Gott sei Dank müssen wir unsere Patienten nicht mehr so entsetzlich quälen wie früher! Haben Sie mir nicht erzählt, daß Sie 1846 beim ersten Einsatz von Äther Augenzeuge waren? Soviel ich mich erinnere, muß das im General Hospital von Massachusetts gewesen sein, nicht wahr?«

»Genau«, bestätigte Saint. »Ich weiß noch wie heute, wie vorher alle Ärzte und Schwestern abschätzig gelacht und sich eher amüsiert haben, bis sie schließlich eines Besseren belehrt wurden und verblüfft schwiegen. Nie werde ich Dr. Warrens Gesichtsausdruck vergessen, als er den ersten Schnitt ausführte. Der Patient rührte sich nicht und gab während der gesamten Prozedur keinen Laut von sich. Nach der Operation wandte sich Dr. Warren mit ergriffenem Gesicht an seine Zuhörer und verkündete, daß dies kein Hokuspokus gewesen sei.«

»Ich habe gehört, daß einer der Ärzte nach vorn gegangen sein und versucht haben soll, den Patienten aufzuwecken, um sich persönlich von der Wirkung zu überzeugen.«

Das war zwar nicht passiert, doch es machte die Geschichte glaubhafter, und so nickte Saint schließlich. »Ich würde mir nur wünschen, daß wir unsere Kollegen davon überzeugen könnten, dieses Mittel auch in der Geburtshilfe einzusetzen.« Saint kannte Dwight Baldwin als äußerst mitfühlenden Kollegen, aber in dieser Beziehung teilte dieser die altmodische Ansicht vieler Ärzte, die, aus welchen Gründen auch immer, Wehenschmerzen als gottgewollt und natürlich ansahen und den Frauen keine Erleichterung verschaffen mochten.

Heute allerdings kam es zu keiner Diskussion, denn Dwight wechselte nach einer kleinen Pause das Thema. »Ich habe von Juliana DuPres gehört.«

»Natürlich! Ich habe Ihnen doch gestern abend erzählt, was ihr zugestoßen ist und wie ich sie befreit habe.«

»Das habe ich nicht gemeint.« Dwight seufzte.

»Das denke ich mir. Vermutlich hat inzwischen jeder davon gehört, doch das wird sich legen«, meinte Saint. »Sie wird es überwinden.«

Dwight bedachte ihn mit einem fragenden, leicht ungläubigen Blick, doch Saint hatte sich bereits abgewandt und unterhielt sich mit einem alten Mann, der mindestens dreimal in der Woche frischen Fisch vorbeibrachte. Nachdem man dem alten Kama vor langer Zeit nach einem Bruch das Bein geschient und er mit frischem Fisch bezahlt hatte, hatte er diese Gewohnheit einfach beibehalten.

Kurz danach verabschiedeten sich Saint und Dwight Baldwin voneinander, und Saint ging zu Julianas Elternhaus. Dort erfuhr er, daß Juliana spazierengegangen war und machte sich unverzüglich auf die Suche nach ihr. Es war nicht weiter schwer, durch einiges Fragen ihren Weg zu verfolgen. Als er irgendwann ihre wilden, entsetzten Schreie hörte, wirbelte er herum.

»Jules!« Wie besessen rannte er in die Richtung, aus der die Schreie gekommen waren, und brach rücksichtslos durch die Büsche, die ihm die Sicht versperrten. Und dann erblickte er das hilflos auf dem Rücken liegende, schreiende Mädchen und John Bleecher, der sie mit seinem Becken zu Boden drückte und an ihrem Kleid zerrte.

Besinnungslos vor Zorn stürzte sich Saint mit lautem Gebrüll auf John. »Du verdammter Mistkerl!« schrie er ohne jede Beherrschung und riß ihn hoch. Noch in derselben Sekunde rammte er ihm mit voller Wucht die Faust so heftig in den staunend offenstehenden Mund, daß der junge Mann rückwärts taumelte. »Du dreckiges Schwein! Dir werde ich es zeigen! Ich werde dir das Genick brechen!«

Inzwischen hatte Jules sich ein wenig hochgerappelt. Sie sah, wie Michael auf John einschlug, und hörte die Schmerzensschreie. Er war drauf und dran, ihn umzubringen! In diesem Augenblick tauchte glücklicherweise ihr Bruder auf der Bildfläche auf. »Thomas!« rief sie aus Leibeskräften. »Hilfe! Rasch, beeil dich!«

Genausogut könnte ich versuchen, eine Lokomotive aufzuhalten, dachte Thomas noch, während er sich verzweifelt an den Tobenden klammerte. »Sie werden ihn umbringen, Saint!«

Der erschreckte Zwischenruf wirkte augenblicklich. So schnell, wie Saint in Wut geraten war, hatte er sich auch wieder in der Gewalt. Und da erst sah er John Bleechers blutige Nase und hörte sein dumpfes Stöhnen.

»Was zum Teufel ist denn überhaupt vorgefallen?« wollte Thomas wissen.

Ganz langsam richtete Saint sich zu voller Größe auf und schloß sekundenlang die Augen. »Dieser kleine Dreckskerl hat versucht, Ihre Schwester zu vergewaltigen«, sagte er schließlich mit tonloser Stimme. Dann lächelte er urplötzlich. »Ich glaube, er kann eine kleine Abkühlung gebrauchen.«

Und schon hatte er das jammernde Bürschchen am Genick und am Hosenboden gepackt. Trotz heftiger Gegenwehr schleppte er das Bündel über den Strand bis zum Ozean, watete ein Stück weit hinein und warf John dann mit gewaltigem Schwung in die Brandung. Grinsend kehrte er zu der Stelle zurück, wo Jules von Thomas gestützt wurde. Nur wer Saint genau ansah, bemerkte die entschlossene Miene hinter seiner Grimasse.

Er war jedoch sofort wieder ernst, als er Jules' aschfahles Gesicht bemerkte. Sie stand stocksteif neben Thomas, und ihre Augen blickten durch ihn hindurch, ohne ihn wahrzunehmen.

»Sie wird es schon schaffen«, brummte er vor sich hin. »Jules!« Doch als er auch nur die Hand nach ihr ausstreckte, erbebte sie heftig und stolperte nach rückwärts. Kraftlos sank sie auf die Knie und blickte mit weit ausgerissenen Augen zu Saint empor. »Er sagte, daß ich mich vielen Männern hingegeben hätte und mit ihm dasselbe tun sollte. Er hat behauptet, daß Sarah ihm das alles erzählt hat.«

»Diese dumme eifersüchtige Hexe!«

»Ruhig Blut, Thomas«, meinte Saint beschwichtigend.

In derselben Sekunde verlor Jules jede Beherrschung. Sie lag wieder nackt in Wilkes' Koje, fühlte wie er sie berührte, und spürte seine gierigen Blicke auf ihrem Körper. Beim Gedanken an Johns brutalen Angriff schlang sie schützend die Arme um sich und schaukelte sich in der Hocke hin und her. »Nein, nein, nein!« Ihre Stimme war gleichförmig wie in Trance.

»Um Himmels willen!« Thomas war außer sich vor Entsetzen. »Tun Sie doch etwas, Saint!«

»Bringen Sie John von hier fort.« Saint sprach ganz ruhig. »Mit Jules komme ich schon zurecht. Achten Sie darauf, daß uns sonst niemand stört. Verstanden?«

John hatte sich aufgerappelt und stolperte bereits wieder auf sie zu, doch Thomas fing ihn rechtzeitig ab. Saint sah noch, wie er ihn entschlossen am Arm faßte und davonzog. Allerdings konnte er nicht verstehen, was er ihm dabei zuflüsterte. Geduldig wartete er noch einige Minuten, bevor er sich vor Jules auf den Boden kniete. Vorsichtig umfaßte er ihr Kinn und hob ihr

Gesicht in die Höhe. Blind starrten ihre weit aufgerissenen Augen ins Leere, und ihre Lippen formten immer noch unhörbar: »Nein, nein...«

Nach kurzem Zögern schlug Saint ihr ein einziges Mal heftig auf die Wange und fing sie dann in seinen Armen auf. In der ersten Sekunde hatte sie nur geblinzelt, dann war ihr ein Schauer über den Rücken gelaufen, und sie hatte leise aufgeschrien, doch da hatte er sie bereits in seine Arme gezogen und wiegte sie sanft. »Es ist ja vorbei, Jules. Alles wird gut. Kein Mann wird dir jemals wieder zu nahe treten. Das verspreche ich dir!«

Und in dieses Versprechen schloß er auch sich selbst mit ein. Als sie schließlich den Kopf gegen seine Schulter sinken ließ und zu weinen anfing, seufzte er erleichtert. Irgendwann schmerzten ihn seine Knie in der ungewohnten Haltung so sehr, daß er sich sacht zu Boden gleiten ließ und Jules mit sich zog. Dabei preßte er ihr Gesicht unentwegt gegen seine Brust und lockerte seine Umarmung keine Sekunde.

»Er will mich nach Kanada schicken«, flüsterte Jules mit erstickter Stimme. »Nach Toronto. Ich soll bei seiner Schwester Marie wohnen. Sie ist eine alte Jungfer und tut nur gute Werke. Er sagt, daß er die Schande, die ich über ihn und seine Familie gebracht hätte, nicht länger ertragen wollte.«

Für Sekunden schloß Saint fassungslos die Augen, während er fieberhaft nach einem Ausweg suchte. Was sollte, was konnte er tun? »Ich werde mit deinem Vater sprechen«, sagte er schließlich. »Er wird dich nicht fortschicken.«

Jules hätte ihm den Plan gern ausgeredet und gesagt, daß es nichts nützen würde, doch sie brachte es nicht über sich. Er hatte sie befreit und schon genug für sie getan.

»John hat behauptet, daß ich auch mit dir...«

Saint konnte sich schon denken, was John Bleecher gesagt hatte, und binnen Sekunden entwickelte er wieder eine derartige Wut, daß er den jungen Mann voller Wonne noch einmal verprügelt hätte, wenn er ihm über den Weg gelaufen wäre. Nach einiger Besinnung verdrängte er diesen Wunsch jedoch und sprach ganz ruhig weiter. »Er ist ein verwöhnter, gedankenloser Lümmel. Ich habe keine Ahnung, was deine Schwester ihm erzählt hat, aber du kannst sicher sein, daß ich ihr meine Meinung sagen werde!«

Saint fühlte, wie Jules an seiner Brust den Kopf schüttelte. »Nein, bitte nicht!« bat sie. »Sarah liebt diesen Jungen, und sie... hat mit ihm... Jetzt muß er sie heiraten, und sie hat schreckliche Angst, daß er es vielleicht nicht tut, nachdem ich nun wieder da bin.«

»Man sollte sie übers Knie legen!«

Saint war erleichtert, als Jules auflachte. Es war zwar noch längst kein befreiendes Lachen, aber es war immerhin ein Anfang. Sie hielt schon einiges aus, sein kleines Mädchen! »Einverstanden«, lachte sie. »Aber du kannst dich darauf verlassen, daß ich ihr auch selbst schon gehörig die Meinung sagen werde!«

»Also gut. Aber ich werde mir deinen Vater vorknöpfen und mit ihm ein ernstes Wörtchen reden!«

Wenig später saßen sich die beiden Männer an Reverend Etienne DuPres' riesigem Mahagonischreibtisch gegenüber, hinter dem der bläßliche, schmächtige Mann beinahe verschwand. Eine arme Seele, dachte Saint, ohne jeden Humor, ohne Liebe und voller Fanatismus, der jeder Fantasie den Garaus machte.

»Ich bin wegen Jules gekommen«, eröffnete er das Gespräch ohne Umschweife.

»Sie heißt Juliana«, verbesserte DuPres mit widerwilliger Miene.

»Nun gut, lassen wir das. Ich bin gekommen, um mit Ihnen über Ihre jüngste Tochter zu sprechen. Sie hat mir erzählt, daß Sie sie nach Kanada schicken wollen.«

»Das ist richtig. Ich kann ihre Gegenwart keinen Augenblick länger ertragen. Sie hat uns tief enttäuscht! Meine Schwester wird sie unter ihre Fittiche nehmen.«

»Darf ich fragen, weshalb Sie ihre Gegenwart nicht länger ertragen können?« erkundigte sich Saint sehr sanft. Zu sanft.

»Stellen Sie sich doch nicht dümmer, als Sie sind, Morris!« herrschte ihn DuPres an, wobei er am ganzen Leib vor Verachtung bebte. »Ich habe keinerlei Zweifel daran, daß auch Sie, neben manchen anderen, den Körper meiner Tochter genossen haben! In meinem Haus dulde ich keine Hure!«

»Haben Sie sie denn gar nicht angehört? Haben Sie denn nicht verstanden, was sie gesagt hat? Sie kann nichts für die Dinge, die geschehen sind. Damit Sie mich nicht falsch verstehen, und das möchte ich ganz ausdrücklich hervorheben, ist Ihre Tochter immer noch Jungfrau. Rein und unschuldig.« *Und sie ist in tiefster Seele verletzt.*

»Nach meiner Erfahrung, lieber Dr. Morris, wollen die meisten Männer von einer Frau nichts mehr wissen, wenn sie erst einmal mit ihr geschlafen haben. Wie ich sehe, trifft das auch für Sie zu. Zu meinem Leidwesen bin ich ihr Vater, und ich werde ganz allein entscheiden, was ich für richtig halte. Jetzt müssen Sie mich entschuldigen.«

Fast hätte Saint wortlos ausgeholt und zugeschlagen, doch er erinnerte sich gerade noch rechtzeitig an John Bleechers blutige Nase und an seinen Schwur, sich niemals mehr an einem Schwächeren zu vergreifen. Einige Augenblicke lang sah er sein Gegenüber nur wortlos an und versuchte vergeblich, sich vorzustellen, wie das Gehirn dieses Mannes wohl funktionierte. Doch irgendwann begriff er, daß es hier nichts mehr zu sagen gab. Seine Entscheidung war gefallen, und es gab keinen anderen Weg mehr. Wortlos machte er auf dem Absatz kehrt und ging ohne Gruß aus dem Zimmer.

Etienne DuPres stand noch eine ganze Weile mitten im Raum und starrte blicklos vor sich hin, während sich die Gedanken in seinem Kopf überschlugen. Für ihn war klar, daß sich auch Morris mit seiner Tochter vergnügt hatte. Und Juliana mit dem wilden Blut ihrer Großmutter... Er fühlte sich nur bestätigt, denn er hatte es vom ersten Augenblick an gewußt und diese Entwicklung vorausgesehen. Im Geist klopfte er sich voller Stolz auf die Schulter. Er hatte die einzig richtige Entscheidung getroffen und mußte nun nur noch alles in die Wege leiten. Zufrieden ließ er sich am Schreibtisch nieder und begann seinen Brief.

10. Kapitel

Verstohlen schlich sich Saint in den hinteren Teil der Waine's Kirche. Drinnen war es angenehm kühl, weil das Gebäude ganz aus Stein bestand. Es faßte ungefähr dreitausend Hawaiianer, wenn sie dichtgedrängt nebeneinander auf dem Boden saßen.

Für die tabakkauenden Häuptlinge und die Kapitäne standen auf einer Seite des gewaltigen Raumes Spucknäpfe bereit. An diesem Sonntagmorgen hatten sich jedoch nur etwa dreihundert Gläubige versammelt. Saint lächelte spöttisch, denn ganz offensichtlich hatte es sich herumgesprochen, daß Dwight Baldwin, der normalerweise hier predigte, zu einer sterbenden Frau gerufen worden war und Etienne DuPres seinen Platz einnehmen sollte.

Ohne Schwierigkeiten konnte Saint erkennen, daß Jules zusammen mit ihrer Familie in einer der ersten Reihen saß. Sie trug einen einfachen Hut, und ihr Gesicht war blaß, aber sehr gefaßt. Da Saint im Augenblick nichts weiter tun konnte, lehnte er sich zurück und machte sich auf eine langweilige Stunde gefaßt. Doch genau das Gegenteil trat ein.

Nachdem die beiden Eingangsstrophen gesungen worden waren, betrat Reverend DuPres die Kanzel und verlas einige Stellen aus der Bibel. Anschließend hielt er eine kurze Ansprache, die sich im wesentlichen mit seinem Lieblingsthema, nämlich den Sünden des Fleisches, auseinandersetzte. Bis dahin war alles wie gewohnt verlaufen. Doch nun trat eine kleine Pause ein, und Saint hätte schwören können, daß der Reverend sekundenlang gelächelt hatte.

Als er in seiner Rede fortfuhr, klang seine Stimme jedenfalls ein ganzes Stück lauter und erregter. »Und besonders schwer ist es, wenn ein Diener Gottes mit Nachkommen gestraft ist, die trotz aller Unterweisungen, Warnungen und trotz des tugendhaften Beispiels der Eltern keinerlei moralische Haltung besitzen.« In der Gewißheit, daß die Augen aller auf ihn gerichtet waren, legte er eine kleine, aber wirkungsvolle Pause ein, in der seine Zuhörer ihrer Verwunderung Ausdruck geben konnten.

Saint riß es förmlich von der Bank. Nein, dachte er, das wird DuPres nicht wagen! Das wird er seiner Tochter nicht antun!

»Die meisten unter Ihnen, die meine Familie gut kennen, wissen, daß wir unsere jüngere Tochter für tot gehalten haben, genau wie die tugendhafte Kanola, die inzwischen bei Unserem Herrn im Himmel weilt. Der Unterschied zwischen den beiden Frauen ist nur zu offensichtlich. Die eine hat den Tod vorgezogen, anstatt sich der Fleischeslust hinzugeben. Die andere hingegen hat die Sünde gewählt.«

Saint hörte, wie neben ihm einige Matrosen lachten. Jules saß wie erstarrt und war leichenblaß geworden, während ihre Mutter lediglich den Kopf gesenkt hatte. Thomas dagegen war errötet, doch um die Lippen der biestigen Sarah spielte tatsächlich ein leichtes Lächeln. Saint war nicht bewußt, daß er aufgestanden war und langsam nach vorn zur Kanzel ging. Äußerlich war ihm von dem Aufruhr, der in ihm tobte, nichts anzumerken.

»Meine Tochter Juliana DuPres«, fuhr der Reverend mit ernster, getragener Stimme fort, »hat sich selbst in diese Lage gebracht. Ihr Sinn für christliche Moral und Tugend ist so schwach ausgebildet, daß sie es sogar gewagt hat, nach Lahaina zurückzukehren. Und noch dazu in Begleitung einer der Männer, die ihr diesen Lebenswandel erst nähergebracht haben!«

»Halten Sie den Mund, Sie verdammter Kerl!«

»Oh, nein, ganz im Gegenteil!« donnerte DuPres von der Kanzel herab und schlug energisch mit der Faust auf das Pult. »Ich werde die Wahrheit sagen, die ganze Wahrheit, Dr. Morris! Meine Tochter hat klar bewiesen, daß sie eine Dirne ist! Und Sie, Sir, haben Ihren Beitrag dazu geleistet! Erst gestern hat sie doch tatsächlich versucht, den unschuldigen nichtsahnenden Verlobten meiner Tochter Sarah zu verführen! Ja, John Bleecher, einen anständigen aufrechten jungen Mann, der völlig entsetzt reagiert hat und natürlich nichts mit ihr zu tun haben wollte!«

»Das ist eine Lüge, Vater!« brüllte Thomas dazwischen, den es schon längst nicht mehr auf seinem Platz hielt. »Es war genau umgekehrt! John hat versucht, sie zu vergewaltigen!«

»Ein Mensch wie sie ist für unsere Gemeinde...«

Weiter kam er nicht, denn in dieser Sekunde hatte Saint die Kanzel erreicht und das schmächtige Männlein an seinen Rockaufschlägen gepackt. Mit Leichtigkeit hob er ihn ein Stück weit in die Höhe und schüttelte ihn wie eine Ratte. »Sie elender Lügner! Sie Wurm!« zischte er, bevor er weit ausholte und dem kleinen Mann seine Faust ins Gesicht schlug.

Als Etienne DuPres wie vom Blitz getroffen zu Boden sank, herrschte augenblicklich ein gewaltiger Aufruhr. Saint jedoch wandte sich ungerührt ab und bahnte sich einen Weg durch die aufgeregte Menschenmenge bis zu der Bank, in der Jules hochaufgerichtet saß.

»Komm mit, Jules«, sagte er ganz sanft. »Gehen wir!«

Statt einer Antwort richtete sie nur ihre riesengroßen fragenden Augen auf sein Gesicht.

»Komm mit mir!« wiederholte er und nahm sie bei der Hand.

»Juliana, das kannst du nicht tun!« zischte ihre Mutter, doch Jules schien sie überhaupt nicht zu hören. Vertrauensvoll legte sie ihre Hand in Michaels und ließ sich willenlos durch die Menschenmenge aus der Kirche führen.

Obwohl Saint äußerlich völlig gelassen und ruhig wirkte, schlug sein Herz zum Zerspringen, und er zitterte am ganzen Körper. Als sie in das blendende Sonnenlicht hinaustraten, mußte er sekundenlang die Augen schließen und merkte nicht einmal, daß er die Hand des Mädchens schmerzhaft drückte. Ohne stehenzubleiben zog er sie den ganzen Weg bis zum Strand. Das gleichmäßige, einschläfernde Geräusch der anbrandenden Wellen hatte bisher noch nie seine beruhigende Wirkung verfehlt, doch heute war alles anders.

»Setz dich«, sagte er, als sie schließlich den Schatten einer Palme erreicht hatten. »Die Sonne ist heute stark.«

»Aber ich habe doch meinen Hut auf«, widersprach sie zwar, tat aber dann genau, was er gesagt hatte.

»Innerhalb der letzten vierundzwanzig Stunden habe ich zwei Männer umbringen wollen!« fuhr Saint dann mit derselben unnatürlich ruhigen Stimme fort. »Ich... ein Arzt, der normalerweise Leben bewahren soll!«

Der schmerzliche Ausdruck seiner braunen Augen griff Jules ans Herz. »Das ist doch allein meine Schuld, Michael! Du darfst dir doch deshalb kein schlechtes Gewissen machen! Du bist... viel zu gut und zu liebevoll. Irgendwie werde ich den Gedanken nicht los, daß mein Vater möglicherweise sogar recht hatte. Ich wollte lieber leben, statt mich umzubringen, wie Kanola das getan hat. Ich glaube, ich hätte mich sogar... mißbrauchen lassen, nur um zu überleben. Nein, Michael, dich trifft wirklich keine Schuld. Es tut mir leid, was geschehen ist.«

Unwillig schüttelte Saint den Kopf. Ein Narr war er, in diesem Augenblick nur an sich selbst zu denken! »Verzeih mir, Kleines.« Mit diesen Worten zog er sie in seine Arme und tröstete damit nicht nur sie, sondern auch sich selbst. Jules jedoch blieb auch weiterhin passiv und hielt ganz still, während er sie im Arm hielt und sein Atem sanft über ihre Schläfe streichelte.

Nach einigen Minuten sprach er schließlich weiter. »Ich war nur in der Kirche, weil ich dich nach dem Gottesdienst treffen und ohne deine Familie ungestört mit dir reden wollte. Ich habe nämlich gestern mit Reverend Baldwin ausgemacht, daß er uns traut, sobald er von seinem Patientenbesuch zurückkehrt.«

Jules wußte nicht, ob sie lachen oder weinen sollte. Von ihrer Mutter hatte sie erfahren, was zwischen ihrem Vater und Saint gesprochen worden war, und sie konnte sich denken, aus welchem Grund er sie nun plötzlich heiraten wollte. Er fühlte sich für sie verantwortlich, hatte Mitleid mit ihr...

»Ich hätte mich doch besser umbringen sollen«, sagte sie schließlich. »Dann würde mich jetzt niemand hassen und beschimpfen!«

Seine Arme schlossen sich so fest um sie, daß sie vor Schmerz aufschrie, doch Saint entschuldigte sich nicht. Dazu war er viel zu wütend. »Sag so etwas nicht noch einmal! Selbst wenn ein ganzes Dutzend Männer über dich hergefallen wäre, hättest du keinerlei Schuld! Und ich empfände mindestens ebenso viel Respekt vor dir wie jetzt!«

»Aber es stimmt doch, Michael! Alle außer Thomas wünschten, ich wäre tot.«

»Ich nicht, mein Liebling, und mit diesem Thema befassen wir uns erst wieder, wenn du weit über achtzig bist. Einverstanden? Denke nicht mehr an die schrecklichen Erlebnisse und vergiß deine engstirnigen Eltern und auch das gemeine Biest von Schwester!«

Als Jules sich ihm entzog und sich abwandte, hielt er sie nicht zurück. »Es ist nicht recht, daß du dich jetzt verpflichtet fühlst, mich zu heiraten«, sagte sie schließlich mit emotionsloser Stimme. »Ich werde nach Kanada gehen.«

»Nirgendwohin wirst du gehen! Höchstens mit mir zurück nach San Francisco.« Dann trat eine kleine Pause ein, bevor er weitersprach. »Hast du geahnt, daß dein Vater so reagieren würde, und wolltest deshalb bei mir in San Francisco bleiben?«

»Ich... Das weiß ich nicht genau, aber das ist jetzt auch nicht mehr wichtig. Ich weiß nur, daß sich mein Vater gestern abend ausführlich mit John Bleecher unterhalten hat! Kannst du mir vielleicht verraten, weshalb John so gelogen hat?«

»Vergiß diesen Mistkerl!« Saints Stimme klang ungewöhnlich

scharf, weil er sich ärgerte, daß er schon wieder in Wut geriet. »Willst du mich heiraten, Jules? Willst du meine Frau werden und mit mir nach Hause fahren?«

Jules konnte einem kleinen Anflug von Humor nicht widerstehen. »Wäre es dir denn nicht lieber, wenn ich deine Geliebte würde? Eine Ehefrau ist doch ungleich kostspieliger!«

»Nein, das wäre mir ganz und gar nicht lieber. Ehrlich gesagt, habe ich vergessen, wie kostspielig eine Frau tatsächlich ist.«

Sekundenlang war Jules verwirrt. »Warst du denn schon einmal verheiratet, Michael?«

»Ja, als ich noch in Boston gelebt habe. Sie hieß Kathleen und stammte aus Irland. Sie war siebzehn, als wir geheiratet haben, und ich gerade zwanzig. Eines Tages fuhr sie nach Dublin, um ihre Mutter abzuholen, und dort ist sie an Cholera gestorben. Ihre Mutter übrigens auch.« Saint wunderte sich selbst, wie leicht ihm diese Sätze über die Lippen gekommen waren. Ein leichtes Bedauern war zurückgeblieben und ein schwaches Bild in seiner Erinnerung.

»Oh, das tut mir aber leid.« Jules vermied es, Saint ins Gesicht zu sehen. Insgeheim war sie nämlich sehr erleichtert, daß Kathleen tot war und in Michaels Leben keine Rolle mehr spielte.

»Weißt du, es ist schon sehr lange her. Du brauchst dir deshalb wirklich keine Gedanken mehr zu machen. Außerdem hast du sie ja nicht einmal gekannt.« Das war wieder der altvertraute Michael. »Aber jetzt hätte ich gern eine Antwort auf meine Frage, Jules.«

Gar zu gern hätte sie ihn gefragt, ob er sie liebte, aber sie wagte es nicht, denn sie ahnte ja bereits, daß es nicht so war. In diesem Augenblick war ihr klar, daß ihre Liebe für sie beide ausreichen würde. Wirklich, das Schicksal ging manchmal schon seltsame Wege! »Ja«, antwortete sie schließlich nach einer längeren Pause. »Ja, Michael.«

Plötzlich fühlte er sich, als ob eine große Last von seinen Schultern genommen wäre. Alle seine Freunde, die ihn immer wieder verkuppeln wollten, würden entzückt sein. Es gefiel ihm, wie vertraut er mit Jules war. Er hatte sie ja heranwachsen sehen... Zumindest hatte er sie in den entscheidenden Jahren gekannt und alles an ihr gemocht. »Komm her zu mir! Ich möchte dich küssen.«

Noch während er das sagte, senkte sich ein kleiner Schatten auf seine Seele. Nach allem, was geschehen war, durfte er Jules weder bedrängen noch zwingen, mehr als nur dem Namen nach seine Frau zu sein. Zu seiner Überraschung kam Jules jedoch widerspruchslos zu ihm und hob ihm ihr Gesicht entgegen. Rasch drückte er einen unschuldigen Kuß auf ihre leicht gespitzten Lippen. Bisher waren sie Freunde gewesen, und genauso sollte es bleiben, mußte es bleiben. Niemals wollte er sie verletzen und ihr auch niemals weh tun.

Als ob sie aus einem Traum erwachte, schlug Jules unschuldig die Augen auf. »Ich danke dir, Michael.«

»Was denkst du denn von mir!« brummte er, weil er sie gänzlich mißverstanden hatte. Glaubte sie etwa, daß er sich ohne Umschweife gleich hier am Strand auf sie stürzen wollte wie John Bleecher? Rasch nahm er sie an der Hand und ging mit ihr davon.

Dwight Baldwin bedauerte es wieder und wieder, daß er die Szene in der Kirche versäumt hatte. Anfangs hatte es ihn befremdet, daß Saint sich ausgerechnet an einem Diener Gottes vergriffen hatte, doch nachdem er erfahren hatte, was Etienne DuPres von sich gegeben hatte, war er mit der Handlungsweise seines Freundes nur zu einverstanden gewesen. Zufrieden ruhten seine Augen auf dem jungen Paar. Saint blickte mehr als zufrieden und sehr erleichtert drein, aber Juliana schien noch ein wenig verwirrt zu sein. Baldwin hoffte aus tiefstem Herzen, daß diesen beiden Menschen Glück beschieden sein würde, und schickte ein entsprechendes Gebet zum Himmel.

»Sie dürfen jetzt die Braut küssen, Saint.«

Lächelnd beugte Saint sich hinunter und drückte einen flüchtigen Kuß auf Jules' geschlossene Lippen. Die rundliche Mrs. Baldwin schloß Jules gerührt in die Arme, worauf das Mädchen zu Dwights Überraschung ihre alte Lebendigkeit wiederfand.

»Ich hatte doch tatsächlich vergessen, wie wunderschön Ihr Garten ist, Madam!« rief sie und verbreitete sich dann ausführlich über die verschiedenen Pflanzen.

Saints Lächeln war voller Zärtlichkeit. »Sie wissen sicher, welch begeisterte Botanikerin Jules ist! Haben Sie vielleicht ein Gewächs, das sie noch nicht kennt?«

»Oh ja! Feigen«, erklärte Mrs. Baldwin. »Wenn Sie möchten, Juliana, werden wir sie nach dem Empfang versuchen.«

Jules starrte ihre Gastgeberin aus riesengroßen Augen an. »Ein Empfang? Wer würde daran schon teilnehmen!«

»Aber natürlich werden viele Freunde kommen! Sie haben ja keine Ahnung, wieviele Freunde Sie hier haben. Wirkliche Freunde lassen sich nicht so leicht einschüchtern.«

»Aber ich möchte nicht, daß Sie irgendwelche Unannehmlichkeiten mit meinem Vater bekommen, Reverend Baldwin. Das wäre mir ganz und gar nicht recht, denn Sie haben bereits so unendlich viel für mich... für uns getan.«

Am liebsten hätte Baldwin ihr gesagt, für wie engstirnig und kleinkariert er ihren Vater hielt, doch das sparte er sich, denn er wollte ihr nicht noch weiteren Schmerz zufügen. »Das geht schon in Ordnung, Juliana. Darüber müssen Sie sich wirklich keine Gedanken machen. Kümmern Sie sich lieber um Ihren Ehemann! Mir scheint, daß er vor Hunger beinahe umkommt!«

»Wie wahr!« pflichtete Saint ihm bei. »Hörst du, wie mein Magen knurrt? Aber ich interessiere dich ja noch weniger als die Pflanzen im Garten!«

Jules nahm ihn auf der Stelle beim Wort und wechselte das Thema. Zu Saints Bestürzung erzählte sie den Baldwins statt dessen nun ganz ausführlich, mit welcher Opferbereitschaft und Tüchtigkeit Saint in San Francisco seine Praxis führte.

»Schließlich müssen Sie ja Ihrem Spitznamen alle Ehre machen«, bemerkte Dwight grinsend, als sie sich einige Zeit später im überfüllten Salon der Baldwins unterhielten. »Wirklich, Saint, Sie haben eine ganz reizende Frau!«

»Das ist wahr.« Saint blickte zu Jules hinüber, die sich auf der anderen Seite des Raums mit einigen hawaiianischen Gästen unterhielt. »Noch vor zwei Tagen hätte ich mir das nicht träumen lassen!« Er schüttelte den Kopf. »Das Leben geht manchmal wirklich seltsame Wege.«

Dwight lachte nur. »Ich bin nur froh, daß Sie nicht bereits verheiratet waren, mein Lieber! Dann wären wir nämlich wirklich in Schwierigkeiten gewesen!«

»Bisher habe ich eigentlich nicht ans Heiraten gedacht«, sagte Saint ganz spontan, doch als er merkte, was er gesagt hatte, unterbrach er sich und errötete verlegen.

Doch Dwight tätschelte nur seinen Arm. »Das wird sich geben, glauben Sie mir! Sehen Sie mal, wer da gekommen ist!«

Unter der Tür stand Thomas DuPres in seinem Sonntagsanzug und drehte verlegen seinen Hut in der Hand. Rasch trat Saint auf seinen Schwager zu und schüttelte ihm voller Herzlichkeit die Hand.

»Ich danke dir, daß du gekommen bist, Thomas!« begrüßte er ihn, und als er hinter sich einen kleinen Freudenschrei hörte, trat er rasch beiseite und sah zu, wie Bruder und Schwester einander in die Arme fielen. Dabei tätschelte der junge Mann gerührt und ein wenig ungeschickt Jules' Rücken.

Schließlich räusperte sich Saint. »Wenn sich die anderen Gäste verabschiedet haben, würde ich mich gern noch ein bißchen mit dir unterhalten, Thomas. Einverstanden?« Ohne die Antwort abzuwarten, wandte er sich an seine Frau. »Möchtest du auch ein Glas Punsch, mein Liebes? Ich bin sicher, daß Thomas förmlich danach lechzt!«

Im Lauf des Abends wurde Saint von zwei Schiffskapitänen ins Gespräch gezogen. »Wilkes ist uns seit Jahren ein Dorn im Auge«, meinte Captain Richards von der *Occidental*. »David Gascony und ich haben gerade darüber gesprochen. Sobald wir wieder in San Francisco sind, werden wir ihn ausfindig machen und dann...«

»Und dann was?« fragte Saint, den der Eifer der beiden teils rührte, aber auch ein wenig amüsierte. »Leider sind uns nämlich in dieser Sache die Hände gebunden, Gentlemen. Sie müssen eines bedenken: Falls Sie oder John in San Francisco aktiv werden sollten, wird der Ruf meiner Frau ernsthaft in Gefahr geraten. Und das könnte ihr weit mehr schaden, als die ganze Sache wert ist.«

»Verdammt!« entfuhr es David Gascony. »Es will mir nicht in den Kopf, daß der Kerl einfach so davonkommen soll!«

Mark Richards strich sich nachdenklich über seinen Schnurrbart. »Na wenigstens haben Sie es dem idiotischen Vater anständig gegeben! Ein schrecklicher Mensch!«

Dwight Baldwin lachte, als er die letzte Bemerkung hörte. »In dieser Beziehung kann ich Ihnen nur zustimmen, Mark. Sie werden es ja kaum glauben, aber Etienne DuPres hat mich tatsächlich rufen lassen, um seinen Kiefer zu verarzten. Am liebsten hätte ich noch einen draufgesetzt, doch ich habe mich schließlich damit begnügt, sein Gesicht über und über mit Jod einzureiben, und ihm geraten, während der nächsten drei Tage Stillschweigen zu üben.«

Die drei Männer lachten so herzlich, daß Jules aufsah. Zum ersten Mal seit ihrem Wiedersehen hatte sie Michael wieder so lachen hören... Das tat unendlich gut. Er ist mein Mann, dachte sie. Wir sind tatsächlich verheiratet!

»Aber ich muß Ihnen noch etwas erzählen, Gentlemen«, fuhr Dwight nach einer kleineren Pause fort. »Etienne wußte zu diesem Zeitpunkt, daß ich Sie beide trauen wollte, doch er hat mich lediglich angesehen und kein Wort darüber verloren. Ich hätte wetten mögen, daß er froh und erleichtert war. Einige Augenblicke lang habe ich mir tatsächlich überlegt, ob er seine Tochter nur so bloßgestellt hat, um Sie zur Heirat zu zwingen, lieber Freund.«

»Was ihn in meinen Augen nur um so nichtswürdiger und verachtenswerter macht«, erklärte Saint mit verkniffenen Lippen. »Eines kann ich Ihnen sagen, Dwight: Falls der Himmel tatsächlich nur aus einer Ansammlung solcher Leute bestehen sollte, graust es mir jetzt schon davor.«

Dwight lachte nur. »Ich bin schon jetzt darauf gespannt, was passiert, wenn Sie Ihren besonderen Freund dort oben wiedertreffen!«

Dwight hatte mit den Markhams, mit denen er befreundet war, verabredet, daß sie ihr kleines Haus, das sie am Makila Point besaßen, dem jungen Paar für einige Tage zur Verfügung stellen sollten. Das Haus lag nur ungefähr fünfzehn Minuten von Lahaina entfernt, doch Saint hätte das Angebot trotzdem am liebsten abgelehnt, weil er sich ein wenig vor dem Alleinsein mit Jules fürchtete. Als Jules schließlich mit Mrs. Baldwin nach oben gegangen war, um ihre wenigen Habseligkeiten zu pakken, entschuldigte sich auch Dwight, so daß Saint endlich ungestört mit Thomas reden konnte.

»Ich hasse meinen Vater!« fiel Thomas sofort mit der Tür ins Haus. »Und erst recht, seit ich erlebt habe, wie er Juliana behandelt hat! Und John Bleecher... Er ist ein wahrer Jammerlappen! Sarah und er verdienen einander wirklich!«

»Ich kann dir nur beipflichten.« Ächzend ließ sich Saint in einen bequemen Sessel sinken. »Mich interessiert nur noch, was du jetzt tun wirst.«

Thomas sog hörbar die Luft ein, und dann sprudelte es nur so aus ihm heraus. »Ich möchte auch nach San Francisco gehen, und zwar am liebsten mit dir und meiner Schwester.«

Saint spürte deutlich, daß es dem jungen Mann ernst war, und nickte bedächtig. »Ja, das ist meiner Ansicht nach ein überaus vernünftiger Plan. Doch leider reisen Jules und ich erst am kommenden Mittwoch mit der *Oregon* ab. Wo kannst du bis dahin wohnen? Wie du dir sicher denken kannst, erwartet man, daß deine Schwester und ich unsere Hochzeitsnacht allein verbringen.«

»Das habe ich bereits mit meinem Freund Hopu geklärt. Verdammt, Saint, wenn alle Stricke reißen, schlafe ich auch am Strand!«

»Hast du dir auch schon überlegt, was du in Kalifornien tun willst?« Gespannt hielt Saint den Atem an, denn im stillen befürchtete er, daß sich der junge Mann womöglich unter die Goldgräber begeben wollte.

Doch zu Saints Überraschung hatte Thomas klare Vorstellungen, die er noch dazu überzeugend darzustellen wußte. »Das ist sehr einfach. Ich möchte Arzt werden wie du.«

Saint lächelte erleichtert. »Na wunderbar! Das gefällt mir.« Er erhob sich. »Wirst du dich von deinen Eltern verabschieden?«

»Ehrlich gesagt, habe ich mir das noch nicht genau überlegt. Vielleicht werde ich am Mittwoch dazu in der Lage sein, aber heute ganz bestimmt noch nicht.«

»Das kann ich sehr gut verstehen. Doch, wirklich! Aber jetzt wollen wir endlich mit Dwights ausgezeichnetem Brandy auf unsere Pläne anstoßen.«

»Vater hat Juliana schon vom ersten Tag an nicht leiden können!« Nachdenklich starrte Thomas auf die goldfarbene Flüssigkeit, die langsam in seinem Glas kreiste. »Sie ist so ganz anders als Sarah.«

»Genau das habe ich auch schon gedacht.«

»Vor einigen Jahren habe ich einmal eine Unterhaltung zwischen ihm und meiner Mutter mitangehört«, fuhr Thomas fort. »Soviel ich weiß, war die Mutter meiner Mutter eine französische Schauspielerin. Mein Vater hat sich bitter beklagt, weil Juliana ihrer Großmutter offenbar aufs Haar gleicht. Wenn ich es richtig verstanden habe, so hat meine Großmutter aus ihrer Abneigung gegen meinen Vater niemals ein Hehl gemacht. Sie hat ihn als armseligen Bourgeois bezeichnet und meiner Mutter immer wieder Vorhaltungen gemacht, daß sie diesen übereifrigen Besserwisser überhaupt geheiratet hatte. Meinen Vater hat es offenbar große Überwindung gekostet, meine Mutter zu heiraten, und er hatte nach ihrer Hochzeit nichts Eiligeres zu tun, als seine Frau dem sündigen Einfluß ihrer Familie zu entziehen.«

»So allmählich geht mir ein Licht auf«, bemerkte Saint. »Rothaarig wie die Sünde und dazu diese verführerischen Augen!«

»Ja, so in etwa. Aber es ist doch verrückt, sein eigenes Kind abzulehnen, nur weil es einen an jemanden erinnert, den man nicht mag!«

Das war tatsächlich mehr als verrückt, dachte Saint. Für ihn war das Ganze allerdings eher ein psychischer Defekt, der nach ärztlicher Behandlung verlangte.

Der Abend war zauberhaft. Die Luft war mild, und unter dem glitzernden Sternenhimmel brachen sich leise glucksend silbrig schimmernde Wellen am Strand.

»Ich kann kaum glauben, daß wir tatsächlich verheiratet sind«, sagte Jules träumerisch, während ihre Blicke von der Veranda des Hauses aus über die weite Wasserfläche schweiften.

»Aber es ist wahr«, bestätigte Saint und wünschte insgeheim, daß sie nicht so nah neben ihm säße. »Wir sind tatsächlich verheiratet. Geht es Ihnen gut, Mrs. Morris?«

»Oh, ja!« Sie strahlte ihn an. »Ich verspreche, dir auch nicht zu sehr auf der Tasche zu liegen, Michael. Übrigens gefällt mir dieses ›Mrs. Morris‹!«

Der glückliche Unterton in ihrer Stimme freute ihn sehr, und er ergriff ganz spontan ihre Hand und bettete sie in die seine. Ihre Haut war wunderbar warm und weich. »Da bin ich aber erleichtert, Jules, denn ich bin schließlich kein reicher Mann! Manche meiner Patienten bezahlen ausschließlich mit Gefälligkeiten.«

»Welch ein Glück!« entgegnete sie und traf damit ins Schwarze. »Ansonsten wäre es dir vielleicht nicht gelungen, mich dort herauszuholen, oder?«

»Genau.« Als ihr der leichte Wind eine Haarsträhne über die Augen wehte, strich er sie sacht beiseite, doch dann erhob er sich abrupt und wandte sich ab. Leise fluchend blickte er auf seine deutlich sichtbare Erregung hinunter, und als er wieder sprach, klang seine Stimme plötzlich heiser und fast ein wenig ärgerlich. »Es ist schon spät, Jules. Geh zu Bett!«

Irritiert starrte Jules seinen Rücken an. »Ich möchte aber viel lieber schwimmen«, protestierte sie leise.

Mit leichtem Schauer erinnerte er sich an die Nacht am Strand, als sie seinen nackten Körper betrachtet hatte. Sekundenlang schloß er die Augen, doch damit machte er alles nur schlimmer, denn nun stand ihm wieder vor Augen, was er sich damals vorgestellt hatte. Wieder spreizte er ihre Beine, sah seine Hände über ihre Schenkel gleiten, umfaßte wieder ihre Hüften und preßte ihren Körper schamlos gegen den seinen.

»Geh zu Bett!« wiederholte er in schärferem Ton.

»Aber willst du denn nicht...«

Ungeduldig fuhr er herum. »Verdammt, Jules, wie oft soll ich es noch wiederholen? Tu endlich, was ich dir sage, und geh ins Haus!«

11. Kapitel

Als Jules ruckartig erwachte, wußte sie im ersten Augenblick nicht, wo sie sich befand. Für Sekunden hielt sie das kleine Schlafzimmer für ihr Gefängnis auf dem Schiff und fürchtete, im nächsten Augenblick ihren Peiniger auftauchen zu sehen. Sie war erst beruhigt, als sie auf dem Küchentisch eine kurze Notiz von Michael fand, der offensichtlich inzwischen nach Lahaina gegangen war, um etwas fürs Frühstück zu besorgen. Doch gleich darauf nagten Zweifel an ihr. Weshalb hatte er sie denn nicht geweckt? Sie fühlte sich, als ob man sie in Quarantäne gesperrt hätte. Fürchtete er etwa neuen Ärger, sobald sie ihr Gesicht in der Stadt zeigte? Lauter unbeantwortete Fragen, auf die es im Augenblick aber auch keine Antworten geben würde. Kurzentschlossen wickelte Jules deshalb ihren Pareo um und verließ das Haus.

»Jules, ich bin wieder zurück!«

Erst als Saint das zerknüllte Nachthemd auf dem Boden entdeckte, wußte er, wo er Jules suchen mußte. Bei dem Gedanken, daß sie womöglich nackt ins Wasser gegangen war wie er vor einigen Tagen, schloß er für Sekunden die Augen und rang nach Fassung. Auf dem Sand blendete die Sonne so stark, daß er seine Augen mit der Hand beschatten mußte, und es dauerte eine ganze Weile, bis er sie weit draußen als kleinen Punkt entdeckte. Sofort klopfte ihm das Herz im Hals. Du lieber Himmel! Sie hatte sich viel zu weit hinausgewagt! Wollte sie sich etwa umbringen? Im ersten Moment packte ihn Angst, aber als er erkannte, daß sie sich auf dem Rückweg befand, verharrte er reglos, bis Jules ihm von einer riesigen Welle praktisch vor die Füße gespült wurde. Sie lachte, und während sie ihr Haar auswrang, konnte er sie in aller Ruhe beobachten. Der klatschnasse Pareo schmiegte sich eng an ihre zauberhafte Figur und überließ auch nicht die geringste Einzelheit der Fantasie.

»Du warst unendlich weit draußen«, stellte er mit etwas heiserer Stimme fest und hatte dabei die Hände in die Hüften gestemmt.

»Guten Morgen, Michael. Du hast recht, aber ich mußte so weit hinausschwimmen, weil ich die Riffhaie beobachten wollte, die nun einmal das tiefere Wasser auf der anderen Seite bevorzugen.« Zur Erklärung deutete sie mit dem Finger über das Wasser.

»Aha«, war Saints einziger Kommentar. »Aber jetzt komm ins Haus! Ich habe Frühstück besorgt. Kannst du eigentlich kochen, Jules?«

»Ich kann es ja versuchen«, entgegnete sie gutgelaunt. Während ihres Ausflugs hatte sie beschlossen, ihn ihren Ärger nicht spüren zu lassen. Sie wollte ihm keine Vorwürfe machen, damit er seinen Entschluß nicht schon am ersten Tag bereuen mußte. Sie wollte auch kein Wort darüber verlieren, daß er sie in dieser Nacht allein gelassen hatte. Erst einmal wollte sie die Dinge so hinnehmen, wie sie nun einmal waren, und abwarten, wie sich alles entwickelte.

»Na, sehr einladend hört sich das nicht gerade an! Vielleicht schaffen wir es ja gemeinsam, uns vor dem Hungertod zu bewahren.«

Am liebsten hätte sie ihm auf der Stelle gesagt, wie gut er in dem losen Hemd und der schwarzen Hose aussah, doch er wirkte so beschäftigt, daß sie nur einfach nickte und gehorsam hinter ihm ins Haus trottete.

»Wahrscheinlich möchtest du dich erst umziehen, bevor wir anfangen«, sagte er über die Schulter.

»Ja, ich muß unbedingt das Salzwasser abspülen. Ein Stück weiter gibt es eine Süßwasserquelle.«

»Dann lauf! Ich werde inzwischen sehen, was ich zustande bringe.«

Als Jules erst nach über einer halben Stunde zurückkehrte, war Saint mehr als besorgt. »Das nächste Mal werde ich dich begleiten«, erklärte er kurz angebunden.

»Einverstanden. Oh, das sieht ja herrlich aus!«

Nachdem sie sich an Rühreiern, frischen Papayas und Brot gelabt hatten, lehnte Jules sich zurück und klopfte zufrieden auf ihren Magen. »Du bist wirklich ein unglaublicher Mann, Michael! Irgendwie scheinst du alles zu können!«

»Dein Haar ist inzwischen getrocknet«, bemerkte er, um sie vom Thema abzubringen, denn Lobreden waren ihm zuwider.

Seufzend strich Jules über ihre widerspenstig abstehenden Locken. »Ich weiß gar nicht, wie ich sie bändigen soll. Ich glaube, ich werde sie zusammenbinden!«

»Nein! Laß sie so, wie sie sind! Ich mag sie so.«

Jules freute sich über das Kompliment so sehr, daß Saint sofort ein schlechtes Gewissen bekam. »Dein Haar ist ein wahrer Traum«, fuhr er fort. »Es hat mir vom ersten Tag an gefallen!«

Als Jules vor Entzücken errötete, erhob er sich abrupt und wandte sich ab. Dabei schloß er für Sekunden die Augen, weil es ihm ans Herz griff, wie verletzlich sie doch war. »Hast du schon Pläne für den heutigen Tag?« fragte er und dachte dabei unablässig an die zwei weiteren Nächte und Tage, die noch vor ihnen lagen. In der vergangenen Nacht hatte er auf der Veranda geschlafen und dem Himmel insgeheim dafür gedankt, daß sie nicht mitten im Winter und dann vielleicht auch noch in Massachusetts geheiratet hatten.

»Am allerliebsten würde ich zum Vulkan hinaufsteigen und von dort aus den Lauf der Sonne beobachten. Aber soviel Zeit haben wir vermutlich nicht, oder?«

»Leider nein. Was möchtest du sonst unternehmen?«

Es trat eine kleine Pause ein, während der Jules unentwegt auf ihre Hände hinunterstarrte. »Kanola und ich sind damals weit draußen vor Makila Point geschwommen, als Wilkes uns aufgegriffen hat. Ich habe damit gerechnet, daß ich Angst bekommen könnte, wenn ich hier wieder ins Wasser gehe, aber nichts dergleichen ist passiert. Ist das vielleicht... nicht normal?«

Worüber diese neugierige Kleine doch alles nachdachte! »Aber nein, das bedeutet höchstens, daß du eine ganze Menge gesunden Menschenverstand besitzt.«

»Oder daß ich gefühllos bin«, ergänzte sie. »Als ich gestern abend mit Mrs. Baldwin allein war, habe ich ihr von unserem... Erlebnis am Makila Point erzählt. Sie hat sich fürchterlich erschrocken.«

»Hast du ihr auch erzählt, wie es weitergegangen ist?«

»Aber nein, natürlich nicht!« Jules schlug die Augen nieder. »Aber Mrs. Baldwin hat mich genauestens ausgefragt und wollte wissen, ob sie mir noch etwas über die bevorstehende Hochzeitsnacht erzählen sollte.«

Saint schluckte kräftig. »Und?«

»Eigentlich weiß ich doch alles, Michael. Ich habe sie nur gefragt, wie genau die Männer das...« Ihre Stimme erstarb, und die Schamröte stieg ihr ins Gesicht.

Unwillkürlich mußte Saint lächeln. »Und was hat Mrs. Baldwin darauf geantwortet?«

»Sie hat meine Vermutungen bestätigt und gesagt, daß es nicht so schlimm sei. Mit Sicherheit seist du ein sehr zartfühlender Mann, aber das konnte mich nicht besonders beruhigen.«

»Hat sie sonst noch etwas gesagt?«

Jules nickte. »Ja, sie hat natürlich versucht, meine Zweifel zu zerstreuen, und gesagt, ich solle dir voll und ganz vertrauen, denn schließlich seist du ja Arzt.«

»In Mrs. Baldwins Augen erleichtert das die Sache wohl enorm. Tja, so habe ich das bisher noch nie betrachtet!« Saint lachte.

Die Fältchen in seinen Augenwinkeln machten ihr Mut, und sie lächelte ebenfalls. »Hältst du mich jetzt für sehr dumm?«

»Aber nein, überhaupt nicht! Doch damit wollen wir das Thema beenden. Ich werde auch ein Stück schwimmen.«

Während Saints Arme das Wasser teilten, überlegte er, ob Jules nicht einen großen Teil ihres Wissens aus der Begegnung am Strand bezog, wo sie ihn nackt gesehen hatte. Da Wilkes ihre Jungfräulichkeit in Geld ummünzen wollte, hatte er sich ihr bestimmt nicht genähert. Aber dann fiel ihm wieder ihre Bemerkung über die Matrosen ein, die höchstwahrscheinlich Kanola vergewaltigt hatten. Ob Jules wohl gern mit ihm schlafen würde? Ganz offensichtlich war sie sehr interessiert und hatte auch nicht besonders ängstlich reagiert, als er sie über ihre Unterhaltung mit Mrs. Baldwin ausgefragt hatte. Obwohl das Wasser nicht sonderlich warm war, spürte er, wie seine Erregung wuchs. Verdammter Kerl, gib endlich Ruhe! ermahnte er sich selbst. Jules reagierte im Grund so natürlich wie ein Kind, allerdings wie eines, dem man entsetzlich weh getan hatte.

Gegen Abend spazierten sie am Strand entlang, um den Sonnenuntergang zu bewundern. »Das werde ich in San Francisco vermissen!« bemerkte Jules, als die Sonne schließlich am Horizont verschwand und den Himmel für Sekunden leuchtend rot färbte. »Irgendwie fühle ich mich ein wenig wie Eva, die man aus dem Paradies verstoßen hat!«

Saint, der lediglich ein weites Hemd über seiner kurzen Hose trug, ließ sich in den Sand fallen und lehnte sich auf die Ellenbogen zurück. »Entspreche ich denn deinen Vorstellungen von einem Adam?«

»Ich weiß nicht recht.« Sie blickte zweifelnd auf ihn hinunter. »Ich habe dich doch gar nicht verführt.«

»Dazu bist du viel zu ehrlich, nicht wahr?«

»Aber ich habe dich sehr genau angesehen, Michael.«

Er wußte augenblicklich, wovon sie sprach. »Ja, das weiß ich. Bin ich eigentlich der einzige Mann, den du bisher nackt gesehen hast?«

Rasch schüttelte sie den Kopf und machte eine abwehrende Geste. »Du siehst sehr schön aus.«

»Es ist ziemlich ungewöhnlich, das von einem Mann zu sagen, und erst recht von einem so riesigen, haarigen Kerl wie mir, aber ich danke dir trotzdem für das Kompliment.«

Jules wandte den Blick ab und sah aufs Meer hinaus. »Während ich dich angeschaut habe, hat sich dein Körper verändert.«

Oh, das war schwankender Boden, dachte er und verlagerte

sein Körpergewicht ein wenig. »So funktioniert ein Mann nun einmal«, begann er ein wenig zögernd. »Wenn er eine Frau begehrt, dann kann man das auch äußerlich sehen.«

»Stimmt.« Unvermittelt richteten sich ihre großen grünen Augen auf sein Gesicht. »Hast du mich begehrt?«

»Oh, ich fürchte, in diese Enge habe ich mich selbst manövriert!« Er lachte ein wenig verlegen. »Richtiger hätte ich noch hinzufügen müssen, daß der Körper eines Mannes auch reagiert, wenn er selbst damit gar nicht einverstanden ist. Das kann mitunter zu etwas peinlichen Situationen führen, obwohl dafür eigentlich kein Anlaß besteht.« Im schwindenden Tageslicht konnte er ihren Gesichtsausdruck nicht mehr genau erkennen, doch er spürte deutlich, daß sie nicht mehr ganz so locker war wie vorher. »Ich wüßte gern«, begann er ganz sanft, »ob du möchtest, daß ich dich liebe?«

»Du meinst, mich küssen und berühren und...«

»Ja, genau das meine ich.«

»Ich... ich bin mir nicht sicher.« Seufzend schlang sie die Arme um die Knie. »Ich glaube, daß ich nur so offen mit dir reden kann, weil ich genau weiß, daß du mir nicht weh tun willst.«

»Das siehst du ganz richtig.«

»Als ich heute morgen aufgewacht bin, dachte ich für kurze Zeit, daß ich wieder in der Gewalt von Jameson Wilkes wäre. Und hin und wieder spüre ich auch noch die entsetzliche Angst, die mich gepackt hat, als John Bleecher mich so bedrängt hat. Was mir dabei am meisten zu schaffen macht, ist die absolute Hilflosigkeit, die man als Frau empfindet, einem Mann hoffnungslos unterlegen zu sein. Es ist einfach... ungerecht!«

»Aber nein, Jules, ganz so schlimm ist es nun auch wieder nicht! Die meisten Männer sind ganz anders. Sie bewundern und respektieren Frauen und schätzen ihre andere Art. Soll ich dir verraten, was ich mir am meisten wünsche?«

»Oh ja, bitte!«

»Ich wünsche mir, daß du eines Tages so viel Vertrauen zu mir hast, um mir alles zu erzählen, was dir widerfahren ist.«

Mit angehaltenem Atem beobachtete er, wie sich Abscheu und zugleich Angst auf ihren Zügen ausbreiteten. Sie versuchte zu sprechen, doch es war eher ein heiseres Flüstern. »Oh nein! Alles, aber das nicht!«

In dieser Sekunde erneuerte er seinen Schwur, sie erst zu berühren, wenn sie diese Angst verloren hatte und sich mit offenen Armen nach ihm sehnte. Langsam stand er auf und klopfte sich den Sand von seiner Hose. »Ich werde noch einen kleinen Spaziergang machen, mein Schatz. Eines sollst du aber wissen: falls du jemals mit mir reden möchtest, werde ich immer ein offenes Ohr für dich haben. Das verspreche ich dir.«

»Ja, Michael«, antwortete sie mit dünnem Stimmchen und blickte ihm nach, wie er über den Sand davonging. Gar zu gern hätte sie ihn zurückgerufen, aber dann fehlte ihr der Mut. Statt dessen barg sie ihr Gesicht in den Händen und brach in Tränen aus. Wenn sie ihm erzählte, was geschehen war, würde er sie hassen und sie höchstwahrscheinlich genauso beschimpfen, wie ihr Vater das getan hatte. Vielleicht würde er sich auch zusammennehmen und freundlich und höflich bleiben, aber das wäre in ihren Augen noch weit schlimmer. Keine Sekunde könnte sie seine verachtungsvollen Blicke ertragen!

Am darauffolgenden Vormittag beobachtete Saint aus einiger Entfernung, wie Jules mit Kanolas Ehemann sprach. Er war hochgewachsen und schlank und arbeitete als Fleischverkäufer auf dem Markt von Lahaina. Saint mußte kein Wort verstehen, um zu begreifen, daß Kuhio Jules ganz offensichtlich für den Tod seiner Frau verantwortlich machte. Die beiden unterhielten sich in der Landessprache, doch wie Kuhios die Worte *hoomanakii, ino* und *hookumakaia* hervorstieß, sagte Saint genug. Jules versuchte, mit *minamina, minamina* ihrem Kummer und ihrem Bedauern Ausdruck zu verleihen.

Als Kuhio sich jedoch in keiner Weise beruhigen wollte und Jules weiter und weiter beschimpfte, trat Saint schließlich dazwischen und nahm seine Frau bei der Hand. »Komm jetzt!«

»Er hat gesagt, daß ich nach allem, was geschehen ist, niemals mehr seine Kinder sehen darf!«

»Du mußt verstehen, daß er großen Kummer hat. Für ihn ist es sehr erleichternd, wenn er dich beschimpfen kann.«

Mit großen Augen sah sie zu Saint auf. »Er hat behauptet, daß ich noch weit schlechter und durchtriebener sei, als mein Vater am Sonntag behauptet hat!«

»Hör auf der Stelle auf damit, Jules!... Verdammt, uns bleibt aber auch nichts erspart!«

»Sieh an! Wenn das nicht meine kleine unschuldige Schwester ist!« rief Sarah und ließ ihren Sonnenschirm zuschnappen. »Hast du dich etwa gerade mit Kuhio unterhalten? Mach dir keine Sorgen, Juliana! Vater hat ihm Geld gegeben, um ihn für den Verlust seiner Frau zu entschädigen.«

Morgen werden wir all das hinter uns lassen, redete Saint sich immer wieder gut zu, um seine Nerven zu beruhigen. Niemals mehr würde Jules sich mit diesen Dingen auseinandersetzen müssen! Er ballte die Fäuste in seiner Hilflosigkeit, denn er konnte Sarah doch schlecht auf offener Straße ohrfeigen, selbst wenn er das noch so gern getan hätte.

Jules starrte ihre Schwester nur fassungslos staunend an.

Das konnte Saint nicht länger mit ansehen. »Wie hübsch sie aussehen, Sarah! Ich hoffe nur, daß Sie Ihren John Bleecher noch heiraten, bevor das Bäuchlein wächst.«

Sarah schnappte nach Luft und fixierte dann ihre Schwester haßerfüllt. »Das hat er von dir, du gemeines Luder!«

»Sehr richtig!« Saint lächelte. »Diesen Mann müssen Sie später aber gut im Auge behalten! Hoffentlich infiziert er Sie nicht eines Tages mit Syphilis!«

»Sie sind doch ein mieser Kerl! Sie passen ausgezeichnet zu meiner Schwester.«

»Und Sie zu John Bleecher! Zu Ihnen schleicht er in der Dunkelheit, und dann sucht er sich ein hilfloses Mädchen, um sich abzureagieren! Vergessen Sie nicht, Ihrer Schwester eine Geburtsanzeige zu schicken!«

»Das wird John Ihnen heimzahlen!«

Saint wurde immer wütender. »Nur zu gern würde ich den kleinen Bastard noch einmal in die Finger bekommen!« zischte er zwischen zusammengebissenen Zähnen hervor. »Aber er ist ja viel zu feige und versteckt seine geschwollene Visage!«

»Bitte, hör doch auf!« flüsterte Jules und zog Saint am Ärmel. »Sarah, du kannst doch unmöglich ernsthaft gemeint haben, was du...«

»Halt den Mund, Jules!« herrschte Saint sie an. »Du bist dieser Pute keine Erklärungen schuldig. Auf Wiedersehen, Miss DuPres.« Mit diesen Worten wandte er sich ab und zog Jules unsanft mit sich fort. Es war ihm völlig gleichgültig, was die Umstehenden dachten. Sollten sie sich doch allesamt den Mund zerreißen! Was konnte ihnen das denn schon ausmachen? Morgen um diese Zeit befanden sie sich bereits auf hoher See.

Da sie zu Fuß nach Lahaina gekommen waren, machten sie sich nun auf den Rückweg zu ihrem Haus am Makila Point. Wortlos trotteten sie nebeneinander über den Sand und hingen dabei ihren Gedanken nach.

Urplötzlich fuhr Saint hoch und rannte auf schnellstem Weg ins Haus, wo Jules aus Leibeskräften schrie und weinte, als ob ihr das Herz bräche.

»Jules!« rief er, als er an ihr Bett stürzte und sich neben ihr niederließ. Ihr Körper wand sich wie besessen unter der Decke und sie schrie in einem fort: »Nein! Oh, nein!«

Saint packte sie an den Schultern und schüttelte sie energisch. »Jules, wach auf! Mein Schatz, komm zu dir!«

Jules fühlte nur den Griff der starken Hände, hörte eine männliche Stimme und wehrte sich daraufhin wie eine Verrückte. »Nein, fassen Sie mich nicht an!«

Alles in Saint sträubte sich dagegen, sie noch einmal zu schlagen, aber diese Situation ließ ihm keine andere Wahl. Für Sekunden verharrte Jules mucksmäuschenstill, aber dann öffnete sie ganz langsam und zögernd die Augen und blinzelte verwundert in das schwache Dämmerlicht. »Michael?« flüsterte sie ungläubig.

»Ja, mein Schatz, es ist alles vorbei. Du bist bei mir und in Sicherheit.«

Seufzend atmete Jules ganz tief ein und erschauerte, denn noch hielt der schreckliche Traum ihr Bewußtsein umfangen.

»Erzähle mir, was du geträumt hast, Liebes.« Saint fühlte sich bei dem Gedanken, sie gewissermaßen auszuhorchen, ein wenig unbehaglich, doch er beruhigte sich damit, daß es nur in bester Absicht geschah. »Erzähle mir deinen Traum.«

Tapfer schluckte Jules die Tränen hinunter und barg hilfesuchend ihr Gesicht an Saints nackter Brust. »Er hat mich an sein Bett gefesselt, mit gespreizten Armen und Beinen. Ich war nackt, und er hat mich überall berührt und mir gesagt, wie schön ich sei. Ich sollte mich daran gewöhnen, nackt herumzulaufen, denn das gefiele meinem zukünftigen Besitzer ganz besonders.« Sie stockte.

»Jetzt ist alles gut, Jules«, tröstete Saints sanfte Stimme, während seine Hand über ihr Haar streichelte. »Jetzt ist alles gut.« Offenbar war in dem Dämmerzustand zwischen Traum und Wachen ein Damm gebrochen, dachte Saint. Während er auf Jules' kurze, keuchende Atemzüge lauschte, versuchte er sich vorzustellen, was man ihr angetan hatte.

»Er hat mir die ganze Zeit über Angst gemacht und gedroht, daß er einige seiner Männer rufen würde, falls ich nicht gehorchte und nackt vor ihm herumliefe! Eines Nachts hat er mir Drogen gegeben, damit ich mich nicht wehren konnte. Und dann hat er meine Brüste gestreichelt und geküßt, und ich habe mich ganz komisch gefühlt und gleichzeitig schreckliche Angst gehabt... Ich war immer nackt, hatte höchstens ein Leintuch und am letzten Tag dann dieses schreckliche rote Kleid. Und außerdem hat er mir die ganze Zeit über erzählt, wie sehr er mich begehrte, daß ich ihm aber als Jungfrau weit mehr Geld einbringen würde.« Sie warf sich zurück und gestikulierte wild. »Aber ich habe ihn ausgelacht und ihm gesagt, daß er alt und häßlich sei!«

»Das hast du gut gemacht, Jules. Ausgezeichnet!«

»Aber das habe ich nur ein einziges Mal gewagt«, sagte sie schon wieder ein wenig kleinlauter. »Ich hatte nämlich viel zuviel Angst vor ihm!« Diesmal verkroch sie sich fast an Saints Brust. »Außerdem mußte ich vor seinen Augen auf den Topf gehen und in die Badewanne steigen! Ich fühlte mich so schrecklich ausgeliefert, so klein und wertlos... Als ob ich nicht vorhanden wäre! Und in einem fort hat er mich gestreichelt! Am meisten haßte ich seine Hände und die Blicke, mit denen er mich dabei ansah.«

Saint hatte Jules die ganze Zeit über fest im Arm gehalten und sie sanft gewiegt, während die Worte aus ihr herausgesprudelt waren. Endlich war alles gesagt! Als sie jedoch plötzlich in seinen Armen erstarrte, wußte er, daß sie in dieser Sekunde völlig in die Wirklichkeit zurückgekehrt war.

»Nein«, rief er und schüttelte sie energisch, »hör auf zu denken! Es ist alles in Ordnung.«

Als sie sich von ihm löste, gab er sie frei und sie sank aufatmend in die Kissen zurück. Rasch schloß sie die Augen, weil sie die Ablehnung und die Verachtung in seinem Blick gar nicht erst sehen wollte. Und das alles nur wegen eines Alptraums! Sie wandte ihr Gesicht zur Seite.

Zärtlich strich Saint Jules über das Haar. »Fühlst du dich jetzt besser?«

Besser! Am liebsten wäre sie gestorben!

Als sie nicht reagierte, wiederholte er seine Frage geduldig noch einmal.

Nun sag endlich etwas, du dumme Gans! »Ja«, preßte sie heraus. »Aber jetzt möchte ich gern schlafen. Bitte, Michael!«

Sie hörte, wie das Bett knarrte, als er aufstand. Doch in der darauffolgenden Stille hörte sie nur noch ihren eigenen Atem und wußte genau, daß er sie ansah. Sie konnte die verachtungsvollen Blicke fast körperlich spüren. Irgendwann hörte sie ihn seufzen, und dann verließ er den Raum.

Als er sie am nächsten Morgen zum Frühstück rief, schlängelte sie sich vorsichtig an ihm vorbei und würdigte ihn keines Blickes.

»Heute nachmittag werden wir in Lahaina an Bord der *Oregon* gehen.« Er spielte mit dem Brot, während er auf eine Reaktion wartete, die jedoch nicht erfolgte. »Hast du noch irgendeinen Wunsch? Soll ich dir etwas von zu Hause holen?«

Diesmal hob sie wenigstens den Kopf, aber sie sah ihm noch immer nicht in die Augen. »Mein Wellenbrett. Es liegt hinter dem Haus.«

»Das wirst du in San Francisco aber nicht benutzen können, denn dort ist das Wasser leider viel zu kalt. Ich kann mich noch genau daran erinnern, wie ich dir früher immer zugesehen habe. Du konntest es wirklich gut.«

»Ja, das stimmt. Irgendwie werde ich dieses berauschende Gefühl vermissen!« Mit einem kleinen Schluchzer in der Stimme brach sie plötzlich ab. »Kanola hat es mir beigebracht, als wir noch ziemlich klein waren.«

Der Garten Eden war endgültig versunken, dachte Saint. Was Jules jetzt zurücklassen mußte, war eher die Hölle gewesen. »Hör auf damit!« sagte er in ruhigem, aber bestimmten Ton. »Dein Leben hat sich verändert, und keiner von uns kann das wegleugnen. Du wirst schon sehen: wir werden es schaffen. Ich verspreche, ein guter Ehemann zu sein. Du wirst auch bestimmt nie hungern müssen.«

»Bevor es soweit kommt, kannst du mich immer noch an den Meistbietenden verkaufen!«

Er sprang so schnell auf, daß sein Stuhl umfiel, und schlug dann mit beiden Händen flach auf den Tisch. »Wenn du das noch ein einziges Mal sagst, werde ich dir mitleidslos den Hintern versohlen!« Er war sehr wütend, doch als er sah, wie sie vor ihm zurückzuckte, hatte er sich sofort wieder in der Hand. »Und wenn du dich jemals vor mir versteckst, werde ich dir ebenso den Hintern versohlen! Verdammt, Jules, ich heiße weder Jameson Wilkes noch John Bleecher!« Diesmal erwartete er keine Antwort, aber es tat ihm schon beinahe leid, daß er so explodiert war, und er mäßigte seinen Ton. »Wir werden deinen Bruder direkt am Schiff treffen.«

Doch es kam ganz anders. Nur wenige Stunden später näherte sich Dwight Baldwin auf seiner Stute dem Haus am Makila Point und begrüßte die beiden schon von weitem. Saint half ihm vom Pferd und konnte die besorgte Miene seines Freundes nicht übersehen. »Was ist geschehen, Dwight?«

»Reden Sie schon, Sir!« bat dann auch Jules mit mühsam unterdrückter Spannung.

»Es tut mir leid, daß ausgerechnet ich diese Nachricht überbringen muß«, begann Dwight. »In der vergangenen Nacht hat man Thomas zusammengeschlagen. Nein, nein, keine Angst! Er wird es überstehen, aber er wird so schnell nicht reisen können.«

»Welche Verletzungen hat er?« fragte Saint knapp und sehr beherrscht.

»Keine inneren Verletzungen, soweit sich das beurteilen läßt«, beruhigte ihn Dwight. »Einige gebrochene Rippen und ein gebrochenes Bein werden seine Geduld allerdings auf eine harte Probe stellen.«

»Wer hat das getan?« wollte Jules wissen.

»John Bleecher und einige seiner Freunde. Sie haben heute in aller Frühe die Insel verlassen und sind nach Oahu gefahren. Ich nehme an, daß sie dort bleiben wollen, bis Gras über die Sache gewachsen ist. Johns Vater hat jedenfalls auf meine Fragen geantwortet, daß sein Sohn für ihn Geschäfte erledigen müßte. Er hat eine Beteiligung seines Sohnes an dieser Sache weit von sich gewiesen und Thomas einen Lügner genannt.« In Wirklichkeit war der Mann jedoch regelrecht ausfallend geworden und hatte sich noch viel farbenprächtiger ausgedrückt.

»Wo ist Thomas jetzt? Zu Hause?« erkundigte sich Jules.

»Ja. Reverend DuPres befindet sich jetzt gewissermaßen in einer Zwickmühle«, fügte er hinzu, was Saint natürlich augenblicklich begriff. Aber Jules war vor Sorge um ihren Bruder so abwesend, daß sie den Satz gar nicht gehört zu haben schien.

»Ich muß ihn unbedingt noch besuchen, bevor wir fahren, Michael.«

»Selbstverständlich.« Es gefiel ihm zwar ganz und gar nicht, daß sie ihrem Vater noch einmal begegnen sollte, aber in diesem Fall ließ es sich wirklich nicht ändern.

Und dann hörte er, wie Jules ganz leise vor sich hinflüsterte. »Das ist ganz allein meine Schuld!«

12. Kapitel

Zu Saints großem Bedauern waren keinerlei Jodspuren mehr auf Reverend DuPres' Kinn zu entdecken.

»Verschwinden Sie und nehmen Sie das Flittchen nur ja wieder mit!« rief der Reverend und versuchte, Saint die Tür vor der Nase zuzudrücken, doch dieser drängte ihn ohne große Anstrengung in den Flur zurück.

»Das alles ist ganz allein deine Schuld!« schimpfte Jules' Vater und drohte seiner Tochter mit der Faust. »Dein armer Bruder ist nur zusammengeschlagen worden, weil er versucht hat, dich zu verteidigen!«

»Aha! Demnach geben Sie also zu, daß John Bleecher Ihre Tochter bedrängt hat und nicht umgekehrt.«

»Ich gebe überhaupt nichts zu!«

»Vater...« Jules' Stimme war sehr sanft und ruhig. »Ich möchte jetzt gern meinen Bruder sehen.«

Als Saint sah, wie der Mann rot anlief und schon fast zu platzen drohte, fügte er rasch hinzu: »Wir beide werden jetzt Thomas besuchen. Schließlich wollte er heute mit uns nach San Francisco fahren. Komm, Jules!«

»Nein, kommt nicht in Frage!« schrie DuPres, doch Saint

schob ihn nur wortlos beiseite. »Du fürchterliches Kind!« kreischte DuPres. »Man hätte dir gleich nach der Geburt den Hals umdrehen sollen!«

Am Fuß der Treppe wandte Saint sich noch einmal um. »Falls Sie nicht augenblicklich den Mund halten, Sir, werde ich Ihnen den Kiefer brechen!« erklärte er in aller Ruhe. »Und diesmal werde ich mich nicht zurückhalten! Haben Sie mich verstanden?« In drohender Haltung trat er einen Schritt auf den Reverend zu.

»Dies ist mein Haus!«

»Stimmt genau! Und wie Sie sich sicher noch erinnern, ist Jules Ihre Tochter, und ich bin Ihr Schwiegersohn. Ich versichere, daß dies der einzige dunkle Punkt in meinem Lebenslauf ist.« Er schüttelte den Kopf. »Sie benehmen sich wirklich überaus schäbig.«

Bevor er weitersprechen konnte, fühlte er, wie Jules ihn am Ärmel zog. Daraufhin wandte er sich wortlos um und ging mit ihr nach oben. »Nimm es nicht so schwer, mein Liebes. Wir haben ja vorher gewußt, daß es keine erfreuliche Begegnung werden würde. Ignoriere ihn einfach. Es geht ihm bestimmt nicht... gut.«

»Er ist wirklich gräßlich engstirnig«, bemerkte Jules und warf Saint einen Blick von der Seite zu. »Selbst wenn deine Kinder ekelhaft wären, würdest du sie doch nicht so behandeln, wie er das mit mir tut, oder?«

»Wenn sie genauso aussähen wie du, würde ich sie den ganzen Tag über umarmen!«

Thomas brachte ein mühseliges Lächeln zustande, als seine Schwester und Jules in sein Zimmer traten.

»Guter Gott!« Saint pfiff leise durch die Zähne. »So bunt ist höchstens die Nationalflagge!« Mit diesen Worten trat er neben das Bett und nahm die Hand des Patienten, um ihm den Puls zu fühlen.

»Ich werde es schon überleben.« Thomas grinste, doch dann stöhnte er plötzlich laut auf, als Saint ihn vorsichtig abtastete.

»Das scheint mir allerdings auch so! Da hat die Welt noch einmal Glück gehabt, denn gute Ärzte gibt es nie genug. Ich hoffe auf dein Verständnis, wenn Jules und ich trotzdem heute schon abfahren, Thomas. Ich mag ihr diese Atmosphäre hier nicht länger zumuten, wenn du verstehst, was ich meine. Aber ich hinterlege bei Reverend Baldwin Geld für dich, und sobald du gesund bist, kaufst du dir davon ein Ticket und kommst zu uns nach San Francisco. Einverstanden?«

Einen kurzen Moment lang schloß Thomas die Augen und kämpfte tapfer mit den aufsteigenden Tränen. »Einverstanden«, stieß er schließlich hervor. »Dieser Mist hat mir gerade noch gefehlt!«

»Ich kann es dir nachfühlen, Thomas. Würdest du jetzt bitte auch deiner Schwester bestätigen, daß du die Sache überleben und so schnell wie möglich nachkommen wirst?« Mit diesen Worten trat Saint beiseite, damit Jules ihren Bruder umarmen konnte.

»Schau mich doch nicht an, als ob mein letztes Stündchen bereits geschlagen hätte!« witzelte Thomas, um seine bleichgesichtige Schwester aufzumuntern. »Komm, stell dich nicht so an! Mir geht es doch gut, wenigstens relativ gut. In ungefähr einem Monat kannst du mit mir rechnen.« Die lange Rede hatte ihn viel Kraft gekostet, und er sank erschöpft auf sein Kissen zurück.

»Es tut mir so leid, Thomas!« flüsterte Jules.

»Typisch Weiber!« spottete Thomas und biß sich gleichzeitig auf die Lippen, weil seine Rippen schmerzten. »Immer dieses Gejammere! Hör auf damit, Jules! Du hast gehört, was Saint gesagt hat. Ich werde in Kürze wieder gesund sein!« Er kam sich langsam vor wie ein Papagei. Allerdings wollten Vögel für gewöhnlich niemanden umbringen. Er dagegen hätte John Bleecher in diesem Augenblick am liebsten persönlich den Garaus gemacht.

Jules beugte sich über ihn und küßte ihn zärtlich auf die Wange. Dann strich sie ihm vorsichtig über das verletzte Kinn. »Ich habe dich so lieb, Thomas, und ich freue mich schon sehr auf unser gemeinsames Leben. Du wirst sehen, es wird wunderschön werden!«

»Das will ich hoffen!« neckte ihr Bruder sie, um die verdammten Tränen in Schach zu halten.

Rasch drückte ihm Jules noch einen Kuß auf die Wange und trat dann zur Tür.

»Und du paßt auf dich auf, nicht wahr?« ermahnte Saint lächelnd seinen Schwager.

»Zu Befehl, Saint!« Doch dann senkte er die Stimme. »Und du paßt bitte gut auf meine Schwester auf! Sie ist so entsetzlich... verletzt.«

Auf einmal war Saints Kehle wie zugeschnürt. »Das verspreche ich dir, Thomas. Du kannst dich auf mich verlassen.«

Was Saint insgeheim befürchtet hatte, trat auch prompt ein. Es war ihnen nämlich nicht vergönnt, das Haus ohne eine weitere Konfrontation zu verlassen. Als sie die Treppe herunterkamen, sahen sie sich einer leichenblassen Sarah mit rotgeweinten Augen gegenüber.

»Du scheußliches Biest!« schrie sie sofort empört los. »Du Miststück! Ich hoffe, daß du nicht mehr lange zu leben hast! Du verdienst es überhaupt nicht, auf der Welt zu sein!«

Saint drückte Jules' Hand und wünschte, daß er wenigstens einen Hauch von Sympathie für Sarah empfinden könnte. Aber das war unmöglich. Statt dessen schlug er einen zynischen, kalten Ton an. »Sie sind wirklich eine Landplage, Miss DuPres... hoffentlich wenigstens keine schwangere Landplage!«

»Oh, verdammt, halten Sie die Klappe!«

»Keine sehr feine Ausdrucksweise für die Tochter eines Missionars!« spottete Saint weiter. »Demnach hat John Bleecher sich also einfach verdrückt und Sie verlassen. Vorher hat er allerdings noch versucht, Ihren Bruder umzubringen. Und davor hat er Ihre Schwester fast vergewaltigt. Wirklich, ein ausgesprochen guter Geschmack, was die Männer betrifft!«

»Ich hasse Sie!« zischte Sarah und ballte die Fäuste.

»An Ihrer Stelle würde ich ein wenig vorsichtig sein mit allem, was Sie sagen. Falls Ihr Vater uns zuhört, könnte er Sie wegen Ihrer sündigen Reden unter Umständen ebenfalls... vor die Tür setzen. Zwei solche Töchter sind einem Vater doch wirklich nicht zuzumuten! Komm, Jules, wir haben eine Verabredung mit der *Oregon*.«

Schweigend folgte ihm Jules aus dem Haus. Auf der Straße blieb sie noch einmal stehen und blickte sich um. »Soviel Freudlosigkeit und Engstirnigkeit«, murmelte sie vor sich hin. »Der arme Thomas.«

»Du hast ja so recht«, stimmte Saint ihr zu, »und deshalb solltest du froh sein, daß du dem entronnen bist. Und Thomas wird es in einigen Wochen auch hinter sich haben.«

Mittlerweile war die Nacht hereingebrochen, und Saint konnte beim besten Willen keine Ausrede mehr finden, weshalb er sich immer noch an Deck aufhielt. Die übrigen Passagiere hatten sich bereits vor einiger Zeit in ihre Kabinen zurückgezogen, und er hatte lange Zeit damit zugebracht, über das Wasser zu starren. Dabei hatte er sich daran erinnert, wie er zum ersten Mal in seinem Leben das Meer gesehen hatte. Er war damals erst dreizehn Jahre alt gewesen und mit seinem Onkel Rafe zum Fischen zur Chesapeake Bay gefahren. Das Meer hatte ihn derart fasziniert, daß er tagelang nichts tun und von einem Felsen aus den heranbrandenden Wellen hätte zusehen mögen.

Seufzend wandte Saint schließlich den Blick ab und löste sich von der Reling. Wenn er an die Enge in der Kabine und das einzige schmale Bett dachte, mußte er heftig schlucken. Im stillen redete er sich gut zu. Irgendwie würde es schon gehen. Schließlich war er ein erwachsener Mann und kein Junge mehr, der seine Begierden nicht im Zaum halten konnte. Voll guter Vorsätze machte er sich schließlich auf den Weg zu ihrer Kabine.

Als er leise die Tür öffnete, blieb er wie angewurzelt stehen. Jules stand vornübergebeugt mitten in dem schmalen Raum und preßte krampfhaft die Hände auf den Magen. Heiße Furcht durchlief ihn. »Um Gottes willen, Jules, was ist los?« Mit einigen Schritten war er an ihrer Seite.

Zu seiner Überraschung errötete sie jedoch heftig und richtete sich augenblicklich auf. Aber eine Antwort blieb sie ihm schuldig.

»Was ist los? Sag schon!« Er zog die Brauen hoch. »Hast du Schmerzen? Oder bist du etwa seekrank?«

»Nein«, flüsterte sie, obwohl sie deshalb keineswegs besser aussah. »Ich bin nicht seekrank. Du weißt doch, daß ich niemals seekrank werde.«

»Was ist es denn dann?« Als sie jedoch weiterhin beharrlich schwieg, fuhr er sie regelrecht an. »Wenn du es mir nicht sagst, werde ich dich so lange bearbeiten, bis du aufgibst.«

»Es ist... mein Magen«, hauchte sie so leise, daß er es nur mit Mühe verstehen konnte.

»Dein Magen? Hast du etwas Falsches gegessen?«

Stumm schüttelte sie den Kopf.

»Jules...« Sein Ton wurde zusehends drohender.

»Ich habe Krämpfe«, bekannte sie schließlich.

Saint war zutiefst erleichtert. »Demnach ist es also nur deine monatliche Blutung, die dir solche Beschwerden macht?« Als er sah, daß sie vor Scham am liebsten im Boden versunken wäre, beruhigte er sie sofort. »Das ist wirklich nicht weiter schlimm, mein Liebes. Ein bißchen Laudanum wird dich schlafen lassen, und morgen ist alles vergessen. Ist dir das recht?«

»Ja«, hauchte sie.

Während er einige Tropfen der Medizin in ein Glas Wasser träufelte, überkam ihn eine gewisse Erleichterung. Wenigstens mußte er sich in dieser Nacht keine Sorgen wegen der Reaktionen seines Körpers machen. Schweigend reichte er ihr das Glas, und ebenso schweigend trank sie es aus und reichte es ihm wieder zurück.

»Jetzt mußt du dich aber rasch ausziehen und ins Bett legen, denn du wirst bald sehr müde werden.« *Und ich will dich keinesfalls ausziehen müssen!*

Da es in dem kleinen Raum keinen Wandschirm gab, verzog sich Saint für einige Minuten hinaus auf den Flur. Und als er die Kabine wieder betrat, saß Jules in einem weißen hochgeschlossenen Nachthemd auf der Bettkante. »Fühlst du dich jetzt besser?«

Sie schüttelte den Kopf, sah ihn aber nicht an.

»Hast du diese Krämpfe jeden Monat?«

Wieder schüttele sie den Kopf und blickte immer noch starr vor sich hin.

»Tut dir dein Rücken weh?«

»Nein.« Diesmal bewunderte sie ihre Zehen.

Saint zog sich den einzigen Stuhl, den es in der Kabine gab, neben das Bett und klopfte auf seine Schenkel. »Komm her zu mir, Jules!«

Ratlos sah sie ihn an, doch er lächelte ihr ermutigend zu, so daß sie schließlich ihre Scheu überwand und sich ihm zaghaft näherte. Dabei wechselte ihre Gesichtsfarbe von blaß nach rot und wieder umgekehrt. Er streckte ihr die Arme entgegen, worauf sie sich auf seine Schenkel sinken und sich willenlos an seine Brust drücken ließ. Als sie sich leicht zusammenkrümmte, küßte er sie sanft aufs Haar und beruhigte sie. »Du wirst sehen, daß es bald besser werden wird.«

»Für dich ist es ja nicht schlimm«, brummelte sie vor sich hin.

»Es ist etwas ganz Natürliches. Und wenn man etwas gegen die Schmerzen unternehmen kann, soll man es auch tun. Also versuche, dich zu entspannen, während ich dir eine Geschichte erzähle. Kennst du Louis XIV.?«

»Er war König von Frankreich, oder nicht?«

»Ja, im siebzehnten Jahrhundert. Der sogenannte Sonnenkönig. Jedenfalls hatte er bei seiner Geburt bereits zwei Zähne. Du kannst dir vorstellen, daß seine Mutter nicht gerade begeistert war, ihn zu nähren. Deshalb hat sie zwei Ammen bezahlt, damit sie an ihrer Stelle die Schmerzen auf sich nahmen.«

Saint fühlte deutlich, wie Jules von Minute zu Minute schlaffer wurde und ihr Kopf langsam gegen seine Brust sank. Um sie nicht wieder zu wecken, mäßigte er seine Stimme, als er weitersprach. »Über denselben Louis gibt es noch eine andere Geschichte. Eines Tages hatte er Probleme mit seinem Hinterteil und hat sich von seinen Chirurgen eine Fistel operieren lassen. Daraufhin ließen sich alle Höflinge, die dem König gefallen wollten, dieselbe Behandlung angedeihen!« Inzwischen war Jules offensichtlich eingeschlafen, denn sie atmete ruhig und gleichmäßig. »Und für eine ganze Zeit hatten die Herren am Hof in Versailles größere Probleme mit dem Sitzen!«

Vorsichtig ließ Saint Jules in seine Armbeuge zurückgleiten und konnte zum ersten Mal in Ruhe ihre federartigen dunklen Wimpern bewundern, die zarte Schatten auf ihre bleiche Haut warfen. Es war ihm, als sähe er sie heute zum ersten Mal. Eine hübsche gerade Nase, dachte er, und wirklich nicht eine einzige Sommersprosse. Und dazu noch dieser hübsche Mund. Ein leidenschaftlicher Mund, verbesserte er sich. »Du bist wirklich unglaublich schön geworden, mein Liebes!« flüsterte er zärtlich und streichelte dabei mit den Fingerspitzen über ihre samtweiche Haut. »Und du bist meine Frau... und gleichzeitig auch mein Problem. Nein, kein Problem, sondern eher eine große Verantwortung.«

Vorsichtig trug er sie zum Bett hinüber und betrachtete sie einige Augenblicke lang gedankenversunken. Dann zuckte er kurz die Achseln, zog sich aus und schlüpfte neben ihr unter die Decke. Das Bett war so verflixt schmal, daß er die warme Ausstrahlung ihres Körpers dicht neben sich fühlte.

Als er am nächsten Morgen erwachte, lag er so nahe an der Kante, daß er beinahe hinausgefallen wäre. Jules dagegen hatte sich bäuchlings über die übrige Matratze ausgebreitet, als ob sie schwimmend im Wasser triebe. Normalerweise hatte Saint einen überaus leichten Schlaf, doch von diesem Verdrängungswettbewerb hatte er nichts mitbekommen. Grinsend stand er auf und ging ins Bad.

Nachdem er sich angekleidet hatte, trat er leise ans Bett und rüttelte Jules sanft an der Schulter. »Jules!« Sie hat einen verdammt guten Schlaf, dachte er und wurde ein wenig energischer.

»Hmmm?« Jules stützte sich auf die Ellenbogen hoch und blickte sich schlaftrunken um. »Michael? Was ist denn los? Wo...«

»Wir befinden uns an Bord der *Oregon*, und es ist Morgen und ich wüßte gern, wie es dir geht.«

Jules zog den Kopf ein und murmelte. »Gut geht es mir.«

»Dann zieh dich an und komm in den Speisesaal. Ich gehe schon voraus.«

Als Jules kurze Zeit später den langgezogenen Raum auf dem Hauptdeck der *Oregon* betrat, fiel ihr Blick als erstes auf eine Gruppe Männer, und beim Nähertreten vernahm sie Gelächter und dann Michaels Stimme.

»Bis heute ist sein Name unvergessen.«

»Allmächtiger Himmel!« amüsierte sich einer der Gentlemen. »Bisher habe ich immer geglaubt, daß die medizinische Wissenschaft dazu dient, Menschen zu heilen und nicht sie umzubringen!«

Saint lachte. Als er jedoch Jules bemerkte, entschuldigte er sich bei den Umstehenden und kam ihr entgegen. »Hallo, mein Schatz!«

»Du unterhältst wohl alle mit deinen Geschichten«, bemerkte sie und dachte an den vergangenen Abend. »Worüber habt ihr euch so amüsiert?«

»Vor nicht allzulanger Zeit hat in Edinburgh ein Mann die medizinische Fakultät regelmäßig mit Leichen für die Sektion beliefert. Im Lauf der Zeit ist er dann leider dazu übergegangen, Menschen den Hals umzudrehen, um mehr Leichen liefern zu können.«

»Und das ist niemandem aufgefallen?«

»Oh, doch. Nachdem ungefähr sechzehn Personen seiner Geldgier zum Opfer gefallen waren, wurde er ermittelt und aufgehängt. Die medizinische Fakultät war damals nämlich nicht knauserig und konnte schon in Versuchung führen.«

»Du kennst die verrücktesten Geschichten! Außerdem kannst du sie auch noch gut erzählen.«

»Ach, weißt du, manchmal muß ich meine Patienten in der Praxis ablenken, und dazu eignen sich Geschichten vorzüglich. Dir geht es also wieder besser?«

»Bitte... Also, ja.«

»Wir sind schließlich verheiratet, dumme Gans.« Mit diesen Worten zog er sie an sich. »Außerdem bin ich Arzt. Du brauchst dich also überhaupt nicht zu genieren!«

»Wenn du es sagst.« Sie sah ihn zweifelnd an.

»Genau das versuche ich ja gerade! Aber jetzt wollen wir endlich frühstücken. Ich habe nämlich einen umfangreichen Körper zu ernähren!«

Die Luft war warm und das Wetter klar und ruhig. Im Lauf des Tages machte Jules die Bekanntschaft der anderen Passagiere und begrüßte auch Captain Drake. Ansonsten saß sie still dabei und beobachtete, wie ihr Mann alle Menschen um sich herum unterhielt und in seinen Bann zog.

Den ganzen Tag über gab es keine schwierigen Augenblicke, doch als Michael sie abends in der Kabine alleingelassen hatte, damit sie sich in Ruhe ausziehen konnte, war ihr plötzlich ein wenig beklommen zumute. Sie lag noch wach, als ihr Mann kurz darauf neben ihr unter die Decke schlüpfte, und als sie die Hand nach ihm ausstreckte, fühlte sie seine nackte Haut und mußte erst einmal heftig schlucken.

»Erzählst du mir heute abend wieder eine Geschichte?«

Lachend drehte er sich auf die Seite und sah sie an. Gar keine schlechte Idee, dachte er, denn er konnte ebenfalls eine kleine Ablenkung gebrauchen. »Also gut«, stimmte er zu. »Laß mich überlegen! Kennst du eigentlich die Geschichte... Nein, ich glaube, es ist an der Zeit, daß ich dir endlich einmal von meinen Freunden in San Francisco erzählte. Bestimmt hast du schon hin und wieder die Namen von Delaney und Chauncey Saxton gehört, oder?«

Jules nickte stumm.

»Del ist mittlerweile ein vermögender Mann, was er natürlich nicht immer war. Er war unter den allerersten Goldsuchern, die im Jahre 1849 nach Kalifornien kamen. Und er war erfolgreich. Im Gegensatz zu anderen hat er es allerdings klug angefangen und ist heute Teilhaber einer Bank. Außerdem ist er an vielen Geschäften in der Stadt beteiligt und besitzt obendrein drei oder vier Schiffe, die mit dem Fernen Osten Handel treiben. Del ist ein ausgesprochener witziger Mann, der dich in kürzester Zeit zum Lachen bringen kann. Übrigens steht ihm seine Frau Chauncey in dieser Beziehung kaum nach. Sie ist Engländerin, ziemlich hübsch und seit kurzem Mutter einer kleinen Tochter. Ich kann mir gut vorstellen, daß ihr Gefallen aneinander findet werdet.«

»Wird sie mich denn nicht... Nun, nach allem, was geschehen ist, wird sie bestimmt keine allzugute Meinung von mir haben.«

»Jules, wenn du nicht augenblicklich mit diesem Unsinn aufhörst, werde ich dir tatsächlich den Hintern versohlen! Worauf du dich verlassen kannst.«

Als er den Arm nach ihr ausstreckte, berührte er statt ihrer Schulter ihre weiche Brust. Voller Schreck hielt er den Atem an und zuckte zurück, als ob er sich verbrannt hätte.

»Es tut mir leid!« japste Jules verwirrt.

»Nein, nein«, beschwichtigte Saint sie voll schlechten Gewissens. »Wie du siehst, habe ich mich nur noch nicht daran gewöhnt, mit meiner Frau in einem Bett zu schlafen.«

Das bin ich tatsächlich noch nicht gewohnt! Aber noch weniger gewohnt bin ich, neben jemandem zu liegen und ihn nicht zu berühren.
»Bist du müde?«

»Ja«, log Jules ohne die geringsten Schwierigkeiten und lag dann noch lange wach und lauschte auf die tiefen regelmäßigen Atemzüge ihres Mannes.

Saint mit dem bekannt leichten Schlaf erwachte am nächsten Morgen und wußte mit instinktiver Sicherheit, daß etwas nicht stimmte. Jules lag mitten auf seinem Bauch, und ihr Kopf ruhte an seiner Brust. Gleichzeitig spürte er, daß er stark erregt war und sein Glied gegen ihren weichen Bauch drückte.

»Ach, du lieber Himmel!« murmelte er leise. Diesmal hatte er den größten Teil des Bettes mit Beschlag belegt, so daß Jules verzweifelt versucht haben mußte, ein wenig Platz für sich zu ergattern. »Oh, verflixt«, brummelte er, während er sie ganz vorsichtig von sich herunterschob.

»Michael?« Sie war noch ganz schlaftrunken.

»Ja, mein Liebes. Laß dich nicht stören und schlaf einfach weiter!« *Ich bitte dich darum!*

Zu seiner großen Erleichterung rollte sie sich wie eine Katze zusammen und schob ihre kleine Hand als Faust unter ihre Wange. Während seine Blicke auf ihr ruhten, verspürte er ein leichtes Bedauern, und als er aufstand und sich noch einmal umdrehte, durchzuckte es ihn heiß. Ihr Nachthemd war bis zu den Schenkeln hochgeschoben und entblößte die weiße Haut ihrer langen wohlgeformten Beine. Leise fluchend bedeckte er sie mit dem Leintuch.

13. Kapitel

Während der darauffolgenden Tage stellte Saint zu seiner Überraschung fest, daß seine junge Frau ihm, was das Geschichtenerzählen anging, kräftig Konkurrenz machte. Nachdem er eines Nachmittags den Furunkel eines Passagiers verarztet hatte und danach in dei Speisesaal trat, entdeckte er Jules, die mit mehreren Leuten um einen Tisch saß und lebhaft gestikulierend erzählte. Ohne sich zu verraten, näherte er sich ungesehen und war über ihre wachen Augen und ihr ausdrucksstarkes Mienenspiel begeistert. Als junges Mädchen war sie auf faszinierende Weise an allem um sie herum interessiert gewesen, aber natürlich war ihre Art damals sehr viel kindlicher gewesen. Inzwischen war diese penetrante Neugier einem wachen Interesse gewichen, und Saint stellte zu seiner große Freude fest, daß die Ereignisse der vergangenen Wochen Jules' Lebenskraft offenbar nur vorübergehend gedämpft hatten.

»Der Hauptzweck dieser *kapus* war, die Freiheit der eingeborenen Frauen einzuschränken. Es war ihnen nicht nur verboten, gemeinsam mit den Männern die Mahlzeiten einzunehmen, sondern sie mußten auch ganz bestimmte Speisen meiden, wie zum Beispiel Bananen, Kokosnüsse, Schweinefleisch und sogar gebratene Hunde!«

»Ach, du lieber Himmel!« empörte sich Miß Mary Arkworth. »Wovon haben sie sich denn überhaupt ernährt?« Miß Arkworth hatte einige Jahre auf Oahu gelebt und hätte bestimmt selbst erklären können, daß diese *kapus* religiösen Ursprungs waren. Sie hielt sich jedoch zurück, weil ihr die Klugheit und die Begeisterung der jungen Mrs. Morris imponierten.

»Ich kann nichts Schlimmes daran finden«, meinte Nathan Benson. »Wenn sie schon keine gebratenen Hunde essen durften, dann konnten sie sich ja an Kuchen halten!«

»In dieser Beziehung finde ich Witze ein wenig unpassend, Mr. Benson, denn die Geschichte hat wirklich einen ernsten Hintergrund. Die Strafe für die Verletzung des *kapu* war nämlich der Tod, und ich habe mir erzählen lassen, daß man einmal einem fünfjährigen Mädchen für den Verzehr einer Banane ein Auge ausgestochen hat.«

Mitten in die allgemeine Empörung hinein meldete sich Saint zu Wort. »Wenn ich mich nicht irre, wurden die *kapus* doch von einer Frau außer Kraft gesetzt, nicht wahr?«

Jules lächelte ihm wie einem braven Schüler zu und nickte. Gespannt beugten sich ihre Zuhörer nach vorn, um nur auch alles mitzukriegen.

»Das stimmt«, fuhr Jules in selbstsicherem Ton fort. »Nach dem Tod von König Kamehameha I. verkündete seine Königin Kaahumanu dem jungen Sohn, daß sie als seine *kuhina-nui* oder Vizekönigin mitregieren würde.«

»Eine kluge Frau!« meinte Mr. Benson anerkennend.

»Genau«, bestätigte Jules. »Sie war eine sehr mutige Frau. Um das *kapu* endgültig zu beseitigen, hat sie es gewagt, vor dem König Liholiho eine Banane zu essen, was der junge Mann klugerweise einfach übersah. Als nächstes verzehrte sie eine ganze Mahlzeit in seiner Gegenwart.«

Genau die richtige Stelle für eine Pause, dachte Saint und lächelte seiner Frau bewundernd zu.

»Und was geschah dann?« wollte Mrs. Arkworth wissen.

»Nichts. Rein gar nichts. Kaahumanu hatte gesiegt und der König hat das anerkannt, indem er bei einem Bankett zum Tisch der Frauen gegangen ist und dort gegessen hat.«

»Und was ist aus der Vizekönigin geworden?« fragte Mrs. Benson gespannt.

»Sie ist an Altersschwäche gestorben.«

»Komisch«, bemerkte Saint. »Ich hätte gewettet, daß sie sich überfressen hat.«

Jules feixte spitzbübisch zu ihm hinüber. »Es stimmt schon. Wie alle anderen Frauen war auch sie unglaublich fett, aber auf den Inseln ist das ja bekanntermaßen ein Schönheitsideal.«

»Was das Schönheitsideal angeht, muß ich dich leider berichtigen.« Als sie einige Zeit später allein waren, kam Saint noch einmal auf die Unterhaltung zurück. »Mittlerweile haben sich die viktorianischen Ideale nämlich auch bis nach Hawaii ausgebreitet, und viele Frauen zwängen ihre fülligen Körper in steife Korsetts. Du hast den Leuten die Wahrheit verschwiegen!«

Jules nickte. »Das ist wahr. Zivilisation ist nicht in jeder Hinsicht ein Fortschritt.« Doch dann griente sie. »Aber ich konnte doch unmöglich die Wirkung meiner Geschichte schmälern!«

Saint umschloß ihr Gesicht mit seinen großen Händen. »Die kleine Mrs. Morris ist tatsächlich ein Naturtalent.«

»In welcher Beziehung?« fragte Jules, doch ihre Augen sahen allein seinen Mund. Sekundenlang stockte ihr der Atem und dann war ihr, als ob die Berührung seiner Hände sie von innen her aufheizte.

Als Saint spürte, wie sie sich leicht gegen seine Hände lehnte, ließ er sie augenblicklich sinken und tat gänzlich unbeteiligt. »Ein Naturtalent, was das Erzählen anbelangt. Was hält denn mein Naturtalent zur Abwechslung von einem Spaziergang an Deck?«

»Selbst Naturtalente müssen gelegentlich an die frische Luft und sich ein wenig bewegen!« erwiderte Jules grienend.

Heiße erotische Träume rissen Saint öfter in der Nacht aus tiefem Schlaf. Rundherum war es dann meistens noch stockfinster. Sein Körper war regelmäßig schweißbedeckt und brannte vor Sehnsucht. Bisher war er jeden Morgen vor der Dämmerung aufgestanden, weil er unmöglich still neben seiner Frau liegen konnte. Er konnte es nicht ertragen, sie so ruhig atmen und gelegentlich seufzen zu hören, ohne sich auszumalen, wovon sie wohl träumte. Bestimmt nicht von ihm und seinen Zärtlichkeiten, vermutete er, sondern eher von Angst und Furcht vor dem männlichen Verhalten.

Vier Tage vor ihrer Ankunft in San Francisco erreichte die Situation einen Höhepunkt. Er war wieder einmal viel zu lange aufgeblieben, weil er sich vor den Nächten neben seiner jungen Frau inzwischen regelrecht fürchtete. Statt dessen hatte er viel zuviel getrunken und ungefähr einhundert Dollar beim Kartenspielen verloren. Erst lange nach Mitternacht hatte er schließlich den Weg in die Kabine gefunden.

Große Erleichterung überkam ihn jedoch, als er sah, daß Jules sich im Bett zur Wand gedreht und die Decke bis ans Kinn hochgezogen hatte. Demnach waren alle seine Sorgen unbegründet gewesen. Rasch entkleidete er sich und schlüpfte so unbemerkt ins Bett, daß Jules sich nicht einmal bewegte.

Er schlief unruhig, und geriet irgendwann in einen träumerischen Halbschlaf, in dem alles um ihn herum so real war, als ob er es in Wirklichkeit erlebte. Mit einem Mal wähnte er Jane Branigan an seiner Seite, fühlte ihre Berührungen, hörte ganz deutlich, wie sie ihn lachend neckte und war plötzlich von einer so heftigen Sehnsucht erfüllt, daß er zu vergehen meinte. Gierig glitten seine Hände über ihren Körper und immer wieder rief er ihren Namen. »Oh, Jane! Jane!« Dabei liebkoste er ihre Brüste und fühlte wie ihre Warzen unter seinen Fingern anschwollen und hart wurden. Er begehrte sie bis zum Wahnsinn und konnte sich keine Sekunde länger zurückhalten.

»Jane!« keuchte er, während seine Lippen die zarte Haut an ihrem Hals berührten. Seltsam, daß sie nicht nackt war! Überall war ihm dieser steife Stoff im Weg, geriet ihm immer wieder in den Mund und machte ihn halb wahnsinnig. Schließlich war seine Gier so übermächtig, daß er sich über sie hermachte und das hinderliche Nachthemd bis über die Brüste nach oben schob. Als er dabei ihre warme Haut berührte, durchzuckte es ihn wie der Blitz. Mit Mund und Händen liebkoste er ihre Brüste und ihren weichen Bauch. Schließlich bedrängte er sie und versuchte, ihre Schenkel auseinanderzudrücken.

»Jane!« keuchte er heiser und drängte sich noch gieriger gegen ihren Körper. »Ich kann es nicht länger aushalten!«

Fast rücksichtslos zerrte er ihre Schenkel auseinander, aber trotzdem hinderte ihn etwas, in sie einzudringen. Ärgerlich versuchte er es wieder und wieder und verstand die Welt nicht mehr.

»Jane, was ist nur mit dir los?«

In diesem Augenblick erwachte Jules und hörte Michaels Stimme, doch er redete mit einer gewissen Jane und nicht mit ihr! Im selben Augenblick war er nur noch ein Mann, ein riesiges Ungeheuer, dessen Körper sie wie ein willenloses Spielzeug auf die Matratze preßte. Jameson Wilkes und John Bleecher verschmolzen zu einer einzigen Bedrohung, und sie wehrte sich wie besessen und schrie. Erst nach Sekunden begriff sie, daß es Michael war, dessen Körper sich gegen sie preßte und ihr den Atem nahm.

Völlig verwirrt und ohne etwas zu verstehen, versuchte sie, sich von ihm zu lösen. Aber er stöhnte nur und bat sie immer wieder, sich endlich zu entspannen und sich ihm hinzugeben. *Er bat Jane, sich ihm hinzugeben!* Und im selben Augenblick fühlte sie seine tastenden Finger an ihrer Scham, die seinem Körper den Weg bahnen sollten. In verzweifelter Anstrengung versuchte Saint, endlich zum Ziel zu kommen, aber statt der gewohnten Bereitschaft fühlte er nur Gegenwehr. Er fühlte sich weggeschoben, und dann durchdrang ein kleiner schriller Schmerzensschrei sein benebeltes Bewußtsein.

»Michael! nein... Ich bitte dich!«

Ruckartig erwachte er. »Aber, Jane...« begann er, doch noch in derselben Sekunde blieb ihm jedes Wort in der Kehle stecken. Im schwachen Dämmerlicht sah er Jules hilflos unter sich liegen und begriff, daß er dabei war, sie zu vergewaltigen.

»Oh, Gott! Nein!« Er schreckte hoch und sank dann in sich zusammen, wobei er das Gesicht in den Händen barg. Um ein Haar hätte er seine eigene Frau vergewaltigt, ohne überhaupt zu wissen, was er tat...

Jules lag wie versteinert, während er bewegungslos zwischen ihren weit gespreizten Beinen kniete. »Michael?« flüsterte sie nach einer ganzen Zeit.

»Es tut mir leid«, brachte er mit Mühe heraus und verabscheute sich dabei zutiefst. »Es tut mir so entsetzlich leid, Jules! Habe ich dir weh getan? Sag, habe ich dir weh getan?«

Sie wurde von Sekunde zu Sekunde unsicherer und verwirrter. »Ich verstehe überhaupt nichts mehr!«

Rasch stand Saint vom Bett auf und zog einen Bademantel über. Wie hätte sie ihn auch verstehen sollen, wo er doch selbst nicht einmal begriff, was da vorgegangen war.

»Wer ist Jane?« hörte er sie fragen.

Als er sich umdrehte, wurde er ruhiger, denn inzwischen hatte sie das Nachthemd wieder heruntergezogen und saß zugedeckt im Bett. Zögernd ging er zu ihr hinüber und ließ sich auf der Bettkante nieder. »Es ist mir klar, daß du das alles nicht verstehen kannst, Liebes.« Er hielt inne, weil er nicht genau wußte, wie er es ihr verständlich machen konnte. »Weißt du, ich habe geträumt. Wahrscheinlich auf Grund des vielen Whiskeys.« *Lügner! Du weißt nicht, wohin mit deiner Sehnsucht, und wirst allmählich verrückt, weil du deine Frau nicht berühren darfst!* »Ich habe überhaupt nicht gewußt, was ich tat! Ich habe dich doch nicht verletzt, Kleines, oder etwa doch?«

»Nur ein ganz klein wenig. Ich war eigentlich eher überrascht... Es kam alles so plötzlich. Wer ist Jane?«

Eine wegwerfende Handbewegung war die Antwort. »Das ist wirklich nicht von Bedeutung. Oh, Gott, was sollen wir nur tun? Ich kann ja gar nicht mehr bei dir schlafen, wenn ich... dich dann einfach überfalle! Du hast große Angst gehabt, nicht wahr?«

Natürlich hatte sie Angst gehabt! Was denn sonst? Außerdem hatte er nicht einmal sie begehrt, sondern die ganze Zeit über von einer anderen Frau geträumt. Jules fühlte sich so verletzt, daß sie für Sekunden die Augen schließen mußte und schließlich ihr Gesicht abwandte. Trotzdem konnte sie jetzt nicht einfach aufgeben. Sie wollte die ganze Wahrheit wissen, auch wenn es sie noch so schmerzte. »Wer ist Jane? Von wem träumst du, während du bei mir schläfst?«

Wie konnte er ihr klarmachen, daß er sich nur in den Traum geflüchtet hatte, um seine große Sehnsucht nach ihr ausleben zu können. Perfekt hatte sein Unterbewußtsein seine Wünsche und Begierden auf eine andere Frau übertragen, die sich dadurch niemals verletzt fühlen würde und von der er sich geliebt wußte. Urplötzlich überfielen ihn heftige Kopfschmerzen, und auf einmal hatte er nur noch das Bedürfnis nach frischer Luft. Während er aufstand und sich anzog, spürte er, wie Jules' Augen jede seiner Bewegungen verfolgten. Aber er sagte kein

Wort, denn er wollte nur noch fort, fort von ihr und ihren Fragen und auch fort von dem Ort, wo er sich so entsetzlich benommen hatte.

»Ich gehe für einige Zeit an Deck«, verkündete er, während er in seine Stiefel schlüpfte, und dann war er so schnell aus der Tür, daß Jules nicht einmal protestieren konnte.

Jules konnte nicht weinen, sondern lag nur wie betäubt im Bett und starrte an die dunkle Holzdecke der Kabine empor. Als sie schließlich vom Schlaf übermannt wurde, war er noch nicht zurückgekommen. Und nur wenig später stieg die Morgensonne strahlend am Himmel empor.

Jules entdeckte ihn sofort, als sie am späten Vormittag schließlich den Speisesaal betrat. Nach der Unordnung in der Kabine zu schließen, die sie beim Aufwachen vorgefunden hatte, mußte er gebadet und sich umgezogen haben, während sie noch geschlafen hatte. Ganz offenbar ging er ihr möglichst aus dem Weg. Wer war diese Jane?

In aller Ruhe setzte sich Jules zu Tisch und frühstückte, aber ohne rechten Appetit. Obwohl Saint sie zweifellos bemerkt hatte, machte er keinerlei Anstalten, sein Gespräch zu unterbrechen und ihr Gesellschaft zu leisten.

Natürlich hatte er sie gleich gesehen. Blaß sah sie aus und noch ein wenig müde, aber ein ganzes Stück frischer als er, der noch unter den Auswirkungen seines Katers litt. Er beschwerte sich nicht, sondern betrachtete das lediglich als gerechte Strafe für sein schreckliches Benehmen während der letzten Nacht. So konnte es nicht weitergehen, dachte er, während er sich alle Mühe gab, höflich dem Gespräch seiner Mitreisenden zu lauschen. In einem geeigneten Augenblick erhob er sich schließlich und schaffte es tatsächlich, ungesehen in ihre Kabine zu gelangen.

Doch Jules war nicht dort. Erst nach einigem Suchen fand er sie auf dem Oberdeck, wo sie sich auf einer großen Seilrolle niedergelassen hatte. »Hallo, Jules.«

Sie hob zwar ihr Gesicht, doch sie nickte ihm nur zu.

Verlegen fuhr er sich mit gespreizten Fingern durch die windzerzausten Haare. »Hörst du mir zu?« begann er zögernd. »Ich habe mir überlegt, daß ...«

»Willst du dich etwa entschuldigen? Das hast du bereits getan. Es ist nicht nötig, daß du dich wiederholst.«

»Vielleicht kann ich dir ja die ganze Sache in geeigneteren Worten erklären.«

»Ist Jane deine Geliebte?«

Ehrlich empört sah er sie an. »Ich habe dir gesagt, daß ich keine Geliebte habe.«

»Vielleicht kenne ich ja nur nicht das richtige Wort für ein solches Verhältnis... Du schläfst mit ihr, nicht wahr? Und du magst sie?«

»Ja, aber das ist etwas ganz anderes.«

»Lebt sie in San Francisco?« *Wartet sie etwa in diesem Augenblick schon ungeduldig auf deine Rückkehr?* Jules' Stimme klang so sanft, so unbeteiligt, als ob sie sich über die Delphine unterhielten, die sie gestern vom Schiff aus beobachtet hatten.

»Ja«, gab er widerwillig Auskunft. »Sie ist ein ganz reizender Mensch, Jules.«

»Und weshalb hast du dann nicht sie geheiratet?«

»Weil ich sie nicht liebe. Verdammt!«

Mich liebst du ebenfalls nicht. »Aha. Wie schade, daß du sie nicht auch aus einer solchen Notlage befreit hast wie mich. Dann hättest du vermutlich... sie geheiratet.«

»Ich habe ihr früher einmal etwas geholfen, aber das kannst du natürlich nicht vergleichen.«

Jules zog fragend einen Augenbraue hoch, aber sie sagte nichts. Schließlich ließ Saint sich schweigend neben ihr auf der Taurolle nieder. Die Luft war so salzig, daß man es schmecken konnte, und der Wind zerrte umgestüm an ihren Haaren, während hoch über ihren Köpfen das Großsegel im Wind knatterte. Gar zu gern hätte er Jules ermahnt, sich in den Schatten zu setzen, weil sich ihre Gesichtshaut bereits gefährlich rötete, doch er unterließ es lieber.

»Sie heißt Jane Branigan«, begann er unvermittelt, »und lebt als Witwe mit ihren beiden Jungen in San Francisco. Ihr Mann ist in einem Goldgräberlager umgekommen, und ich habe sie lediglich beim Start in ein eigenes Leben unterstützt. Inzwischen besitzt sie eine Schneiderei und kommt ganz gut zurecht.«

»Weiß sie von mir?«

»Sie weiß, daß ich dich nach Maui zurückgebracht habe.«

Jules schloß die Augen, weil der Schmerz sie beinahe erdrückte. Demnach hatte er also mit Branigan geschlafen, als sie in seinem Haus gewohnt hatte.

»Wird sie... sehr überrascht sein?«

»Das weiß ich nicht. Wir sind gute Freunde, Jules.«

Wirst du wieder zu ihr gehen, sobald wir in San Francisco sind? Wirst du sie wieder lieben... Wo bleibt dein Stolz, du dumme Gans! Sie reckte steil ihr Kinn in die Luft. »Vielleicht sollte ich mir auch einige gute Freunde anschaffen. Männer natürlich.«

»Bestimmt wirst du Freunde finden«, meinte er in unbekümmertem Ton.

»Vielleicht werde ich dann auch von ihnen träumen und laut ihre Namen rufen und nicht deinen.«

Hörbar sog Saint die Luft ein. *Du bist jetzt neunundzwanzig Jahre alt, du dummer Kerl! Also benutze deinen Verstand und sei nicht so gefühllos! Sie hat diese Bemerkung nur gemacht, weil du ihr das angetan hast!* Zartfühlend legte er ihr die Hand auf den Arm. »Es tut mir wirklich sehr leid, daß das alles geschehen ist, Jules. Für einen Mann ist es nicht leicht, so nah bei einer Frau zu sein und nicht... auf sie zu reagieren. Männer haben übrigens überaus lebendige sexuelle Träume, und ich habe mir sagen lassen, daß das bei Frauen ähnlich ist.«

»Ich habe keine solchen Träume.«

Du hast sie nur nicht, weil du noch gar nicht genau weißt, worum es geht. »Eines Tages wirst du mich ganz bestimmt besser verstehen. Auf jeden Fall verspreche ich dir, daß so etwas nicht wieder geschehen wird.«

In diesem Augenblick konnte Jules nur einen einzigen Gedanken denken. Wenn sie nicht wachgeworden und nicht geschrien hätte, dann hätten sie es jetzt hinter sich. Und vermutlich wäre sie ihre Angst ein für allemal losgeworden! »Wirst du Jane besuchen, wenn wir zu Hause sind?«

Die Frage überraschte ihn völlig, denn ehrlich gesagt hatte er noch gar nicht darüber nachgedacht. Im Augenblick hatte er ganz andere Sorgen. Er war mit einer überaus zauberhaften Frau verheiratet und begehrte sie so sehr... Aber er wußte auch, daß er dieses zarte empfindliche Wesen schonen mußte und ihm nichts anderes übrig blieb, als ein Mönchsdasein zu führen.

»Nein«, antwortete er schließlich auf Jules' Frage. »Natürlich werde ich sie als Freund besuchen, aber die sexuelle Beziehung werde ich nicht wieder aufnehmen. Eine Heirat ist für mich gleichbedeutend mit Treue.«

»Treue um jeden Preis ist manchmal Unsinn.« Mit diesen Worten sprang sie auf und schlug ihre Röcke nach unten, die der heftige Seewind hochgeweht hatte.

»Was soll das jetzt wieder heißen?«

Sie überging seine Frage und zuckte nur die Achseln. »Ich muß mir einen Hut holen.«

»Du hast recht«, brummte er. »Das ist eine gute Idee.«

14. Kapitel

San Francisco

»Los, Molly, Sie machen das doch nicht zum ersten Mal! Atmen Sie langsam, ganz leicht und langsam. Ja, so ist es richtig.« Behutsam wischte Saint Molly Tyson den Schweiß mit einem feuchten, kühlen Tuch von der Stirn.

»Ich hatte große Angst, daß Sie nicht rechtzeitig zurückkommen«, keuchte Molly in einer Wehenpause. »Ich habe gehört, daß Sie zu den hawaiianischen Inseln gefahren sind. Stimmt das?«

»Ja, aber wie Sie sehen, ist meine Zeiteinteilung mindestens so perfekt wie die Ihre! Los, Molly... Nein, verspannen Sie sich nicht. Drücken Sie lieber meine Hand. Ja, so.«

»Verdammt, tut das weh!« stöhnte die junge Frau. »Wie konnte ich nur vergessen, welche Schmerzen das sind!«

»Ich kann Sie bestens verstehen, Molly. Schreien Sie ruhig laut, wenn Ihnen danach ist.« Saint verzog das Gesicht, als sie seine Hand preßte und sich ihr Rücken wölbte, während die nächste Wehe sie überrolte. »Gut gemacht, Molly! Die Wehen kommen jetzt immer häufiger. Ich will mal nachsehen, wie weit es das Kerlchen schon geschafft hat.«

Er stand auf und wusch seine Hände in dem heißen Wasser,

das Mollys älteste Tochter Elizabeth bereitgestellt hatte. Dann kehrte er zum Bett zurück und machte sich an die Untersuchung. Natürlich wäre es ihm lieber gewesen, wenn er eine Hebamme als Hilfe gehabt hätte. Aber die zwölfjährige Elizabeth war dafür noch viel zu jung, und Ranger Tyson hatte schon bei der ersten Geburt als Hilfe völlig versagt. Glücklicherweise war Molly eine vernünftige Frau, die sich ohne schamvollen Widerstand von ihm untersuchen ließ. Er hatte auch schon Geburten erlebt, bei denen die Frauen mehr unter seiner Anwesenheit gelitten hatten als unter den Wehen.

»Ich kann Sie beruhigen, Molly. Es geht prächtig voran, und es wird nicht mehr allzulange dauern.« Mit diesen Worten nahm er wieder auf dem Stuhl neben dem Bett Platz und hielt weiter geduldig Mollys Hand.

»Bald werde ich Ihnen etwas Chloroform verabreichen. Nein, bekommen Sie jetzt keine Angst. Ich habe Ihnen ja erzählt, daß sogar Queen Victoria im vergangenen Jahr bei ihrer siebenten Entbindung bereits Chloroform benutzt hat, nicht wahr? Und was der Queen von England recht ist, das sollte Ihnen doch wohl billig sein!«

»Ich weiß nicht recht, Saint. Ranger war ebenfalls nicht begeistert, und Father O'Banyon hat gesagt, daß schon in der Bibel steht, daß Frauen beim Gebären Schmerzen ertragen...«

»Zum Teufel mit Ranger und Father O'Banyon!« unterbrach Saint sie ärgerlich. »Keiner dieser beiden Gentlemen hat eine Ahnung von diesen Schmerzen! Ich habe dieses lächerliche Argument so gründlich satt, daß ich jedesmal dreinschlagen könnte, wenn ich es wieder höre! Konzentrieren Sie Ihre Gedanken jetzt allein auf das neue Baby, und seien Sie froh, daß Sie keine Indianerin sind. Bei einem Stamm, dessen Name ich leider nicht mehr genau weiß, war es nämlich üblich, daß man die Frauen, deren Kinder nicht schnell genug geboren wurden, auf dem Feld an einen Pfahl band. Doch, das ist wahr!« Er grinste, als sie ihn ungläubig und fassungslos anstarrte und freute sich, daß er sie erfolgreich abgelenkt hatte. »Ein mutiger Krieger ritt dann in rasendem Tempo auf sie zu und bog erst in allerletzter Sekunde zur Seite ab.«

»Oh, Gott, das ist ja grausam!«

»Wie wahr! Aber Sie können sich natürlich vorstellen, daß

durch diese Angst die Sache richtig in Bewegung geriet. Offenbar muß es geholfen haben, denn sonst hätten sie es bestimmt nicht immer wieder gemacht. Ja, Molly, schreien Sie nur!«

Ungefähr zehn Minuten später verabreichte er ihr das Chloroform und kurz darauf wurde Mollys drittes Kind geboren. Natürlich hatte das Chloroform nicht alle Schmerzen ausgeschaltet, aber die letzten Minuten waren doch wesentlich angenehmer verlaufen.

»Kommen Sie erst einmal wieder zu Atem, Molly.« Saint lächelte auf sie hinunter. »Inzwischen werde ich Ihren hübschen Sohn zu Elizabeth bringen.«

»Und erzählen Sie es auch Ranger, falls er nicht zu betrunken ist. Er hat sich so sehr einen Sohn gewünscht.«

Etwa eine Stunde später stieg Saint endlich auf Spartan und ritt in nördlicher Richtung in die Stadt zurück. Ranger Tyson war an den Hobson Stables in San Francisco beteiligt, und statt Geld für seine Dienste anzunehmen, hatte Saint ihm für ein halbes Jahr freie Unterkunft und Verpflegung für Spartan abgehandelt. In tiefen Zügen sog Saint die frische, ein wenig neblige Morgenluft ein. Am Horizont zeigten sich bereits die ersten Lichtstreifen des neuen Tags. Während er sich nachdenklich über sein stoppeliges Kinn strich, überlegte er, weshalb die Frauen ihre Kinder nur immer mitten in der Nacht bekamen. Als er weggegangen war, hatte Jules bereits tief geschlafen. Jedenfalls hoffte er, daß sie geschlafen hatte.

Es war erst drei Tage her, seit ihr Schiff an einem kühlen nebligen Nachmittag in San Francisco eingelaufen war. Da Jules das sanfte Inselklima gewohnt war, hatte sie auf dem Heimweg zu seinem Haus ganz jämmerlich gezittert. Aber Lydia Mullens hatte die Situation sofort im Griff gehabt. Kurzentschlossen hatte sie Jules in Decken gehüllt und ihr warme Schokolade eingeflößt. Er erinnerte sich noch deutlich an das Gefühl, das ihn beim Betreten seiner Praxis überkommen hatte. Es war alles so unverändert, als ob er keinen Tag fort gewesen wäre, und trotzdem war alles anders geworden. Er hatte sich noch nicht an den Gedanken gewöhnt, daß er nun ein zitterndes weibliches Wesen im Haus hatte. Wenn er sich recht erinnerte, hatte sie beim letzten Mal nicht so gefroren, aber damals war sie ja auch nicht draußen gewesen.

»Ach, verdammt!« brummte er ohne besonderen Grund und tätschelte dabei Spartans blauschwarze Mähne. Daraufhin schnaubte das Pferd vernehmlich, als ob es ihm antworten wollte.

Saint feixte. »Tja, alter Junge, das Leben hat sich seit unserem letzten Ausritt gewaltig verändert, nicht wahr? Aber das größte Problem ist jetzt die Frage, wie es weitergehen soll.« Diesmal schwieg Spartan, denn offenbar wußte er darauf auch keine befriedigende Antwort.

Saint war hundemüde. Aber im Augenblick war ihm diese körperliche Erschöpfung sehr willkommen, denn so konnte er wenigstens für eine Weile seinen sexuellen Träumen entkommen. Am Tag zuvor hatte sich Jane Branigan bei seinem Besuch überaus verständig gezeigt. Wenn er jetzt an ihre Worte zurückdachte, hatte er fast den Eindruck, als ob sie eine derartige Nachricht erwartet hätte.

»Demnach ist sie also längst nicht so jung, wie ich angenommen hatte?« Sie hatten in Janes kleiner Küche Kaffee getrunken.

»Sie ist neunzehn. Nein, ein Kind ist sie wirklich nicht mehr.« Hatte er ihr denn tatsächlich Grund zu der Annahme gegeben, daß Jules noch in der Pubertät sei?

»Demnach wird sich nun einiges ändern, und wir werden einander womöglich nicht mehr sehen.«

»Natürlich wirst du mich noch sehen, und deine Jungen ebenfalls. Ich mag euch schließlich, aber...«

»Ich habe schon verstanden, Saint. Ehre, Treue... und alle diese Sachen.«

»Ja, das ist mir sehr wichtig«, hatte er gesagt und verstohlen die Fäuste geballt, weil er sich an den Traum auf dem Schiff erinnert hatte.

Und wieder dachte er an seine junge Frau, die sich nach diesem schrecklichen Vorfall an Bord der *Oregon* merklich von ihm zurückgezogen hatte. Natürlich konnte er es ihr nicht einmal verdenken. Wie hätte sie denn sonst reagieren sollen, wenn ihr Mann sie beinahe vergewaltigte und dabei auch noch den Namen einer anderen Frau stöhnte? Als er nach ihrer Ankunft gesehen hatte, wie Lydia Jules' Kleider ganz selbstverständlich in seinem Schlafzimmer ausgepackt hatte, war er gänzlich unsicher geworden. Im kleinen Gästezimmer konnte er nicht schlafen, denn dort war das Bett viel zu kurz, aber bei ihr konnte er auch nicht schlafen. Das überstieg seine Kräfte.

Zu seiner Überraschung und riesigen Erleichterung hatte Jules jedoch ganz von allein die Initiative ergriffen. Am späten Nachmittag hatte man ihn zu einer Schlägerei gerufen, um die gebrochene Hand eines der Streithähne zu verarzten. Als er einige Zeit später zurückgekehrt war, hatte er festgestellt, daß Jules in der Zwischenzeit alle ihre Sachen aus dem großen Schlafzimmer in das kleine Gästezimmer umgeräumt hatte.

Ihm war zwar bedeutend leichter gewesen, aber andererseits hatte er nicht gewußt, wie er darauf reagieren sollte. Hätte er sich etwa bei ihr bedanken sollen? *Vielen Dank, meine liebe Frau, daß du mich nicht zwingst, mit dir zu schlafen*. Mehr als komisch! Da hatte er lieber nur die Schultern gezuckt und seinen Mund gehalten. Noch nie zuvor hatte er so häufig an Sex gedacht wie jetzt! Gleichzeitig jedoch hatte er beschlossen, daß diese Gefühle, so natürlich sie auch waren, nicht sein Leben in Unordnung bringen durften. Er verbannte diese Gedanken mutwillig aus seinem Kopf und hoffte, daß sie dann von allein vergehen würden.

Aber Jules existierte nun einmal! Solange Lydia im Haus war, benahm sie sich völlig natürlich. Sie war fröhlich und lachte und scherzte mit der Haushälterin, bis... ja, bis diese sich für den Abend verabschiedete. Danach war sie dann für gewöhnlich sehr still und in sich gekehrt. Er selbst hatte sich rasch in seine routinemäßige Arbeit geflüchtet und wußte nicht einmal, was Jules tat, wenn er nicht bei ihr war.

»Na, Spartan, du kannst mir sicher auch nicht verraten, was Jameson Wilkes so treibt?«

Als Spartan schnaubte, war das vermutlich nicht als Antwort zu deuten, sondern eher als Vorfreude auf den Stall, denn sie hatten soeben die ersten Häuser der Stadt erreicht. Auf dem Weg zur Market Street begegneten sie schon Frühaufstehern, und Saint erwiderte die Grüße, die man ihm zurief.

»Dieser Mistkerl wird bestimmt in kürzester Zeit herausgefunden haben, daß Jules mit mir verheiratet ist«, brummte er vor sich hin. »Wenn ich nur wüßte, was dann passiert!« *Natürlich wird er nicht annehmen, daß sie noch Jungfrau ist, und damit hat sie vielleicht keine Bedeutung mehr für ihn.* »Gar kein so schlechter Gedanke!« lobte er sich nach längerem Nachdenken schließlich selbst.

Nachdem er Spartan der Obhut des gnomenhaften John Smith im Stall von Hobson übergeben hatte, legte er die letzten zehn Minuten bis zu seinem Haus in der Clay Street zu Fuß zurück. Als er an die erfolgreiche Geburt zurückdachte, schoß ihm plötzlich der Gedanke durch den Kopf, daß Jules ja eines Tages von ihm schwanger werden könnte. Und plötzlich packten ihn Bedenken und schnürten ihm die Kehle zu. Er selbst war ein sehr großes Kind gewesen, und der Gedanke an Jules' zarten, schmalen Körperbau bereitete ihm Sorgen... Als er sekundenlang die Augen schloß, stolperte er, worauf er heftig fluchte. Kurz darauf war er zu Hause und schloß leise die Tür auf.

»Sie haben Gäste, Jules!« meldete Lydia Mullens ihrer jungen Herrin am darauffolgenden Morgen.

Jules sprang so stürmisch von ihrem Sessel hoch, daß das Buch, in dem sie gelesen hatte, zu Boden fiel. »Gäste?«

Im selben Augenblick ertönte bereits eine wohlklingende Stimme hinter Lydias Rücken. »Ich hoffe, Sie sind uns nicht böse, daß wir Sie einfach so überfallen! Aber wir konnten unmöglich eine offizielle Einladung von Saint abwarten. Eine solche Überraschung! Saint verheiratet! Agatha und ich haben uns ganz spontan entschlossen, die neue Mrs. Morris auf der Stelle kennenzulernen.«

Die Stimme gehörte zu einer hübschen jungen Frau mit hochfrisierten kastanienbraunen Haaren, die soeben den Raum betrat und Jules ihre Hand entgegenstreckte. »Guten Tag! Ich bin Chauncey Saxton und dies ist meine Freundin Agatha Newton. Oh, Sie sehen ja einfach bezaubernd aus... Na, ich denke, keiner von uns hat jemals an Saints Geschmack gezweifelt!«

Wie betäubt ergriff Jules die entgegengestreckte Hand. »Und ich bin Juliana. Aber Michael nennt mich Jules.«

»Michael?« Agatha Newton zog fragend eine Braue in die Höhe. »Das darf doch nicht wahr sein! Also hat dieser Mensch tatsächlich einen anständigen Vornamen! Ich bin Agatha, meine Liebe.«

»Guten Tag«, begrüßte Jules auch die etwas matronenhafte, ältere Frau, die eine laute, aber äußerst fröhliche Stimme hatte.

»Ich werde den Damen Tee servieren, wenn es recht ist«, verkündete Lydia. »Sie setzen sich nur hin und kümmern sich um Ihre Gäste.«

»Mrs. Mullens muß ja der Schlag getroffen haben«, meinte Chauncey Saxton. »Nach so langen Jahren endlich wieder eine Frau in Saints Haus!«

Jules versuchte eine einladende Handbewegung. »Bitte, setzen Sie sich doch! Michael hat mir natürlich von seinen Freunden erzählt und auch Sie dabei erwähnt.«

»Ja, wir sind gute Freunde«, bekräftigte Chauncey. »Darf ich wissen, woher dieses ungewöhnliche Jules kommt?«

»Aber natürlich! Michael hat das vor Jahren erfunden.«

»Na, warten Sie nur, bis ich Horace – so heißt mein Mann – erzähle, wie Saint in Wirklichkeit heißt! Der gute Junge wird sich in der nächsten Zeit auf einiges gefaßt machen müssen.«

Jules lächelte und fühlte sich zum ersten Mal ein wenig entspannt. »Um die Wahrheit zu sagen, ist Michael auch nur ein Teil seines richtigen Namens.« Als sich die beiden Damen daraufhin wie auf Kommando gespannt nach vorn beugten, um sich auch keines ihrer Worte entgehen zu lassen, huschte ein spitzbübisches Lächeln über Jules' Gesicht. »Nein, nein! Mehr verrate ich nicht. Ein bißchen Loyalität meinem Ehemann gegenüber ist wohl angebracht.«

»Wo steckt denn Saint oder Michael im Augenblick?« erkundigte sich Chauncey.

»Ich weiß nur, daß es irgendwelche Schwierigkeiten gegeben hat. Saint wollte, soviel ich weiß, zu einer gewissen Maggie.«

»Aha«, war alles, was Chauncey darauf erwiderte. Ihr Mann hatte ihr von Jules' entsetzlichem Erlebnis erzählt, und da erschien es ihr im Augenblick völlig unangebracht, sich über Maggie oder über den Beruf der möglichen Patientin näher auszulassen. Glücklicherweise kam im selben Moment auch Lydia mit dem Teetablett, so daß Chaunceys wortkarge Antwort nicht weiter auffiel.

»Leider hatte ich keine Zeit mehr, dieses Tablett standesgemäß zu putzen«, entschuldigte sich Lydia bei Jules. »Saint hat es nämlich die ganzen Jahre über nie benutzt.«

»Ja, so ändern sich die Zeiten! Wer hätte das gedacht«, kommentierte Agatha genüßlich.

Kaum daß Chauncey den ersten Schluck getrunken hatte, wandte sie sich bereits wieder an Jules. »Hören Sie, Jules, Agatha und ich sind auch gekommen, um Sie zu einem kleinen Abendessen einzuladen. Saint hat bereits zugesagt, aber wir wollten es uns nicht nehmen lassen, Ihnen die Einladung persönlich zu überbringen. Es wird allmählich Zeit, daß Sie ein paar Leute aus der Stadt kennenlernen.«

Jules war sofort Feuer und Flamme. »Das hört sich ja sehr verlockend an! Aber... ich werde ein neues Kleid brauchen, und ich muß Michael fragen, ob...« Sie brach ab und vergewisserte sich dann: »Michael war bestimmt einverstanden?«

Einen Augenblick lang war Chauncey verblüfft und mußte sich regelrecht Mühe geben, Jules das nicht merken zu lassen. Was hatte dieses arme Mädchen nur erlebt? Und welches Verhältnis hatten sie und Saint miteinander? Entschlossen drängte sie jedoch alle diese Fragen zurück.

»Aber natürlich hat Saint zugestimmt. Er ist sehr stolz auf Sie und möchte, daß seine Frau ein bißchen herumkommt. Ich schlage vor, daß wir morgen zusammen zu Monsieur David gehen. Er ist eigentlich Putzmacher. Ein etwas ungewöhnlicher Beruf für einen Mann, nicht wahr? Aber in seinem Laden finden sich auch wunderschöne Kleider. Manche kommen sogar direkt aus Paris.«

Ich schwätze wie eine dumme Gans, dachte Chauncey und brach abrupt ab.

»Oh, ja, das würde mir gefallen«, entgegnete Jules artig, aber insgeheim sorgte sie sich um die Kosten. Soviel sie wußte, waren Kleider teuer, und Michael hatte ja vielleicht nicht die Absicht, dafür soviel Geld auszugeben.

Eine gute halbe Stunde später stiegen die beiden Damen hochzufrieden in Chaunceys Wagen, der vor dem Haus gewartet hatte. »Fahren Sie uns bitte zu den Newtons«, bat Chauncey den Kutscher Lucas.

»Sie ist sehr...« Agatha fiel im Augenblick nicht das richtige Wort ein, und so schüttelte sie nur den Kopf.

»Meinen Sie vielleicht ängstlich, oder empfindlich, schüchtern, zaghaft?«

»Ja, ich denke, es ist eine Mischung aus allem.«

»Das mag sein, aber wir sollten uns nicht so viele Gedanken

machen«, erwiderte Chauncey. »Schon um Saints willen müssen wir ihr nach Kräften beistehen.«

»Sie meinen wohl Saint Michael, oder etwa nicht?«

Jules war schrecklich aufgeregt, aber gleichzeitig auch nervös. Bis Michael am späten Nachmittag zurückkehrte, hatten sich ihre Bedenken fast ins Unerträgliche gesteigert.

»Hallo, Jules«, begrüßte er sie, als er in den Wohnraum trat. »Wie hast du den Tag verbracht?« Er ließ seinen leichten Mantel von den Schultern gleiten und warf ihn über einen Stuhl. »Ist etwas los? Fühlst du dich nicht gut?«

Er kannte sie mittlerweile so gut, daß er instinktiv spürte, wenn sie etwas beunruhigte. Als er sah, wie sie sich verlegen über die Unterlippe leckte, durchfuhr ihn heiße Sehnsucht, als ob sie sich nackt auf ihn geworfen hätte. Das muß endlich aufhören! Keinesfalls will ich zum Sklaven meiner Gelüste werden!

»Michael, haben wir eigentlich Geld?«

Darauf war er nicht gefaßt gewesen und stotterte ein wenig. »Ja... schon. Weshalb?«

Diese Frage löste eine Wortkaskade aus. »Mrs. Saxton und Mrs. Newton haben mich heute besucht und mich zum Essen eingeladen. Und Chauncey hat gesagt, daß sie mich zu Monsieur David begleiten und ein Kleid für mich aussuchen will. Aber ich wußte nicht, ob es dir recht ist und ob du...«

Er hob die Hand, um den Redeschwall zu unterbrechen, aber Jules war noch längst nicht fertig und konnte sich nicht bremsen. »Es hat sich allerdings angehört, als ob das ein sehr teurer Laden wäre. Und Vater... Er hätte mir niemals erlaubt...«

Saint fühlte, wie sich sein Herz zusammenkrampfte, als ihr plötzlich die Stimme versagte und sie ihn wie ein Kind voll banger Hoffnung ansah. Gleichzeitig wußte er, daß er nicht darauf eingehen durfte, denn sie war schließlich kein Kind mehr. »Aber natürlich brauchst du ein neues Kleid, mein Schatz. Genau genommen sogar mehrere«, antwortete er mit sanfter Stimme. »Laß dich ruhig von Chauncey beraten und denke dabei nicht ans Geld. Verstanden?«

»Aber...«

»Kein ›aber‹. Mach dir keine Gedanken.«

»Aber Lydia hat mir doch erzählt, wie oft man dich mit Gefälligkeiten und ähnlichem bezahlt. Keinesfalls möchte ich dir zur Last fallen. Jedenfalls nicht mehr, als ich das ohnehin schon tue.«

Heftiger Zorn packte Saint. Diese verdammte Lydia und ihr großes Mundwerk! »Laß es gut sein, Jules!« brauste er auf. »Du bist keine ›Last‹ für mich! Sag das bitte nicht mehr wieder!«

Seine zornige Antwort erschreckte sie. »Es tut mir leid«, flüsterte sie mit gesenktem Kopf, »aber ich bin es nun einmal! Ich tue nichts, rein gar nichts, und ich...«

Da war es um seine Zurückhaltung geschehen. Rasch trat er zu ihr und zog in seine Arme. Anfangs spürte er leichten Widerstand, doch dann gab sie nach und lehnte sich gegen ihn. Und schon hüllte ihn der Duft ihres Haars ein, so daß er gebannt die Augen schloß und ihren schmalen Rücken unter seinen Händen fühlte.

»Ich möchte dich glücklich machen.« Sanft streifte sein warmer Atem ihre Schläfe. »Ich versichere dir, daß ich genügend Geld besitze. Ich könnte mit Leichtigkeit zehn solcher ›Lasten‹ wie dich tragen, ohne daß es mir schadet. Wirklich, mein Liebes, sei beruhigt! Außerdem gefällt es mir so, wie es ist.« Als er spürte, daß sie immer noch unsicher war und Bedenken hatte, fügte er mit spöttischem Unterton hinzu: »Ich kann mir vorstellen, daß dir Rosa sehr gut steht.«

Sie quietschte förmlich. »Rosa?« Dann sah sie auf und mitten in sein grienendes Gesicht. »Bei meiner Haarfarbe?«

»So gefällst du mir schon besser!« Ganz spontan küßte er ihre gespitzten Lippen, worauf sie augenblicklich errötete. Verdammt, du Esel, du wolltest ihr doch nicht zu nahe treten! »Was hältst du dann von einer Smaragdkette? Die würde ausgezeichnet zu deinen blitzgrünen Augen passen!«

Endlich war die Anspannung von ihr abgefallen, so daß sie wieder lächeln konnte. »Du hast also wirklich nichts dagegen, Michael?«

»Dummerchen!« brummte er nur und drückte sie. »Weißt du was? Ich hätte große Lust auf einen Ausritt am Meer. Was hältst du davon? Dann könntest du mir endlich sagen, welche Vögel dort herumschwirren... Ich erkenne nur die Möwen und gelegentlich noch einen Kormoran. Das sind doch die mit dem langen, dünnen Hals, oder?«

Als sie ihn strahlend anlächelte, war er plötzlich sehr stolz. Dieses wunderbare Wesen ist meine Frau! Sie gehört zu mir, und ich möchte sie glücklich machen. Dabei schoß ihm die Erinnerung an die wunderbare erste Nacht in diesem Haus durch den Kopf. Er sah wieder vor sich, wie er sie gestreichelt hatte, wie ihr Körper sich aufgebäumt hatte, hörte wieder die kleinen Schreie und meinte, ihren Duft zu atmen. Verdammt! Er wünschte wirklich, er müßte diese Bilder nicht immer wieder vor sich sehen! So gern wollte er vergessen. Unvermittelt ließ er sie los, denn wenn er sie noch länger im Arm gehalten hätte, hätte sie seine Erregung bemerkt. Aber er wollte ihr ja keinesfalls angst machen. Niemals mehr sollte sie Angst haben müssen!

Ungeduldig drängte Saint zum Aufbruch, damit er nicht noch in letzter Sekunde von einem Patienten aufgehalten werden konnte. Im Stall von Ranger Tyson ließen sie sich Spartan satteln und mieteten noch eine Stute für Jules. Da sie keine allzugeübte Reiterin war, machten sie sich in gemächlichem Tempo auf den Weg zum Strand.

»Wenn du morgen mit Chauncey einkaufen gehst, solltest du dir auch gleich ein Reitkleid kaufen. Nein, widersprich mir nicht! Wir werden sicher öfter ausreiten, und da brauchst du geeignete Kleidung. Ich fände Königsblau am schönsten. Einverstanden?«

Jules zog ihren Mantel enger um sich. »So etwas habe ich noch nie besessen.«

Saint tat, als ob er die Bemerkung nicht gehört hätte. »So, mein Schatz, jetzt wird es ernst! Kannst du mir sagen, was das für ein Vogel ist, der dort drüben auf der Düne sitzt?«

»Soweit ich das erkennen kann, dürfte es ein Regenpfeifer sein«, bemerkte sie ganz ernst. »Und der dort drüben«, mit einem Mal war sie ganz aus dem Häuschen, und ihre Augen leuchteten vor Begeisterung, »sieht aus wie ein Wasserläufer! Ich habe ihn noch nie in Wirklichkeit gesehen, aber er sieht genauso aus wie der in meinen Büchern.«

»Bücher?« Saint runzelte die Stirn. »Welche Bücher? Ich kann mich nicht erinnern, daß wir welche mitgebracht hätten.«

Es trat eine längere Pause ein. »Ich habe zwei, vielmehr hatte«, erklärte Jules schließlich. »Sie sind in Lahaina geblieben, denn ich hatte sie unter meinem Bett versteckt. In all der Aufregung... habe ich sie vergessen!«

»Gleich morgen oder spätestens übermorgen werden wir neue kaufen! Wir werden überhaupt alle Bücher kaufen, die du möchtest, denn meine Bibliothek ist ohnehin etwas mager!« Als er sah, daß sie schon den Mund zum Protest geöffnet hatte, fügte er noch rasch hinzu: »Schau dich lieber um, ob du eine kleine Pflanze namens Yerba buena entdeckst! Von ihr stammt nämlich der ursprüngliche Name von San Francisco. Und das ist nun hoffentlich einmal etwas, das du bisher noch nicht gewußt hast!«

Jules nickte und ging mit etwas gespielter Fröhlichkeit auf seine gute Absicht ein. »Also gut, ich werde mich umsehen. Und vielleicht werden wir dann auch noch eine Möwe namens Bonaparte entdecken!«

15. Kapitel

»Dan Brewer, der ebenfalls zum Essen kommt, ist der Partner meines Mannes in der Bank«, erklärte Chauncey Jules. »Wir versuchen schon seit einiger Zeit, eine Frau für ihn zu finden, doch hier in San Francisco ist die Auswahl nicht gerade groß. Außerdem kommt noch Tony Dawson. Er ist Teilhaber der Zeitung *Alta California* und ebenfalls Junggeselle. Erinnern Sie sich an die junge Dame, die ich Ihnen vor dem Lunch vorgestellt habe? Die, die mich wie eine Aussätzige behandelt hat und Sie überhaupt nicht zur Kenntnis genommen hat?«

Als Jules nickte, sprach sie sofort weiter. »Das war die bezaubernde Penelope Stevenson. Ein hochnäsigeres, schwatzhafteres und launenhafteres Geschöpft werden Sie wohl kaum mehr kennenlernen! Ihre Mutter ähnelt einer Fregatte unter vollen Segeln, und ihr Vater namens Bunker... nun, er ist eigentlich ganz umgänglich. Oh, da kommt ja bereits Lucas mit dem Wagen. Ich muß unbedingt nach Hause und die Kleine füttern. Wollen Sie mich nicht begleiten?«

Jules hatte inzwischen allerdings eine Buchhandlung entdeckt und sich an Michaels Versprechen erinnert. »Nein, danke.

Ich möchte mich lieber dort drüben noch ein wenig umsehen.« Damit deutete sie auf den Laden, der auf der anderen Seite der Kearny Street lag.

»Die Buchhandlung gehört Mr. Jointer, der Ihnen ganz bestimmt gefallen wird. Also dann bis Donnerstag abend, Jules! Das Einkaufen hat sehr viel Spaß gemacht, und Ihre neuen Kleider stehen Ihnen ganz wunderbar!«

Jules bedankte sich noch einmal in aller Form für Chaunceys Begleitung, doch innerlich zitterte sie bei dem Gedanken, wieviel Geld sie für die Pracht ausgegeben hatten.

»Und grüßen Sie Saint von mir!«

Jules sah noch zu, wie der hünenhafte Lucas Chauncey in den offenen Wagen half. So hatte sie sich früher immer einen Piraten vorgestellt. Von Chauncey hatte sie erfahren, daß er ihre langjährige Kammerzofe und Haushälterin geheiratet hatte. »Aber das ist wieder eine andere Geschichte!« hatte Chauncey lachend erklärt und dabei den Kopf geschüttelt.

Als der Wagen anruckte, winkte Jules und wartete anstandshalber, bis er in der Flut der Wagen verschwunden war. Dann raffte sie ihre Röcke und bahnte sich zwischen den zahllosen Fahrzeugen und Karren einen Weg auf die andere Seite. Dabei wurde sie von zahlreichen Männern so völlig ungeniert angestarrt, daß ihr wieder Chaunceys Worte einfielen: »Hier in der Stadt gibt es einen gewaltigen Männerüberschuß. Inzwischen ziehen zwar mehr und mehr Frauen und auch Familien nach San Francisco, aber trotzdem fehlt vielen Männern immer noch die bessere Hälfte. Sie brauchen sich aber nicht zu fürchten, Jules, denn die meisten von ihnen sind friedliche und anständige Leute.« Und ganz offensichtlich entsprach das auch den Tatsachen, wie Jules feststellen konnte. Ich werde mich bei Mr. Jointer nur ein wenig umsehen, dachte sie, aber ich werde nichts kaufen. Als sie fast beim Laden abgekommen war, hob sie zufällig den Blick und erstarrte, denn mitten auf dem Fußweg kam Jameson Wilkes direkt auf sie zu. In seinem dunkelgrauen Anzug hätte man ihn glatt für einen erfolgreichen Geschäftsmann halten können. Hastig packte Jules den Türknauf, doch er ließ sich nicht drehen. Ohne etwas zu begreifen, starrte sie eine Weile auf das Schild im Fenster. *Bis 2 Uhr geschlossen.* Ach, du lieber Himmel! Was sollte sie nur tun?

Im selben Augenblick fiel sein Blick auf sie. Jules konnte genau sehen, wie er stutzte, sie aber im ersten Moment nicht erkannte. Sie trug ein dunkelblaues Musselinkleid und hatte ihre wilde rote Mähne unter einem hübschen kleinen Hut versteckt. Doch als seine Augen zuckten, wußte sie, daß er sich erinnert hatte, wer sie war. *Er kann dir nichts anhaben, Dummerchen! Solange du dich unter so vielen anderen Menschen befindest, kann er dir nichts tun!* Entschlossen straffte Jules ihre Schultern und blickte Wilkes ungnädig und voller Verachtung ins Gesicht.

»Aber, aber!« säuselte dieser, nachdem er ganz nah an sie herangetreten war. »Bei meiner Seele! Wenn das nicht die frischgebackene Mrs. Morris ist!« Er zog den Hut und grüßte Jules mit einer spöttischen Verbeugung. »Hübsch siehst du aus, aber wenn ich es mir recht überlege, hast du mir nackt besser gefallen. Allerdings sind Kleider sehr fantasieanregend... O ja, das ist wahr!«

Jules' Magen krampfte sich heftig zusammen... das beste Zeichen für ihre Angst. Auf offener Straße kann er dir nichts tun, redete sich wieder gut zu und nahm dann allen Mut zusammen. »Dieser Eindruck täuscht gelegentlich«, erklärte sie in kaltem Ton. »In Ihrem Fall hat sich ein Schwein in der Verkleidung eines zivilisierten Menschen versteckt! Man kann sich heutzutage wirklich auf gar nichts mehr verlassen!«

Wilkes schnaubte heftig vor Zorn. Am liebsten hätte er das Mädchen gepackt und über der Schulter nach Hause geschleppt. Und ihr dann gezeigt, was er mit ihr machen konnte... und diesmal hätte er sie nicht betäubt. Nein, sie sollte jeden Augenblick bewußt erleben... »Tapfer, tapfer, meine liebe Juliana!« stieß er statt dessen hervor und lachte höhnisch. »Direkt ein wenig beleidigend.«

»Bei Ihnen fällt mir das wirklich nicht schwer! Sie geben vor, ein Gentleman zu sein? Oh, es tut mir leid, daß ich mich so sehr geirrt habe!«

»Du denkst wohl, du hättest gewonnen? Du fühlst dich wohl sehr sicher? Und dein Ehemann ebenfalls, nicht wahr?«

»In gewisser Weise schon«, erwiderte sie und hoffte inständig, daß sich ihre Stimme auch zuversichtlich genug anhörte. »Ich bin schließlich verheiratet, und zwar mit einem anständigen Mann, und...«

»Er hat dich ja damals auch befreit! Ja, ja, ich habe das herausbekommen, aber leider erst, als du mit ihm verheiratet aus Maui zurückgekommen bist. Er und seine Sidney Ducks waren es. Diese miesen Kerle!«

»Diese Männer mögen Ihnen in mancherlei Hinsicht ähnlich sein, aber in diesem speziellen Fall haben sie anständig und ehrenhaft gehandelt. Ich ziehe jedenfalls jeden einzelnen von ihnen Ihrer Gesellschaft vor!«

Jameson Wilkes ärgerte sich, daß er immer wieder den kürzeren zog. Diese schlagfertige kleine Hexe! Gleichzeitig empfand er heftige Sehnsucht nach ihr und wollte sie so gern berühren! »Und wie bekommt dir die Ehe, Kleines? Wenn ich mich recht erinnere, hast du ja nicht gerade viel Ahnung von diesen Sachen gehabt. Magst du es denn, wenn dein Mann es dir anständig besorgt? Na ja, er ist wirklich kein schlechter Liebhaber... das haben mir eine ganze Reihe Huren in dieser Stadt bestätigt. Die Damen können es kaum erwarten, ihn wiederzusehen!«

Diesmal schnappte Jules nach Luft und erbleichte, obwohl sie wußte, daß dieses Scheusal log. Niemals würde Michael eine andere Frau berühren... Reiß dich zusammen! »Sie sind einfach ein Schwein. Ein ekelhafter Kerl! Wenn Sie mich noch ein einziges Mal belästigen, wird mein Mann dafür sorgen, daß Sie kein Wort mehr sagen können. Oder ich werde es tun.«

»Welche Drohungen aus dem Mund eines Missionarstöchterleins!« spottete er, und dabei glitten seine Blicke herausfordernd über ihren Körper.

»Man sollte sich immer des rechten Tons bedienen, aber leider ist mir die Sprache unbekannt, in der man mit Ihnen umgehen muß. Vielleicht kann ich in dieser Beziehung noch etwas von den Sidney Ducks lernen.« Mit hocherhobenem Kopf machte Jules auf dem Absatz kehrt und ging mit energischen Schritten davon. Auch sein spöttisches Lachen konnte sie nicht aufhalten.

»Das werden wir ja sehen, Juliana!« rief er hinter ihr her. Dabei stellte er überrascht fest, daß alle seine Muskeln vor Aufregung steinhart angespannt waren. Er mußte erst einige Male ruhig und gleichmäßig atmen, bis er sich wieder in der Gewalt hatte.

Der Gedanke, daß Morris diesen wunderschönen Körper genießen durfte, ärgerte ihn so sehr, daß er verächtlich ausspuckte. Gleichzeitig erinnerte er sich daran, wie Juliana erbleicht war, als er über den Liebesakt gespottet hatte. Und weshalb? Oder war sie nur entsetzt gewesen, als sie gehört hatte, daß Morris mit Huren verkehrte?

Tief in Gedanken ging er die Straße entlang. War es denn überhaupt vorstellbar, daß Morris tatsächlich so zartfühlend und rücksichtsvoll auf das Flehen seiner kleinen Frau reagiert und sie bisher noch nicht einmal besessen hatte? Er war schließlich Arzt, und wie man hörte, war er trotz seiner gigantischen Ausmaße ein sanftmütiger Mensch. In Wilkes' Augen war er allerdings höchstens dumm! Auf jeden Fall nahm er sich vor, die Sache noch ein Weilchen im Auge zu behalten. Vielleicht hatte Morris sie ja tatsächlich nur aus Pflichtgefühl geheiratet. Wilkes biß die Lippen aufeinander. Nein, er konnte sich einfach nicht vorstellen, daß es wahr und sie tatsächlich noch Jungfrau sein könnte! Das wäre sein Traum. Andererseits konnte es ihm gleichgültig sein, denn er würde sie in jedem Fall besitzen!

Unbewußt rieb er seinen Magen, wo sich wieder einmal der altbekannte Schmerz gemeldet hatte. Natürlich war ihm klar, daß er sehr langsam und sorgfältig zu Werke gehen mußte, denn Saint Morris gehörte zu den respektiertesten Bewohnern dieser Stadt und hatte viele einflußreiche Freunde. Doch Wilkes war nicht bange. Er würde schon einen Weg finden. Lächelnd betrat er zehn Minuten später das *El Dorado*.

James Cora lehnte an der langen Theke aus feinem Mahagoniholz und sog genüßlich an einer Zigarre. »Deinem Grinsen nach zu urteilen, könnte man glauben, daß du ganz groß gewonnen hättest!«

»Bisher noch nicht, aber man kann ja nie wissen! Bekomme ich einen Whiskey?«

»Wenn ich Michael von dieser Begegnung erzählte, wird er sich gleich auf die Suche nach Wilkes machen«, flüsterte Jules ihrem leichenblassen Spiegelbild zu. »Michael ist viel zu ehrlich für diesen Gauner! Wilkes würde Michael ohne die geringsten Bedenken etwas antun! Er würde auch nicht davor zurückschrekken, andere anzuheuern, um ihm aufzulauern und ihn womöglich zu töten!«

Langsam wandte sie dem Spiegel den Rücken zu und seufzte vor Ratlosigkeit. »Und all das ist ganz allein meine Schuld!«

»Haben Sie etwas gesagt, Jules?«

Als sie Lydias Stimme hörte, sauste Jules herum. »Oh... Nein, ich habe nur laut gedacht.«

Lydia zog verwundert die Brauen hoch, denn in diesem Zustand gefiel ihr ihre kleine Herrin ganz und gar nicht. »Saint hat noch einige Zeit in der Praxis zu tun. Er verarztet gerade einen Chinesen, der einen Schnitt im Arm hat. Ich denke, daß er in etwa zehn Minuten fertig sein wird... für den Fall, daß Sie mit ihm reden wollen.«

»Vielen Dank, Lydia.«

Saint stichelte vorsichtig an Ling Chous dünnem Unterarm herum. »Wußten Sie eigentlich, daß der alte Bonaparte sich nach der Eroberung von Rußland auch China einverleiben wollte?«

Mit aller Macht biß Ling Chou die Zähne zusammen. Ein Mann durfte seinen Schmerz nicht zeigen, und so blinzelte er Saint etwas verbissen zu. »Keine Ahnung«, brachte er mühsam heraus.

Saint ging es in dieser Beziehung ähnlich, aber trotzdem erzählte er unverdrossen weiter. »Aber natürlich, mein Lieber. Das war im Jahr 1811.« Er erinnerte sich zwar nicht genau, doch das tat seiner Erzählung keinen Abbruch. »Er hat damals mit seinen Militärberatern abgesprochen, daß er nach Moskau auch Peking erobern und Kaiser der gesamten Welt werden wollte.« Noch ein Stich, dann war die Sache erledigt. »Natürlich hätte der kleine Mann keine Chance gehabt, wenn er auf Leute wie Sie getroffen wäre. Irgendwie ist es schade, daß er nicht überhaupt zuerst nach China gezogen ist... Das hätte England und Frankreich eine Menge Ärger erspart! Waterloo hätte es dann auch nicht gegeben, denn die Chinesen hätten es ihm schon gezeigt!«

»Glauben Sie wirklich?«

In dieser Sekunde zog Saint den letzten Faden zusammen. »Aber natürlich!« behauptete er fröhlich. »So, fertig! Ich glaube, ich habe gute Arbeit geleistet! Ich werde Ihren Arm jetzt noch säubern und dann die Wunde verbinden. In drei Tagen möchte ich Sie zum Verbandswechsel sehen. Und passen Sie auf, daß die Bandage weder naß noch schmutzig wird! Verstanden?«

»Verstanden«, bestätigte der kleine Mann.

Nachdem Saint seine Arbeit vollendet hatte, zählte ihm Ling Chou in seiner pedantischen Art fünf Dollar auf den Tisch, verbeugte sich höflich und ging zur Tür. »Hm, Bonaparte«, brummte er dabei vor sich hin und drehte sich auf halbem Weg noch einmal um. »Wer ist eigentlich dieser Bonaparte, Saint? Und wer ist dieser Waterloo?«

Saint grinste, weil er sich wieder einmal in seiner eigenen Falle gefangen hatte. »Der erste war ein verrückter General, Ling Chou, aber er ist schon lange tot. Und Waterloo ist ein Ort, an dem man sich immer an ihn erinnern wird.«

»Aha«, meinte Ling Chou und verbeugte sich würdevoll, bevor er den Raum verließ.

»Ich glaube, ich muß mein Repertoire um einige chinesische Geschichten erweitern«, brummelte Saint vor sich hin, während er sein Behandlungszimmer aufräumte. »Mit dieser habe ich wahrscheinlich keinen durchschlagenden Erfolg erzielt.«

Als er wenig später in den Flut trat, hätte er beinahe Lydia umgerannt. Er konnte sie gerade noch fassen, bevor sie das Gleichgewicht verlor. »Um Himmels willen, was ist denn los, Lydia? Wo brennt es denn?«

»Ich wollte nur rasch mit Ihnen reden, bevor sie zu Jules hinübergehen.«

Saint runzelte die Stirn. »Was ist los?«

»Ich spüre genau, daß sie über irgend etwas sehr beunruhigt ist, aber mir will sie sich nicht anvertrauen. Sie ist bleich wie ein Laken.«

Saint reagierte betroffen. »Gut, Lydia. Ich werde mich darum kümmern. Vielen Dank.«

Doch bevor er es tun konnte, klopfte bereits der nächste Patient an der Haustür. Es war Joe, einer von Janes Jungen, und er hatte das eindruckvollste Veilchen, das Saint je zu Gesicht bekommen hatte.

»Kannst du nicht bitte mit mir nach Hause kommen, Saint?« bat ihn der Junge, nachdem er sich die Sache näher betrachtet hatte. »Mum wird längst nicht so ärgerlich werden, wenn du dabei bist.«

»Feigling!« Saint grinste. »Du hattest doch Zeit genug, dir eine herzzerreißende Geschichte auszudenken! Vermutlich wird sie dir aber trotzdem die Hose strammziehen!«

Joe sah sehr verdrießlich drein. »Außerdem kommst du überhaupt nicht mehr zum Essen! Mum sagt zwar nichts, aber ich weiß, daß sie dich vermißt. Wir alle vermissen dich, Saint.«

Unfreiwillig hatte Jules die letzten Sätze mitanhören müssen. Am liebsten wäre sie davongelaufen, doch das war nicht mehr möglich. »Hallo!« machte sie sich deshalb bemerkbar, bevor die beiden sie entdeckten. »Ich bin Jules.« Mit diesen Worten streckte sie dem Jungen die Hand hin. »Du lieber Himmel! Dein Auge ist ja bunt wie ein Regenbogen! Ich hoffe nur, daß du auch anständig zurückgeschlagen hast.«

Joe starrte Jules an, als ob er seinen Augen nicht trauen wollte. Saint räusperte sich. »Joe, das ist meine Frau Jules. Und jetzt kommt mein Vorschlag: meine Frau und ich werden euch demnächst besuchen. Ist das in Ordnung?«

»Sie sind vielleicht schön!« Joe war immer noch ganz perplex. »Ich habe nicht gewußt, daß Saint inzwischen geheiratet hat.«

Saint zwinkerte Jules zu. »Natürlich ist sie schön, Joe. So, aber nun ab mit dir nach Hause! Und mache dich auf einiges gefaßt!«

»Hast du nicht wenigstens eine schwarze Augenklappe für mich?« fragte der Junge voller Hoffnung.

»Darauf bin ich noch gar nicht gekommen!« Beim Gedanken an Janes Gesicht mußte Saint grinsen. Sie würde schön dumm schauen, wenn ihr Sohn als Pirat durch die Tür marschierte. »Warte! Ich muß nachsehen, ob ich noch eine habe.«

»So schönes Haar habe ich noch nie gesehen«, sagte der Junge andächtig, nachdem Saint in seiner Praxis verschwunden war. »Es ist ja irrsinnig rot!«

»Das stimmt! Ich hätte viel lieber eine Farbe, wie du sie hast.«

»Aber nein, ich bin doch ein Junge. Mädchen wollen nie wie Jungen aussehen.«

Während ihre Blicke auf seinem dichten dunkelblonden Haarschopf ruhten, fragte sie sich, ob seine Mutter wohl dieselbe Haarfarbe hatte und ebenso hübsch war. Höchstwahrscheinlich. Schließlich hatte Chauncey Saxton doch gesagt, daß Saint einen ausgezeichneten Geschmack hatte, was Frauen anbelangte.

»Schau, was ich gefunden habe, Joe.« Vorsichtig befestigte Saint die schwarze Klappe über Joes Auge. »Tatsächlich, ein echter Pirat! Gefällt es dir, Jules?«

»Wirklich sehr eindrucksvoll«, bestätigte sie. »Du siehst fast aus wie Lucas. Das ist der Kutscher von Saxtons, weißt du. Deine Mutter wird bestimmt sehr beeindruckt ein und vielleicht sogar vergessen, dir das Fell über die Ohren zu ziehen.«

»Das bezweifle ich«, murmelte Joe, während er sein Spiegelbild in einem Fenster betrachtete. »Vielen Dank, Saint. Auf Wiedersehen, Madam.« Und damit war er auch schon aus der Tür.

Saint lachte leise. »Ein wirklich netter Junge.« Während er das sagte, beobachtete er seine Frau von der Seite.

»Ja, das stimmt. Er ist wirklich sehr nett.«

Zart faßte Saint Jules an der Hand und zog sie sanft in seine Arme. »Sag mir, was los ist, Kleine.«

»Was soll los sein?« wiederholte sie seine Frage mit einem leicht schrillen Unterton in der Stimme. »Was meinst du nur?«

»Du bist mit Chauncey Saxton beim Einkaufen gewesen, aber trotzdem ziehst du ein Gesicht. Hast du etwa nichts gefunden, was dir gefallen hat?«

»Oh, doch. Aber die Kleider müssen erst noch geändert werden und werden morgen ins Haus geschickt.« *Keinesfalls werde ich noch einmal dorthin gehen, um sie abzuholen ... Jedenfalls nicht allein.*

»Hat irgend jemand etwas zu dir gesagt?« Ihre Augen blickten so freudlos, daß er sich ernsthafte Sorgen machte. Als er dann auch noch beobachten konnt, wie sie sich eine Ausrede zurechtlegte, schüttelte er sie energisch. »Sag sofort, was geschehen ist!«

»Ich habe Penelope Stevenson kennengelernt.«

»Ach, herrje, ausgerechnet dieses kleine Biest! Hat Sie irgend etwas Unfreundliches gesagt?«

Jules nickte heftig, obwohl Penelope gar nichts gesagt hatte.

»Und was?«

»Sie hat gesagt, ich sei eine ... Abenteurerin.«

»Du sollst mich nicht zum Narren halten, Jules! In diesem Haus bin immer noch ich der beste Geschichtenerzähler! Versuche ja nicht, den Meister zu übertrumpfen! Wenn du mir nicht die Wahrheit sagst, werde ich ... Nun, ich weiß noch nicht, was ich dann tun werde. Entweder werde ich dich schlagen oder dich einfach einsperren und dich drei Tage lang hungern lassen!«

Lieber lasse ich mich schlagen oder verhungere, bevor Wilkes dir etwas antut, dachte sie und schwieg bedrückt.

»Ich warte.«

Störrisch wie ein Maulesel schüttelte sie den Kopf, worauf Saints Unmut zusehends wuchs. Im selben Augenblick klopfte es an der Haustür. Verflixt, schon wieder ein Patient! Er ließ Jules los und herrschte sie mit zusammengezogenen Brauen an. »Wage es nicht, dir noch eine neue Geschichte auszudenken! Ich bin gleich wieder da.«

»Michael«, rief sie ihm nach, »kann ich dir nicht ein wenig zur Hand gehen? Wie du weißt, habe ich ja einen ziemlich robusten Magen.« Jules war sehr zufrieden und richtiggehend stolz auf ihren Einfall.

»Nein, wirklich nicht«, rief er über die Schulter zurück, als er sah, wer vor der Tür stand. Es war der einarmige Johnny, einer der unehrenhaftesten Gauner der Stadt. Nein, dessen Bekanntschaft sollte Jules nun wirklich nicht machen!

»Saint, können Sie mitkommen? Ein Freund von mir hat einen Schlag auf den Schädel bekommen. Es hat ihn ziemlich schlimm erwischt!«

»Geht in Ordnung. Ich komme gleich mit. Jules, warte nicht mit dem Essen auf mich. Die Sache wird vermutlich eine ganze Weile dauern.«

»Auf Wiedersehen und paß gut auf dich auf!«

In Gegenwart des einarmigen Johnny würde ihm so schnell nichts passieren, dachte Saint und winkte seiner Frau aufmunternd zu.

Nachdem sich die Tür hinter Michael und diesem verwegen aussehenden Mann geschlossen hatte, ließ Jules mutlos die Schultern sinken und ging mit schleppenden Schritten in den Wohnraum zurück. Blicklos starrte sie vor sich hin und malte sich aus, was sie jetzt zu Hause alles hätte unternehmen können. Vor ihrem inneren Auge sah sie sich am Strand entlangschlendern, beobachtete die Vögel, fühlte den feuchten Sand unter ihren Füßen und die Sonne auf ihrem Gesicht... und sie hätte mit Kanolas Kindern spielen können. Aber Kanola gab es nicht mehr. In der kurzen Zeit war so viel geschehen, und beinahe alles hatte sich verändert. Sie hatte inzwischen nicht nur einen Ehemann, sondern fühlte sich manchmal auch als Gefangene. In dieser Stimmung wußte sie sich nur einen Rat... Sie mußte an Thomas schreiben.

»Aha, Saint Michael und seine wunderschöne junge Frau! Herzlich willkommen!«

Mit schmerzlichem Ausdruck schüttelte Saint den Kopf. »Das hast du mir eingebrockt!« flüsterte er Jules zu. »Guten Abend, Del! Ja, ja, haben Sie nur Ihren Spaß! Meine Frau hat allerdings geschworen, daß sie nichts mehr ausplaudern wird.«

»Sprichst du von deinem zweiten Vornamen?« fragte Jules ganz unschuldig, worauf er sie drückte, bis sie quietschte.

Lächelnd geleitete Del Saxton seine Gäste in den Wohnraum. »Hier bringe ich dir unsere Ehrengäste, Chauncey!« verkündete er und fügte dann leise hinzu: »Eine wirkliche Schönheit haben Sie sich da ausgesucht, Saint!«

»Reiß dich zusammen!« Chauncey schubste ihren Ehemann liebevoll. »Und erinnere dich gefälligst daran, daß du ein verheirateter Mann bist und eine Tochter hast! Hübsch, Jules, wirklich hübsch! Das Kleid steht Ihnen ausgezeichnet!«

»Sie sprechen mir aus der Seele«, pflichtete Saint ihr bei. »Das Grün ist haargenau das Grün deiner Augen, mein Schatz!«

Dabei hätte er ihr es noch vor wenigen Minuten am liebsten vom Körper gerissen, als sie angekleidet in die Halle heruntergekommen war! Ihre milchweißen Schultern bildeten einen so aufregenden Gegensatz zu der dunklen Spitze, daß er die Augen gar nicht mehr abwenden konnte. Und die wespengleiche Taille legte die Vermutung nahe, daß Lydia das Korsett wahrscheinlich unmenschlich fest geschnürt hatte. Er konnte diese Angewohnheit der Frauen zwar nicht leiden, aber da Jules so bezaubernd aufgeregt gewesen war, hatte er sich jeden Kommentar verkniffen und ihr lieber Komplimente gemacht.

»Wirklich? Sagst du das nicht einfach nur so?«

»Nein, aber ganz und gar nicht!«

Einige Augenblicke lang hatte sie geschwiegen, doch dann hatte sie ihr Gefühl übermannt. »Aber es hat so schrecklich viel Geld gekostet! Und dazu noch die Unterwäsche und die Handschuhe...«

»Hör endlich damit auf, Kleines. Ich dachte, wir wären uns einig, daß Geld in diesem Fall keine Rolle spielt.«

Und auch jetzt, mitten im Salon der Saxtons, wo er seinen Gefühlen keinen freien Lauf lassen konnte, hatte er nur den Wunsch, sich über sie zu beugen und ihr weiße Kehle, ihre Schultern und den bezaubernden Ansatz ihrer Brüste zu küssen. Oh, Himmel, er empfand solch große Lust...

»Sie machen den Eindruck, als wären Sie ein wenig abwesend«, bemerkte Chauncey, die ihn beobachtet hatte. »Kommen Sie, lassen Sie uns ein Glas Sherry trinken!«

Saint riß sich zusammen und zügelte seine lüsternen Blicke. »Möchtest du auch ein Glas Sherry, Liebes?«

»Ich habe noch nie welchen getrunken.« Schüchtern sah Jules zu ihm auf. Ich begehre dich so sehr! hätte er am liebsten geflüstert, doch statt dessen wandte er sich an Chauncey. »Aber nur ein ganz klein wenig. Schließlich möchte ich nicht, daß meine Frau sich betrinkt.«

Nur wenig später trafen auch die Newtons ein. Horace musterte Jules mit Kennerblick und nickte nur. »Gut gemacht, mein Junge! Aggie hat mir schon berichtet, welch hübsches Fohlen Sie sich eingefangen haben! Aber natürlich hat sie wieder einmal stark untertrieben.«

»Ich fühle mich ein wenig wie ein Rennpferd!« protestierte Jules, worauf alle in herzliches Gelächter ausbrachen.

Agatha drückte ihren Arm. »Sie werden sich daran gewöhnen müssen, daß die Männer Sie anstarren, als ob Sie ein neues Dessert wären! Warten Sie nur, bis Tony und Dan kommen!«

Tony Dawson war mit Leib und Seele Journalist und entsprechend neugierig. Leider hatte ihm niemand von Jules' Vergangenheit erzählt, so daß er gleich seine journalistische Neugier befriedigen mußte. Während man den ersten Gang servierte, erkundigte er sich eingehend, wie eine bezaubernde Frau wie Jules an einen liebenswerten Ochsen wie Saint geraten konnte. Saint spürte deutlich, wie Jules neben ihm erstarrte. Als sie ihn hilflos flehend ansah, wußte er, daß sie kein Wort herausbringen würde.

Er räusperte sich und antwortete an ihrer Stelle. »Jules hat auf den hawaiianischen Inseln gelebt, genau genommen auf Maui«, erklärte er. »Ich kannte sie schon als junges Mädchen. Wie Sie selbst sehen können, hat in diesem Fall das fortschreitende Alter wahre Wunder bewirkt.«

»Von den hawaiianischen Inseln«, wiederholte Tony interessiert. »Das ist ja weit weg! Wie haben Sie einander denn wiedergetroffen?«

»Haben wir nicht noch mehr Champagner, Del? Agatha, Sie sollten Lins Brötchen versuchen! Sie verpassen sonst etwas Köstliches. Und Sie, Dan, möchten Sie noch Erbsen?« Chauncey war ehrlich bemüht, die Atmosphäre zu entkrampfen.

Ich kann doch hier nicht stocksteif wie eine Puppe sitzen und zusehen, wie alle anderen mir zu Hilfe kommen, dachte Jules und wandte sich dann mit klarer Stimme an den Journalisten. »Ich bin vor einiger Zeit nach San Francisco gekommen, und da haben wir uns wiedergetroffen, Mr. Dawson.«

»Aha«, war Tonys Kommentar. »Aber nennen Sie mich bitte Tony wie alle anderen auch!«

»Aber gern, Tony. Mein Vater ist Reverend in Lahaina. Das liegt auf Maui«, fuhr sie fort. Tony sah sie ein wenig verständnislos an, aber er war viel zu höflich, um weiter zu bohren. »Michael war damals als Arzt in Lahaina.«

»Michael?« Diesmal war Tony ehrlich verblüfft und konzentrierte nun glücklicherweise seine ganze Aufmerksamkeit auf dieses neue Thema.

Saint stieß einen tiefempfundenen Seufzer aus. »Das ist schon richtig, Tony. Aber ich fühle mich wirklich wohler, wenn man mich Saint nennt!«

»Außerdem paßt es ja auch vorzüglich«, bemerkte Del.

Sein Partner, Dan Brewer, der über Jules' Schicksal informiert war, war der Unterhaltung bisher schweigend gefolgt, doch nun mischte auch er sich ins Gespräch. »Ich nehme an, daß Sie glücklich sind, Mrs. Morris!« sagte er überaus freundlich. »Wir alle hoffen, daß es Ihnen hier gefällt. Das Wetter in San Francisco ist natürlich nicht ganz so paradiesisch, wie auf Maui, aber nur schrecklich ist es nun auch wieder nicht.«

»Paradiesisch«, wiederholte Tony mit gerunzelter Stirn. »Ich dachte, ich sei hier der Schreiber, Dan! Ihre Pflicht ist es, sich auf simple Sätze zu beschränken und den Leuten Geld zu verleihen.«

Beim allgemeinen Gelächter, das daraufhin einsetzte, entspannte sich Jules sichtlich. Und Saint ebenfalls. Er nahm sich fest vor, nach dem Essen mit Tony zu sprechen. Er bereute zutiefst, daß er diese Situation nicht vorhergesehen hatte, und nickte Tony kurz zu, als sich ihre Blicke zufällig trafen.

Den ganzen Abend über hatte Saint sich immer wieder dabei ertappt, wie er seine Augen nicht von den bloßen Schultern und der zauberhaften Nackenlinie seiner Frau lösen konnte. Irgendwann konnte er sich nicht länger zurückhalten. »Zu diesem Kleid brauchst du unbedingt eine Kette ... Ja, Smaragde wären genau richtig, glaube ich.« Und schon wandte er sich an Del. »Können Sie mir empfehlen, an wen ich mich am besten wende?«

»Um Himmels willen, nein!« Der Gedanken an die Kosten ließ Jules erbleichen. »Ich will doch nicht ... Ich brauche keine ...«

»Natürlich kann ich das«, antwortete Del Saxton. »Vielleicht Smaragde und einige Saphire?«

»Das würde mir ebenfalls gefallen«, mischte sich nun auch noch Chauncey ein. »Diamanten sind viel zu hart, aber Smaragde und Saphire haben ein lebendiges, warmes Feuer.«

»Also abgemacht. Ich werde mich morgen vormittag bei Ihnen melden, Del.« Während er das sagte, drückte Saint unter dem Tisch verstohlen die Hand seiner Frau.

»Es ist schon beinahe September und allmählich Zeit, daß Brent und Byrony wieder nach Hause kommen. Wo sie nur bleiben?« Agathas Frage brachte augenblicklich wieder frischen Wind in die Unterhaltung.

»Das sind die Hammonds«, erklärte Saint seiner Frau. »Brent gehörte der *White Star*. Er hat vor kurzem eine Plantage in Mississippi geerbt und ist mit seiner Frau hingefahren.«

»Brent ist ein netter Mensch und außerdem sehr charmant«, bemerkte Agatha. »Ich denke, daß Byrony ihn inzwischen ganz gut gezähmt hat.«

»Das verstehe ich nicht ganz«, erklärte Jules. »Ich denke, er ist so charmant?«

»Vielleicht kann man es so erklären«, meinte Saint, »daß Brent wie ein wilder Fisch an der Angel gezappelt hat. Und Byrony ... Sie ist einfach ein fantastisches Mädchen!«

»Und sie hat Mumm!« ergänzte Horace.

Während sich das Gespräch nun für eine ganze Weile ausführlich um die Hammonds drehte, blickte Jules nachdenklich auf ihren Teller. Es tat gut, Michael neben sich zu spüren. Den ganzen Abend über hatte sie beobachtet, wie er mit den Händen gestikulierte, während er sprach, hatte seine langen, schmalen Finger bewundert und sein tiefes, volles Lachen. Ob er tatsächlich mit anderen Frauen geschlafen hatte, wie Wilkes behauptet hatte? Nein, das war nicht wahr. Das spürte sie ganz genau!

Wieder dachte sie daran, daß sie Michael eigentlich von ihrer Begegnung erzählen mußte. Doch kaum überlegte sie, wie sie es am besten anstellte, überfiel sie wieder diese schreckliche Furcht um Michaels Wohlergehen, und sie verbot sich energisch jeden weiteren Gedanken.

Nach dem Essen brachte Chauncey ihre Tochter Alexandra nach unten, damit alle Gäste sie bewundern konnte. Irgendwann hatte auch Jules das süße kleine Wesen auf dem Arm und strahlte Michael an.

»Ich liebe Kinder«, hauchte sie.

Augenblicklich wurde Saint von heftiger Sehnsucht gepackt. Wie gebannt sah er zu, wie Jules leise bedeutungslose Worte flüsterte, wie sie mit dem Baby scherzte und wie ihre Augen leuchteten, als die Kleine ihren Finger packte und nicht mehr loslassen wollte. Und er lachte von Herzen, als Jules die Kleine ihrer Mutter entgegenhielt und meinte: »Ich fürchte, ich habe etwas abbekommen. Chauncey!«

»Du lieber Himmel!« rief Chauncey, als sie die feuchte Bescherung sah. »Kommen Sie mit! Wir werden uns gleich um das Kleid kümmern. Del, bitte bring Alex nach oben. Mary soll sie trockenlegen.«

Nachdem Jules mit der Gastgeberin hinausgegangen war, gesellte sich Saint zu Tony Dawson. »Ich hätte es Ihnen vorher erzählen sollen, aber ich habe es völlig vergessen. Natürlich ist diese Information nicht für die Öffentlichkeit bestimmt.«

Nachdem Saint mit seiner Geschichte am Ende war, pfiff Tony Dawson leise durch die Zähne. »Du lieber Himmel, Saint! Das tut mir aufrichtig leid. Ich habe Ihre Frau wirklich nicht in Verlegenheit bringen wollen!«

»Sie konnten es ja nicht wissen. Denken Sie nicht mehr daran, Tony!«

»Nur gut, daß Sie dabei waren und mich unterbrechen konnten!«

Kurze Zeit darauf gesellte sich auch Del lachend zu den beiden Männern. »Das sind die kleinen Freuden eines Vaters! Wie ich sehe, haben Sie Tony eingeweiht. Übrigens gibt es noch eine Neuigkeit. Wilkes scheint sich in dieser Gegend häuslich einzurichten. Man sieht ihn pausenlos und überall. Befürchten Sie, daß er Jules oder Ihnen noch irgendwie schaden könnte?«

»Wenn er wüßte, daß sie immer noch Jung...« er hatte geantwortet, ohne auch nur eine Sekunde nachzudenken, und hielt erschrocken inne. »Auf diese Nachricht hin kann ich einen Whisky gebrauchen, mein lieber Freund. Entschuldigen Sie mich?«

Als Tony etwas zu Del sagen wollte, schüttelte dieser nur den Kopf und brummte leise: »Mist, verdammter!«

16. Kapitel

Jules war begeistert. Ihrer Meinung nach war Brent Hammond der bestaussehendste Mann, den sie je zu Gesicht bekommen hatte. Er war groß und schlank, und es gefiel ihr, wie seine dunkelblauen Augen vor Freude und Stolz blitzten, während seine Frau Byrony den Saxtons und Michael von Wakeville erzählte.

»Sie sehen also«, schloß Byrony ihre längeren Ausführungen, »daß wir nicht nur demnächst Elternfreuden entgegensehen, sondern auch eine Adoptivfamilie von ungefähr vierhundert ehemaligen Sklaven mitgebracht haben! Aus diesem Grund hat sich unsere Heimkehr auch bis jetzt verzögert.«

»Wakeville war der Name, richtig?« vergewisserte sich Del Saxton. »Wenn mich nicht alles täuscht, mein lieber Mr. Hammond, dann müssen wir demnächst miteinander über die Finanzen sprechen, nicht wahr?«

Brent Hammond grinste. »Sie täuschen sich keineswegs, Del. Einige der Leute sind recht erfahren, doch für den Anfang werden wir Geld aufnehmen müssen, um Saatgut, Maschinen und Bauholz zu kaufen. Der Erwerb des Geländes und der Zelte, um den Leuten fürs erste eine Unterkunft und Heimat zu bieten, hat meine gesamten Mittel verschlungen. Aber das Land ist unvorstellbar fruchtbar... selbst wenn man einen Samen nur mit dem Stiefelabsatz in den Boden tritt, kann man...«

»Die größten Tomaten ernten«, ergänzte Byrony. »Oder auch Kohlköpfe und jedes nur erdenkliche Gemüse! In kürzester Zeit werden wir uns selbst versorgen können...«

»Und dann werden zuerst einmal Häuser, Geschäfte und auch eine Kirche gebaut«, fiel Brent seiner Frau vor Ungeduld ins Wort.

»Das ist wirklich kein geringes Vorhaben. Alle Achtung! Ganz schön mutig!« Lächelnd blickte Saint von einem zum anderen.

Jules saß fassungslos dabei und konnte die beiden wagemutigen jungen Leute nur anstarren. Sie hatten also tatsächlich ehemalige Sklaven nach Kalifornien gebracht und planten nun gemeinsam die Gründung einer eigenen Stadt! »Ich wünschte, ich besäße Geld, das ich zur Verfügung stellen könnte«, sagte sie spontan, »aber ich kann Ihnen lediglich meine Zeit anbieten.«

Begeistert tätschelte Byrony Jules' Arm. »Für dieses Angebot bin ich sehr dankbar, Jules! Sie können sicher sein, daß ich bald darauf zurückkommen werde!« Unvermittelt brach sie ab und schien in sich hineinzuhorchen. Dann lachte sie strahlend. »Brent, er hat sich bewegt!«

Der werdende Vater lächelte. »Sobald wir in Gesellschaft sind, führt er sich so auf! Was meinen Sie, Saint, würde ein bißchen Brandy ihn nicht beruhigen?«

»Auf gar keinen Fall! Der kleine Kerl soll sich nach Herzenslust austoben. Fühlen Sie sich gut, Byrony?«

Sie nickte glücklich. »Mir geht es wunderbar! Nur der liebe Brent treibt mich gelegentlich zum Wahnsinn! Man könnte glauben, daß dies das allererste Kind ist, das jemals gezeugt wurde.«

»Von mir schon«, widersprach ihr Mann energisch. »Außerdem bin ich nach wie vor der Meinung, daß ihr alle erst einmal beweisen müßt, daß ihr es besser könnt als wir!«

Blitzschnell sah Jules zu Saint hinüber, doch der beachtete sie im Augenblick nicht, sondern lächelte von seiner großen Höhe auf Byrony hinunter.

Während sie noch tapfer ihre Enttäuschung hinunterschluckte, flüsterte Chauncey ihr halblaut ins Ohr. »Der gute Brent ist der Meinung, daß nach wie vor der größte Teil der männlichen Bevölkerung noch an die Zeugung durch das Ohr glaubt, wie man das auf mittelalterlichen Gemälden bewundern kann.«

»Aber, aber, mein Schatz! Diese Bemerkung war nicht gerade sehr damenhaft!« Del hatte Mühe, das allgemeine Gelächter zu übertönen. »Sogar Saint ist verlegen, und Jules' Gesicht strahlt so rot wie ihre schönen Haare!«

Saint amüsierte sich. »Ich stelle mir nur gerade vor, wie das wohl funktioniert!«

Jules schnappte nach Luft. »Du bist schrecklich!

»Ich muß mir doch etwas einfallen lassen, wenn ich mit Chauncey mithalten will, Liebes!« Dann wandte er sich an Brent und war auf einmal wieder ganz ernst. »Werden Sie den *White Star* behalten?«

»Das haben wir uns bisher noch nicht überlegt.« Brent schüttelte nachdenklich den Kopf. »Wahrscheinlich wird Maggie interessiert sein, meinen Anteil zu kaufen. Doch im Augenblick kann ich höchstwahrscheinlich noch nicht auf das Einkommen verzichten, wenn wir in Wakeville nicht verhungern wollen!«

Unvermittelt wandte Saint sich an Byrony. »Übrigens, bevor ich es vergesse: ich möchte Sie morgen gern gründlich untersuchen und nachsehen, ob alles in Ordnung ist!«

In diesem Augenblick wurde Jules zum ersten Mal klar, daß Saint nicht nur ihr Ehemann war, sondern als Arzt ganz selbstverständlich auch andere Frauen ansah und berührte. Der Gedanke verwirrte und beschäftigte sie so sehr, daß sie nur mit halbem Ohr hinhörte, als Saint wieder mit Brent sprach.

»Außer medizinischer Hilfe werden Sie bestimmt auch Kleidung benötigen. Sagen Sie mir, was Sie brauchen, Brent. Ich werde Jane dann beauftragen, alles für Sie zu nähen.«

»Ich denke, ich werde Horace überzeugen können, die Hälfte der Kosten zu übernehmen«, ließ sich Del vernehmen.

»Vergessen Sie Bunker Stevenson und Sam Brannon nicht! Und wir können auch James Cora dafür einspannen.«

»Ein Ball!« platzte Chauncey plötzlich dazwischen. »Ein Wohltätigkeitsball ist doch die beste Lösung!«

»Ja, vielleicht ein Kostümball wie der, bei dem wir uns kennengelernt haben!« Del war hellauf begeistert.

»Das stimmt, aber ich wäre dir dankbar, mein lieber Mann, wenn du mich nicht an diesen Abend erinnern würdest!«

»Solch herbe Worte! Wie schade, wo ich doch damals so überaus witzig war!« Dramatisch legte Del die Hand aufs Herz.

»Der Gedanke ist ausgezeichnet«, lobte Saint. »Auf die Weise können wir alle wohlhabenden Leute einladen. Durch deren Spendierfreudigkeit kommt Wakeville am schnellsten auf die Landkarte.«

»Dann müssen wir auch Lloyd Marks einladen«, ergänzte Chauncey. »Denn schließlich zeichnet er die Karten«, fügte sie, zu Jules gewandt, hinzu.

»Die Stevensons würden es sich bestimmt zur Ehre anrechnen, wenn der Ball in ihrem Haus stattfände«, vermutete Del und stieß dabei auf allgemeine Zustimmung.

Auch Saint war einverstanden. »Außerdem könnten wir Bunker mit der Aussicht locken, daß sich unter den anwesenden jungen Männern vielleicht ein Ehemann für seine Penelope fände.«

Byrony lachte herzlich. »Wenn wir nur Tony Dawson ein wenig mehr Gift einimpfen könnten, wäre er der ideale Kandidat!«

In dieser Art ging es noch eine ganze Weile weiter, bis Lydias Vorräte leergefuttert und Saints alkoholische Getränke beträchtlich dezimiert waren. Nachdem sich schließlich die Haustür hinter dem letzten Gast geschlossen hatte, kehrte Jules seufzend in den Wohnraum zurück.

»Ein wahres Schlachtfeld!« brummte Saint, der ihr gefolgt war.

Jules war in Gedanken weit weg gewesen und hatte überhaupt nicht zugehört. Auf einmal drehte sie sich jedoch um und platzte unvermittelt mit ihrer Frage heraus. »Was wirst du mit Byrony machen?«

»Machen? Was soll das heißen?« Ein wenig ratlos neigte er den Kopf zur Seite und blickte sie fragend an.

»Ich meine, sie ist schließlich schwanger.«

Als Saint begriff, wie verwirrt und durcheinander Jules war, wußte er schlagartig, was sie beunruhigte. Langsam umfaßte er ihre Hände. »Wie du schon sagtest, ist sie schwanger. Ich werde sie gründlich untersuchen. Sie ist meine Patientin, und ich habe natürlich den Ehrgeiz, daß ihre Geburt reibungslos verläuft und Mutter und Kind alles gesund überstehen. Mehr gibt es dazu nicht zu sagen.«

»Du wirst... Du wirst sie doch nicht berühren...«

Bevor sie sich noch weiter verhaspeln konnte, unterbrach er

sie. »Komm, mein Schatz, setz dich hin!« Er führte sie zu einem Sessel und lehnte sich dann gegen den Kamin. »Ich bin keineswegs ein Sklave meiner Lüste, mein Liebling. Im Privatleben ist Byrony eine gute Freundin, aber sobald sie sich in meiner Praxis befindet, sehe ich sie ausschließlich als Patientin.«

»Aber sie ist doch so unglaublich schön!«

»Das ist wahr. Du magst dir nicht vorstellen, daß ich sie auch an intimen Stellen berühre, nicht wahr?«

»Ja.«

»Ich bin froh, daß du so offen mit mir sprichst. Paß auf, ich erzähle dir jetzt eine Geschichte: Während meiner Ausbildung vor vielen Jahren...«

»Es sind erst neun Jahre!«

»Also gut, dann eben vor neun Jahren. Als junger Mann, der ich damals war, habe ich mich weniger als Arzt gefühlt, sondern mich vielmehr vor meinen Patientinnen geschämt. Geschämt, hörst du? Von wegen Lustgefühle! Ich erinnere mich noch gut an die Untersuchung eines jungen Mädchens, das sehr krank war und entsetzliche Schmerzen hatte. Mit rotem Kopf und zitternden Händen habe ich gearbeitet, aber ihr blindes Vertrauen in meine Fähigkeiten hat mich sehr beeindruckt und mir aus meiner Verlegenheit geholfen.«

Ein wenig schuldbewußt senkte Jules den Kopf. »Du wirst mich für eine entsetzlich dumme Gans halten...«

»Nein, nein, mein Liebes, ganz und gar nicht... Oder höchstens ein klein wenig. Ich kann mich gut in dich hineinfühlen und verstehe, daß das alles für dich als meine Frau nicht ganz einfach ist. Aber in meiner Praxis mache ich keinen Unterschied zwischen Männern und Frauen. Das mußt du mir glauben.«

»Aber ich bin gar nicht deine Frau.« Nachdem ihr der Satz entschlüpft war, biß sie sich verlegen auf die Unterlippe.

»Aber selbstverständlich bist du meine Frau!« entgegnete er barsch, als ob er sie nicht genau verstanden hätte. »Glaubst du mir denn jetzt und vertraust du mir?«

»Aber natürlich tue ich das. Es tut mir leid, Michael.« Nervös spielten ihre Finger mit der Smaragdkette, die er ihr vor zwei Wochen geschenkt hatte. Sie schämte sich ein wenig, daß sie ihn so kleinmütig verhört hatte, obwohl er sie offen und großzügig behandelte. Doch als sie den Mund öffnete, um sich noch einmal zu entschuldigen, übermannte sie wieder ihre Unsicherheit.

»Hast du eigentlich Jane Branigan wiedergesehen?«

»Ja«, antwortete er einfach. »Ich hätte dich auch gern mitgenommen, doch ich wußte nicht, ob das unbedingt klug ist.«

Jules mußte heftig schlucken. »Und... hast du sie geküßt?«

»Nein.«

»Hattest du Lust dazu?«

Ja, dachte er, große Lust sogar und Sehnsucht. Sein Treueschwur gegenüber seiner Frau hatte ihn regelrecht in die Zwickmühle gebracht. Aber wie sollte er das erklären? »Nein«, antwortete er deshalb ohne schlechtes Gewissen.

»Angenommen, Jane wäre krank. Würdest du bei einer Untersuchung etwas empfinden?«

»Aber selbstverständlich. Ich mag Jane schließlich, und ich hätte sicher Angst davor, ihr einmal nicht mehr helfen zu können.«

»Und wenn ich krank wäre?«

Er lächelte. »Ich würde wahnsinnig vor Angst, mein Schatz! Also nimm dich zusammen und bleib gesund! Verstanden?«

Irgendwie fühlte sich Jules, als ob sie in einem tiefen Loch steckte, daß sie sich noch dazu selbst gegraben hatte. Nein, sie wollte nicht mehr daran denken! »Thomas müßte eigentlich längst hier sein!«

»Ja, ich rechne auch schon täglich mit seiner Ankunft.« Saint war sehr erleichtert, daß sie von allein das Thema gewechselt hatte. »Ich habe oft an ihn gedacht und für ihn auch schon ein wenig geplant. Vermutlich wäre es am gescheitesten, wenn er im Osten mit seinem Studium begänne. Am besten in New York.«

»Aber er ist doch noch so jung!«

»So ein Unsinn! Er ist zweiundzwanzig, oder irre ich mich?«

Jules nickte.

In diesem Augenblick ertappte sich Saint dabei, daß er seine Frau ganz genau ansah. Ihre Schönheit faszinierte ihn immer wieder von neuem, aber er konnte nicht übersehen, daß sie sehr schmal wirkte und viel zu dünn war. Er runzelte die Stirn. Einsamkeit war sicher nicht der Grund, denn Jules verbrachte einen großen Teil ihrer Zeit mit Chauncey und Agatha... und natürlich auch mit der kleinen Alexandra, mit der sie hingebungsvoll spielte. Ohne Zweifel würde sie in Zukunft in Brent und Byrony zwei weitere Freunde gewinnen, dessen war er ganz sicher.

Bisher hatte er seinen Schwur, sie nicht zu berühren, eingehalten, obwohl es ihn in manchen Augenblicken schier übermenschliche Beherrschung gekostet hatte. Nachts schloß er sorgfältig seine Tür hinter sich, als ob er gewissermaßen einen weiteren Schutzwall um sie herum errichten wollte. Außerdem mahnte ihn die geschlossene Tür immer wieder an sein Versprechen, wenn er mitten in der Nacht schweißgebadet und voll brennender Sehnsucht aufwachte.

»Jules«, fragte er plötzlich ganz unvermittelt, »bist du eigentlich glücklich?«

Sie erschauerte ein wenig und vermied seinen Blick. *Nein, ich bin nicht glücklich, denn ich fühle mich, als ob man mich lebendig begraben hätte. Ich habe Todesangst, Wilkes in die Arme zu laufen, sobald ich das Haus verlasse. Außerdem friere ich, wenn ich daran denke, daß er vielleicht schon andere beauftragt hat, mir aufzulauern.* »Aber natürlich«, log sie und zwang sich, den Kopf zu heben.

Angesichts ihres ängstlichen, verlorenen Blicks lief es Saint eiskalt über den Rücken. Er fühlte sich entsetzlich hilflos und fragte sich ernsthaft, wie lange man ein solches Leben wohl ertragen konnte. Natürlich war ihm klar, daß sie Zeit brauchte, um diese schrecklichen Erlebnisse zu vergessen und ihre Seele gesunden zu lassen. Aber, Teufel noch mal, ihn schmerzte jeder Tag... Mit Mühe gab er seiner Stimme einen unverfänglichen Ton. »Ich möchte nämlich, daß du glücklich bist.«

»Ja«, gab sie ihm zur Antwort. »Das weiß ich doch.«

Pünktlich einen Tag vor dem großen Wohltätigkeitsball kam Thomas DuPres in San Francisco an. Jules traute ihren Augen nicht, als sie ihren Bruder gesund und gebräunt vor sich stehen sah. Ein leichtes Hinken war alles, was noch an den schrecklichen Vorfall erinnerte. Saint war ebenfalls glücklich, denn mit einem Mal war Jules wie ausgewechselt. Sie lachte und schwatzte unermüdlich wie eine Elster, und dabei waren ihre Wangen vor Aufregung bezaubernd gerötet. Genüßlich lehnte sich Saint mit seinem Brandy im Sessel zurück und beobachtete die beiden Geschwister. Im Gegensatz zu Jules hatte Thomas kastanienbraune Haare mit einem leichten Rotstich und dunkle Augen, doch das energische, fast störrische Kinn war beiden gemeinsam.

»Ich muß schon sagen, Thomas, du siehst besser aus, als ich erwartet habe!« bemerkte Saint, als sich einmal eine Pause im Gespräch ergab. »Hast du noch Schmerzen?«

»Höchstens manchmal, aber dann auch nicht schlimm. Reverend Baldwin hat mir vor drei Wochen bescheinigt, daß ich wieder in Ordnung sei. Außerdem hat er mir geraten, ein wenig Fett anzusetzen, bevor ich losfahre. Er hatte tatsächlich Angst, daß ihr es ihm nachtragen würdet, wenn ich wie eine Vogelscheuche hier ankäme. Übrigens«, und damit wandte er sich an seine Schwester, »sind wir beide von unserem Vater enterbt worden. Aber ich denke, daß dir das genausowenig ausmacht wie mir, oder?«

»Da hast du recht. Das läßt mich völlig kalt. Wie geht es Sarah? Ist alles in Ordnung?«

»Falls du wissen möchtest, ob sie schwanger ist... Sie ist es nicht!« Seine Stimme klang plötzlich ganz verhärtet. »Sie war schon immer ein schreckliches Mädchen, aber seit John Bleecher verschwunden ist, ist sie einfach unerträglich. Eine richtige Schreckschraube!«

Saint schnitt Jules' besorgte Miene ins Herz. »Vielleicht wird in der nächsten Zukunft auch für sie alles besser!«

Thomas bedachte seinen Schwager mit einem mehr als ungläubigen Blick, aber er enthielt sich jeden Kommentars. Gegen Mitternacht war Jules von den Aufregungen des Tages und der langen Unterhaltung sichtlich erschöpft und gähnte herzhaft.

Als sie schließlich aufstand, erhob sich auch Saint. »Sehr vernünftig, daß du ins Bett gehst, mein Liebes. Thomas und ich werden gleich nachkommen. Morgen kannst du ihn dann überall herumführen.« Er drückte ihr einen flüchtigen Kuß auf die Wange, während Thomas sie in die Arme schloß und einige Sekunden lang drückte.

»Ich bin so froh, daß du da bist!« flüsterte Jules zum wiederholten Mal. »Übrigens schläfst du im kleinen Gästezimmer. Wenn du nach oben kommst, die zweite Tür auf der rechten Seite.«

Mit diesen Worten verschwand sie und hinterließ einen grienenden Thomas und einen verblüfft dreinschauenden Saint, dem der letzte Satz geradezu in den Magen gefahren war. Wie hatte er nur so blind und dumm sein können! Wenn Thomas im Gästezimmer schlief, mußte Jules logischerweise wieder ins Schlafzimmer ziehen. Für Sekunden schloß er die Augen und stellte sich vor, wie sie zusammengerollt in ihrem blütenweißen Nachthemd neben ihm schlief.

»Möchtest du noch einen Brandy, Saint?«

Er schüttelte nur den Kopf, denn er war nicht ganz bei der Sache. Falls Thomas während ihres Gesprächs über seine Ausbildungsmöglichkeiten auch diesen Eindruck gehabt haben sollte, so hatte er ihn perfekt zu verbergen gewußt.

Hoffentlich schläft sie wenigstens tief und fest, betete Saint im stillen, als er vorsichtig und leise die Tür zum Schlafzimmer öffnete. Er war entsprechend erleichtert, als er sie auf dem Bauch mitten im Bett liegen sah, und schlüpfte rasch aus den Kleidern. Erst als es zu spät war und er bereits unter der Decke lag, fiel ihm ein, daß er besser eines seiner Nachthemden hätte anziehen sollen. Jules war nicht aufgewacht, aber sie hatte sich bewegt, und bevor er in Schlaf fiel, fühlte er noch, daß sie sich an ihn gekuschelt und ihren Arm über seine Brust gelegt hatte.

Da Saint einen leichten Schlaf hatte, war er sofort hellwach, als es nur wenige Stunden später an der Haustür klopfte. Es dämmerte noch nicht einmal, aber trotzdem war er so schnell in seinen Kleidern wie kaum je zuvor. Bevor er aus dem Zimmer eilte, umfaßte er die zusammengeringelte Gestalt auf dem Bett mit einem liebevollen Blick. Vor der Haustür erwarteten ihn drei reichlich verkommen aussehende Gestalten. Zwei von ihnen hatten einen leichenblassen Dritten untergefaßt, der unter großen Schmerzen zu leiden schien, und stützten ihn. »Limpin' Willie hat gesagt, daß wir den alten Sam hierher bringen sollen. Er hat einen Messerstich im Rücken.«

Glücklicherweise entpuppte sich die Wunde als nicht besonders schwerwiegend, und Saint überlegte unter Seufzen, ob sie dem Mann nicht vielleicht sogar von seinem Opfer beigebracht worden war. Nachdem er den Alten ungefähr eine Stunde lang zusammengeflickt hatte, drückte dieser ihm schließlich fünfzig Dollar in die Hand und taumelte, gestützt von seinen Kumpanen, in den grauenden Morgen hinaus.

Jules war außer sich vor Aufregung, so daß sie keine Sekunde stillsitzen konnte und das Schaukeln des Wagens nur noch verstärkte. Thomas hatte sich als Pirat verkleidet und sah einfach überwältigend aus! Nicht einmal die schwarze Augenklappe fehlte. Saint trug einen schwarzen Anzug aus Wollstoff, darüber einen weiten Samtmantel in derselben Farbe und eine schwarze Samtmaske.

»Du bist wohl wieder einmal zu fest geschnürt, kleine Schwester«, neckte Thomas sie. »Du hüpfst ja hier herum wie die mexikanischen Bohnen, von denen man mir erzählt hat.«

»Nein, nein, überhaupt nicht. Ich kann es nur einfach nicht mehr abwarten. Schließlich haben wir noch nie zusammen getanzt, Michael! Chauncey hat mir erzählt, daß das Orchester eigens aus Sacramento angereist ist. Gefällt dir mein Kostüm wirklich? Agatha hat gemeint, ich sähe aus wie eine echte Schäferin. Wenn sie eine Herde hätte, so würde sie sie mir unbesehen anvertrauen.«

»Himmel, Jules, jetzt beruhige dich doch endlich!«

Saint nahm ihre Hand und hätte ihr gern gesagt, wie zauberhaft ihr das weiße Kleid stand, und es ihr dann unter liebevollem, erregendem Streicheln und zahllosen Küssen vom Körper gezogen. »Fabelhaft siehst du aus«, sagte er statt dessen in leicht unverbindlichem Ton. »Auch das hochgesteckte Haar gefällt mir sehr gut... Hör nicht auf Thomas! Brüder haben immer etwas an ihren Schwestern auszusetzen.«

»Bei dieser Haarfarbe wird ohnehin jeder sofort wissen, wer du bist! Die Maske ist völlig überflüssig.«

Und genauso war es auch, aber Jules machte sich nichts daraus. Selbst wenn man sie nicht erkannt hätte, hätte Saints Körpergröße sie verraten. Es war wunderschön, mit Michael zu tanzen, sich mit Freunden zu unterhalten, die anderen Masken zu bewundern und bei einem Glas Champagner über die Höhe des Ertrags zu fantasieren.

Gleich bei ihrem Eintreffen hatte Saint Bunker Stevenson sehr genau fixiert. Falls er tatsächlich an dem bewußten Abend in Crooked House gewesen war, so ließ er es sich jedenfalls nicht anmerken. Auch als Saint ihm Jules vorstellte und dabei sorgfältig sein Mienenspiel beobachtete, ließ Bunker keine Anzeichen irgendwelcher Verlegenheit erkennen. Nein, nein, je länger

Saint darüber nachdachte, desto unwahrscheinlicher wurde die Sache.

Aber für die anderen Männer, die heute hier Gast im Haus waren, hätte er dagegen nicht so leicht die Hand ins Feuer gelegt. Bestimmt gab es einige, die Jules wiedererkannten, aber ihr Stolz würde sie daran hindern, den Mund aufzumachen. Von weitem lächelte er Penelope in ihrem Hofgewand zu, die wie immer ihr Näschen hübsch nach oben in die Luft gereckt hatte. Heute allerdings war selbst sie aufgeregt. Aber da sie eine Meisterin der Verstellung war, mußte man sie schon gut kennen, um das überhaupt zu bemerken.

Doch als sie Thomas sah, änderte sich das schlagartig. »Wie ich höre, sind Sie der Bruder von Mrs. Morris?« erkundigte sie sich höflich ohne größeren Enthusiasmus. »Guten Abend, Mrs. Morris!«

Jules nickte nur.

»Genau der bin ich«, erwiderte Thomas voller Charme. »Ein grausames Schicksal, nicht wahr? Andererseits ist dieses Schicksal schön und bringt mich immer wieder zum Lachen.«

Penelope hatte sich bereits abgewandt, doch dieser Satz veranlaßte sie, dem jungen Mann doch noch einmal ihre Aufmerksamkeit zu schenken. »Ich habe beschlossen, mit Ihnen zu tanzen, Mr. DuPres«, erklärte sie und schenkte ihm dabei ein strahlendes Lächeln.

»Ihre Entscheidung ist äußerst schmeichelhaft für mich, Miß Stevenson, aber ich kann mich nicht erinnern, Sie dazu aufgefordert zu haben. Sie verzeihen, aber ich verdurste! Jules, möchtest du auch ein Glas Champagner?«

Penelope hatte heimlich die Fäuste geballt und war vor Wut ganz rot gewesen. Und Jules mußte all ihre Fassung aufbieten, um nicht laut herauszulachen. »Gut gemacht, Thomas!« lobte sie ihren Bruder, während sie den Saal durchquerten. »Chauncey Saxton hat mich darüber aufgeklärt, wie verwöhnt und selbstsüchtig die Kleine ist. Richtiggehend eingebildet.«

»Das mag sein, aber dafür ist sie ausgesprochen hübsch!« Er stürzte gierig den Inhalt seines Glases hinunter. »Ich denke, sie braucht nur einen Mann, der ihr Manieren beibringt! So, meine liebe Schwester, jetzt will ich aber auch endlich tanzen.«

»Mit Penelope?« fragte Jules spöttisch.

»Nein, jedenfalls jetzt noch nicht. Die soll ruhig noch ein wenig leiden! Um so begeisterter wird sie sein, wenn ich sie schließlich doch noch auffordere.«

Jules konnte gar nicht glauben, was sie da aus dem Mund ihres Bruders hörte. Ein ganz neuer Thomas! »Ordentlich selbstbewußt bist du, mein lieber Bruder!«

Penelope machte nach Jules' Meinung allerdings keineswegs den Eindruck, als ob sie litt. Da es auch auf diesem Ball einen deutlichen Männerüberschuß gab, war sie sehr umschwärmt und wurde unentwegt aufgefordert. Trotzdem folgten ihre glänzenden Augen Thomas überallhin, was er allerdings geflissentlich ignorierte.

»Na, endlich habe ich auch einmal eine Chance«, sagte Brent Hammond, als er sich kurz darauf zu Jules gesellte. »Tanzen wir diesen Walzer miteinander?«

»Nur zu gern.«

Brent war ein wunderbarer Tänzer, und Jules genoß es, sich von ihm führen zu lassen. »Wie ich höre, geht es Ihrer Frau bestens.«

»Ich kann gar nicht sagen, wie froh ich darüber bin!« erklärte Brent, während seine Blicke Byrony in dem Gewimmel suchten. »Ich habe ihr dringend geraten, sich nicht allzusehr zu verausgaben, doch wie immer macht sie genau das Gegenteil!«

»Es ist aber doch auch ein so aufregender Abend! Ich habe so etwas noch nie erlebt und kann Byrony sehr gut verstehen.«

Nachdenklich ruhten Brents Blicke auf dem hübschen Mädchen, das er im Arm hielt, und plötzlich war ihm, als ob er sie zum ersten Mal sähe. »Demnach sind Sie ein Naturtalent! Sie tanzen, als ob sie nie etwas anderes getan hätten.« Er lächelte sie an. »Saint ist ein Glückspilz!«

»Meine Rede, Sir!«

»Ich frage mich, ob Sie mir wohl seinen zweiten Vornamen verraten werden? Er muß wirklich fürchterlich sein, denn die erste Hälfte ist ja ganz annehmbar und erklärt das beharrliche Schweigen nicht. Bitte, Jules, geben Sie Ihrem Herzen einen Stoß!«

Jules mußte herzlich lachen. Dabei schüttelte sie so energisch den Kopf, daß sie ihrem Tänzer dabei aus Versehen auf die Zehen trat.

»Oder wenigstens die Geschichte, wie und wo er seinen Spitznamen Saint bekommen hat?«

»Ihre Frau winkt Ihnen zu«, sagte Jules vergnügt, als die Musik genau im richtigen Augenblick verstummte.

Brent sah noch zu, wie sie in den Armen von Dan Brewer wieder auf die Tanzfläche glitt, bevor er sich umwandte und den Saal durchquerte. Dabei bemerkte er Penelope Stevenson, die neben Thomas DuPres stand und ziemlich wütend dreinschaute, während der junge Mann einen reichlich gelangweilten Eindruck machte.

Als das Orchester eine längere Pause einlegte, beurlaubte Jules ihren Mann für fünf Minuten, wie sie spitzbübisch sagte, damit er auch einmal mit einigen anderen Leuten reden konnte. Sie selbst blickte sich suchend nach Chauncey und Agatha um, doch offenbar waren die beiden nach oben gegangen, wo man ein Garderobenzimmer für die Damen eingerichtet hatte. Jules schlenderte an den französischen Fenstern des Saals entlang und beobachtete durch die Scheiben, wie langsam ein klarer Herbstabend zu Ende ging. Kurz darauf schlüpfte sie durch die Tür auf die Terrasse hinaus und lehnte sich gegen das Geländer. Es tat gut, nach all der Aufregung ein wenig allein zu sein und einmal Luft zu schnappen.

Aber länger als fünf Minuten wollte sie nicht bleiben, denn sie freute sich schon wieder auf den nächsten Tanz mit Michael. In der vergangenen Nacht hatte sie fest versucht, wach zu bleiben, aber es war ihr nicht gelungen. Sie hatte es nicht einmal bemerkt, als Michael zu Bett gegangen war, und als sie am Morgen aufgewacht war, war er bereits fort gewesen. Sie seufzte abgrundtief und hatte plötzlich keinen Blick mehr für den wunderschönen Garten und für die traumhaften Azaleen, die unterhalb des Geländers blühten. Es mußte etwas geschehen, aber sie wußte nicht genau...

»Ah, was sehe ich!« ertönte auf einmal eine sanfte Stimme in ihrem Rücken. »Das kleine Lamm, schutzlos dem bösen Wolf ausgeliefert...«

Jules zuckte herum und sah sich einem Mann im hellgrauen Mantel und gleichfarbiger Maske gegenüber. »Wer sind Sie, Sir?« fragte sie ohne den geringsten Argwohn.

»Ich beobachte dich schon den ganzen Abend über, mein

Schatz! Unter diesen vielen Menschen scheinst du dich äußerst wohl und sicher zu fühlen. Ganz offensichtlich hast du inzwischen eine Menge gewonnen.«

In Jules keimten die ersten Zweifel. »Wovon reden Sie überhaupt?«

»Du siehst noch viel bezaubernder aus, als ich mir ausgemalt habe. Sag mir, ob du mich auch manchmal vermißt und ab und zu an mich denkst?«

»Ihr Spaß geht allmählich zu weit, Sir!« protestierte Jules in scharfem Ton. »Haben Sie nicht vielleicht ein wenig zuviel getrunken?«

»Aber, Juliana! Kennst du mich tatsächlich nicht mehr?«

Auch ohne daß er die Maske abnahm, erschrak sie zutiefst und erstarrte augenblicklich zur Salzsäule. »Verschwinden Sie! Lassen Sie mich in Ruhe!«

Blitzschnell schoß sein Arm nach vorn und packte sie. Und gleichzeitig zerrte er sie von den Fenstern weg in den dunklen Teil der Terrasse.

»Nein!« wollte sie schreien, aber schon fühlte sie, wie ihr seine Hand den Mund zuhielt. Jules wehrte sich wie eine Verrückte und biß schließlich so kräftig zu, daß dem Mann für Sekunden der Atem stockte. Als er in seiner Verblüffung den Griff ein wenig lockerte, warf Jules den Kopf zurück und schrie.

»Verdammte kleine Hexe!« zischte seine Stimme neben ihrem Ohr. Sekunden später fühlte Jules einen heftigen Schmerz, als seine Faust ihr Kinn traf. Unzählige Sterne explodierten vor ihren Augen, und dann fühlte sie nichts mehr.

17. Kapitel

Nachdem Thomas DuPres sein letztes Gefecht mit Penelope Stevenson zu seiner Zufriedenheit entschieden hatte, schlenderte er quer durch den Raum zu den französischen Fenstern hinüber. Erst vor wenigen Minuten hatte er beobachtet, wie Jules auf die Terrasse hinausgeschlüpft war, und wollte nun gern ein Schwätzchen mit ihr halten. Aus dem Augenwinkel sah er noch, wie Penelope gebieterisch winkte, doch er grinste nur vor sich hin und setzte seinen Weg fort. Kein Wunder, daß dieses Mädchen so verwöhnt und launisch war, dachte er. Vielleicht wäre er heute ähnlich schrecklich, wenn er in einer so prächtigen Umgebung aufgewachsen wäre und man ihm immer jeden Wunsch von den Augen abgelesen hätte. Im Augenblick konnte es jedenfalls nicht schaden, wenn sie ein wenig leiden mußte.

Auf den ersten Blick konnte Thomas seine Schwester nirgends entdecken und blickte sich suchend auf der Terrasse um. Leise flüsterte er ihren Namen, weil er befürchtete, womöglich irgendwelche Liebespärchen aufzuscheuchen, und noch in derselben Sekunde hörte er einen Mann fluchen. Blitzartig wirbelte er herum und konnte mit Mühe im äußersten finstersten Winkel der Terrasse zwei Gestalten ausmachen, die heftig miteinander rangen. Das Mädchen war zweifellos Jules, doch der Mann trug Mantel und Maske und war nicht zu erkennen. Starr vor Entsetzen mußte Thomas mitansehen, wie der Mann zum Schlag ausholte und Jules lautlos in sich zusammensank.

Mit einem Wutschrei stürmte er vorwärts. »Sie sind ja verrückt! Was machen Sie da?«

Als Jameson Wilkes begriff, daß der Ansturm des jungen Mannes seiner Person galt, warf er Jules noch einen letzten verzweifelten Blick zu. In der ersten Aufwallung wollte er seine Waffe ziehen, doch dann verwarf er diesen Gedanken. Das Risiko war zu groß. Er hatte deutlich gehört, daß Jules' Kopf beim Fallen irgendwo aufgeschlagen war, und sekundenlang packte ihn maßlose Angst, daß sie verletzt oder gar tot sein könnte. »Verdammt!« machte er seiner Verzweiflung Luft. Dann raffte er seinen Mantel um sich und sprang mit kühnem Satz über die Brüstung in die Dunkelheit.

»Jules!« Thomas hatte kaum wahrgenommen, daß der Mann verschwunden war, sondern kniete bereits neben seiner Schwester. Als er sah, daß sie bewußtlos war, hob er sie auf seine Arme. Kurz vor der Terrassentür hielt er jedoch inne. Es besteht eigentlich kein Grund, die gesamte Gesellschaft verrückt zu machen, dachte er und ließ Jules sanft zu Boden gleiten. Dann machte er sich auf die Suche nach Saint, der sich gerade mit Del Saxton unterhielt.

»Komm schnell, Saint«, raunte er ihm zu. »Es geht um Jules. Sie ist verletzt.«

Saint lief ein eiskalter Schauer über den Rücken. Während er schweigend hinter Thomas her zur Terrasse lief, spannten sich alle Muskeln seines Körpers zum Zerreißen an. Und als er Jules dann blaß und bewußtlos an einem der Fenster lehnen saß, mußte er sich mit Mühe zur Ruhe zwingen. *Ich würde wahnsinnig, mein Schatz!* Er erinnerte sich noch genau an die Antwort, die er ihr gegeben hatte. Und nun war dieser Alptraum wahr geworden. Ganz automatisch fühlte er ihren Puls. Stark und gleichmäßig. Im selben Augenblick hörte er, wie Thomas zu Del sagte: »Er hat sie am Kinn getroffen. Als er mich gesehen hat, ist er schnurstracks über die Brüstung gesprungen.«

Vorsichtig betastete Saint Jules' Kieferknochen und war sehr erleichtert, als er keinen Bruch feststellen konnte. Weshalb war sie dann aber ohnmächtig? Aus der Hocke sah er zu Thomas auf. »Ist sie hingefallen?«

»Ja, ich war zu weit entfernt.«

Also mußte sie sich den Kopf an den Steinen angeschlagen haben. Vorsichtig hob Saint seine Frau ein wenig an und ertastete prompt einen dicken Bluterguß hinter ihrem linken Ohr. Verdammt!

»War es Wilkes?« fragte Del Saxton.

»Keine Ahnung«, antwortete Thomas. »Ich habe Wilkes ja nie gesehen! Dieser Mann jedenfalls trug eine graue Maske und einen ebensolchen Umhang. Wie geht es Juliana, Saint?«

Für Sekunden schloß Saint die Augen und bemühte sich um Fassung. »Das läßt sich im Augenblick nicht genau sagen. Ich werde sie auf schnellstem Weg nach Hause bringen. Thomas, bleib bitte hier und benimm dich so normal wie möglich. Und Sie bitte ebenfalls, Del. Die anderen Gäste sollen sich nicht beunruhigen.«

»Ich werde Lucas bitten, den Wagen vorzufahren. Das geht mit Sicherheit am schnellsten«, war Dels Antwort.

Als Saint Jules nur wenige Minuten später in den Wagen hob, war ihr Zustand unverändert. »Sie wird es schon schaffen«, sagte er noch rasch zu Del und Thomas, die ihn begleitet hatten, und hoffte inständig, daß er recht hatte.

»Meinst du wirklich...?« Thomas war sehr beunruhigt.

»Du kannst unbesorgt hierbleiben. Verlaß dich auf mich, denn schließlich bin ich Arzt, wie du ja weißt.«

Er lächelte dem jungen Mann aufmunternd zu und drückte dann seine Frau ganz fest an sich, während sich der Wagen holpernd in Bewegung setzte. Obwohl Lucas die Pferde gehörig antrieb, kam Saint der kurze Heimweg so lang vor wie noch nie.

»Vielen Dank, Lucas«, rief Saint dem Mann über die Schulter zu. »Beunruhigen Sie sich nicht! Es wird schon alles wieder gut.« Mit diesen Worten verschwand er im Haus.

Vorsichtig trug er Jules nach oben und legte sie aufs Bett. Auf unser Bett, dachte er. Dann entkleidete er sie so zartfühlend, wie er es in der Eile vermochte. »Diese verdammten Korsetts!« fluchte er, während er die Schnürung löste. Als Jules schließlich nur noch ihr Hemd trug, untersuchte er sie sorgfältig.

Erst als er fertig war, tätschelte er ihr einige Male kräftig die Wangen. »Komm, mein Schatz, wach auf! Ich bin halbtot vor Sorge! Los, wach endlich auf!«

Dunkel drang die Stimme eines Mannes in Jules' Bewußtsein, aber gleichzeitig schmerzte ihr Kopf unerträglich. »Nein!« murmelte sie und versuchte, die Hände von ihren Schultern zu zerren. »Nein!«

»Liebes, wach auf!«

Da es im Raum ebenso dämmrig war wie auf der Terrasse der Stevensons, glaubte Jules, Jameson Wilkes vor sich zu haben. Sie schrie laut auf und versuchte, ihn wegzustoßen. »Nein!« Sie wehrte sich mit aller Macht.

Ach, du Himmel, dachte Saint, nicht schon wieder! Nach ihrer Angst zu urteilen, war er ziemlich sicher, daß Wilkes der Angreifer gewesen sein mußte. »Ich bin es doch! Michael. Hörst du? Michael«, wiederholte er noch einmal, ohne sie zu berühren, und wartete dann geduldig, daß sie gänzlich zu sich kam.

»Michael?« Jules brauchte lange, bis sie ihn erkannte. »Wilkes...«, stieß sie dann hervor. »Er hat versucht...«

»Ich weiß, mein Schatz, aber es ist ihm nicht geglückt! Thomas ist genau im rechten Augenblick auf die Terrasse gekommen, mein Liebes. Jetzt bist du zu Hause und in Sicherheit.« Ja, genau das hatte er bereits einmal gesagt, aber es hatte nicht gestimmt!

»Mein Kopf!« stöhnte sie leise.

»Beim Hinfallen hast du dich irgendwo angeschlagen. Höchstwahrscheinlich hast du eine kleine Gehirnerschütterung. Aber das wird vorbeigehen. Wie fühlt sich dein Kinn an?«

»Das weiß ich nicht. Ich spüre nur meinen Kopf!«

Als sie erschauerte, deckte Saint sie rasch bis ans Kinn zu. »Ich kann mir vorstellen, wie weh es tut!« Dabei streichelte er sie zärtlich. »Aber leider kann ich dir jetzt noch kein Laudanum geben. Es ist noch zu früh.« Er hob drei Finger. »Wie viele, Jules?«

»Drei.«

»Und jetzt?«

»Sechs.«

»Wunderbar.«

»Der Ball!« Urplötzlich erinnerte sie sich. »Ich wollte so gern noch einmal mit dir tanzen!«

»Das werden wir bald nachholen. Du hast mir einen riesigen Schrecken eingejagt.« Sanft zog er ihre Hand an die Lippen und küßte ihre Fingerspitzen.

»Er muß verrückt sein«, flüsterte Jules, die Saints Zärtlichkeiten nur wie durch einen Nebel wahrnahm.

»Bist du sicher, daß er es wirklich war?«

»Und wie! Er hat sich über mich lustig gemacht und mich verspottet, wie vor...« Erschrocken brach sie ab und biß sich auf die Lippen.

Saints Augen ruhten nachdenklich auf ihrem blassen Gesicht. »Wie wann?« frage er ganz ruhig, nachdem er sie lange stumm betrachtet hatte.

Nur zu gern hätte Jules sich in eine Lüge geflüchtet, doch der Ernst, mit dem Saint diese Frage gestellt hatte, ließ das nicht zu. »Es ist schon einige Zeit her. Damals, als ich mit Chauncey einkaufen war.«

»Hättest du auch die Güte, mir zu verraten, weshalb du mir das so lange verschwiegen hast?«

Saints Stimme klang so ruhig, so besonnen und sanft, daß Jules Mut faßte. »Ich hatte Angst, daß er dir etwas antun würde!«

Saint erstarrte innerlich, doch Jules entging das, weil sie viel zu sehr mit ihren Schmerzen beschäftigt war. »Ich wußte ja, daß er mir nichts tun konnte... Es waren damals so viele Leute auf der Straße! Wenn ich es dir erzählt hätte, hättest du dich bestimmt augenblicklich auf die Suche gemacht. Du bist für diesen Menschen viel zu ehrlich, Michael. Er ist hinterlistig und eiskalt! Ich hätte es nicht ertragen, wenn er dir etwas angetan hätte!«

»Jules, sieh mich an!«

»Das tue ich.« Diesmal sah sie ihn ganz klar.

»Sehe ich aus wie ein Narr oder ein Idiot? Sehe ich aus wie ein Mann, dem man so einfach etwas antun kann?«

»Er könnte ja auch andere beauftragen! Er könnte...«

»Sei ganz einfach still, Jules! Oh, Gott, ich kann es nicht glauben!« Er sprang auf, riß sich voller Zorn seinen schwarzen Umhang herunter und warf ihn auf den Boden. Sekundenlang konnte er nicht mehr klar denken und mußte sich zwingen, ganz langsam und tief durchzuatmen. »Jules«, begann er von neuem, als er ein wenig ruhiger geworden war, »ich bin dein Mann und trage die Verantwortung für dich. Wenn du mir das nicht zutraust, dann brauchst du mich eigentlich nicht. Dann bin ich lediglich ein Nichts für dich. Kannst du das verstehen?«

»Nein«, murmelte sie und faßte sich stöhnend an den Kopf.

»Verzeih mir, mein Liebes!« Sofort war seine Wut verraucht, und er war nur noch besorgt und ärgerte sich, daß er seine arme Frau so aufgeregt hatte. Ein fabelhafter Arzt war er! Rasch setzte er sich auf die Bettkante und tastete noch einmal die Schwellung hinter dem Ohr ab.

»Ich will eigentlich nicht weinen!« stöhnte sie. Ihr Kopf fühlte sich an wie eine Melone, die man auf den Boden geworfen hatte, und ohne daß sie es wollte, rannen ihr die Tränen unter den Lidern hervor.

Saint wäre am liebsten gleich davongestürzt, um mit Wilkes abzurechnen, doch er konnte sie jetzt nicht allein lassen. Leise fluchend zerrte er sich die Stiefel von den Füßen und streckte sich neben Jules aus. »Komm her zu mir! Es dauert nur noch ein ganz klein wenig, bis ich dir etwas gegen deine Schmerzen geben kann. Nur noch ein bißchen Geduld, meine Süße. Es tut mir leid, aber ich kann es wirklich nicht ändern.« Er durfte nicht riskieren, daß sie womöglich nie wieder aufwachte!

Sobald die Schmerzen stärker wurden und sich ihr gesamter Körper krümmte, nahm er Zuflucht zu einem bewährten Mittel. Mit leiser, gleichmäßiger Stimme begann er, ihr eine Geschichte zu erzählen. »Habe ich dir eigentlich schon einmal von den siamesischen Zwillingen aus Boston erzählt? Es waren zwei kleine Jungen, und sie waren tatsächlich von der Taille bis zu den Knien zusammengewachsen.« Nein, nein, um Himmels willen! Was tat er nur? Diese Geschichte hatte ja kein gutes Ende genommen! »Sie wurden zusammen uralt. Eigentlich war das gar keine richtige Geschichte, aber ich weiß noch eine bessere. Und zwar handelt sie von einem Mann aus dem fünften Jahrhundert. Der Mann hieß Justinian und war Kaiser. Seine Frau war die Kaiserin Theodora. Es klingt unwahrscheinlich, aber vor ihrer Ehe war die Kaiserin tatsächlich eine Hure gewesen. Um den Frauen das Leben zu erleichtern, wollte das Kaiserpaar die Prostitution abschaffen, was natürlich nicht gelingen konnte.«

Als Saint eine Pause machte, murmelte Jules schlaftrunken: »Und wie geht es weiter, Michael? Was haben sie gemacht?«

Lächelnd sprach Saint weiter. »Nun, sie haben ein wunderschönes Gefängnis im Palast errichten lassen und etwa fünfhundert Prostituierte dort eingesperrt. Sie wurden bestens behandelt und bekamen, was sie sich nur wünschten. Nur eines war verboten: Männer hatten keinen Zutritt. Man erzählt sich, daß die meisten Frauen vor Verzweiflung Selbstmord begangen haben und die übrigen vor Langeweile und Qual gestorben sind.«

Völlig unvermittelt kicherte Jules. »Qual? Ich liebe dich, Michael, aber ich glaube, du hast dir das Ganze nur ausgedacht.«

Er schluckte einige Male und wußte nicht recht, was er sagen sollte. Ihr war bestimmt gar nicht klar geworden, was sie da eben gesagt hatte. »Nein, das habe ich mir nicht ausgedacht!« rechtfertigte er sich schließlich.

Doch Jules blieb stumm, denn sie war eingeschlafen.

»Natürlich vor Qual! Das Gefühl kenne ich nur zu gut!« sagte er leise und küßte sie zart auf die Wange.

Mitten in der Nacht weckte Saint Jules und prüfte aufs neue ihre Wahrnehmung, indem er sie fragte, wer sie war, wer er war und wie viele Finger er ihr zeigte. Am darauffolgenden Morgen verabreichte er ihr schließlich die Laudanumtropfen in einem Glas Wasser und beobachtete, wie sie langsam in einen tiefen, heilsamen Schlaf hinüberglitt.

Als er nach unten in die Halle kam, erwartete ihn Thomas bereits voller Ungeduld. Er trug noch immer sein Piratenkostüm, und war offenbar bereits seit langer Zeit unruhig auf und ab gegangen. Saint hatte einige Mühe, den jungen Mann zu beruhigen, doch schließlich ließ Thomas sich überzeugen, daß er im Augenblick nichts tun konnte, und ging gehorsam zu Bett. Lydia war zutiefst empört, nachdem ihr Saint berichtet hatte, was vorgefallen war. Eine geraume Zeit lang krachte und schepperte es in der Küche, daß Saint jedesmal heftig zusammenzuckte. Offenbar ließ die gute Lydia ihre Wut auf Wilkes an ihren Töpfen und Pfannen aus.

Später am Vormittag erschien Del Saxton mit besorgter Miene und fiel gleich mit der Tür ins Haus. »Wie geht es ihr?«

»Sie wird es schaffen. Ich habe ihr vor wenigen Stunden etwas Laudanum gegeben, und seitdem schläft sie tief und fest.«

»Sehr gut! Ich habe inzwischen die Suche nach Wilkes in die Wege geleitet. Offenbar ist er nicht so dumm, wie ich angenommen hatte, denn es sieht so aus, als ob er die Stadt verlassen hätte. In aller Frühe habe ich Limpin' Willie getroffen. Er hat sich fürchterlich aufgeregt, als er gehört hat, was geschehen ist, und geschworen, daß die Sidney Ducks die Augen offenhalten werden.«

»Herzlichen Dank, Del. Ich hatte beabsichtigt... Nun, damit ist ja alles erledigt. Thomas schläft ebenfalls noch.« Er hielt inne und bot Del Saxton eine Tasse Kaffee an. Dann starrte er gedankenvoll über den Rand seiner Tasse und sagte eigentlich mehr zu sich selbst: »Wilkes hat bereits einen Annäherungsversuch gemacht, und das hat sie mir verschwiegen.« Er lachte bitter. »Sie hatte Angst, daß er mir etwas antun könnte! *Mir!* Die kleine Verrückte wollte *mich* beschützen!«

Dels Blicke ruhten einige Augenblicke lang nachdenklich auf seinem Freund. »Sie sollten froh sein, daß Brent nicht mitgekommen ist. Er ist nämlich außer sich, daß Sie ihm bisher nichts erzählt haben.«

»Was gibt es denn schon zu erzählen!«

»Beruhigen Sie sich, Saint! Dürfen denn nicht einmal Ihre Freunde Anteil nehmen? Nein, Sie müssen diese Frage nicht beantworten. Ich habe mir überlegt...«

»Ganz gleich, ob ich will oder nicht. Ich muß mir jetzt Ihren Rat anhören!«

»Ja, das müssen Sie, mein lieber Freund! Ich habe nämlich aus Ihrer Bemerkung während unseres gemeinsamen Abendessens geschlossen, daß Jules noch immer Jungfrau ist.« Saint zuckte merklich zusammen, doch Del ließ sich nicht beeindrucken, sondern sprach in aller Ruhe weiter. »Ich denke, es gibt nur zwei

Möglichkeiten, um Jules in Zukunft besser zu schützen. Die erste bestünde darin, Wilkes ausfindig und unschädlich zu machen. Das allerdings dürfte schwierig werden, da wir bisher nicht einmal sein Versteck kennen. Die zweite Möglichkeit – und bestimmt auch die angenehmere – wäre, endlich die Ehe zu vollziehen, damit Jules möglichst rasch schwanger wird.«

»Als wenn man das so einfach planen könnte!« Saint bemühte sich nach Kräften um einen leichten, lockeren Tonfall. »Wenn ich mich recht erinnere, hat es einige Monate gedauert, bis Chauncey endlich schwanger war. Und dabei unterstelle ich einmal, daß Sie sich bestimmt redlich bemüht haben!«

»Alles richtig, aber ich meine es trotzdem sehr ernst, Saint! Sie sollten nichts unversucht lassen. Wilkes scheint irgendwie besessen von ihr zu sein, aber ich kann mir nicht vorstellen, daß er auch eine schwangere Frau entführen würde.«

»Sie haben ja recht, Del.« Jetzt war auch Saint ganz ernst geworden.

»Sie sollten endlich aufhören, immer nur der gütige Vater zu sein. Chauncey hat mir verraten, daß Jules offenbar unsterblich verliebt in Sie ist. Irgend etwas ist ganz und gar nicht in Ordnung, nicht wahr?«

Saint trat an den Kamin und starrte eine Zeit nachdenklich in die leere Höhlung. Jules sollte unsterblich verliebt in ihn sein? Unsinn! Für ihn war das eher eine ganz normale Schwärmerei, wie man das bei jungen Mädchen kennt, und vielleicht auch noch ein gutes Stück Dankbarkeit... vergängliche Gefühle wie der Nebel von San Francisco. »Jules ist in ihrer tiefsten Seele verletzt worden«, sagte er schließlich, ohne sich zu Del umzudrehen. »Ganz gleich, welche Gefühle sie für mich hat... Sobald ich versuchen würde, mich ihr zu nähern, würde ich diese Ängste nur wieder aufs neue wachrufen und Jules immer weiter in die Enge treiben. Ich hatte gehofft, daß sie im Lauf der Zeit diese schlimmen Erlebnisse vergessen und vielleicht...« Er zuckte resigniert die Achseln. »Als sie jedoch in der vergangenen Nacht aus ihrer Bewußtlosigkeit erwachte, hat sie mich für Wilkes gehalten. Wenn Sie jemals in einer solchen Situation ihren Gesichtsausdruck gesehen hätten, würden Sie mir diesen Vorschlag gar nicht erst machen, Del! Ich will Jules nicht weh tun und mich ihr in keiner Weise aufdrängen.«

Völlig durcheinander irrten Jules' Blicke über die angelehnte Tür zum Wohnraum. Ihr war noch immer schwindlig, und ihr Kopf brummte. Unbewußt raffte sie ihren Morgenmantel enger um ihren Körper. Seltsam, sie konnte sich überhaupt nicht daran erinnern, daß sie Michael für Jameson Wilkes gehalten hatte! Hatte sie tatsächlich so entsetzt ausgesehen? Die Sätze, die sie soeben gehört hatte, schwirrten durch ihren Kopf, und führten einen vergeblichen Kampf gegen das Laudanum. Wieder hörte sie Michaels Stimme.

»Hören Sie auf, Del! Ich weiß sehr wohl, daß Sie es nur gut meinen, aber...«

»Verdammt, Saint, Sie sind schließlich mein Freund und sollten wirklich kein so enthaltsames Leben führen! Wie wollen Sie das denn auf Dauer durchhalten? Außerdem können Sie Jules nicht pausenlos einsperren. Und immer in ihrer Nähe sein, geht auch nicht.«

»Ich werde mir etwas einfallen lassen.«

Als Jules hörte, wie sich die beiden Männer verabschiedeten und Del zur Tür ging, zog sie sich rasch zurück und lief die Treppe hinauf. Durch die Anstrengung schmerzte ihr Kopf so unerträglich, daß sie wimmernd unter die Decke kroch und ganz fest die Augen schloß.

Als sie wieder erwachte, saß Thomas neben ihrem Bett.

»Michael?« flüsterte sie.

»Es tut mir leid, aber er ist zu einem Patienten gerufen worden. Wie geht es dir?«

»Ich hatte einen ganz seltsamen Traum«, begann sie, doch dann hielt sie mitten im Satz inne. Es war kein Traum gewesen! Ihr Mund war pelzig und trocken. »Kann ich einen Schluck Wasser bekommen, Thomas?«

»Aber natürlich! Einen Augenblick, ich muß es nur erst aus der Küche holen.«

Langsam kehrte ihre Erinnerung wieder. Auf dem Nachttisch hatte kein Wasser gestanden, und deshalb war sie aufgestanden und nach unten gegangen. Dabei hatte sie unfreiwillig das Gespräch zwischen Michael und Del Saxton mitangehört.

Thomas sah zu, wie sie gierig das Wasser hinunterstürzte. »Im Augenblick erinnerst du mich an ein kleines neugeborenes Küken.«

»Vielen Dank für das reizende Kompliment!«

»Was diesen Wilkes betrifft, so hat Saint mich inzwischen aufgeklärt. Den ganze Vormittag über haben sich hier mehr als ein Dutzend Leute die Türklinke in die Hand gegeben! Ich habe den Eindruck, als ob die halbe Bevölkerung von San Francisco hinter diesem Mistkerl her ist!«

Hoffnungsvoll sah sie zu ihm auf. »Meinst du, daß er tatsächlich verschwunden ist?«

»Das ist schwer zu sagen«, meinte er und strich ihr dabei zart das Haar aus der Stirn. »Was er allerdings mit einer so verwirrten kleinen Vogelscheuche anfangen will, ist mir schleierhaft.«

Wenn ich schwanger wäre, würde er mich nicht wollen. »Erzähle mir von dem Ball! Hast du dich gut amüsiert?«

»Nach diesem Vorfall war es natürlich aus. Del und ich haben den Überfall nicht an die große Glocke gehängt, so daß die meisten nichts davon mitbekommen haben.«

»Du hast aber gesagt, daß heute vormittag jede Menge Leute hiergewesen wären.«

»Ja, Freunde von Saint.«

»Michael hat eine Menge Freunde.«

»Du aber auch, mein Liebes!«

»Thomas?«

»Ja?«

»Hast du eigentlich schon einmal mit einem Mädchen geschlafen?«

»Himmel, Jules!... Saint, dich schickt der Himmel! Diese Fragen können einen ja richtiggehend verlegen machen!«

»Welche Fragen?« Amüsiert blickte Saint vom verlegen grinsenden Thomas zu seiner Frau, die auch ganz rot geworden war.

»Ich habe ihn gefragt, ob er schon einmal mit einem Mädchen geschlafen hat«, wiederholte Jules mutwillig.

»Soll ich lieber wieder hinausgehen, Thomas, damit du die neugierigen Fragen meiner Frau in Ruhe beantworten kannst?«

»Um Himmels willen, nein! Ich glaube vielmehr, daß dieser Schlag auf den Kopf ihren Verstand ein wenig verwirrt hat!«

»Keine Sorge, aber das ist schon viel früher passiert«, beruhigte ihn sein Schwager, während er sich auf die Bettkante setzte. »Wie geht es der aufsässigen Patientin denn heute?«

Weshalb sie Thomas wohl eine solche Frage gestellt hatte? Nein, lieber wollte er die Antwort gar nicht kennen!

Jules lächelte zaghaft. »Ich fühle mich schon ganz gut, auch wenn ich zerrupft wie eine Vogelscheuche aussehe.«

»Das hört sich ja verdächtig nach einem brüderlichen Kompliment an!«

»Es ist die reine Wahrheit!« protestierte Thomas. »Aber nun folge brav dem lieben Onkel Doktor, Jules. Ich überlasse sie deiner Obhut, lieber Schwager, denn ich habe eine Verabredung mit Bunker Stevenson. Der alte Fuchs will mit mir über meine Zukunft reden.«

»Bunker? Über welche Zukunft denn? Er ist doch kein Arzt!«

»Das weiß ich auch nicht so genau.« Thomas grinste. »Falls ich nicht zum Essen zurückkomme, werdet ihr auch ohne mich zurechtkommen, nicht wahr?« Er pfiff ein Liedchen und stolzierte wie ein eitler Hahn davon.

»Was sagt man denn dazu!« entfuhr es Saint.

»Ich wette, es hat etwas mit Penelope zu tun«, vermutete Jules. »Thomas hat sie gestern abend nämlich sehr schlecht behandelt.«

»Hat er die Kleine etwa neugierig gemacht?«

»Thomas behauptet, daß ihr nur ein Mann fehlt, der ihr erst einmal Manieren beibringt. Wie es aussieht, hält er sich für sehr geeignet.«

Saint lachte. »Ihr seid mir vielleicht zwei kleine Verrückte! Aber jetzt zum ernsten Teil: laß mich fühlen, was die Schwellung macht!«

Jules hatte sich schon auf einen durchdringenden scharfen Schmerz eingestellt und war entsprechend froh, als es gut auszuhalten war. Während Saint ihre Kopfhaut abtastete, befand sich sein Gesicht nur eine Handbreit von ihr entfernt. Der typische Arztblick, dachte sie, und fühlte dabei seinen warmen Atem auf ihrer Wange. »Es tut mir leid«, sagte sie ganz unvermittelt.

»Das will ich hoffen!« murmelte Saint, der sich noch immer auf die Untersuchung konzentrierte. »Aber jetzt wollen wir nicht mehr davon reden. Vielleicht später, wenn du dich wieder ganz erholt hast.«

»Nächsten Monat werde ich zwanzig.«

»Was? Schon? Das habe ich ganz vergessen.«

»Ich bin schließlich keine vierzehn mehr, Michael!«

»Da hast du ausnahmsweise recht, mein Schatz!« Und nach einer kleinen Pause: »Soll ich dir noch etwas verraten? Du hast ein bezaubernd blaugefärbtes Kinn!«

Das interessierte sie im Augenblick ganz und gar nicht, denn sie wollte viel lieber über das enthaltsame Leben mit ihm sprechen. Aber im Augenblick schwirrte ihr immer noch der Kopf. »Wenn ich mich wieder ganz erholt habe«, erklärte sie mit nuscheliger Stimme, »werde ich...«

Vorsichtig zog Saint seine Hände zurück und sah auf seine schlafende Frau hinunter. »Was wirst du dann tun, du kleines Ungeheuer?« Lächelnd strich er ihr einige wilde Locken aus dem Gesicht. Zwanzig Jahre alt wurde sie, dachte er und überlegte fast automatisch, daß viele Frauen in diesem Alter bereits Kinder hatten. Langsam glitt seine Hand unter die Bettdecke. Mit geübten Fingern untersuchte er ihren Knochenbau und war froh, daß sie breiter gebaut war, als er bisher angenommen hatte. Etwas schuldbewußt zog er schließlich die Hand zurück und verließ das Zimmer.

»Dieser Überfall hat mich so empört, daß ich schier verrückt werden könnte!«

Jules strahlte Chauncey an, die tatsächlich ganz außer sich war. Sie saß aufrecht im Bett und fühlte sich glänzend. Trotzdem hatte Michael darauf bestanden, daß sie vorsichtshalber noch einen weiteren Tag im Bett blieb. »Michael hat gesagt, daß Wilkes spurlos verschwunden ist.«

»Nach allem, was Saints Freunde sagen, dürfte das stimmen«, antwortete Chauncey. »Ein Glück, daß Thomas zur Stelle war!«

»Das ist wahr«, sagte Jules und wechselte rasch das Thema, weil sie den Namen Wilkes langsam nicht mehr hören konnte. »Wie ich inzwischen mitbekommen habe, tut sich bei unserer lieben Freundin Penelope einiges!«

Chauncey kicherte und ging bereitwillig darauf ein. »Am liebsten wäre ich eine Fliege! Dann könnte ich an der Wand sitzen und Ihren Bruder und Penelope belauschen. Ich hoffe nur, daß wir die Veränderungen tatsächlich noch erleben werden.«

»Es hört sich zwar komisch an, aber Thomas mag dieses Mädchen. Er behauptet, daß unter all diesen Boshaftigkeiten nur ein halb so boshaftes Herz schlägt!«

»Ich wünsche ihm jedenfalls viel Glück! Ach, übrigens, es ist noch etwas geschehen, das meinen Glauben an die göttliche Gerechtigkeit beträchtlich gestärkt hat. Hat Saint Ihnen schon erzählt, daß die Butlers gestern aus San Francisco fortgezogen sind?«

»Wer sind die Butlers?«

»Oh, verflixt! Ich hätte mir ja denken können, daß Saint es vielleicht nicht erzählt hat.«

»Jetzt liegt das Kind aber bereits im Brunnen, und Sie können es mir ebensogut erzählen.«

»Aber es ist eine ziemlich lange Geschichte.«

Jules stöhnte. »Offenbar bin ich von Geschichtenerzählern umgeben!«

»Also gut, ich mache es kurz. Ira Butler hat vor einigen Jahren Byrony DeWitt geheiratet, die heute Byrony Hammond heißt. Und er hat es nur deshalb getan, weil seine Halbschwester Irene ein Kind von ihm erwartet hat.«

Jules starrte Chauncey nur wortlos an.

»Wie ich sehe, denken wir dasselbe. Jedenfalls war Byrony einverstanden, eine Schwangerschaft vorzutäuschen und Irenes Kind als ihr eigenes auszugeben. Damals hat sie allerdings noch nicht gewußt, daß das Kind einer inzestuösen Beziehung entstammte. Das hat sie erst später herausgefunden. Del hat dann dafür gesorgt, daß die Ehe geschieden wurde. Byrony hat dieser Betrug zutiefst verletzt, und mich hat es die ganze Zeit über gewurmt, daß die Butlers ungeschoren davonkommen sollte. Doch jetzt hat die Gerechtigkeit ihren Lauf genommen. Wie ich erfahren habe, hat ein Hausmädchen die beiden miteinander im Bett ertappt, und damit ist ihr Kartenhaus endgültig zusammengestürzt. Sie haben bereits gepackt und werden nach Baltimore zurückkehren. So, das war die ganze Geschichte. So schlimm war es doch nicht, oder?«

»Nein, aber dafür ganz schön schockierend! Die arme Byrony! Ich habe ja überhaupt nicht gewußt...«

»Außer unserem engsten Kreis weiß es niemand. So, meine Liebe, jetzt werde ich Sie aber endgültig verlassen! Saint hat mir nämlich ausdrücklich verboten, Sie zu ermüden.«

»Ich bin überhaupt nicht müde, und vor allem habe ich noch eine Frage. Ich wüßte gern, wieviel Geld durch den Ball für Wakeville zusammengekommen ist?«

»Knapp fünfzehntausend Dollar!« verkündete Chauncey stolz. »Ich muß wohl nicht betonen, daß Brent und Byrony natürlich überglücklich sind! Jetzt müssen Sie sich aber wirklich ausruhen! Ich werde morgen wiederkommen.«

Kurz bevor Jules die Augen zufielen, grübelte sie darüber nach, weshalb sich die Menschen ihr Leben immer nur so erschwerten. Und nach sieben Stunden Schlaf wußte sie plötzlich, was sie tun wollte. Heute nacht werde ich meinen Ehemann verführen! dachte sie. Ich werde ihm beweisen, daß seine vornehme Zurückhaltung inzwischen überflüssig geworden ist. Und falls ich Jameson Wilkes noch einmal über den Weg laufen sollte, werde ich ihm stolz meinen schwangeren Bauch entgegenstrecken. In ihrer Fantasie sah sie die Szene vor sich und mußte kichern.

18. Kapitel

»Himmel, bin ich müde!«

Jules sah zu ihrem Mann hinüber und lächelte. *Du wirst dich noch wundern!* »Es tut mir leid, Michael. War es denn eine schwierige Behandlung?«

»Ja, und davon auch noch mehrere! Und wie geht es dir?«

»Wunderbar. Ich fühle mich bestens. Heute nacht brauchst du wirklich nicht mehr unten im Wohnzimmer zu schlafen.«

Saint schluckte heftig und wich unwillkürlich ein Stück zurück. »Ich möchte aber deine Erholung nicht stören.«

»Und wenn ich mitten in der Nacht aufwache, weil es mir nicht gutgeht? Soll ich da erst einen Stuhl umwerfen, damit du mich überhaupt hörst?«

Saint seufzte. »Na gut, ich könnte ja im Gästezimmer bei Thomas schlafen.«

»Dort würdest du wenigstens mein Rufen hören.« Jules sah ihn eindringlich an. »Aber womöglich bekomme ich davon wieder Kopfschmerzen.«

Fieberhaft suchte Saint nach einer glaubwürdigen Ausrede, die ihn hindern würde, bei ihr zu schlafen, doch er fand keine. Dabei fiel sein Blick auf die Badewanne. »Ah, hast du gebadet?«

»Ja. Lydia hat mir die Haare gewaschen.«

»Aha«, brummte er und schob sich unmerklich näher zur Tür.

Darauf hatte Jules nur gewartet. »Bitte, Michael, laß mich nicht allein! Ich habe immer Alpträume... Und ich fürchte mich.« *Verzeih mir die Schwindelei!* Als sie hörte, wie er leise fluchte, konnte sie nur mit Mühe ein Lächeln unterdrücken.

»Also gut.« Dabei hörte er sich an, als ob man ihn soeben zum Tode verurteilt hätte. Rasch löschte er die Lichter und entkleidete sich im Dunkeln, was Jules nicht weiter störte. Sie hoffte nur, daß er nicht eines dieser lächerlichen Nachthemden anzog. Doch genau das tat er.

»Gute Nacht, Jules.« Er war unter die Decke geschlüpft, aber an der äußersten Bettkante liegenblieben. Gut, sollte er noch eine kleine Pause haben, damit er sich so richtig entspannen konnte.

»Michael?« fragte sie leise in die Dunkelheit, ohne sich zu bewegen.

»Ja?«

Seine Stimme klang noch sehr wach, aber das ließ sich nun nicht mehr ändern. »Was hältst du eigentlich von Enthaltsamkeit?«

Sekundenlang stockte Saint der Atem. »Schlaf jetzt, Jules!« brummte er unfreundlich.

»Glaubst du, daß ein Mann das schwerer erträgt als eine Frau?«

Die macht mich noch völlig wahnsinnig, dachte Saint, und rutschte nur noch näher zur Bettkante hinüber. Diese unglaubliche Unschuld, diese Harmlosigkeit...

»Mir gefällt diese Enthaltsamkeit nicht.«

Von wegen Harmlosigkeit! »Also gut, mein Schatz«, sagte er und drehte sich zu ihr um. »Was zum Teufel ist eigentlich in dich gefahren?«

Sie schlug einen ganz sanften, weichen Ton an. »Sind wir denn nicht miteinander verheiratet?«

»Und ich frage dich noch einmal: Was zum Teufel ist in dich gefahren?«

Sie suchte nach dem Ausdruck, den Del Saxton benutzt hatte. »Ich denke, wir sollten uns wirklich endlich wie verheiratete Leute benehmen.«

»Nein!«

»Und weshalb nicht?«

»Jules, bitte! Ich bin doch kein Ungeheuer! Du bist sehr verletzt, und das will ich nicht noch verstärken. Verstehst du das?« In aufgeregtem Ton setzte er ihr auseinander, weshalb sie sich nicht vor ihm zu fürchten brauchte. Jules hörte zu, bis er sich alles von der Seele geredet hatte. Als er verstummte, lächelte sie im Dunkeln und rutschte auf seine Seite hinüber. Mit beiden Händen umfaßte sie sein Gesicht, doch weil es so finster war, fand sie seine Lippen erst im zweiten Anlauf.

»Nein!« stöhnte er und versuchte, sie wegzuschieben.

Doch Jules klammerte sich an ihn wie eine Klette. Wie gern hätte sie ihm gesagt, daß sie ihn liebte, doch sie wußte, daß er das gar nicht hören wollte. Ein solcher Satz würde sein schlechtes Gewissen nur verstärken, denn er liebte sie ja nicht. »Ich habe Sehnsucht nach dir!« hauchte sie. »Du bist mein Mann, und ich bin deine Frau und schon lange kein Kind mehr! Bitte!«

Ihre Worte gingen ihm durch und durch und entflammten seine Sehnsucht wie nie zuvor. Alles Gier und Lust, nichts weiter! »Jules, ich...«, stotterte er, »ich will dir doch nicht weh tun!«

»Was soll das heißen?«

»Du bist noch so verletzlich... Ich könnte dich womöglich verletzen... Wenn nicht physisch, dann...«

»Du meinst also, daß mein beschränkter weiblicher Verstand mit irgend etwas nicht klarkommt?«

Plötzlich fühlte er eine Hand auf seinem Bauch und hielt gebannt den Atem an, als sie nicht innehielt. Ganz langsam versuchte er, sich zurückzuziehen. »Hör auf!« stöhnte er.

Doch in diesem Augenblick hatten ihre Finger ihr Ziel erreicht und spürten, wie sein Glied unter dem Nachthemd pulsierte. »Genau das werde ich nicht tun«, erklärte Jules mit fester Stimme. »Du bist schließlich mein Mann und schuldest mir gewisse Dinge. Du behauptest doch immer, du seist für mein Glück verantwortlich. Also: sei für mein Glück verantwortlich!«

»Nimm deine Hand weg, oder ich weiß nicht mehr, was ich tue...«

Sie lachte nur.

»Du verflixte kleine...« Die Stimme versagte ihm, als sie sich plötzlich ganz fest gegen ihn preßte, ohne ihre Hand wegzunehmen.

»Ich habe keine Angst, Michael. Doch nicht vor dir!« flüsterte sie. »Bitte, liebe mich endlich!«

»Oh, verdammt!« Er lag stocksteif da, ohne sich zu rühren, und war grenzenlos erleichtert, als sie ihn unvermittelt losließ und sich abwandte. Gleichzeitig jedoch fühlte er eine schmerzhafte Enttäuschung, und weil er annahm, er hätte sie vielleicht verletzt, streckte er rasch die Hand nach ihr aus. Dabei berührte er die nackte Haut ihrer Schulter. Offenbar hatte sie inzwischen ihr Nachthemd ausgezogen.

Entschlossen stieg er aus dem Bett, entzündete eine Lampe und wandte sich dann um. Die Decke reichte Jules kaum bis zu den Brüsten. Ein bezaubernder Anblick! Ihre Augen strahlten, und wilde Locken umrahmten ihr zartes Gesicht und ihre unglaublich weißen Schultern. Und dazu dieses schelmische Lächeln! »In diesem Nachthemd siehst du komisch aus!«

»Du hast recht!« Noch während er sprach, zog er es sich bereits über den Kopf und verharrte dann völlig reglos am Fußende des Betts. Fast körperlich empfand er ihre Blicke auf seiner Haut, seinen Muskeln und seinem erregten Glied. Irgendwann fragte er mit rauher Stimme: »Genug?«

Er sah, wie sie ihre Unterlippe mit der Zunge befeuchtete. »Oh, nein.« Sie streckte ihm die Hand entgegen. »Bitte, Michael, hab doch keine Angst vor mir!«

»Ich habe nur Angst *um* dich. Sieh mich an, Jules!«

»Das mache ich doch die ganze Zeit! Und du gefällst mir. Damals am Strand, als du nackt aus dem Wasser gekommen bist, war es nur noch ein wenig romantischer...«

»Ich bin nicht schön, sondern ein großer, haariger Mann! Du weißt sehr wohl, daß du mich hassen wirst, wenn ich dich berühren will.«

»Meinst du, daß ich dann Angst vor dir haben und entsetzt sein werde?«

»Ja, verdammt!«

»Wird dir nicht allmählich kalt? Die Haare auf der Brust wärmen doch bestimmt nicht sehr!«

Sie reizte ihn, und das machte sie gar nicht schlecht, dachte er abstirnrunzelnd. In diesem Augenblick ließ sie die Decke wie absichtslos von sich herabgleiten, und natürlich folgten seine Blicke sofort dieser Bewegung.

»Du weißt nicht, was du da verlangst, mein Liebes«, sagte er schließlich und griff nach seinem Hausmantel. »Es bliebe ja nicht nur beim Küssen und Streicheln, sondern ich wollte dich dann auch ganz besitzen. Und ganz bestimmt würde dich das wieder an all die Angst und Pein erinnern, die du bei Wilkes erlebt hast.«

Seine Worte überschwemmten sie wie eine warme weiche Welle, in der Wilkes und auch alle unangenehmen Erinnerungen versanken. »Bitte, Michael!« Sie wünschte sich nur noch, daß er sie berührte, daß sein Körper sie ganz und gar zudeckte. Sie wollte geküßt werden und wollte hören, wie sehr er sie begehrte, wie sehr er sie liebte ... Dieser Gedanke brachte sie wieder schmerzlich in die Wirklichkeit zurück. Nein, er liebte sie ja nicht. Jedenfalls jetzt noch nicht, aber das wollte sie ihm schon beibringen! »Bitte, Michael«, bat sie ihn noch einmal. »Bitte, Michael, komm ins Bett!«

»Wenn meine Frau es ausdrücklich wünscht«, brummte er unhörbar und tat, was sie gesagt hatte.

Einige Sekunden lang lag er unsicher auf dem Rücken, doch schon umarmte sie ihn so stürmisch, daß er ihre weichen Brüste an seinen Rippen spürte. Ohne nachzudenken preßte er sie gegen sich. »Oh, Gott!« stöhnte er, während er sie sanft auf den Rücken drückte. Ganz langsam beugte er sich über sie, und als schließlich ihre Lippen einander berührten, durchfuhr ihn glühendheiße Sehnsucht, daß er unwillkürlich erschauerte. Er wußte, daß er sich Zeit lassen mußte, sehr viel Zeit, denn wenn er sie erschreckte oder verletzte, würde er sich das nie verzeihen. Unwillkürlich dachte er an seine erste Frau und ihre erste gemeinsame Nacht. Ganz langsam sog er die Luft durch die Nase und küßte Jules schließlich sanft und ohne jedes Drängen, so daß sie sich noch jederzeit von ihm zurückziehen konnte. Aber zu seiner großen Freude spürte er, wie ihre Arme ihn umschlangen und ihre Hände seinen Rücken streichelten.

»Bitte, Jules«, flüsterte er dicht vor ihren Lippen, »mach einfach gar nichts. Es geht bestimmt besser, glaube mir.«

»Aber weshalb? Ich möchte dich doch berühren!«

»Weil ich mich sonst vielleicht nicht mehr zurückhalten kann!« Seine Stimme war fast nur noch ein Krächzen, als er ihre Hände packte und über dem Kopf aufs Kissen drückte. Da ihr die Decke nur bis zur Hüfte reichte, verweilten seine Blicke ausgiebig auf ihren Brüsten. »Deine Haut ist so wunderbar weiß! Der Traum eines jeden Mannes...«

»Und du bist mein Traum!« erklärte sie, während sie ganz ruhig zusah, wie seine Blicke über ihren Körper wanderten. Wie ein sanfter, warmer Hauch glitt sein Atem über ihre Brüste. Ob er sie auch liebkosen würde, wie Wilkes das getan hatte? Ob sie sich dann ebenso beschämt und schmutzig vorkommen würde? *Hör auf damit! Schließlich ist Michael nicht Wilkes!*

Als sein Mund ihr die Lippen verschloß, überfiel sie für Sekunden panische Angst. Sie lag wie erstarrt und gab keinen Laut von sich. Doch Saint küßte sie sehr sanft und streichelte sie mit seiner Zunge. Dann hob er den Kopf und sah sie im Dämmerlicht an. »Ich weiß nicht, wo ich dich zuerst küssen soll! Am liebsten wäre ich überall gleichzeitig.« Dann beugte er sich wieder über sie, küßte sie, knibbelte an ihren Ohren, nagte an ihrer Nasenspitze, ertastete mit den Fingern den Bogen ihrer Brauen und sagte ihr wieder und wieder, wie wunderschön sie sei. »Und jetzt bringe ich dir das Küssen bei!«

Jules lächelte voller Vorfreude und kam ihm sehnsuchtsvoll entgegen. Schon fühlte sie seine Lippen und dann seine Zunge, die sanft ihre Lippen auseinanderdrängte. »Das ging doch schon ganz gut!« Er lächelte und versuchte es gleich noch einmal.

»Wunderbar, mein Liebes! Aber jetzt möchte ich deine Zunge spüren.« Und schon Sekunden später glaubte er, sterben zu müssen, so heiß durchfuhr ihn die Sehnsucht. Jules reagierte so unglaublich hingebungsvoll... so voller Vertrauen...

Unwillkürlich hatte er ihre Hände losgelassen, und schon fühlte er, wie sie die Muskeln seines Rückens streichelte. Diesmal eroberte er ihren Mund mit der Zunge, und als er sie wieder zurückzog, schnappte Jules merklich nach Luft. Er lachte leise. »So ähnlich wird es sein, wenn ich dich besitze, mein Liebes. Aber bestimmt werde ich mich dann nicht so rasch wieder zurückziehen. Ich sehne mich danach, in dir zu sein...« Er brach ab, denn länger hätte er es sonst nicht mehr ausgehalten. So seltsam es klang, aber seine eigenen Worte hatten ihn fast um den Verstand gebracht.

»Und wann?«

Er schloß für Sekunden die Augen, um sich leichter wieder in die Gewalt zu bekommen, doch ohne Erfolg. Langsam senkte er sich auf sie hinunter und stützte sich auf die Ellenbogen. »Sobald du bereit für mich bist«, hauchte er und begrub ihre Lippen unter seinen Küssen.

Als Jules sein erregtes Glied an ihren fest geschlossenen Schenkeln spürte, wuchs ihre Sehnsucht und unwillkürlich begann sie, ihre Beine zu spreizen.

»Nein«, protestierte er. »Nein, noch nicht, mein Schatz!« Er wollte sie so gern überall streicheln und küssen, aber er hatte noch Hemmungen. Der Gedanke, daß sie vor ihm zurückschrecken und ihn ablehnen könnte, ließ ihn nicht los, und er wußte, daß alles, was ihr nicht gefiel, sie unweigerlich erschrekken würde. Ganz langsam löste er sich von ihr.

»Nein, nein«, widersprach er, als sie versuchte, ihm nahe zu bleiben. »Bleib einfach ganz ruhig liegen.« Und noch während er das sagte, strichen seine Finger sanft über ihren Hals, über die zarte Haut ihrer Schultern bis zu ihren seidenweichen Brüsten. Mit zwei Fingern umfaßte er eine Warze und knetete sie sanft. »Sie ist herrlich weich und fest zugleich. Und so schön rosa!«

Vor lauter Nervosität mußte Jules kichern. »Kann man Rosa etwa fühlen?«

»Ich schon. Kein Widerspruch!« Zart schlossen sich seine Lippen um die Warze, doch als er daran saugte, fühlte er, wie Jules sich augenblicklich versteifte. Genau wie beim ersten Mal, als er ihre Brüste gestreichelt hatte. Aber diesmal machte er weiter und hoffte inständig, daß sie sich wieder entspannen würde. Das tat sie auch, aber nicht genug. Also streichelte er statt dessen lieber die Haut über ihren Rippen und redete in einem fort, um sie ein wenig abzulenken. »Eine kleine Mastkur kann nicht schaden, wie mir scheint.« Dabei drückte er ihr die flache Hand auf den Bauch.

»Kann ich dich jetzt auch anfassen? Ich möchte dich so gern spüren!«

»Ja, mein Liebes.«

Genüßlich ließ Jules sofort ihre Hände über seine haarige Brust und dann weiter über die starken Muskeln gleiten. Wie anders sich dieser Körper anfühlte und wie unglaublich kräftig! Sie preßte die flache Hand auf seinen Bauch, doch noch bevor sie sich weitertasten konnte, fühlte sie plötzlich Saints Hand auf ihrer Scham und erstarrte augenblicklich zur Salzsäule.

»Hab keine Angst, mein Schatz!«

»Die habe ich doch nicht, jedenfalls nicht wirklich«, keuchte sie. »Ich habe nur nicht erwartet...«

Als sich einer seiner Finger endlich den Weg durch die dichten Haare in ihren warmen, feuchten Schoß gebahnt hatte, standen ihm wieder die Erinnerungen an die allererste Nacht vor Augen. Er schloß die Augen, um das Gefühl besser genießen zu können und wünschte sich nichts mehr, als sie auch mit der Zunge zu liebkosen.

»Was ist los?« fragte Jules, und vor Unsicherheit klang ihre Stimme piepsig und ängstlich. Sie fühlte sich seltsam entblößt und ausgeliefert, aber gleichzeitig erregte sein Streicheln sie so tief, daß sie sich beinahe schämte.

»Nichts ist los! Es ist alles wunderbar.«

»Stimmt das auch? Sagst du das nicht nur einfach so?«

»Aber nein!« Rasch verschloß er ihr die Lippen mit einem Kuß. »Das sage ich nicht nur so!« Er empfand eine wilde Sehnsucht danach, sie nach oben zu ziehen und sie zu küssen, zu schmecken und sich ganz in ihrem weichen Fleisch zu vergraben. Aber dafür war es noch zu früh, viel zu früh. Sein Streicheln wurde rhythmischer, und das schien ihr zu gefallen, denn plötzlich stöhnte sie und vergrub die Finger in seinen Schultern.

»Michael!« rief sie laut. »Bitte, ich weiß nicht... ich kann nicht...«

»Ja, mein Liebes, bleib einfach still liegen!« flüsterte er, während er sie unentwegt weiter streichelte. Dann hockte er sich auf die Fersen zurück und drückte ihr ganz sanft die Beine auseinander. Er konnte sich gar nicht satt daran sehen, wie sie sich unter seinen streichelnden Fingern wand, und als er dann auch noch sah, wie sich ihre langen, wohlgeformten Beine spreizten, fühlte er, wie er langsam seine Kontrolle verlor.

»Jules!« stöhnte er mit völlig fremder Stimme. »Bitte, halte still.«

Als das betörende Streicheln plötzlich aufhörte, hielt Jules die Luft an und beobachtete ängstlich, wie er sich ihr näherte. Sie fühlte, wie seine Finger ihre Scham öffneten, und war plötzlich unsicher. Was erwartete er von ihr? Ja, sie wollte, daß er zu ihr kam. Sie fühlte, wie er sich gegen sie preßte. Eine schier sengende Hitze ging von ihm aus, und sein keuchender Atem verriet ihr mehr als alle Worte, wie sehr er sie begehrte. Und zwar jetzt, genau jetzt. Sie versuchte, sich zu entspannen, sich ihm zu öffnen. Und dann fühlte sie, wie er sich seinen Weg bahnte, sich gegen sie drängte. Und dann preßten seine Hände ihre Schenkel noch weiter auseinander, und er drang ein Stück weit in sie ein.

»Jules, Liebes«, keuchte er, und als sie die Augen öffnete, blickte sie mitten in sein angespanntes, bleiches Gesicht. »Weißt du, es wird ein wenig weh tun...« Ein Stöhnen begleitete den Stoß, mit dem er in sie eindrang.

Jules konnte einen Schrei nicht unterdrücken. Er war ganz tief in ihr, und es tat so weh, daß ihr die Tränen über das Gesicht liefen. Damit er es nicht merkte, preßte sie sich verzweifelt ihre Faust in den Mund.

»Bitte, halte still!« Sie wand sich wie eine Wilde unter ihm und wollte diesen schrecklichen Schmerz um jeden Preis loswerden. Als seine Finger wieder ihre Scham fanden und streichelten, blieben die betörenden Gefühle aus. Aber fast im gleichen Augenblick bäumte Saint sich stöhnend auf und verströmte sich in einem einzigen gewaltigen Stoß in ihr.

Als er wieder zu Atem gekommen war, stützte er sich hoch. Und da erst sah er Jules' bleiches Gesicht. Sie hatte die Augen fest geschlossen, und an ihren Wimpern hingen noch die letzten Tränen. Insgeheim fluchte er heftig, denn er wußte genau, daß sie nichts davon gehabt hatte. Und als er sich dann vorsichtig aus ihr zurückzog, spürte er, wie sie vor Schmerzen zitterte.

»Himmel, es tut mir leid!« Mit diesen Worten zog er sie in die Arme und strich ihr ganz sanft über den Rücken. Dann stahl sich seine Hand unter ihre Haare und massierte ihren Nacken. »Geht es dir gut, Jules?«

Darüber mußte sie nachdenken. Sie fühlte sich wund, als ob man sie innerlich mißhandelt hätte, was ja vermutlich auch geschehen war. Er hatte ja versucht, zartfühlend zu sein, und genau genommen war es ja auch gar nicht so schlimm gewesen. »Es geht mir gut«, gab sie schließlich Auskunft. »Ganz bestimmt, Michael.«

Doch er spürte die Tränen an seiner Schulter. Nein, er hatte ihr keine Freude gemacht. Er hatte sie gezwungen und seinen eigenen Wünschen nachgegeben. Im Grunde war er nicht besser als Wilkes. »Niemals«, sagte er zu sich selbst. »Niemals wieder.« Dabei merkte er nicht einmal, daß er geflüstert hatte.

Jules kam sich vor, als ob er sie mitten ins Gesicht geschlagen hätte. Nein, bitte nicht! hätte sie am liebsten laut geschrien, doch sie schwieg. Ihr Kopf schmerzte wieder, und ihr übriger Körper ebenfalls. Plötzlich war ihr die Kehle wie zugeschnürt, und sie barg aufschluchzend ihr Gesicht an seiner Schulter.

Saint empfand deutlich ihre Erschütterung und haßte sich für seine Gier. Lange nachdem sie ruhiger geworden und schließlich in seinen Armen eingeschlafen war, lag er noch wach und dachte nach. Zwischendurch stand er einmal kurz auf, um das Licht zu löschen, doch gleich darauf nahm er Jules wieder in seine Arme. Er konnte nicht vergessen, wie sie sich gewehrt hatte! Und er hatte nicht darauf gehört, sondern nur seine Begierde ausgelebt! In diesem Augenblick begriff er erst so richtig, wieviel sie ihm bedeutete. Er würde es nicht ertragen, wenn sie ihn zurückweisen und sich mit diesem entsetzlich gequälten Gesichtsausdruck von ihm abwenden würde. Allein sich das auszumalen, bereitete ihm schon physische Schmerzen! Kurz bevor ihn der Schlaf übermannte, ging ihm noch etwas durch den Kopf: Weshalb hatte sie es denn eigentlich so unbedingt gewollt? Weshalb hatte sie ihn verführt?

Gegen Morgen riß ihn lautes Klopfen an der Tür aus dem Schlaf, doch es kam ihm gerade recht. Irgendwie war er froh, daß er Jules morgens nicht gleich in die Augen schauen und sehen mußte, wie sie vor ihm zurückwich. Blitzartig war er aus dem Bett und unten an der Tür. Es war ein Fischer aus Sausalito, der Saint um Hilfe bat, weil seine Frau aus Mund und Darm blutete. In aller Eile zog Saint sich an und warf einen letzten Blick auf seine Frau. Bestimmt war Jules auch froh, wenn sie nach dem Aufwachen noch eine Weile allein sein konnte und nicht gleich mit ihm konfrontiert wurde, dachte Saint, während er neben dem Fischer zum Hafen eilte.

Sobald Jules am Morgen die Augen aufschlug, tastete sie nach ihrem Mann, doch Saints Kopfkissen war bereits kalt. Demnach war er fort, dachte sie. Wahrscheinlich hatte man ihn mitten in der Nacht zu einem Patienten gerufen, und er hatte gehen müssen, ganz gleich ob ihm das recht war oder nicht. Als sie aufstand, spürte sie einen leichten Schmerz zwischen den Beinen, doch erst als sie das Blut sah, erschrak sie. Da es nicht von ihrer monatlichen Blutung stammen konnte, zwang sie sich erst einmal zur Ruhe und wusch sich. Wirklich erleichtert war sie jedoch erst, als sie feststellte, daß es offenbar inzwischen aufgehört hatte. Rasch zog sie sich an und ging nach unten.

»Guten Morgen, Jules!« erwiderte Lydia ihren Gruß und musterte ihre junge Herrin sehr eindringlich. »Was macht der Kopf?«

Jules lächelte. »Es geht mir gut, danke. Ist Thomas schon aufgestanden?«

»Ja, und auch schon fort. Der junge Mann hat mehr Energie als so mancher hungrige Moskito!«

Obwohl Jules keinen Appetit verspürte, aß sie etwas und trank auch eine Tasse Kaffee. »Haben Sie Michael noch gesehen?«

»Nein. Wahrscheinlich ist er zu einem Patienten gerufen worden.«

»Hat er einen Zettel oder irgendeine Nachricht hinterlassen?«

Lydia schüttelte den Kopf. Irgend etwas schien die junge Frau zu beunruhigen, aber sie konnte sich keinen rechten Vers darauf machen. Als sie jedoch kurz darauf die Blutflecken auf dem Leintuch entdeckte, war ihr so manches klar. Es wäre gut, wenn dieser verflixte Narr von Ehemann bald nach Hause käme, dachte sie, während sie die Laken wechselte.

Währenddessen lief Jules ruhelos im Wohnraum auf und ab und geriet regelrecht in Panik, als ihr klar wurde, daß sie sich fürchtete, allein aus dem Haus zu gehen. Irgendwie wurde sie die Vorstellung nicht los, daß Jameson Wilkes draußen auf sie lauerte... Wo blieb Michael nur?

Etwa zur gleichen Zeit zog Saint das Leintuch über seine Patientin. Sie war gestorben, ohne noch einmal das Bewußtsein erlangt zu haben, und er hatte ihr in keiner Weise helfen können. Während der Fahrt über die Bucht hatte ihr Mann kleinlaut eingestanden, daß sie bereits seit einer Woche krank war. In seiner Hilflosigkeit saß er jetzt am Küchentisch und tröstete sich mit einer Flasche Schnaps über seinen Kummer hinweg.

Gerade dreißig war sie geworden, dachte Saint, während er leise die Haustür hinter sich schloß. Hier hatten die Leute wirklich kein leichtes Leben. Nachdenklich ging er durch die ärmlichen Gassen von Sausalito, und als er am einzigen Saloon vorbeikam, betrat er die finstere, etwas muffige Gaststube und bestellte sich eine eigene Flasche Whiskey*, obwohl es noch heller Nachmittag war.

Sein Verstand sagte ihm, daß er den Tod der Frau auch nicht hätte verhindern können, wenn man ihn früher gerufen hätte. Verdammt, die Ärzte wußten im Grund überhaupt nichts! Er nahm einen großen Schluck. Er haßte den Tod, und er haßte Krankheit und Schmerzen. Aber irgend etwas in ihm war stärker und trieb ihn immer wieder zu neuen Anstrengungen, zu neuem Kampf gegen das Leid. Um so weniger konnte er verstehen, daß er seiner Frau das angetan hatte! Er hatte zugelassen, daß sie ihn auf ihre süße unschuldige Art verführt hatte, obwohl er geahnt hatte, worauf es hinauslaufen würde. Und obendrein war sie jetzt auch noch mit ihren Zweifeln und Gedanken allein und quälte sich womöglich! Wieder nahm er einen tiefen Schluck und redete sich erfolgreich ein, daß sie ihn nach dem Debakel der vergangenen Nacht höchstwahrscheinlich gar nicht vermißte.

Bei ihrer unruhigen Wanderung durch das Haus betrat Jules am späten Nachmittag auch das Schlafzimmer und starrte sich eine Weile stumm in dem großen Wandspiegel an. Dabei hallten seine Worte in ihren Ohren. *Niemals, niemals wieder.* War sie tatsächlich so unattraktiv? Nachdem sie die Tür abgeschlossen hatte, zog sie sich aus und betrachtete sich dann nackt im Spiegel. Noch nie hatte sie eine andere Frau nackt gesehen und konnte deshalb auch keine Vergleiche ziehen, aber eigentlich fand sie sich gar nicht so übel. Sie war schlank, hatte keine krummen Beine, und auch ihre Brüste gefielen ihr. Überall hatte er sie berührt! Zögernd legte sie die Hände auf ihre Brüste, aber es war lange kein so warmes, lebendiges und durchdringendes Gefühl wie bei seinen Berührungen. Sie starrte auf ihren Bauch und auf den roten Haarwust zwischen ihren Schenkeln. Sogar dort hatte er sie gestreichelt. Ganz nüchtern sah sie sich an und fühlte keinerlei Scham. Hatte sie ihm etwa Schuldgefühle verursacht, indem sie so wehleidig gewesen war? So schlimm war es schließlich gar nicht gewesen. *Niemals, niemals wieder*. Vielleicht hatte es ihm ja auch gar keinen Spaß gemacht, sie zu lieben, und er hatte es nur getan, weil sie es verlangt hatte. Was hätte ihm auch gefallen sollen, wo sie sich doch gleichzeitig gewehrt und wie eine Irre geschrien hatte?

Sie fühlte, wie ihr die Tränen in die Augen stiegen. Irgendwie war alles schiefgegangen. Sie hatte so gehofft, daß sich ihre Beziehung ändern würde. Aber doch nicht so! Ganz langsam sank sie vor dem Spiegel in die Knie und barg ihr Gesicht in den Händen.

Als Saint ein Gespräch am Nachbartisch mitbekam, erwachte er augenblicklich aus seiner Nachdenklichkeit. »Völlig ungewöhnlich für diese Jahreszeit«, sagte ein Tischnachbar gerade zu seinem Kumpan. »Da geht gar nichts mehr.«

Plötzlich war Saint hellwach. »Gibt es Nebel?« fragte er.

»Ja. Sind Sie etwa aus der Stadt?«

»Ja, und ich muß unbedingt zurück!«

»In dieser Waschküche geht gar nichts mehr. Es tut mir zwar leid, Mister, aber Sie werden Ihre Nacht wohl hier bei uns verbringen müssen.«

Saint bezahlte eilig, was er schuldig war, und verabschiedete sich. Man konnte tatsächlich keine Hand vor Augen sehen. San Francisco schien mindestens tausend Meilen weit entfernt zu sein, und man wußte nicht einmal, in welcher Richtung man es suchen sollte. Saint dachte an Jules und fluchte. Verdammt, wenn er ihr doch wenigstens eine Nachricht hinterlassen hätte! Wahrscheinlich quälte sie sich jetzt vor Sorgen, und er konnte nicht das Geringste tun! Da es in Sausalito weit und breit kein Hotel gab, kehrte er schließlich wieder in den Saloon zurück.

19. Kapitel

Erst am Nachmittag des darauffolgenden Tag ging Saint mit gesenktem Kopf die Clay Street entlang und gab vor, den großen Schlammpfützen auszuweichen. Er fühlte sich schmutzig, so daß er am liebsten nicht nach Hause gegangen wäre. Dabei waren seine Gedanken unentwegt bei Jules, und er malte sie aus, wie sie ansehen würde... voller Ablehnung und Verachtung... Trotz aller Gewissenbisse erinnerte er sich wenigstens für einige Augenblicke an das unglaubliche Glücksgefühl, das er empfunden hatte. Zugegeben, ein sehr einseitiges Glücksgefühl! Wütend kickte er einen Stein quer über die Straße. In der letzten Zeit war das Leben wirklich nicht gerade einfach!

Er holte tief Luft, bevor er die Haustür öffnete. »Hallo, Jules!«

Doch Jules war vom langen Warten und den überstandenen Ängsten so abgestumpft, daß sie sich regelrecht zwingen mußte, ihm entgegenzugehen. »Hallo, Michael«, begrüßte sie ihn, ohne ihn anzusehen. Irgendwie fühlte sie sich in seiner Gegenwart plötzlich hilflos und ein wenig ausgeliefert. »Hast du Hunger? Lydia hat einen herrlichen Eintopf gekocht, und außerdem gibt es frischgebackenes Brot. Thomas ist nicht da. Ich nehme an, daß er Penelope wieder Unterricht in Benehmen erteilt.« Damit war ihr Mitteilungsbedürfnis erschöpft.

Saint hätte sie am liebsten in die Arme genommen, ihr über das Haar gestreichelt und sie getröstet, doch er fühlte sich unsicher. Er kam sich plötzlich selbst sehr trostbedürftig vor und lächelte wehmütig. Zu offensichtlich war ihr Versuch, ganz normal zu erscheinen und ihre wahren Gefühle vor ihm zu verstekken.

»Ich möchte lieber zuerst baden. Es tut mir leid, Jules. Ich hätte dir eine Nachricht hinterlassen wollen, aber ich hatte nicht erwartet, daß es so lange dauern würde. Ich war drüben in Sausalito, und wegen des Nebels konnte ich nicht mehr zurück. Bitte verzeih mir... Aber so ist nun einmal das Los eines Arztes.«

Als sie zu ihm aufsah, packte sie Wut angesichts des Mitleids, das sie in seinen Augen zu lesen glaubte. Augenblicklich haßte sie ihn, aber sie haßte auch sich selbst. Sie hatte ihm nicht gefallen! In seinen Augen war sie keine Frau, sondern bestenfalls ein Kind. Und jetzt hatte er sie am Hals! Fast hätte sie vor Schmerz aufgeschrien, doch sie beherrschte sich und wandte lediglich den Blick ab.

»Ja«, sagte sie nach einer ganzen Weile. »Ja, du hast recht. Es war neblig.« Sie hatte zwar nicht bemerkt, daß der Nebel so schlimm gewesen war, doch wie hätte sie das auch feststellen können, nachdem sie sich ja nicht aus dem Haus gewagt hatte. Nein, sie mußte bei der Wahrheit bleiben, ganz so schlimm war es auch nicht gewesen. Schließlich hatte sie ja in jeder Minute mit Saints Rückkehr gerechnet. »Und wie geht es deinem Patienten?«

»Sie ist gestorben«, antwortete Saint einsilbig. »Da war jede Kunst am Ende.«

»Das tut mir aber leid!«

Er winkte ungeduldig ab. »Wie ich schon gesagt habe: im Grunde war es von Anfang an hoffnungslos. Ich gehe jetzt nach oben, aber es wird bestimmt nicht lang dauern.«

Während des Essens, das ausgezeichnet schmeckte, erwähnte Saint seine Fahrt nach Sausalito mit keinem Wort, denn er wollte Jules nicht mit Einzelheiten belästigen. Auch sonst war er ziemlich schweigsam, weil er nicht genau wußte, wie er mit ihr sprechen sollte. Erst bei einer Tasse Kaffee nahm er allen seinen Mut zusammen. »Jules, ich möchte mich bei dir ausdrücklich für mein Benehmen entschuldigen. Es tut mir sehr leid, daß das alles geschehen ist. Daß ich dich ...« Er brach abrupt an, als er sah, wie sie zurückzuckte. Als es Sekunden später an der Haustür klopfte, hätte er beinahe vor Erleichterung geseufzt.

Aber es war kein später Patient, sondern Brent Hammond. »Sie sind ein ausgemachter Esel, Saint!« Mit diesen Worten stürmte er ins Haus.

»Ich freue mich über Ihren Besuch, Brent. Kommen Sie herein! Darf ich Ihnen einen Drink anbieten.«

»Nein, danke. Ich möchte nur kurz mit Ihnen sprechen!« Als Brent Jules bemerkte, lächelte er ihr liebenswürdig zu. »Guten Abend!« Blaß sah sie aus, dachte er bei sich, aber das war ja nicht verwunderlich.

Jules nickte ebenso höflich und blickte Saint fragend an.

Doch Brent antwortete an seiner Stelle. »Ich muß nur ganz

kurz etwas mit Ihrem Mann besprechen, Jules. Hoffentlich macht Ihnen das nichts aus. Übrigens soll ich herzliche Grüße von Byrony bestellen.«

»Es macht mir ganz und gar nichts aus«, entgegnete Jules und ging nach oben. So einsam und allein hatte sie sich noch nie in ihrem Leben gefühlt. Sie haßte das ganze Haus, das Schlafzimmer, aber am allermeisten haßte sie im Augenblick den Spiegel, in dem sie ihr ganzes Elend bewundern konnte.

Nachdem die beiden Männer allein waren, ergriff Brent augenblicklich das Wort. »So, jetzt aber zu Ihnen, mein Freund. Ich habe mich mit Del unterhalten.«

Saint setzte sich aufs Sofa und verschränkte die Arme hinter dem Kopf. »Schießen Sie los, denn vermutlich werde ich Sie ja nicht aufhalten können... außer ich schlage Sie nieder! Ich bin gespannt, welchen Ratschlag Sie mir geben werden.«

Brent lächelte. »Sie sind ja wirklich liebenswürdig, Saint! Nein, nein, ich erteile Ihnen keinen Rat, sondern möchte Ihnen im Gegenteil etwas anbieten.«

»Ah! Der Himmel bewahre mich vor Freunden! Weshalb gehen Sie denn nicht einfach zu Ihrer wunderschönen Frau nach Hause und lassen mich mein Problem allein lösen?«

»Wenn ich mich recht erinnere«, entgegnete Brent völlig ungerührt, »dann haben Sie sich vor nicht allzulanger Zeit ausgiebig in meine Angelegenheit eingemischt.«

»Das war etwas ganz anderes!« protestierte Saint. »Sie haben sich damals ja wie ein Narr mit Scheuklappen benommen! Und die arme Byrony...«

»Das ist doch nun wirklich Schnee von gestern!« fiel ihm Brent ins Wort. »Heute jedenfalls bin ich dran!« Damit ließ er sich auf einem Stuhl nieder und sah Saint eindringlich an. »Als Arzt meiner Frau, der auch mein Kind zur Welt bringen wird, fühle ich mich Ihnen verpflichtet und möchte Ihnen deshalb einen Vorschlag machen. Ihre Frau braucht dringend Schutz, und ich kann Ihnen einen Beschützer anbieten. Er heißt Thackery, ist klug, stark und überaus loyal. Er ist einer der ehemaligen Sklaven von Wakehurst und nicht gerade unerfahren, was das Kämpfen angeht. Er wird hier wohnen, bis sich das Problem Wilkes in Luft aufgelöst hat, und er wird Ihre Frau begleiten, wenn Ihnen das nicht möglich ist. Er wird auf Schritt und Tritt um sie sein und ihr Leben schützen. Was sagen Sie zu meinem Vorschlag, Saint?«

Im ersten Moment hätte Saint Brent und seinen Thackery am liebsten zum Teufel gewünscht, doch dann überlegte er ganz nüchtern. Brent war ein guter Freund und hatte vollkommen recht. »Also gut, einverstanden«, erklärte Saint seufzend.

»Du lieber Himmel, die Ehe hat ja positiv gewirkt! Sie sind auf einmal viel vernünftiger und umgänglicher geworden! Natürlich habe ich Thackery gleich mitgebracht. Wollen Sie jetzt Jules rufen, damit wir sie miteinander bekannt machen können?«

»Das ist ein guter Vorschlag.« Saint erhob sich. Was Jules wohl zu einem Leibwächter sagen würde? »Ich werde sie holen.« Schon fast in der Halle drehte er sich noch einmal um. »Und übrigens vielen Dank, mein Lieber!«

»Es war mir ein Vergnügen, alter Freund!«

Jules bedachte Thackery mit ihrem schönsten Lächeln, denn sie wollte seine Aufmerksamkeit ein wenig ablenken. Das allerdings erwies sich als ziemlich schwierig. Eine ganze Woche lang begleitete er sie nun schon auf Schritt und Tritt, ganz gleich, was sie tat. Seine unübersehbare Größe wirkte auf Fremde abstoßend, doch alle Freunde waren zutiefst beruhigt. Sie selbst hatte sich inzwischen an ihren Beschützer gewöhnt und mochte ihn geradezu, aber heute mußte sie ihn trotzdem an der Nase herumführen.

Na, wunderbar! Das Modegeschäft von Monsieur David war dazu der geeignete Platz. »Ich möchte gern einige Kleider anprobieren, Thackery«, erklärte sie und deutete auf den Laden.

»Aber selbstverständlich, Mrs. Saint! Ich werde hier draußen auf Sie warten.«

Mrs. Saint! Sie hatte Thackery den Vorschlag gemacht, sie Jules zu nennen, doch er hatte nur gelächelt und war bei seiner Anrede geblieben. Jules nickte ihm zu und betrat in stolzer Haltung das Geschäft. Dort gab sie vor, an einer neuen Importsendung aus Frankreich interessiert zu sein, doch alle paar Minuten wanderte ihr Blick nach draußen. Verdammt! Dieser Thackery rührte sich aber auch keine Sekunde von der Stelle!

Jules sprach einige Sätze mit dem diensteifrigen Monsieur David und verließ daraufhin den Laden durch die Hintertür. Der

Waffenladen von Marcus Haverson war glücklicherweise nur einen Häuserblock weit entfernt. Morgens hatte Jules Geld aus Saints Schatulle entwendet. Nein, hatte sie sich selbst beruhigt, das war nicht weiter schlimm, denn schließlich war sie doch Mrs. Saint, oder etwa nicht?

Knapp zehn Minuten später war sie Besitzerin einer kleinen Pistole und noch einmal zehn Minuten später war Thackery endlich vom Warten erlöst.

Stirnrunzelnd besah er sich seine junge Herrin, die irgendwie verändert schien. Womit war das zu erklären, wo sie doch nicht einmal ein einziges Päckchen in der Hand trug? Jedenfalls war ihr Verhalten ungewöhnlich, und sein Mißtrauen war geweckt. Ihm gefiel diese grazile Person. In ihrer Gesellschaft war es nie langweilig. Allerdings hatte er den Eindruck, als ob sie unglücklich wäre. Ihm gegenüber hatte sie das jedoch noch nie durchblicken lassen. Im Gegenteil. Sie war immer äußerst charmant, redete gern und interessierte sich für alles, was sie sah und hörte. Während dieser einen Woche hatten sie viele Dinge unternommen und waren unter anderem sogar auf der Rennbahn gewesen. Dennoch...

In seinen Augen war es nur natürlich, daß sie sich vor diesem Wilkes fürchtete. Doch er wollte schon dafür sorgen, daß dieser Kerl sich nicht noch einmal an sie heranwagte. Aber diese Angst allein erklärte ihre Verfassung noch lange nicht, dachte Thakkery grübelnd. Da mußte noch irgend etwas anderes dahinterstecken, und das wollte er herausbekommen! Ihr Ehemann war ein feiner Mensch, und soweit Thackery das beurteilen konnte, behandelte er seine junge Frau so fürsorglich wie Mrs. Hammond ihr kostbares Dresdner Porzellan.

»Mir hat einfach nichts gefallen«, bemerkte Jules, was noch nicht einmal gelogen war. Thackerys mißtrauischer Blick machte sie so nervös, daß sie nicht mehr wußte, wo sie ihre Hände lassen sollte. Doch wenigstens sagte er kein Wort! Als ihr Blick zufällig auf die Waffe fiel, die in Thackerys Gürtel steckte, ging ihr auf, daß sie überhaupt nicht wußte, wie man mit Pistolen umging. Irgend jemand mußte sie also ins Vertrauen ziehen. Obwohl es schon später Nachmittag war, äußerte sie den Wunsch nach einem Spaziergang am Ozean. »Der Stall ist ja nicht weit von hier. Einverstanden?«

Thackery nickte nur, denn ihm wäre ein Besuch bei den Saxtons wesentlich lieber gewesen. Er war nämlich auf dem besten Weg, sich mit Lucas anzufreunden, und unterhielt sich mit ihm nur zu gern über die Goldsucher. Statt dessen mußte er nun Mrs. Saints Ausführungen über die komischen Stelzvögel über sich ergehen lassen, die überall am Strand herumspazierten. Er hörte nur mit halbem Ohr zu, denn er machte keine großen Unterschiede. Für ihn war ein Vogel ein Vogel.

An einer einsamen Stelle blieb Jules stehen und schnaufte einmal tief, bevor es aus ihr herausplatzte. »Ich habe vorhin eine Waffe gekauft und ich möchte, daß Sie mir beibringen, wie man damit umgeht.«

»Aha«, brummte Thackery mit einer gewissen Erleichterung, »das war es also!«

»Werden Sie mir helfen?« fragte Jules mit beschwörendem Blick.

Verlegen kratzte sich Thackery seinen wolligen Schädel. »Nein, Ma'am«, entschied er dann. »Ich beschütze Sie. Da brauchen Sie keine Waffe!«

»Wenn Sie es nicht tun, werde ich mich eben heimlich davonschleichen und es allein lernen! Wollen Sie dieses Risiko eingehen?«

»Man sollte Sie über das Knie legen, Mrs. Saint!« Dabei blickte er sanft auf sie hinunter. Jules versuchte, ihn mit Blicken einzuschüchtern, doch Thackery war hart im Nehmen. »Ich werde Dr. Saint davon berichten.«

»Das wird ihm höchst gleichgültig sein.«

Thackery wurde nachdenklich. »Und weshalb?«

Kummervoll blickte Jules zu ihm auf und sagte schließlich: »Ich bin ihm nur eine Last! Er hat mich vor Wilkes gerettet, und da mein Vater mich vor die Tür gesetzt hat, hat er mich geheiratet. Ich glaube, daß er es nur aus Ehrgefühl getan hat. Ihm ist es im Grunde gleich, was ich tue, solange ich ihm nur nicht auf die Nerven falle.«

Der schmerzvolle Unterton in ihrer Stimme verfehlte seinen Eindruck nicht, und Thackery konnte sich über seine Reaktion gar nicht genug wundern. Nur Gott und er wußten, was er Mr. Hammond verdankte, aber trotzdem hatte er geschworen, niemals mehr einem Weißen zu vertrauen. Erst Mrs. Saint hatte seine Überzeugung ins Wanken gebracht. Das arme kleine Ding! Als er noch Sklave war, wäre ihm nie in den Sinn gekommen, daß Weiße auch unglücklich sein konnten. Als Weißer besaß man seiner Überzeugung nach doch den Schlüssel zu allen Freuden dieser Erde! Natürlich war es möglich, daß das in Kalifornien anders war als in Mississippi. Er wußte, daß er jetzt etwas sagen mußte.

Doch er schob es hinaus. »Ich könnte Ihnen das kleine Ding einfach abnehmen.«

»Das versuchen Sie nur!« Sie runzelte unwillig die Brauen. »Dann werden Sie... mich aber kennenlernen!«

»Und was wollen Sie tun? Nein, Sie brauchen es gar nicht zu sagen, denn ich werde Ihnen ohnehin nicht helfen. Und damit Schluß!« Entschlossen übersah er die bittenden grünen Augen. Er wollte einfach nicht und war nach längerer Diskussion nicht dazu zu bewegen. Irgendwann resignierte Jules und war während des Rückwegs sehr schweigsam. Vor der Haustür verabschiedete sich Thackery mit folgenden Worten: »Ich gehe jetzt in den *Wild Star*, um Mr. Hammond zu treffen, und Sie verstecken das verdammte Ding. Verstanden?«

»Verstanden«, wiederholte Jules und stapfte die Treppe zur Haustür hinauf.

»Was machst du denn hier?« Jules war erstaunt, Thomas in der Halle zu treffen. »Daß man dich hier überhaupt noch einmal zu Gesicht bekommt!«

Thomas strahlte. »Ich bin nur schnell vorbeigekommen, um Lydia zu bitten, sich mit dem Abendessen große Mühe zu geben. Penelope wird unser Gast sein.«

Jules stöhnte. »Hast du sie inzwischen etwa erzogen?«

»Falls sie mit Erbsen nach dir wirft, werde ich ihr das Hinterteil versohlen!« Er grinste. »Übrigens hat Saint auch die Hammonds eingeladen. Um sieben. Einverstanden?«

Jules nickte. »Und wo steckt Michael?«

Thomas kratzte sich am Kopf. »Wenn ich es richtig verstanden habe, wollte er eine gewisse Mrs. Branigan besuchen.«

Jules schnappte nach Luft. Seine Geliebte! Nein, korrigierte sie sich gleich darauf. Seine ehemalige Geliebte! »Und weshalb?« Sie hatte die Frage noch nicht ganz ausgesprochen, als sie sie auch schon bereute.

»Woher soll ich denn das wissen, Schwesterchen! Er ist doch Arzt, oder nicht?«

Aber diesmal war Saint nicht als Arzt bei Jane. Er saß auf dem Sofa und balancierte eine Tasse Tee auf den Knien. Die Jungen waren endlich nach draußen verschwunden, und Jane irrte herum und schüttelte unnötigerweise die Kissen auf.

»Also, was gibt es?«

»Es geht um deine Frau, Saint.« Als sie das sagte, sah sie, wie er für Sekunden die Augen schloß und sich ein schmerzvoller Ausdruck über sein Gesicht legte.

»Was ist mit ihr?« Seine Stimme klang heiser.

»Joe hat sie heute in der Stadt gesehen. Sie hat im Waffengeschäft von Haverson eine Pistole gekauft. Ich dachte, daß ich dir das sagen müßte.«

Ungläubig starrte Saint Jane an. »Er hat sich bestimmt geirrt!« war sein erster Gedanke. »Was soll denn Jules mit einer Pistole? Thackery begleitet sie doch auf Schritt und Tritt!«

»Joe hat aber versichert, daß es wahr ist! Zuweilen prügelt sich mein kleiner Wilder, aber lügen tut er nicht. Und das weißt du auch.«

»Verdammt und zugenäht! Verzeih, Jane!« Er stellte die Tasse ab und stand auf. »Ich kann es einfach nicht glauben!« Mit zerfurchter Stirn ging er unruhig auf und ab.

»Außerdem solltest du vielleicht auch noch wissen«, fuhr Jane nach einiger Zeit fort, »daß sie vor einiger Zeit Maggie besucht hat. Das hat mir ein Kunde erzählt, als er seine Hemden abgeholt hat. Er hat sich gefragt, was die Frau von Saint Morris in einem Bordell verloren hat.«

»Scheiße!« sagte Saint. »Oh, es tut mir leid, Jane!«

»Offensichtlich gibt es in jedem Paradies auch eine Schlange«, bemerkte Jane.

Ja, dachte Saint, und diese Schlange ist meine Gier! Einen Moment lang reizte ihn dieser Gedanke zum Lachen. Eine sehr aufrechte Schlange, fürwahr! Sein Auflachen klang bitter.

Rasch trat Jane neben ihn und legte ihm die Hand auf die Schulter. »Es tut mir leid, Saint, aber ich mußte es dir doch sagen!« Sie bereute ihre sarkastische Bemerkung und wollte es wieder gutmachen. »Hör zu, Saint, wenn du dich aussprechen möchtest, werde ich dir jederzeit zuhören, ja?«

»Ich war mir ja von Anfang an darüber klar, daß es schwierig werden würde. Jetzt die Augen zu verschließen, nützt gar nichts. Nein, sag lieber nichts, Jane! Ich muß los, denn wir erwarten Penelope Stevenson zum Abendessen.«

»Viel Glück, Saint!« rief sie ihm leise nach, doch da war er längst gegangen.

Als er eine knappe Stunde später ins Schlafzimmer trat, planschte Jules glücklich und zufrieden wie ein Kind in der Wanne. Noch unter der Tür hielt er inne und überlegte sekundenlang, ob er sich wieder davonschleichen sollte, doch im selben Moment sah sie ihn und verstummte augenblicklich.

»Hallo, Jules!« Sein Ton war ein wenig gezwungen.

Jules fühlte, wie ihr die Röte ins Gesicht stieg und ließ sich ein Stück tiefer ins Wasser gleiten. Er kennt mich schließlich... ganz und gar. »Ich bin sofort fertig.«

Da beging Saint den großen Fehler und ließ seine Blicke von ihrem Gesicht über ihre milchweißen Schultern bis zum sanften Ansatz ihrer Brüste gleiten, und schon packte ihn wieder heftigstes Verlangen. Er schluckte heftig und zog sich zurück. »Ich warte unten. Ruf mich einfach, wenn du fertig bist, denn ich möchte ebenfalls baden.«

Offensichtlich verabscheute er sie so sehr, daß er es nicht einmal mit ihr in ein und demselben Raum aushielt! Sekundenlang war Jules in größter Versuchung, einfach aus dem Wasser zu springen und die Wanne über seinen Kopf auszuleeren! Doch sie beherrschte sich und nahm lieber Zuflucht zu einer häßlichen Bemerkung. »Es tut mir leid, daß du heute nachmittag noch weg mußtest! Was fehlt Mrs. Branigan denn?«

Wütend starrte er ihr in die Augen und dachte an alles, was sie ihm verschwiegen hatte. Und sie wagte es, ihm wie eine alte Hexe Vorwürfe wegen seines Besuchs bei Jane zu machen? War denn alles umsonst, was er gesagt hatte? Bisher hatte er angenommen, das sei alles längst geklärt! Vor Ärger wurden seine Augen ganz dunkel. »Jane fehlt überhaupt nichts. Schließlich besuche ich nicht nur Kranke!«

Jules hätte am liebsten laut geschrien, doch statt dessen preßte sie ihre Lippen ganz fest aufeinander und senkte den Kopf. Dann hörte sie nur noch, wie er schnaubend vor Wut aus dem Zimmer stürzte und die Tür hinter sich zuknallte.

»Er ist unglücklich«, flüsterte sie und haßte sich gleichzeitig für die Tränen, die ihr über die Wangen liefen. Wenigstens in dieser Beziehung haben wir etwas gemeinsam, dachte sie, denn ich bin es auch!

Penelope war bisher noch nie in Saints Haus gewesen, das nach ihren Maßstäben reichlich klein und mickrig wirkte. Aber da Saint der Schwager von Thomas war, nahm sie das in Kauf und beschloß, das Beste aus dem Besuch zu machen. Mit kühler Höflichkeit begrüßte sie ihren Gastgeber, doch Jules gegenüber war sie ein ganzes Stück freundlicher. Welch wildes rotes Haar, dachte sie und war gleichzeitig stolz auf ihre weichen, strohblonden Zöpfe.

»Ich freu' mich sehr über Ihren Besuch«, begrüßte Jules Penelope, doch insgeheim fragte sie sich, wie Thomas die häufigen Besuche bei ihr ertragen hatte. Mit dieser Stimme hätte man doch glatt den Wein kühlen können!

»Meine Eltern lassen herzlich grüßen, Dr. Morris.« Dabei neigte sie hoheitsvoll ihren langen, schlanken Hals.

»Möchtest du ein Glas Sherry, Pen?« erkundigte sich Thomas.

Jules beobachtete sehr genau, daß Thomas als einziger mit einem hinreißenden Lächeln bedacht wurde. Auch die Stimme klang plötzlich viel weicher. »Aber gern, Thomas! Wie aufmerksam.«

Saint hielt sich zurück, bis sich kurz darauf die Hammonds gutgelaunt zu ihnen gesellten. Byronys Bäuchlein hatte sich seit ihren letzten Zusammentreffen sichtlich gerundet, und ihr Teint schimmerte rosig und durchsichtig. »Täuschen mich meine Augen?« jubelte sie fröhlich. »Penelope! Wie nett. Jetzt wäre es schön, wenn die Saxtons auch noch kämen!«

Penelope war für Sekunden unsicher, doch als sie fühlte, wie Thomas ihren Arm drückte, zauberte sie ihr strahlendstes Lächeln hervor. »Hallo!« begrüßte sie die Neuankömmlinge. »Ich freue mich, Sie wiederzusehen. Mutter ist unverändert stolz auf die Summe, die sie für Ihre Sklaven zusammenbekommen hat, Mr. Hammond.«

»In Kalifornien gibt es keine Sklaven«, verbesserte Byrony sie freundlich.

»Du mußt noch viel mehr zuhören, Pen, und vielleicht gelegentlich die Zeitung lesen«, bemerkte Thomas. »Dort kannst du alle diese Dinge lernen.«

Brent Hammond verfolgte dieses Zwischenspiel mit gewissem Interesse und zog Saint unauffällig beiseite. »Ihr Schwager hat ja Ungeahntes erreicht! Ist sie in seiner Gegenwart eigentlich immer so zahm und friedlich?«

»Ja, offensichtlich geht er richtig mit ihr um. Jedenfalls sieht es so aus. Heute abend wird sie sich bestimmt zusammenreißen.«

»Und was macht Thackery?« fragte Brent dann unvermittelt.

»Ihm geht es gut«, antwortete Saint abwesend. Dabei ruhten seine Blicke so unverwandt auf Jules, daß Brents Augen unwillkürlich denen des Freundes folgten. Eine zauberhafte Frau, dachte Brent. Das dunkelgrüne Seidenkleid war ganz nach der Mode tief ausgeschnitten und betonte die Blässe der Haut vorteilhaft. Zur Abwechslung trug Jules die flammend roten Haare zu einem dicken Zopf hochgesteckt, so daß nur einige vorwitzige Löckchen ihr schmales Gesicht umrahmten.

»Bevor wir hereingekommen sind, habe ich kurz mit ihm gesprochen«, fuhr Brent fort. »Allerdings war er ziemlich einsilbig. Ich befürchte, daß er seine Loyalität auf Ihre Frau übertragen hat. Meiner Ansicht nach hat sie ihn längst in die Tasche gesteckt.«

Saint wollte nicht über dieses Thema reden, ja, er wollte nicht einmal daran denken. Jedenfalls nicht heute abend. »Wird es Byrony morgens eigentlich immer noch übel?« erkundigte er sich, um elegant das Thema zu wechseln.

Brent zuckte nur unmerklich mit den Brauen. »Nein, sie sagt, sie sei gesünder als ich. Allerdings sei sie auch dicker! Erwarten Sie etwa Probleme?«

Genau das tat Saint, doch er wollte Brent nicht vorzeitig ängstigen. Falls das Kind in diesem Tempo weiterwuchs, mußte Byrony wegen ihres engen Beckens unter Umständen mit Schwierigkeiten rechnen. Doch bis dahin war noch Zeit. »Nein, nein, es ist alles in bester Ordnung«, antwortete er statt dessen. »Ich möchte nur kurz vor der Geburt in ihrer Nähe sein.«

»Bis dahin werden wir uns in Wakeville häuslich eingerichtet haben. Jules und Sie werden dann unsere Gäste sein und können so lange bleiben, wie Sie wollen! Aber wird es denn nicht sehr umständlich für Sie sein?«

»Oh, nein! Ganz im Gegenteil, eher eine angenehme Abwechslung! Machen Sie sich darüber keine Gedanken, Brent!«

»Also gut. Übrigens hat Maggie mir erzählt, daß Jules...«

Saint hob die Hand. »Lassen Sie es gut sein, Brent! Ich habe es bereits erfahren und will morgen selbst mit Maggie sprechen. Aber jetzt wollen wir uns endlich zu den Damen und zu unserem kleinen Romantiker gesellen!«

Penelope war ehrlich überrascht, als sie feststellte, daß sie sich wider Erwarten amüsierte. Natürlich trug die Tatsache, daß Thomas unter dem Tisch immer wieder bedeutungsvoll ihre Hand drückte, zu ihrer Hochstimmung bei. Aber sie hätte trotzdem nicht erwartet, daß ein Essen in Gesellschaft eines Spielers, eines Arztes, einer Schwangeren und einer Frau aus Maui so lustig und unterhaltsam verlaufen könnte!

»... und dann hat Limpin' Willie dem Mann die hundert Dollar wieder in die Tasche gesteckt und ihn laufen lassen!« erzählte Saint. »Er hatte nämlich bemerkt, daß der Verband am Arm des Mannes von mir war. Und da hat er bereut, daß er ihn fertiggemacht hatte.« Er legte eine kleine Pause ein, bis sich das Gelächter wieder gelegt hatte.

»Sie sollten sich ganz ernsthaft als Bürgermeister von San Francisco bewerben, Saint!« meinte Byrony. »Bestimmt bekämen Sie mehr Stimmen als jeder andere Kandidat!«

Voller Eifer beugte sich Thomas vor. »Bitte, Saint, erzähle uns doch noch die Geschichte von Napoleon und seiner Erfahrung mit einem Laxans!«

»Vor den Damen, Thomas?«

»Was ist ein Laxans?« fragte Penelope.

»Das Gegenteil von einem Brechmittel«, erklärte Thomas und löste damit weiteres Gelächter aus.

»Thomas!«

»Ja, Penelope?«

So harmlos und unschuldig wie Thomas in diesem Augenblick hatte bestimmt auch seine Schwester dreingeschaut, als sie Thackery an der Nase herumführen wollte, dachte Saint. So mußte es gewesen sein! Den ganzen Abend über hatte sie noch kein Wort mit ihm gesprochen. Er sehnte den Augenblick herbei, wenn sie endlich allein waren! Dann wollte er sie schütteln und seinem Ärger Luft machen... Er wollte... Oh, nein, diese verdammte Begierde durfte ihn nicht immer wieder in Schwierigkeiten bringen! Niemals, niemals wieder!

Er lehnte sich zurück und tat, als ob er Brents Erzählungen über ihre Fortschritte in Wakeville lauschte. Doch in Wirklichkeit lag ihm nicht nur das Essen im Magen. Um sich abzulenken, trank er einen Schluck Wein und sah dabei zu Jules hinüber. Was sollte er nur machen? Er hatte ihr über die Maßen Schmerz zugefügt, doch das entschuldigte ihr Benehmen in keiner Weise! Außerdem mußte er dringend mit Thackery sprechen, damit er sie in Zukunft keine Sekunde mehr aus den Augen ließ.

»Michael?«

Wie aus tiefstem Nebel tauchte er auf. »Ja?«

»Wir Damen gehen hinüber in den Salon und trinken dort unseren Kaffee.«

Pflichtbewußt sprang er auf und zog ihr höflich den Stuhl zurück, doch sie würdigte ihn keines Blickes. »Wir werden bald nachkommen.«

Doch es dauerte noch einmal zwei Stunden, bis sie endlich allein waren. Zuvor hatte Brent mit fröhlicher Stimme verkündet, daß seine dicke Frau endlich Ruhe brauchte, was ihm einen kräftigen Rippenstoß von Byrony eingetragen hatte. Thomas erbot sich, Penelope nach Hause zu begleiten, und so verließen schließlich alle gemeinsam das Haus.

Nachdem sich die Haustür hinter ihnen geschlossen hatte, kam Saint ohne jede Vorrede direkt zur Sache. »Ich muß mit dir sprechen, Jules.«

»Ich bin aber müde!« erklärte sie und ging zur Tür. »Ich werde jetzt ins Bett gehen. Du erinnerst dich sicher, Michael, das große Möbel oben im Schlafzimmer. Gute Nacht!«

»Jules, bleib augenblicklich hier!«

Sie drehte sich um und kräuselte nur spöttisch die Lippen. »Ich denke nicht daran. Wie es aussieht, ist der Wohnraum inzwischen dein Schlafzimmer, und ich habe kein Interesse, mich ausgerechnet dort mit dir zu unterhalten.« Damit machte sie kehrt und lief die Treppe hinauf.

»Verdammt noch mal!« schimpfte er und stürmte hinter ihr her.

20. Kapitel

Der soll es nur wagen, mir nachzukommen, dachte Jules, während sie ins Schlafzimmer stürmte. Mitten im Raum machte sie auf dem Absatz kehrt und starrte gebannt zur Tür. Vielleicht sollte ich anfangen, mich auszuziehen... Das wäre zumindest das sicherste Mittel, um ihn aufzuhalten. Schon nestelte sie an den zahlreichen Knöpfen.

»Mach das ja nicht!« rief Saint, bevor er krachend die Tür hinter sich ins Schloß knallte. »Laß diese Knöpfe in Ruhe!«

»Warum denn?« Trotzig fummelte sie weiter daran herum. »Bin ich etwa so abstoßend? Ich dachte eigentlich, daß Ärzte an den Anblick nackter Frauen gewöhnt seien!«

»Ich möchte mit dir reden, und zwar angezogen!« Gar zu gern hätte er gewußt, welches Spielchen sie da trieb.

Jules setzte sich gehorsam auf den Stuhl vor ihrem Frisiertisch, faltete die Hände im Schoß und drehte Däumchen. »Ja?«

Wir waren einmal so gute Freunde, dachte Saint, während er wie gebannt auf sie hinunterstarrte und immer wütender wurde. Sie hat mir vertraut, mich... geliebt. Nein, gar nicht wahr, du Idiot! Sie hat dich geliebt, wie ein Kind seinen älteren Bruder liebt. »Weshalb hast du eine Pistole gekauft?«

Sekundenlang erwog sie, ob sich eine Lüge lohnte, doch gleich darauf verwarf sie den Gedanken. »Aha! Demnach kann ich nicht einmal Thackery vertrauen. Wann hat er es dir erzählt?« Ihre Stimme klang kühl.

»Er hat es mir nicht gesagt.«

»Und woher weißt du es dann?«

»Das ist völlig unwichtig. Wo hast du sie?«

Als sie ihn nur störrisch anstarrte, griff er nach ihrem Beutel, der auf dem Frisiertisch lag, und durchwühlte ihn. Mit zusammengepreßten Lippen beobachtete sie ihn schweigend.

Aber er fand keine Waffe. »Wo ist sie, Jules?«

Jetzt erschien ihr eine Lüge angebracht, denn er hatte das so ruhig gefragt, daß sie Angst bekam. Wenn sie weiter schwieg, würde er zweifellos das ganze Zimmer auf den Kopf stellen. »Ich habe inzwischen eingesehen, daß Thackery recht hat. Ich brauche keine Pistole, dann dazu ist er ja da.«

Abrupt hielt Saint inne und wandte sich ihr betont langsam zu. »Sagst du mir auch die Wahrheit?«

Schnippisch zuckte sie die Achseln. »Weshalb sollte ich lügen? Ich habe dir doch gesagt, daß ich es eingesehen habe. Außerdem ist so ein Ding ziemlich nutzlos, wenn man keine Ahnung hat, wie man damit umgeht.«

»Nun gut. Verrätst du mir auch, was du mit der Pistole gemacht hast?«

Ohne mit der Wimper zu zucken, hielt sie seinem durchdringenden Blick stand. »Ich habe sie heute nachmittag ins Meer geworfen.« Dann senkte sie die Augen, denn sie war keine gute Lügnerin.

»Du weißt, daß ich nur Thackery fragen muß. Falls ich entdekken sollte, daß du mich belogen hast, werde ich dir den Hintern versohlen!«

Schweigend drehte Jules weiter Däumchen.

»Vielleicht sollte ich Thackery tatsächlich eine Leine kaufen, und zwar eine kurze!«

Jules zuckte die Achseln und hielt den Blick auf ihren Schoß gerichtet.

Doch Saint war noch nicht fertig. »Außerdem habe ich gehört«, fuhr er nach einer kleinen Pause fort, »daß du vor einigen Tagen Maggie besucht hat. Nein, keine Diskussion darüber, woher ich das weiß! Ich habe es rein zufällig erfahren. Würdest du mir vielleicht erklären, was du in einem Bordell verloren hast?«

»Ich wollte Maggie kennenlernen. Chauncey Saxton hat mir von ihr vorgeschwärmt.«

»Sie führt ein Bordell! In diesem Fall ist es völlig uninteressant, ob jemand nett ist oder nicht! Wenn du sie treffen möchtest, dann mußt du sie schon hierher nach Hause einladen. Verstanden?«

»Hierher wird sie nicht kommen.«

»Tja, damit erledigt sich der Fall von selbst!«

»Nein!«

»Wie bitte?«

»Ich werde tun, was ich für richtig halte«, erklärte sie mit leiser, sehr sanfter Stimme. »Und damit Schluß!«

»Hör mir zu, mein Schatz...« Er brach ab, denn er wußte, daß keines seiner Worte irgend etwas ändern würde. Er wußte ja, daß sie dickköpfig war, aber in welchem Maße hatte er sich bisher noch nicht vorstellen können. Sie verachtete ihn so gründlich! Also weshalb sollte sie sich um das kümmern, was er dachte? Er mußte wieder an die arme Victoria und ihren mißhandelten Körper denken. Der Himmel wußte, wie sehr er dieses Gewerbe haßte! »Vor einigen Monaten wurde ich von Maggie gerufen, weil eines ihrer Mädchen schrecklich mißhandelt worden war. Sie war so verletzt, daß ich sie sogar nähen mußte.« Er brachte es nicht fertig, weiter in Einzelheiten zu gehen.

»Und weshalb erzählst du mir das alles? Natürlich ist das entsetzlich, aber was hat die Geschichte mit mir zu tun?«

Er runzelte die Brauen. »Das weiß ich eigentlich auch nicht. Ich will nur sagen, daß ich dir keinesfalls weh tun möchte.«

»Und weshalb hast du dann Jane Branigan besucht?«

»Sie wollte lediglich mit mir sprechen. Das war alles.«

»Und worüber?«

»Das ist nicht weiter wichtig.«

»Wirst du heute nacht hier schlafen?«

»Du bist vielleicht sprunghaft!« Unvermittelt hatte ihn wieder heftiges Begehren gepackt. »Nein, ich schlafe unten. Ich erwarte noch einen Patienten.« Das war zwar eine Lüge, doch welche Ausrede hätte er sonst gehabt? *Ich kann unmöglich hier schlafen! Ich würde dir das Nachthemd herunterreißen und dich einfach lieben! Aber diesmal würdest du mich wahrscheinlich nicht darum bitten, denn seit du weißt...*

»Dann wünsche ich dir eine gute Nacht!«

Wortlos nickte er und wandte sich zum Gehen.

»Du brauchst nicht besonders leise zu sein, wenn du zu Jane Branigan gehst!« rief sie ihm nach. »Ich habe einen tiefen Schlaf.«

Die Muskeln an seinem Kinn zuckten. »Gute Nacht, Jules!« Damit verließ er das Zimmer.

Etwa fünfzehn Minuten später hörte Jules, wie die Haustür geöffnet und kurz darauf geschlossen wurde. Rasch löschte sie das Licht, warf sich auf ihr Bett und fluchte in die Kissen.

Es war nur noch eine Woche bis Weihnachten, und die Tage waren merklich kürzer geworden. Um kurz nach vier Uhr mußte

Jules bereits ans Fenster treten, um Sarahs Brief besser entziffern zu können. Er war in kühlem, fast spöttischem Ton geschrieben und berichtete von ihrer Hochzeit mit Tory Dickerson, einem Pflanzer aus Oahu. »Ich freue mich für Sarah«, sagte Jules zu sich selbst. »Hoffentlich wird sie wenigstens ein bißchen glücklich.« Mit diesen Worten faltete sie den Brief zusammen. Dann trug sie ihn nach oben und legte ihn Thomas aufs Kopfkissen.
war allein zu Hause, da Lydia bereits vor einer Stunde fortgegangen war, um Weihnachtseinkäufe zu machen. Langsam wanderte sie durch alle Räume und betrat auch kurz Michaels Behandlungszimmer. Zwei Glasschränke, ein Schreibtisch und zwei Stühle bildeten die ganze Einrichtung und außerdem natürlich die Liege, wo er seine Patienten verarztete. Ohne besonderes Interesse blickte sie durch die Glasscheiben und las laut einige der Etiketten. Saint war schon vor Stunden zu David Broderick gerufen worden, da sich dieser vermutlich einen Beinbruch zugezogen hatte.

Irgendwann hatte sie jedoch genug. Sie verließ das Behandlungszimmer, zog ihren Mantel über und verstaute die geladene Pistole in ihrem Beutel. Als sie aus der Haustür trat, sah sie sich nach Thackery um, doch ganz offensichtlich war er tatsächlich zu Lucas gegangen. Sie hatte ihm nämlich mittags bereits gesagt, daß sie nicht mehr ausgehen wollte. Nun, dieses eine Mal konnte sie genausogut selbst auf sich aufpassen!

Sie hatte es sich in den Kopf gesetzt, Maggie aufzusuchen, die um diese Tageszeit noch nicht allzu beschäftigt war. Mit gerunzelter Stirn ging sie die Kerry Street entlang. Wo stecken Sie denn, Mr. Jameson Wilkes? dachte sie. Ich bin keine Jungrau mehr und würde jetzt gern Ihr Gesicht sehen! Als sie merkte, daß alle Männer auf der Straße ihr nachsahen, reckte sie ihre Nase in die Luft und bemühte sich, die Pfiffe und Bemerkungen zu überhören.

Kurz vor dem Portsmouth Square hörte sie plötzlich einen Ausruf des Erstaunens hinter sich. »Du lieber Himmel, Jules! Sehe ich richtig?«

Langsam wandte sie sich um. »Hallo, Brent!« grüßte sie höflich. »Wie geht es Ihnen? Zur Zeit wird es schrecklich früh dunkel, nicht wahr? Aber wenigstens gibt es im Winter keinen Nebel. Jedenfalls hat Michael das behauptet. Wie geht es Byrony?«

»Was, zum Teufel, machen Sie hier in dieser Gegend?« Brent musterte sie mißtrauisch, weil er Thackery nirgends entdecken konnte.

»Ich bin auf dem Weg zu Maggie.«

»Den Teufel werden Sie tun!«

»Das ist aber kein sehr vornehmer Umgangston, Sir! Und ganz nebenbei geht es Sie überhaupt nichts an. Wenn Sie erlauben, möchte ich mich jetzt verabschieden...«

»Halt, Jules! Weiß Saint, was Sie vorhaben?«

»Was ich vorhabe?« Herablassend musterte Jules ihr Gegenüber. »Ich bin ein freier Mensch, Mr. Hammond. Und ich besuche, wen immer ich will! Genau wie das Ihren früheren Sklaven jetzt auch gestattet ist! Guten Tag, Sir!«

Brent knirschte ärgerlich mit den Zähnen. Doch nur Augenblicke später setzte er sein charmantestes Lächeln auf. »Nun gut, dann erlauben Sie mir wenigstens, Sie bis zu Maggie zu begleiten.«

Dem hatte Jules nichts entgegenzusetzen, und so stimmte sie schließlich zu. Brent nahm ihren Arm und führte sie durch eine schmale Gasse zum Hintereingang des *Wild Star*. Als sie die Treppe hinaufgestiegen waren, dirigierte er Jules nach links.

»Aber, Brent! Zu Maggie geht es doch...«

»Soviel ich weiß, ist Maggie gerade bei meiner Frau«, beruhigte Brent sie geschickt. »Kommen Sie nur!«

Natürlich befand sich Maggie nicht in der Wohnung der Hammonds. Byrony saß allein vor dem Kamin und las. Überrascht sah sie auf, doch dann begrüßte sie Jules aufs herzlichste und lud sie spontan zu einer Tasse Tee ein.

Nach den üblichen Höflichkeiten wandte sich Brent an seine Frau. »Ich werde bald wieder zurück sein, Liebes. In der Zwischenzeit könnt ihr euch ja ein wenig unterhalten.«

»Wie reizend! Aber gönne uns wenigstens eine Stunde, Brent!«

Jules befand sich in der Zwickmühle. Sie hatte von Maggie etwas über Saint in Erfahrung bringen wollen, doch wie sollte sie das Byrony erklären? Sie mußte wohl oder übel bleiben und schenkte Brent ein gezwungenes Lächeln.

»In Ordnung«, sagte dieser nur. »Bis später, meine Damen.«

Er erwischte Saint gerade, als dieser nach seinem Besuch bei den Brodericks ins Haus gehen wollte. »Gut, daß ich Sie treffe, Saint.« Und dann erkundigte er sich ganz unverbindlich: »Wissen Sie, wo sich Ihre Frau in diesem Augenblick befindet?«

Saint deutete aufs Haus, doch als er nirgendwo Licht in den Fenstern sah, runzelte er die Stirn und stutzte. »Also, heraus mit der Sprache, Brent!« Seine Stimme hatte einen resignierten Unterton. »Wo steckt sie? Was hat sie diesmal angestellt?«

»Keine Angst, sie befindet sich augenblicklich bei meiner Frau. Als ich sie vorhin zufällig getroffen habe, war sie auf dem Weg zu Maggie. Mit ein wenig Fantasie ist es mir gelungen, sie zu Byrony zu lotsen.«

»Verdammt!« entfuhr es Saint.

»Das kann man wohl sagen! Darf ich fragen, wo Thackery steckt? Ihre Frau war ganz allein unterwegs und wurde natürlich von allen Seiten angesprochen!«

»Höchstwahrscheinlich hat sie ihn belogen. Wenn Thackery das hört, wird er einen Anfall bekommen!«

»Und wie steht es mit Ihnen, Saint?«

»Ich halte nichts von derartigen Ausbrüchen.«

»Tatsächlich nicht? Dabei hat Ihnen diese Ehe doch eine Menge Schwierigkeiten und Durcheinander eingebracht! Ähnlich wie mir. Natürlich weiß ich nicht genau, was eigentlich los ist, doch falls Sie mit mir darüber reden wollen, Saint...«

»Wozu sollte das gut sein?« Saint seufzte. »Ich bedanke mich jedenfalls, daß Sie meiner Frau geholfen haben. Ganz offensichtlich kann ich ja wohl nicht mit ihr umgehen!«

Brent musterte den Freund eindringlich. »Vielleicht sollten Sie sie einmal übers Knie legen«, scherzte er.

Saint lachte. »Allmählich glaube ich das auch! Jetzt will ich mich aber auf die Socken machen und meine Frau abholen. Ich danke Ihnen noch einmal ganz ausdrücklich!«

Als er sich gerade auf den Weg machen wollte, kehrten Thomas und Thackery lachend nach Hause zurück.

»Hallo, Saint!« begrüßte ihn Thomas. »Was ist denn hier los? Das Haus ist ja stockfinster.«

Thackery war die Ruhe selbst. »Sagen Sie mir, wo sie ist, Dr. Saint. Ich hole sie.«

Vermutlich war es klüger, wenn Thackery das übernahm, dachte Saint. »Sie ist bei den Hammonds, über dem *Wild Star*.«

Thackery nickte nur und war bereits unterwegs, als Saint sich an seinen Schwager wandte. »Lydia müßte auch jeden Augenblick zurückkommen. Hunger, Thomas?«

»Und wie!« Dann lachte er unvermittelt. »Heute abend werde ich die liebe Penelope nicht treffen. Sie hat mir etwas vorgeschlagen, und da habe ich... nun, ich habe ihr empfohlen, sich an ihre gute Erziehung zu erinnern.«

»Ach, du lieber Himmel!« entfuhr es Saint, während sie das Haus betraten. »Was hat sie denn nur von dir gewollt?«

Thomas sagte einige Augenblicke lang gar nichts und sah nur nachdenklich drein, während Saint überall im Wohnraum die Lampen anzündete. Dann legte er seinen Mantel ab. Müde sieht er aus, dachte Thomas. Was machte seine verdammte kleine Schwester nur wieder für Sachen?

»Einen Drink, Thomas?«

Er nickte. »Ja, gern. Einen Sherry, bitte!«

Einige Minuten lang entspannten sich die beiden Männer schweigend, doch dann kam Saint auf ihr Gespräch zurück. »Was hat die Kleine denn von dir gewollt?«

Als Thomas Saint zuzwinkerte, stellte dieser wieder einmal voller Verblüffung fest, wie ähnlich die beiden Geschwister einander doch waren.

»Sie wollte, daß ich sie liebe.«

»Penelope? Du lieber Himmel!«

Thomas griente glücklich. »Ich finde sie natürlich höchst begehrenswert.«

Darauf wußte Saint keine Antwort.

»Sie möchte mich heiraten. Aber da ich ihr immerfort entwische, wollte sie mich wohl festnageln. Ich habe abgelehnt und ihr gesagt, daß ich heute abend eine Frau lieben werde, die nichts von mir erwartet. Anfangs habe ich geglaubt, daß sie überschnappen würde!«

Saint schüttelte nur den Kopf. »Die männliche Bevölkerung von San Francisco wird den Hut vor dir ziehen!«

Thomas beugte sich ein wenig nach vorn und blickte nachdenklich in sein Glas. »Bunker möchte gern, daß ich bei ihm in der Gießerei arbeite. Ich bin mir jedoch nicht sicher, ob das meinen Wünschen entspricht.«

»Und was sollst du machen?«

Thomas zuckte die Achseln. »Eine Arbeit im Büro. Natürlich müßte ich ganz klein anfangen. Aber es gefällt mir nicht, daß ich für meinen Schwiegervater arbeiten soll.«

»In dieser Beziehung bin ich ganz deiner Meinung.«

»Eigentlich möchte ich nach wie vor Arzt werden.«

Saint lehnte sich zurück und faltete die Hände hinter dem Kopf. »Ich denke, diese Entscheidung mußt du ganz allein treffen, lieber Thomas. Für den Anfang könntest du mir assistieren und eine Menge lernen. Und wenn du, sagen wir einmal in sechs Wochen, deine Meinung nicht geändert hast, kannst du anschließend zur Ausbildung nach Boston oder New York gehen.«

Die beiden Männer diskutierten das Für und Wider noch eine ganze Weile, bis sie schließlich Lydia zurückkommen hörten. Als sie kurz darauf auch Jules' Stimme vernahmen, beobachtete Thomas, wie Saints Züge hart wurden und seine Augen auf einmal glitzerten.

Rasch stand er auf. »Ich muß jetzt gehen, denn ich habe noch eine Verabredung mit Morton David. Er ist ein sehr interessierter Mann und außerdem Schauspieler. Du weißt schon, Shakespeare und all diese Sachen!« Unter dem Türrahmen drehte er sich noch einmal um und wünschte seinem Schwager viel Glück. Saint konnte hören, wie Thomas seine Schwester draußen in der Halle ein wenig ungnädig begrüßte. »Du siehst ja schrecklich aus, Jules! Geh erst einmal nach oben und kämm deine Haare!«

Jules wußte sehr genau, daß Michael im Wohnraum auf sie wartete, und war richtiggehend froh über diesen Ausweg. Sie blieb im Schlafzimmer, bis Lydia das Haus verlassen hatte. Als Saint sie schließlich zum Essen rief, gab es allerdings keine Ausrede mehr. Sie nahm auf ihrem Stuhl Platz, und während Saint ihr die Schüsseln reichte, fiel kein einziges Wort.

»Ich nehme an, du hattest einen schönen Nachmittag«, stellte er nach den ersten Bissen fest.

»Na ja, das nun nicht gerade!«

»Tatsächlich? Hat die Unterhaltung mit Byrony dich etwa gelangweilt?«

»Nein, ganz und gar nicht. Sie war reizend wie immer. Ich soll dich fragen, ob sie morgen zur Untersuchung kommen kann.«

Saint nickte. »Aber selbstverständlich.«

Daß er nicht wütend war, irritierte sie, und so übernahm sie die Initiative. »Michael, ich langweile mich! Ich kann doch nicht den ganzen Tag nur herumsitzen und Däumchen drehen!«

»Na gut, dann werde ich Lydia entlassen und du übernimmst ihre Pflichten.« Das wird ihr den Mund stopfen, dachte Saint, doch der Erfolg war nicht von langer Dauer.

»Als Haushälterin bin ich dir offenbar gerade recht!«

»Was möchtest du denn sonst tun?«

»Würdest du mir auch denselben Lohn zahlen, wie Lydia ihn bekommt?«

Geschickt, dachte Saint anerkennend. »Höchstwahrscheinlich nicht, denn du hast weder ihre Fähigkeiten noch die nötige Übung.« Er lehnte sich zurück und beobachtete sie, denn mit diesem Argument hatte er ihr einen Strich durch die Rechnung gemacht.

»Denkst du, daß ich mich vor der Arbeit fürchte?«

»Meiner Meinung fürchtest du dich vor gar nichts, und genau das ist die Schwierigkeit!«

Doch, sie fürchtete sich, und zwar vor mehr Dingen, als er sich vielleicht vorstellen konnte! Aber weshalb war er nicht wütend, weshalb schimpfte und schrie er nicht, daß sie zu Maggie hatte gehen wollen. »Bist du böse mit mir?«

Er nickte. »Natürlich!«

Und weshalb sagte er ihr dann nicht die Meinung? Sie wußte nicht, was sie sagen sollte, und sah nur zu, wie er aufstand und sich die obersten Hemdknöpfe öffnete. Als sie dabei einige Haare auf seiner Brust erspähte, ging es ihr durch und durch. Voller Sehnsucht betrachtete sie seinen schönen Körper, doch dann schämte sie sich. Er liebte sie nicht, ja er mochte sie nicht einmal mehr, weil sie ihm nichts als Schwierigkeiten machte!

»Ich werde noch ausgehen«, erklärte er und fügte dann mit einem bedauernden Lächeln hinzu. »Thackery wird hierbleiben.«

»Demnach habe ich jetzt einen Gefängniswärter! Grüße Mrs. Branigan von mir!«

Nach einer kurzen Pause beschied er sie kühl: »Das möchte ich nicht mehr hören! Jane ist eine wunderbare Frau, die ich bewundere und verehre. Mehr nicht.«

Statt einer Antwort senkte Jules nur den Kopf und schwieg.

21. Kapitel

Der Januar ist ein trübsinniger Monat, dachte Jules, während sie ihren Mantel enger um sich zog. Nebel und kalter Nieselregen ließen sie erschauern, und dabei mußte sie unablässig an Maui denken. Im Geist lief sie am Strand entlang und genoß das Streicheln des warmen Windes auf ihrem Gesicht und in den Haaren. Ob sie sich jemals an dieses scheußliche Klima gewöhnen würde? Sie schüttelte den Kopf, als sie daran dachte, daß sie jetzt genausogut im fernen Toronto sitzen könnte.

Wieder einmal war es ihr gelungen, Thackery loszuwerden. Innerhalb der letzten Wochen hatte sie es einige Male geschafft, und auch heute war sie wieder auf der Jagd. Der Gedanke, daß auch sie selbst gejagt wurde, machte die Sache nur noch aufregender. Irgendwo in dieser Stadt lauerte Wilkes auf sie, und umgekehrt war sie auf der Suche nach ihm. Sie wußte, daß es so war, und konnte seine Gegenwart geradezu körperlich spüren. Während ihre Blicke unruhig umherschweiften, dachte sie darüber nach, daß er inzwischen eigentlich zum Mittelpunkt ihres Lebens geworden war. Es hörte sich seltsam und fast unglaublich an, doch es war die Wahrheit. Er war augenblicklich ihr einziger Lebensinhalt.

Weder Lydia noch Thomas war verborgen geblieben, daß Michael im Wohnzimmer nächtigte. Lydia war diskret darüber hinweggegangen, doch Thomas war nicht so zurückhaltend gewesen. Er hatte sogar entsetzt und wütend reagiert. »Was, zum Teufel, ist denn los, Jules?«

Sie hatte ihn nur angesehen und anfangs nicht einmal verstanden, wovon die Rede gewesen war. »Ich rede von Saint, mit dem du ja bekanntlich verheiratet bist, Schwesterlein! Zu meinem Kummer muß ich feststellen, daß der Besitzer dieses Hauses wie ein Gast im Wohnzimmer schlafen muß! Was ist los?«

»Nichts.«

Ihre klägliche Stimme hatte ihn zur Besinnung gebracht, und er war sofort ein ganzes Stück freundlicher geworden. »Ich weiß, daß zwischen euch nicht alles in Ordnung ist, Jules. Aber weshalb darf er denn nicht einmal in seinem eigenen Bett schlafen?«

»Er möchte es ja nicht.«

»Das erzählst du mir nicht!« erklärte Thomas. »Du bist doch schließlich keine Mißgeburt. Ich verstehe die ganze Sache nicht!«

»Das ist alles ganz einfach, mein lieber Bruder. Michael wollte mich anfangs überhaupt nicht heiraten und wurde, wie du dich bestimmt erinnerst, durch die Umstände dazu gezwungen. Mit mir zu schlafen, interessiert ihn ganz und gar nicht.« Das war zwar nicht ganz richtig, aber schließlich ging Thomas die ganze Sache auch nichts ab.

Thomas hatte voller Entsetzen reagiert. »Hat er etwa noch nie mit dir geschlafen?«

»Nur einmal, aber offenbar war das mehr als genug. Tja, Thomas, können wir das Thema jetzt beenden?«

Als er die Tränen in ihren Augen gesehen hatte, hatte er sie nur wortlos in die Arme genommen und an sich gedrückt. »Das ist nicht in Ordnung, Kleines.« Dabei hatte er ihr sanft über die Haare gestrichen. »Es tut mir sehr leid, Jules. Nach allem, was dir zugestoßen ist... Ich wüßte gern, ob ich dir irgendwie helfen kann?«

Sie hatte nur den Kopf geschüttelt. »Mach Michael deshalb bitte keinen Vorwurf, Thomas. Er hat es nicht verdient, denn es ist nicht seine Schuld. Er ist gestraft genug und bemüht sich, das Beste daraus zu machen.«

Aber Thomas hatte dennoch gewußt, was er tun konnte. Zwei Tage später hatte er seine Sachen gepackt und war ausgezogen. In einem kurzen Brief hatte er seiner Schwester klargemacht, daß er endlich auf eigenen Füßen stehen müßte, und ihr herzlich für ihre Gastfreundschaft gedankt.

Eine Woche lang war er nun schon fort, dachte Jules mit leisem Bedauern, während ihre Augen die Dunkelheit zu durchdringen suchen. Nein, was sie für einen Mann gehalten hatte, war nur ein Schatten gewesen. Noch am selben Tag hatte sie ihre Sachen in das kleine Zimmer zurückgeräumt, und seitdem lebten sie beide wieder hinter dieser undurchdringlichen Mauer aus höflicher Gleichgültigkeit.

Diese Stimme! Jules erschauerte unwillkürlich. Das war Wilkes, kein Zweifel! Nervös umklammerte sie den Griff ihrer kleinen Pistole und konnte vor Aufregung kaum mehr atmen. Na endlich! Plötzlich glitzerten ihre Augen, und ihr Finger schloß sich um den Abzug der Waffe.

Aber es war nicht Wilkes. Es war ein Unbekannter in einem schäbigen, verdreckten Anzug, und er war ziemlich betrunken. »Na, Kleine«, rief er freundlich und stolperte mit unsicheren Schritten auf sie zu. »Meine Anna hatte auch so rotes Haar! Wie Feuer!«

»Lassen Sie mich in Ruhe!« Jules trat unwillkürlich einen Schritt zurück.

»Anna?« Sein Blick war reichlich verschwommen, und seine Stimme zitterte unsicher.

»Nein, ich bin nicht Anna!« Energisch drängte sich Jules an ihm vorbei, doch als sie ein Wimmern hinter sich vernahm, drehte sie sich vor lauter Mitleid noch einmal um. Im selben Augenblick packen zwei energische Hände ihre Schultern und wirbelten sie herum. Dieser Mann war weder betrunken noch zerlumpt, und seine Augen strahlten angesichts der unverhofften Überraschung.

»Sieh an, was für ein netter Käfer! Und hübsch dazu! Wieviel?«

»Sie verwechseln mich! Ich bin keine Hure!« Schmerzhaft klopfte ihr das Herz bis zum Hals. »Lassen Sie mich in Ruhe!«

»Wieviel?« wiederholte der Mann seine Frage.

Wie gebannt starrte Jules auf den einen Goldzahn, der in der Dunkelheit aufblitzte.

»Ich habe Geld genug, mein Kind. Du bist viel zu hübsch, um dich laufen zu lassen! Los, komm mit!«

»Lassen Sie mich los!« fauchte Jules und versuchte, ihn wegzudrücken, ohne dabei die Pistole loszulassen.

»Es ist schon fast dunkel«, flüsterte der Mann heiser und packte Jules fester. »In der kleinen Gasse dort drüben ist kein Mensch. Magst du es auch im Stehen? Allerdings zahle ich dafür nicht soviel wie im Bett! Los, komm jetzt!«

Wieder versuchte Jules, ihn wegzudrängen, doch er war viel zu kräftig. Er hielt ihr den Mund zu und zerrte sie rückwärts zu der kleinen dunklen Gasse hinüber.

»Zappel doch nicht so! Keine Angst, du bekommst schon dein Geld! Es wird dir bestimmt gefallen!«

Entsetzliche Angst packte Jules. Er war schrecklich stark!

Worauf hatte sie sich da nur eingelassen! Ihr Herz hämmerte zum Zerspringen, und ihr Mund war wie ausgetrocknet. Er war drauf und dran, sie zu vergewaltigen! Schon fühlte sie feuchte Küsse auf ihrem Gesicht, gleichzeitig wurde ihr Mantel auseinandergezerrt und gierige Finger tasteten nach ihrer Brust.

»Hören Sie sofort auf!« schrie sie, doch schon grapschte er nach ihren Brüsten, knetete sie und drückte ihren Körper rückwärts gegen eine Backsteinmauer.

»Halt doch endlich still!« schimpfte der Mann.

Als er die Hand von ihrem Mund nahm, schrie sie einmal gellend auf, doch als sie fühlte, wie ihr Rock hochgeschoben wurde, versagte ihr die Stimme vor Entsetzen. Sie erwachte erst wieder, als die Finger an ihrer Unterwäsche fummelten. Wie eine Wilde schlug sie auf den Mann ein und traf ihn dabei mit der kleinen Pistole an der Schläfe.

Er zuckte zurück. »Du verdammte Hexe! Was soll das?« fuhr er sie an. »Du bist schließlich...« Die Stimme versagte ihm, als sein Blick auf die Pistole fiel. Rasch packte er ihr Handgelenk, und es kam zu einem kleinen Handgemenge, weil Jules die Waffe nicht loslassen wollte. Im selben Augenblick krachte es.

Entgeistert sah Jules, wie der Mann zurücktaumelte und dabei seine Schulter umklammerte. Blut sickerte zwischen seinen Fingern hervor, und er starrte sie ungläubig an. Hastig ließ sie die Waffe in ihren Beutel gleiten und sackte atemlos gegen die Wand.

»Mrs. Saint! Was zum Teufel...« Thackery, der durch ihren Schrei glücklich ihre Spur wiedergefunden hatte, stürmte in die kleine Gasse. »Du lieber Himmel!« flüsterte er, als er sah, was geschehen war. »Sie haben ihn angeschossen!«

»Er dachte, ich sei eine Hure!« Jules war plötzlich völlig ruhig.

Zu ruhig, wie Thackery fand, außerdem war sie leichenblaß. »Was haben Sie denn erwartet? Sie laufen ganz allein herum! Das ist doch herausfordernd... Verdammt!« Er bückte sich zu dem stöhnenden Mann hinunter und zerrte ihn hoch. »Holen Sie einen Wagen, Mrs. Saint!«

Jules lief auf die Straße hinaus und hielt den erstbesten Bierwagen an. Es kostete sie alles Geld, was sie bei sich hatte, um den Mann zu überzeugen, sie alle nach Hause zu fahren. Lydia stieß einen kleinen Entsetzensschrei aus, als sie die Tür öffnete.

»Holen Sie Dr. Saint!« befahl Thackery und trug den Mann auf schnellstem Weg ins Behandlungszimmer.

Saint war gerade dabei, das Bein eines Bergmanns zu verbinden. »So, Lewis, das war es für ...« Er brach ab, als plötzlich die Tür aufging und Thackery hereinstürmte. »Bis morgen, Lewis!« Blitzschnell hatte er die Situation erfaßt und Thackery bedeutet, den Mann auf den Tisch zu legen.

Ohne ein weiteres Wort widmete er dann seine ganze Aufmerksamkeit dem verwundeten Mann. Das Geschoß hatte die Schulter ziemlich weit oben getroffen und glücklicherweise glatt durchschlagen. Stöhnend wehrte sich der Mann gegen die Untersuchung. »Halten Sie ihn fest, Thackery!«

»Die verdammte kleine Hure hat mich angeschossen!« knurrte der Mann. Dabei starrte er mit schmerzverzerrtem Gesicht zu Saint empor. »Weshalb hat sie das nur gemacht? Ich habe doch gesagt, daß ich bezahlen will! Und ich bin kein Lügner!«

»Vielleicht mag sie keine braunen Augen«, meinte Saint lakonisch, ohne seine Arbeit zu unterbrechen. »Halten Sie still! Sie werden es schon überleben!«

»Sie hat mich einfach angeschossen!« Der Mann war zutiefst schockiert und konnte es immer noch nicht glauben.

Nachdem Saint die Blutung gestillt hatte, reinigte er die Wunde, bestreute sie mit einem desinfizierenden Puder und legte dann den Verband an. »In ungefähr einer Woche sind Sie wieder wie neu!«

Der Mann schien ihn kaum gehört zu haben. »Wissen Sie, wer er ist?« erkundigte sich Saint bei Thackery.

»Mit diesem wunderschönen Goldzahn? Vielleicht der Präsident?«

Saint schlug dem Mann leicht auf die Wange. »Ihr Name? Wie heißen Sie?«

»Avery. Ich wohne im *Oriental Hotel* und habe ein bißchen gefeiert. Danach hat mich die kleine Hure angeschossen!«

»Demnach muß er nicht in unserem Wohnzimmer übernachten«, stellte Saint zufrieden fest. »Rufen Sie einen Wagen und bringen Sie ihn in sein Hotel, Thackery!«

»Dr. Saint ...«, begann Thackery zögernd.

»Was gibt es?«

»Bevor ich ihn wegbringe...«

Thackerys Stottern ließ Saint aufhorchen. »Ja?«

»Es war Mrs. Saint«, flüstert Thackery. »Sie hat ihn angeschossen.«

Saint erstarrte zur Salzsäule, und sein Gesichtsausdruck war mit einem Mal undurchdringlich.

»Sie hat es nicht mit Absicht getan! Er hat versucht, sie zu vergewaltigen.«

»Verteidigen Sie sie nicht! Das ist nicht nötig. Bringen Sie den Mann jetzt bitte ins Hotel.«

Gehorsam stützte Thackery den Mann und führte ihn hinaus in die Halle, wo Jules mit beklommener Miene wartete und verstohlen den Fortgang der Dinge beobachtete. Saint folgte den beiden, aber er würdigte seine Frau keines Blickes. Nachdem sich die Haustür hinter Thackery geschlossen hatte, ging er wortlos in die Küche, wo Lydia emsig einen Teig knetete.

»Ich möchte, daß Sie nach Hause gehen, Lydia.«

Lydia wischte sich das Mehl von den Händen und versuchte dabei, in Saints Miene zu lesen. »Ich weiß nicht, ob das gut ist.«

»Bitte, gehen Sie, Lydia! Ich werde meine Frau schon nicht umbringen!« Er lachte einmal kurz. »Schließlich bin ich Arzt, nicht wahr?«

Seufzend gab Lydia nach. »Also gut.« Wenigstens würde er nun endlich mit seiner Frau sprechen. Und das war mit Sicherheit besser als diese tödliche Stille!

Wie betäubt sah Jules zu, wie Lydia das Haus verließ. Einige Augenblicke lang sah Saint sie schweigend an. »Komm mit ins Wohnzimmer«, fordert er sie dann auf. »Du brauchst unbedingt einen Brandy.«

Sie folgte ihm und wartete mitten im Raum, bis er ihr ein Glas reichte. »Trink es aus!«

Prompt mußte sie husten, doch er rührte sich nicht von der Stelle. Als sie sich endlich wieder beruhigt hatte, war ihr Gesicht vor lauter Anstrengung ganz rot geworden.

»Nun noch den Rest!«

Wieder gehorchte sie wortlos, aber nachdem sie ausgetrunken hatte, warf sie das leere Glas nach ihm.

Geschickt fing er es auf und stellte es auf den Tisch. Dann streckte er Jules die Hand entgegen.

Ich liebe seine Hände, dachte sie. Besonders die langen Finger, die kleinen Haarinseln darauf und die gepflegten schmalen Nägel. Sie mochte es, wenn diese Hände sie berührten, sie streichelten...

»Gib mir die Pistole!«

Sie zog den Beutel auseinander und sah auf das kleine Instrument hinunter, das um ein Haar einen Menschen getötet hätte. Beim besten Willen konnte sie es nicht berühren und warf ihm erschauernd den Beutel zu.

Ungerührt nahm Saint die Waffe heraus, öffnete das Magazin und ließ die zweite Patrone in seine Hand rutschen. Dann warf er die Waffe auf den Boden und stampfte einige Male energisch darauf, bis sie schließlich in zwei Teile zerbrach. »So! Jetzt bist du dran, Juliana!«

»Juliana?« fragte sie ungläubig.

»Meiner Ansicht nach«, erklärte er mit kalter Stimme, mindestens so eisig sie die Winter in Toronto, »paßt Juliana weit besser zu einer Herumtreiberin und Lügnerin als Jules.«

Jules zitterte am ganzen Leib, so sehr verachtete sie ihn wegen dieser Vorwürfe.

»Tränen werden dir diesmal nichts nützen!« höhnte er.

»Ich habe nicht die Absicht zu weinen.«

»Na, wenigstens etwas!« Er wandte sich ab und ging zum Kamin hinüber, weil er es so nah neben ihr nicht mehr aushielt. Lässig lehnte er sich gegen den Sims. »Würdest du mir jetzt endlich erklären, was vorgefallen ist?« Dabei klang seine Stimme sehr beherrscht und ruhig.

»Nichts ist passiert. Er hat mich in eine Gasse gezerrt.« Seufzend holte sie tief Luft. »Ich hatte schreckliche Angst und habe mich gewehrt. Dabei ist aus Versehen die Pistole losgegangen.«

»Eine nicht sehr ergiebige und ziemlich langweilige Geschichte«, war Saints Kommentar. »Du hast unglaubliches Glück gehabt. Der Mann könnte genausogut tot sein! Soweit ich das beurteilen kann, ist er kein übler Bursche. Du dagegen bist eine dickköpfige unvernünftige Närrin!«

Trotzig reckte Jules ihr Näschen in die Luft.

»Und weshalb bist du überhaupt allein dort draußen herumgelaufen?« Er deutete zum Fenster. »Es ist stockdunkel! Du mußt doch gemerkt haben, daß du Thackery verloren hattest!«

»Ja, das habe ich auch.«

»Würdest du jetzt bitte meine Frage beantworten.«

Was sollte sie ihm sagen, wo sie doch ihre Beweggründe kaum selbst verstand? »Wegen Wilkes«, flüsterte sie und starrte unverwandt auf ihre Schuhspitzen.

»Wegen Wilkes? Habe ich recht gehört? Was zum Teufel hat der denn damit zu tun?« Als sie jedoch beharrlich schwieg, fuhr er fort: »Hast du etwa deine Meinung über ihn geändert? Willst du ihn etwa treffen und dich ihm freiwillig ausliefern?«

»Nein.«

»Was ›nein‹? Erklär mir das genauer!«

»Ich wollte... ihn ausfindig machen.«

Saints Verblüffung war vollkommen. »Ihn ausfindig machen?« wiederholte er ungläubig. »Und wenn du ihn tatsächlich gefunden hättest, hättest du ihn dann auch umgebracht?«

»Ja«, antwortete Jules ganz ruhig. »Ich habe es nämlich satt, Tag und Nacht wie eine Gefangene zu leben! Ich möchte nicht noch länger das hilflose Opfer sein!«

»Aber daß du eine Närrin bist, scheint dich nicht zu stören! Guter Gott! Wilkes ausfindig machen! Ich kann es einfach nicht glauben!«

»Und weshalb nicht? Schließlich bin ich ja nicht dumm!« Als er sie immer noch fassungslos anstarrte, fügte sie fast unhörbar, aber ärgerlich an: »Wenigstens hat er mich begehrt!«

Saint ballte die Fäuste und erstarrte. »Was hast du da gesagt?«

»Ich habe es nicht so gemeint, nur...«

»Nur was?«

»Ich weiß nicht mehr!«

»Na wunderbar! Etwas Klügeres ist dir nicht eingefallen? Du benimmst dich im Grunde immer noch wie ein dummes Kind! Selbstsüchtig und ohne jede Rücksicht!«

»Das ist nicht wahr! Ich wollte diesen Mann nicht verletzen! Und ein Kind bin ich erst recht nicht mehr! Frag doch Wilkes! Er ist jedenfalls anderer Meinung!«

Sie drehten sich im Kreis, dachte Saint. Diese Streitereien führten zu keinem Ergebnis. Er war einfach zu wütend, um noch weiter zu argumentieren. Er hatte gute Lust, sie übers Knie zu legen und ihr auf diese Weise ein wenig Verstand einzubleuen!

Jules spürte genau, wie es in ihm arbeitete, während er sie reglos anstarrte. »Was hast du vor?« fragte sie mit hassenswert piepsiger Stimme.

»Ich werde tun, was ich schon vor Monaten hätte tun sollen!« erklärte er finster und richtete sich zu seiner vollen Größe auf. »Da ich nicht an deine Vernunft appellieren kann und du mich offenbar fortwährend belügst und hintergehst, muß ich zu anderen Mitteln greifen.« Langsam kam er auf sie zu.

»Und zu welchen?« Furchtsam wich sie zurück.

»Da wir zum Glück allein sind, muß ich dich nicht einmal nach oben schleppen!« knurrte er.

»Und wozu soll das gut sein?«

Wortlos packte er ihr Handgelenk und zog sie an sich. Im ersten Augenblick glaubte Jules, daß er sie trösten und sagen wollte, wie gut er sie verstand, aber da saß er schon und hatte sie bereits über seine Schenkel gezogen.

»Nein!« schrie sie, als sie begriff, was er tun wollte. Wie eine Wilde wand sie sich auf seinem Schoß und versuchte, ihm zu entkommen.

Es dauerte nur Sekunden, bis er ihre Röcke hochgeschoben und ihr Hinterteil entblößt hatte. »Ein hübscher Anblick!« Und im selben Augenblick klatschte seine Handfläche auf sie nieder. Je mehr sie schrie und sich aufbäumte, desto fester schlug er zu. Es tat höllisch weh, aber noch viel größer war die Erniedrigung. Voller Wut deckte sie ihn mit allen Schimpfwörtern ein, die ihr einfielen.

Saint jedoch lachte nur und hielt inne. Hübsch rot war ihre Haut, dachte er, und als er die flache Hand vorsichtig darauf legte, spürte er, daß Jules zitterte. Unbewußt kneteten seine Finger die weiche Haut, und schon überfiel ihn so heftiges Verlangen, daß er unwillkürlich zurückzuckte.

»Falls du mich noch einmal anlügen oder eine ähnliche Dummheit begehen solltest, werde ich die Peitsche benutzen! Hast du mich verstanden?«

»Ich hasse dich!«

Wieder schlug er zu, aber diesmal nicht ganz so fest. »Verstanden?«

»Ja«, kam es kleinlaut.

»Na also!« Er schubste sie unsanft vom Schoß, so daß sie sich urplötzlich inmitten ihrer Röcke auf dem Fußboden wiederfand. Rasch stand er auf und verließ fluchtartig das Zimmer, denn wenn er sie angeschaut hätte, hätte er sie womöglich um Verzeihung gebeten, sie umarmt und... Verdammt, diese ewige Sehnsucht! Ohne einen Mantel anzuziehen, rannte er aus dem Haus und knallte vernehmlich die Tür hinter sich zu.

Jules befühlte vorsichtig ihre schmerzende Rückseite und zog und zerrte dann einige Zeit an ihrer Wäsche, bis alles wieder an Ort und Stelle war. Zum Aufstehen war sie viel zu erschöpft, und so legte sie sich einfach nieder, wo sie gerade saß, bettete ihren Kopf auf die Arme und verharrte eine ganze Weile bewegungslos in dieser Haltung.

22. Kapitel

Saint saß allein für sich an einem Tisch im *Wild Star* und bestellte einen Whiskey nach dem anderen. In dieser Stimmung machten alle Freunde und Bekannten wohlweislich einen großen Bogen um ihn.

»Er nimmt die Dinge viel zu schwer«, meinte Dancer Drake.

»Ich glaube eher, daß er wirklich großen Kummer hat«, entschuldigte ihn Bear Paw Bryan.

Saint starrte unentwegt in sein Glas, und es interessierte ihn überhaupt nicht, zu welchen Spekulationen sein seltsames Benehmen Anlaß gab. Was soll ich nur machen, fragte er sich wieder und wieder. Seit Monaten stellte er sich nun diese Frage und hatte noch immer keine Antwort darauf gefunden! In Gedanken sah er wieder Jules' bleiches Gesicht vor sich. Und wenn er an die roten Streifen dachte und sich an das Klatschen erinnerte, krümmte er sich innerlich zusammen. Verdammt brutal bist du gewesen! Wieder schüttete er einen Whiskey hinunter.

Ich hasse dich! »Was hätte sie denn sonst sagen sollen?« befragte er sein leeres Glas. »Sollte sie dich etwa obendrein auch noch loben?« Mit lauter Stimme rief er nach einem weiteren Whiskey.

Bisher hatte er noch niemals die Hand gegen eine Frau erhoben. Und seiner Größe hatte er es zu verdanken, daß die meisten

Männer Respekt vor ihm hatten. Aber diese Kleine hatte ihn geschafft! Was hatte sie eigentlich verbrochen? Sie hatte ihn belogen, und außerdem hatte sie nach Wilkes gesucht und dabei einen Mann angeschossen. Er grunzte nur, als Nero das Glas vor ihm auf den Tisch stellte.

Rasch zog Nero sich zurück, und als er Brent Hammond eintreten sah, winkte er seinem Chef zu und deutete auf Saint.

Der reagierte prompt. »Darf ich mich einen Augenblick setzen?« fragte er höflich, während er es bereits tat. »Das Wetter ist grausig, nicht wahr? Ich kann mir vorstellen, daß Jules von Nebel und Nieselregen allmählich genug hat und sich nach Maui zurücksehnt.«

»Lassen Sie mich in Frieden!« brummte Saint ohne aufzublikken.

Doch Brent musterte seinen Freund voller Anteilnahme.

»Verdammt, Brent! Tun Sie doch endlich, was ich Ihnen sage!« Diesmal klang Saint noch ein ganzes Stück unfreundlicher.

»Noch nicht, denn zuerst muß ich Sie etwas fragen. Thackery will wissen, was Sie mit Ihrer Frau gemacht haben! Er macht sich Sorgen um sie.« Und ebenso um Saint, dachte Brent. »Diesmal ist sie zu weit gegangen«, hatte Thackery ihm kopfschüttelnd berichtet.

»Ich hätte die Peitsche benutzen sollen!« sagte Saint plötzlich, als die Wut wieder in ihm hochstieg. »So ein verdammter Leichtsinn!«

»Thackery fühlte sich mitschuldig, weil er es nicht verhindern konnte. Er hat mir gesagt, daß ihre ›Kleine‹, wie er sie nennt...«

»Können Sie nicht endlich den Mund halten?« Wütend fixierte Saint sein Gegenüber, doch Brent lachte nur.

»Weshalb gehen Sie nicht für eine Zeit nach oben zu Maggie und entspannen sich bei einem ihrer Mädchen?«

Eigentlich hatte Brent mit einer Explosion gerechnet, doch zu seiner großen Überraschung schien Saint sogar darüber nachzudenken.

»Vielleicht wäre das gar nicht so verkehrt«, bemerkte er nach einer Weile, »Jedenfalls würde sie das vor mir schützen.«

Brent betrachtete seinen Freund nachdenklich. »Ich muß Ihnen eine Geschichte erzählen, Saint«, sagte er schließlich, ohne sich von dessen unwilligen Gesten beeindrucken zu lassen. »Als Byrony und ich frisch verheiratet waren, hatten wir einmal größere Schwierigkeiten. Sie war mir bis zu dem Haus einer Freundin gefolgt und hatte geglaubt, daß ich ein Verhältnis mit ihr hätte. Ich hatte mich jedoch lediglich nach Verhütungsmitteln erkundigt. In ihrer Empörung hat sie mich wie ein Fischweib zusammengeschrien, worauf ich sie vor Wut am liebsten erwürgt hätte.«

»Und weshalb erzählen Sie mir das?«

»Es ist mir klar, daß es kein guter Vergleich ist. Aber ich hatte damals sehr viel Respekt vor Byronys Mut. Vielleicht haben Sie Jules nur zu sehr vernachlässigt. Möglicherweise braucht sie nur ein wenig mehr Aufmerksamkeit. Ehrlich gesagt, können weder Thackery noch ich uns erklären, weshalb Sie sich so wenig um Ihre Frau kümmern.«

Energisch schon Saint seinen Stuhl zurück und stand auf, und sofort richteten sich die Blicke aller Anwesenden auf ihn. »Bestimmt steckt eine Frau dahinter«, vermutete Bear Paw, und Limpin' Willie nickte weise.

»Soll ich Ihnen eine Peitsche leihen, Saint?« fragte Brent, ohne sich im geringsten von dessen wütenden Blicken beeindrucken zu lassen. »Dann können Sie es der Kleinen mal richtig zeigen, nicht wahr? Aber natürlich können Sie sie auch einfach mit Thomas in den Osten schicken. Ich kann Ihnen nur empfehlen, sich den Dorn ein für allemal auszureißen!«

Brents Spott prallte an Saint völlig ab. Es war tatsächlich Zeit, dem allen ein Ende zu machen. Soviel hatte er inzwischen begriffen. »Ja, es wird wirklich Zeit, den Dorn endlich herauszureißen!« brummte er finster.

Für Sekunden war Brent unsicher und überlegte, was er mit seiner Bemerkung wohl angerichtet hatte. Ob er Saint daran hindern sollte... Nein, entschied er dann. Gewalttätig war dieser Mensch nicht. Wenn er sich einmal Luft geschafft hatte, würde er nicht noch einmal zu solchen Mitteln greifen. Derartige Befürchtungen waren mit Sicherheit umsonst. In aller Ruhe sah er deshalb zu, wie sein Freund einige Dollarnoten auf den Tisch warf und den *Wild Star* verließ.

»Haben Sie ihn beruhigen können?« wollte Nero wissen.

»Das weiß der Himmel!« Mit einem Seufzer erhob sich Brent.

»Auf jeden Fall werde ich«, und dabei grinste er, »jetzt auf der Stelle nach oben gehen und meiner Frau wieder einmal sagen, daß ich sie liebe!«

Als Saint ziemlich ernüchtert zu Hause ankam, war das ganze Haus dunkel. Was hast du denn erwartet, du Narr? Mitternacht war schließlich schon lange vorüber. Trotzdem polterte er vernehmlich, denn er wollte Jules aufwecken. Dabei war sie längst wach. Nachdem Saint die Lampe im kleinen Zimmer angezündet hatte, schoß sie hoch und starrte ihn an. In wilder Unordnung fielen ihre Locken über ihre Schultern, und ihre Augen waren riesengroß vor Angst.

»Hast du noch Schmerzen?« erkundigte er sich, während er sich neben sie auf die Bettkante setzte.

Sie schien ernsthaft über seine Frage nachzudenken. »Es geht mir gut«, sagte sie schließlich. »Bist du betrunken?«

»Nicht mehr. Das ist der Vorteil, wenn man so groß ist wie ich.«

»Bist du zurückgekommen, um mir wieder weh zu tun?«

Ihre Worte schnitten ihm ins Herz. »Nein, ich hoffe, daß es diesmal nicht weh tun wird. Ich will endlich alles in Ordnung bringen, Jules!«

Jules und nicht *Juliana*! »Was bedeutet das, Michael?«

»Nun, zuerst einmal möchte ich sehen, was ich angerichtet habe. Ich fürchte, ich war sehr grob.«

Leichte Röte stieg ihr ins Gesicht, und sie zog sich unwillkürlich ein Stück zurück. »Es ist alles in Ordnung. Mir fehlt nichts!«

»Das will ich sehen! Danach werde ich dir dann das verdammte Nachthemd abstreifen und dich hinüber in mein ... in unser Schlafzimmer tragen!«

Jules konnte nicht glauben, was sie da hörte, und knetete nervös das Laken zwischen ihren Fingern. »Und wozu?«

»Es muß endlich aufhören, Jules! Ich habe mich so grenzenlos dumm benommen! Ich begehre dich so sehr, daß es regelrecht weh tut.« Forschend sah er ihr in die Augen, doch ihre Miene war undurchdringlich. Oder hatte er sich nur nicht die Mühe gemacht, darin zu lesen? »Komm, zeig mir, was ich angerichtet habe!«

Ein leises Glücksgefühl machte sich in Jules breit, und sie wußte genau, daß es jetzt allein auf sie ankam. Das geringste Zögern konnte alles verderben. Entschlossen warf sie den Rest von Schamgefühl über Bord. Schließlich war Saint ihr Mann! Sie lächelte ihn an. »Also gut!«

Mit so wenig Widerstand hatte Saint nicht gerechnet. Das war deutlich auf seinem Gesicht zu lesen. Hatte er etwa gedacht, daß sie ihm an den Hals springen würde? Als Jules erkannte, daß er unsicher wurde, löste sie langsam die rosafarbenen Bänder, die ihr Nachthemd zusammenhielten. Gebannt verfolgten seine Augen jede ihrer Bewegungen.

»Ich bin froh, daß du einmal nachschaust«, versicherte sie, während sie unter gesenkten Lidern hervor seine Reaktion beobachtete. »Ein bißchen tut es noch weh. Vielleicht ist ja etwas gebrochen.«

Saint schmunzelte. »Das ist nicht gut möglich.« Unverwandt hingen seine Blicke an den weißen Brüsten, die im Ausschnitt des Nachthemds sichtbar wurden.

»Trotzdem...« Langsam erhob sich Jules auf die Knie und zog sich genüßlich das Nachthemd über den Kopf. Nachdem sie es zusammengeknüllt in die Ecke geworfen hatte, sanken ihre Hände auf ihre Schenkel, und sie verharrte einige Zeit reglos in dieser Stellung.

Saint starrte sie nur wortlos an und schluckte. Unwillkürlich straffte Jules auf einmal ihre Haltung, wodurch ihre Brüste ein wenig herausgedrückt wurden. Irgendwie kam sie sich ein wenig dumm vor, daß sie sich so zur Schau stellte, aber gleichzeitig erregte sie es auch. Wie in Trance streckte Saint die Hand aus und berührte ihre Brust. Doch als er spürte, daß Jules erschauerte, schreckte er augenblicklich zurück.

»Ich habe keine Angst vor dir, Michael.« Sie wagte nicht, sich ihm an den Hals zu werfen, aber frieren wollte sie auch nicht. »Sieh dir mein Hinterteil an!« hauchte sie schließlich und legte sich bäuchlings über seine Schenkel.

Saints Blicke fielen auf die bezaubernden Rundungen und liefen dann über die wundervoll geformten langen Beine. »Wie schön du bist...« Zart legte er seine Hand auf ihre festen Muskeln. Als seine Finger sie ganz unwillkürlich liebkosten, bewegte sie wie von ungefähr ihre Hüften und hörte dabei, wie Saint leise stöhnte. »Ist alles in Ordnung?« fragte sie, während sie unter ihren Händen das Muskelspiel seiner Schenkel tastete.

»Alles ist wundervoll. Alles an dir ist... wunderschön und so herrlich weich und süß.«

Ein so schönes Kompliment hatte er ihr noch nie gemacht. Rasch wandte sie sich um, faßte seine Schultern und zog sich auf seinen Schoß. »Du hast versprochen, daß du mich ins Schlafzimmer tragen willst!«

»Ja«, stotterte er verdutzt, »ja, das habe ich gesagt.« Er konnte nicht glauben, was er da gehört hatte. Sie bot sich ihm an! Nach allem, was er... Doch was sollte werden, falls sie wieder vor ihm zurückschreckte?

»Mir wird kalt, Michael.« Sie hauchte einen zärtlichen Kuß auf sein Kinn.

Auf dem kurzen Weg zum Schlafzimmer drückte er sie vor lauter Nervosität ganz fest an sich. Er wollte sie so gern nackt sehen, alle Einzelheiten ganz genau betrachten, aber fragte sich, ob sie das Licht... Nein, vorhin hatte sie sich auch im Hellen ausgezogen! Sanft legte er sie aufs Bett und zog eine Decke über sie. »Damit du nicht frierst, mein Schatz!« Dann entzündete er eine Lampe, und schließlich entkleidete er sich.

Nachdem er zu ihr unter die Decke geschlüpft war, berührte er sie nicht, sondern beugte sich nur über sie und sah ihr ernst in die Augen. »Als ich dich das erste Mal geliebt habe, hat es dir sehr weh getan, und das tut mir heute noch leid. Es ist mir klar, daß du mich für ein brutales Ungeheuer halten mußtest...« Er verstummte, doch Jules schwieg, denn sie wollte, daß er sich alles von der Seele redete. »Ich wollte dir nicht weh tun... Aber beim ersten Mal... ist es für Frauen oft nicht schön. Ich konnte mich einfach nicht mehr beherrschen. Von nun an wird alles ganz anders und viel schöner sein!«

»Ich weiß nicht recht. Meinst du wirklich?« Ihr Stirnrunzeln wirkte durchaus echt. »Beim ersten Mal warst du wirklich scheußlich grob! Ich habe nicht geglaubt, daß du auch nur das Geringste für mich empfindest. Ich habe gelitten und geglaubt, daß ich an diesem Schmerz sterben müßte...«

»Machst du dich etwa über mich lustig?«

Ein bezauberndes Lächeln huschte über ihr Gesicht. »Ich? Mich über dich lustig machen?« Sie drehte sich auf die Seite und fuhr rasch mit der Hand seine Brust hinunter über seinen Bauch.

»Jules!«

»Ich möchte eigentlich nur hören, daß es diesmal nicht mehr bluten wird. Stimmt das?«

Einige Augenblicke lang schloß er die Augen und erinnerte sich an die Fahrt nach Sausalito. Er war froh gewesen, ihr am Morgen nicht in die Augen sehen zu müssen, aber an das Blut hatte er nicht mehr gedacht. Wie entsetzt sie gewesen sein mußte, begriff er erst jetzt. »Ja, mein Liebes, das ist ein für allemal vorbei.«

»Da bin ich aber froh!« Mit zufriedenem Lächeln streichelte sie ihn weiter, und es gefiel ihr, wie er unter ihrer Hand zitterte und langsam sehnsuchtsvoll anschwoll. »Ich möchte dich von oben bis unten küssen!« stieß sie stöhnend hervor.

»Ich werde ja richtig verführt...«

»Ja, und zwar von deiner Frau! Würdest du mich jetzt bitte endlich küssen und streicheln und mich lieben!«

»Ich war ein Idiot, nicht wahr?« hauchte er an ihren Lippen, bevor er sie küßte.

»Ja«, keuchte Jules, »das kann man wohl sagen! Nichts in der Welt könnte mich dazu bringen, vor dir Angst zu haben!«

Trotz ihrer Begeisterung durfte er es nicht übertreiben, dachte er. Und diesmal beherrschte er sich, bis sie so erregt war wie nie zuvor. »Erinnerst du dich daran, wie ich dich in der allerersten Nacht gestreichelt habe, als du noch unter Drogen standest?«

»Ja, ich erinnere mich«, keuchte sie, aber in Wirklichkeit fühlte sie nur sein pulsierendes Glied an ihren Schenkeln.

»Damals habe ich dich mit den Fingern gestreichelt, aber jetzt zeige ich dir etwas noch viel Schöneres! Diesmal wird meine Zunge dich streicheln.«

Jules schnappte hörbar nach Luft und schien ehrlich erschrokken. »Ist das nicht...«

»Vertraue mir, mein Liebling. Es ist das Normalste von der Welt, ich mache es sehr gern!« Als seine warmen Hände ihren Körper anhoben und seine Lippen ihre Scham berührten, zuckte sie nur ganz kurz. Gleich darauf wurde sie von so heftiger Begierde überfallen, daß sie erstarrte. Laut rief sie seinen Namen, und als sie sich aufbäumte, öffneten sich ihre Schenkel ganz weit für ihn.

»Oh, Himmel, ich liebe diesen Geschmack, diese wunderbare Weichheit!« Unter seinen Lippen fühlte er, wie ihr Körper zuckte, wie ein wonnevoller Schauer nach dem anderen sie durchlief. Ihre leidenschaftliche Reaktion begeisterte ihn so sehr, daß er im ersten Augenblick nicht einmal an sich dachte und sie nur ganz sanft streichelte, bis sie wieder zur Ruhe gekommen war.

Aber irgendwann steigerte er sich wieder. Sie sollte alle Wonnen auf einmal genießen... Noch einmal, dachte er, ja, noch einmal, und hörte nicht auf, bis ihre Leidenschaft den Höhepunkt erreichte und sie einen lauten Schrei ausstieß. Dann senkte er sich langsam auf ihren lustvoll hingebreiteten Körper hinunter. »Hab keine Angst, mein Liebes. Diesmal werde ich versuchen, ein wenig sanfter zu sein.«

»Ich habe keine Angst«, flüsterte Jules noch immer wie benommen und sah zu, wie er langsam immer näher kam, sah, wie er die Augen schloß, als er ganz langsam in sie eindrang, sie auseinanderdrängte und dann innehielt.

»Oh, ist das schön!« japste sie, und dabei glitten ihre Blicke bewundernd über seinen mächtigen Oberkörper und das Spiel seiner Muskeln an den aufgestützten Armen. Als er schließlich ganz in sie eindrang, schnappte sie nach Luft. »Jetzt bist du ein Stück von mir!« flüsterte sie, als er zwischen ihren Beinen lag.

Und dann war es auch schon vorbei. Sie hörte ihn fluchen, sah, wie er sich aufbäumte, den Kopf in den Nacken warf und einen Schrei ausstieß, als ihn die Erlösung überkam. Sanft streichelte sie ihm über den Rücken und schloß ihre Beine fest um ihn, als er sie von seinem Gewicht befreien wollte.

»Ich liebe dich, Michael. Mit zwölf Jahren habe ich dich schon geliebt! Oder war ich damals schon dreizehn?«

Ein heißer Schauer durchlief ihn, als sie das sagte, und schon fühlte er wieder Begierde in sich aufsteigen. »Nicht schon wieder!« stöhnte er. Und dann rollte er sich zur Seite und zog sie mit sich. »Du warst zwölf«, berichtigte er sie und zauste dabei mit den Fingern ihre Locken.

»Mir ist, als ob ich dich schon immer geliebt hätte. Ich fürchte, ich bin eine treue Seele!« Sie drückte ihm zarte Küsse auf die Schulter und fuhr mit den Fingern durch die Haare auf seiner Brust.

»Doch, das kann ich nur bestätigen.« Seine Stimme klang weich und sanft. »Wirst du mir verzeihen, Jules?«

»Wenn du mir versprichst, daß du mich nie mehr Juliana nennst!«

»Das kann ich unmöglich tun, denn in der Wut rollt es so schön von der Zunge. Wie soll ich dich bei unserer nächsten Auseinandersetzung sonst nennen?«

»Also gut.« Seufzend kuschelte sie sich näher an ihn. »Es war schön, so wunderschön!«

»Du hast nicht an Wilkes oder an John gedacht...«

»Nein, keine Sekunde! Ich denke, ich bin vernünftig geworden.«

»Und auch keine Pistolen mehr?«

»Nein. Das war entsetzlich. Ich fürchte, ich habe mich sehr dumm benommen.«

»Mach dir keine Vorwürfe, Liebes. Ich glaube eher, daß du riesige Sehnsucht nach einem Ehemann hattest!«

»Dann hast du ja eine Menge gutzumachen.« Während sie das sagte, rutschte ihre kleine Hand zwischen ihre beiden Körper.

»Tut dir eigentlich nichts weh? Ich habe ganz genau spüren können, wie ich dich ausgedehnt habe.«

»Ach, du hast keine Ahnung! Du kannst dir einfach nicht vorstellen, wie wunderbar sich das anfühlt! Ich glaube, ich bin lieber eine Frau. Wenn du in mir bist, habe ich das Gefühl, dich ganz und gar zu besitzen.«

Lächelnd drückte er ihr einen Kuß auf die Schläfe. »Du bist die erste Frau, die das so empfindet!«

»Es ist ein wunderschönes Gefühl, wenn du so ganz nah bei mir bist.«

Er stöhnte laut auf, und sie lächelte nur, als er sie noch einmal liebte. Anfangs beobachtete sie, wie sich seine Ekstase langsam steigerte, doch bald darauf schloß ihr die Erregung die Augen, und sie genossen einander bis zur Erschöpfung.

Als sie später ganz ruhig in seinen Armen lag, murmelte sie kurz vor dem Einschlafen: »Unersättlich bist du!« Und insgeheim dachte sie: Ich werde es schon schaffen, daß du dich eines Tages in mich verliebst!

»Michael?«

»Hmm?«

»Hat es dir gefallen?«

Er sagte nichts, aber sein Grinsen war unübersehbar. »Es war schon ganz nett«, feixte er. »Natürlich hättest du ein bißchen mehr Begeisterung zeigen können! Aber für den Anfang war es schon ganz gut. Wenigstens sind wir nicht vor Langeweile eingeschlafen, oder?«

»Du bist unmöglich!«

Sie hörte sein tiefes Lachen und stupste ihn spielerisch. »Du bist ein haariges Ungeheuer!« Sacht strich ihre Hand über seinen Bauch.

»Achtung, Jules, es wird gefährlich! Hab bitte Mitleid mit mir, mein Schatz! Ich bin schließlich schon ein alter Mann.« Aber offenbar noch nicht zu alt, dachte er amüsiert, denn schon wieder keimte sein Verlangen mit aller Macht.

»Weißt du, was ich gedacht habe, als du ganz tief in mir warst?«

»Sag es mir lieber nicht.«

»Ich habe deine starken Muskeln bewundert. Du warst so schön und ...«

Er streichelte und umfaßte ihre Brust, so daß sie aufstöhnte. »Und weißt du, was ich gedacht habe, als ich so tief in dir war und dich ganz zugedeckt habe?«

»Nichts hast du gedacht, einfach gar nichts!«

»Ruhe! Ich habe dich angesehen, deinen schmalen zarten Körper bewundert und ...«

Als sie ihn in die Rippen boxte, lachte er herzlich. »Versuche ja nicht, mich zu übertrumpfen, Jules! Denn sonst erzähle ich dir noch, was ich empfunden habe, als sich deine Beine um meine Hüften geschlungen haben und mich tiefer ...«

»Michael!«

Sacht drückte er sie zurück und küßte ihre Brüste. Und dann sah er sie an und sagte mit einem zufriedenen Lächeln: »Jetzt gehörst du ganz mir, Mrs. Saint. Und wehe du vergißt das auch nur für eine Sekunde!«

»Oh, nein, Dr. Saint. Keinen Augenblick lang werde ich das vergessen!« Dabei klang ihre Stimme, als ob sie vor Glück vergehen müßte.

23. Kapitel

Vor der Schlafzimmertür hielt Lydia im letzten Augenblick inne. Statt dessen ging sie rasch zu dem kleinen Gästezimmer hinüber, dessen Tür offenstand. Vorsichtig spähte sie hinein und registrierte mit einem zufriedenen »Aha!« das verwühlte Bett und Jules' Nachthemd, das zerknüllt in der Ecke auf dem Boden lag. »Es wurde aber auch langsam Zeit, Saint Morris!« Geräuschlos schlich sie wieder nach unten und verließ nach einer halben Stunde zufrieden lächelnd das Haus. Inzwischen war Saint erwacht und hatte ganz gegen seine Gewohnheit Mühe, in die Wirklichkeit zurückzufinden. Er blinzelte in das Sonnenlicht und schlang dann den Arm um den weichen Körper seiner Frau. Jules murmelte undeutlich und schmiegte ihr Gesicht noch enger an seinen Hals. Sie gehört mir, dachte er und konnte die glückliche Wendung kaum begreifen. Er verstand immer noch nicht, weshalb sie ihn liebte, aber sie hatte es ja laut und deutlich gesagt! Ein berauschender Gedanke!

»Du bist ein Glückspilz!« Vor lauter Begeisterung führte er schon Selbstgespräche! Er hatte inständig gehofft, daß ihr die Liebe gefallen würde, aber ihre Natürlichkeit und ihre Leidenschaft hatten alle seine Vostellungen übertroffen und ihn zutiefst erregt. Er erinnerte sich noch gut an die ältere Frau, die ihn die Liebe gelehrt hatte. Nun, genau genommen war sie damals so alt gewesen wie er jetzt. In der Zeit nach Kathleens Tod hatte sie ihn verführt und ihm erst einmal gezeigt, wie man eine Frau liebte. Und damals hatte er begriffen, welches Vergnügen es bedeuten konnte, wenn beide die Liebe gleich stark genossen. Lächelnd erinnerte er sich an Lotties Worte: »Mein lieber Junge, du bist wirklich begabt! Und es gefällt mir, wenn ein Mann alles, was er macht, richtig macht!«

Zart strichen seine Finger über ihren Bauch, und als sie ihre Scham fanden, dachte er an die Kinder, die sie bekommen würde. Zwei, höchstens drei waren mehr als genug, denn schließlich wollte er seine Frau auch manchmal für sich haben! Im Geiste sah er sich schon mit einem Sohn und zwei Töchtern spielen. Rothaarig mußten sie sein, wie ihre Mutter! In diesem Augenblick fühlte er eine tastende Hand auf seinem Bauch.

»Guten Morgen, mein Schatz!« antwortete sie und suchte ungeniert weiter. »Du lieber Himmel!« war ihr einziger Kommentar.

»Was hast du denn erwartet?« fragte er amüsiert, während er ihr Ohr benagte. »Seit fünf Minuten denke ich ausschließlich an dich!«

Sie lächelte spitzbübisch. »Also habe ich Macht über dich!«

»Wenigstens über einen Teil von mir.«

»Michael?«

»Ja, mein Liebes?«

»Zeigst du mir jetzt alles, was ich noch nicht weiß?«

»Aber ja, nur zu gern!« entgegnete er ganz ernst und rollte sie auf den Rücken. Dann fuhr er erschrocken hoch. »Lydia!« Er runzelte die Brauen. »An sie habe ich ja überhaupt nicht mehr gedacht.«

»Ach, du lieber Himmel, ich schäme mich! Glaubst du, daß sie uns gesehen hat?«

Saint lachte und küßte sie. »Du Dummerchen, schließlich sind wir verheiratet! Außerdem glaube ich nie und nimmer, daß sie hereingeschaut hat, nachdem sie das Durcheinander im Gästezimmer gesehen hat.«

Jules versteckte ihr Gesicht an Saints Hals. »Trotzdem kann ich ihr nie wieder in die Augen sehen!«

Er roch den Duft ihres Haars, vermengt mit dem Geruch der Liebe. Und schmunzelnd dachte er, daß ihm sein Schlafzimmer noch nie so aufregend erschienen war wie heute. »Weißt du was, mein Schatz?« Zart streichelte er ihre Brüste. »Au, nicht so fest, Liebes!«

Sie ließ ihn los und kicherte. »Soll ich dich küssen und alles wieder gutmachen?«

Er lächelte. »Ich bin wirklich ein Glückspilz! Ich habe eine genußsüchtige verdorbene Frau erwischt!«

»Ich höre es gern, wenn du so redest!«

»Und ich erst! Aber jetzt will ich dir etwas zeigen.«

»Und was?«

»Bleib nur still liegen und laß dich überraschen.«

Als er langsam ihre Hüften hochhob und sie ganz betrachtete, hätte Jules sich am liebsten verkrochen. »Es ist so hell!« preßte sie verlegen hervor. »Und du schaust mich so genau an!«

»Ich finde dich so wunderschön.« Seine Stimme war ganz rauh. »Pst, sei still und laß mich schauen!«

Da Jules sich nicht bewegen konnte, ergab sie sich schließlich in ihr Schicksal. Und Saint hätte vor Wonne beinahe laut gestöhnt, als er fühlte, wie ihre Beine nachgaben und sie sich ganz seinen Blicken öffnete.

»Und jetzt schaue ich dich an«, sagte Jules eine ganze Zeit später. Als Saint sich in langsamen Rhythmus in ihr bewegte, beobachtete sie jedes Zucken in seinem Gesicht.

»Oh, nein!« stöhnte er und tastete mit den Fingern nach ihrer Scham. Und dann war er es, der ihr Mienenspiel beobachtete, bis sie schließlich in Ekstase verging. Erst dann gab er seiner Begierde nach.

»Das Leben beginnt, mir zu gefallen!« Dabei drückte er sie so fest, daß sie jaulte.

Als sie schließlich gegen Mittag das Schlafzimmer verließen und nach unten gingen, war Lydia nirgends zu finden, aber das Essen stand fertig hergerichtet auf dem Tisch. »Eine kluge Frau!« bemerkte Saint grinsend. Am liebsten wäre er den ganzen Tag im Bett geblieben, aber vermutlich mußte er schon froh und dankbar sein, daß er den ganzen Vormittag über nicht gestört worden war.

Es dauerte auch nicht lang, bis es zum ersten Mal an der Tür klopfte. Es war Avery, und Jules konnte von oben hören, wie er Michael sein Leid über die vielen Schmerzen klagte.

»Kommen Sie herein, Avery. Wir wollen uns die Sache einmal ansehen!«

Nachdem der Mann kurz darauf wieder gegangen war, kam Saint zu Jules, die sehr bleich und schuldbewußt dreinsah. Rasch nahm er sie in die Arme und drückte sie fest an sich. »Nein, mein Liebes, reg dich nicht auf! Es ist alles in schönster Ordnung. Es geht ihm den Umständen entsprechend gut. Er hat keine Infektion, und gegen die Schmerzen habe ich ihm etwas Laudanum gegeben.«

»Trotzdem fühle ich mich entsetzlich!«

»Ich habe nicht einmal Honorar verlangt. Auch das Laudanum hat er umsonst bekommen, und du weißt, wie teuer das ist! Beruhigt das dein Gewissen ein wenig?«

Leicht widerstrebend nickte sie und fragte dann wie aus heiterem Himmel: »Glauben eigentlich alle Männer, daß eine Frau, die allein herumläuft, eine Hure ist?«

»Natürlich nicht. Nun, jedenfalls die meisten nicht. Aber du darfst nicht vergessen, daß wir hier in San Francisco leben, mein Schatz! Hier gibt es eben mehr Prostituierte als anderswo, und der arme alte Avery war sicher froh, ein so hübsches Mädchen erwischt zu haben! In Zukunft allerdings...«

»Ich weiß, ich weiß, Michael! Ich soll mich endlich wie eine anständige Frau benehmen!«

»Ich bin gespannt, ob ich das noch erlebe!« Saint drückte ihr einen Kuß auf die Wange. »Was machen wir mit Thackery?«

Jules sah eine ganze Weile nachdenklich vor sich hin. »Ich weiß nicht recht. Ich spüre genau, daß Wilkes irgednwo lauert. So verrückt das klingt, aber ich kann es fühlen! Ich weiß nicht, was er an mir findet, aber ich ahne, daß er noch nicht aufgegeben hat. Irgendwie macht das alles keinen Sinn, nicht wahr?«

Obwohl Saint auch keine Erklärung hatte, stimmte er Jules' Meinung im wesentlichen zu. Allerdings sagte er das nicht laut, um ihre Furcht nicht noch zu vergrößern, sondern wechselte lieber das Thema. »Was hältst du denn davon, wenn wir Thomas zum Abendessen einlüden?«

Jules strahlte. »Ein sehr guter Gedanke! Allerdings fände ich es schön...«

»Was denn?«

»Wenn er uns bald wieder allein ließe!«

»Gieriges Frauenzimmer!« Saint griente glücklich.

Sobald Thomas seine Schwester ansah, wußte er, daß etwas geschehen war. »Nun, wie geht es dir, Schwesterchen?«

»Wunderbar!« Sie umarmte ihn herzlich. »Lydia hat dein Lieblingsessen gekocht.«

»Ha, das will ich auch hoffen!«

Sobald sie am Tisch Platz genommen hatten, machte Saint seinem Schwager einen Vorschlag. »Was hältst du denn von der Idee, wieder bei uns zu wohnen?«

»Aber...«

»Nein, das ist ernst gemeint«, ergänzte Jules.

Schließlich überwand Thomas seine Hemmungen. »Ich weiß nicht, ob das so gut wäre. Das Sofa im Wohnzimmer ist wirklich ein bißchen kurz! Ich verstehe gar nicht, wie Saint dort schlafen konnte.«

Jules errötete zwar ein wenig, doch schließlich sprang sie über ihren Schatten. »Du kannst wieder das kleine Zimmer bekommen, Thomas. Michael hat sein altes Zimmer und sein Bett so sehr vermißt...«

»...und seine junge Frau«, ergänzte Saint ohne jede Verlegenheit. »Ich habe das kleine Ungeheuer endlich gezähmt!«

»Aha, das ist also der Grund! Nun, das wurde auch Zeit! Hast du Gewalt anwenden müssen, lieber Schwager?«

»Nicht direkt.« Stirnrunzelnd dachte Saint an die roten Streifen auf ihrem Po. »Nun, auf alle Fälle nur soviel, daß sie mir überhaupt zugehört hat.«

»Ha!« Jules lachte. »In Wirklichkeit ist er ein brutales Ungeheuer, Thomas!«

»Ich vermute fast, daß mir niemand die ganze Geschichte erzählen wird, oder?«

Saint griente seiner Frau zu. »Möchtest du tatsächlich hören, wie ich ihre Röcke hochgeschlagen habe...«

»Michael!«

»Wenn du unser Gelächter und Gekicher und all die anderen Geräusche ertragen kannst, würde ich mich freuen, wenn du zurückkämst.«

»Michael!«

»Ich muß ihn doch vorwarnen, Liebling. Übrigens, was ist denn aus deiner Entscheidung geworden, Thomas? Wird die Welt um einen weiteren Arzt reicher?«

Thomas stocherte einige Zeit schweigend auf seinem Teller herum. »Auf jeden Fall steht fest, daß ich nicht nach New York oder Boston gehen werde«, sagte er schließlich. »Ich habe nämlich weder das nötige Geld, noch kann ich Penelope ein solches Leben zumuten.«

»Demnach willst du sie heiraten?« fragte Jules.

Thomas nickte und lächelte ein wenig verlegen. »Mir ist klar, daß sie ziemlich verwöhnt und ein wenig realitätsfremd ist. Aber keinesfalls werde ich Geld von ihrem Vater annehmen!«

»Nun, zumindest wäre es zu überlegen«, wandte Saint ein und erstickte den Protest des jungen Mannes mit einer Handbewegung. »Nein, höre mir zuerst zu! Du hast einige Jahre vor dir, in denen du nichts verdienen wirst. Wenn du ein... Darlehen von Bunker ablehnst, dann kannst du unmöglich heiraten.«

»Aber du hast es doch auch getan«, protestierte Jules.

»Ja, aber damals war ich schon beinahe fertig. Trotzdem war es am Anfang schwer genug. Übrigens, ich habe mich mit Dr. Samuel Pickett vom Seemannshospital über dich unterhalten. Er ist ein ausgezeichneter Arzt, der immer gute Leute braucht. Du bekämst dort mit Sicherheit eine gute Ausbildung. Vielleicht nicht ganz so umfassend wie an der Ostküste, aber bestimmt ausreichend.«

Ein Leuchten ging über das Gesicht des jungen Mannes. »Und du glaubst wirklich, daß er mich nimmt?«

»Aber selbstverständlich«, bekräftigte Saint. Von der Unterstützung, die er der Klinik in dieser Zeit zukommen lassen wollte, sprach er allerdings nicht.

»Außerdem könntest du weiter hier wohnen.«

Thomas runzelte die Stirn. »Und was mache ich mit Penelope?«

»Hast du Probleme, sie auf Distanz zu halten?« erkundigte sich Saint und grinste, daß seine Zähne nur so blitzten.

»Ja«, seufzte Thomas. »Aber mich selbst ebenfalls.«

»Du kannst ja heiraten, und dann könnt ihr zusammen bei Stevensons im Haus wohnen.«

»Ich weiß nicht recht«, brummte Thomas, doch dann lachte er. »Weißt du, was mir Bunker Stevenson abgeboten hat? Er will mir die Gießerei sozusagen als Penelopes Mitgift überlassen.«

»Finanziell ist das nicht schlecht«, bemerkte Saint.

»Ich sollte die Geschäfte führen. Als ich Bunker allerdings gesagt habe, daß ich lieber Arzt werden möchte, hat er mich fassungslos angesehen.«

»An deiner Stelle«, mischte sich Jules ein, »würde ich Penelope einspannen. Sie soll ihren Vater überzeugen, daß du, gleich nach Michael, der beste Arzt der Stadt werden wirst.«

»Bin ich froh, dich so glücklich zu sehen!« sagte Thomas später am Abend, als sie einmal für einige Augenblicke allein waren. »Es wurde ja auch langsam Zeit. Saint ist ein so netter Mensch, und für eine Frau bist du im Grunde gar nicht so übel.«

»Typisch Bruder!« Jules lächelte, als sie Michaels Schritte im oberen Stockwerk hörte.

»Meine kleine Schwester ist keine Unschuld mehr!« jammerte Thomas und grinste dabei über beide Wangen.

Statt einer Antwort knuffte ihn Jules in den Bauch.

»Und du willst wirklich, daß ich wieder hier einziehe? Womöglich liege ich dann abends im Bett und höre... wie hingebungsvoll du dich um deinen Mann bemühst.«

»Er bemüht sich mindestens ebenso hingebungsvoll«, belehrte ihn Jules und bekämpfte die aufsteigende Röte.

»Das will ich auch meinen! Gute Nacht, kleine Schwester. Dann werde ich also morgen meine bescheidenen Habseligkeiten wiederbringen.«

»Und ich werde dir Ohrenschützer stricken, damit du uns nicht hören mußt!«

»Ich verstehe gar nicht, wieso wir so gut zueinander passen«, bemerkte Jules, während ihre Blicke über Saints erregten Körper glitten. »Du bist so riesengroß.«

»Tja, das ist eben Schicksal.«

»So, aber jetzt lieg endlich still!« Und dann streichelte und liebkoste sie ihn, bis er es vor Sehnsucht kaum mehr aushalten konnte.

»Nein, laß los!« stöhnte er schließlich und zog ihre Hand weg.

Unter halbgeschlossenen Lidern lächelte sie. »Ich unterbreche dich aber nie!« protestierte sie beleidigt.

»Das ist etwas ganz anderes. Schließlich sollst du auch noch etwas davon haben, du kleines gieriges Weib!«

»Oh, Himmel!« stöhnte sie, als er nun an der Reihe war, und später: »Thomas...«

»Ich werde dir einfach den Mund zuhalten«, flüsterte er. »Aber nur, wenn du mich nicht beißt! Einverstanden?«

Bei der ersten Explosion erbebte das Haus in den Grundfesten, und Saint war so schnell wach wie noch nie. Blitzartig schoß er aus dem Bett und rannte zum Fenster, doch er konnte weit und breit nichts entdecken.

»Was war denn das?« fragte Jules schlaftrunken.

»Das weiß der Himmel! Auf jeden Fall werde ich gebraucht, und Thomas ebenfalls!« Noch während er sprach, hatte er sich bereits angekleidet.

»Ich komme auch mit!«

Zuerst wollte Saint etwas sagen, doch als er Jules' entschlossene Miene sah, begriff er, daß er auf Granit beißen würde. Und dazu war die Zeit zu knapp. »Also gut, aber beeil dich!«

Als Saint in den Flur hinauslief, traf er bereits auf Thomas, der sich noch im Laufen das Hemd überstreifte. »Ich weiß nicht, was es war«, beantwortete Saint die stumme Frage. »Jules, zieh einen Mantel an! Es ist kalt draußen.«

Vor der Tür wartete bereits Thackery mit zwei Pferden. »Die Gießerei der Stevensons ist in die Luft geflogen, Dr. Saint. Man kann den Feuerschein bis hierher sehen!«

Wie recht der Mann hatte, sah Saint, als er in die angegebene Richtung blickte. Im Süden glühte der Himmel über der Stadt feuerrot. O Himmel, Bunker! dachte Saint. Normalerweise wäre um diese Zeit niemand in dem Gebäude gewesen, doch Bunker ließ immer wieder Nachtschichten einlegen. Saint konnte nur hoffen, daß es keine Schwerverletzten gab. Rasch schwangen er und Thomas sich auf die Pferde, und dann zog er Jules vor sich auf den Sattel.

»Ich komme so schnell wie möglich nach!« rief Thackery, während sie bereits davongaloppierten.

Als sie bei der Gießerei oder besser dem, was noch davon übrig war, ankamen, waren bereits gut dreißig Männer mit Löscharbeiten beschäftigt. In unglaublicher Geschwindigkeit gingen die Wassereimer von Hand zu Hand.

»Gibt es Verletzte?« erkundigte sich Saint bei dem Vorarbeiter Morley Crocker.

»Gut, daß Sie da sind! Von zweien wissen wir nichts, und dort drüben liegen sechs Verletzte.«

Jules mußte rennen, um mit Saint und Thomas Schritt zu halten. Überall schlugen Flammen empor, Funken sprühten und man hörte Männer rufen, doch der größte Teil des Gebäudes war in undurchdringliche Rauchschwaden gehüllt. »Deine Gießerei«, rief sie im Laufen ihrem Bruder zu.

»Dadurch ist meine Entscheidung sehr viel einfacher geworden, denke ich.«

Saint versorgte gerade einen Verwundeten, als Dr. Samuel Pickett zu ihnen stieß. »Offenbar keine Toten«, empfing ihn Saint. »Und die Verbrennungen sind zum Glück im großen und ganzen nicht sehr schwerwiegend. Ein Mann ist immer noch ohnmächtig. Wahrscheinlich ein Schock. Meine Frau ist bei ihm.«

Jules hatte spontan ihren Mantel ausgezogen und den leichenblassen Bewußtlosen, dessen Kleidung mit Brandlöchern übersät war, darin eingehüllt. Hinter ihr gab Saint Thomas Anweisungen, während sich Dr. Pickett einem Mann zuwandte, der entsetzlich stöhnte. Als es zu regnen begann, blickte Jules hoffnungsvoll nach oben, und als es schließlich in Strömen goß, empfand sie tiefe Dankbarkeit. Der Regen würde das Feuer ersticken und damit war wohl das Schlimmste überstanden.

Kurz darauf tauchte Thackery neben ihr auf. »Haben Sie inzwischen erfahren, was eigentlich genau geschehen ist?«

Der schwarze Mann schüttelte den Kopf, doch plötzlich gestikulierte er aufgeregt. »Nein, Dr. Saint!« rief er laut.

Jules fuhr herum und sah gerade noch, wie Michael auf die lodernden Flammen zulief. Zwischen den rotglühenden Ruinen stolperte eine Gestalt hervor, die sich kaum mehr auf den Beinen halten konnte. Sekundenlang war Jules wie erstarrt, doch dann rannte sie wie eine Verrückte hinter ihrem Mann her.

Als Saint den Verletzten fast erreicht hatte, erschütterte plötzlich eine weitere Explosion das Gebäude. Flammen schossen in den Himmel und ein wahrer Funkenregen ergoß sich über den Hof. Mein Gott, dachte Saint, so muß es in der Hölle sein! Er fühlte noch, wie sein Körper von der Wucht der Explosion zurückgeschleudert wurde, und dann fühlte er gar nichts mehr.

Jules kniete neben ihrem Mann nieder und legte als erstes die Hand auf seine Brust. Glücklicherweise schlug sein Herz kräftig und regelmäßig. Tapfer schluckte sie die aufsteigenden Tränen hinunter. Für Weinen war jetzt keine Zeit! Mit aller Vorsicht bettete sie Saints Kopf in ihren Schoß, und im selben Augenblick war auch schon Dr. Pickett an ihrer Seite.

»Sein Herz schlägt regelmäßig«, informierte ihn Jules und blinzelte ein wenig, weil ihr der Regen in die Augen lief.

Dr. Pickett musterte sie kurz. »Sind Sie Mrs. Morris?«

»Ja.«

»Das machen Sie ausgezeichnet. Bewegen Sie sich nicht vom Fleck! Ich will ihn nur kurz untersuchen... Offenbar ist nichts gebrochen.«

»Aber er ist so schrecklich blaß!« rief Jules. Inzwischen hatte nämlich der Regen den schlimmsten Ruß abgewaschen.

»Das wundert mich nicht. Höchstwahrscheinlich hat er sich beim Fallen den Kopf angeschlagen. Sie werden mir doch nicht ohnmächtig, meine Liebe?«

»Bestimmt nicht.« Jules' Stimme klang plötzlich fest und entschlossen.

»Bleiben Sie bei ihm, Ma'am! Ich werde gleich wieder nach ihm sehen.«

Kurz darauf stöhnte Saint leise.

»Sei ganz ruhig, mein Schatz! Ich bin ja bei dir.« Dabei streichelte sie ihm über das Gesicht.

Als er die Augen öffnete, fühlte er einen so durchdringenden Schmerz, daß er sie sofort wieder schloß. »Jules?«

»Ja, Michael. Tut dir etwas weh?« Sie beugte sich besorgt über ihn, um ihn etwas vor dem peitschenden Regen zu schützen.

»Hör mir gut zu, Liebes«, sagte er ganz ruhig. »Fange den Regen mit deinen Händen auf und wasche mir die Augen aus. Rasch!«

Sekundenlang war Jules wie gelähmt, doch dann besann sie sich. Es dauerte gar nicht lang, bis sich genügend Flüssigkeit gesammelt hatte, und schon ließ sie das Wasser in seine geöffneten Augen rinnen. Bei der Prozedur biß Michael stöhnend die Zähne aufeinander.

»Michael...«

»Noch einmal, Jules! Hör nicht auf!«

Sie gehorchte, und je öfter sie es machte, desto geschickter wurde sie. Schließlich schien es genug zu sein. »Ich denke, das reicht«, meinte Michael. »In meiner Tasche findest du ein sauberes Taschentuch. Bitte falte es zusammen und verbinde mir damit die Augen.«

»Na, Saint. Weilen Sie wieder unter den Lebenden, alter Junge?«

»Samuel?«

»Darf ich fragen, was Sie da machen, Ma'am?« Im Moment war ihm nicht klar, warum die junge Frau ihrem Mann das Taschentuch um den Kopf band und sorgfältig über seine Augen schob.

»Ich danke dir, mein Schatz! Das hast du gut gemacht.«

Erst jetzt begriff Samuel Pickett, was geschehen war, und fühlte, wie Übelkeit in ihm hochstieg.

»Hilf mir jetzt doch, Jules! Bestimmt schaust du jetzt drein, als ob mein letztes Stündchen geschlagen hätte! Aber sei unbesorgt! Es geht mir gut. Hilf mir jetzt endlich!«

Nachdem Jules und Dr. Pickett ihn gemeinsam hochgezogen hatten, schwankte Saint im ersten Augenblick ein wenig, doch gleich darauf hatte er sein Gleichgewicht wiedergefunden. Sorgfältig drückte er das Taschentuch noch fester auf die Augen. »Ich fürchte, Sam, daß ich Ihnen hier nicht mehr helfen kann.«

»Haben Sie große Schmerzen?«

»Es läßt langsam nach. Jedenfalls ein bißchen. Jules hat wahrscheinlich schon die meisten Teilchen herausgewaschen, aber ich...«

Jules starrte ihn an und schmiegte sich dann an ihn. »Du bist völlig durchgeweicht!« stellte sie fest. Ihr Verstand weigerte sich noch, die ganze Tragweite des Geschehenen zur Kenntnis zu nehmen. »Laß uns nach Hause gehen, Michael. Dort mache ich dir als erstes ein heißes Bad.«

Saint spürte, wie sie sich zusammennahm, und bewunderte sie in diesem Augenblick grenzenlos. »Vorher müssen wir aber Thomas und Thackery Bescheid sagen.«

Pickett räusperte sich. »Ich mußte dem jungen Mann versichern, daß es Ihnen gut geht, sonst wäre er nicht mit den Verwundeten ins Hospital gefahren! Ist der Schwarze Thackery?«

»Ja. Sagen Sie, Samuel, wie sieht es aus? Es wird doch niemand sterben, oder?«

»Höchstens der Mann, den Sie retten wollten. Vielleicht kann der alte Bunker Stevenson ja sein gutes Gewissen behalten, aber die Gießerei ist er auf jeden Fall los! Kommen Sie, Saint, Sie müssen jetzt aber wirklich nach Hause!«

»Laß uns gehen, Michael. Sonst erkältest du dich noch!«

Er drehte sich in die Richtung, aus der er ihre Stimme gehört hatte. »Mach dir keine Sorgen. Du wirst sehen, es kommt alles wieder in die Reihe!« Als er dabei sanft ihre Hand drückte, hörte er, wie sie ein leises Aufschluchzen hinunterschluckte.

»Bleiben Sie bei ihm, Mrs. Morris!« hörte er Pickett sagen. »Ich hole nur schnell meinen Wagen!«

24. Kapitel

Jules drückte seine Hand so fest, daß es schmerzte. Saint hätte sie gern beruhigt, doch im Augenblick war er dazu nicht in der Lage. Er hatte Angst. Zwar war der durchdringende Schmerz in seinen Augen etwas schwächer geworden, aber er und auch Sam Pickett wußten genau, daß die Lichtblitze, die er wahrgenommen hatte, genausogut weniger werden und dann ganz verschwinden konnten. Guter Gott! Ein blinder Arzt... einfach unvorstellbar! Als eines der Wagenräder in eine Furche geriet und den Wagen heftig erschütterte, konnte Saint ein Aufstöhnen nicht unterdrücken. Sofort fühlte er, wie Jules' Hand zart über seine Stirn strich und sie seinen Kopf bequemer in ihren Schoß bettete.

»Alles wird gut werden, mein Liebster«, hörte er ihre sanfte Stimme. »Ich verspreche es dir!«

Gern hätte er gelächelt, doch er mußte sich viel zu sehr konzentrieren, um seine starken Schmerzen zu ertragen. Im Augenblick waren die Rollen vertauscht. Jules sprach ruhig und war offensichtlich Herrin der Situation, was doch sonst seine Stärke war.

Als der Wagen nach einer halben Ewigkeit anhielt, meldete sich auch Sams Stimme. »Mrs. Morris und ich werden Sie jetzt ins Haus bringen. Nur noch ein wenig Geduld!«

Widerstandslos ließ er sich von ihnen ins Haus dirigieren und schluckte nur ein wenig, als er sich auf der eigenen Untersuchungsliege ausstreckte.

»So, alter Junge, ich nehme jetzt den Verband ab. Höchstwahrscheinlich befinden sich noch einige Partikel in ihren Augen, die ich entfernen muß. Dann...« Er verstummte.

Doch Saint vollendete den Satz für ihn. »Dann verbinden wir die Augen wieder, und von diesem Moment an können wir nur noch beten!«

»Genau.«

Saint hörte Sams Anweisungen und zwang sich, absolut ruhig zu liegen. Nachdem das Taschentuch entfernt worden war, zwinkerte er ein wenig und öffnete schließlich zögernd die Lider.

»Und, Saint?«

»Dasselbe wie vorhin. Dieselben weißen milchigen Schatten, aber sonst nichts.«

»Viel mehr war auch nicht zu erwarten. Das wissen Sie ebensogut wie ich. Daß Sie jetzt ruhig halten müssen, muß ich Ihnen nicht sagen. Mrs. Morris, bitte halten Sie seinen Kopf und leuchten Sie mir!«

Saint lag stocksteif und still, während Sam ihm mit sanfter Hand Stück für Stück weitere Partikelchen entfernte. »Es sieht so aus, als ob die Hornhaut ein wenig verletzt ist. Aber das war ebenfalls nicht anders zu erwarten. Eine Verletzung der Netzhaut kann ich noch nicht feststellen. So, jetzt werde ich Ihre Augen noch einmal auswaschen.«

»Niemand hat mir eine Geschichte erzählt, um mich abzulenken!« brummelte Saint, während er verbunden wurde.

»Es tut mir ehrlich leid, daß ich nicht daran gedacht habe!« Jules war ganz geknickt.

»Aber nein, mein Liebes.« Dabei drehte er sich in die Richtung, aus der er die Stimme vernommen hatte. »Es ist Sams verdammte Pflicht, seine Patienten zu unterhalten!«

»Mrs. Morris, würden Sie Ihrem Mann bitte eine Tasse Tee holen?«

Saint runzelte die Stirn, doch er wartete, bis sich das Röckerascheln entfernt hatte. Es mutete ihn sehr seltsam an, daß er noch nie vorher auf dieses Geräusch geachtet hatte.

»Wie stark sind die Schmerzen?«

»Es reicht. Soll der Tee für das Laudanum sein?«

»Richtig. Ich wollte Ihre Frau nur nicht unnötig beunruhigen. Sie war mir eine große Hilfe. Assistiert sie Ihnen eigentlich bei Ihren Behandlungen?«

»Nein«, meinte Saint gedankenverloren. »Jedenfalls bisher noch nicht. Wir sind ja auch noch nicht lange verheiratet.«

»Ich denke, wir sollten den Verband in drei Tagen zum ersten Mal abnehmen.«

»Hört sich vernünftig an. Danach werden wir dann weitersehen.« Saint seufzte und grinste ein wenig schief. »Immerhin bleibt mir noch Hoffnung.«

»Wenn sich dann noch nichts geändert hat, müssen wir eben noch einmal vier oder fünf Tage abwarten.«

Als sie sich gerade über Stöcke unterhielten, kam Jules mit dem Tablett zurück.

»Nur ganz wenig, Saint«, erklärte Sam, während er das Laudanum in die Teetasse träufelte.

Jules sah schweigend zu und wußte, daß Saint litt, was er aber nie zugeben würde. Aus unerklärlichen Gründen mußten Männer anscheinend immer die Tapferen spielen! Gern hätte sie von Doktor Pickett Näheres über Saints Zustand erfahren, doch sie vermutete, daß die beiden Männer bereits offen gesprochen hatten, während sie, die schwache Frau, in der Küche gewesen war. Auf jeden Fall wollte sie Michael nachher genau befragen.

»So, Mrs. Morris, darf ich Sie jetzt noch einmal um Ihre Hilfe bitten? Schließlich müssen wir diesen Riesen noch nach oben in sein Bett bringen. Er braucht jetzt sehr viel Ruhe. Und dafür müssen Sie sorgen. Aber da habe ich keine Bedenken. Das traue ich Ihnen durchaus zu.«

Saint runzelte die Stirn, doch er sagte kein Wort. Sobald er sich bewegte, schmerzten seine Augen zum an die Decke springen, und er konnte sich ausmalen, wie gerötet und geschwollen sie waren. Sam half ihm noch beim Auskleiden, doch kaum lag Saint flach, als er auch schon schläfrig wurde. »Ich danke Ihnen, Sam«, war alles, was er noch rausbrachte.

»Ich komme morgen wieder, Saint. Gute Nacht!« Mit einem Nicken verabschiedete sich Dr. Pickett von Jules.

Obwohl Saint völlig schlaftrunken war, hörte er noch, wie Jules sich entkleidete. Alles, was er ihr so gern zum Trost gesagt hätte, blieb ungesagt, denn als sie sich über ihn beugte und ihn ganz sanft küßte, war er bereits eingeschlafen.

Seufzend stieg Jules die Treppe hinunter, weil es wieder an der Tür geklopft hatte. Der Strom der besorgten Besucher, die sich alle nach ihrem Mann erkundigen wollten, hatte den ganzen Tag über nicht nachgelassen und ihr nur wenig Zeit zum Nachdenken gelassen. Und bestimmt war das nicht falsch gewesen. Ebenso unentwegt hatte Lydia in der Küche gewirtschaftet, um den Gästen etwas anbieten zu können.

»Guten Tag. Ich bin Jane Branigan. Ich habe von dem Unglück gehört. Sind Sie Mrs. Morris?«

Hübsch war sie, dachte Jules. So sah sie also aus! Eine große, wohlgerundete Figur und glänzendes schwarzes Haar. »Ja, aber nennen Sie mich bitte Jules! Kommen Sie, Saint ist gerade wach. Es haben sich schon viele Freunde nach ihm erkundigt.«

Bisher war es Jane immer wieder geglückt, ihre Eifersucht hinter ihrer Sorge um Saint zu verstecken, doch als sie diesem strahlend jungen Geschöpf gegenüberstand, fühlte sie sich plötzlich alt. Wieder und wieder hatte sie sich gesagt, daß es vorbei war, daß es schon lange vorbei war und sie nur noch eine Freundin war. Nicht mehr, aber auch nicht weniger. »Kann ich ihn für ein paar Minuten sehen?«

»Aber selbstverständlich.« Jules trat zur Seite und gab die Tür frei. Am liebsten wäre sie Jane Branigan gefolgt, doch sie beherrschte sich. Bestimmt wollte Jane ihren alten Freund lieber allein besuchen.

Saint fühlte, wie ihm eine kühle Hand sanft über die Stirn strich. »Jules?«

»Nein, Saint, ich bin es. Jane Branigan. Deine... Frau ist unten. Von den Jungen soll ich dir herzliche Grüße ausrichten. Ich mußte mich doch unbedingt davon überzeugen, daß es dir gut geht.«

Den ganzen Tag über hatte er vor allen Freunden Optimismus verbreitet, doch vor Jane hatte er keine Hemmungen und wagte es, seine Angst anzudeuten. »Ich weiß noch gar nichts, Jane. Möglicherweise hat meine arme Frau von heute an einen Krüppel zum Mann. Die Leute werden mit Fingern auf mich zeigen! ›Schauen Sie nur, der alte Saint! Blind wie ein Maulwurf, aber immer noch ein großer Geschichtenerzähler! Für ein paar Pennies können Sie es ausprobieren‹... Verdammt!«

Jane verstand ihn nur zu gut, aber sie ließ ihn das Mitleid nicht fühlen, sondern scherzte lieber ein wenig. »Genausogut könnten Sie sich bei dir Rat holen! Stell dir doch nur Limpin' Willie vor, wenn er sich rühmt, sich auf deinen Rat hin die Eiterbeule am Bein geöffnet zu haben. ›Und dann ist mir das Bein abgefault!‹ Das wäre doch auch etwas, oder nicht?«

»Ach, Jane!«

Sie konnte nicht verhindern, daß ihr die Tränen in die Augen stiegen. Spontan beugte sie sich über ihn und nahm ihn in die Arme. »Alles wird gut! Laß dich nur nicht unterkriegen. Es ist mir ernst!«

Die letzte Szene hatte Jules von der Tür her beobachtet, und sofort überfiel sie heftige Eifersucht. Leise zog sie sich zurück und ging wieder nach unten in die Küche.

Saint drückte Jane leicht an sich und lachte sogar ein wenig. »Ach, Jane, bei dir darf man aber auch kein bißchen meckern, nicht wahr?«

»Du kannst dich beschweren, solange du möchtest, aber im Grunde weißt du genau, daß es nichts nützt.«

»Sei bloß nett zu Jules! Sie schnattert zwar wie ein Vögelchen und verbreitet nur Optimismus, aber ich denke, daß sie viel mehr Angst hat, als sie zugibt.«

Jane schwieg, doch innerlich kämpfte sie heftig. »Du solltest deiner Frau ein wenig mehr zutrauen, Saint. Schließlich ist sie deine Frau! Ich werde wiederkommen, vielleicht schon morgen.«

»Jane?«

»Ja?«

»Vielen Dank.«

Jane war heilfroh, daß er die Tränen nicht sehen konnte, die in ihren Augen brannten. Unten an der Haustür traf sie auf Jules. »Ich danke Ihnen, meine Liebe, und verschwinde ganz rasch! Nach einem solchen Tag müssen Sie ja völlig erschöpft sein.«

»Das stimmt.« Obwohl Jules diese Frau gern gehaßt hätte, gelang ihr das nicht. »Es war ein schrecklicher Tag! Dabei braucht Michael eigentlich sehr viel Ruhe. Ich weiß gar nicht, wie ich das machen soll.«

»Das liegt allein bei Ihnen, Jules. Sie müssen sich eben durchsetzen! Soll er sich nur beklagen und jammern! Hauptsache ist, daß Sie wissen, was gut für ihn ist! Viel Erfolg!«

Nachdem sich die Tür hinter Jane geschlossen hatte, verharrte Jules noch eine ganze Zeit lang regungslos. Sie hat recht, dachte sie dann, sie hat einfach recht! »Lydia!« rief sie schließlich energisch.

Etwa eine halbe Stunde später hörte Saint ihren leichten Schritt auf der Treppe. »Jules! War da nicht gerade jemand an der Tür?«

»Ganz recht. Horace und Agatha Newton haben vorbeigeschaut, doch ich habe sie auf morgen vertröstet.«

»Und weshalb?«

»Ich habe Ihnen gesagt, daß du dich ausruhen mußt. Sie waren sehr verständig und lassen dich herzlich grüßen.«

»Vergiß nicht, ich bin hier der Arzt! Ich glaube, ich kann noch ganz gut entscheiden, wann ich Ruhe brauche und wann nicht.«

»Ich habe dir Tee mitgebracht und frischen Kuchen, den Lydia gerade gebacken hat.« Ihre Stimme klang verhalten und leise.

Aber Saint wollte nicht nachgeben. »Verdammt, Jules! Behandle mich doch nicht wie ein neugeborenes Kind!«

»Hier, mein Schatz, trink das.«

Er tat es, aber nur widerstrebend. Dabei betrachtete ihn Jules nachdenklich von der Seite. »Ich könnte dich rasieren, falls du das magst.« Dabei fuhr sie ihm sacht mit dem Finger über die Bartstoppeln.

Als Saint nur brummte, beugte sie sich vor und küßte ihn. »Ich liebe dich, Michael. Wenn du dich ausgeruht hast, kannst du baden. Das wird dir bestimmt gefallen!« fügte sie mit einem etwas sündhaften Ausdruck in der Stimme hinzu.

»Du willst mich nur schön machen, damit du mich vernaschen kannst«, brummelte er.

»Genau. Ich kann mit dir machen, was ich will, und du kannst mich nicht daran hindern!«

»Guter Gott! Stell dir nur vor: ein blinder Mann, der an Überanstrengung zugrunde geht! Frau rächt sich an blindem Ehemann! Tony Dawson wird sich über die schönen Schlagzeilen die Hände reiben!«

Jules lächelte, als er zunehmend schleppender sprach. Offenbar begann das Laudanum zu wirken. Sam hatte ihr versichert, daß er mindestens vier Stunden schlafen würde, und genau das brauchte er jetzt. Seine Augen konnten nur heilen, wenn er ihnen Ruhe gönnte. Und dafür wollte sie schon sorgen.

Jules hielt Saints Hand, während Sam die Binden löste.

»Halten Sie die Augen geschlossen, bis ich es Ihnen sage!«

»Diese Ärzte!«

»So, jetzt können Sie sie ganz langsam öffnen.«

Saint gehorchte und schickte ein Stoßgebet zum Himmel, doch es zeigte sich nichts weiter als das blasse mattweiße Licht. Am liebsten hätte er laut geflucht und geheult, doch er unterdrückte seine Regungen, weil er wußte, daß Sam und Jules ihn gespannt ansahen. »Nach wie vor dasselbe gleichmäßig matte Licht«, erklärte er. »Ich denke, es wird noch einige Zeit dauern. Vielleicht eine Woche? Was meinen Sie, Sam?«

Dr. Pickett verspürte zwar eine Enttäuschung, aber überrascht war er eigentlich nicht. Ein Schaden an der Hornhaut verschwand eben nicht spurlos. Allerdings mochte er die enttäuschte junge Frau kaum ansehen. Sie hielt sich tapfer, und er wußte, daß sie nur schwieg, weil sie sonst unweigerlich geweint hätte. »Ja, das ist ein vernünftiger Zeitraum. Ist das Licht irgendwie heller geworden?«

»Nein, es ist noch genauso diffus und bläßlich.«

»Halten Sie jetzt ganz still! Ich möchte mich noch einmal davon überzeugen, daß ich tatsächlich alle Fremdkörper entfernt habe.«

Jules schluckte heftig an dem Kloß in ihrem Hals. Um keinen Preis der Welt wollte sie jetzt in Tränen ausbrechen!

»Sieht nicht schlecht aus«, ließ Sam sich kurz darauf vernehmen. »Haben Sie noch Schmerzen?«

»Nein.«

»Also gut, dann wollen wir jetzt den Verband anlegen.« Sam faßte Jules' Hand und drückte sie kräftig. »Weshalb machen Sie das nicht, Jules? Sie haben eine sehr sichere Hand, und bestimmt ist es Saint angenehmer.«

Die Ablenkung tat ihr gut. Eifrig machte sie sich ans Werk und freute sich über Sams Nicken, als sie fertig war.

»Wir bekommen Thomas praktisch überhaupt nicht mehr zu Gesicht«, bemerkte Saint und lachte ein wenig.

»Wie Sie sich denken können, ist der junge Mann sehr beschäftigt. Ich bin mir ziemlich sicher, daß aus ihm eines Tages ein sehr guter Arzt werden wird.« Und nach einem langen Blick auf Jules: »Er ist mutig und zupackend... wie Ihre Frau! Ja, Saint. Im Grunde müßten längst nicht alle Ihre Patienten zu mir kommen. Ehrlich gesagt, wird es mir in meinem Alter auch langsam ein bißchen viel. Sie und Jules wären ein gutes Gespann. Was meinen Sie, Jules?«

»Mir gefällt dieser Gedanke.«

»Gut, dann werde ich ein wenig die Werbetrommel rühren.«

Nachdem Jules Sam zur Tür gebracht hatte, blieb sie auf dem

Weg ins Untersuchungszimmer unter dem Türrahmen stehen. Saint war aufgestanden und versuchte, tastend seinen Weg zu finden. Dabei stieß er mit dem Schienbein heftig gegen einen Stuhl und fluchte vernehmlich.

»Ein kleines Stück weiter, nur eine Armlänge von dir entfernt, steht der Medikamentenschrank. Wenn du haarscharf geradeaus gehst, kommst du genau zu mir.«

Am liebsten hätte er sie angeschrien und geflucht, denn um ihn herum herrschte finstere Nacht, doch er beherrschte sich mit aller Macht. »Sprich weiter, dann kann ich leichter das Gleichgewicht halten.«

»Das geht doch schon ganz gut!« Jules war begeistert. »Du machst das wunderbar!« Dabei schluckte sie heftig, damit ihre Stimme ganz normal klang. »Noch ein Stück! So, jetzt streck deine Hände aus! Aber nicht zu weit auseinander, wenn ich bitten darf!«

Er mußte lächeln, auch wenn es noch sehr dünn ausfiel.

»So, und nun noch ein wenig tiefer, Michael!«

In derselben Sekunde berührte er ihre Brüste. Einige Augenblicke lang verharrte er wie angewurzelt und tastete nur. »Du bist wunderschön!« Da konnte Jules sich nicht länger zurückhalten und umarmte ihn. Er fühlte, wie sich ihre Wange an seine Schulter drückte und ihre Arme ihn umfaßten. »Ich bin so froh, daß es dich gibt, Liebes! Aber irgendwie ist alles sehr unfair. Das hast du nicht verdient...«

Da umschlossen ihn ihre Arme wie ein Schraubstock, und sie drückte so fest zu, wie es nur ging. »Wenn du noch ein weiteres Wort sagst, werde ich wütend! Versprichst du mir etwas?«

»Was soll ich dir versprechen?« Dabei ruhte sein Kinn auf ihrem Kopf.

»Bist du wirklich froh, daß du mich hast?«

Er hätte gern ihr Gesicht gesehen, um herauszufinden, weshalb ihre Stimme so bedrückt klang. Von nun an mußte er sich wohl oder übel auf sein Gehör verlassen. »Ja, das bin ich.«

»Was hältst du von Sam Picketts Idee, daß wir gemeinsam arbeiten sollten?«

Der bittende Unterton war nicht zu überhören, und Saint begriff, wie wichtig ihr seine Entscheidung war. Insgesamt war der Gedanke nicht schlecht, denn erstens würde ihn die Arbeit ablenken und zweitens käme er sich dann auch nicht mehr so hilflos vor. »Einen Versuch ist es immerhin wert, nicht wahr?«

Der erste Patient wurde ihnen allerdings nicht von Dr. Pickett geschickt, sondern von Limpin' Willie. »Ich heiße Ryan«, stellte sich nur wenig später ein riesiger Mann vor, der verlegen seinen schwarzen Hut in der Hand drehte.

»Kommen Sie herein!« forderte Jules ihn auf. »Hier hinein!«

»Limpin' Willie hat mir geraten, zu Ihnen zu gehen, auch wenn Sie nicht sehen können.«

Saint lächelte. »Dann erzählen Sie mir einmal, was Ihnen fehlt, Ryan!«

»Vor ein paar Tagen habe ich einen Schlag auf den Schädel abbekommen.«

Saint fragte gar nicht lange, wie es dazu gekommen war, denn der Stimme nach zu urteilen, war Ryan ein würdiger Vertreter der Zunft der Sidneys Ducks. »Ist Ihnen schwindlig?«

»Ja, manchmal. Ein bißchen. Hauptsächlich beim Gehen.«

»Und wie steht es mit doppelten Bildern?«

Ryan überlegte ein wenig und nickte dann.

»Ja«, übersetzte Jules die stumme Geste.

»Nun gut. Sitzen Sie ganz still. Mrs. Morris wird nun einen Finger heben. Folgen Sie ihm mit den Augen zuerst nach rechts und dann nach links...«

Jules gab sich große Mühe, Michaels Instruktionen haargenau zu befolgen, und teilte ihm nach jedem Test das Ergebnis mit.

»Na, das hört sich ja ganz nach einer Gehirnerschütterung an, Ryan«, meinte Saint schließlich. »Hören Sie zu, was ich Ihnen rate: Ich möchte nicht, daß Sie während der nächsten vierundzwanzig Stunden alleine sind. Bitten Sie jemanden, sie alle vier Stunden zu wecken, Sie nach Ihrem Namen und Ihrem Alter zu fragen. Außerdem...«

Nachdem sich der Riese dankbar verabschiedet und Jules an der Tür das Geld in die Hand gedrückt hatte, kehrte sie strahlend in das Behandlungszimmer zurück. Aber ihr Lächeln gefror auf der Stelle, als ihr aufging, daß Saint es ja gar nicht sehen konnte.

»Das erste selbstverdiente Geld!« rief sie begeistert.

»Komm her, damit ich dir gratulieren kann.« Rasch zog er sie auf seinen Schoß. »Das hast du wunderbar gemacht!«

»Wir haben das wunderbar gemacht, meinst du nicht auch?«

»Du hast recht.« Er lachte.

»Michael?«

»Ja?«

»Ich kann mir aber nicht vorstellen, eine Wunde zu nähen! Und wenn ich mich ungeschickt anstelle, wird das die Patienten nur erschrecken!«

»Noch ist es ja nicht soweit. Komm, mein Schatz, ich möchte während der nächsten Stunden deinen Körper ausgiebig ertasten und erkunden.« Einige Minuten später im Schlafzimmer legte Saint den Kopf zur Seite und lauschte. »Weißt du eigentlich, daß ich genau hören kann, was du ausziehst? Du hast nur noch dein Hemd an, nicht wahr?« Als es daraufhin leise raschelte, grinste er. »Ich fürchte, das übertrifft meine Vorstellungskraft! Komm her, Jules!«

Sie gehorchte und fand es überaus aufregend, als seine tastenden Hände über ihre Haut glitten.

»Ich liebe deine Brustwarzen.« Vor Erregung wurde seine Stimme ganz heiser. »Ich kann ihre Farbe nicht genau fühlen. Etwa blaßrosa?«

»Ja«, hauchte sie.

»Und weich wie Samt. Das schmecke ich!«

Wie sehr hatte sie dieses vertraute Ziehen in ihrem Bauch vermißt! Hingebungsvoll beugte sie sich ihm entgegen, damit er sie besser erreichen konnte.

Es entzückte ihn, wie prompt sie auf alles reagierte. Langsam glitt seine linke Hand über ihre Rippen, fühlte ihren winzigen Nabel und tauchte schließlich in ihre feuchtheiße Scham ein. Es drückte ihm regelrecht die Luft ab, so sehr wünschte er, in diesem Augenblick ihr Gesicht sehen zu können. »Sag, Jules, gefällt dir das?«

»Es gefällt mir so sehr, daß ich laut schreien werde, wenn du aufhörst!«

»Das ist mehr, als ein normaler Mann aushalten kann!« stöhnte er, während seine Finger jeden Winkel erforschten.

»Wenn du nicht sofort aufhörst, werde ich ... Bitte ... Oh, Michael!«

Genüßlich verfolgte er, wie sie keuchend nach Atem rang und schließlich mit aller Macht seine Hand von sich wegdrückte.

»Aber jetzt bist du dran, mein lieber Mann!«

In Sekunden hatte er sich die Kleider abgestreift, und an ihrem heftigen Atmen konnte er erkennen, daß sie ihm zusah. Daß ihr gefiel, was sie da sah. Und das beflügelte ihn. Die Berührungen ihrer Hände und ihrer Lippen waren eine unbeschreibliche Tortur. »Du machst deine Sache sehr gründlich!« stöhnte er, während sie in seinen Schamhaaren wühlte.

»Und genau das scheint dir zu gefallen«, hauchte sie, als sie ihn berührte. Und als sie ihn dann auch noch mit dem Mund liebkoste und er das zarte Streicheln ihrer Zunge spürte, hätte es ihn beinahe um den Verstand gebracht. Als er sich aufrichten wollte, drückte sie seinen Brustkorb zurück aufs Bett.

»Oh, nein, mein Schatz! Jetzt mußt du tun, was die Assistentin des Doktors sagt! Es ist nur zu deinem Besten, also halt still!«

Irgendwann konnte er es jedoch keine Sekunde länger ertragen. Wie von Sinnen packte er sie unter den Armen und zog sie über sich. Dabei fühlte er den unwiderstehlichen Drang, sich ganz tief in ihr zu vergraben... In dieser Sekunde umfaßte sie ihn und wies ihm den Weg. Und da war es um ihn geschehen. Die Sehnsucht packte ihn mit nie gekannter Gier. »Jules...«, keuchte er, »Liebes. Ich muß...« Die Stimme versagte ihm. Und als sie sich auf ihm bewegte und sich dabei mit den Händen auf seinem Brustkorb abstützte, preßte er die Handflächen fest gegen ihren Bauch und fühlte ihren Rhythmus.

»Kannst du dich in mir fühlen?« Dabei preßte sie seine Hand nur noch fester gegen sich.

Er wollte lachen, doch es gelang ihm nicht. »Fast«, keuchte er. Dabei entzog er ihr seine Hand und suchte fieberhaft nach ihrer Scham. »Verdammt, ich möchte dich sehen!«

Jules war wie von Sinnen. Alle Muskeln ihres Körpers waren angespannt, und ihre Schenkel drückten sich gegen seine Flanken, aber dennoch hatte sie den schmerzhaften Unterton in Saints Stimme vernommen. Rasch zog sie seine Hand empor und drückte ihr Gesicht hinein, und als ihr Körper in Ekstase verging, glitten seine Finger über ihre geöffneten Lippen und fühlten die Hitze ihrer Schreie.

Kurz bevor er explodierte, küßte sie ihn leidenschaftlich. Und dann stöhnte er in ihrem Mund. »Oh, Himmel, ich begehre dich so sehr!«

Jules war erleichtert, daß er ihre Tränen nicht sehen konnte. Er begehrte sie! Sie war so glücklich, daß er es gesagt hatte, und hoffte inständig, daß er bald noch ein bißchen mehr für sie empfände. Sie unterdrückte ein Schniefen und lächelte auf ihn hinunter. Er war immer noch in ihr, aber jetzt ging sein Atem ganz ruhig und gleichmäßig.

Als sie sich vorsichtig erheben wollte, weil sie glaubte, er schliefe, stöhnte er zufrieden. »Oh, Himmel, Jules, du hast mich völlig fertig gemacht!«

Schnell wischte sie sich über die Augen und lächelte. »Jetzt darfst du dich ja ausruhen, mein Schatz!«

Doch die Ruhe währte nicht lange. Eine Stunde später, als sie gerade beim Abendessen saßen, stürzte Thomas leichenblaß ins Haus. Entsetzt sprang Jules auf. »Thomas, was ist los?«

»Es geht um Bunker Stevenson«, keuchte ihr Bruder. »Er hatte einen Herzanfall!«

25. Kapitel

»Ich komme sofort!« rief Saint ohne nachzudenken und schob hastig seinen Stuhl zurück. Dabei verfing er sich an einem Fuß, worauf der Stuhl umstürzte. Um sein Gleichgewicht zu halten, packte er den Tisch, doch dabei versetzte er seinem Teller einen Stoß, so daß er zu Boden fiel. Für Sekunden erstarrte er. »Scheiße!« sagte er schließlich sehr vernehmlich.

Thomas eilte ihm zu Hilfe. »Ich wollte doch nicht... Oh, verdammt, Saint, es tut mir leid! Ich hätte nicht so damit herausplatzen sollen! Dr. Pickett ist bei ihm, aber es sieht gar nicht gut aus. Wie du dir ja denken kannst, ist seine Frau völlig aufgelöst!«

»Und Penelope?« fragte Jules, während sie Saint nicht aus den Augen ließ. Er klammerte sich so fest an der Tischplatte an, daß die Knöchel an seiner Hand weiß hervorstachen.

»Ihr geht es gut. Wenn ihre Mutter durchdreht, muß sie sich ja zusammennehmen.«

Jules hörte nicht genau hin, denn im Augenblick dachte sie nur an Michael. In dieser Situation war jedes Wort zuviel. »Thomas«, unterbrach sie schließlich die lastende Stille. »Nimm doch wenigstens Platz. Und du auch, Michael. Möchtet ihr vielleicht einen Schluck Wein?«

Michael hätte am liebsten um sich geschlagen oder wie ein Wolf den Vollmond angeheult, doch irgendwann ging diese Anwandlung vorbei. »Ja, ein Glas Wein wäre gut.«

»Sehr gut. Komm, setz dich auf diesen Platz, Michael.«

Er gestattete ihr, daß sie ihn am Arm faßte und zu einem anderen Stuhl führte. Mit zusammengepreßten Lippen hörte er, wie sie seinen Teller aufhob, aber schon war es mit seiner Beherrschung vorbei. »Verdammt, laß das, Jules! Ich habe das angerichtet, und ich werde auch wieder Ordnung schaffen!«

Langsam richtete sich Jules zu voller Größe auf und reagierte mit leichtem Kopfschütteln auf den besorgten Blick ihres Bruders. Nein, keine Entschuldigungen, kein Mitleid. Er war kein verletztes Kind, das man trösten mußte. Er war ein Mann, und er war stolz, aber im Augenblick war er frustriert und wütend. Nur zu gut konnte sie sich vorstellen, daß es ihr höchstwahrscheinlich genauso gegangen wäre!

»Nein, Michael«, widersprach sie ihm. »Ich mache das. Du kannst im Augenblick nicht sehen, und deshalb ersetze ich dir deine Augen. Außerdem sind die Erbsen über den ganzen Teppich gekullert, und ich möchte nicht, daß du sie zertrittst.«

»Jules...« Hilflos brach er ab.

»Thomas, bitte schildere Michael inzwischen ausführlich, was geschehen ist und was Dr. Pickett bisher unternommen hat.«

Während sie die Spuren des Unglücks beseitigte, hörte sie dem Gespräch nur mit halbem Ohr zu. Dann goß sie den Wein ein und legte wortlos Michaels Finger um den Fuß seines Glases.

»Vielen Dank«, erwiderte er steif.

Thomas faßte noch einmal zusammen. »Also. Dr. Pickett glaubt, daß die Aufregung wegen der Explosion in der Gießerei diesen Anfall ausgelöst hat. Denkst du das auch, Saint?«

»Das mag sein.« Ganz offenbar hatte er sich wieder gefaßt. »Das und die Tatsache, daß Bunker fett ist wie ein ausgestopfter Truthahn. Ich habe ihn einige Male darauf hingewiesen, doch ohne Erfolg. Du sagst, daß die Lähmung seine ganze linke Seite erfaßt hat?«

Thomas nickte und fügte noch rasch ein »Ja« hinzu.

»Aber die Sprache ist nicht sehr beeinträchtigt?«

»Nur ein wenig. Das hat Dr. Pickett ja so überrascht.«

Saint dachte einen Augenblick nach. »Ich bin jetzt seit mehr als zwei Jahren Bunkers Arzt. Wie ich ihn einschätze, könnte er es allein durch seine Dickköpfigkeit schaffen! Allerdings können Hilflosigkeit und Abhängigkeit einen Menschen auch sehr verändern.«

Mit schmerzlichem Gesichtsausdruck sah Jules zu ihrem Mann hinüber, doch wegen der Binde konnte sie nicht in seiner Miene lesen. Und er sprach von Hilflosigkeit!

»Ich wüßte gern, was ich in diesem Fall tun kann«, sagte Thomas und sah dabei höchst unglücklich drein.

»Meiner Meinung nach ist es das Klügste, wenn du Penelope so schnell wie möglich heiratest und in das Haus der Stevensons ziehst«, riet Jules und lächelte ihm aufmunternd zu. »Hier wirst du ja nicht gebraucht, auch wenn wir dich natürlich gern sehen.«

Bevor Thomas noch widersprechen konnte, mischte Saint sich ein. »Das ist ein kluger Vorschlag, Thomas. Penelope und ihre Mutter sind es gewohnt, daß sich ein starker Mann um alles kümmert. Ich fände es nur gut, wenn ihr bald heiraten würdet.«

Einen Tag, bevor Saints Binde abgenommen werden sollte, wurden Penelope und Thomas in einer kleinen Zeremonie im Haus der Stevensons getraut. Ein Diener und der Chauffeur hatten dazu den erkrankten Bunker in einem Sessel aus seinem Schlafzimmer heruntergetragen.

»So friedlich habe ich sie ja noch nie erlebt!« flüsterte Chauncey Saxton Jules ins Ohr. »Ich glaube, ich muß Del recht geben, der seine Meinung inzwischen gründlich geändert hat!«

»Ich hoffe natürlich auch, daß alles gut geht. Schließlich ist Thomas ja mein Bruder.« Hübsch sah Penelope aus, dachte Jules, und ganz plötzlich begriff sie, daß dieses Mädchen von nun an ihre Schwester war. Ein wenig beunruhigend war der Gedanke schon, denn ihr Verhältnis zu Sarah war immer etwas distanziert und kühl gewesen. Bitte, laß es gutgehen! betete sie im stillen, als die beiden sich unter lautem Schluchzen von Mrs. Stevenson das Jawort gaben.

Natürlich gab es Champagner für die Damen und harte Getränke für die Herren. Chauncey hatte sich in rührender Weise um das Büfett gekümmert, und das Ergebnis konnte sich sehen lassen. Jules knabberte gerade an einem Hummerbrötchen, als sie Bunkers laute Stimme vernahm, die tatsächlich kaum beeinträchtigt war: »Da sitzen wir nun etwas angeschlagen herum, wir altgedienten Schlachtrösser, nicht wahr, Saint? Allerdings hat mir Pickett heute bestätigt, daß Sie ihre hübsche Frau bald wieder sehen können!«

Sally Stevenson ging völlig in ihren Mutter- und Schwiegermutterpflichten auf und nahm strahlend die Glückwünsche der Gäste entgegen. Jules sah sofort, daß sie merklich gealtert war, und fragte sich natürlich, ob die Krankheit ihres Mannes die Ursache dafür war oder aber der Schwiegersohn, der keinerlei Vermögen besaß und vielleicht nicht so ganz nach ihrem Geschmack war. Dabei sollte sie sich eigentlich über die Hochzeit freuen, dachte Jules und nahm sich vor, ihr das bei passender Gelegenheit einmal zu sagen.

Thomas ließ seine Braut keine Sekunde aus den Augen. Entweder hatte er ständig ihren Ellenbogen untergefaßt oder aber die Hand um ihre Taille gelegt. Jules wußte inzwischen, was Verlangen und Leidenschaft bedeuteten, und sie sah beides in den Augen ihres Bruders leuchten, sobald er Penelope ansah. Die junge Frau schien ein wenig abwesend zu sein und bewegte sich eher wie eine Puppe unter ihren Gästen.

Saint war den ganzen Abend über von Freunden umringt, die wissen wollten, wie es ihm ging. Als Jules zu der Gruppe trat, hörte sie, wie Brent Hammond gerade von Wakeville erzählte. »Sie können sich gar nicht vorstellen, wie rasant sich die kleine Stadt entwickelt hat.«

»Von Thackery erfahre ich hin und wieder etwas«, entgegnete Saint. »Und wie entwickelt sich die Schwangerschaft Ihrer Frau?«

Brent grinste. »Wie eine kleine fette Spinne sitzt sie in ihrem Nest!« Dabei winkte er seiner Frau zu. »Sie sagt, daß sie sich wunderbar fühlt und nur ich ihr auf die Nerven gehe!«

»Das erste Kind ist immer eine aufregende Sache.«

»Nun, bis es soweit ist, werden Sie ja hoffentlich wieder ganz auf den Beinen sein, alter Freund!«

In diesem Augenblick gesellte sich auch Byrony zu ihnen. »Er macht mich einfach verrückt, Saint! Können Sie ihm vielleicht klarmachen, daß sein Beitrag zu dieser Sache eigentlich erledigt ist?«

»Den Teufel werde ich tun.« Saint streckte Byrony die Hand hin und umfaßte sie dann ganz fest. Es dauerte eine Weile, bis Jules begriff, daß diese Geste rein medizinisch war und Saint das Handgelenk abtastete. »Sehr gut, Byrony, keine Schwellung. Und was machen die Knöchel?«

»Ha! Und ich dachte schon, Sie wollten mit meiner Frau flirten!« Brent lachte. »Ihre Knöchel schwellen an, wenn sie sich nicht regelmäßig hinlegt.«

»Dann sorgen Sie dafür, daß sie das in Zukunft tut.« Saint tätschelte Byronys Hand. »Und zwar allein.«

Brent stöhnte heftig und Byrony lachte aus vollem Hals.

»Es war ein schönes Fest«, erklärte Jules zufrieden, während Thackery sie und Saint im Wagen nach Hause fuhr.

»Ja, wirklich.«

»Glaubst du, daß Thomas nun noch an seinem Berufsziel festhalten wird?«

»Woher soll ich denn das wissen?« Er reagierte fast unfreundlich, denn gerade hatte er an den vergangenen Vormittag und seinen neu sortierten Kleiderschrank gedacht. Er war schon immer ein ordentlicher Mensch gewesen, aber für einen Blinden war das nicht genug. Es hatte ihn sehr gestört, daß Jules ihm morgens immer die entsprechenden Kleidungsstücke heraussuchen mußte. Obwohl er das nie erwähnt hatte, hatte sie inzwischen seinen Kleiderschrank umsortiert und ihm heute morgen das System erklärt. Auf der linken Seite begann es mit den dunkelsten Sachen, dann kamen die blauen und schließlich die grauen. Es war ihm tatsächlich gelungen, sich für die Hochzeit allein anzukleiden, und eigentlich hätte er stolz sein müssen, aber irgendwie war ihm das unmöglich.

Jules spürte sehr genau, daß er mißgelaunt war, sagte aber nichts. Und als sie einige Zeit später im Bett lagen, zog sie ihr Nachthemd aus und kuschelte sich an ihn. Aber auch da reagierte er nicht, so daß sie tapfer ihre Enttäuschung hinunterschluckte. Dann beugte sie sich über ihn und küßte ihn ganz zart. »Ich liebe dich, Michael.« Dann noch ein kleiner Kuß und schon war sie dicht neben ihm eingeschlafen.

Irgendwann schreckte ein grauenhaftes Stöhnen sie aus dem Schlaf. Es war noch ziemlich dunkel, so daß sie nur schwach erkennen konnte, wie Michael sich auf dem Bett wand und stöhnte. »Oh, nein! Verdammt, nein!« Wieder fuchtelte er herum und verfing sich dabei in den Decken.

»Oh, Gott!« dachte sie und rüttelte ihn heftig. »Es ist nur ein Alptraum, Michael! Komm, wach auf!«

Sie fühlte, wie er schwitzte und wie sein Herz heftig schlug. »Michael!«

»Was?« Schaudernd schoß er hoch, doch gleich darauf verharrte er sekundenlang regungslos. »Ich habe so entsetzliche Angst«, flüsterte er fast unhörbar.

Mit bebenden Händen zog Jules die Decke glatt und nahm ihren Mann in die Arme. »Ich weiß«, flüsterte sie, wobei ihre Lippen seine Stirn berührten. »An deiner Stelle ginge es mir bestimmt genauso. Michael, hör zu ...« Vor Erschütterung hielt sie inne. Ein so mächtiger Mann zitterte in ihren Armen wie ein hilfloses Kind! »Hör zu«, begann sie dann noch einmal und strich ihm dabei zärtlich über sein Haar. »Wenn du morgen noch keine Fortschritte gemacht haben solltest, wird es spätestens in der nächsten Woche so sein! Deine Augen werden heilen, dessen bin ich ganz sicher!«

Und wenn nicht? Wenn er völlig erblindete? Daran wollte sie gar nicht erst denken! Und noch weniger durfte er aufgeben!

»Ich habe geträumt, daß du mich gebraucht hast«, erzählte er mit leiser, ein wenig gepreßter Stimme. »Irgendwie warst du verletzt. Ich habe dir meine Hilfe angekündigt, doch zuerst habe ich dir nur zugelächelt und dir eine dumme Geschichte erzählt. Und dann konnte ich plötzlich nicht mehr sehen! Und da hast du mich wieder um Hilfe angefleht. Aber ich konnte doch nicht sehen!« Er klammerte sich an sie und vergrub sein Gesicht zwischen ihren Brüsten. Dabei zitterte er, als ob er im nächsten Augenblick erfrieren müßte. »Ich war gänzlich nutzlos und überflüssig!«

»Aber, Michael! Es war doch nur ein Traum! Und noch dazu ein scheußlicher! Außerdem war er ganz unwahrscheinlich, denn nie im Leben würdest du eine dumme Geschichte erzählen, nicht wahr?« Sie spürte, wie er ihr plötzlich zuhörte, und küßte ihn lächelnd auf sein Ohr. »Im Gegenteil! Du hättest mich zum Lachen gebracht! Und wenn ich dich um etwas angefleht hätte, dann höchstens um Gnade, weil mein Bauch vor Lachen geschmerzt hätte!« Natürlich war das alles kein Trost, und bestimmt änderte es auch seine Stimmung nicht. Witze und Humor hatten ihren Platz, aber gegen schwere Träume in der Nacht boten sie keinerlei Erleichterung.

»Nein, warte! Ich bin noch nicht fertig. Ich weiß, daß du mich aus einer Art Ehrgefühl heraus geheiratet hast. Du hast dir Sorgen um mich gemacht, oder eher um das Kind, das du früher einmal gekannt hast.« Sie fühlte, wie sich seine Muskeln spannten, doch sie ließ sich nicht beirren. »Ganz gleich, jedenfalls sind wir verheiratet. Wir sind ein Paar. Wir teilen alles miteinander und werden das auch in Zukunft tun. Einmal hast du gesagt, daß Hilflosigkeit und Abhängigkeit einen Menschen verändern. Das mag sein. Falls du nicht wieder sehen wirst, werden wir uns beide verändern und an diese neue Situation gewöhnen müssen. Aber du wirst nie im Leben nutzlos oder gar überflüssig sein! Und falls du das noch ein einziges Mal behauptest, werde ich dir etwas auf den Kopf hauen!«

Wie Balsam legten sich diese Worte auf Saints Gemüt, und ganz langsam schwanden die Angst und die Bangigkeit, die dieser schreckliche Traum in ihm hinterlassen hatte.

»Glaubst du etwa, ich würde dich weniger lieben, nur weil du dein restliches Leben lang blind sein könntest? Du weißt überhaupt nicht, was ich für dich fühle, nicht wahr? Wie sehr ich dich bewundere und respektiere?«

»Jules, ich... Oh, verdammt!«

Ganz plötzlich konnte Jules nicht mehr. Auf einmal war ihr alles zuviel. Heiß brennende Tränen stürzten aus ihren Augen, und gleichzeitig haßte sie sich für diesen Gefühlausbruch, aber verhindern konnte sie ihn nicht. Ein Damm war gebrochen.

»Nein, mein Liebes! Nein!« Er rutschte ein Stück weg, damit er sie besser in die Arme nehmen, sie beschützen und trösten konnte. Ganz plötzlich hatten sie die Rollen getauscht! Unwillkürlich mußte er lächeln. »Ich möchte dir doch nicht weh tun, Jules! Aber augenblicklich beherrschen mich Wut und Bitterkeit. Ausgerechnet an dir muß ich es auslassen! Pst, mein Schatz!

Bitte weine doch nicht so!« Dabei strich er ihr über das Haar, küßte sie und liebkoste ihren nackten Rücken. »Bis heute habe ich noch nicht kapiert, wodurch ein Kerl wie ich auf ein so zauberhaftes Mädchen wie dich überhaupt anziehend wirken kann. Ich kann kaum fassen, wie viele Sorgen du dir meinetwegen machst!«

Nach und nach wurde ihr Schluchzen leiser, und irgendwann bekam sie einen Schluckauf. »Es tut mir leid«, brachte sie schließlich heraus.

»Was denn, mein Liebes?«

»Eigentlich müßte ich jetzt nur stark sein, aber statt dessen benehme ich mich wie eine törichte schwache Frau. Oh, ich hasse das! Es tut mir leid, Michael. Bitte verzeih mir.«

»Nein.«

Diese Reaktion war so überraschend, daß Jules zornig wurde. Sie setzte sich auf und starrte fassungslos auf Michael hinunter. Im Dunkeln konnte sie jedoch nur seinen Verband, aber nicht das Lächeln auf seinen Lippen erkennen. »Und was soll das heißen?«

Als er nur lachte, trommelte sie erregt mit den Fäusten auf seine Brust.

»Du willst eine schwache Frau sein?« Er packte ihre Arme und warf sie zurück aufs Bett. »Muß ich dich erst anbinden, damit ich dich lieben darf?«

»Nein, aber das sage ich nur, weil ich nicht glaube, daß du es schaffst.«

Rasch rutschte er über sie und preßte sein Knie gegen ihre geschlossenen Schenkel. »Mach sie auseinander«, flüsterte er und küßte sie dabei auf den Hals.

Sie liebte es, wenn sein nackter Körper sie ganz und gar zudeckte. »Und weshalb?« flüsterte sie ebenso leise und bewegte sich unruhig unter ihm.

»Ich will dich küssen, bis du schreist, und dann will ich mich so tief mit dir vereinigen, daß wir nicht mehr wissen, wo der eine aufhört und der andere beginnt. Du sollst ein Teil von mir werden!«

»Oh, ja«, hauchte sie nur, und als sie dann seinen Mund überall spürte, konnte sie es nicht aushalten. Das Entzücken überfiel sie mit so schmerzhafter Eindringlichkeit, daß sie sich wieder und wieder mit lauten Schreien Luft verschaffen mußte. Und als er mit einem einzigen Stoß in sie eindrang, bog sie sich ihm entgegen, öffnete sich ihm ganz und wurde eins mit ihm.

Erst nach einer ganzen Weile ging sein Atem wieder so ruhig, daß er sprechen konnte. »Nie hätte ich gedacht, daß ich einmal solche Dinge mit diesem kleinen Floh aus Lahaina machen würde!« Er lachte leise.

»Nein!« rief sie und schlang rasch ganz fest die Arme um ihn. »Geh nicht weg, Michael!«

»Aber nein, mein Schatz.« Seine Stimme war sehr sanft, während seine Finger zart über ihr Gesicht streichelten. Als Jules vorsichtig mit ihren kleinen Zähnen daran nagte, küßte er sie und folgte mit der Zunge der hübsch geschwungenen Linie ihrer Lippen. Gleichzeitig stellte er sich vor, daß ihre Augen lächelten, und hätte heulen können. Wenigstens, hätte er am liebsten gesagt, wenigstens habe ich schon gesehen, wie du im Augenblick der Ekstase aussiehst... Er fühlte, wie sich ihre Beine enger um seine Hüften schlossen, spürte ihre sanften Hände, wie sie seinen Rücken entlangfuhren, und sofort reagierte sein Körper.

»Du bist wirklich der beste Liebhaber der Welt«, flüsterte Jules noch, bevor sie in Schlaf sank.

»Doch«, meinte er, und dabei lag in seiner Stimme eine gewisse Zufriedenheit, »doch, ich glaube, dem kann ich zustimmen.«

»Nein, Sam, ich fürchte, es ist alles unverändert.«

Jules mußte sich unglaublich zusammennehmen, um nicht wie ein waidwundes Tier zu stöhnen.

»Immer noch das weiße Licht?«

»Ja.«

Da begann Sam zu lachen. »Na, wunderbar, Saint! Demnach heilt alles prächtig!« Er klopfte ihm begeistert auf den Rücken. »Alles, was Sie jetzt noch brauchen, ist Ruhe. Keine Aufregungen und keine Auseinandersetzungen mit Ihrer Frau.«

»Ich verstehe kein Wort!« Jules blickte verständnislos in die Runde.

Sofort streckte Saint die Hand nach ihr aus. »Da sich die Sehkraft nicht verschlechtert hat, darf ich hoffen!« Er zog Jules an sich und drückte sie. »Und ich verspreche auch, sehr gehorsam zu sein, Sam!«

Dr. Pickett lächelte, und dieses Lächeln schloß gewissermaßen ein Gebet ein. Freundlich tätschelte er Saints Schulter. »Von nun an werden Sie mich nicht mehr brauchen, lieber Freund! In einer Woche werden wir noch einmal nachsehen. Mit Ruhe meine ich übrigens auch, daß zwei bis drei Patienten pro Tag genug sind.« Mit ernster Miene wandte er sich daraufhin an Jules. »Er braucht unbedingt Ruhe, Jules, und ich verlasse mich in dieser Beziehung ganz auf Sie!«

»Das können Sie auch ganz beruhigt«, versicherte sie ihm.

Nachdem sie den Arzt zur Haustür begleitet hatte, kehrte sie wieder zu ihrem Mann ins Untersuchungszimmer zurück. »Hier ist dein Stock, Michael! Komm, wir wollen essen und Lydia auch gleich die gute Nachricht mitteilen.«

Sie ließ ihn nicht aus den Augen, und als er gegen einen Stuhl stieß, biß sie sich auf die Lippen. Zu ihrer großen Erleichterung lachte er. »Wirke ich mit diesem Stock nicht geradezu malerisch, mein Schatz?«

Genau das hatte sie im Augenblick gedacht, denn der Stock war ein sehr schönes Exemplar aus Ebenholz und besaß einen prächtigen geschnitzten Löwenkopf als Griff. Sie biß sich auf die Lippen, weil sie nicht sicher war, wie er auf eine derartige Bemerkung reagieren würde. »Sei froh, daß ich mich beherrschen kann, mein Liebling, denn sonst müßtest du jetzt auf der Stelle ruhen. Natürlich mit mir, aber dafür ohne dein Essen.«

Jules bestand darauf, daß Lydia und Thackery am Tisch Platz nahmen und mit ihnen aßen. Thackery reagierte regelrecht verstört.

»Stellen Sie sich doch nicht so an, Thackery!« schimpfte Lydia ihn. »Sie müssen doch endlich einmal Schluß mit dem Sklavendasein machen!«

»Aber...«

»Kein ›aber‹!« sagte nun auch Jules. »Kommen Sie, Saint wird Ihnen auch die Geschichte von Mr. Leidesdorff erzählen. Er war damals der erste Schwarze in San Francisco.«

Diese Bemerkung hatte das Eis gebrochen, und nachdem sie alle um den Tisch herum Platz genommen hatten, begann Saint mit seiner Erzählung. »Er hieß Williams und starb bereits als junger Mann im Jahr 1848. Durch die Inflation als Folge des Goldrausches ist sein Besitz inzwischen über eine Million Dollar wert. Vor etwa sechs Monaten hat sich nun unser John Folsom«, und das sagte er mit sarkastischem Unterton, »nach Jamaica begeben, um mögliche Ansprüche an den Besitz abzugelten. Mr. Leidesdorff ist leider kinderlos gestorben, und im Augenblick weiß nur der Himmel, wie es weitergehen wird.«

Jules wippte ungeduldig mit ihrer Gabel. »Aber der wichtigste Punkt dabei ist doch, daß wir hier in Kalifornien leben und jeder Mensch frei ist und tun kann, was er will.« Insgeheim war Jules erleichtert, daß Saint die tragische Liebesgeschichte nicht erwähnt hatte. Als Mulatte war Mr. Leidesdorff der weißen Familie seiner Braut nämlich nicht willkommen gewesen.

»Wenn Sie mit den Fingern essen würden, Thackery«, erklärte Jules auf ihre sehr direkte Art, »dann sähe die Sache natürlich ganz anders aus. Mr. Saint lädt schließlich auch nicht die Sidney Ducks zum Essen ein!«

Saint mußte lachen, und Jules war entzückt. Wir werden allmählich eine richtige Familie, dachte sie, während sie strahlend von einem zum anderen blickte.

Zwei Tage später drängte sie ihren Mann mit unnachgiebiger Freundlichkeit nach oben, damit er sich hinlegen sollte. Lydia war ausgegangen, weil sie ihre Einkäufe noch gern vor dem drohenden Regen erledigen wollte, und Thackery hatte sich im *Wild Star* mit Brent Hammond verabredet. Als es kurze Zeit später an der Tür klopfte, schickte sie insgeheim ein Stoßgebet zum Himmel und hoffte, daß es kein Patient war. Es widerstrebte ihr sehr, die Menschen abzuweisen, aber im Augenblick ging Michael vor.

Ein halbwüchsiger Junge stand vor der Tür. »Mrs. Morris?« erkundigte er sich lispelnd.

»Ja.«

»Ich soll das abgeben, Madam.« Mit diesen Worten drückte er ihr einen Umschlag in die Hand und war verschwunden, bevor Jules noch etwas sagen oder fragen konnte.

Stirnrunzelnd drehte sie das Kuvert ohne Adresse in den Händen, doch schließlich öffnete sie es kurzentschlossen und entfaltete den einzigen Bogen, den es enthielt.

Meine liebste Juliana,
ich hoffe sehr, daß du mich noch nicht vergessen hast. Ich möchte dir mein Bedauern über das Unglück deines Mannes aussprechen und dir versichern, daß ich dir nahe bin, mein Liebes. Sehr nahe. Denke manchmal an mich, Juliana! Ich werde bald kommen und dich zu mir holen.

Unterzeichnet war das Ganze mit einem großen J und einem W. Entsetzt ließ Jules das Papier fallen, und dann schlang sie die Arme ganz eng um sich, als ob sie sich so vor der panischen Angst schützen könnte. Ganz automatisch blickte sie aus dem Fenster, doch inzwischen schüttete es so heftig, daß sie nichts erkennen konnte. Unwillkürlich ging ihr durch den Kopf, daß die arme Lydia nun doch naß werden würde. Dann sank sie völlig abwesend zu Boden, und als sie einen Seufzer hörte, begriff sie anfangs gar nicht, daß sie selbst ihn ausgestoßen hatte.

26. Kapitel

Thomas saß hinter Bunkers riesigem Mahagonischreibtisch und versuchte vergeblich, ein medizinisches Buch zu lesen. Irgendwann fiel ihm auf, daß er dasselbe Kapitel bereits dreimal gelesen und rein gar nichts davon behalten hatte. Unwillkürlich wanderten seine Blicke immer wieder über die zahlreichen Bücherschränke mit Bänden, die noch kein Mensch gelesen hatte. Von dem wunderschönen roten Aubussonteppich hätte er gern mehr gesehen, doch leider hatte seine Schwiegermutter den Raum mit schweren unförmigen Sesseln zugestellt, und er überlegte unwillkürlich, ob seine Frau das wohl ähnlich gemacht hätte.

Penelope war oben bei ihrer Mutter. Seine Frau. Seit drei Tagen waren sie nun verheiratet, dachte er, und seufzte. Es wäre ihm nie in den Sinn gekommen, daß sie das eheliche Leben nicht ebenso genießen könnte wie er! Seine bisherigen Erfahrungen hatte er bei Frauen in Maui gesammelt, und die waren zärtlich und hingebungsvoll gewesen. Natürlich war auch er vor der Hochzeitsnacht aufgeregt gewesen und hatte mit vielem gerechnet, aber damit doch nicht! Penelope hatte zwar erlaubt, daß er sie küßte und ihre Brüste liebkoste, doch als seine Hand über ihren Bauch geglitten war, hatte sie sich wie eine Irre gewehrt... als ob er ein wildes Tier oder etwas Schlimmeres gewesen wäre!

Mit zusammengebissenen Zähnen war es ihm schließlich gelungen, sie zu besitzen, doch sie hatte in einem fort gewimmert und gestöhnt. Auch danach, als er sie im Arm gehalten hatte, sie gestreichelt und von seiner Liebe gesprochen hatte, hatte sie nur geweint. Dennoch hatte ihn der Optimismus nicht verlassen. Das erste Mal war nie besonders schön, und bestimmt würde sie seine Zärtlichkeiten beim nächsten Mal weit mehr genießen. Doch das hatte sich leider nicht bewahrheitet. Außerdem war sie so schamhaft, daß es immer stockfinster sein mußte! Mit einem tiefen Seufzer schob er irgendwann die trüben Gedanken beiseite und machte sich wieder an seine Lektüre.

Drei Tage nach seinem Herzanfall hatte Bunker Stevenson Thomas aus heiterem Himmel einen ganzen Stoß medizinischer Fachbücher besorgen lassen und ihm brummend zu verstehen gegeben, daß er sich nun endlich auf den Hosenboden setzen sollte, wenn es ihm mit seinem Wunsch noch ernst wäre. Irgendwie schien ihn dieses Ereignis davon überzeugt zu haben, daß der Arztberuf vielleicht doch nicht so abwegig sei. »Noch ist es zwar nicht soweit«, hatte er gesagt, »aber später, wenn ich einmal wirklich krank sein werde, kannst du mich dann betreuen!«

»Mr. Thomas.«

Beim Klang von Ezras dunkler Stimme zuckte Thomas zusammen. Der Mann schlich lautlos wie eine Katze umher, dachte er und ihm war unbehaglich, weil er an die Gegenwart eines Butlers nicht gewöhnt war. »Ja?«

»Mrs. Morris ist draußen.«

Von Furcht gepackt, sprang Thomas auf. »Du lieber Himmel, führen Sie sie sofort herein!« Ob Saint etwas fehlte? Nein, das konnte nicht sein, denn Dr. Pickett hatte ihm doch gerade erst gesagt, daß sich sein Schwager auf dem Weg der Besserung befand. Als er jedoch Jules' bleiches Gesicht sah, verließ ihn alle Hoffnung. »Was ist los, Kleines? Es geht um Saint, nicht wahr?«

Sie schüttelte den Kopf. »Nein. Er ruht sich gerade ein wenig aus. Samuel Pickett hat ihm Ruhe verordnet.«

Da neigte Thomas fragend den Kopf. »Bist du etwa gekommen, um dich nach dem Wohlergehen deines frisch verheirateten Bruders zu erkundigen?«

»Nicht ganz. Hier, Thomas, lies das!« Mit diesen Worten drückte sie ihm ein Blatt Papier in die Hand.

Mit gerunzelter Stirn überflog Thomas die wenigen Zeilen. »Dieser verdammte Kerl!« Dabei funkelten seine Augen vor Zorn und Wut. »Wann hast du den Wisch bekommen? Hat Wilkes ihn selbst gebracht?«

»Nein. Ein Junge hat den Brief vor etwa einer Stunde abgegeben. Ich mochte Michael nicht damit belästigen, denn im Grunde kann er ja nichts tun. Außerdem darf er sich nicht aufregen. Hast du eine Ahnung, weshalb Wilkes so etwas macht? Was soll ich nur tun?«

Thomas dachte eine ganze Zeit lang nach. »Hast du den Brief Thackery gezeigt?«

»Nein, noch nicht. Ich wollte zuerst einmal mit dir reden! Allerdings glaube ich, daß Thackery etwas vermutet. Nein, ich bin nicht allein gekommen. Er wartet draußen auf mich.«

»Wilkes muß verrückt sein! Eine andere Erklärung gibt es nicht!«

»Thomas, ich muß gestehen, ich habe Angst.«

»Komm, Kleine, setz dich erst einmal! Dann wollen wir gemeinsam nachdenken. Magst du eine Tasse Tee?«

Ganz mechanisch nickte sie, und es dauerte nicht lang, bis Ezra das silberne Tablett hereinbrachte. Der Mann war sichtlich enttäuscht, als Thomas ihn gleich wieder entließ.

»Wie geht es Bunker?« erkundigte sich Jules, während sie ein wenig Milch in ihren Tee rührte.

»Viel besser«, entgegnete Thomas lächelnd, nachdem es anfangs so ausgesehen hatte, als ob er nicht recht zugehört hätte. »Er beginnt schon, seine Umgebung zu tyrannisieren, und wird in kürzester Zeit wieder ganz gesund sein. Saint hatte seine Konstitution richtig eingeschätzt. Höchstwahrscheinlich wird er uns alle überleben.«

»Und Penelope?«

»Ihr geht es gut.«

Diesmal war er nicht so gesprächig, dachte Jules flüchtig, doch dann wurde sie wieder ganz von ihren angstvollen Gedanken beherrscht.

»Jedenfalls war es richtig, daß du Saint nichts gesagt hast.«

»Das schon, aber wenn er es herausbekommt, wird er wieder wütend auf mich sein. Er ist so stolz, weißt du, aber...«

»Ja, genau! Aber... schützen kann dich allein Thackery!« unterbrach sie Thomas. »Nur, ich fürchte, das reicht nicht ganz!«

»Michael hat meinen kleinen Revolver zerstört.« Insgeheim wünschte Jules, daß sie gleich ein ganzes Dutzend gekauft hätte. Als Thomas etwas verwundert dreinschaute, fügte sie rasch hinzu: »Nein, weitere Erklärungen will ich dazu nicht abgeben. Das hat mit dieser Sache nichts zu tun.«

Zu ihrer Erleichterung beließ es Thomas vorläufig dabei. Statt dessen stand er auf und ging unruhig auf und ab. Irgendwann hielt er jedoch mitten im Schritt inne und wandte sich zu Jules um. »Ich hab's! Ich weiß, was wir tun werden, kleine Schwester! Ich werde mit meiner Frau zu euch ins Haus ziehen. Das wird Wilkes bestimmt endgültig vertreiben!«

Jules blieb vor Erstaunen der Mund offen stehen, und sie gestikulierte hilflos. »Aber Penelope wird ihre gewohnte Umgebung vermissen! Unser Haus ist doch winzig dagegen! Im Gästezimmer wird sie sich wie in einem Dienstbotenzimmer vorkommen!«

»Sie ist meine Frau«, erklärte Thomas entschieden, »und sie wird tun, worum ich sie bitte!«

»Aber dein Schwiegervater...«

»Wie ich dir schon gesagt habe, geht es ihm inzwischen sehr viel besser. Außerdem hat er genug dienstbare Geister um sich. Ich werde hier nicht länger gebraucht. Schluß jetzt mit den Einwänden, kleine Schwester! Meine Frau und ich werden heute abend noch zu euch kommen! Einverstanden?«

Jules nickte wie betäubt, und dann begleitete Thomas sie zur Haustür. »Aber Thackery mußt du ins Vertrauen ziehen, Jules.«

»Selbstverständlich. Aber was sage ich Michael? Er wird sich wundern, wenn ihr beide so plötzlich zu uns zieht.«

Daran hatte Thomas nicht gedacht. »Sag ihm einfach, daß Pen eine Zeit lang von ihren Eltern fort muß, besonders von ihrer Mutter. Ich hoffe, es macht ihm nichts aus, daß wir uns dazu das Haus von Dr. Saint in der Clay Street ausgesucht haben!«

Thomas holte einen Schirm, weil der Regen heftiger geworden war. Nachdem er seine Schwester in den Wagen gesetzt hatte und ins Haus zurückkehrte, blickte Ezra ihm neugierig entgegen. »Sie werden sich gut um Bunker Stevenson kümmern, nicht wahr, Ezra?«

»Aber selbstverständlich, Mr. Thomas! Genauso, wie Sie sich um Ihre Schwester kümmern.«

Thomas nickte nur. Er fragte nicht, und es interessierte ihn auch nicht, was der Mann wußte oder vielleicht von ihrer Unterhaltung aufgeschnappt hatte. Schnurstracks stieg er die Treppe nach oben, doch vor Penelopes Schlafzimmertür pausierte er für einige Sekunden. Dann richtete er sich ganz gerade auf und beschloß, den unangenehmen Teil lieber gleich in Angriff zu nehmen.

Saint verfluchte seine Blindheit, denn er war es gewohnt, in Jules' Miene zu lesen. Er seufzte. »Irgendwie hört sich die Begründung nicht sehr klar an. Willst du mir nicht die Wahrheit sagen?«

»Es macht dir doch nichts aus, daß sie eine Weile bei uns wohnen möchten, oder?«

»Du sollst nicht ablenken, mein Schatz!«

»Michael, bitte!«

»Also gut.« Ihrem bittenden Ton konnte er nicht widerstehen. »Wenn du mit Thomas Geheimnisse haben willst, soll es mir recht sein.« Er schüttelte den Kopf. »Die Vorstellung, daß Penelope hier übernachten soll, finde ich zumindest beunruhigend. Ich bin gespannt, wie wir das überstehen werden.«

Am Abend hatte Penelope in etwa denselben Gedanken. Unter halb geschlossenen Lidern hervor beobachtete sie Thomas bei seiner Unterhaltung mit Saint. Mein Mann, dachte sie mit etwas bitterem Beigeschmack. Ich muß tun, was er will! Genau das hatte er ihr am Nachmittag gesagt, als sie ihn nach seiner Eröffnung nur mit offenem Mund angestarrt hatte.

»Natürlich kannst du nicht alle deine Sachen mitnehmen, Pen, denn soviel Platz gibt es dort nicht.«

»Und wieviel Platz gibt es?«

Thomas hatte sich in dem riesigen Schlafzimmer umgesehen und gelächelt. »Das Schlafzimmer ist weniger als halb so groß, aber das Bett wird dir gefallen!« hatte er mit bedeutungsvollem Blick hinzugefügt.

»Ich will nicht dort hin, Thomas, und außerdem kann ich auch nicht, denn meine Eltern brauchen mich.«

»Nein, sie brauchen dich keineswegs. Ich habe gerade eben mit deinem Vater gesprochen. Er macht sich ebensolche Sorgen wie ich. Es ist einfach unumgänglich, daß wir dort wohnen. Oder soll meine Schwester noch einmal entführt werden?«

»Nein, natürlich nicht! Um Himmels willen! Aber...«

»Genug jetzt, Pen! Pack deine Sachen! Unmittelbar nach dem Essen werden wir fahren!«

»Aber...«

»Du bist meine Frau, und du wirst tun, was ich sage! Übrigens mußt du achtgeben, denn Saint darf nichts von dieser Drohung erfahren, damit er sich nicht beunruhigt.«

Damit war für ihn die Sache erledigt gewesen, dachte Penelope, während sie an ihrem Tee nippte und überlegte, worüber sie mit ihrer Schwägerin reden sollte. Doch in diesem Augenblick ergriff diese die Initiative.

»Du kannst dich glücklich schätzen, Penelope«, erklärte sie mit strahlendem Lächeln. »Thomas ist wirklich ein netter Mann. Als wir noch Kinder waren, war ich ihm absolut ergeben.«

»Nach allem, was Thomas erzählt hat, muß es eine sehr ungewöhnliche Kindheit gewesen sein.«

»Das stimmt. Für uns war es das Paradies. Unser Vater war zwar entsetzlich streng, aber es ist uns immer wieder gelungen, ihm zu entwischen und unsere Freiheit zu genießen.«

»Ich habe keine Kammerzofe«, stellte Penelope plötzlich ganz unvermittelt fest.

Was soll ich nur darauf sagen, überlegte Jules, aber dann lächelte sie und schlug einen besonders warmen und herzlichen Ton an. »Es ist wirklich sehr lieb, daß ihr gekommen seid, Penelope. Unser Haus ist ja nicht das, woran du gewöhnt bist, aber ich hoffe trotzdem, daß es dir hier gefallen wird. Besonders wenn Thomas dabei ist.«

Penelope nickte nur, worauf Jules ein wenig beklommen zumute war. Vielleicht war es doch keine so gute Idee, mein lieber Bruder, dachte sie.

Am folgenden Morgen suchte Thomas als erstes Del Saxton auf. »Er muß Saints Sidney Ducks alarmieren«, hatte er vorher seiner Schwester erklärt. »Ich denke, daß er weiß, wo er sie finden kann.« Dann hatte er Jules einen Kuß auf die Wange gedrückt und sich auf den Weg gemacht.

Saint hatte sich mit einem Patienten, der lediglich ein persönliches Problem mit ihm besprechen wollte, in sein Behandlungszimmer zurückgezogen. Da Jules' Hilfe dabei nicht vonnöten war, ging sie wieder nach oben, um nachzuschauen, ob Penelope auch alles hatte, was sie brauchte. Vor der Tür hielt sie jedoch inne, weil sie deutlich Schluchzen vernahm. Du lieber Himmel, dachte sie, hatten die beiden etwa Streit? Was sollte sie machen? Sie klopfte leise an und trat ein.

Penelope hatte sich unter der Decke vergraben. »Um Himmels willen, Penelope! Was ist los? Fühlst du dich nicht wohl?«

Die junge Frau erstarrte und fühlte sich ertappt. »Was willst du?« fragte sie unwillig, ohne ihre Schwägerin anzuschauen.

»Was ist los mit dir?« fragte Jules noch einmal geduldig, obwohl die barsche Erwiderung sie ein wenig verletzt hatte. »Komm, sag es mir! Schließlich sind wir jetzt ja Schwestern.«

»Es geht um deinen verdammten Bruder!« stieß Penelope heftig hervor. Ganz offenbar war das Faß am Überlaufen. »Er benimmt sich wie ein Tier, so brutal und...«

»Wie bitte?«

»Er zwingt mich zu lauter... Dingen, die ich verabscheue! Es ist einfach entsetzlich! Genau, wie meine Mutter gesagt hat! Aber damals habe ich ihr nicht geglaubt!«

Als Jules Penelopes etwas verlegene Miene sah, dämmerte ihr allmählich der Zusammenhang. »Und was hat deine Mutter dir erzählt?« fragte sie ganz sanft.

»Daß Männer Tiere sind und unaussprechliche Dinge von ihren Frauen erwarten. Wir müssen alles nur... tapfer ertragen.«

»Und das hast du geglaubt? Bei allem, was recht ist, aber das ist ja lächerlich! Du liebst meinen Bruder doch, oder nicht?«

Penelope starrte Jules an. »Aber natürlich liebe ich ihn! Weshalb hätte ich ihn denn sonst geheiratet?«

»Hast du gedacht, daß er dir ewig nur die Hand küssen würde?«

Der sarkastische Unterton verunsicherte die junge Frau. »Ich... ich habe doch nicht geahnt, was mich erwartet! Es gefällt mir nicht, es ist so entwürdigend!«

»Es? Ich nehme an, daß wir von der Liebe sprechen?«

Bei diesem Wort schüttelte sich Penelope, denn inzwischen keimte in ihr der Verdacht, daß die Männer es nur sagten, um ihre Frauen zu täuschen.

Jules wußte nicht genau, was sie empfand. Es war eine seltsame Mischung aus Mitleid und Zorn. Armer Thomas! Und arme Penelope! »Ich finde, du solltest mich jetzt vorübergehend als deine Mutter betrachten. Ich möchte dir nämlich gern etwas sagen, und du kannst dich darauf verlassen, daß ich dich nicht belügen werde.«

Penelope war nur zu gern bereit, Jules zuzuhören.

»... ich habe ihr erklärt, daß die Liebe mehr Spaß macht als alles andere auf der Welt«, vertraute Jules ihrem Mann an, als sie abends im Bett in seinen Armen lag. »Ich habe ihr alles ganz ausführlich geschildert. Aber eins verstehe ich nicht: Weshalb reden Mütter ihren Kindern solchen Unsinn ein?«

»Hat deine Mutter dir denn nicht die abscheulichsten Dinge über die schrecklichen Männer erzählt?« Dabei zog Saint sie noch ein wenig fester an sich.

»Nein, sie hat mir gar nichts erzählt! Ich denke manchmal, daß das vielleicht sogar am besten war.«

Saint küßte sie auf die Nasenspitze und knabberte dann an ihrem Ohrläppchen. »Ich sage dir das ja nicht gern, Liebes, aber leider glauben heutzutage auch die meisten Männer noch, daß ihre Frauen das nur erdulden müssen. Nur von den Huren erwartet man, daß ihnen die Liebe gefällt. Männer sind wirklich Narren!«

»Du glaubst doch nicht, daß auch Thomas zu diesen Männern gehört, oder?«

»Er ist noch jung«, meinte Saint. »Nein, ich glaube nicht, daß er so denkt. Willst du, daß ich einmal mit ihm rede?«

»Du meinst, du willst meinem Bruder alles erklären?«

Er streichelte ihre Brüste. »Genüßlich bis ins letzte Detail.« Sanft kneteten seine Finger ihre weiche Haut. »Hast du Penelope gesagt, wie sehr dir meine Berührungen gefallen?« Dabei rutschte seine Hand nach unten zwischen ihre Schenkel. »Und meine Küsse?«

Jules kicherte, doch als seine Finger ihr Ziel gefunden hatten, verschlug es ihr den Atem. »Oh, du Himmel! Hätte ich tatsächlich so in die Einzelheiten gehen sollen?« keuchte sie.

Saint wurde plötzlich von so heißen, tiefen Empfindungen überwältigt, daß er zuerst nicht antworten konnte. Schließlich stöhnte er: »Schluß jetzt mit diesen Scherzen, Jules! Ich kann mich sonst gar nicht konzentrieren. Einverstanden?«

»Aber ja, Michael. Nur zu gern.«

Als Jules am folgenden Morgen einige Augenblicke mit ihrem Bruder allein war, fragte sie ohne jede Umschweife. »Was hat Del gesagt?«

»Kein Grund zur Sorge. Er denkt, daß er den miesen Kerl ausfindig machen kann, und zwar bald.«

Jules war erleichtert, aber trotzdem stiegen ihr die Tränen in die Augen. »Ich bin so froh, Thomas!« Stürmisch umarmte sie ihren Bruder. »Ich danke dir.«

Darauf meinte er mit einem spaßigen Unterton in der Stimme: »Ich glaube, eher müßte ich mich bei dir bedanken, mein Kleines!«

Jules schluckte heftig und versuchte gar nicht erst, die Unschuldige zu spielen. »Hat Penelope dir gesagt, daß wir uns... ein wenig unterhalten haben?«

»Ja, allerdings hat es eine ganze Weile gedauert, bis ich es aus ihr herausgekitzelt hatte!«

»Und du bist nicht ärgerlich, weil ich mich eingemischt habe?«

»Aber nein, du kleines Dummchen!« Er zwinkerte ihr zu. »Ganz nebenbei freut es mich, daß Saint ein so einfühlsamer Ehemann ist...«

»Oh!« Jules trommelte mit der Faust auf seine Brust.

»Penelope ist wie ausgewechselt, und ich nehme an, daß ich das dir zu verdanken habe!«

Im selben Augenblick trat Penelope mit Saint ein. »Guten Morgen!« Sie errötete zart, als ihr Blick auf ihren Mann fiel.

»Wollen wir heute vormittag den Verband erneuern, Michael?« fragte Jules, während sie sich über ihren Teller beugte.

»Einverstanden, mein Schatz. Von heute an sind es dann nur noch drei Tage. Es wird wirklich Zeit, daß ich meine hübsche Frau endlich wieder zu Gesicht kriege! Und auch meine unzufriedenen Patienten!«

Jules schickte insgeheim ein Stoßgebet zum Himmel.

»Ich werde für den Champagner sorgen!« verkündete Penelope zur Überraschung aller.

Saint lachte ein wenig. »Willst du etwa die Flasche aus dem berühmten Weinkeller deines Vaters entwenden?«

Penelope lächelte nur. Dieses Gefühl der Zufriedenheit und des Begehrtseins konnte einem glatt zu Kopf steigen. »Aber selbstverständlich!« sagte sie und stimmte in das allgemeine Gelächter mit ein. »Falls Ezra protestiert, wird er einfach in den Keller gesperrt.«

Da beugte sich Thomas verschwörerisch zu ihr hinüber. »Ezra könnte auch uns beide zusammen mit dem Champagner im Keller einschließen. Ich sehe das Bild schon vor mir: Du mit zerzausten Haaren, die Röcke ein wenig verrutscht und eine halb geleerte Flasche in der Hand.«

Zu seinem größten Entzücken wollte sich Penelope ausschütten vor Lachen.

Wie habe ich das nur einen Augenblick vergessen können, dachte Jules, als sie am Nachmittag in der Halle stand und einen weiteren Brief von Wilkes in der Hand hielt. Er war kurz.

Meine liebe Juliana,
wieder zwingst du mich zum Rückzug. Aber es ist noch nicht vorbei...
Vergiß mich nicht!

Als Penelope in die Halle kam, kauerte ihre Schwägerin bleich und zitternd neben dem Sofa. Rasch nahm sie ihr den zerknüllten Bogen aus der Hand, strich ihn glatt und las. Wortlos zog sie Jules daraufhin hoch und nahm sie in die Arme.

»Oh, ich wünschte, ich hätte meinen Revolver noch!« stöhnte Jules.

Sanft tätschelte ihr Penelope den Rücken. »Und weshalb besorge ich uns beiden dann nicht einen neuen?«

Vor Überraschung blieb Jules die Sprache weg.

»Ja«, entschied Penelope schließlich, und das hörte sich sehr endgültig an. »Genau das werde ich machen! Und zwar auf der Stelle.« Und schon setzte sie ihren Entschluß in die Tat um.

27. Kapitel

An diesem Morgen war es in Saints Behandlungsraum totenstill, obwohl der kleine Raum völlig überfüllt war. Thomas, Penelope und auch Sam Pickett standen in gespannter Haltung um das Untersuchungsbett, während Thackery und Lydia die Szene aus der Halle durch die offenstehende Tür beobachteten. Jules hatte die Luft angehalten und hörte dafür das angespannte Atmen der anderen um so deutlicher.

Dr. Pickett räusperte sich. »Nun, Saint?«

Einige Augenblicke lang sagte Saint gar nichts, und dann: »Kann es sein, daß der kleine Fleck auf deiner Nase eine Sommersprosse ist, Jules?«

Jules starrte ihn nur an und schien nichts begriffen zu haben, doch dann warf sie sich ihm wortlos in die Arme, so daß er beinahe das Gleichgewicht verlor. »Ja, mein Lieber«, jubelte sie an seiner Schulter, »es ist tatsächlich eine Sommersprosse! Vielleicht sollte ich versuchen, sie mit Zitronensaft zu bleichen, oder...« Sie brach ab.

»Gurkensaft soll auch gut helfen«, ergänzte Penelope.

»Laß mich lieber einen Kuß darauf drücken!« widersprach Saint. Er schob Jules ein wenig von sich, umfaßte ihr liebes Gesicht mit einem warmen Blick und drückte ihr dann einen kleinen Kuß auf die Nase. »Hallo, Kleines!« Dabei strich er mit den Fingerspitzen über ihre Wange. »Es ist wirklich nett, dich wieder zu sehen!«

Thomas stieß einen lauten Triumphschrei aus und schüttelte Dr. Pickett überschwenglich die Hand.

Saint runzelte die Brauen. »Nun, ein solcher Gefühlsüberschwang in einer Praxis... Wirklich, höchst ungewöhnlich!«

Diese Bemerkung ging allerdings in der allgemeinen Freude unter. Man schüttelte ihm die Hand, beglückwünschte ihn, schlug ihm aufmunternd auf den Rücken, und Saint akzeptierte das alles mit einem tiefen, glücklichen Lachen. Jules' Augen glitzerten vor Freude, denn so glücklich hatte sie ihren Mann noch nie erlebt.

Thomas wandte sich an seine Frau. »So, Pen, jetzt bist du dran! Hier drin ist es wirklich zu eng für uns alle.«

»Also«, meldete sich Penelope zu Wort, nachdem ihr die Gesellschaft ins Speisezimmer gefolgt war, »mein Vater hat darauf bestanden, daß ich sechs Flaschen Champagner aus seinem Keller entwende!«

»Wir werden schon am Mittag betrunken sein!« Dr. Pickett erhob sein Glas und prostete den anderen zu. »Ich trinke auf den geduldigsten Mann in San Francisco!«

»Und auf den größten Geschichtenerzähler!« ergänzte Lydia.

Saint blickte strahlend von einem zum anderen. »Es tut unendlich gut, euch wieder sehen zu können. Erlaubt, daß ich eure Gläser nachfülle. Und wenn etwas daneben geht, dann bestimmt nicht, weil ich nichts sehen kann!«

Jules stellte voller Überraschung fest, daß Thackery die Tränen in den Augen standen. Als er ihren Blick bemerkte, lächelte er ihr ein wenig verlegen zu. »Ich habe noch nie Champagner getrunken.«

»Deine Frau, mein lieber Thomas«, sagte Saint, während er Penelopes Glas füllte, »ist aufgeblüht wie eine Rosenknospe! Ist er ein guter Ehemann, Penelope?«

Sie schluckte verlegen und errötete, weil auf einmal alle Augen auf sie gerichtet waren. »Es wird täglich besser«, meinte sie schließlich.

»Sehr richtig«, brummelte Thomas. »Täglich.«

»Saint, ich habe Ihnen Ihren geliebten Apfelkuchen gebacken und werde ihn jetzt holen, bevor wir alle betrunken unter dem Tisch liegen.«

Drei Stunden später mußte Saint, der selbst schon ein wenig wackelig auf den Beinen war, die ersten Ratschläge gegen Trunkenheit erteilen, doch das war lediglich der Anfang. Gegen Abend schien sich die Neuigkeit in der ganzen Stadt verbreitet zu haben, denn die Besucher strömten in einer nicht abreißenden Kette ins Haus. Die Frauen brachten Speisen mit, während die Männer Nachschub an Getränken herbeischafften.

Um Mitternacht war der Spuk endlich vorbei. Zu diesem Zeitpunkt war Jules bereits so beschwipst, daß Saint sie fast nach oben tragen mußte. »Eine schöne Nacht!« rief er Thomas und Penelope noch über die Schulter zu und grinste, als er Penelopes Kichern hörte.

»So voll warst du noch nie, mein Schatz«, bemerkte er, während er Jules entkleidete. Sie blickte ihn eulenhaft an und feixte, worauf er wieder ihre einsame Sommersprosse küßte. »Glaubst du, daß wir etwas aus dem anderen Schlafzimmer hören können, wenn wir ganz fest lauschen?«

»Und wenn sie uns belauschen?« Sie schielte ein wenig, als sie ihn ganz gerade ansehen wollte.

Saint seufzte enttäuscht. »Ich fürchte, dann hören sie nur dein höchst undamenhaftes Schnarchen!«

Sie wollte ihn in den Magen boxen, aber sie verfehlte ihn. Der Schwung kostete sie allerdings das Gleichgewicht und sie landete unfreiwillig auf dem Bett.

Lachend zog Saint ihr rasch die restlichen Kleidungsstücke aus und wurde plötzlich sehr ernst. »Ich kann dir gar nicht sagen, wie sehr ich mir gewünscht habe, das noch einmal zu sehen!« Dabei wanderten seine Blicke ausgiebig über sie hin. »Weißt du eigentlich, wie wunderschön du bist?«

Unbeschwert lag Jules mit gespreizten Schenkeln auf dem Bett. »Diese flammende Farbe, einfach traumhaft!« Als sie merkte, daß er dabei nicht ihren Kopf ansah, versuchte sie, sich zu bedecken. »Michael!«

Aber er zog ihr nur die Hände fort. »Oh, nein, mein Liebes. Du gehörst mir, ganz allein mir!«

Unverhohlene Erregung klang in seiner Stimme mit, so daß Jules schlucken mußte. Doch dann mußte sie lachen. »Du bist ja noch ganz angezogen!«

»Aber nicht mehr lange!«

Zu seinem großen Kummer war sie allerdings eingeschlafen, bis er sich wieder umwandte. Sanft küßte er sie und zog sie an sich. Sie hat Gewicht verloren, dachte er und betrachtete sie noch einmal prüfend im Licht der Lampe. Ich kann dich sehen, ich kann alles sehen, jubelte er dabei innerlich. Ich bin der glücklichste Mensch auf der Welt. Widerstrebend löschte er die Lampe. Morgen früh werde ich das Sonnenlicht sehen können, dachte er und griente gleich darauf ein wenig schief. Aber vermutlich werde ich mich ziemlich mies fühlen und vielleicht sogar den Tag verfluchen.

Am folgenden Nachmittag fluchte Saint tatsächlich, allerdings nicht wegen seines Katers, sondern wegen zweier Briefe, die er im Schlafzimmerschrank gefunden hatte. Für Sekunden schloß er die Augen und versuchte, seiner Wut Herr zu werden. Dann brüllte er aus vollem Hals. »Jules, komm sofort her!«

Etwas verunsichert entschuldigte sich Jules bei ihrer Gesellschaft und stieg zögernd die Treppe hinauf. Hinter sich hörte sie, wie Agatha Newton, Tony Dawson und Chauncey Saxton fröhlich und lautstark ihre Unterhaltung fortsetzten.

»Ja, Michael?« Als sie erkannte, womit er herumfuchtelte, erstarrte sie noch auf der Türschwelle.

»Ich habe nur ein Taschentuch gesucht«, erklärte er mit großer Beherrschung, »und dabei habe ich das hier gefunden!«

Hilflos sah sie ihn an. »Das soll nicht heißen, daß mir der Besuch von Thomas oder Penelope nicht lieb wäre«, fuhr er energischer fort. »Aber wie kannst du nur, Juliana!«

Juliana. Ganz mühelos hatte er es ausgesprochen. »Michael, du verstehst das falsch...« Nervös fuhr sie sich mit der Zunge über die Lippen, denn ihr Mund war wie ausgetrocknet.

»Ach ja?« höhnte er mit seidenweicher Stimme. »Bestimmt hast du eine absolut vernünftige Erklärung für alles! Solche Sachen fallen dir doch nicht schwer, nicht wahr? Na los doch!«

»Ich kann nicht sagen, weshalb ich sie nicht weggeworfen habe«, begann sie und verfluchte insgeheim ihre Dummheit. Dabei starrte sie wie gebannt auf die beiden Briefe.

»Juliana, beantworte meine Frage!«

Sie sah ihn nur bittend an, worauf er laut schimpfte.

»Kannst du dir vorstellen, wie man sich fühlt, wenn man so etwas findet?« Empört fuchtelte er ihr mit den Briefen vor der Nase herum. »Weshalb... weshalb hast du sie vor mir geheimgehalten?«

Rüde packte er sie an den Schultern und schüttelte sie ungestüm. Dabei zerknüllte er die Briefe in seinen Händen. »Ich kann mich erinnern, daß wir bereits schon einmal eine solche Auseinandersetzung hatten! Aber trotzdem hast du es wieder getan! Bedeuten dir meine Gefühle denn gar nichts?«

Wie kam er eigentlich dazu, ihr diese lächerlichen Vorwürfe zu machen, schoß es ihr plötzlich durch den Kopf. Und rasch entzog sie sich seinem Griff. »Wenn du es genau wissen willst«, funkelte sie ihn an, »wollte ich dich nur schützen! Ich liebe dich und wollte dich nicht unnötig aufregen.«

»Ich hatte ein Recht darauf zu erfahren, daß dieser... dieser Wurm sich wieder gemeldet hat!«

»Nein, das hattest du nicht!« Jules straffte ihre Schultern. »Und jetzt hör endlich auf, mich zu beschimpfen! Du hättest ohnehin nichts tun können. Falls du dich erinnerst, warst du blind und hilflos!«

Er hörte ihre vernünftigen Argumente, aber er konnte trotzdem nicht nachgeben. »Meine kleine Frau hat also beschlossen, mich im dunkeln tappen zu lassen!« schimpfte er voller Zorn. »Gibt es etwa auch noch andere Geheimnisse? Ist es dir denn gar nicht in den Sinn gekommen, mich wenigstens gestern aufzuklären? Da habe ich, wie du dich vielleicht erinnerst, mein Augenlicht wiedererlangt!«

»Gestern war ich viel zu glücklich und viel zu betrunken und habe es einfach vergessen.« Sie reckte ihr Kinn in die Höhe. »Selbst wenn ich daran gedacht hätte, hätte ich nichts gesagt. Schließlich haben wir gefeiert. Erinnerst du dich?«

Das machte ihn sprachlos, allerdings nur vorübergehend. »Aber heute vormittag war Zeit genug!«

Jules wurde immer wütender. »Du benimmst dich ausgesprochen lächerlich! Ich lasse mir nicht länger gefallen, wie du deine verletzte Männlichkeit zur Schau stellst! Ich würde alles noch einmal ganz genauso machen, hörst du? Und jetzt komm, wir haben Gäste.«

»Ich bin neun Jahre älter als du und fast doppelt so groß, und ich lasse mich nicht wie ein kleines Kind herumkommandieren! Hast du das verstanden?«

»Himmel, bist du eingebildet!« sagte sie. »Von mir aus kannst du deine verletzte Eitelkeit bejammern, solange du willst. Ich gehe jetzt jedenfalls wieder nach unten.«

Fassungslos starrte er sie an. »Eingebildet bin ich!« wiederholte er, als ob er es noch immer nicht glauben könnte. »Glaubst du das wirklich?«

»Ja«, entgegnete sie mit fester Stimme. »Jedenfalls solange du mich Juliana nennst!«

»Verdammt!« Er fuhr sich mit den Fingern durch die Haare. »Komm her, du kleines Dummerchen!«

Ein prüfender, hoffnungsvoller Blick streifte sein Gesicht, und als sie die Zärtlichkeit in seinen Augen las, warf sie sich in seine Arme. »Es tut mir leid«, flüsterte sie an seiner Schulter. »Aber ich habe nur getan, was ich tun mußte, was ich für richtig hielt.«

»Ich weiß, mein Schatz, ich weiß doch.« Er küßte sie zuerst zart und dann immer fordernder, und wurde mit hingebungsvoller Erwiderung belohnt. Schließlich löste er sich nur zögernd von ihr. »Du lieber Himmel! Haben wir tatsächlich schon wieder Besuch?«

»Du hast eine Menge Freunde, Michael.«

»Meinst du nicht, daß wir sie einfach zum Teufel schicken sollten?«

»Das geht wohl nicht gut«, entgegnete sie mit bedauerndem Seufzen.

Er legte den Arm um sie und zog sie an sich. »Na, dann los, mein Liebes! Dein schönstes Lächeln, wenn ich bitten darf.«

Er hatte ›Liebes‹ zu ihr gesagt! Vor Freude war sie ganz benommen und hätte am liebsten laut gejubelt.

Beim Abendessen erkundigte sich Saint lediglich bei Thomas, was er inzwischen über Wilkes erfahren hatte. Thomas seufzte erleichtert und nach einem Blick zu Jules hinüber berichtete er seinem Schwager, was bisher unternommen worden war.

Die beiden Frauen lächelten einander verschwörerisch zu, denn sie hatten vorgesorgt und besaßen nun beide eine Waffe. Als Jules Penelope gezeigt hatte, wie man mit einem solchen Ding umgeht, hatten sie sich auch über die Männer unterhalten. »Es will mir nicht in den Kopf, daß sie uns tatsächlich für schwache, hilflose Wesen halten«, hatte Jules gesagt. »Noch dazu halten sie uns auch für dümmer!«

Während Thomas und Saint über Wilkes sprachen, beobachtete Jules ihren Mann. Sie mochte es, wie er mit seinen schönen Händen gestikulierte und wie seine Augen vor Begeisterung leuchteten, wenn er aufgeregt war. Im dämmrigen Licht schimmerten seine Zähne wunderbar weiß, und plötzlich stellte sie sich ihn nackt vor. Heiße Sehnsucht regte sich in ihrem Bauch, und genau in diesem Augenblick trafen sich ihre Augen. Als kleines Zeichen zog Saint eine Braue hoch, und schon verdunkelten sich seine Augen. Als Jules nervös auflachte, griente Saint und beugte sich zu Thomas hinüber. »Ich glaube, ich frage deine Schwester besser nicht, was sie soeben gedacht hat.«

»Weshalb denn nicht?« wollte Penelope wissen. »Jules hat immer wieder sehr gute Ideen.«

»Wie wahr! Wie wahr!« brummte Saint.

»Ein wenig später werde ich es dir verraten, Michael«, erklärte Jules und versuchte, seinem Blick standzuhalten.

»Vielleicht zeigst du es mir auch einfach nur.«

»Aber, Jules!« protestierte Penelope. »Weshalb erzählst du es ihm nicht gleich jetzt? Schließlich geht es ja dich etwas an!«

Thomas lachte entzückt. Dann beugte er sich hinüber und tätschelte Penelopes Hand. »Das kann sie nicht! Das wäre viel zu... peinlich.«

»Oh! Soll das heißen, daß... Du bist ein unmöglicher Mensch, Thomas DuPres!«

»Ich! Aber, Pen, das müßtest du inzwischen besser wissen!«

Saint liebte es über alles, Jules beim Bürsten ihrer Haare zuzuschauen. Wahrscheinlich würde er davon sein Leben lang nicht genug bekommen. Auf dem dunkelblauen Samtmantel, den er ihr zu Weihnachten geschenkt hatte, schimmerte die rote Lokkenflut besonders eindrucksvoll. Er lag bereits im Bett und hatte die Arme unter dem Kopf verschränkt. »Ich habe übrigens mit Thomas geredet, wie du vorgeschlagen hast.«

Im Spiegel sah Jules zu ihm hinüber und lächelte. »Und was hat er gesagt?«

»Ein wenig erstaunt war er schon, vielleicht sogar überrascht. Jedenfalls hat er mich gefragt, ob ich meiner Sache sicher sei, und ob es nicht vielleicht doch durch das Ohr...«

Mit kühnem Schwung schleuderte Jules die Haarbürste in seine Richtung.

Doch Saint zahlte mit gleicher Münze zurück. »Jetzt aber ganz ernsthaft: ich habe ihn gefragt, wie es stünde, und er hat gestrahlt. Das reicht mir als Antwort. Weißt du, wir Männer vertiefen uns nicht in Einzelheiten, wie ihr Frauen das offenbar macht.«

Jules stand auf und ließ langsam den Hausmantel von den Schultern gleiten. Einen Augenblick lang hielt sie inne und streichelte den herrlichen weichen Stoff.

»Weshalb legst du nicht mich um dich herum? Ich bin bestimmt wärmer als dieser Samtmantel.«

Einige Augenblicke lang schien Jules zu überlegen, doch dann nickte sie. »Ein bißchen haarig ist dieser Samt ja schon, aber vielleicht ist es gar keine schlechte Idee!«

»Komm her, du Biest!« Mit diesen Worten schlug er die Decke zurück.

Der Anblick durchfuhr sie wie Feuer. »Hast du nicht einmal ein Nachthemd getragen?« frage sie, während sie ihre Blicke ausgiebig über seinen Körper gleiten ließ.

Nur damals, als ich Angst haben mußte, dich sonst zu vergewaltigen!

»Du siehst wunderschön aus, Michael. Aber vor allem bist du tatsächlich wärmer als mein Hausmantel!« Und schon lag sie neben ihm.

Saint wollte sie ein wenig bremsen, doch damit hatte Jules nichts im Sinn. Sie begehrte ihn, und zwar sofort. Wie im Fieber stürzte sie sich auf ihn. Seit er wieder sehen konnte, war das das erste Mal, und er hätte vor Wonne schreien mögen, als er sah, wie sich kurze Zeit später bereits die Ekstase auf ihrer Miene spiegelte. Dann hörte er ein leises Stöhnen, als er sich ganz und gar seiner Lust überließ. Später lag er dann ganz still und strich ihr mit seinen großen Händen sanft über den glatten Rücken.

»Du bist einfach wunderbar, Jules, und ich liebe dich von ganzem Herzen.«

Als sie den Kopf hob, entdeckte er eine einzelne Träne auf ihrer Wange. »Weine nicht, mein Liebes.«

Zart wischte ein Finger die Träne ab. »Ich weine ja gar nicht.« Sie schniefte. »Ich glaube nur, daß ich dich nicht richtig verstanden habe.«

Er drückte sie ganz fest und fühlte, wie seine Begierde erneut zu wachsen begann. »Mein liebes Weib, du hast mich sehr gut verstanden! Und wie du merkst, ist mein Körper auch ganz meiner Meinung. Aber diesmal bestimme ich das Tempo. Ich werde mir endlos lange Zeit lassen und dich ganz, ganz langsam lieben!«

Wirre, völlig neue Gefühle durchfuhren Jules, so daß alle ihre Muskeln unentwegt zuckten und Saint leise stöhnte. »Es geht ganz von allein, Michael!« Er half ihr beim Umdrehen, und als sie dann über ihm saß, war er ganz tief in ihr. Seine warmen Finger bedeckten ihre Brüste und wühlten gleichzeitig in den herrlichen Locken. »Himmel!« stöhnte er. »Ich bin so tief in dir wie noch nie!« Doch Jules hörte ihn schon nicht mehr. Statt dessen umklammerte sie plötzlich seine Handgelenke, und ihre Schenkel schlossen sich ganz fest um seine Hüften. Nichts liebte er so sehr, als den Augenblick, wenn ihr Blick sich trübte. »Ja, komm, mein Liebes! Ja, jetzt!« Ein kehliges Stöhnen war die einzige Antwort.

Saint lag noch lange wach, nachdem Jules längst in seiner Armbeuge eingeschlafen war. Wie ein sattes kleines Tier hatte sie sich zufrieden zusammengerollt. Während seine Augen das Muster betrachteten, das das silberne Mondlicht auf den Teppich zauberte, dachte er daran, daß das Leben herrlich sein könnte, wenn nur dieser Wilkes endlich verschwunden wäre! Während seiner Zeit in Massachusetts hatte er viele Verrückte in der Klinik betreut, und wenn er deren Verhalten mit dem dieses Mannes verglich, so bestand für ihn eigentlich kein Zweifel mehr.

Anfangs hatte er noch geglaubt, daß Wilkes nur die Jungfernschaft des Mädchens zu Geld machen wollte, und sich deshalb nach der Hochzeit in Sicherheit gewähnt. Doch auf einmal war alles anders. Worauf war Wilkes dann aus? Sann er auf Rache? Nein, auch das ergab keinen Sinn. Saint zog Jules noch ein wenig enger in seine Arme. Wenn er die Bedrohung, die von diesem Mann ausging, loswerden wollte, mußte er ihn ausschalten. Morgen wollte er sich mit Limpin' Willie darüber unterhalten, der ihm ja vielleicht auch ein paar nützliche Tips geben konnte. Als Jules leise im Schlaf murmelte, lächelte Saint und hoffte, daß sie von ihm träumte.

Am folgenden Morgen halfen Saint und Jules den beiden Jungvermählten bei ihrem Umzug ins Haus der Stevensons. Dabei untersuchte Saint auch seinen alten Patienten, der sich auf dem besten Weg der Genesung befand. Vermutlich wird er mindestens neunzig Jahre alt werden und uns alle überleben, dachte Saint.

»Ich freue mich ehrlich, daß Sie wieder ganz der alte sind«, verkündete Bunker. »Das soll nicht heißen, daß ich Dr. Pickett nicht schätze, aber...«

»Das freut mich«, unterbrach ihn Saint. »Sie brauchen noch sehr viel Ruhe, Bunker, und täglich eine Spazierfahrt an der frischen Luft.«

Mit Mrs. Stevenson stand die Sache nicht so einfach, und Saint fühlte Mitleid für die arme Penelope in sich aufsteigen, als er Zeuge wurde, wie die alte Dame ihrer Tochter weinend um den Hals fiel.

»Sally, halte dich zurück!« fuhr Bunker energisch dazwischen. »Das Kind ist jetzt verheiratet und hat andere Pflichten. Außerdem macht sie mir einen recht glücklichen Eindruck!« Dann wandte er sich wieder an Saint. »Und Thomas ist ein wunderbarer Schwiegersohn.« Obwohl Thomas ihn hören konnte, dämpfte er seine Stimme kein bißchen. »Ich bin überzeugt, daß er einmal ein tüchtiger Arzt werden wird. Beim nächsten Herzanfall kann er mir dann beistehen!«

»Ich werde die Gesellschaft von Penelope vermissen«, sagte Jules, als sie wieder in den Wagen stiegen. »Sie hat sich so verändert, daß alle sie jetzt mögen. Del hat neulich behauptet, daß man eine Frau nur richtig behandeln muß!«

»Und was hat Chauncey dazu gesagt?«

»Sie wollte später mit ihm darüber reden.«

»Ich bin sicher, daß sie das auch getan hat. Und wie!«

»Thomas wird mir fehlen.«

»Wenigstens muß ich dir nun nachts nicht mehr den Mund zuhalten, mein Liebling!«

Ein Rippenstoß war die Antwort. »Denkst du nie an Ernsthaftes und Erbauliches?«

»Vielleicht später einmal.«

»So, so!« Jules hakte sich bei ihm unter und schenkte ihm ein strahlendes Lächeln, und im selben Augenblick fiel ihr die Pistole ein. Nein, ich habe kein schlechtes Gewissen, dachte sie. Diesmal werde ich eben vorsichtiger sein. Irgendwie war sie sich sicher, daß ihr gemeinsames Geheimnis bei Penelope gut aufgehoben war.

Sie war nicht überrascht, daß sie zu Hause bereits von drei Patienten erwartet wurden. Aber als Saint sie bat, ihm zu assistieren, war sie ehrlich überrascht. Und glücklich.

28. Kapitel

Prall schien die Nachmittagssonne ins Schlafzimmer und malte Flecken auf Bett und Boden, doch weder Jules noch Saint hatten Augen dafür.

»Das«, japste Saint, nachdem sein Atem ein wenig ruhiger geworden war, »müßte von Gesetz wegen verboten sein! Die blanke Lust!« Bei diesen Worten zogen sich Jules' Muskeln zusammen, so daß er sie leise stöhnend küßte.

Als es kurz darauf an der Haustür klopfte, hätten sie es am liebsten überhört. »Vielleicht hätte ich mir doch besser einen etwas günstigeren Beruf aussuchen sollen!« stöhnte Saint. »Ich wette mit dir, daß Del und Chauncey so manchen Nachmittag auf diese Art verbringen!« Er seufzte. »Andererseits muß ich meinem Schicksal dankbar sein, denn genausogut hätte es auch zehn Minuten früher klopfen können.«

Rasch stieg er aus dem Bett und in die Kleider. »Du bleibst besser hier und denkst an mich, denn so kannst du mir nicht gut assistieren, nicht wahr?«

Bevor er das Zimmer verließ, beugte er sich noch einmal zu ihr hinunter, küßte sie und strich mit der Hand über ihre Brüste. »Richtig verworfen und lüstern siehst du aus!« Zart liebkoste er die feuchten Schamhaare und mußte sich gewaltsam losreißen. »Bewege dich nicht! Vielleicht habe ich ja Glück und es dauert nicht lange. Dann bin ich gleich wieder da, verlaß dich drauf!«

Aber leider war das Schicksal gegen ihn, denn der Patient war ein übel zugerichteter Chinese, der für Stunden seine ganze Aufmerksamkeit forderte.

»Wird er es denn überleben?« fragte Jules während des Abendessens.

»Das kann ich noch nicht sagen. Ach, verdammt! Möglicherweise hat er ja innere Verletzungen, aber selbst wenn ich es wüßte, könnte ich ihm nicht helfen. Wir Ärzte wissen einfach noch viel zu wenig! Wenn er die Nacht übersteht, hat er gute Chancen. Ich bin nur froh, daß es nicht Limpin' Willies Leute gewesen sind!«

Er schien sehr beunruhigt zu sein und hatte kaum etwas gegessen. Also unterhielt ihn Jules mit allerlei Erinnerungen aus ihrer gemeinsamen Zeit in Lahaina, bis er einige Male herzlich lachen mußte und fröhlich mit ihr plauderte. Es überraschte sie, daß er alles noch genauso lebendig in Erinnerung hatte wie sie. Als sie zum Abschluß Lydias wunderbaren Kaffee tranken, lehnte sich Saint zurück und wirkte wieder ein wenig nachdenklicher. »Byrony wird demnächst ihr Baby bekommen. Brent hat mir heute geschrieben. Hättest du Lust auf einen Besuch in Wakeville?«

Jules nickte begeistert. »Oh, ja! Ich freue mich schon die ganze Zeit darauf! Ich bin doch so gespannt, wie alles geworden ist.«

Saint nickte nur und sagte dann betont gleichgültig: »Also gut, dann werden wir gleich morgen früh fahren. Noch vor Tagesanbruch.«

Doch Jules konnte er nicht täuschen. »Du denkst, daß Wilkes das Haus bewachen läßt?«

»Es ist zumindest möglich.« Saint senkte den Blick, so daß sie ihm seine tiefe Sorge nicht an den Augen ablesen konnte. »Jedenfalls will ich kein Risiko eingehen.« Als er sah, daß sie zum Protest ansetzte, unterbrach er sie. »Es gefällt mir auch nicht, daß wir uns wie Diebe in der Nacht davonschleichen müssen, aber deine Sicherheit geht vor, mein Schatz! Ich muß noch einiges mit Dr. Pickett besprechen, der mich vertreten wird. Und du mußt deinen Freundinnen und Thomas wenigstens kurze Mitteilungen schreiben. Lydia wird weiterhin täglich kommen, als ob wir zu Hause wären.« Insgeheim wünschte er jedoch nichts so sehr, als daß sich dieser elende Wurm endlich zeigte, damit er ihm den Hals umdrehen konnte! Wie einen tollwütigen Hund wollte er ihn erschlagen!

»Wird Thackery uns begleiten?«

Jules' Frage riß ihn aus seinen wilden, aber sehr befriedigenden Gedanken. »Ja. Würdest du bitte für uns beide packen, mein Schatz? Ich muß noch verschiedene Dinge erledigen.«

Kurz vor der Morgendämmerung war der Nebel besonders dicht und die Luft schwer von Feuchtigkeit. Ranger Tyson hatte einen großen Wagen mit zwei Pferden gebracht. »Er fühlt sich immer noch in meiner Schuld«, hatte Saint erklärend gesagt.

Jules fühlte, wie die feuchte Kälte langsam durch ihren Mantel kroch und rückte näher zu Saint hinüber. Die Ledersitze rochen nach Tabak und kaltem Rauch. Und nach Sex stellte sie mit gerümpftem Näschen fest und mußte unwillkürlich lächeln. Sie hörte, wie Saint mit Thackery sprach, und schon setzte sich der Wagen in Bewegung. Als sie sich ungefähr zehn Meilen südlich der Stadt befanden, ging langsam die Sonne auf.

»Wunderschön ist es hier!« rief sie begeistert, während sie über die welligen grünen Hügel blickte. »Ich kann das Meer riechen! Nur sehen kann ich es nicht. Zu schade.«

»Das Gelände war zu steil, um die Straße direkt an der Küste zu bauen, aber das kommt vielleicht noch.«

»Wir müssen bald eine Frühstückspause machen, denn wir dürfen Lydia nicht enttäuschen. Sie hat uns alle möglichen Herrlichkeiten eingepackt!«

Sie hielten an einer Stelle an, von wo aus man im Westen den Ozean und im Osten die endlosen Hügelketten überblicken konnte. Die Sonne war bereits warm, doch die Luft war noch frisch. Einige Augenblicke stand Jules reglos am Rand der Erhebung und sog die wunderbare Luft tief in ihre Lunge. Nachdem Saint eine Decke auf der Erde ausgebreitet hatte, stand er einige Sekunden reglos hinter Jules und beobachtete, wie der Wind sanft in ihren Locken spielte.

»Wunderschön, nicht wahr?« sagte er schließlich und legte ihr sacht die Hand auf die Schulter.

»Ja.«

Sie ließ sich gegen ihn sinken, und schon fühlte sie seine Hände unter ihrem Mantel. Als er ihre Brüste umfaßte, drängte sie sich zitternd immer fester gegen ihn.

»Soll ich Thackery fortschicken, damit er die Nordwestpassage sucht?« flüsterte Saint, während er innig an ihrem Ohr knabberte. Als in diesem Augenblick Jules' Magen vernehmlich knurrte, lachte er. »Ich denke, die Antwort war deutlich!« Mit diesen Worten drehte er sie zu sich herum und küßte sie auf den Mund.

Gemeinsam mit Thackery frühstückten sie genüßlich das frische, noch warme Brot und tranken dazu heißen Kaffee. Lydia hatte die Kanne nämlich nach einem speziellen Patent in mehrere Decken gepackt, um sie warm zu halten.

»Der reinste Luxus!« bemerkte Saint. »Aber schön!« Er legte sich zurück und verschränkte die Arme hinter dem Kopf. »Wie weit ist es noch, Thackery?«

»Keinesfalls mehr als eine Stunde, Dr. Saint.« Deutlich konnten Jules und Saint die aufgeregte Vorfreude in seiner Stimme hören. »Das bißchen Regen hat das Bauen bestimmt nicht aufgehalten. Auch Mrs. Byrony kann niemand aufhalten! Sie sollten einmal hören, wenn Mr. Brent mit ihr schimpft!«

Die Pferde schienen die Aufregung ebenfalls gespürt zu haben, denn schon nach einer knappen Stunde kamen die ersten Häuser von Wakeville in Sicht. Jules hielt vor Staunen den Atem an und zupfte Saint am Ärmel. »Ich weiß nicht genau, was ich eigentlich erwartet habe, aber das ist jedenfalls unglaublich!«

Offensichtlich hatte Brent Hammond den fruchtbarsten Boden der ganzen Gegend aufgekauft. Überall wimmelte es vor Geschäftigkeit. Wirklich unglaublich! Es gab nicht nur eine Hauptstraße, auf der zwei Wagen gut aneinander vorbeifahren konnten, sondern sie wurde auch noch von hübschen Holzhäusern gesäumt. Und sogar an Bürgersteige war gedacht. Ungefähr neun Zehntel der Bevölkerung hatten schwarze Hautfarbe. »Und das alles haben sie in einem halben Jahr geschafft!« Saint konnte sich gar nicht mehr beruhigen.

Sprachlos saß er im Wagen und staunte nur, als Thackery auf einmal von der Hauptstraße abbog und vor einem zweistöckigen Holzhaus mit breiter, ausladender Veranda anhielt. Rundherum grünte und blühte es in verschwenderischer Fülle. Brent Hammond trat als erster aus der Tür, dann folgte eine hochschwangere Byrony und dahinter eine alte Schwarze, die schützend die Arme ausstreckte, als befürchtete sie, daß Byrony jeden Augenblick wie ein Boot kentern könnte.

»Da sind ja unsere Städter!« spottete Brent, während er ihnen herzlich die Hand schüttelte.

»Ich fürchte, näher geht es nicht mehr!« lachte Byrony, als sie Jules umarmen wollte. »Ich glaube, dieses Kind wird einmal Schauspieler. Es gestikuliert nämlich pausenlos und fuchtelt ganz schrecklich herum!« Als sie Jules' Blick folgte, lachte sie und sagte mit gespieltem Seufzen: »Und sie ist meine Wächterin. Mammy Bath. Mammy, dies ist Mrs. Morris.«

»Was für wundervolles Haar!« Mit knochigen Fingern strich die alte Frau zart über Jules' Locken. »Und dazu die schöne weiße Haut! Aber jetzt müssen sich die kleinen Ladys ausruhen!«

Hinter vorgehaltener Hand flüsterte Byrony: »Ja, und die großen starken Männer kümmern sich um alles übrige. Lassen Sie nur, Jules, jeder Widerspruch ist sinnlos!«

Nur wenig später saßen die kleinen Ladys und die großen starken Männer um den Tisch und ließen sich Würstchen, Eier und Brot schmecken.

»Natürlich ist nicht alles so ideal, wie es vielleicht aussieht, aber wir kämpfen uns tapfer durch alle Probleme. Dafür haben wir kaum Raufereien und gestohlen wird erst recht nichts. Nur neulich waren einige fahrende Leute in der Stadt, die sich kräftig bedient haben, als sie sahen, daß fast alle Einwohner Schwarze sind.« Noch beim Gedanken daran schüttelte Brent den Kopf und feixte.

»Er hat sich dabei herrlich amüsiert«, erklärte Byrony. »Es hat ihn kräftig in den Fingern gejuckt, ihnen das Fell zu gerben, und sein Wunsch wurde erhört!«

Mit großer Aufmerksamkeit hatte Saint Byrony betrachtet und war ein wenig unruhig geworden, als er sah, wie groß das Baby geworden war. Byrony sah ein wenig müde aus, aber dennoch unterhielt sie sich lebhaft mit Jules über die Schule.

»Little Tony, die gute Seele, hat sich praktisch selbst Lesen und Schreiben beigebracht. Er ist jetzt verantwortlich für die Register und alle ähnlichen Aufgaben.«

»Dazu muß man wissen«, mischte sich Brent grinsend ein, »daß Little Tony fast doppelt so groß ist wie Saint!«

Erst im Lauf des Nachmittags gelang es Brent, einmal allein mit Saint zu sprechen. Sie spazierten durch den Garten hinter dem Haus und Brent erklärte ausführlich, was er wo und warum angepflanzt hatte. Doch plötzlich stockte er. »Nun, was meinen Sie, Saint?«

Saint hatte schon verstanden. »Wahrscheinlich muß man sie fesseln, damit sie Ruhe hält!«

Brent fluchte leise. »So oft schimpfe ich mit ihr, aber dann sieht sie mich mit ihren großen Augen an. Richtig hilflos. ›Es gibt doch so viel zu tun!‹ Und dann bin ich machtlos.«

»Geben Sie sich mehr Mühe, Brent. Das Kind ist schon tiefer gerutscht, und das bedeutet, daß es in drei bis vier Tagen zur Welt kommen wird. Sie muß jetzt liegen, und ich übertreibe nicht! Das Kind ist größer, als ich erwartet hatte. Byrony wird alle ihre Kräfte brauchen, denn es wird wahrscheinlich eine lange, anstrengende Geburt werden.«

Brent erbleichte, doch sofort legte ihm Saint die Hand auf die Schulter. »Ich wollte Ihnen keine Angst machen, mein Lieber. Ihre Frau wird es schaffen, aber ich möchte das Schicksal nicht unnötig herausfordern.«

»Ich werde sie auf der Stelle ins Bett stecken!«

»Nicht so hastig, Brent«, bremste ihn Saint. »Vorher möchte ich sie noch untersuchen. Ich werde ihr auch sagen, was sie tun soll, denn schließlich bin ich der Arzt. Einverstanden?« Er hielt einen Augenblick inne. »Haben Sie in der letzten Zeit irgendwelche Fremde gesehen, Brent?«

»Sie meinen Wilkes?«

»Genau. Ich weiß nicht, ob er uns überhaupt beobachtet, aber...«

»Jetzt sind Sie dran, Saint! Regen Sie sich nicht unnötig auf. Ich werde mich umhören.«

Saint erwiderte nichts, doch Brent wußte auch so, daß er sehr besorgt war. Zum Teufel, wahrscheinlich konnten sie alle erst wieder aufatmen, wenn dieser Wurm vom Erdboden verschwunden war!

Als sie ins Haus traten, unterhielten sich Byrony und Jules im Wohnzimmer bei einer Tasse Tee, und Byrony nähte etwas. »Komm mit, Byrony«, sagte Brent energisch. »Saint wird sich jetzt ein wenig um dich kümmern.« Er streckte ihr die Hand entgegen.

Byrony maulte zwar ein wenig, ließ sich schließlich aber doch gern aufhelfen.

»Bist du so lieb, und kümmerst dich inzwischen um den Ehemann, Jules? Endlich habe ich Byrony ganz für mich allein! Kommen Sie, Mrs. Hammond!«

Sekundenlang sah es so aus, als ob Brent den beiden nachlaufen wollte, doch dann warf er sich in den Sessel, aus dem seine Frau gerade aufgestanden war. »Verdammt!« stieß er zwischen zusammengebissenen Zähnen hervor. »Verzeihen Sie, Jules!«

»Sie sind aufgeregt, nicht wahr, Brent? Das kann ich nur zu gut verstehen, aber Michael ist der beste Arzt, den es gibt!«

Er lächelte schief. »Er wird auch in Kürze der meistbeschäftigste sein! Im Städtchen hat sich seine Anwesenheit längst herumgesprochen, und spätestens morgen wird sich hier eine lange Schlange bilden.«

Oben im Schlafzimmer ließ Saint Byrony auf einem Stuhl Platz nehmen und setzte sich selbst auf die Bettkante. »Wie geht es Ihnen, Byrony? Wie fühlen Sie sich?«

»Ab und zu habe ich kurze Schmerzen, die aber schnell wieder vergehen. Ich versuche immer wieder, mich auszuruhen, aber...«

»Ja, das verstehe ich. Beschreiben Sie mir jetzt diese Schmerzen genauer.«

Sie tat es und fügte dann lachend hinzu: »Ich bin nur froh, daß ich Brent bisher nichts davon gesagt habe, denn er wäre bestimmt verrückt geworden!«

»Es nimmt ihn sehr mit. Jetzt möchte ich Sie abtasten.«

Während Byrony sich auszog, wartete Saint draußen auf dem Flur, und als sie ihn wieder hereinrief, trug sie ein langes weißes Baumwollnachthemd. Er half ihr aufs Bett und machte sich an die Untersuchung. »Nein, Byrony, nicht so!« mahnte er sie leise. Sobald seine Hände unter dem Nachthemd verschwunden waren, hatte sie ihre Augen ganz fest zugekniffen. »Entspannen Sie sich!« Sanft tasteten seine erfahrenen Hände über Byronys Bauch. Dabei beschloß er, die innere Untersuchung auf später zu verschieben. »Ja, so ist es schon viel besser!« Abschließend zog er ihr das Nachthemd gerade und reichte ihr die Hand. »So, jetzt wollen wir uns noch ein wenig unterhalten.«

Der Erfolg dieser Unterhaltung war, daß Byrony um neun Uhr zu Bett ging. Und als Saint seine müde Frau ansah, erschien ihm das auch für sie das einzig richtige Plätzchen. Außerdem begehrte er sie so sehr, daß er es kaum aushalten konnte. Liebevoll legte er die Hand um ihre Taille, und sie kuschelte sich in seinen Arm und lächelte zu ihm auf.

»Darf ich Ihnen einen Rat geben, Saint?« wollte Brent wissen.

Fragend wandte Saint sich ihm zu.

»Spielen Sie niemals Poker, mein Freund. Sie würden unweigerlich verlieren.« Leise lachend tätschelte Brent Jules' Arm und zog sich zurück.

»Was sollte das denn bedeuten?« wunderte sich Jules.

»Vermutlich hat er mir an den Augen angesehen, wie sehr ich dich begehre! Er hat recht, beim Poker verliere ich regelmäßig.«

»Haben Sie denn Lust, ein anderes Spielchen zu wagen, Dr. Saint?«

»Du bist eine herrlich verworfene, gierige Person! Ich nehme an, daß ich gar keine andere Wahl habe, oder?«

»Nein, nicht die geringste«, gab Jules zurück und zerrte ihn nach oben in ihr Zimmer.

29. Kapitel

Das Kind schrie so gellend, daß Jules sich am liebsten die Ohren zugehalten hätte, doch statt dessen hielt sie den kleinen Zappelphilipp nur geduldig fest, bis Saint ihn geimpft hatte.

»Der Kopf ist noch dran, mein Kleiner! Du hast es überstanden.« Mit diesen Worten tätschelte er dem Jungen über den wolligen Schädel und zog ihn hoch. »Jetzt wirst du ewig leben...«

»Ja, Sir«, der kleine Patient schluckte, »ich heiße ja auch Jonas.«

»Er verdient eine Tracht Prügel, Doktor«, entschuldigte sich die Mutter und schüttelte lächelnd den Kopf. »Keine Manieren! Aber die kleine Missis ist wirklich süß!«

»Na, süße Missis!« scherzte Saint, als sie endlich allein waren, und küßte sie. »Bist du auch so müde?«

»Eine Tasse starken Tee kann ich jetzt gebrauchen. Komm, wir gehen ins Haus hinüber!« Sie seufzte. »Ich fürchte, fürs erste bin ich taub.«

»Habe ich dir schon erzählt, daß Napoleon alle seine Soldaten gegen Pocken hat impfen lassen, sofern sie sie nicht bereits gehabt hatten?« Als sie ihn anblinzelte, grinste er. »Keiner von meinen fünfundachtzig Impflingen hätte gewußt, wer Napoleon überhaupt war. Also mußte ich es doch wenigstens dir erzählen, nicht wahr?«

Sie nahm seine Hände in die ihren und küßte sie. »Ich wüßte zu gern, woher du den Impfstoff für die vielen Kinder hattest.«

»Ein Fehler war die Ursache, ein ganz einfacher Fehler. Wenigstens hat Pickett es mir so berichtet. Eines Tages ist ein Mensch der Regierung bei ihm aufgetaucht und übergab ihm einige Kästen ›wertloser medizinischer Ausrüstung‹, wie er sagte.

Sam hätte fast einen Luftsprung gemacht, als er sah, was die Kästen enthielten, doch er beherrschte sich und sagte statt dessen mir Bescheid. Und so sind jetzt alle Kinder von Wakeville geschützt.«

»Du weißt schon, daß du ein ganz großartiger Mann bist, nicht wahr?«

»Meine Mutter hat das immer behauptet, aber das ist schon einige Jahre her.« Beiläufig richtete er ihren Hut. »Die Sonne ist stark, mein Schatz, und ich möchte doch nicht, daß du noch mehr Sommersprossen bekommst.«

Lachend boxte sie ihm in die Rippen. »Du weißt genau, daß das ein Leberfleck ist und keine Sommersprosse!«

»Was? So alt bist du schon? Ich glaube, ich muß dich einmal ganz genau unter die Lupe nehmen, ob du noch mehr Leberflekken hast, und dann schleunigst etwas dagegen unternehmen.«

»Und was?« fragte Jules, während sie kaum mit ihrem Mann Schritt halten konnte.

Er beugte sich zu ihr hinunter und flüsterte ihr etwas ins Ohr.

»Michael!«

Von seinem Versteck in einer schmalen Gasse aus starrte Jameson Wilkes den beiden nach. Er trug einfache Kleidung und hatte einen Filzhut tief ins Gesicht gezogen. Der kratzige Wollstoff seiner Hose verstärkte nur noch seine Wut, die er ohnehin gegen Saint Morris hegte. Es behagte ihm nämlich ganz und gar nicht, daß er ausgerechnet in Brent Hammonds Stadt wie ein Bettler herumlaufen mußte.

Als er sich vorbeugte, konnte er beobachten, wie der Wind Jules eine kleine Locke ins Gesicht wehte. Dann sah er, wie ihr Mann ihr den Hut richtete, und als er sich niederbeugte und ihr etwas ins Ohr flüsterte, erstarrte Wilkes förmlich. *Fasse sie ja nicht an, du Mistkerl!* Fast hätte er es laut gerufen.

Die Gedanken an sie und seine Traumvorstellungen hatten ihn während der vergangenen Monate pausenlos begleitet. Er stellte sich vor, wie er sie besitzen würde. Hilflos würde sie unter ihm liegen und genauso vor Verlangen fast vergehen wie er. Dagegen war die Realität regelrecht erschreckend, und ganz besonders ihr Lachen. Er hatte sie noch nie lachen hören, dachte er und verfluchte sich zum wiederholten Mal, daß er sie überhaupt zu der Auktion gebracht hatte. Er hätte sie bei sich behalten und mit ihr um die Welt segeln sollen. Aber wozu? Er schüttelte den Kopf, weil seine Gedanken sich verwirrten. Heftig rieb er seinen schmerzenden Bauch, doch erst als die Schmerzen sehr stark wurden, kam er langsam wieder zu sich.

Inzwischen war sie mit diesem verdammten Wohltäter Saint Morris verheiratet. Er mußte für Sekunden die Augen schließen, so wütend machte ihn dieser Gedanke. Wenn er sie doch nur behalten hätte, oder wenn es ihm gelungen wäre, sie auf dem Ball der Stevensons zu entführen...

Er begehrte sie. Und jetzt war er hier, um sie zu holen. Oh, ja, auch diesem verdammten Saint Morris wollte er... Er wimmerte vor Schmerzen, doch hartnäckig verleugnete er sie und zwang seinen Kopf, Ideen zu entwickeln, Pläne zu machen. Er mußte sich ein Ziel setzen. Nein, zum Opium wollte er erst wieder greifen, wenn die Schmerzen ihn zum Heulen brachten!

Dein letzter Sieg, schoß es ihm plötzlich durch den Kopf. Die letzte Gelegenheit, um zu demonstrieren, daß es dich noch gibt und daß du noch immer gewinnen kannst. Inzwischen bedeutete Juliana für ihn beides, Leben und Tod. Ein Lächeln huschte über sein Gesicht, als er daran dachte, wie der häßliche alte Hawkins grinsend zu ihm gekommen war. »Ja, Sir, sie sind weggefahren. Und zwar zu der Niggerstadt.«

So leicht war es gewesen! Ob Juliana sich vor ihm sicher wähnte? Saint Morris war jedenfalls hergekommen, um das Baby der Hammonds auf die Welt zu bringen. Im Augenblick konnte er also nichts Klügeres tun, als sich zurückzuhalten und eine günstige Gelegenheit abzuwarten. Und diese Gelegenheit würde kommen, dessen war er sich ganz sicher. Und genau in diesem Augenblick, während die Sonne auf ihn herunterbrannte, kam ihm der richtige Gedanke. Auf einmal wußte er, wie er zuschlagen würde.

Jules ging in Gesellschaft von Thackery und Little John die Straße entlang. Little John war tatsächlich der größte Mensch, den sie jemals gesehen hatte, mit gewaltigen Muskeln und den sanftesten Augen. Interessiert lauschte sie der Unterhaltung der beiden und stellte dabei fest, wie sehr Thackery dies alles vermißt hatte. Nur wegen dieses verdammten Wilkes hatte er das Wachsen der Stadt nicht miterleben können!

»Jetzt muß ich aber wieder an meine Arbeit, Mrs. Morris«, verkündete Little Tony, als sie vor einem frisch gestrichenen Holzhaus stehenblieben. »Hier bewahren wir alle unsere Unterlagen auf«, fügte er mit gewissem Stolz hinzu.

»Nennen Sie mich Jules«, forderte sie den Mann auf, doch ihr war klar, daß alte Gewohnheiten nur langsam abgelegt wurden. Little Tony nickte von seiner gewaltigen Höhe auf sie hinunter. »Ich danke Ihnen für die Führung.« Dann wandte sie sich an Thackery: »Jetzt würde ich gern noch ein bißchen ausreiten und mir die Umgebung und die Pflanzungen ansehen.«

Thackery war einverstanden und begleitete sie zum Mietstall. »Das mit den Namen war gar nicht so einfach. Little Tony hat mir allerlei Geschichten erzählt.«

Fragend runzelte Jules die Brauen.

»Sklaven haben nur einen Namen, und zwar einen ausländischen, den ihnen ihre weißen Herren gegeben haben.«

»Und wie wird das Problem gelöst?« Jules war fasziniert.

»Mr. Hammond und auch seine Frau haben Listen mit Namen angelegt, und da sucht sich jeder einen aus. Little Tony schreibt dann die Zertifikate.«

»Und welchen Namen haben Sie sich ausgesucht?«

»Ich? Ich habe John gewählt. John Thackery.«

Jules blieb stehen und reichte ihm die Hand. »Hallo, John!«

Der schwarze Mann lächelte und nahm ihre zarte Hand in die seine. »Little Tony heißt übrigens Mr. Anthony Washington.«

»Dieser Name ist ja gewissermaßen eine Verpflichtung.«

Im Stall mieteten sie sich zwei Pferde und machten sich auf den Weg. Jules trug ihr blaues Reitkleid und dazu einen kessen kleinen Hut. Der Morgen war sonnig und warm, und sie fühlte sich rundherum wohl und zufrieden. Das weite Tal war von Hügeln umgeben, die nach den winterlichen Regenfällen in herrlichem Grün prangten. Als sie einmal die Pferde zügelten, erklärte ihr Thackery, wie man das Land aufgeteilt hatte und wo noch weiter gebaut wurde.

»Es sieht ganz so aus, als ob Mr. Hammond alle Banken in San Francisco eingespannt hat«, fuhr er fort. »Unser Bedarf an Holz ist ungeheuer. Schauen Sie dort...«

Ein lautes Krachen ließ Jules herumfahren, und sie sah gerade noch, wie Thackery sich an die Brust faßte. »Thackery!«

Sie versuchte vergeblich, ihn zu halten. Aber sein Gewicht war zu groß, so daß er vom Pferd rutschte und auf dem felsigen Untergrund aufschlug. Ebenso schnell war Jules aus dem Sattel und eilte an seine Seite.

»Laß ihn in Ruhe, Juliana!«

Jules kannte die Stimme zur Genüge ... Unzählige Male hatte sie sie im Traum vernommen, doch jetzt klang sie nicht nur drohend und einschüchternd, sondern Triumph und Zufriedenheit waren nicht zu überhören.

»Ich muß ihm helfen!« erklärte sie unbeeindruckt, weil sich der Schrecken noch nicht in ihr breitgemacht hatte. Dann fühlte sie, wie er sie am Arm packte und herumriß.

»Sieh mich an, Juliana!«

Sie konnte es nicht, und sie wollte es auch nicht. Da packte er ihr Kinn und bog ihren Kopf nach oben. »Sie müssen verrückt sein!« fauchte sie. »Weshalb tun Sie so etwas? Sie müssen verrückt sein!«

Jameson Wilkes sah ihr lange in die Augen und schließlich lachte er. »Wenn ich diese Frage so einfach beantworten könnte, hätte ich nicht so lange in der Hölle schmoren müssen. Komm jetzt, Juliana, wir haben nämlich noch einen langen Weg vor uns!«

»Nein«, widersprach sie und war selbst überrascht, wie sanft ihre Stimme klang. »Ich muß erst Thackery helfen.«

»Wenn du ihn auch nur anrührst, jage ich ihm eine zweite Kugel in sein schwarzes Fell!« Als er sekundenlang Furcht in ihren Augen sah, wußte er, welches Druckmittel er einsetzen mußte. »Wenn du mitkommst, werde ich ihn in Ruhe lassen.« Er wollte keinen Widerstand, keinen Kampf. Der langsam größer werdende Blutfleck auf der Brust des Mannes sagte ihm genug. Er würde auf jeden Fall sterben. Allerdings war er kräftig, und das gab Wilkes die Hoffnung, daß Saint Morris vielleicht noch etwas ausrichten konnte. Nur deshalb hatte er ihn nicht ins Herz geschossen.

»Dafür werden Sie sterben«, sagte Jules, während sie zu ihrem Pferd ging. »Dafür wird mein Mann Sie töten!«

»Wenn ich mich nicht irre, so ist dein Mann gerade mit Byrony Hammond beschäftigt. Nach all der Aufregung, die ich dort feststellen konnte, scheint sie ihr Kind zu bekommen.«

Jules schloß die Augen. Wann würde man sie vermissen? Würde man sie überhaupt vermissen?

»Vielleicht sollte ich doch besser die Zügel in die Hand nehmen, denn sobald wir uns von deinem Wächter entfernt haben, kann ich dir sicher nicht mehr trauen.« Mit diesen Worten packte er ihre Zügel und zog ihr Pferd nah neben seines. »Wenn du dich nicht benimmst, werde ich dich fesseln! Daran erinnerst du dich doch sicher noch? Ach, wir haben ja noch so viel miteinander vor!«

Jules dachte an ihre Pistole, die sicher verwahrt in ihrem Koffer lag! Seltsamerweise verspürte sie keine übermäßige Furcht, aber vermutlich lag das daran, daß Gespenster und unbekannte Bedrohungen immer angsteinflößender sind als die Wirklichkeit. Natürlich würde die Angst zunehmen, deshalb mußte sie noch rechtzeitig klare Gedanken fassen. Sie war von nun an auf sich allein gestellt. Als Wilkes die Pferde antrieb, wandte sie sich noch einmal um, und es versetzte ihr einen Stich ins Herz, als sie sah, daß Thackery sich nicht gerührt hatte und immer noch bewegungslos auf der Seite lag.

»Sie sind ein Dreckskerl!«

»Nichts, was sich nicht abwaschen ließe!« Er starrte sie mit hungrigen Augen an, so daß sie zurückwich. »Erinnerst du dich, wie du damals gebadet hast und wie ich dir zugesehen und dich bewundert habe?«

»Nein. Ich erinnere mich nur, daß ich Sie auf den Kopf geschlagen habe, und ich wünschte, ich hätte fester zugeschlagen!«

»Wirklich schade!« Er wandte jetzt seine Aufmerksamkeit dem Weg zu, der vor ihnen lag.

»Was ist schade?« fragte Jules.

»Daß du verheiratet bist, meine Kleine. Ich hätte dich wirklich gern geheiratet, aber jetzt kannst du nur als Geliebte bei mir bleiben. Ich werde dich behalten, solange du mir Freude machst!«

»Ich werde Ihnen überhaupt keine Freude machen, denn ich werde Sie töten!«

Er warf den Kopf in den Nacken und lachte. »Deine kindische Furcht hast du offenbar verloren, oder irre ich mich? Da du jetzt weißt, was Männer und Frauen miteinander treiben, werde ich dir im Bett ganz bestimmt gefallen.«

Sie schüttelte sich und wußte, daß er sie dabei beobachtete. Für Sekunden schloß sie die Augen, doch dann riß sie sich zusammen. Sie mußte wenigstens versuchen, sich den Weg zu merken, die sie nahmen.

Wilkes versank in Schweigen, denn seine Gedanken waren bei seinen beiden Kumpanen. Grabbler und Hawkins waren miese Gesellen, die sicher auch ihren Teil an der Beute beanspruchten. Für einige Augenblicke erwog er tatsächlich, nicht zur Höhle zurückzukehren. Doch als Jules plötzlich ihrem Pferd die Sporen gab und ihm die Zügel aus der Hand riß, war ihm klar, daß er auf die beiden angewiesen war. Es gelang ihm, die fliegenden Zügel wieder zu ergreifen, bevor Jules sie gepackt hatte, und ihr Pferd an seine Seite zurückzuzwingen. Mit angstvoll aufgerissenen Augen starrte Jules ihn an, doch er packte sie nur um die Taille und hob sie mit einem kräftigen Ruck vor sich auf den Sattel.

»Wie töricht von dir, mein Liebling!« sagte er ganz sanft.

Doch Jules fühlte nur noch panische Angst und gleichzeitig unglaubliche Wut. Sie wehrte sich, schlug blindlings um sich und zerkratzte ihm das Gesicht mit ihren Nägeln.

Fluchend zerrte er sie vom Pferd. Dabei fiel sie so unglücklich auf den Rücken, daß sich ihr die spitzen Steine in den Rücken bohrten. Doch sie schien nichts davon wahrzunehmen. Als sie jedoch sah, wie er seinen Gürtel aus dem Hosenbund zog, kroch sie auf die Knie. Doch plötzlich wurde sie von einem Schwindelgefühl übermannt und taumelte. Unbeeindruckt packte Wilkes ihre Handgelenke, zwang sie übereinander und umschlang sie mit dem Gürtel. Aber als er sah, wie sie beim Zusammenziehen zuckte, lockerte er die Schlaufe noch einmal ein wenig.

»So!« Energisch packte er sie unter den Achseln und zerrte sie auf die Füße. Dabei drückte er sie für Sekunden an sich, worauf Jules augenblicklich erstarrte.

»Nein!« stieß sie japsend hervor. »Nein!«

»Jedenfalls jetzt noch nicht!« Er packte ihr Kinn und küßte sie hart auf den Mund. Als seine Zunge gegen ihre festgeschlossenen Lippen drängte, öffnete sie schließlich ihren Mund, und als seine Zunge eindrang, biß sie kräftig zu.

Sein Schmerzensschrei erfüllte sie sekundenlang mit tiefer Freude, doch im nächsten Augenblick wurde ihr Kopf von einer gewaltigen Ohrfeige zurückgeschleudert. Sie wäre gefallen, wenn er sie nicht gehalten hätte.

»Wenn du so etwas noch ein einziges Mal machst, wirst du es bereuen!« Dabei war sein zischender, spuckender Mund so dicht vor ihrem Gesicht, daß sie seinen heißen Atem fühlen konnte. »Ich könnte dich zum Beispiel mit Grabbler und Hawkins teilen, was dir ganz bestimmt nicht gefallen würde. Denn diese beiden, meine liebe Juliana, sind wirklich keine sanften Männer!«

Sehr aufrecht stand sie ihm gegenüber und schwieg. Wilkes maß sie eine Weile mit seinen Blicken. Offenbar hatte die Kleine begriffen, daß es ihm ernst war. Zufrieden zog er sie an sich und küßte sie. Diesmal erschauerte sie nur vor Abscheu, als seine Zunge sich ihren Weg zwischen ihre Lippen suchte. Das wird sich geben, dachte er. Im Lauf der Zeit wird sie sich ändern.

Vorsichtshalber setzte er sie auch diesmal wieder vor sich auf den Sattel und versetzte ihrem Pferd einen Schlag mit der Peitsche. Mit großer Wahrscheinlichkeit würde es den Weg nach Hause finden. Jedenfalls hoffte Wilkes das. Falls es ihr Aufpasser nicht geschafft haben sollte, würde eben das Pferd als stummer Zeuge zurückkehren. *Ich möchte, daß dein Mann uns folgt! Dann werde ich ihn töten, und zwar ganz langsam.* Als er der davontrottenden Stute nachsah, jubelte er innerlich und grinste.

Jules schloß die Augen vor der verhaßten Hand, die sie festhielt. Sie ahnte, daß er sie vergewaltigen würde, und mit Macht drängten sich auf einmal die alten Ängste in ihr Bewußtsein. Zitternd schob sie sie mit aller Anstrengung zurück und haßte sich dafür, daß sie überhaupt eine Reaktion zeigte. Sie war glücklich, daß Michael in Sicherheit war, weil er sich um Byrony kümmern mußte. Aber Thackery ... Die Tränen brannten in ihren Augen, während sie inständig um sein Überleben betete.

»Es wird allmählich Zeit, daß Mammy Bath Ihnen beim Ausziehen hilft«, sagte Saint lächelnd zu Byrony. »Rufen Sie mich, sobald Sie im Bett liegen.«

Byrony biß die Lippen aufeinander, während eine Wehe ihren Bauch zusammenzog. Mit Rücksicht auf Brents bleiches Gesicht, versuchte sie ein tapferes Lächeln. »Es geht mir gut, Liebster. Du mußt dich wirklich nicht aufregen!«

»Dann wollen wir das kleine Kerlchen mal auf die Welt bringen, kleine Lady«, sagte Mammy Bath und zog ihren Schützling ungeduldig am Ärmel.

Saint sah ihnen nach, bis sie oben auf dem Treppenabsatz verschwunden waren und wandte sich dann an Brent. »Wenn Sie möchten, können Sie ihr gern die erste Zeit über Gesellschaft leisten. Unterhalten Sie sie und lenken sie sie ab. Vorher muß ich sie nur noch schnell untersuchen.«

Brent nickte lediglich, denn vor lauter Angst, etwas Falsches zu sagen, war seine Kehle wie zugeschnürt.

»So ist es recht«, lachte Saint und tätschelte ihm mitfühlend den Rücken. »Jetzt kommt der große Schwur, so etwas nie wieder zu verursachen.«

»Warten Sie nur, bis Jules ein Baby bekommt!«

Saint zögerte. »Ja, Brent, Sie haben völlig recht.«

Das wird eine ziemlich lange Geburt werden, dachte Saint kurz darauf, als er seine Untersuchung beendet hatte. Verdammt! Trotzdem zwang er sich zu einem Lächeln. »Schön gleichmäßig atmen, Byrony. Damit ist schon die Hälfte geschafft. Aber jetzt will ich Ihren Mann rufen.«

Ungefähr drei Stunden später kamen die Wehen schon sehr viel häufiger, aber bis zur Geburt war es immer noch weit. Brent redete und redete, manchmal sogar den herrlichsten Unsinn, aber seiner Frau schien es zu gefallen. Irgendwann stieß sie plötzlich einen kurzen Schrei aus, und dann bäumte sich ihr Körper auf. Hilflos starrte ein schreckensbleicher Brent zu Saint hinüber.

»Langsam atmen, Byrony! Ja, so ist es richtig! Habe ich Ihnen eigentlich schon erzählt, was man in einer lang versunkenen Kultur mit den werdenden Vätern gemacht hat? Hören Sie beide gut zu! Die waren nämlich sehr fortschrittlich! Die Väter wurden an den Füßen kopfüber neben dem Bett aufgehängt, in dem ihre Frauen in Wehen lagen. Die ganze Zeit über mußten sie ebenfalls leiden, und erst wenn sie ihren Sohn oder ihre Tochter nikkend akzeptiert hatten, band man sie los!«

»Vielleicht ist das Zölibat doch gar nicht so sehr zu verachten!« meinte Brent.

»Das haben sie sich ausgedacht, Saint!« protestierte Byrony, doch ihr Lachen ging in einer neuen Wehe unter.

»Keineswegs! Das kann ich beschwören! Aber es geht noch weiter! Bei den Siamesen blieb eine Frau nach der Geburt im Bett, neben dem ein großes Feuer brannte, das der Ehemann einen Monat lang in Gang halten mußte. Dieser Brauch hatte nur den einzigen Zweck, der Frau wenigstens in dieser Zeit Ruhe vor ihrem Mann zu verschaffen. Wie gefällt Ihnen denn das?«

»Ich fände es schöner, wenn Brent an seinen Füßen aufgehängt würde«, war Byronys Meinung.

»Ich hänge mich auf, woran immer du willst!« erklärte Brent, während er ihr vorsichtig den Schweiß von der Stirn tupfte. »Na ja, vielleicht doch nicht an allem!«

Saint stand auf und reckte sich, während er in seinem Gedächtnis nach weiteren Geschichten suchte. In diesem Augenblick rief jemand von unten. »Bleiben Sie hier, Brent, ich gehe schon!«

Er sprang die Stufen hinunter und fand Thackery, der vor Mammys Füßen zusammengebrochen war. Sein Hemd war blutdurchtränkt, und sofort lief es Saint eiskalt über den Rükken. Rasch hob er den Mann auf und trug ihn zum Eßtisch. »Schnell, Mammy! Bringen Sie mir heißes Wasser und holen Sie meinen Koffer von oben!«

Es dauerte nur Sekunden, bis er das Hemd aufgeschnitten hatte und die Schußwunde vor sich sah.

»Dr. Saint.«

»Liegen Sie still, Thackery! Unbedingt!«

»Er hat Mrs. Saint entführt. Mich hat er offenbar für tot gehalten, denke ich. Oh, Gott, ich habe versagt!«

»Pst, Thackery...«, begann Saint, aber weiter kam er nicht. Im selben Augenblick, als Thackery in gnädiger Ohnmacht versank, ertönte von oben ein spitzer Schrei.

Sekunden später erschien Brent kreidebleich unter der Tür. »Saint, was zum Teufel...!«

»Wilkes hat Thackery angeschossen und Jules entführt!«

»Verdammt! Nein! Um Himmels willen, nein!«

Saint schloß für Sekunden die Augen und sammelte seine Gedanken. »Hören Sie zu, Brent! Byrony hat zwar Schmerzen, aber bis zur Geburt dauert es noch eine ganze Zeit. Bleiben Sie bei ihr, Mann, und unterhalten Sie sie so gut sie können, bis ich Thakkery zusammengeflickt habe!«

»Und was werden wir dann unternehmen?«

Saint war klar, daß er Byrony nicht im Stich lassen konnte. Andererseits hatte dieser Mistkerl seine Frau entführt! »Ich weiß noch nicht«, stöhnte er. »Gehen Sie vorerst einmal wieder zu Ihrer Frau hinauf.«

Solange Thackery ohnmächtig war, entfernte Saint mit geübten Fingern die Kugel. Der Mann war stark wie ein Bär und so gesund, daß er die Verletzung mit ziemlicher Sicherheit überleben würde. Mammy Bath assistierte Saint und reichte ihm abwechselnd Tücher und Instrumente, so wie er es verlangte. Nur wenige Minuten später war alles überstanden.

»Und jetzt das Riechsalz, Mammy!« Kurz hielt er seinem Patienten das Fläschchen unter die Nase. »Thackery!« Er beugte sich über ihn. »Ich weiß, daß Sie Schmerzen haben und werde Ihnen auch gleich etwas Laudanum zur Erleichterung geben. Aber sagen Sie mir erst, wo Wilkes auf Sie geschossen hat!«

»Er soll es lieber mir sagen, denn ich kenne mich hier in der Gegend besser aus als Sie, Saint!« erklärte Brent, der wieder heruntergekommen war.

Saint trat beiseite und überließ Brent seinen Platz. Anfangs waren Thackerys Schmerzen offenbar so stark, daß er nicht einmal richtig Luft holen konnte. »Es ist schon in Ordnung, Thakkery. Lassen Sie sich Zeit!«

»Es war ganz im Nordosten des Tals, in der Nähe von MacGivers Farm. Von da aus sind sie in südöstlicher Richtung davongeritten. In Richtung auf das Meer, wenn ich mich nicht irre! Und außerdem muß er uns beobachtet haben, denn er hat gewußt, daß sich das Baby angemeldet hatte, Dr. Saint! Auf diesen Augenblick hat er gewartet!«

Sanft klopfte ihm Saint auf die Schulter, um ihn zu beruhigen. In diesem Augenblick ertönte wieder ein so lauter Schrei von oben, daß beide Männer zusammenfuhren.

30. Kapitel

Brent spürte, wie ihm die Angst über den Rücken kroch.

»Du mußt gehen, Lieber«, flüsterte Byrony. »Und bringe sie gesund zurück! Saint ist ja bei mir und paßt auf mich auf. Du kannst unbesorgt fort.« Dann überwältigte sie wieder der Schmerz, so daß sie nicht weitersprechen konnte.

Eine solche Entscheidung war eigentlich unmenschlich, dachte Saint. Während er Byronys Rücken rieb, um ihr die Wehen ein wenig zu erleichtern, sah er über sie hinweg Brent an.

»Passen Sie auf meine Frau auf, Saint! Ich werde jetzt Jules holen, das verspreche ich Ihnen. Und dieser Mistkerl wird es nicht überleben! Darauf können Sie sich verlassen!«

Saint suchte nach Worten, doch der Zorn, der in ihm brodelte, war viel zu stark. So nickte er nur und sah stumm zu, wie Brent sich über seine bleiche Frau beugte und sie küßte. Dann ging er zum Fenster hinüber.

Draußen wurde Brent bereits von einem halben Dutzend schwarzer Männer ungeduldig erwartet. Sobald er sein Gewehr am Sattel befestigt und sich hinaufgeschwungen hatte, gaben sie den Pferden die Sporen. Aufgeregtes Wiehern folgte, und dann zeugte nur noch eine langsam herabsinkende Staubwolke von ihrem hastigen Aufbruch.

Nur gut, daß ich ihm noch nichts davon gesagt hatte, dachte Saint, als er wieder an Byronys Bett trat. Sacht nahm er ihre Hand in die seine. »Hören Sie mich, Byrony?« Klar und deutlich klang seine Stimme, um trotz der Wehen bis zu ihr durchzudringen. »Das Baby hat sich noch nicht richtig gedreht, und ich muß versuchen, ihm dabei zu helfen. Haben Sie das verstanden, Byrony?«

Ganz offenbar nicht, doch darauf konnte er keine Rücksicht nehmen. Rasch bat er Mammy Bath um Hilfe. »Halten Sie sie fest. Sie haben ja gehört, was ich ihr erklärt habe, oder?«

»Ja, das habe ich.«

Wieder einmal wünschte Saint, daß seine Hände kleiner wären, doch er hatte keine Wahl. Wenn er jetzt versagte, würde Byrony Hammond sterben. *Und was stand Jules bevor, seiner wunderschönen Frau? Was sagte Wilkes wohl gerade zu ihr und was tat er?* Gewaltsam drängte Saint diese Gedanken aus seinem Kopf und konzentrierte sich ganz auf seine Arbeit.

»Es ist schon seltsam, und das gebe ich auch zu.« Unbewußt verstärkte Jameson Wilkes seinen Griff um Jules' Taille. Er hatte sie viel zu lange begehrt, um sich noch daran zu erinnern, daß sie einmal nicht in seinen Gedanken gewesen wäre. Und in seinen Opiumträumen.

Er hörte sich so vernünftig an, als ob man mit ihm reden könnte, dachte Jules und fühlte so etwas wie eine leichte Hoffnung. »Ich kann Ihnen doch nicht wirklich etwas bedeuten«, fuhr sie so überzeugend fort, wie es ihr nur möglich war. »Sie haben sich nur eingebildet, daß Sie mich begehren. Seitdem hat sich so viel geändert. Ich bin verheiratet und längst keine Jungfrau mehr. Haben Sie damals nicht gesagt, daß meine Jungfräulichkeit das einzig Wertvolle sei?«

»Doch, das habe ich gesagt.« Wilkes fühlte, wie die Schmerzen sich immer weiter in seinem Bauch ausbreiteten. Sekundenlang konnte er nicht einmal mehr reden.

»Was wollen sie dann noch von mir?« Jules Stimme klang dünn und aufgeregt. »Sie sind doch alt genug, um mein Vater zu sein! Wünschen Sie sich eine Tochter oder was sonst?«

Er verstärkte seinen Griff, so daß es ihr die Luft abschnürte. »Sei jetzt still!« Er lachte kalt und ergänzte für sich: Deinen Mann brauche ich, nichts sonst! Doch dann erstarb sein Lachen. Niemand konnte ihm helfen oder ihn gar heilen. Plötzlich fühlte er sich ängstlich, unendlich müde und alt. Irgendwie verdammt erledigt. Nein! Energisch schüttelte er den Kopf, um seine Gedanken zu klären. Er würde schon mit Grabbler und Hawkins fertig werden. Den beiden lag bestimmt mehr am Geld als an einer Frau!

Seine Augen folgten dem Sonnenball, der glutrot im Meer versank. Schon immer hatte er dieses Schauspiel über alles geliebt, weil ihn das letzte Aufflackern des Lichts an das zauberhafte chinesische Feuerwerk erinnerte. Es nie mehr zu sehen... Als Juliana schwer gegen ihn sank, stieß er einen Seufzer der Erleichterung aus und atmete ein wenig auf.

»Man könnte meinen, daß er uns auf seine Spur locken wollte«, meinte Josh, mit dem Brent damals auf der Plantage seines Vaters aufgewachsen war. Jetzt richtete der Schwarze sich auf und blickte zu Brent hinüber. »Außerdem haben wir noch das Pferd gesehen...«

»...und das heißt zumindest, daß sie auf einem Pferd sitzen und somit erheblich langsamer vorwärtskommen«, ergänzte Brent. Er beschattete seine Augen mit der Hand, weil ihn das Licht der untergehenden Sonne blendete.

»Aber das ist keine Erklärung für sein Verhalten.«

»Nein, das ist es nicht. Ich erkläre mir es so: Wilkes will nicht nur Jules, sondern auch Saint. Möglicherweise stecken Rachegelüste dahinter, denn schließlich hat Saint ihm Jules damals sozusagen gestohlen. Jedenfalls dürfte Wilkes das so sehen.«

Aber weshalb hat er dann abgewartet, bis Byronys Wehen eingesetzt hatten? Hat er geglaubt, daß Saint sie allein lassen und statt dessen nach seiner Frau suchen würde? Nein, wahrscheinlich wollte Wilkes nur genügend Zeit haben. Er wollte Saint absichtlich in eine Zwangslage bringen. Ein grausames Spiel. »Wir haben nur noch etwa eine Stunde Tageslicht«, sagte Brent unvermittelt und gab seinem Hengst die Sporen.

Doch als die Dunkelheit hereinbrach, hatten sie sie noch immer nicht gefunden. Kurz darauf war es stockfinster. Nur gelegentlich schien ein silbriger Mond durch die Wolken, die inzwischen die Sterne bedeckten. Vor Tagesanbruch konnten sie keine Spur mehr verfolgen. Brent war unschlüssig. Dies war die quälendste Entscheidung seines ganzen Lebens.

»Es tut mir leid, Brent.« Tröstend legte ihm der schwarze Freund die Hand auf den Arm. »Wirklich, aber Sie können unmöglich zurückreiten. Vier Stunden hin und noch einmal vier Stunden Rückweg sind zuviel. Sie wären völlig erschöpft, und das hat Mrs. Saint nicht verdient!«

Brent warf Josh einen gequälten Blick zu. Dann schloß er die Augen und betete inständig um das Wohlergehen seiner Frau, um ein Gelingen der Rettungsaktion und um ein Leben in ganz normalen Bahnen. »Wir müssen Feuer machen«, sagte er dann. »In kürzester Zeit wird es bitter kalt sein.«

In der Höhle war es feucht und kalt, und Jules fröstelte, obwohl direkt vor ihr ein Feuer brannte. Sie zog ihre Beine enger an sich und hielt den Kopf gesenkt.

»Sie ist ein dürres kleines Ding«, bemerkte Hawkins. »Sie spürt, daß ich über sie rede und zittert am ganzen Leib.« Er lachte leise und trank den letzten Rest Kaffee aus seiner Tasse.

»Bringen Sie jetzt Grabbler sein Essen«, ordnete Wilkes an.

»Und Sie ficken mit der Kleinen, solange wir draußen sind?«

»Raus mit Ihnen, Hawkins!«

»Ihr scheint wirklich kalt zu sein. Ein netter großer Mann zwischen den Beinen würde sie bestimmt aufwärmen!«

Jameson Wilkes sah Hawkins geradewegs ins Gesicht. Oh, du Himmel, er war nicht nur ein Schurke, sondern er sah auch noch so aus. Ein hageres Gesicht mit einem wilden dunklen Bart, der eine häßliche breite Narbe verdeckte. »Wollen Sie das Geld oder das Mädchen?« Er zwang sich zu einem gleichgültigen Achselzucken. »Es liegt ganz bei Ihnen. Wie Sie wissen, mein Freund, habe ich das Geld nicht bei mir.«

Als Jules Wilkes' gleichgültige Rede hörte, lief es ihr kalt über den Rücken, und sie betrachtete den schwarzen Staub auf dem Boden mit verbissener Genauigkeit und versuchte, weder an Byrony in ihren Wehen noch an Michael oder Brent zu denken.

»Na ja«, brummte Hawkins, während er mit seinem verdreckten Stiefel ein Stück Holz ins Feuer zurückschob, »ein bißchen Abwechslung findet man schließlich überall.«

»Sagen Sie das auch Grabbler!« entgegnete Wilkes kühl. »Für die Summe, die Sie bekommen werden, können Sie sich ohnehin die tollsten Huren leisten.«

Es ging noch eine Weile hin und her, bis Hawkins schließlich die Höhle verließ und Wilkes sich wieder Jules zuwandte. »Es tut mir leid, meine Kleine, daß ich dir kein Bad anbieten kann... und auch kein Bett. Ich denke jedoch, daß wir nicht allzulange hierbleiben müssen. Da es inzwischen dunkel geworden ist, übernachten wir hier. Versuche wenigstens, ein bißchen zu schlafen.«

Sie sollte die ganze Nacht in Gesellschaft von Wilkes und dieser zwei anderen Gestalten verbringen! »Weshalb übernachten wir denn ausgerechnet hier?«

Im Schein des Feuers betrachtete Wilkes ihr bleiches Gesicht.

Ihr Hut war irgendwo verloren gegangen, die wilden Locken fielen ungebändigt über ihre Schultern, und auf ihren Wangen prangten Schmutzspuren.

Er bewunderte sie, wie kühl sie fragte, denn natürlich wußte er genau, welche Angst sie hatte. »Das mußt du jetzt noch nicht erfahren«, antwortete er und dachte bei sich: Wenn du es wüßtest, würdest du dich wie eine Furie aufführen.

»Was werden Sie mit mir machen?«

Er lachte leise. »Jedenfalls werde ich dich nicht ›ficken‹, wie sich Hawkins ausgedrückt hat. Jedenfalls noch nicht. Das kommt erst, wenn wir fort von hier und in Sicherheit sind.«

Sicher! »Niemals!« stieß Jules hervor. »Niemals!«

»Ich weiß«, meinte Wilkes geduldig. »Dein riesiger Mann würde mich umbringen, stimmt's?«

»Nein, ich werde Sie umbringen!«

Rasch beugte er sich zu ihr hinunter und küßte sie. Dann zog er sich schnell zurück, bevor sie noch reagieren konnte. »Versuch zu schlafen, Juliana.« Sein Lächeln ließ sie erschauern. »Und falls du einmal mußt, solltest du dich lieber meiner Gesellschaft anvertrauen.«

Saint saß neben Byrony und hatte das Kinn auf die Hände gestützt. Der Raum war fast dunkel, nur ein einziges Licht warf sanfte Schatten auf Byronys erschöpftes Gesicht. Saint hatte sich vor wenigen Minuten entschlossen, ihr etwas Chloroform zu verabreichen und ihr wenigstens eine kurze Ruhepause zu verschaffen. Bis zur Geburt standen ihr nämlich noch einige harte Stunden bevor.

Es war ihm gelungen, das Kind in die richtige Lage zu bringen, und danach hatte er ebenfalls ein wenig geschlafen und unentwegt von seiner Frau geträumt. Wie es ihr wohl inzwischen ergangen war? Mittlerweile war es Mitternacht geworden. Als Byrony langsam in die Wirklichkeit zurückkehrte, genoß sie das schwebende Gefühl. Sie sah Saints freundliches Gesicht über sich und fuhr sich mit der Zunge wie abwesend über die ausgetrockneten Lippen.

»Ein wenig Wasser, Byrony?« Saint hob ihr den Kopf und hielt ihr das Glas an die Lippen.

Langsam drangen die Schmerzen wieder in ihr Bewußtsein

und brachten sie ganz in die Wirklichkeit zurück. »Chauncey hat gesagt, daß Sie mir erzählen würden, wie sie an Ihren Spitznamen gekommen sind«, preßte sie hervor, während sie versuchte, die Schmerzen unter Kontrolle zu bekommen.

»Also gut, ich werde es Ihnen erzählen. Aber jetzt müssen Sie ganz gleichmäßig atmen, und wenn die Wehe stärker wird, möchte ich, daß Sie mit aller Kraft pressen.«

»Ich glaube nicht, daß ich noch genügend Kraft habe!«

»Reden Sie nicht so!« Saint hörte sich jetzt sehr streng an. »Sie sind jung und stark, und es dauert nun gar nicht mehr lang! Haben Sie mich verstanden, Byrony?«

»Ja«, keuchte sie mit heiserer Stimme, die fast nicht zu verstehen war. Die Wehe wurde stärker und stärker, und Byrony wäre am liebsten gestorben. Über allem hörte sie jedoch die Stimme, die sie immer wieder zum Pressen aufforderte. Und gehorsam tat sie, was in ihrer Macht stand.

»Gut«, lobte Saint, als die Schmerzen langsam verebbten. »Ich will es Ihnen also erzählen. Aber sehen Sie mir ins Gesicht, Byrony. Wehren sie sich nicht gegen Schmerz, sondern tun Sie einfach nur, was ich Ihnen gesagt habe. Also, damals war ich noch Student in der Medical School von Harvard, und wir mußten Leichen sezieren. Flacher atmen, Byrony! Ja, so ist es gut!«

»Ich weiß nicht, ob ich die Geschichte hören will, Saint.«

»Aber ich verspreche, daß sie gut ausgeht!«

Er wartete, bis sie einen heiseren Schrei ausstieß. Diesmal fiel er ein ganzes Stück leiser aus, weil ihre Kehle schon ganz rauh war. »Pressen, Byrony!« Er sah ihre Bemühung, aber er spürte gleichzeitig, daß sie langsam schwächer wurde.

Ach, Jules, wo bist du nur?

Inzwischen war es fast vier Uhr, und die Dämmerung war nicht mehr fern. Die Stunde des Tags, in der die meisten Menschen geboren wurden und in der auch die meisten starben. Er schüttelte den Gedanken ab und wandte sich wieder Byrony zu, die sich inzwischen an jeden Strohhalm klammerte, um nicht aufzugeben.

»Erzählen Sie weiter, Saint!«

»Ja. Also, eines Tages rollte man eine Bahre herein. Der Patient war kurz zuvor im Hospital verstorben, und unser Professor wollte nun uns dummen Studenten demonstrieren, wie wir vorgehen mußten. Aber stellen sie sich vor, Byrony, der Mann war gar nicht tot! Ich packte das Handgelenk des Professors, als sich das Skalpell herabsenkte, und natürlich gab es ein unheimliches Geschrei und Getümmel. Aber ich hatte deutlich gesehen, wie die Lider des ›Toten‹ gezittert hatten! Glücklicherweise bin ich groß, und so hatte ich wenig Mühe, die anderen und natürlich auch den wild entschlossenen Professor zurückzudrängen. Und dann hat der ›Tote‹ tatsächlich die Augen aufgemacht. Und dieser Robert Gallagher hat mir damals meinen Spitznamen verpaßt!«

»Oh, Saint, es soll endlich aufhören!«

Er wußte nicht, ob sie seine letzten Worte noch verstanden hatte. Er hielt sie nur und spürte, daß sie tatsächlich kaum mehr Kraft hatte. »Byrony, hören Sie mir zu! Nein, schließen Sie Ihre Augen nicht! Ich werde Ihnen helfen! Sehen Sie, so müssen Sie es machen!«

Er fühlte, wie ihre Tränen auf seine Hand fielen, und er hätte am liebsten selbst geweint, wenn er an ihre Qual dachte und an alles, was Jules vielleicht gerade erdulden mußte. Sechs Monate, nachdem Saint ihn vor dem Skalpell des Professors bewahrt hatte, war Robert Gallagher übrigens von einem Auto überfahren worden. Guter Gott, was war das? Der erste Sonnenstrahl verkündete bereits den neuen Tag.

»Wir bekommen Gesellschaft, Mr. Wilkes!« meldete Hawkins vom Eingang der Höhle. »Sechs oder sieben Männer folgen offenbar unseren Spuren.«

»Aha!« Wilkes sah sofort, wie wilde Hoffnung in Jules' Augen aufleuchtete. »Nein, meine Kleine. Dein Mann ist bestimmt nicht dabei, jedenfalls würde mich das sehr überraschen. Er würde doch eine Frau in Wehen nicht sich selbst überlassen, oder?«

»Offenbar ist es der Besitzer des Spielsalons. Hammond heißt er, soviel ich weiß. Der Gründer der Niggerstadt!«

»Ja, alles schrecklich ehrbare Leute, nicht wahr?«

»Jedenfalls nicht solche Verbrecher wie Sie!« zischte Jules.

»Langsam, meine Kleine...« Hawkins nahm eine drohende Haltung ein.

»Haltet die Klappe, und zwar alle beide!« Wilkes sprang auf.

Insgeheim verfluchte er den Schmerz, der ihn durchzuckte, doch äußerlich ließ er sich nichts anmerken. Er brauchte sein Opium dringender denn je, doch noch konnte er nicht von hier verschwinden. Er wandte sich an Jules. »Sei jetzt vernünftig, meine Kleine, ansonsten muß Mr. Hammond daran glauben! Hawkins, Sie begleiten mich!«

Jules wartete nur, bis die beiden die Höhle verlassen hatten. Dann raffte sie sich auf und suchte verzweifelt nach etwas, das sie als Waffe benutzen konnte. Fieberhaft fummelte sie in den zusammengerollten Decken. Nichts. Sie fühlte sich schrecklich schmutzig und nach der Nacht auf dem blanken Boden wie zerschlagen. Außerdem hatte sie mehr Angst als jemals zuvor. Bisher war es nur um sie gegangen, doch nun war auch Brent darin verstrickt. Vorsichtig kroch sie bis zum Rand der Höhle. doch als sie hinausspähte, sah sie lediglich Wilkes' Rücken. Hawkins hielt sich direkt hinter ihm, und Grabbler lehnte auf der rechten Seite am Stamm einer Kiefer. Von den anderen war nichts zu sehen.

»Hier ist das Versteck«, flüsterte Josh fast unhörbar.

»Ja.« Brent nickte, während seine Blicke den felsigen Abhang absuchten. Als eines der Pferde schnaubte, gebot er den anderen zu warten und ritt selbst noch ein kleines Stück weiter.

»Hören Sie mich, Wilkes?« rief er dann laut. »Wir sind hier und wüßten gern, was Sie eigentlich wollen.«

»Hammond?«

»Ja. Wer denn sonst? Sie wissen doch ebensogut wie ich, daß Jules' Mann bei meiner Frau bleiben muß! Was wollen Sie?«

Jules, dachte Wilkes unwillkürlich. Seltsam. ›Juliana‹ gefiel ihm wesentlich besser. Hatte ihr verdammter Ehemann diesen Spitznamen erfunden? Er wollte ihn umbringen. »Sie bestimmt nicht!« schrie er zurück. »Aber ich möchte, daß Sie und Ihre Nigger Saint Morris eine Botschaft überbringen. Er soll herkommen, und zwar allein, ansonsten sieht er seine Frau nie wieder!«

Brent fluchte leise. Eigentlich war alles so einfach. Erst als Saint mit Byrony beschäftigt war, mußte er Jules zwangsläufig aus den Augen lassen. Und darauf hatte dieser Kerl nur gewartet! Bis dahin hatten Thackery und Saint jeden ihrer Schritte überwacht.

»Wenn ich es richtig sehe, wird bis zu Ihrer Rückkehr entweder das Kind auf der Welt oder Ihre Frau gestorben sein... Auf jeden Fall ist Saint Morris dann wieder ein freier Mann. Richten sie ihm meine Botschaft aus!«

Brent biß die Zähne so heftig aufeinander, daß seine Kiefer schmerzten. Was blieb ihm anderes übrig? *Nein, Byrony, du wirst nicht sterben. Das hat Saint versprochen!*

Jules stockte das Blut in den Adern. Demnach wollte Wilkes also nicht nur sie umbringen, sondern auch Michael! Das konnte und durfte nicht geschehen! Sie konnte keinen klaren Gedanken fassen und schrie plötzlich so laut, wie sie nur konnte: »Brent, sagen Sie Michael kein Wort! Wilkes will ihn nur umbringen! Er soll lieber bei Byrony bleiben!«

»Geht es Ihnen gut, Jules?« rief Brent in voller Lautstärke. Dabei tänzelte sein Pferd vor Schrecken, und er hatte Mühe, es wieder zu beruhigen.

»Ja, mir geht es gut«, antwortete Jules. »Verbieten Sie Michael herzukommen!«

In diesem Augenblick war Wilkes neben ihr und riß sie brutal in die Höhle zurück. Unsanft stieß er sie zu Boden. »Halt die Klappe, Juliana, oder ich töte Hammond! Seine Nigger können deinem heiligen Ehemann meine Botschaft auch übermitteln!«

Sie starrte ihn an und empfand nur heiße Wut. Sie war drauf und dran, ihm vor die Füße zu spucken, doch in genau diesem Augenblick wurde Wilkes ganz bleich und griff sich an den Bauch. Und da wußte sie es. Dieser Mann war krank!

»Verhalte dich ruhig!« zischte er leise zwischen zusammengebissenen Zähnen hervor. »Sonst werde ich dich vor den Augen deines lieben Ehemanns vergewaltigen! Verstanden?«

»Verstanden«, antwortete sie und fragte dann ganz ruhig: »Möchten Sie sich an meinem Mann rächen, oder brauchen Sie einen Arzt?«

»Keine schlechte Frage!« Wilkes lachte. »Bewege dich nicht von der Stelle, Juliana!« Mit diesen Worten verließ er die Höhle, ohne sich auch nur umzusehen. Es gab nichts, was sie hätte unternehmen können. Absolut gar nichts!

Entschlossen riß Saint das Tuch herunter, das Byrony bedeckte. Er konnte der Entwicklung nicht länger tatenlos zusehen.

»Mammy!« rief er, »fassen Sie sie unter den Armen und halten

Sie sie. Byrony, und Sie geben sich jetzt endlich Mühe! Los, mit aller Kraft pressen!«

Sie jammerte. »Nein, ich kann nicht mehr!« flüsterte sie.

»Verdammt, Byrony! Sie werden sich jetzt noch einmal anstrengen!«

Er glaubte, ein zaghaftes Lächeln auf ihrem Gesicht zu entdecken. Und als er sah, wie die Kontraktion begann, legte er die Hände auf ihren Bauch. »Pressen!« rief er energisch und unterstützte sie tatkräftig. Gleich war es geschafft, Hoffnung keimte in ihm. »Los, Byrony, noch einmal!« Und diesmal tasteten seine Hände das Köpfchen, dann die Schultern. Er verschloß seine Ohren gegen Byronys Schrei und zog das Baby mit der nächsten Wehe heraus. Verdammt, er hätte ihr noch ein wenig Chloroform geben sollen! Doch dazu war alles zu schnell gegangen.

»Mein Gott!« rief er und drückte das glitschige Wesen voller Freude an seine breite Brust. »Es ist ein Junge, Byrony. Ein wunderschöner Junge!«

Doch Byrony war bewußtlos.

»Mammy, übernehmen Sie jetzt den kleinen Kerl. Na wunderbar, ein anständiger Schrei zur Begrüßung! Wickeln Sie ihn in eine Decke.«

»Ich weiß schon, was ich tun muß«, brummte Mammy beleidigt. Saint quittierte ihre Antwort mit einem Lächeln. Die alte Dame war bestimmt genauso müde wie er, und trotzdem ebenso eifrig bei der Sache.

Was ihm zu tun blieb, erledigte er nun fast mechanisch, denn er wußte, daß Byrony es geschafft hatte. Es war ein Risiko gewesen, doch jetzt war es überstanden. Nun hatte er nur noch Gedanken für Jules. Ob Brent sie gefunden hatte? Was hatte er erreicht? »Verdammt!« brummte er leise. So viele Fragen und keine Antworten! Irgendwann begann er zu zittern.

Einige Minuten später übergab ihm Mammy den kleinen Jungen. Er war seiner Mutter wie aus dem Gesicht geschnitten. Die gleichen honigfarbenen Haare und helle Haut. Von Brent hatte er nicht viel, aber das erschien Saint nur gerecht. Schließlich hatte Byrony auch die meiste Arbeit gehabt und mehr durchgestanden, als man einem Menschen normalerweise zumutete! Er lächelte das schrumpelige Gesichtchen an und kitzelte den Kleinen unter dem Kinn.

»Ich werde ihm einen Zuckerschnuller bringen«, meinte Mammy. »Fürs erste hat seine Mama ja noch keine Milch.«

»Ja, sehr gut«, stimmte Saint zu und ging dann unruhig im Zimmer auf und ab. Und genau das tat er auch noch, als Brent zwei Stunden später hereinstürmte. Seine Miene war angespannt, und seine Blicke gingen sofort zu Byrony hinüber.

»Alles in Ordnung, Brent«, sagte Saint rasch. »Sie haben einen Sohn, und er gleicht seiner Mutter aufs Haar.«

»Geht es ihr wirklich gut?« fragte Brent mit heiserer Stimme. Plötzlich stiegen ihm die Tränen in die Augen, und er schluckte heftig. »Sie bewegt sich aber nicht.«

»Vermutlich würden Sie das an ihrer Stelle auch nicht tun! Sie schläft. Ihr Sohn ist nebenan bei Mammy Bath.«

Brent fuhr sich mit den Fingern durch die Haare. »Es gibt Schwierigkeiten, Saint. Leider.«

»Wir wollen nach nebenan gehen und das Baby anschauen. Dabei können Sie mir dann alles erzählen.« Mit Mühe zwang sich Saint zur Ruhe.

31. Kapitel

In stetigem Tempo durchquerten die Männer die Hügel entlang des Ozeans. Dabei führte Brent die Gruppe, und Saint ritt an seiner Seite.

»Haben Sie sich irgend etwas vorgenommen, Saint? Irgendwelche Pläne?«

Saint starrte geradeaus und schüttelte den Kopf. »Nein. Ich weiß nur, daß ich den Mistkerl endlich in die Finger bekommen will!« Insgeheim fragte er allerdings, was Wilkes von ihm wollte. Höchstwahrscheinlich sann er auf Rache. Saint schüttelte sich. Weshalb wollte er aber ihn, wo er doch Jules bereits besaß? Wozu diese Tricks?

Brent verstand ihn auch ohne große Worte und nickte nur. Für Pläne hatten sie noch eine ganze Weile Zeit. »Ich danke Ihnen, daß Sie Byrony beigestanden haben, Saint.«

»Sie hat die ganze Arbeit geleistet«, entgegnete Saint und war froh über den Themenwechsel. Er zog eine Braue hoch. »Sie war heilfroh, daß das Baby ihr ähnlich sieht und kein so schwarzer Pirat wie sein Vater geworden ist.«

»Spieler, Saint! Kein Pirat. Ich glaube, es wäre mir auch gleichgültig gewesen, wenn es Ihnen oder sonst wem geähnelt hätte!«

»Ein wunderschönes und ganz gesundes Baby! Allerdings möchte ich vorschlagen, daß Sie einmal mit Maggie über Verhütungsmethoden besprechen, Brent. In drei Jahren können Sie vielleicht an ein zweites Kind denken, aber mehr kann Byrony keinesfalls verkraften.«

»Ich möchte überhaupt nicht, daß sie so etwas noch einmal durchmachen muß!« Noch bei der Erinnerung wurde Brent ganz blaß vor Angst.

»Mit diesem Wunsch sind wir ganz einer Meinung.« Als Saint schwieg, wußte Brent, daß seine Gedanken wieder zu Jules zurückgekehrt waren.

Am frühen Nachmittag erreichten sie den felsigen Abhang unterhalb der Höhle.

»Sie können doch nicht einfach hinaufsteigen, Saint! Der Mann will Sie umbringen.«

»Nein, das glaube ich nicht.« Für Sekunden überlegte Saint, woher er diese Überzeugung nahm. Dafür gab es nicht den geringsten Grund, dachte er. Aber trotzdem... In Zusammenhang mit diesem Mann ergab fast nichts einen Sinn.

Brent seufzte. »Wir sollten wenigstens die zwei Männer ausschalten, die er bei sich hat. Josh ist der beste Schütze weit und breit. Nach Thackery natürlich.«

»In ein oder zwei Wochen kann Thackery ihm wieder Unterricht erteilen. Glücklicherweise ist dieser Mann stark wie ein Ochse!«

»Mir gefällt Ihr Vertrauen nicht, Saint.«

Doch der zuckte nur die Achseln und war in Gedanken bereits bei seiner Begegnung mit Jameson Wilkes.

Jules war wie betäubt. Den ganzen Vormittag lang hatte sie über ihre Hilflosigkeit geflucht. Hawkins hatte hin und wieder ein Auge auf sie geworfen, doch sie fürchtete sich nicht mehr. Weder vor ihm noch vor Wilkes hatte sie Angst. Sie hatte nur Angst um Michael. Ihr war klar, daß er kommen würde, und sie hatte keine Ahnung, wie sie es verhindern konnte.

»Aha«, tönte Wilkes in diesem Augenblick. »So wie es aussieht, ist dein lieber Gemahl gerade angekommen.«

Blitzartig war Jules auf den Beinen und rannte zum Eingang der Höhle. »Michael! Nein! Geh wieder weg!«

Wilkes riß sie ungestüm zurück, so daß sie auf dem Hinterteil im Staub landete. Doch ebenso rasch hatte sie sich wieder aufgerappelt.

»Bleib stehen, oder ich schieße ihm eine Kugel in den Kopf, bevor du ihn überhaupt gesehen hast!«

Jules glaubte ihm jedes Wort. Oh, Michael, dachte sie und schloß für Sekunden die Augen, weshalb bist du nur hergekommen? Weshalb mußt du dich denn so edelmütig benehmen? Während sie noch um Byronys Gesundheit betete, hörte sie seine tiefe Stimme vom Fuß der Klippe.

»Wilkes, können Sie mich hören?«

»Guten Tag, Dr. Morris!« schrie Wilkes zurück. »Wie ich sehe, haben Sie Ihre Freunde mitgebracht. Lassen Sie sie unten, denn ich möchte allein mit Ihnen sprechen.«

Ich kann nicht so tatenlos zusehen! Ohne nachzudenken lief Jules zu Wilkes hinüber und griff nach der Pistole, die in seinem Gürtel steckte. Doch im selben Moment fuhr er herum, packte ihre Hand und schlug ihr mit der flachen Hand ins Gesicht. Sie stolperte rückwärts, aber schon war er bei ihr und richtete die Waffe auf sie. Nachdem Saint fast oben war, fühlte er plötzlich einen Pistolenlauf in seinem Rücken. Trotzdem stieg er unbeirrt weiter, bis er vor dem Eingang zur Höhle anlangte.

»Er ist hier, Mr. Wilkes!« verkündete Hawkins und gab seinem Opfer einen Schubs.

»Hallo, Dr. Morris!« Wilkes grüßte freundlich. »Ich habe mir sehr gewünscht, daß Sie meiner Bitte Folge leisten würden. Ich nehme an, daß Sie es waren, der es damals auf meinen Kiefer abgesehen hatte.«

»Wenn Sie mit ›damals‹ den Abend im Crooked House meinen, so war das zumindest meine Absicht«, bestätigte Saint ganz sanft, und starrte seinem Gegenüber dabei unentwegt ins Gesicht. »Habe ich wenigstens Erfolg gehabt?«

»Nein, nein, nicht ganz. Ich habe gehört, daß Sie eigentlich kein gewalttätiger Mann sind«, antwortete er. Dabei durchbohrten ihn seine Augen beinahe.

»Das stimmt. Trotzdem wäre uns viel erspart geblieben, wenn ich Sie damals gleich getötet hätte.« Er zuckte die Achseln, während seine Blicke über das angestrengte Gesicht seiner Frau glitten. »Andererseits verlangt mein Beruf, Leben zu bewahren, und in diesem Punkt waren Sie für mich immer ein Problem, zumindest ein philosophisches.«

»Bleiben Sie stehen!« Wilkes drückte den Pistolenlauf gegen Jules' linke Brust.

Saint gefror auf der Stelle. »Geht es dir gut, Liebling?« fragte er in ihre angstvoll aufgerissenen Augen.

»Ja, ja, natürlich! Du hättest nicht herkommen sollen, Michael!« hauchte sie fast unhörbar.

»Kleine Närrin! Ich bin doch dein Mann!« Dann suchten seine Augen Wilkes' Blick. »Ich bin ihr Mann. Verstanden? In jeder Beziehung. Sagen Sie mir jetzt, was Sie wollen!«

Die Hand mit der Pistole zuckte, worauf Saint erstarrte.

»Sie haben Sie mir weggenommen«, begann Wilkes mit heiserer Stimme. Dabei schmerzte sein Bauch so unglaublich, daß er fast zusammengeklappt wäre. Oh, Gott! Dabei hatte er soviel Opium genommen, wie er vertragen konnte, wenn er noch klar denken wollte. »Ich begehrte sie, und Sie haben sie mir gestohlen!«

»Nach meiner Ansicht war das etwas anders«, entgegnete Saint gemächlich. »Wenn mich meine Erinnerung nicht täuscht, so haben Sie sie an diesem Abend zum Verkauf angeboten. Sie haben lediglich das Geld eingebüßt.«

»Ich hätte sie mir auf jeden Fall wieder zurückgeholt.«

»Ach ja? Tatsächlich? Nachdem jemand sie vergewaltigt und mißbraucht haben würde? Und was hätten Sie dann mit ihr gemacht, Wilkes? Sie noch ein weiteres Mal vergewaltigt und mißbraucht?«

»Schnauze, verdammt! Sie haben nicht die geringste Ahnung! Wirklich nicht.«

»Ich weiß, daß Sie nicht mehr... klar denken können.« *Seine Augen haben einen seltsamen Ausdruck, und seine Haut ist ganz grau. Und dazu die Schmerzfalten um Augen und Mund.* »Lassen Sie sie gehen, Wilkes. Wenn Sie mich töten, wird sie Sie umbringen. Vielleicht nicht gleich heute, aber bestimmt morgen oder übermorgen.«

»Sie gehört mir!«

»Nein.«

Plötzlich konnte Jules die Situation nicht länger ertragen. »Ich bleibe lieber bei ihm, bevor dir etwas geschieht! Michael, bitte geh! Ich habe Angst um dich!«

Er lächelte sie an und schüttelte nur den Kopf. »Selbst wenn er dir glaubte, würde er mich nicht mehr weglassen, Liebes.«

»Sehr richtig«, stieß Wilkes hervor. Seine Schmerzen waren jetzt so stark, daß er die Zähne zusammenbeißen mußte. »Nein, Sie kommen hier nicht mehr weg!«

Jules spürte, wie er sich hinter ihr zusammenkrümmte, und in diesem Augenblick sah es auch Saint. »Hat sie etwa schon versucht, Sie umzubringen?«

»Nein, verdammt! Oh, Gott! Mein Bauch...«

Jules fühlte, wie sich sein Griff lockerte, als er immer weiter zusammensackte. Ohne sich zu besinnen, rammte sie Wilkes ihren Ellenbogen so fest in den Bauch, daß er laut aufschrie, und gleichzeitig griff sie nach der Pistole. Doch in der nächsten Sekunde schlug Saint ihre Hand beiseite und zog die Waffe aus Wilkes' widerstandslosen Fingern. Als er dann auch noch die glasigen Augen registrierte, überkam ihn Mitleid.

»Sie sind sterbenskrank, nicht wahr?« stellte er fest, als er sicher war, daß nur Wilkes ihn hörte.

»Sie müssen mir das nicht sagen!« Er keuchte und schnappte krampfhaft nach Luft. Dabei stolperte er rückwärts.

»Wie lange nehmen Sie das Opium schon? Und wie lange haben Sie keines gehabt?«

Jameson Wilkes konnte nicht antworten, denn der Schmerz hatte sein Gehirn umnebelt. Traumbilder seiner verstorbenen Frau tauchten vor ihm auf. Und in diesem Augenblick begriff Saint, daß Wilkes unter Opium stand, unter sehr viel Opium.

»Michael!«

Als Jules schrie, fuhr Saint herum und sah Hawkins drohend im Eingang auftauchen. Ganz instinktiv drückte er auf den Abzug, und gleich darauf bohrte sich eine weitere Kugel in die Höhlenwand. Wie erstarrt verfolgte sie, wie Hawkins' Gesicht einen verwunderten Ausdruck annahm, sah ihn vorwärts stolpern und schließlich zu Boden stürzen. Draußen ertönten laute Rufe und dann krachten in kurzer Folge einige Schüsse.

Plötzlich fühlte Saint, wie Wilkes sein Handgelenk umklammerte und zu sich nach unten zog. Wieder sah er ihm in die Augen und begriff, wie entsetzlich dieser Mann litt. Magenkrebs, dachte er, verursacht ein langsames, grauenvolles Sterben. Er sah noch etwas in diesen Augen, das er anfangs nicht verstand. Doch irgendwann begriff er: Wilkes hätte ihn in diesem Durcheinander spielend töten können, denn dicht neben ihm, innerhalb seiner Reichweite, lag eine weitere Pistole. Aber er hatte es nicht getan, denn er hatte einen Entschluß gefaßt. Es war ihm klar, wie alles kommen würde, was dieser Mann von ihm erwartete. Und dann ließ er zu, daß Wilkes die Hand mit der Pistole zwischen ihre Körper zog.

Jules wimmert ganz leise. »Nein, bitte nicht!«

Ein gedämpftes Geräusch ertönte. Unverkennbar ein Schuß.

Jules schrie entsetzt auf, als beide Männer bewegungslos verharrten. Doch dann erhob sich Saint ganz langsam von Wilkes' reglosem Körper. Jules wich bis an die Wand zurück, weil sie dem starren Blick ihres Peinigers ausweichen wollte.

Fast gleichzeitig stürzte Brent herein, stutzte kurz und schob dann seine Pistole in das Halfter. »Ist er tot?« fragte er mit einem Blick auf Wilkes' leblose Gestalt.

»Ja«, antwortete Saint. *Genau das hatte er gewollt! Und Saint war froh, daß er keinen Augenblick gezögert hatte.*

»Wie ich sehe, haben Sie den anderen auch erwischt. Josh hat den dritten erschossen.«

Saint nickte nur. Dann warf er noch einen Blick auf den Mann, der soviel Leid verursacht und selbst so sehr gelitten hatte. Und schließlich ging er langsam zu seiner Frau hinüber. »Liebes«, sagte er nur, »jetzt ist endlich alles vorbei.«

Jules schmiegte sich in seine Arme, aber sie konnte nicht weinen. Sie umschlang ihn nur ganz fest und horchte auf seinen Herzschlag. Sanft wiegte er sie und fuhr ihr zärtlich durch die Haare. Dabei sah er über ihren Kopf zu Wilkes hinüber und fühlte eigentlich nur noch eine tiefe Traurigkeit. Hatte dieser Mann sich in seinen Opiumträumen von Jules Rettung erhofft? Welche Fantasien hatten sich in seinem Kopf abgespielt? Oder hatte er Jules nur im Augenblick seines Todes bei sich haben wollen? Saint schüttelte den Kopf. Selbst wenn er es wüßte, würde er es höchstwahrscheinlich nicht verstehen. Und er wollte auch niemals mit Jules darüber sprechen, denn sie hatte ihm zuliebe schon viel zuviel mitgemacht. »Du bist Patentante geworden, Jules«, sagte er schließlich. »Komm, wir müssen Byronys wunderschönen Sohn bewundern!«

»Ich bin Patentante?« Sie schien noch ganz benommen und wiederholte den Satz, um sich an diesem bißchen Realität festzuhalten.

»Ja, mein Liebes. Brent freut sich bestimmt, wenn du ein paar Namensvorschläge machst.«

»Oh, ja, Jules«, sagte dieser. »Das wäre schön.«

»Ich möchte das Baby sehen.«

»Ich bin wirklich stolz auf dich, mein Liebes!« Mit diesen Worten küßte er sie und führte sie dann aus der Höhle hinaus. Und da erst bemerkte er, daß sein Hemd ganz blutig geworden war.

Es gab soviel Schreckliches auf der Welt, dachte Saint, aber glücklicherweise gab es auch Menschen, die das alles erträglich machten, die dem Leben einen Sinn gaben und Freude vermittelten. Er hatte seine Jules, und damit hatte er etwas gewonnen, das ihn durch sein ganzes Leben begleiten würde: Er liebte sie mehr als sein eigenes Leben! O Himmel, war er glücklich! Und das um so mehr, seit er wußte, wie zerbrechlich und empfindlich das Glück war. Innig drückte er sie an sich. Für immer würde sie an seiner Seite bleiben. Ein Teil seines Lebens.

Für Minuten sah Jules sich nur stumm im Wohnzimmer der Hammonds um. Doch da hörte sie schon Michaels Stimme. »Glaubst du, daß wir auch ein so süßes kleines Kerlchen herstellen könnten, wie Byrony uns das vorgemacht hat?«

»Und ich werde wohl gar nicht mehr erwähnt, wie?« protestierte Brent und sah liebevoll auf seine Frau hinunter. Sie war immer noch ziemlich blaß, aber ihre Augen strahlten bereits wieder. Der kleine Damon Michael schlief währenddessen zufrieden in seinem Körbchen neben dem Sofa.

»Was hat das Ganze denn mit Ihnen zu tun?« fragte Saint spöttisch. »Sie haben sich doch lediglich amüsiert, und das auch noch mehrfach!«

»Wie wahr?« stimmte Byrony ein und strahlte ihren Mann dabei an. »Falls Sie Ihren Mann einmal loswerden wollen, Jules, melde ich mich schon heute an! Einen umsichtigeren, fürsorglicheren Menschen habe ich noch nicht erlebt. Er hat mir übrigens eine unglaubliche Geschichte erzählt, wie man zu einem Heiligen wird.«

Saint zog lediglich eine Braue hoch und schwieg. Er war ehrlich überrascht, daß sie sich noch daran erinnerte.

»Was Brent betrifft, mache ich Ihnen das gleiche Angebot, Byrony. Ohne ihn wäre ich jetzt vermutlich an Bord eines Schiffes auf dem Weg nach China!«

Nein, hätte Saint am liebsten gesagt. Nichts wäre passiert. Sie hätte nur erlebt, wie etwas zu Ende gegangen wäre. Und Wilkes hatte das genau gewußt. Armer Kerl.

»Eigentlich sollten wir jetzt endlich anstoßen«, schlug Brent vor. »Darf Thackery schon ein Glas Champagner trinken, Saint?«

»Mr. John Thackery gebühren mein Dank und meine Hochachtung bis ans Ende meiner Tage! Freie Behandlung natürlich eingeschlossen!« Mit diesen Worten verbeugte er sich vor dem breit grinsenden Riesen.

»Sehr gut!« rief Brent. »Los, Mammy, servieren Sie den Champagner!«

»Und was dich betrifft, mein kleines Mädchen, werde ich dich lieben und beschützen, bis ich sterbe.«

»Wenn das so ist, sollte ich dir vielleicht doch besser meine Pistole überlassen.«

»*Pistole?*«

»Ja.«

»Jules, das...«

»Vielleicht wird Penelope ihre ja auch hergeben...«

»Was zum Teufel redest du da? Penelope? Soll das heißen, daß ihr beide...«

Saint verstummte, und Brent brach in übermütiges Gelächter aus.

»Soviel zum Thema ›Beschützen‹«, bemerkte Byrony trocken. »Ah, hier kommt der Champagner!«

»Ich glaube, wir überlassen Saint die ganze Flasche«, schlug Brent vor. »Irgendwie macht er den Eindruck, als ob er sie gebrauchen könnte!«

Catherine Coulter
Meisterin des historischen Liebesromans

Catherine Coulter läßt ihre Romane für sich sprechen – die Autorin tritt hinter ihren Werken zurück, und so erfährt man nur wenig über ihr Leben.
Sie wurde in Texas geboren und lebt heute mit ihrem Mann, einem Röntgenfacharzt, in Kalifornien.
Ende der Siebziger Jahre begann sie, historische Liebesromane zu schreiben; zuvor hatte sie, während ihre Mann an der Universität war, wöchentlich zwanzig bis dreißig Liebesromane gelesen. Sie erzählt: »Ich kann mich erinnern, daß ich eines Abends das Buch, das ich gerade las, quer durchs Zimmer warf und rief: ›Ich kann das besser machen!‹«
Und sie hat bewiesen, daß dies keine leere Versprechung war. Catherine Coulter hat inzwischen knapp 30 Bücher veröffentlicht und bekam 1989 von der Zeitschrift *Romantic Times* einen Preis als beste Autorin historischer Liebesromane.

Verzeichnis lieferbarer Titel

(Stand September 1995)

Calypso (04/104)
Ein ehrbares Angebot (04/139)
Der Herr der Falkenschlucht (04/154)
Der Herr der Habichtinsel (04/151)
Der Herr vom Rabengipfel (04/152)
Im Schatten der Mitternachtssonne (04/135)
Jadestern (04/96)
Jenseits der Liebe (04/145)
Die Jungfernbraut (04/126)
Karibische Nächte (04/129)
Liebe ohne Schuld (04/45 oder 01/8981)
Lord Deverills Erbe (04/15)
Magie der Liebe (04/58)
Die Satansbraut (04/124)
Die Sherbrooke-Braut (04/122)
Die Stimme der Erde (04/86)
Die Stimme des Blutes (04/88)
Die Stimme des Feuers (04/84)
Sturmwind der Liebe (04/75)

2 Romane in einem Band:
Lord Deverills Erbe/Liebe ohne Schuld (23/100)

Die Bandnummern der Heyne-Taschenbücher sind jeweils in Klammern angegeben.

HEYNE BÜCHER

Johanna Lindsey

Fesselnde Liebesromane voller Abenteuer und Zärtlichkeit.
»Sie kennt die geheimsten Träume der Frauen...«

Zorn und Zärtlichkeit
01/6641

Wild wie der Wind
01/6750

Die gefangene Braut
01/6831

Zärtlicher Sturm
01/6883

Das Geheimnis ihrer Liebe
01/6976

Wenn die Liebe erwacht
01/7672

Herzen in Flammen
01/7746

Stürmisches Herz
01/7843

Geheime Leidenschaft
01/7928

Lodernde Leidenschaft
01/8081

Wildes Herz
01/8165

Sklavin des Herzens
01/8289

Fesseln der Leidenschaft
01/8347

Sturmwind der Zärtlichkeit
01/8465

Geheimnis des Verlangens
01/8660

Wild wie deine Zärtlichkeit
01/8790

Gefangene der Leidenschaft
01/8851

Lodernde Träume
01/9145

Wilhelm Heyne Verlag
München

HEYNE BÜCHER

Heather Graham

... Geschichten von zeitloser Liebe in den Wirren des Schicksals

04/106

Außerdem lieferbar:

Die Geliebte des Freibeuters
04/37

Die Wildkatze
04/61

Die Gefangene des Wikingers
04/71

Die Liebe der Rebellen
04/77

Geliebter Rebell
04/97

Wilhelm Heyne Verlag
München

HEYNE BÜCHER

Karen Robards

...Romane über das Abenteuer der leidenschaftlichen Liebe

04/123

Außerdem erschienen:

Das Mädchen vom Mississippi
04/25

Sklavin der Liebe
04/41

Piraten der Liebe
04/52

Freibeuter des Herzens
04/68

Tropische Nächte
04/82

Feuer für die Hexe
04/94

Im Zauber des Mondes
04/102

Süße Orchideen
04/108

Wilhelm Heyne Verlag
München

HEYNE BÜCHER

Jackie Collins

In ihren Romanen beschreibt die berühmte amerikanische Autorin die schillernde mondäne Welt, die von der Lust und Gier nach Geld, Macht und Luxus geprägt ist. Eine unvergleichliche Mischung aus Spannung, Action und Erotik.

01/9070

Außerdem erschienen:

Die Stute
01/5492

Die Welt ist voll von liebeshungrigen Männern
01/5807

Sex ist ihre Waffe
01/5869

Ekstasen
01/5956

Das Luder
01/6041

Die Sünderinnen
01/6352

Lady Boss
01/6659

Die Frauen von Hollywood
01/6904

Lucky Boss
01/7706

Die Männer von Hollywood
01/7982

Rock Star
01/8242

Wilhelm Heyne Verlag
München